一本经书引发的连环血案　　一只木匣掀起的通天浩劫

道陵尸经

上

daolingshijing

三天四夜◎著

贵州出版集团
贵州人民出版社

图书在版编目（CIP）数据

道陵尸经 / 三天四夜著 . -- 贵阳：
贵州人民出版社，2011.6
ISBN 978-7-221-09613-5

Ⅰ．①道… Ⅱ．①三… Ⅲ．①长篇小说—中国—当代
Ⅳ．① I247.5

中国版本图书馆 CIP 数据核字 (2011) 第 113438 号

道陵尸经

三天四夜 著

责任编辑　康征宇

贵州人民出版社

贵阳市中华北路289号　邮编 550004

发行热线：010-59623775　010-59623767

河北聚鑫印刷有限责任公司

2011年9月第1版第1次印刷

开本　710mm×1020mm　1/16

字数　589千字　印张 37.5

定价　58.00元（全两册）

版权所有·翻印必究　未经许可·不得转载
如发现图书印刷质量问题，请与本社联系。

目 录
CONTENTS

第一章　荒屋鬼宅/001

正在这时,木头的脸突然刷地变得惨白,双眼死死盯住正堂的屋顶。此时已是后半夜,明月特别皎圆,像烧饼一样挂在上面,周围散发着毛茸茸的如玉一样的光芒。

第二章　紫檀木匣/041

这确实是一句实话,但有时真话未必能得到别人的喜欢。她的脸渐渐扭在一起,眼中布满了失望、痛苦、愤怒和红红的血丝。她回身拾起镜子前的两张人皮,刚才她一直在忙碌的,就是在描这两张人皮。

第三章　尸经迷踪/075

阴风刮脸,自地狱口缓缓吹来,活人见之,那里竟比庙外的黑夜更加地黑暗。也不知,在黑暗的尽头,是否游荡了太多的鬼魂,是否就如传说中的那样,阴森荒芜,鬼嚎声连,到处都是油锅铁钩、血池剐刀,受尽那拔舌、挖眼、磔刑、油炸之苦,让人略微想,便已是胆战心寒。

第四章 盗墓尸行/113

荷心看了看她,原来刚才把帕包塞她身上时,不小心动作之下,她的脸尽转了过来。再次看见她的脸,无不同样地震撼,只见那本是貌美风韵、笑靥如花、红润嫣红的娇面,此时却是干瘪见骨、皱硬如柴、惨白似纸,与那油竭灯枯、耄耋终年的百岁老人无异。

第五章 藏尸崖洞/151

此时洞外雨声依旧,轰隆的雷声夹杂着数道闪电而过,只见断崖石上的那道刀痕仍然清晰明了,就像那个神秘的人,印刻在这样的夜晚,这样的地方,这样的雨中,使人不寒而栗。

第六章 斗转星移/201

不知何时,院里的老桐树上竟歇来一只红爪凶眼、尖喙黑羽的大乌鸦,在枝头"咿呀咿呀"乱叫数声,之后抖了抖羽毛,拍翅飞离而起,眨眼间,便已出了曾府。

第七章 鬼婴现世/255

下面的是一座深暗的小院,院门前,吊着盏昏黄的灯,被风吹的摇来晃去,一名男子坐在灯下的门石上,支腮遥望远处,似在侧聆黎明的来临,抑或在等候着谁?

第一章
荒屋鬼宅

　　四平街是一条很古的老街，上可追溯至南宋开禧年间。四平街首尾有十八家店铺，由街口的大牌坊算过来，左边依次是王匠头的打铁铺，孙寡妇的烧饼房，严胖子的包子店，夕阳客栈，飘飘院，老朱茶楼，柳氏绸缎庄，聚宝赌庄，屠夫张大胆的肉铺。

　　王匠头的正门是清明纸扎铺，醉死酒楼，张画师小舍。再下来有活眼神算，咬舌媒婆，辛家大院，还有活人寿衣店，逍遥棺材铺。最后是无人居住的历家，已经荒废了好多年，其间的故事皆能在早茶的老朱茶楼里闻听，四平街的人都恐惧地称它为历家鬼屋。

　　"听说历家鬼屋昨晚又出了件新鲜事，你都还不知道吧?!"

　　"都有啥了，你快给我说说。"

　　"我听说，昨天夜里三更时有人看到孙寡妇从鬼屋中出来。"

　　"孙寡妇去那地方干吗？"

　　"我哪知道？"

　　"那你是听谁说的？"

　　"严胖子啊！"

　　"严胖子？就是孙寡妇烧饼房隔壁的包子店的严大胖子？"

　　"嗯，不错，除了他还有谁。"

　　……

早晨的老朱茶楼，熙熙攘攘坐满了各色的人。飘飘院的花老鸨拿出手下姑娘的画像介绍给客人看，咬舌媒婆天花乱坠地给辛家二公子推销着某家小姐，聚宝赌庄的打手们围在一团交头接耳、窃窃私语，活眼神算给打铁铺的王匠头正看着手相。

老朱靠着柜台，眯眼查看生意，嘴里的老烟管不停地冒着青烟。老板娘习娇娇拎着壶热水，笑眯眯地来回招呼。她眼睛不时瞟瞟老朱，满脸的不情愿。这时，外面走进一个人，习娇娇脸一笑，赶忙迎了上去。

习娇娇道："严老板，我还以为今早你不来了呢！"

严胖子道："小弟再忙，也不敢忘了习老板呀！"

习娇娇道："瞧你说的，我哪有那好福分。"

严胖子眯眼一笑，道："习老板，还不请我入座？"

习娇娇环顾了下四周，发现西北角的窗台下尚还有一好座位，笑道："严老板就是再晚来，咱也会把位子给你预着。"

严胖子道："习老板真是会说话。"

习娇娇抿嘴一笑。

严胖子跟在习娇娇后面，朝西北角的空位走去。西北角的桌面上这会儿正坐着两人：一是活人寿衣店的掌柜曾老头，二是屠夫张大胆。

习娇娇领严胖子入座上茶。严胖子落座时，趁人不注意，抄手在习娇娇的屁股上狠狠捏上一把。习娇娇嗲叫了一声，扭动着小屁股离去，走过不多远，忍不住回头望了严胖子一眼。

屠夫张大胆看到这一切，不禁打趣道："严胖子，听说你昨晚跟着孙寡妇去了鬼屋？"

严胖子顿了顿，道："你听谁说的？"

张大胆瞟了眼曾老头，道："我半夜起尿时，不小心让我撞见了。"

严胖子脸色变了变，道："你都看到什么了？"

张大胆笑了笑，他没回答严胖子的话，只是很神秘地看着他。严胖子低头饮着茶，脸上的肥肉轻微抖了一抖。

一碗茶毕，曾老头起身，他好像对同桌的两人并不太感兴趣，他一直瞅着隔几桌子的活眼神算。

王匠头已经离去，活眼神算独自占着一大桌面，脸上的表情很是僵硬。或许因为他是瞎子，瞎子有时并不需要有太多表情，就像看人的时候,别人是用眼,而他却是用心。心能看见很多眼睛看不到的东西,比如前世今生。

曾老头就这样看着活眼神算走过去,在茶桌唯一的空位坐下。他呆呆地坐在那里,眼睛一眨不眨。同桌的张大胆和严胖子也好奇地望着他。

活眼神算道:"曾老板找我有事吗?"

曾老头怔了怔,道:"你怎么知道我要找你?"

活眼神算道:"曾老板是看前世还是问今生,是求财还是测运?"

曾老头看一眼同桌的张大胆他们,咬咬牙道:"小老儿什么也不求,只想神算能帮我请一个人,我有话和他说。"

活眼神算道:"曾老板要请的人,恐怕瞎子帮不了,真的很抱歉!张画师还等着我去测字,这就先走一步了,各位慢坐。"

曾老头动了动嘴,眼睁睁看着活眼神算步出大门,方才转过神来。

张大胆瞧曾老头那失望的样子,不忍道:"这是哪门子的神算,也太不给街坊面子了。曾老板,你可千万别放在心上。"

曾老头苦笑了下,道:"小老儿有事,先走一步了,张老弟你慢坐。"

张大胆自言自语道:"今天这人都怎么了?"

严胖子看了眼他,神秘地说:"听说曾家最近正闹鬼,而且闹得还非常凶。"

张大胆道:"我怎么没听老曾头提起过?"

严胖子道:"这事能乱传吗?如果街坊都知道了,谁还上他家做生意?"喝了口茶润一润喉咙,把头靠得更近了些,"我还听说,昨天半夜曾老头家中那些纸扎的小人都活了过来,满屋子地活蹦乱跳,吓得一家子整夜都没敢合眼,老曾头的婆媳也吓昏了过去,就差点去见了阎王爷。"

张大胆奇怪道:"没这么凶吧!"他叹了一口气,接着说,"其实我早劝过曾老头,这死人的钱还是少赚为妙。"

严胖子道:"谁说不是呢!要我说,你也趁早改行,最好连家也搬了。"

张大胆不解道:"此话怎讲?"

严胖子道:"你想想,你每天杀猪宰牛,动刀见血,屋子里一定聚集了不少的怨气。还有,你家正对着鬼宅,所以我劝你今后半夜还是少起尿为妙,那很容易撞见不干净的东西。"

张大胆怒道:"你少在这里胡说八道,要我说,你更应该注意点,看你整天围在孙寡妇屁股后面转,你就不怕她那死鬼老公晚上来找你?"

严胖子笑了笑,道:"鬼才怕那死老鬼,瘦得跟麻秆一样,还不够我一手拎的。"

张大胆道:"你就别吹牛了,小心他今晚就来找你。"

严胖子捋了捋袖子,道:"他今晚要是敢来,我就把他的骨头剁碎了喂狗,我看是他凶还是我凶。"

张大胆不置一词。其实张大胆叫张大胆,并不是真的胆子很大,还在母亲肚中怀着时,父亲就让一只白猫吓破了胆,死了。要说猫能吓死人,那也是闻所未闻,但据说这只白猫确实不像普通的野猫,它一进夜晚就猫在张大胆家的房檐上,然后整夜整夜地叫,声音听起来一会儿如孩哭,一会儿又像鬼嚎,时间长了,难免叫人心生诡邪。

有一日,准确说应该是快到十五时的月圆夜,房檐下的白猫又如期而至,但它只惨淡鸣叫了三声,就停止了声响,黑夜一下子陷入了沉寂。过不多时,屋顶忽然响起一阵"滋滋滋"的奇怪的声音,好像是猫爪子在挠房顶上的瓦片,又感觉是从喉咙深处发出的断气声,听起来令人毛骨悚然。

又过了一会儿,声音戛然而止。张大胆的父亲以为野猫走了,壮上胆披衣出屋查看,没想到,他这一出门就再也没能活着回来。

张大胆的父亲死后,他家的房檐下就再也没出现过那只白猫。有人说那是一只白猫精,也有人说那是历家的鬼魂附上了猫体,在月圆之夜不小心现了原形,吓死了张家人。但张大胆的母亲并不那样想,她知道老公本就是个胆小之人,就因为这样,她后来才给儿子取名叫大胆。

不过,张大胆并没因有一个大胆的名字而变得大胆,半夜起尿时,他还是吓得差点湿了裤裆。

张大胆有一个很不好的习惯,那就是每次夜半起尿,他都要打开屋门射在大门口。当他打开门的刹那,忽然看到一口棺材正缓慢地朝历家鬼屋飘去。那是一口小人棺,传说是给小孩下葬用的棺材,棺面上走了油亮的朱漆,左右两侧还琢上许多诡异的纹饰。它飘进历家堂屋,停了下来。

张大胆愣在自家门口,浑身都在发颤,不知是因为冷还是神经过于紧张。

突然，从棺材底下爬出一个瘦小的身体，一双眼睛贼亮亮地盯着张大胆。张大胆这时看得很清楚，那个人影是逍遥棺材铺欧阳逍遥的徒弟木头。

张大胆气得直跺脚，恨不得上去就抽木头两剐子。

他喊道："木头，你大半夜这是干吗呢？你吓不吓人。"

木头道："师父说这口棺材不吉利，就让我背这儿来了。"

张大胆道："好好的一口棺材，还没躺过死人，怎么就不吉利了？我看你师父是有点老糊涂了。"

木头把目光落到棺材上，眼中闪过一丝奇怪的神色，不知是恐惧还是害怕。

他道："这口棺材它沾过血，所以才会不吉利。"

张大胆道："不吉利就把它烧了，还留着干吗？"

木头道："有人烧纸钱，有人烧小人，却没有人敢烧沾过血的棺材。"

张大胆不解道："这是为什么？"

木头顿了顿，然后一字一捆地说："除非他想全家死光光。"

话音方落，木头拔脚就往逍遥棺材铺跑去，好像突然有人要他的命一般，临进大门时，还不忘停下来提醒张大胆："没事千万别靠近那口棺材。"

张大胆还想问他些什么，只听见逍遥棺材铺的大门"砰"一声，关得又重又紧。

张大胆苦笑一下，心中嘀咕："看来严胖子说的没错，半夜还是少起来为妙。"

"严胖子昨晚失踪了。"

今早的老朱茶楼，四平街的人又多了条新鲜话题。与以往不变，人们喝茶的喝茶，闲聊的闲聊，看女人的看女人，谁也不会在意失踪的严胖子目前到底是死是活。

张大胆一脸疑惑，凌晨三刻，他刚宰了两头猪，却没看到严胖子包子铺的小伙计如往常一样来店中割三花肉做馅，他不觉感到很奇怪，直到来了老朱茶楼，才听说原来严胖子昨晚失踪了。震惊之余，张大胆的心里又多了点惶恐不安，这并非因为严胖子是他的街坊，也不是因为怕少了严胖子这个大主顾，他心里一直在担心，这会不会是因为昨天和严胖子在老朱茶楼说的那段话？虽然这听起来就有点荒谬。

"张兄弟，你说一个大活人，怎么说失踪便失踪了？"

曾老头看着张大胆，一脸的疑惑。

张大胆叹道："哪晓得是怎么一回事呢?!"

曾老头道："我猜想严大胖子肯定是藏在哪家小寡妇的被窝里，他本来就是个色魔子，你瞧他那一双贼滑滑的眼珠子，瞧上谁，就该谁倒霉。"

张大胆僵硬地笑了笑，他心想那荒谬的想法要不要说给老曾头听听。他有意转过了脸，恰巧习娇娇正朝他们这边走来。

习娇娇满面笑容，走起路来，屁股一扭一扭，煞是惹人。

她给张大胆和曾老头添满茶水，嫣然道："张兄弟，听别人说猪心能补气，你明天能不能给嫂子捎两个过来？"

张大胆笑了笑，道："嫂子放心，明天一定给嫂子带两个最新鲜的。"

习娇娇"咯咯"笑道："还是张兄弟知道疼人。"

张大胆瞟了眼柜台上的老朱。他嘴里吧嗒着老烟管，眼睛盯着柜面上的铁算盘。老朱茶楼的生意一直都很不错，可老朱好像始终都不是很满意，每次拨拉完算盘，头都摇得像拨浪鼓，然后一边发呆，一边唉声叹气，好像这一切还不尽如他意。

他道："朱老板不疼人吗？"

习娇娇脸一摆，显有不悦，抱怨道："他眼里只疼钱，哪有那个闲工夫瞧老娘？"

张大胆道："朱老板不疼人，不是还有别人疼么？"

习娇娇尴尬一笑，自言自语地说："今天严老板怎么到这会儿还不来？看来这位子是不用给他预着了。"说完，扭动屁股往窗口探了探，然后摇一摇头，拎起茶水往隔壁桌角走去。

曾老头看着习娇娇娴熟的动作，不免说道："习老板养得一副好身段，却得委屈在朱财迷家中，实是可惜得很。"

张大胆瞟了习娇娇一眼，叹道："想习老板年轻的时候也是飘飘院的头号花魁，朱老头既然肯花十万两替她赎身，那就有她值二十万两的道理。"

曾老头长叹一声，道："为什么当初我就没看透呢？"

张大胆笑了笑，道："听说飘飘院近来又来了位叫飘红的女子，诗舞歌画那可算样样精通，曾兄如果有意，何不给她赎身续进门？保不准，她比习老板还更能伺候人。"

曾老头眼睛亮了亮，道："这倒是一个好提议，只是……"

说到这里，曾老头停了下来，欲言又止。他端起茶碗喝了一大口，面有难色地说："只是我那家中最近好像很不太平。"

张大胆道："是关于闹鬼吗？"

曾老头想了想，又长叹了一声道："不瞒张老弟，前日深夜，我家奉供地藏菩萨的神座下突然出现了大堆的纸钱。开始我也没在意，以为是哪位客人来店中挑寿衣时忘搁这儿了，让店里的伙计收起放在供桌上。可是，大概过了三更时分，奇怪的事就来了。"

话到这里，曾老头又停了下来，好像很害怕再说下去，双眼恐惧地瞧着张大胆。

张大胆急道："后来发生了什么？"

曾老头沉默不语。

张大胆急切地说："曾兄，你倒说啊！看把我急的。"

曾老头咬了咬牙，思想再三，终是说道："大概过了三更时分，我那店中所有纸扎的小人，不管男女，尽都活了过来，它们成双成对地往门外走去，最后一个都没有回来。"

张大胆惊恐地睁大了眼珠子，好奇地看着曾老头，道："他们都去了哪儿？"

曾老头道："不知道，只看它们都朝街尾消失了。"

张大胆想了一想，好奇地说："你说它们会不会都进了历家鬼屋？"

"历家鬼屋？"

和风，残月，寂寞的四平街。

残月穿透薄雾拉出两条人影，一名健硕的汉子，一名面容消瘦的老者，两人一前一后急急地在黑夜下行走。汉子空着手，双手很自然地在前后摆动着，老者手中拿着一壶酒，时不时地仰脖子喝上一口，虽然脚步已经有些晃悠，但一双精明的眼睛始终透着一道刀一样锋利的光芒。

他道："兄弟，我怎么感觉醉死酒楼的酒不但醉不死人，反而越喝越是清醒？"

汉子道："你喝的是竹叶青，又不是三杯倒。"

老者道:"只有三杯倒才能醉死人吗?"

汉子道:"不错。"

老者有点后悔地说:"早知道就该来一壶三杯倒。"

汉子道:"那也不一定,竹叶青虽然醉不死人,却照样可以拿来壮胆。"

老者道:"我们真的非去不可?"

汉子看了看他,道:"非去不可。"正说着,二人已到了一户门前。

但见精雕细琢的红杉木门,鎏金明亮的扣耳大环,这一切,虽已残败老旧,但可以想象,当年这里是何等地奢华气派,单瞧门前那一对威风凛凛的石狮子,便可见一斑。

两人同时停下脚步。

汉子拾来一条木棍,冲老者道:"曾兄,把你手中的酒给我。"

老者道:"张兄弟也想来一口壮壮胆?"

张大胆道:"小弟不需酒来壮胆,我只想把酒倒在这木棍上,等进屋时好充当个火把。"

曾老头摇了摇酒壶,仰起脖子大灌了一口,才极不舍得地把壶交给他。

张大胆撕下一截长袖,将它缠裹在棍子头顶,又淋上壶中所有的酒,才从怀中摸出两块火石敲燃了火头。

火红的光亮映在两人黝黑的脸上,扑闪出各自内心的沉重。

曾老头抬眼看到房梁下各样奇异的雕画,心底不禁打起了暗鼓。

他道:"张兄弟,你说这屋中会不会真的有鬼?"

张大胆道:"别自己吓唬自己,这世头哪有什么鬼?"

曾老头双眼死盯着紧关的大门,点点头道:"对,兄弟所言不错,这世头哪有什么鬼?"

突然,眼前的死宅中传出一阵女子的歌声,凄婉苍凉,悲惨绝寰,就像是她有莫大的冤恨无处述说,只能在这寂静的深夜唱给自己听。

两人被这突如其来的歌声给惊呆了,一时竟不知所措。

张大胆慌张道:"曾兄,你说这歌声是这里头传出来的吗?"

曾老头不说话。

张大胆又说:"你说她是人是鬼?"

曾老头还是沉默。

张大胆最后说:"要不我们明晚再来吧!"

他以为曾老头已经被歌声吓着,所以才会如此。

哪想曾老头却出乎意料地说:"既然来了,哪有回去的道理?"

他夺过张大胆手中的火把,使力推开了红杉木门。

歌声戛然而止。

院中落满了枯枝散叶,几株年老的枣树遮盖了大半的庭落,正值八月时节,树上结满了青青待熟的枣子,尚有几缕清幽的桂花香味不知从何处飘来。

曾老头大踏步跨到院中,径直朝正堂走去。

正堂的门紧紧关着。

张大胆一步不离地跟着曾老头,心中暗想:"记得昨日夜里木头走的时候,这道门好像是开着的,今夜怎么又关得这么整齐?难道真的有鬼?还是有人躲藏在里头?如果是人,那她又会是谁?刚才的歌声是不是她所吟唱?"

带着满腹的疑问和好奇,张大胆反而忘却了害怕。

曾老头不作停留,快步往前走去。停下来的时候,他的鼻子差点贴上了木门。

风从枣树顶吹散下来,到处都能听到破窗纸发出的"沙沙"的声音,张大胆凑近毫无遮拦的门框往里瞧,屋子里一片漆黑,什么都没看到,只有木头昨夜放里头的那口不吉利的小人棺,还折射着微弱的亮点。

他瞧了眼曾老头。

曾老头的脸略显苍白,双眼又透着那道刀一样的光,他把手搭上了大门。

张大胆屏下呼吸,心在急速地跳动。

他也把手搭了上去。

门被重重推了开。

只一眨眼的工夫,两人同时看见一只白得如雪的猫,坐在棺材上,眼睛发着深绿色的寒光,就像地狱来的使者,让人不禁一怀。

张大胆颤声道:"曾兄,你还记得我父亲是怎样死的吗?"

曾老头冷冷道:"吓死的,让一只神秘的白猫吓死的,就像眼前的这一只。"

张大胆紧咬嘴唇,道:"二十五年了,想不到它居然躲在这里。"

曾老头道:"你怎么肯定它就是二十五年前的那一只?你父亲走时,你还尚未出世。"

张大胆道:"感觉,我感觉它就是。"

曾老头道:"什么样的感觉?"

张大胆沉默片刻,抑制不住身体的颤抖,冷冷道:"因为它不怕人。"

也许这算不上一个最好的理由,因为人的感觉有时候也很容易出错,就如他在老朱茶楼和曾老头说的那样,他说他感觉曾家的那些纸扎人应该是来了历家,可事实上,他们并没有发现。但这也不能说他就是错了,因为历家大宅有好几十号房间,或许它们就藏在某个黑暗的角落也说不准。

两人互望一眼,悄悄地朝白猫靠近。

气氛骤然紧张起来。

突地,身后响起一声暴雷般的吼声:"你们在干什么?"

两人都让这突如其来的吼声吓得一跳,回过头,木头站在院门的台阶下,手中拿着一柄劈柴的厚背刀,满脸惊恐地看着他们。

木头道:"张大哥,我不是告诉你别来碰这口棺材吗?它真的很不吉利,你们最好马上就走。"

张大胆露出一丝尴尬,他看了眼木头手中的劈柴刀,疑问道:"木头,你这么晚来这里做什么?"

木头望了眼他们身后的棺材,脸上的表情由惊恐逐渐变成痛苦。

他道:"我来劈棺材。"

张大胆惊讶道:"木头,你——"

木头打断他的话道:"张大哥,我知道你想说什么。"

他抬头遥望着夜空,喃喃道:"我木头打小没爹没娘,是师父收留下我,师父老人家对我恩重如山,把我当亲生儿子一样对待。可是,自从有了这口不吉利的棺材,师父就卧床一病不起,所以,今天我一定要把它劈了,把所有的恶咒都移到我身上。"

张大胆只觉心潮澎湃,却不知该说些什么。

曾老头道:"木头,想不到你如此重情重义。"

张大胆心酸道:"木头,让我和你一起,大哥也无父无母,如果真有什么恶咒，就让大哥陪着你一起。"

曾老头接着道："还有我。"

张大胆看了眼曾老头，宽慰地笑了笑。

木头看着他俩，眼眶中禁不住滚下了泪，他动了动嘴唇，眼中满是感激之情。

正在这时，木头的脸突然刷地变得惨白，双眼死死盯住正堂的屋顶。此时已是后半夜，明月特别皎圆，像烧饼一样挂在上面，周围散发着毛茸茸的如玉一样的光芒。

木头从喉咙底发出了颤抖的"滋滋"音，就好像是从十八层地狱传来的惨叫声。

张大胆和曾老头站在屋檐下，他们不清楚木头到底看见了什么在屋顶上，他们的心底都浮现出不安的想法，同时呆呆地望着木头。

木头颤抖着声音，断断续续地说："鬼，有鬼，屋顶上有鬼……"

他的声音虽然很轻，但二人却听得非常清楚。

"他说屋顶上有鬼。"

他们几乎同时箭一般地冲进院中，却发现那上面空空如也，除了那轮显眼的明月。二人狐疑地看着木头。

木头还是保持着那个姿势，呆呆傻傻，一眼不眨地望向那里，不知他是真看到了什么，还是月光给了他幻觉。

重新回到屋中，神秘的白猫已经不知所踪。

三人顾不上四下寻找，左、前、右围着棺材。木头手中紧握着劈柴刀，有点跃跃欲试。

这时，曾老头忽然提出个新想法。

他说："我们为什么非要把它劈了烧？挖个坑，埋了不是更省心？何况，那样也许就不用怕有什么恶咒缠上我们。"

木头皱了皱眉，道："拿来埋不是没可能，但必须要符合一个条件。"

两人几乎同时问："什么条件？"

木头道："棺内得有一个活死人，而且还要非意外死亡。"

张大胆不解道："什么叫活死人？什么又叫非意外死亡？"

木头道："用道家的说法讲，一个人如果不明不白死了，他的内心就会聚上一口气，这口气会随时间的推移和外部条件的刺激而变得僵，僵就是硬，硬了就会难受，死人一难受，就会活过来，用我们的话说，那就是僵尸。而这口棺材，正是可以用来养僵的棺材，棺材本身的邪气，合上死人的怨气，那就够养成一具威力无比的僵尸王。到那时，四平街恐怕就永无安宁了。"

张大胆后怕道："难道就没别的办法了吗？"

"当然不是。"

这次说话的不是木头，而是曾老头。

张大胆奇怪地看着他，他一直觉得，曾老头并不如外表看去的那么简单。就拿今夜来说，他说要来历家鬼屋查探时，曾老头先是很吃惊，后又表现得非常心慌和害怕，最后还提出要去醉死酒楼买壶酒来壮壮胆，但他发现，自打来到了这鬼宅中，曾老头反而比谁都要冷静。难道真是喝了酒的缘故，还是他一开始就隐藏着什么？张大胆暗想。

木头道："曾老板有什么好方法吗？"

曾老头道："干我们寿衣这一行，多少都懂一些邪门歪道，刚才木头兄弟的一番话，使我想起了历家大宅的主人历老爷。"

张大胆抢着说道："曾兄，你认识历老爷？"

曾老头道："我何止认识，我和你爹，还有历老爷，那都是活在同一年代的人。你爹突然去世的前一年，历家也发生了件怪事，这件事后，也就是你爹死前的三个月，历家七十八口人，加上家丁和丫鬟，全在一夜之间离奇死亡，除了历老爷刚满月的小孙女至今下落不明外，尸体一具不缺。"

张大胆好奇道："历家到底发生了什么？为何会在一夜之间惨遭灭门之祸？"

曾老头道："那还得先由一口棺材说起。"

张大胆看了眼木头，更加好奇道："怎么又是棺材？"

曾老头长叹一口气，恐惧的眼神逐渐变得哀怨，兴许他并不想回忆起那段往事，但现在，他还是把它说了出来。

他说："历家世代都是书香门第，祖上出过不少能人大官，传到历老爷，整好是第二十九代。历老爷膝下有三子一女：大公子历世富头脑精明，善于打理祖业；二公子历世贵性情爽荡，为人不羁；三公子历世祥是个傻子；四小姐历世瑞博学多才，可惜是个女儿身，而且生来就有些柔弱,可怜她自小熟读四书五经,勤学诗词字画,但也难耐闺中寂寞,所幸大哥历世富曾相赠与一只波斯碧眼白雪猫,历小姐就以此为伴,倒也减轻了不少的烦恼。"

张大胆问:"历小姐相貌生得如何?"

曾老头眯缝双眼,一副如痴如醉的样子。

待得片刻,忽然张开眼,道:"历小姐生得美若天仙,似花如水,俨然就是仙女下凡,历家都把她看成是掌上明珠,不知拒绝下多少上门说亲的富贵公子。"

张大胆道:"那后来呢?"

曾老头面色微变,刚才还柔光闪现的眼神,瞬间竟变得黯淡。

他低低道:"后来……到了历小姐十六岁的时候,有一日,突然来了场怪病,自那后,历小姐便整日把自己关在房中,脾气也变得异常暴烈和喜怒无常,还时常神色恍惚,一会儿哭,一会儿笑。历家为了给小姐看病,广发布告,悬出重金,遍寻各方名医。可惜,所有的人都是信心而来,丧气而去,谁也查不清历小姐是何病理。"

张大胆急问:"那历小姐不是没得医了?"

曾老头接着道:"那也不好说,当年西南山南阳观有一位高人号南阳仙人,他亲来历府给小姐断病。不过,那南阳仙人只号了号脉,瞧一瞧面色,一没施针,二无开方,却道出一句让历府上下震惊不已的话来。"

张大胆更急道:"莫非是哪种极罕见的怪病?"

曾老头停了停,道:"说罕见也罕见,说不罕见也不罕见。"

张大胆道:"那是什么病?"

曾老头道:"历小姐怀喜了。"

张大胆惊讶得目瞪口呆,隔了半晌才道:"历小姐深居简出,尚未出阁,怎会有喜上门?更何况,先前来了那么多名医郎中,怎就无一人号出个端倪?"

曾老头道:"当时历老爷也这样想,还以为是南阳仙人断岔了。但南阳仙人却说,历小姐的确有喜脉,而且怀的还是暗喜,所以寻常大夫根本就瞧不出来。"

张大胆怀疑道:"什么南阳仙人,我看只是唬人混钱的棍子罢了。"

曾老头道:"正当历府的管家怒起要赶出此人,历老爷却开口道:'仙人，何为暗喜？'南阳仙人正色道：'暗喜是指怀的不是活人的孩子。'"

张大胆更是惊讶，一张嘴巴都不晓得如何才合得拢了。

曾老头又说道："南阳仙人当时说了个方子，听起来煞是简单，却有点难让人信服。"

张大胆道："是何种方子？"

曾老头道："将历小姐置于一口上好的桃木棺里，埋入地下七七四十九日，多一日不行，少一日也不行，到时辰，地府的鬼差会把小姐腹中的鬼子给带走，历小姐自也可不治而愈。但是，此段时间，不能出一点点的差错，否则，历家就会沾惹灭顶之祸。"

张大胆奇道："七七四十九日，就算治得病好，那人也将给憋死不成？"

曾老头叹道："世事难料，过了第四十五日，历夫人担心女儿，偷偷在棺木上起了个小孔。到了满日起棺的那天，南阳仙人只瞧了棺木一眼，便摇头叹息地离去了。临走时，他留下一句话：'棺木显红丝，怨鬼已出世，一切都晚矣！'"

张大胆焦急道："那历小姐最后可怎样？"

曾老头惋叹道："死了，死得血肉模糊，惨不忍睹，棺内一片狼藉。"

听曾老头这么说，屋内突地一下变得特别安静，就连屋外的风都吹得好像死气沉沉，不见生息。三人痛惋唏嘘，静默难言。

终于，还是曾老头先打破掉静寂。

他道："历小姐死后大约过了不到半年，历老爷过五十寿辰的那天晚上，历家大院到处挂满了红红的大灯笼，树上、屋檐下、房间门口，满屋满院到处都是。贺寿的宾客也来了不少，挤了满屋满院，鞭炮声、锣鼓声、喜庆声、来回走动的脚步声，尽都交杂着喜庆。历老爷那天也显得格外高兴，喝下不少的酒。大概过了零点，吃酒的客人走了一些，戏班子也收拾起箱子，打算回去，可就在这时，历老爷好像还意犹未尽，对身边的管家说，你要戏班先别忙活拾掇，我想让他们加演一场，赏钱都给双份。管家当时问，老爷想要听什么台子？历老爷张口就说，钟馗嫁女。管家愣了愣，想起来老爷可能是想小姐了，就没再说什么。戏鼓重新响了起来，有些准备走却还未走的宾客又坐了下来，家丁和丫婢们刚放松的心，只得又慌忙拾起。最后一台戏一直唱到了三更天，鼓声停歇，贺寿的差不多该走的都走了,历老爷和几位公子、夫人也回了房休息,只剩下几个下人还在忙着收拾打扫,一切似又归复安静。隔天一大早,起来的街坊突然从敞开的历府大门内看见了一幕恐怖的场景,原本拿来挂大红灯笼的大钩子上,竟整整齐齐吊着一具具尸体,每个钩子都不闲着,而且很不牢固的绳头,却能承受百多斤的重量,就算被风刮得左右摇晃,也掉不下来。灯笼撒落了一地,滚得满院打转,风头刮进灯笼,嗡嗡直响,好一番凄凉景象。"

张大胆轻嘘道:"真是一件怪事,奇事,异事。半夜之间,谁有这么大能耐害死这么多人?光是把七十几口人一个个挂上两米多高的铁钩,那也不是件易事。"

曾老头道:"人确实办不到,但后来有人想起南阳仙人说的话,就都不言自明了。现在,我们也不该鲁莽行事,得先把棺材抬走,跟我去找一个人。"

张大胆和木头都表示赞同。

木头把劈柴刀往腰骨间一插,弓起身子喊:"两位大哥,帮忙把棺木抬到小弟身上,小弟一人背走就行。"

张大胆看一眼曾老头,道:"劳烦曾兄举高火把,我一人就够。"

他捋起衣袖,身子微矮,左手搭紧侧角,右手插进棺底,深吸一口气,喝一声"起"。奇怪的是,棺材却纹丝未动。他喘着粗气,喃喃道:"棺内像有东西。"

木头和曾老头你看看我,我望望你,身上都不觉出了层冷汗。木头好似还不是很相信,上前用力推了推,棺材却如压了老铁一般重。他犹豫片刻,小心翼翼掀开了棺盖。

棺内一片血红,散落着一具模糊不清的身体。三人看去,有一大块身躯被压在了里面,刚好装填满当。尸体的四肢和头颅被人不知用什么工具给卸了下来,切口很是整齐,上躯放在了最底层,上来是手和脚,脚的锯断处嵌着一颗头颅,就好像是一个没有身子的侏儒一样滑稽,却不免使人看着害怕。

一直沉闷少言的木头,这会儿抢先失声道:"他……他……不是昨夜才失踪的严大胖子?"

熟悉四平街历史的外人都清楚,四平街人有三惧:一惧历宅,二惧凤凰落，三惧醉死酒楼。惧怕历宅就不用说了，因为那里一夜间死了好多人，一到夜晚阴风习习，阴气旺盛。但是，这还不是最糟的。

四平街往东五里不到有一座高山冈，据说很早的时候，有一位华贵的公主经过山下时，被一伙强盗给劫到了山上做压寨夫人，刚烈的公主不从，有一夜趁看守不备，偷偷跑了出来，却不幸摔死在了悬崖下。所以人们就给这座山起名叫凤凰落。

人们惧怕凤凰落，并不是山上曾经出过强盗，而是因为，现在的凤凰落，埋着历家上下七十几口人的尸首。过了二十几年，谁也忘不了那一具具骤添的尸骨，活着的人都盛传，历家人死不瞑目，冤魂一直在四处游荡，至于他们安息的凤凰落，那是生人都不敢近尺的地方。

也许和凤凰落相比，醉死酒楼会好很多，起码它还卖酒，起码会喝酒的男人都不会讨厌它，讨厌它的只有女人。因为男人一旦走进去，就很少能清醒着出来，所以好多女人到了夜晚都只能独守空房，也只有女人会惧怕它的存在。但如果来的是外人，那这里还有个三怪：酒怪，人怪，床怪。

醉死酒楼的招牌是掌柜自酿的三杯倒，闻一闻，瞧一瞧，和普通的烧刀子没啥区别，但要喝上一两口，就会发现它的劲比任何的烧刀子都过瘾，而且喝了就有种想醉的感觉。

酒醉了，也许就得找个地方睡觉。醉死酒楼有大小十八间房，所以并不缺床，但这里的床却很特别，除了够喝酒的三张大方桌外，其余的都是崭新的棺材，坐的，站的，躺的，甚至连掌柜算钱的柜台也是用两副棺材垒起的。借这里的人话说，这样既不占空间，也睡着舒服。所以，有些过路的客人一待就是好几天，醉了睡棺材，醒时接着喝。

酒老鬼就是这样一个人，和别人不同，酒老鬼不但是不折不扣的大酒鬼，还是这里的掌柜，所以他喝酒并不愁没钱。可能就因为他奇怪的双层身份，所以才能酿得出像三杯倒这样一等一的好酒。

但酒老鬼现在并不想醉，因为他身边又多了口棺材，一口本不属于他的棺材。

曾老头说要找酒老鬼的时候，张大胆和木头都很吃惊，因为酒鬼喝酒还可以，却很少能听说酒鬼还能办事。

曾老头却说："要解决这等怪事，非怪人酒老鬼莫属。"

的确，酒老鬼是个怪人。但三人来了都差不多一炷香的时间，竹叶青也喝了好几斤，却只听酒老鬼说了一句话，而这句话也只有一个字。

进门时，曾老头说："老鬼，来三坛竹叶青。"

酒老鬼道："哦。"

奇怪的是，酒老鬼却拿了四坛酒，他在三人一桌坐下，好像他们把棺材抬进他的店中，他并不介意。也许他只考虑有没有人陪他喝酒，对于多了一口棺材，那是客人的事。

曾老头打开酒香四溢的竹叶青，自顾自喝了起来。

酒量并不好的木头只喝了一小口，便寻出话题道："张兄，你知道我在历宅瞧见了什么？"

张大胆道："瞧见了什么？"

木头道："两个纸人，男前女后，自东向西，在屋梁上一溜烟行走过去。"

张大胆瞄了眼曾老头，道："像不像曾兄的手艺？"

木头道："我没敢看仔细，但好像是。"

张大胆又看了眼曾老头，道："看来我的猜测是准的，它们确实进了历家鬼屋。"

曾老头开口问道："木头，你真瞧清了，不会是清明纸扎铺的吧？他家的纸人可比我扎得好看多了。"

木头肯定道："应该不会看错。清明纸扎铺扎金屋、银桥、铜床那是一手，却不见他扎童人。再说，他们铺子也只扎一种人，那就是女人，非常妖艳的女人，能上床的女人，可我在历宅瞧见的，相信绝对是一对金童玉女。"

曾老头不再说话，他相信木头说的，因为一个人如果连童人和女人也分不清，那他不是傻子就是瞎子。木头虽然叫木头，却并不见得傻，可以说还很机灵，当然了，他也不是瞎子。四平街就只有一个瞎子，活眼神算不但是瞎子，而且还是个会算命的瞎子，一个脸上看去永远都没有表情的瞎子。也许皱眉不能算是一种表情，但现在瞎子确实在紧锁着眉头，而且还锁得厉害，脸几乎都快变了形。

酒老鬼好像对突然出现的活眼神算早有预料，道："瞎子，你来得正好。"

活眼神算道："我只是想来喝杯酒，惹麻烦的事瞎子可不感兴趣。"

酒老鬼道："你知道我们有麻烦？"

活眼神算道："瞎子只懂替人算命，却算不来麻烦。"

张大胆忍不住道："那你为何说我们有麻烦？"

活眼神算道："我只说不想给自己惹麻烦，却没说你们有什么麻烦。不过话又说回来，几个大男人只围着喝竹叶青，我想不是遇上了麻烦事，那就是心情不是太好。"

张大胆恨恨地捧起酒坛子灌上一大口，气得闷坐在那里无语作答。

酒老鬼笑笑道："瞎子，你说你会给人算命，那麻烦替老夫卜一卦如何？"

活眼神算道："你不需要。"

酒老鬼又笑了笑，道："难不成还怕我赖你的卦钱？"

活眼神算道："虽说瞎子爱钱，却也不想赚快死之人的钱，我看你还是留着买口好棺材才是。"

酒老鬼怔了怔，不怒反笑了起来，他笑得前仰后合，夸张爽朗，甚至连喝进去的酒都从鼻孔呛了出来。

他道："那你说我这店中有这么多棺材，哪一口才算上最好？"

活眼神算道："你旁边的那口就不错，只可惜太小了点。"

曾老头，张大胆，还有木头听活眼神算提及那口棺材，心里一下紧张起来，他们同时看向酒老鬼。

酒老鬼悠悠道："既然你说它是口好棺材，那我就不吝送给你好了。"

活眼神算笑了笑。他笑时真不好看，不露齿，不动唇，只是微微皱了皱脸皮，但那确实是笑，虽然不好看，却也比不笑的好。只有死人不懂得笑，活眼神算虽然是个瞎子，却还不是死人，所以在不知不觉中笑那么几回，也是可以理解的，就算笑得不如张大胆那也不是什么过错。

张大胆是个非常喜欢笑的人，他笑得也比活眼神算好看，但也多表达不了什么，只是声音大了些，笑容灿烂了些，动作也更夸张了些。他张开双臂直了个懒腰，脚架到屁股下的棺材上，显得一副很悠闲的样子。

他道："神算不是来喝酒的么？那为何还不坐下？"

活眼神算道："我看你们喝得也差不多了，我等你们醉倒后再坐也不迟。"

张大胆道："我们喝的是竹叶青，不是三杯倒。"

活眼神算道："我比较有耐性，不怕等。"

张大胆道："为何不一起挤挤？"

活眼神算道："我也想，可是我知道那样就会有麻烦。"

"既然有酒吃，又何来怕麻烦？"门外又走来一人，众人目光都刷刷瞧了过去。只见此人一身青衫长袍，颧骨高突，双目深邃，手上拿了一纸画扇，看上去很有仙风道骨之气。他道，"瞎子耐性好，我可就等不了了。"

他抬起屁股在小人棺上坐定，喊道："老鬼，来坛上好的竹叶青。"

活眼神算淡淡道："张老弟，别说瞎子不提醒你，今日的酒可不是随便能喝的。"

张画师盯着眼前的酒坛子，道："莫非今日这酒有毒？"

活眼神算道："酒是无毒，但请酒的人却有毒，且还剧毒无比。"

张画师道："这我就放心了，我只吃酒又不吃人。"

活眼神算道："可瞎子现在却很不放心。"

张画师不解道："我吃我的酒，你有何不放心的？"

活眼神算道："瞎子担心是否可以撑到你也与他们一起醉倒。"

张画师倒酒在碗中，喝上一口，忍不住赞道："好酒。"

他接着又续满了碗中的酒，起身端给活眼神算道："瞎子，这碗算我请。"

活眼神算道："你已经喝了他们的酒，所以现在你也是有毒之人。"

张画师抬了抬眼皮，道："不吃拉倒。"一口饮去碗中的酒，再也不去理会旁人，自顾自饮起来。

酒老鬼道："瞎子，福祸在天，冥冥中自有安排，你又何必这般执著？"

活眼神算沉默片刻，最后长叹一口气道："明日午时，凤凰落见。"

说完，去酒架抱起两坛三杯倒，朝屋外走去，行至门口，忽然停下来，冷冷道："我不喜欢竹叶青。"

张大胆和木头目瞪口呆瞧着活眼神算消失不见。

张大胆自言道："神算真是个怪人。"

酒老鬼道："瞎子就这样，嘴硬心软，没什么好奇怪的。"

张大胆道："神算说明日去凤凰落，去那鬼地方做什么？"他看向曾老头。

曾老头只顾喝酒，懒得作答。

张大胆又问："我和木头可也要去？"

酒老鬼道："当然。"

张大胆胆寒道："可是听说那地方——"

酒老鬼道："怕了可以不去。"

张大胆苦笑道："我不是那意思！我想明日去时该准备些什么？"

酒老鬼道："不需要。你二人只要带上棺材便行。"

提及棺材，张大胆还是忍不住瞟了眼张画师。他还是那么小口小口饮着酒，殊不知在屁股下还埋藏着一个秘密，或者他已经知道了这个秘密。但可以相信，这个秘密过了明日也许就将不会再有人知道，就像历家七十八口人一样，死后就有他该去的地方，而这个地方，就是凤凰落。

白日，正午，肃杀。

二十几年前，凤凰落盘踞着一伙专门打家劫舍的通天大匪，很少有人能知道他们的真实身份，只听说匪首自封啸阴天王，人称紫衣人，手下有上千匪众，但在江湖上名头贯耳的却只十八个人。当年江湖上还流传着这样一副对子，名曰："紫木金铁"。

上联：五行青花白面刀。

下联：病鬼冷血三剑魂。

一副联对，一字一人，十八个人，各占联中一席。

江湖黑道胆寒地称他们十八个人为百步十八蛇。

十八个人，十八种手段，当然也有十八样的死法，当年盛传，谁惹上了他们，好比就让百步蛇缠上了一般可怕，谁也别想能安心活过百日。此话虽有些夸张，但不可否认，几十年来，百步十八蛇作下大小案件上百起，中间从未失过手，响头一度盖过湘西黑道中最狠最毒的阴阳双尸。在百步十八蛇作下的上百起案子里，当中最轰动江湖的，当然要数他们当年劫掠南明永历皇帝朱由榔的女儿南阳公主一案。

永历十三年（公元 1659 年），清兵三路追逼，永历帝无奈，于十二月逃入缅甸境内。永历十四年（顺治十七年，公元 1660 年）八月，在平西王吴三桂的请求下，清廷决定出兵缅甸，迫使其交出明永历皇帝。永历帝得到清军进入缅境的消息后，给吴三桂写了一封乞生之信，为了表达自己对吴三桂叛逆倒清早已不计前嫌，永历帝还打算把年仅十四岁的南阳公主嫁给吴三桂之长子为妾。可惜，南阳公主的队伍在行进了几日后，却在凤凰落脚下被山上的一伙强盗劫了个正着，南阳公主也摔死在凤凰落主峰观阳顶的断崖下。

之后，缅甸王变节，把永历皇帝朱由榔交给了吴三桂。吴三桂押赴永历帝至云南的昆明，绞死在篦子坡。但过去不久，永历帝的尸体却无缘无故不知所踪，有人猜测是让某些反清志士秘密劫走安葬了。不过，这些俱是后话，不曾亲眼见到，终都无人相信。

再说观阳顶，东西南三面竟是万丈不见底的深渊，北面更是山道崎岖，怪石嶙峋，有一夫当关、万夫莫开之势，前朝官府多次带兵围剿，都只能望崖兴叹。但奇怪的是，这等险峻易守的山崖，百步十八蛇苦心经营了几十年的老巢，却在二三十年前的一夜之间化为乌有，山上强盗都死在了观阳顶上。

张大胆和木头抬着口棺材，举步维艰地走在蜿蜒曲折的山道上。棺材本身并不很重，压肩的是躺在棺材里的人，但就算这样，两人也不该抬得如此吃力，除非，他们要去的地方很特别，因为只有上观阳顶的山道才会走得这么艰难。

张大胆悻悻道："木头兄弟，你说老头子干吗费这么大劲，要把棺木抬向这种鬼地方？"张大胆嘴中说的老头子指的是活眼神算，以前张大胆都很客气地称他叫神算，而现在却直接呼为老头子，想来他心里一定是恼怒到了极点。

木头没好气地说："老头子是怪脾气，他是何想法，我们哪看得透？"

张大胆擦擦汗道："看来这些老家伙真把咱兄弟当牛使了，起先真不该找上他们，相信没有他们，咱也照样可以摆平。"

木头道："到这份上，咱们也只能照他们说的办，具体老家伙的葫芦里卖的是什么药，看了不就知道了。"

张大胆道："兄弟说的是。我们再加快些脚步，省得让他们等久了。"

说着，两人停下互置一个肩头，加速着脚步往山顶赶去。

不多时，前方山上出现了一座气势宏伟的大屋。屋舍宽丈百米，古朴典雅，可惜整体已有些破旧，好久没有人打理的样子。屋子的门前有十几块花青石建造的石阶，一个干净且满脸严肃的老人站在石阶上，眼睛不停地往山道这边瞧来。

张大胆刚露出半张脸，就听见有人喊道："张兄弟，你们可总算是来了。快，赶紧往这边抬来。"

张大胆喘着粗气道："曾兄，怎么就你一人？"

曾老头道："他们都在后头呢！就差你们了。快些，千万别误了时辰。"

两人紧紧肩上的杠头，跟随曾老头往屋后走去。三人走了大约半炷香时间，穿过一大片茂密遮阳的竹林，眼前突然出现了一处断崖。崖前摆放着一张长形的方桌，桌上搁有木剑、笔砚、朱砂、黄符、火烛、八卦罗盘和一些祭品。

活眼神算、酒老鬼和张画师都焦急地等在桌前，酒老鬼的手上还撑了把锄头，腰间缠绕着大圈的粗麻绳。

曾老头示意张大胆和木头把棺材放到祭桌的前面。

两人放下棺木，退至一旁。

一切布置妥当，活眼神算从桌上托起八卦罗盘，沿着断崖往前走。他走几步，歇一停，又往前几步，又停下站一会儿，他的脸始终保持着那种不可侵犯的姿态，很让人捉摸不透。这时，他又停了下来，只见他开口道："就这地方了。"

活眼神算话音刚落，一旁的张画师迅速抄起桃木剑，面对空中奇怪地比划着。他的嘴中还念念有词："尘归尘，土归土，阴阳相隔，人鬼殊途，人走人的阳关道，鬼去鬼的独木桥，阴阳有界，各不相安，怨气情仇，生世来生……"

念完一大段难懂的咒语，张画师放下木剑，用毛笔蘸上朱砂在黄符上画出几道奇怪的符咒，他道："酒鬼，看你了。"

酒老鬼解下腰间的麻绳，用很奇特的手法给棺材打上几个死结，然后在前后左右各贴上两道张画师画起来的符咒，最后抄起锄头，纵身就跳下了断崖。

张大胆失声道："酒老板，你……"他正要跑上崖边查探个究竟，不料身旁的曾老头却拉住他的手臂道："葬棺之时，闲人莫近。"

说着，曾老头走到棺材旁，单手举起三百多斤的棺木，很轻巧地来到酒老鬼跳下崖的地方，抓住麻绳把棺木往崖下放去。

其余的人都站在很远的地方，看着曾老头的一举一动。

木头瞪直了眼睛，羡慕道："想不到曾老头有这样的一手手力。"

张大胆感叹道："何止曾兄，其实他们都是深藏不露的高手。想不到在四平街住了这么久，我俩的眼睛却比神算还瞎得厉害。"

木头道："神算瞎眼测风水，张画师招魂画符，酒老鬼身轻如燕。如果不是我亲眼所见，还一直以为他们只是些会算命、画女人、喝酒的老鬼呢！"

张大胆笑笑道："如果没有点本领，我想他们也不会来趟这潭浑水了。"

木头道："那你呢？"

张大胆遥望着远方，其实他也不知道他为什么会来这里，是真的出于朋友间的义气，还是有别的原因，他真的没有想过。他本是一个胆子很小的人，可这次却义无反顾地来到了做梦都害怕的凤凰落，这不能不说是一个奇迹。或许在他的心中，还有一个缠绕了好久的谜团，那就是父亲的死，是真吓死在那只神秘白猫的爪下，还是有别的隐情，他暂且无法知道。但不管是何原因，自从历宅再现一只同样神秘奇怪的白猫后，他就感到很不安，或许这和严胖子的神秘死亡有关，或许，它就是杀死严胖子的凶手。

日落西山，酒老鬼终于被曾老头从崖下拉了上来。只见他衣衫褴褛，浑身汗湿，胸前和手臂都刮了好几道的血口子，脸色看去竟显苍白，四肢还不住地打战。

曾老头道："老鬼需要休息，我看今夜就别下山了。"

张画师道："那我们今夜就在凤凰山庄住一宿，待明早天亮再下山不迟。"

活眼神算叹道："现在也只能如此了。"

很快，众人就来到了山道口的大屋前，张大胆这时才明白，这里就是张画师说的凤凰山庄。刚进入庄子，曾老头就说道："你们先坐一下，我去给大伙弄点吃的。"

张大胆不放心道："曾兄，我陪你一起去吧！"

曾老头道："不用，你替我照顾酒老板就是。"

张大胆点点头，他搀着酒老鬼来到了昏暗的凤凰山庄的会客厅中，其他的人也都跟着走了进来，大家都靠在落满灰尘和蛛网的椅子上闭目养神。

待坐下不久，天色就完全黑了下来。张画师从身上拿出一道火符点燃了一支蜡烛，顿时，会客厅里一下变得亮堂非常。张大胆好奇地四处看着，他发现强盗的庙门和普通民间的古屋大宅也没太大的区别，唯一令他感兴趣的是正堂挂着的三幅人物画像。中间一幅是清太祖努尔哈赤，左边一幅是大顺帝李自成，右边一幅是平西王吴三桂。

张大胆百思不得其解，凤凰山的强盗为何会供着这样三个人？按理说，这三人都是亡明的元凶，血性汉人的仇人。难道这伙强盗和明朝朱家有什么不共戴天之仇，故此他们当年劫下南阳公主也并不是什么单纯之举？正迷惑思索间，曾老头拎着两只野兔三只山鸡走了进来。

他笑呵呵道："看来今天运气还不错，刚出门就打了这么多，我看这也够咱们吃个饱了。"

酒老鬼抬了抬好像刚醒来的眼皮说："够是够了，只可惜少了下菜的酒。"

张画师道："老鬼，我家还藏着一坛南宋宫廷御用的贡酒，等明早下了山，我拿出来请大家一起吃。"

酒老鬼眼珠亮了亮，兴奋地说："认识你这么久，平日也不见你如此大方，看来明日我一定得喝个痛快。"

张画师叹道："是啊！明日非吃他个不醉不死不可，最好吃醉了还能找口好棺材睡一觉，那是再美不过了。"

酒老鬼笑了笑，然后又合上了双眼。

夜深人静，张大胆再次睁开眼睛，和之前只听见呼呼的犹如豺狼虎豹的山风，还有隔壁木头沉重的鼾声不同，这次还多了层碎碎的脚步声。

脚步声忽远忽近，忽重忽轻，就如一个幽灵一般，在深夜的凤凰山庄里四处游荡。当他隔着一层薄薄的窗纸，停留在窗下时，张大胆猛地一下清醒起来，他突然想起睡前曾老头和他说过的话。

他说："凤凰山庄宽丈百米，有屋108间，是当年百步十八蛇的起居行宫。听说在山庄的某个房间中还埋藏着大笔的财宝，只可惜二十几年前，凤凰落所有的强盗一夜全死在了山上，至此也丢失了埋藏宝藏的下落。在后来的几十年里，有无数的寻宝人冒死前来寻宝，却都是神秘地有来无回。更让人奇怪的，凤凰山庄东有54间房，西应该也是54间房，可是数来数去却都只有53间，不管怎么数整座山庄都凑不上108间房，最后的那间房谁也不知道在哪里。所以，很多人就说那是强盗不死的鬼魂蒙了活人的眼，除非有了他们的同意，要不然谁也别想找到那最后一间房，更别说取走那间房下所埋藏的宝藏了。"

张大胆心中嘀咕道："莫非山庄里真像曾兄说的有鬼？"可惜曾老头现在不在这里，他和酒老鬼还有其他两个老头睡在东边房，木头却和张大胆睡在了西边房。

忽然，窗外的影子晃了晃，低低道："张兄弟，快随我来。"

张大胆一听声音，不免暗喜道："是曾兄。"赶忙起身穿鞋，刚跨出房门，却发现曾老头已站在大门口的青石台阶上。昏暗的光线下，他瞧不清楚曾老头的脸，只见他穿着白天的衣服，站在那里不停地向他招手。

张大胆也不作细想，匆匆忙忙随曾老头往山庄后面的断崖跑去。

不一会儿，张大胆就随着曾老头进入了竹林，只见两人风驰竹啸，以电光火石般的速度奔跑着。可是，不管张大胆使多大的劲，曾老头都始终和他保持着十余丈的距离，然而这一点张大胆并不感到奇怪，因为从昨日开始，他就看得清楚，曾兄不再是以前的曾兄，他是高手，一名身怀绝技的高手。

出了竹林，张大胆只觉一股疾风直扑双面而来，他微一斜头，躲开正风。再得看时，却发现曾老头早已不知去向，而断崖边竟站着另外一个人。此人裹着一身素衣，背向着他。

张大胆往前几步道："酒老板，你怎么也在这里？"

酒老鬼道："你是谁？"

张大胆奇怪道："我是张大胆，酒老板不认识我了吗？"

酒老鬼又道："酒老板是谁？"

张大胆只觉后背脊梁骨一阵冷飕飕的，就更加奇怪道："你不就是酒老板吗？"

酒老鬼冷冷道："我不是。"

张大胆几乎脱口道："那你是谁？"

酒老鬼一字字道："啸阴天王。"

张大胆惊诧道："啸阴天王？凤凰落强盗之首啸阴天王？百步十八蛇

的总瓢把子啸阴天王？"一连叱出数句几近相同、实则有异的话，似在暗问自己，又像是询问他人。他双目注视前方，难掩吃惊之色。

酒老鬼一动不动，始终面向断崖，仿佛老僧入定一般。山风吹过，衣袂猎猎飞舞，他缓缓道："你知道的倒还不少？"

张大胆正色道："叱咤风云三十年，滇南头号匪首，黑道上号称和湘西阴阳双尸齐名，并同样使得江湖中闻风丧胆的啸阴天王，我哪有不晓得的道理。"

酒老鬼又缓缓道："既然你晓得我，就该知晓此地不是你久留之处，免得后悔丢了性命。"

张大胆仰望天空，突地哈哈大笑起来。

酒老鬼道："你笑什么？"

张大胆目光一凛道："生有何欢，死又何惧，人生在世，乐生畏死，乃鼠小之辈。"

"好一句鼠小之辈，说得好，有胆识，好气魄。"漆黑一片的竹林中，曾老头缓慢走将出来，他撇了眼张大胆，接下道，"兄弟一身豪气，天地干云，真不愧是血——"顿了顿，似想起了什么，马上道，"真不愧是血性汉子年少英雄。"说到血时，声音不禁拉长了许多。

张大胆淡然一笑，目光炯炯道："曾兄夸大兄弟了，兄弟哪有曾兄说的那般厉害。"

"曾老头子所言对极，虽然老夫瞎了眼，耳朵尚还好使得很，看来张兄弟并不像坊间相传的那样胆小怕事，确实算得上年少英雄。"一阵阴沉的声音又自林中传出，活眼神算面如霜纸，死硬发僵，轻声走到曾老头身后。张画师摇着折画扇，面带微笑，洒脱地跟随走出，站在活眼神算身侧。

张大胆突见活眼神算和张画师，神情顿了顿，暗忖道："深更半夜，曾兄几人把我唤至这里，不该只是为了夸赞我一番吧？"转念至此，又忖道，"不管如何，相信曾兄是不会害我的，如果有什么事，我只看着办就是了。"

他挺了挺身子，看向曾老头，脸上难掩惊疑之色。

曾老头缓缓向前走来几步，到离张大胆还剩两丈余地，突地停下身，正色道："兄弟，你知道我等几人为何要叫你来此吗？"

张大胆迟疑了下，说："曾兄有事，兄弟便赴汤蹈火也不皱半下眉头。"看曾老头不为所动，便举起右手，发着誓道，"苍天为鉴，我张大胆对曾兄如有二心，叫我万箭穿……"想起深夜曾兄把自己唤至此，必定有不简单之事，但无论怎样，也抵不了曾兄当年之恩情。

那时十岁刚过，母亲不幸得病去世，幼小的张大胆，一下成了无父无母的孤儿。有一日实在饿极，偷偷跑到严胖子包子铺盗肉包吃，哪晓得却让店中伙计撞了个正着，失措之余，慌忙躲到曾兄的佛桌下，窝到夜晚，才敢战战兢兢爬将出来。不料曾兄早已瞧见了他，问清事由，把他领到严胖子铺中，替他付了包子钱。以后的日子，曾兄就成了父亲一般照顾着他，在心里他也一直把曾兄当成父亲那样看待……

曾老头欲言又止，站在崖边的酒老鬼道："你们几个老头把一个后生晚辈叫到这里来，是不是想他死得比你们还更快一些？"

曾老头、活眼神算、张画师同时愕了愕，酒老鬼接着道："见了本天王，为何还不跪拜？"

活眼神算干咳两声，厉声道："你等究竟是谁？如不从实道来，就休怪老夫掌下无情。"话音方落，人影一闪，往前直掠数丈，双脚刚好踏在酒老鬼落在地上的影子上。

酒老鬼"嘿嘿"一阵狞笑，听得人毛骨悚然，后脊发冷，若不是亲耳所见声音的来处，实怀疑那是地狱飘出的冤鬼的哭嚎声。

活眼神算怒叱道："看来你是不想老实了。"双掌一翻，右指直取酒老鬼后背"神藏"穴，左手肘弯微屈，勾指成爪，斜抓尾脊"阳关"穴。顿时，酒老鬼身后两处大穴都让这一指一爪所笼罩，眼见指到爪落，非死即伤，但他却仍像没事人一样站着。

突地，指爪都同时停了下来。活眼神算呆呆地站着，双手一勾一直，一上一下，还余身体半寸，生生停在那里，额头青筋直冒，一张僵硬的脸在不停地扭曲，轻叱道："你真不怕我杀你？"

酒老鬼默然站着，似乎不愿多说一句话，又似乎根本就不相信活眼神算真的会出手，所以他现在索性连笑都省了。

活眼神算又道："我知道你不是酒鬼，其实我也不是好杀之人，只要你亲口告诉我酒鬼现在何处，我保证绝不伤你性命。"

酒老鬼还是一片默然。山风吹过，竹叶萧萧，观阳绝顶，浓云残雾，断崖底下万丈绝壑，不知掩埋下多少孤魂。是忏悔，还是思索？可是他在忏悔什么？又在思索什么？或者什么都不是？等死——绝对是最好的解释。

活眼神算大喝一声，右掌上扬，朝酒老鬼的头顶缓缓下切。此掌虽是来得缓慢，劲道却十足，且留有余地。除非酒老鬼身影不动，若非那样，他应该很容易就能躲过此掌，但如果不作任何闪躲，此掌绝对有开山裂石之力。想是活眼神算并非欲伤及于他，乃是试探之意，但如果他仍像先前那样不顾生死，那这掌也许真会要了他的性命。

观阳顶一片寂静，活眼神算甚至都能听见自己的心跳声。他虽是眼瞎，双耳却灵得很，哪怕是轻微细小的闪避，也能分辨出来。他侧耳静听，除了山风呼啸他衣袂发出的"璞璞"声，感觉不到还有任何的声响，他的脸上现出了失望，然后逐渐变得僵硬。

忽然，一道银光飞速穿越，击中了活眼神算正在缓缓下切的手腕上。

活眼神算只觉手腕处一麻，脸色诧了诧，很快又恢复了平静，沉吟道："张画师，你这是作何？"

张画师身影掠过，拾起地上的折扇，含笑道："瞎子，你一直自称耳力惊人，无人可伤及到你，可惜呀可惜……你还是被我击中了。"

活眼神算脸变了变，叹道："如果不是瞎子把你当成是朋友，你岂能容易得手？"

张画师笑容一收，颔首道："瞎子，你耳力虽不错，但毕竟还是看不见。瞎子最大的弱点就是静，静不但能毫不费力地靠近你，还能杀人于无形，要不是我的眼力好，恐怕你这个活瞎子现在已是死瞎子了。"

活眼神算道："此话怎讲？"

张画师缓步上前，伸指探入酒老鬼头顶发中，应声拔起一枚半寸长的银针，银针在手指间发出惨绿的光芒，可以肯定，上面一定淬满了剧毒。

曾老头和张大胆远远看到，也冷不丁打了个冷战，但又不得不佩服张画师惊人的眼力。

张画师收起银针，小心放入怀中，喃喃道："好阴毒的手段。"

话声未了，只听"噗"的一声，酒老鬼直挺挺倒了下来。只见他眼角青紫，眼珠突出发白，再看脸上，更是扭曲异常，且阵青阵红，面容惊讶之极，像是死了还不相信自己死了，或者根本就没想到会死在杀他之人手上。

张画师、曾老头、张大胆一脸错愕。

活眼神算轻叱道:"此人是谁?"

张画师双目圆睁,强忍住胸中悲怆,仰天长啸一声。残雾渐薄,天色渐明,一声长啸震动山梁,响彻深谷,比苍歌,犹自茫。长啸声落,风声却显得更急、更烈、更荒凉。

活眼神算咬着"咯咯"作响的牙,喃喃道:"老酒鬼,不管凶手是鬼是人,瞎子一定替你找出他来。"他单手抓起酒老鬼胸前的衣襟,托过臂顶,直把尸体掷向了万丈深崖。

张大胆欲上前阻止,不料曾老头拉住了他的衣袖,他着急道:"神算怎么把酒老板……"

曾老头截声道:"兄弟不知,老酒鬼生前早就吩咐过了。"

张大胆想问:"那便是这样草草地弃在崖下么?"

但是,他终究还是没能问出口。

东方日起,朝阳生辉,云开雾散,但闻一声沉重的叹息:"一天又来临了。"

观阳绝顶,张大胆、曾老头、活眼神算、张画师一排并肩坐在断崖边,望着深不见底的幽谷出神。秃鹰盘绕,猿猴啼声,原来人死后除了入土为安,还可以回归自然,但枭雄、草莽、绿林、豪杰,又有几人能有如此胸怀、胆量把自己赤裸于天地之间?古往今来,实甚寥寥。

曾老头目视徐徐上升的太阳,道:"佛祖释迦牟尼说,人死并不是死,丢弃的只不过是一具寄居下的臭皮囊而已,灵魂会像朝阳一样日日轮回,得到重生。"

张大胆支着头,喃喃道:"我现在只知道,以后我们都别想再喝到酒老板自酿的好酒三杯倒了。"

一阵沉默。几声鹰鸣猿啼自谷底传来,久久回响于耳,像是告诉人们,这就是自然,自然的钟声,才是最动听悦耳。

张画师幽幽叹道:"昨日答应请大伙吃酒,今日……今日酒鬼虽说已不在,但酒却还是要吃,而且还要在酒鬼的醉死酒楼吃,我一直觉得,哪里吃酒都比不上在醉死酒楼吃得舒服。"

活眼神算道:"画师讲得对极。"

第一章 荒屋鬼宅

张画师起身而立，拂了拂袖袍上的尘土，最后目视一眼断崖下的深谷，道："时候不早，我们该是起身下山了。"

活眼神算、张大胆、曾老头也闻声而立。

曾老头自怀中掏出一方墨砚大小的紫檀木匣，匣身磨得光滑莹亮，面上雕刻着龙腾日月图案。他把匣子交到张大胆手中，道："兄弟，昨夜请你来，就是想把这只盒子交于你保藏，可惜——还是发生了不幸之事。"缓缓垂下手来，忍不住深深一叹。

张大胆惊愕道："曾兄，你——"

曾老头道："兄弟以后自会知道，你只好生保藏，切莫轻易擅自开启，否则会有惊天动地之大祸。"

张大胆道："曾兄交代的事，兄弟自不敢大意，你放心交于我就是了。"

曾老头呆呆道："我当然相信兄弟，可是——唉，以后就……让兄弟多费心了。"缓缓抬起头来，"不说这些了，咱们还是早些下山，木头兄弟还在凤凰山庄等着。"

晨风习习，山道蜿蜒，五条人影飞快地走着。上山难，下山易。来时急，回时更急，来时六人，走得缓慢，回时还余五人，轻巧快捷。一日一夜，物是人非，唯一熟悉的，一草，一木，一山，一石，从身旁飞快地掠过。

回到四平街已是正午，但瞧街上人烟稀少，商户俱是闭门，只闻街尾传来声声喧闹震天的鼓击声。抬目望去，隐隐瞧见尽头有不少拥挤的人头在晃动。

越往前，喧闹声、嘈杂声、鼓击声和呐喊声混成一片，响声震耳欲聋。

木头好奇道："今日是重阳还是中秋，还是哪家娶媳嫁女，咋搞得这般热闹？"

张大胆道："去看看不就知道了。"

木头道："那倒是。"

走得近些，才看清人山人海之前原来搭起了一方高台，台子耸在历家大院门口，台上站着三人，两名威武彪形的大汉，面相凶恶，赤裸上身，手中各持一双擀面杖粗的击鼓棍，目视前方。还余一人是飘飘院的老鸨，站在台子中央，手上拿着一本花名册，她用手指指台子左右大汉身后的一副对联，娇声念道："赏花，爱花，花花娇艳；公子，银子，子子皆缘。"头顶还横着一条三丈长的批子：点花大会。

木头岔声道："飘飘院的花老鸨又玩啥新鲜了？"

张大胆轻笑道："嫁女儿吧！"

木头踮起脚尖，嘿嘿笑道："嫁女儿，那可不好错过了，得好好瞧他一瞧。"

话音刚落，花老鸨缓缓翻开手上的花名册，清清嗓门，朗声念道："飘飘院自开院至今，历经二十余载，蒙诸人爱戴，本院一直风雨不歇，香飘不衰，自心中不胜感激，在此今日，花香之时，举行点花大会。本院飘梅、飘兰、飘菊、飘桃四朵金花，价高者得——"念至此，忽地停下来，看着台下的反应，特别是辛家二公子，四平街十里都难寻的风流公子，更主要的还是人家还出得上价钱。

辛二公子辛竹微微抬了抬眼皮，面无表情地撇了眼台上的老鸨，像是对梅、兰、菊、桃四位姑娘并不是很感兴趣，他淡淡道："无飘红，本公子概不奉陪。"

花老鸨微微一顿，转而舒眉一笑，接下去念道："有价实无价，无缘似有缘，飘飘院当红花魁，飘红姑娘将最后为大家抛撒香球一枚，有缘得球者，将收到飘红姑娘亲自之邀请，飘飘院的春风楼将为这对佳人共烛良宵，赏酒夜谈……"斜眼瞟了下辛二公子，往下接着念，"如愿出高价，亦可同飘红姑娘喜结梦缘，枕香共之……"

辛竹公子早已按捺不住，连连喊道："花妈妈，你就别说那么多废话了，赶快叫飘红姑娘上了台来，今日我是非一亲香泽不可。"

花老鸨眯眼一笑，道："辛公子莫急，飘红姑娘要最后才上得了台，辛公子可先瞧瞧别的姑娘。"抬起头扫视了台下焦急的人，似乎还算满意。眯起双眼，"啪"一声重重合上花名册，一字比一字还大声地宣布，"现在请飘梅、飘兰、飘菊、飘桃四位姑娘登台。"

鼓声又响了起来，两名彪汉铆足了劲，把两面大花鼓击打得甚是热闹。但就是这样，鼓声还是掩盖不住台下更加浩大的尖叫声。

飘梅、飘兰、飘菊、飘桃四人坐在两抬轿中，由八名同样彪壮的虎背黑衣劲装大汉抬上台子，轿门让帘子遮得严严实实。轿子刚落地，鼓声也应声而落，台下除了一些人还在低头交耳，比较四位姑娘的美艳之外，大多都在安静地等候。

花老鸨清清嗓门，喊道："开香——"声音拉得甚长，以至于余音未了，前面抬轿的黑衣大汉已经掀开了轿门。

飘梅、飘兰、飘菊、飘桃四人出了轿来，都各自摆出个婀娜的姿势。柳叶弯眉，红唇小嘴，丹凤杏眼，身姿窈窕，要说多漂亮就有多漂亮，要说多娇艳就有多娇艳。

木头瞪直了双眼，自言道："真不愧是飘飘院的四朵金花，要是能娶上一个做老婆就好了。"深深叹了一口气，目光瞬间变得黯淡，"可惜我只懂得打棺材，身上没钱。"

张大胆拍拍木头的肩，道："兄弟莫犯愁，哥哥另外给你找个老婆。"

木头抬起头道："大哥有钱？"

张大胆摇了摇头，道："没钱。"

木头垂下了头，失落的眼神逐渐变得失望。他低低看着自己的双手，好像是在责怪说，如果这双手会赚钱，而不只是打棺材，那该有多好。

曾老头幽幽道："老儿有钱。"

木头忽地抬起头，怔怔看着曾老头，眼中不禁又涌出那般渴望的眼神，道："曾老板肯借钱给我？"

曾老头哂然一笑，道："好说。"停顿一下，又道，"但如果是飘红，却不行，飘红姑娘老夫是要定了。"

张大胆偷偷笑了笑。木头把头转去台上，喃喃道："飘飘院的四朵金花，可得其一，便已知足了，哪还敢想飘红姑娘。"

曾老头目视着台上，深深叹道："四朵金花虽艳，却永远也比不上她。"话声停顿，又深叹一口气，讷讷道，"普天之下，又有几人能比得了她，没有了……没有了……永远都不会再有了。"

活眼神算干咳两声，哀叹道："女人实乃不祥之物，越漂亮的女人，就越是祸水。古往今来，吴越国的西施，三国初始的貂蝉，李唐中期的杨玉环，哪一个不是生有沉鱼落雁、闭月羞花之貌？可惜，这些女人，除了只懂迷惑男人，堕落人的心智，还能带来什么？"抬了抬头，右手摸着死气沉沉的瞎眼，"这里不是久留之地，该干吗，就干吗去吧！"这句话似对自己说，又似对别人说。

张画师叹道："确实不是久留之地，有酒喝，也算我一个。"说着，飘然离去。

曾老头愣了愣，突地轻叹一声，黯然道："喝酒，自是极好，可是……"他望着点花台，似有很多话要说，可动了动嘴唇，却没说出一个字，只得随张画师他们而去。

点花台上，此刻并不会因为有人离去而变得平静许多，相反，擂台的鼓声加上男人疯狂的叫喊声，还有稍微轻一点的银票在手中抖动时发出的"沙沙"声，这些声音加融一起，实成了一场肮脏的并节奏不匀的肉体和欲望的混合曲。

经过一番激烈的争夺，飘飘院的四朵金花相继尘埃落定。聚宝赌庄的司马庄主抬着梅、兰二朵金花扬长而去，飘菊却坐到了辛竹公子的腿上，看来辛公子虽不是冲四朵金花而来，却也不想干坐着看热闹。最让人想不到的是，最后一朵金花竟让打铁铺的王匠头夺了去，实在让在场所有人都感到非常吃惊和意外。

张大胆起先看到王匠头搀着飘桃姑娘走得缓慢，还不觉为王匠头的耐性称赞，哪晓得没走上几步，王匠头就蹲下身子，拦腰扛起飘桃急急朝家跑去。张大胆怔了怔，转而哈哈大笑了起来，他笑得前仰后合，泪莹语哽，最后索性用双手捧住肚子，蹲在地上笑个够。忽然，他发现自己身上还揣着一件非常重要的东西——紫檀木匣，虽然他不知道这木匣中装的是什么，但想起曾兄的叮嘱，相信里面的东西一定非常地重要。

他起身开始寻找木头，很快，他就看到木头正围在辛公子那里，眼睛直直看着飘菊。他暗自一笑，想上前和他招呼一声，却不料肩头让人轻轻搭了一下。回转头，发现习娇娇正痴痴地看着自己。

习娇娇目视一笑，道："张兄弟真不好记性，嫂嫂几日前托兄弟给我捎两颗新鲜的猪心，可让嫂嫂好等得久啊。"

张大胆怔了怔，忽而笑道："叫习老板心急了，我……"

习娇娇杏目一睁，打断道："莫叫我习老板，那样显得生疏见外，我还是听惯你唤我嫂嫂。"垂下头去，面颊微红。

张大胆干咳两声，轻轻道："嫂嫂……"

习娇娇"咯咯"笑着，凑近身子道："哎——"声音拖得悠长，传到耳中又柔又美。

张大胆只闻一股清幽的香气直扑肺腑，脸不禁红了红，心跳也急促了起来。习娇娇虽比他年长，但也确实生得漂亮，更重要的，他突然发现她身上有一种别的女人都不曾有的味道，这种味道，一直都被她的出身和放荡的行为所掩盖，让别人总以为她是那样的女人。当然，以前他也是这么认为，但自从见了曾兄、活眼神算、张画师、酒老鬼四人的身手，他就不再这么认为。他现在看四平街的人都有一种模糊的感觉，就像站在眼前的习娇娇，他猜她本不该是个淫荡和随便的女人。

他不敢再看习娇娇半眼，因为不管她是淫荡或者是个正经的女人，他的心都还在"砰砰"乱跳，他偷偷把目光转到了点花台上。此刻点花台周围一片沸腾，四名黑衣劲装的彪形大汉，抓起一顶莲花软轿的四足，举过头顶，步履轻盈，缓缓走向台上。

软轿落地，轿子和台面相碰的细微声还未散开，早已站立一旁的花老鸨身影一侧，闪到轿前肃然道："点花大会，先客后主，花香飘落，春风红楼。"说着一挥手，"起鼓开花。"

话声落，鼓声起。只见刚才抬轿的四名黑衣大汉围住轿周，四条粗健的手臂，前伸向上弯屈，托起莲花四角，轻"嘿"一声，软轿顶子缓缓被抬了开去。

转瞬间，浓烈的花香迎面扑鼻散开。一名女子侧躺在中间，素纱蒙面，白色绫罗缠身，绫尾长长拖洒在身体四周的花瓣中，一双洁白如玉的香足探出绫外，惹人浮想连连。

台下顿时欢呼声四起。花老鸨走向前来，眉眼笑了笑，道："佳人点花，花点佳人，亲绣香球，缘落谁家。"台下一片鸦雀无声，顿了顿，吸上一口气，语声响亮而深长地喊，"迎——花——上——台。"

两名面貌姣好的黄衣女子，急急上得台来。一人手臂弯曲在胸前，端着一方案台，上面有一枚颜色艳丽、绣工细致的香球。还有一人左手腕间挎着一只花篮，里面是满满一篮清晨刚摘下来的新鲜花瓣，花瓣间还有晶莹透明的露水。两人一左一右站在花老鸨的身后，没有表情。

花老鸨又道："今日起，飘飘院将于每年都举行一场点花大会，有缘者，不论贫富，相貌，身份，都可与飘飘院的头牌花魁共聚良宵，举杯长谈，长歌共舞，羡煞旁人。"看了眼台下，偷偷给辛公子使了个眼色，接着道，"当然了，有银子那就最好了。"

台下"轰"一声大笑了起来。花老鸨正正喉咙,破嗓道:"点花开始。"

两名黄衣女子轻跨几步,走到台前。挎篮女子五指纤细,轻探入花篮,抓起一把花瓣,甩向空中,微风吹过,花瓣如一只只美丽的蝴蝶在头顶飞舞,越飞越高,越飞越远,最后都翩翩落入人群中。端案女子侧过身子,面向花老鸨,压着头,双臂高举,台沿几乎与下巴齐平,静静等候。

花老鸨缓缓拾起香球,道:"欲上春风楼,只能听天由命。"高高举起香球,看着台下。

台下顿时一阵骚动,人们纷纷往前拥挤,口中喊着飘红的香名,声音一浪高过一浪。

不远的地方,一个身穿粗布麻衣,面容稍黑,额角爬有皱纹的中年妇人,怀中抱着一只碧眼白雪猫,冷冷看向这边。她脸上的皮肤看去甚是粗糙,但双手却白皙得动人,她细细抚摩着怀中白猫身上雪白的毛,嘴中"嘿嘿"干笑两声,道:"天底下哪有这等好事?"

花老鸨把香球举高过头顶,手臂靠后弯屈,稍稍倾斜。她扫视一眼台下一张张满是期待的面孔,嘴角微微浮起,一丝得意的笑轻掠而过。

突地,一声甜美柔质的声音自身后飘来:"嬷嬷,女儿要亲手来。"

花老鸨怔了怔,忽而停下手,尴尬地笑道:"可以……"

飘红收起露出绫外的香足,缓缓起身。挎篮的黄衣女子赶忙走过去,在莲花软轿前撒上一些美丽的花瓣,一直铺撒至台前,然后又和另一名黄衣女子重新返回,毕恭毕敬地立在轿前左右。飘红从绫下探出玉手,光脚踩在新鲜的花瓣上,两名黄衣女子急急出手扶持,沿着花瓣铺设的香迹前行。

不消片刻,飘红就近至花老鸨身前,她身影微低,细声道:"嬷嬷,女儿见过了。"

花老鸨把香球交给其中的一名黄衣女子,伸出双手扶起飘红,嫣然笑道:"女儿莫行礼,快起,快起。"

飘红直起身子,扫视了眼台下,抬手拂下遮脸的素纱,露出一张略显苍白却又不失天仙般的脸,甜甜笑了笑,道:"小女子飘红,蒙大家的捧爱,在抛花之前,飘红有一个不情之请。"停了停,又道,"飘红恳请大家,花落之时,切莫争夺,一切都听缘随缘。"

辛竹马上接口道："飘红姑娘说得对极，香球乃姑娘亲手绣制，切莫无意间给夺烂了，如果谁不听飘红姑娘的话，那就是与我辛竹作对，本公子是绝不放过那些和我作对的人。"

"辛公子讲得在理……实在是太有理了……大伙一定得听飘红姑娘的安排……切莫扯烂了飘红姑娘亲手绣的香球啊……"四周立时响起一阵杂乱无章的附和声，说什么的都有。

花老鸰斜目瞟了眼辛竹，嘴角又飘过一丝笑。

飘红抬手拾过黄衣女子手中的香球，朝辛竹莞尔一笑。

辛竹推开腿间落座的飘菊，回敬一笑。台下的男人都蜂拥至前，一副副本就兴奋的脸，现在早已是面红耳赤，所有的目光都急沙沙投向飘红和她手中的香球。

木头还是蹲在辛竹身边，眼不斜离地看着飘菊。也许正如他自己说的，飘红不可攀，他想都不敢去想，只要飘飘院的四朵金花可得其一，便也知足了。现在虽然他一朵也没得到，但却可以看，从脸到胸，从胸再到脚，看了一遍又一遍，一副贪婪饿狗的样子。

张大胆和习娇娇站在离人群很远的地方，默不作声。习娇娇脸带微笑地看着张大胆，张大胆却低着头，看着自己脚上的鞋。

飘红手持香球，五指纤纤，白如羊脂玉，谁也想不到，看去这等纤细柔嫩的手，力气却也不输旁人。香球自她指间抛跃出去，高十余丈，却不甚远，很优美地在空中自打了几圈圆弧。有风吹过，轻飘飘的甚是落得缓慢，但也没被吹远，缓缓，飘飘，摇摇，直线下坠。

全场静得鸦雀无声，所有人都仰着头，瞪着双眼，高举着双手，目光随球的飘动而移动，十丈……五丈……三丈……越来越低，越来越清楚，甚至已能闻到球上的香气。

正在这时，一道疾风吹过，香球突然如箭一样直射向人群的身后，掠过了众人的头顶，朝张大胆那边疾速飞去。好快的速度，好美的弧线，转瞬间，就已是近在咫尺。

张大胆照样低着头，看着脚上的厚底官靴。这种靴子又笨又重，很少有人会喜欢，但张大胆却是个例外，他心里觉得，官靴能把胆子越穿越大。可事实上，他的胆子并没因穿了官靴而大上多少，反而现在他一直看着脚底的鞋，不知是在欣赏靴子，还是在质疑它的功效！

习娇娇身子往张大胆身边靠了靠,张大胆能清晰嗅到她嘴中热热的呼吸,他脸又红了红,眉头也皱了起来,头压得更低了。

突然,一只手从下面伸了上来,把一件东西塞入他的怀中,又急速地抽了回去。

张大胆愣了愣,猛然抬头,眼睛恰巧和习娇娇撞了个正着。他愣了愣,忖道:"今天这是怎么了,我干吗要怕她?不就是个女人么?不会去了趟凤凰落,胆子竟变小了?还是……"抬起腰杆,挺了挺胸。

习娇娇愣了一愣,"咯咯"笑道:"张兄弟,你走福运了。"

张大胆顺口道:"是吗?"话刚出口,好像想起了什么,一脸疑惑地看着习娇娇,问道,"嫂嫂在我怀中塞了什物?"

习娇娇不语,笑看着张大胆。

张大胆苦笑了一下,自言道:"看我真是笨,自己摸摸不就知道了,干吗还费那劲问她!"抬手探入怀中。

突地,习娇娇一把握住了张大胆的手,娇声道:"张兄弟不需奇怪,那只是一枚香球罢了,就当……"看了眼张大胆的胸口,低低道,"就当是嫂嫂对……兄弟的一番心意。"

张大胆道:"兄弟谢过嫂嫂,这枚香球,兄弟……什么?香球……"他一拍脑门,恍然道,"这香球兄弟可不敢要,请嫂嫂拿回去。"

习娇娇细语道:"春宵一刻值千金,兄弟可莫辜负嫂嫂的一片心意哦!"又"咯咯"笑了笑,瞧了眼点花台,"兄弟想推却看来是来不及了,便不如安心慢慢享受,嫂嫂这先走一步。"

张大胆满脸的苦色,不知道是该高兴还是该烦恼。只见四名劲装黑衣大汉已从点花台走了过来,他慌忙从怀中掏出香球,却不晓得是该扔下还是该怎样,傻傻地站着,一时不知所措。

四名汉子面无表情,近得身前,二话不说,三下五除二,抄上两条胳膊两条腿,扛起张大胆就走。

张大胆七尺男儿,哪受过如此对待,只得拼命挣扎,但他空有一身杀猪的蛮力,在四名黑衣汉子面前,难动弹半分。很快,只得索性不再挣扎,任凭他们扛着自己前行。

不一会儿,四名黑衣人扛着张大胆来到了飘飘院后院的春风楼,在一间大屋的内屋中,四人放下张大胆,扭头便走。

张大胆脚尖刚落地，便要跟追出去，不料出去的房门已被锁死，只得重回到内屋，悻悻道："既来之，则安之，我看你们要玩啥花样。"

他心中虽是生气，眼睛却不停地打量起了房间的摆设。这是一间女人的厢房，具体点说，不是一般女人的厢房。房间的左墙上挂着一幅画，画中画着一张女人的床，一只碧眼白雪猫卧在床的中间，猫的眼睛碧蓝碧蓝的，俯视着屋内的一切。

张大胆收过眼来，发现这屋中的床和画中的很相似，几乎可以说是一模一样。近眼细看，发现床上摆着一架七弦古琴，琴身正对着的地方，有一只模样怪异的烟炉，里面冒着缭绕的青烟。然而，在这间女人的闺房中，总感觉少了一样本不应该缺少的东西——镜子，女人化妆时用的镜子。他找遍了内房的各个角落，始终没发现镜子。

他心中忖道："一间女人的房中怎么会不摆设镜子？"

出了内房，又有一幅画引起了他的注意，这幅画画的不是床，也没有猫，而是一大群的黑乌鸦，中间围着一个小女孩。张大胆数了数，刚好十八只乌鸦，全都做着向下俯冲的姿势，尖利的喙和钩状的爪子，非常凶狠地盯着小女孩。小女孩仰着头，光腚坐在地上，满脸俱是惊恐之色，眼中饱含着泪花。可是，她的双手却摆放得甚是奇怪。

张大胆走前细瞧，发现小女孩左手臂向前绕过脖子，五指虚张，成爪状，空空悬在右侧肩膀的前方。右手臂向内弯屈，手靠向肩膀和胸部的中间，手掌握成圆形像是在抓着什么，但那里明明什么也没有……

一缕清风自身后吹来，夹带着幽幽的花香。张大胆心底一怔，蓦然回首，只见门口立着一个女人，身穿一袭粉色缕衣，满脸微笑望着他。

张大胆突地脸一沉，叱道："你们把我扛至此，却是为何？"

粉衣女子"噗"一声笑道："你捡拾了香球，你说把你请来此，是为何？"

张大胆急道："可是你们用这种手法请人，未免也太……"看了一眼粉衣女子的香目，微低下头，"说起来，这香球并不是我所捡拾，是习……"想到习娇娇，心中又有了那种难以言表的感觉，他避开粉衣女子的目光，咬咬牙道，"香球虽然在我身上，但也不是你们所想的那般。"

粉衣女子"咯咯"笑道："一时说香球不是你捡拾，一时又说在你身上，那么你说说，这到底是哪般回事？"

张大胆涨红了脸，头垂得更低了些，低语道："球是我捡的，哦，不……球确不是我捡的……"

粉衣女子收下动人的笑容，轻盈走过身子，道："既然你来了这里，那表示我们有缘，既然是缘分，就不要再去争论那些无聊的话题了。"抬起手，轻轻拍打了几声，门口立时出现了四五名黄衣丫婢，手中托着各式的美酒佳肴。丫婢一队整齐进得内房，在桌上摆好酒菜，又都急急退了出去，出屋的时候，还不忘给带上外屋的房门。

张大胆望着满桌的酒菜，一时不知该如何是好，只是呆呆瞅着她。

粉衣女子又"咯咯"笑了起来，伸出柔滑无比的右手，拉起张大胆粗糙的手掌，道："张公子难道就想这么一直站着么？"

张大胆的手让一个并不相熟的女子这样抓着，内心已是乱到了极点，只觉自己的身体都让粉衣女子身上所散发出来的香味所笼罩，毫无别的知觉。手指间，那一波波骨感强烈的触觉，简直让他不知所措。在如此的环境和氛围中，也许很少有男人可以抵御和抗衡，但张大胆不一样，他是一个重情重义之人，如果义气和女人让他选择，他会毫不犹豫地选择前者。这一刻，他突然想起自己身上还有一件非常重要的东西。

他轻轻挣脱开粉衣女子的手，后退几步道："在下多谢姑娘的盛情，这就告辞。"

粉衣女子先是愣了愣，转而轻叹一声道："张公子知道我是谁么？"

张大胆道："晓得，我在点花台下见过姑娘，姑娘应该就是香名远播的飘红姑娘吧！"

飘红眼帘微垂，又叹上一口气道："张公子既知道我是谁，却为何还要走？"

张大胆道："我乃粗野之人，不便在此久待，以免玷污了姑娘的名声。"

飘红冷冷自嘲几声，目光凛凛道："张公子既要走，飘红本也不好强留，但公子却为何要说出如等伤人的话？"话语未完，几滴清泪潸然落下。

张大胆怔怔地站着，心中疑惑万分。他确实不明白自己到底哪里说错了，会令她如此伤心。所以，他一下也不知该安慰或者来说些什么。

飘红凝视着他，眼中满是委屈，身心也不住轻微地颤抖，接着道："飘红自小父母双亡，十三岁就被人卖到了青楼，辗转好几载，终于在此地有个落身之处，才不至于冻死饿死，但张公子……"语音发抖，只得狠狠咬住嘴唇，鲜血渗出，"想想真是可悲，一名青楼低贱的女子，谈何名声，谈何清白，博不到客人的欢心不打紧，却还要让客人如此讨厌，要寻这样的借口来搪塞，传说了出去，还不如死了……"

"飘红姑娘不要再说了。"张大胆抢口道，"张某是一个粗人，说错什么话，伤了姑娘的心，还请姑娘莫放心上。我……今日确实不便在此久留，在下身有要紧之事，若日后有机会，张某一定亲自登门谢罪。"

飘红突地身子一侧，倒在了张大胆怀中，颔首道："飘红不需要公子任何道歉，今日公子既然来到飘红的闺房，那就让飘红依抱一下，抱过之后，飘红便就让公子走，就当是公子不小心伤了飘红。此后，公子有公子的阳关道，飘红自过飘红的独木桥，咱们从此再也不相互亏欠。"

张大胆沉默不语，就像木头一样让飘红抱着。好似只要让她抱过，就再也不与她拖欠，心底自然会感觉好受一些。

飘红低叹一声，直起身子，一把推开张大胆，道："你走吧！"

张大胆怔怔站着。飘红走到门口，轻轻唤了一声，一名黄衣丫婢应声推门进屋，飘红道："送张公子出楼。"

黄衣丫婢看了眼张大胆，低低回道："是，小姐。"

第二章
紫檀木匣

孤行于街中，内心满是惆怅和矛盾，不知为什么，张大胆有点后悔无意间伤了飘红姑娘，甚至后悔走时没能够抚慰她几句。他低着头，看着脚尖，恍惚无神地往前走着。

抬起头来，映入眼帘的却是醉死酒楼，心底不禁感慨万分，叹道："物景如初，人却烟飞，有酒无酒，独饮独醉。"

一阵饼香飘来，张大胆只觉肚子"呱呱"乱叫，确实，今天尚还未进过任何食物。他来到醉死酒楼对面的烧饼铺。

孙寡妇手持黑漆漆的铁钳，满头大汗，正一只一只往饼炉外钳烧饼。她手脚利落，动作娴熟，一张脸因长时间待在高温旁劳作，烫得黝黑发亮，且还粗糙，然而她的一双手，反倒是嫩白如少女。

张大胆自腰间摸出两枚铜钱，笑道："孙老板，来一个五花肉葱馅的。"

孙寡妇放下手中的铁钳，拿来一张油纸，包好一只烧饼递给张大胆，道："张兄弟不是上春风楼吃香了，如何会一个人在这里？"

张大胆苦笑了一下，接过饼，扭头便要走，刚迈出几步，忽地停下脚，回首道："孙老板可有酒？"

孙寡妇道："我铺子有自制的米酒，张兄弟吃不吃？"

张大胆道："米酒就米酒，为何不吃？"又从腰间拿出半吊铜钱，近身搁在饼炉旁。

孙寡妇瞧了瞧，突地笑道："张兄弟见外了，嫂嫂的米酒不要钱，就当是给兄弟尝个新鲜，打打牙祭。"

张大胆笑道："嫂嫂莫要客气，收下便是，米酒也是要嫂嫂辛苦酿制，兄弟咋好意思白来尝吃。"

孙寡妇脸一沉，不悦道："张兄弟这般瞧不起人，就拿上钱去别家吃好了，我家的酒可从来不赊卖。"抓起黑漆漆的铁钳，再也不瞧张大胆一眼，自顾自往饼炉外钳起了烧饼。

这一刻，张大胆忽又想起了飘红，那个从小命运坎坷多变的女子，那个还在前一刻无心伤害了她的女子。他看着孙寡妇忙碌的身影，轻唤道："嫂嫂，这半吊钱都给兄弟买了五花肉葱饼，兄弟再顺便向嫂嫂讨碗米酒吃吃。"

孙寡妇停下动作，回过头，面靥如春，连连道："中，中……张兄弟先上里屋稍坐，嫂嫂给兄弟拾几只饼子，再去给兄弟盛酒。"

张大胆内心一笑，忽然觉得，有时自己的脑子也挺灵光的，半吊钱的饼子哪吃得光，到时少吃点米酒，余下的饼钱就当是垫了酒钱。他得意地走进里屋，倚桌坐下。

只得片刻，孙寡妇便端来了七八只饼子和一坛米酒，酒坛口上倒扣着一只大碗。她拿下坛口的碗，倒上酒，双手捧起，小心翼翼搁在张大胆面前，笑道："张兄弟请慢用，嫂嫂外头还要收拾几只饼子，就不陪兄弟吃了。"

张大胆吃上一口酒，撕一大块饼子，笑呵呵道："嫂嫂有事先忙，兄弟自当不客气。"抬手拍了拍酒坛子，"到时就怕吃光了嫂嫂的酒，嫂嫂可莫怪罪了兄弟就好。"

孙寡妇眉目轻轩，厉声道："张兄弟说的什么话，嫂嫂是那样的人么？"转而露齿一笑，又道，"张兄弟放心吃就是，吃完喊上几声，嫂嫂就在外头候着。"说完，退身出去。

吃一口酒，咬一片饼子。张大胆暗暗道："孙老板这人还真不错，米酒酿得也够香……"想着，吃着，咬着，不知不觉，满满一坛酒便少去一大半。这时忽感脑涨眼乏，昏昏沉沉，不一会儿，就趴在桌面睡了过去，睡得死死的，不再动弹。

突然，门帘掀开了一条缝，孙寡妇轻声走了进来，唤道："张兄弟，张兄弟……"她推了推张大胆如死猪般的身子，诡邪地一笑，"天底下还没有谁吃了我秘制的尸蛆酒而不倒的……"冷眼瞟了下，向张大胆的身子欺上。

夜幕降临，明月皎洁。四平街往东五里之外的凤凰落顶峰观阳顶，一条黑衣人影"嗖"一声掠入了凤凰山庄，径直来到会客厅，呆呆望着正前方的三幅画像。突地，她从怀中摸出一方木匣，看了看，飞身跃上满是灰尘的画像底的方桌上，轻轻卷起中间那幅清太祖努尔哈赤像，然后自袖口内抽出一柄尖刃匕首，用柄把敲了敲大顺帝李自成的左眼三下，又敲了敲平西王吴三桂的右眼五下，顿时，本来悬挂努尔哈赤画像的墙上立现一方暗匣，大小正好和她手中的木匣相当。她小心把木匣塞进暗匣，笑了笑，道："紫檀木匣藏在这里应该是最安全的了。"

她重新挂正努尔哈赤画像，细心处理了桌面上的足印和手迹，然后飞身掠出凤凰山庄，直奔山庄后面的断崖而去。

山风呼啸，竹叶萧萧。很快，她便来到了断崖边，低首垂目，望见深不见底的谷壑，深叹一声。抬起头来，明月当空，高高悬挂于头顶，她的脸上浮出一丝忧愁。

黑暗之中，一声枯枝断裂的脆响传入耳际，虽然声音已经轻得不能再轻，但在这荒无人烟的断崖绝顶，再轻微的响声也会变得清晰无比。她收起目光，脸色凝重。

突然，她的脸色一变，渐从凝重变成惊讶，眼睛死死盯着自己的脚底。两条人影，一条高，一条矮，一条胖，一条瘦，在月光的照射下，生生印在了脚下。

已近深夜，在这荒凉可怕的无人敢至的断崖绝顶，怎会突现两条人影？她猛然回身，脸上刹那变得惨白，身体亦忍不住开始颤抖起来。眼前的两个人，一个胖子，一个老头，使她不得不惊愕万分，甚至整个人都从头凉到了脚。只见这两人的五官残缺不全，鼻子，眼睛，耳朵，嘴巴，都不停地往外流着红红绿绿的脓水，整张脸破碎得看不清一片皮肤，且横七竖八布满了无数的裂口，这些裂口有大有小，多数肌肉外翻，一眼见骨，很多体型肥大笨拙的蛆虫不断在五官的孔洞处和裂开的口子里爬进爬出，甚是欢喜。

胖子转了转眼珠，他的四肢让竹条所连接，脖子下插着一条露出外面半寸长的竹签。这样他的身体看上去才稍微有点完整，还有点滑稽，但相信没有人在看到他时，还能笑得出来。胖子抬起左手挖下左眼的眼球，又用右手从没了眼球的眼眶中抠出数只蛆虫，然后又把眼球塞入眼眶，转了转，最后咧开嘴"傻傻"一笑，红绿色的液体从嘴角流了出来。他抬高右手，瞧了瞧掌中还不停蠕动的蛆虫，全一股脑儿塞进口中，细细咀嚼后，咽下去时，蛆虫的糊团从断了的脖子处滑了出来，顺着竹签，卡在了下面的断口处，越积越多，又从断口的地方溢下，沿胸前一直往下淌，最后都一滴一滴落在了地上。

　　她几乎晕厥过去，喉咙底艰难地进出几个字："严胖子，酒老鬼，你们不是都已经死了么？"

　　严胖子"嘿嘿"咧了咧嘴，酒老鬼却滚了滚眼珠，他的身体看上去比严胖子整齐了许多，只是右手不知为何，不见了所有的皮肉，只剩下白森森的骨骼。他抬起右手，勾起四指，留下中指，然后迅速插进自己的右眼，拔出手时，一颗红白相间的眼球赫然插在了中指的骨头上，他把手伸到她面前，森然道："下面太冷，又没有酒，我把这颗眼球送你，你陪我一起下去吧！"

　　严胖子也抠出了自己的左眼球，递上道："我也把我的眼球给你，你下去了，正好可以陪我睡觉。嘿嘿……"一阵阴冷发寒的笑声响彻观阳顶。

　　她盯着眼前的两颗眼球，身体慢慢往后退去，很快，她的后脚就触到了崖边。她不得不停下来，侧过头，身后的深谷如地狱般让她感到绝望。

　　严胖子和酒老鬼还是一步步向前逼近，那少了眼球的独眼中很快就挤满了蛆虫。她全身发抖，用力握住双手，指甲深深嵌入，绝望地闭起双眼，紧紧咬住牙齿，身体轻轻往后倒了下去。就在这千钧一发之际，一只手以迅雷不及掩耳之势抓住了她，睁开眼，看到了两张面目恐怖犹如魔鬼般的脸。酒老鬼把右手送到她面前，嘿嘿道："你还没拿走我的眼球。"

　　她看着那颗狰狞的眼球，顿感一阵眩晕，只觉有口气从心口顺不过来，如被压了千斤巨石一般，一下子晕厥过去。

　　睁开眼，只觉头痛欲裂，睡了有多久，张大胆自己都不晓得，只瞧一盏灯火摇摇曳曳，置于桌心，灯火对面，孙寡妇端坐着，眼睛一眨不眨看着他。他晃了晃脑袋，一脸尴尬道："我怎么吃着吃着就醉倒了，嫂嫂这酒……劲道可不差酒老板的'三杯倒'呐！"

孙寡妇嘴角一笑道："想必张兄弟吃急心了，我制酒的脚料和普通的烧刀子没啥两样，哪敢比对家老酒鬼秘酿的'三杯倒'，张兄弟就甭拿嫂嫂开心了。"

张大胆摇了几下头，道："可能吧！是兄弟让嫂嫂见丑了。"站起身子，又晃了晃脑袋，"嫂嫂，现在有几时了？"

孙寡妇道："刚打过二更天。"

张大胆一阵惊愕，嘀咕道："我怎醉得如此长？"

孙寡妇笑道："想必是张兄弟太乏了，又加了一点酒力，多睡了会儿也不见奇怪。"

张大胆苦笑一下，暗暗道："自从前日去了凤凰落，确实发生了众多意料外的事，人也没好好休息过，或许真如嫂嫂所说，我真的是太累了。"深深叹气一声，又暗道，"当然这些事都不好和嫂嫂说起，毕竟和她不是太亲近，嘴中喊她一声嫂嫂，那也是表头上客气。况且，这些事关系甚大，牵涉甚广，且怪异之极，便算讲给她听，嫂嫂也未必会相信。"

想到这，强颜轻松道："嫂嫂说的哪里话，兄弟这般壮年，哪会晓得累，我看嫂嫂倒整日忙到晚，却要比兄弟苦累不知多少。今日也全怪兄弟贪吃嫂嫂的酒，误下嫂嫂不少休息时光，兄弟真是甚有惭愧。"双手作揖，深行一礼。

孙寡妇腾地起身，慌忙道："张兄弟说的什么话，嫂嫂能怪你吗？"顿了顿，又道，"天色已晚，兄弟如不嫌弃，就在嫂嫂这将就一宿得了。"

张大胆脸红了红，急忙推说道："使不得，万万使不得……嫂嫂虽要年长兄弟数载，但毕竟独身一人，我怎能和嫂嫂单处一屋？这要传说了出去，就算我等洁身清白，以礼相待，那也抵不住旁人闲言碎语，街邻疑眼，所以，这是万万使不得的。"

他一口气说完所要说出的话，便惊慌失措地逃出了孙寡妇的烧饼铺，好似人家真会拉他在那过夜一般，就连一句感谢都来不及说，一路小跑至大街上，心中才算平静下许多。

夜幕沉沉，凉风逐冷，一望黑暗的四平街上，瞅不见半条人影。他双手交叉于胸前，颔首，边走边想着心事。

不知不觉，忽已行至飘飘院门前，但瞧楼内似还亮有灯火，想必是有寻欢的客人夜寝香楼，不思归蜀了，他不觉暗自一笑。突然，他的笑容僵在了脸上，心底不禁一凉。走了许久，还不曾感觉身上少了东西，现独自静下心来，才发觉怀中的确轻下不少。

"难道，难道……"他不敢再接下想去，赶紧探手入怀，谁知，紫檀木匣早已不知所踪，只剩那枚还香气四溢的香球了。

这一下突变，张大胆只觉脑袋"嗡嗡"乍响，恍惚间，仿佛又听见曾兄说的话语："兄弟，紫檀木匣切莫轻易擅自开启，否则会有惊天动地之大祸。"

凉风刮脸，冷汗却湿透了身体，前思后想细细琢磨了一遍，张大胆觉得飘飘院的春风楼是最有遗匣嫌疑之所。首先，进楼时他是让四名黑衣汉子扛进的门，虽然匣子不是很大，也不甚重，但人在平躺下的时候，还是极容易从怀里滑将出来的。再者，飘红姑娘曾在春风楼里抱过自己，是否会在那时把木匣挤出了衣怀，这也未必不可能。

此时，张大胆始终未想过会否飘红借抱他为名而盗取了他身上的木匣。他没往这方面去想，或许是觉得飘红和他一样从小没了父母，同样命运坎坷，同样不能再经受任何的风浪，更或许他认为一只木匣对于一个青楼女子来说，能有什么用处，况且目前他也不晓得紫檀木匣里的秘密，更难以猜说它对别人有无用处。

思忖片刻，他决定夜潜春风楼去寻回木匣。不过，既然曾兄说紫檀木匣很重要，那自然不好走正门前往，得寻一处隐蔽之所，小心进入。

飘飘院果不虚有百里挑头的第一花院之名，白日进去时，还不甚感到有什么奇特，但此刻，心里只觉一阵后悔，后悔白日进出时未曾记下任何岔路和记号。但瞧院内灯笼如鳞，亮如白昼，再细瞧，屋瓦连房，厅园比肩，地上雨花石铺就的小径纵横交错，不计其数，走向哪，都似相识，又觉不同。张大胆如做贼一般，在如此亮堂的庭院内，每走几步，必先顾左右而行之。所幸，院内除了灯火通明，却也死气沉沉，所有房间皆门窗紧闭，黑暗无光，绕行了一大圈，也不见有一名丫鬟下人的身影。

逐渐，张大胆也胆粗起来，脚下竟快了许多。行过一段长长的回廊，又穿过一座半圆形的拱门，最后走过一条铁索木桥，眼前豁然出现了一座小型的院落，和拱门外的大院子不同，小院子里没挂半只灯笼，只有院东、西、北各有点点星火。原来,此处乃院中院,楼内楼,大院套小院,小院藏香楼。

张大胆杵于黑暗下,眼观全院,不知该先往哪去。突地,一条白影子在院北的一间小屋内一闪,他不觉一怔,顿时眼睛一亮,暗喜道:"有了。"话音刚落,人已摸出去好几步。

星光暗淡,远处薄雾冉冉升起,街角的更夫敲响了四更面锣,离天亮真的不远了。

曾老头背负双手,浓眉紧皱,望着窗外逐渐开始变色的天空,幽幽叹道:"不知胆儿现在如何了!"

"胆儿是聪明的孩子,相信吉人自有天相,一切都会平安无事的。"

曾老头道:"或许吧!"又深叹一声,道,"胆儿这孩子就像他父亲,人聪明,重义气,只是目前事态严峻,严胖子被杀,老酒鬼也死得莫名其妙,接下来轮到谁,谁也说不准。所以,我们几个老鬼合议着把紫檀匣子提前给了孩子,夫人——"语声突顿,遥眼望向天际,道,"你不会怪我吧?"

她明眸闪动,柔声道:"我不怪你,匣子终究是要交到孩子手上,早时晚时,还不都是一样。况且,胆儿尚已长大,该是面对这一切,担负起重任的时候了。"

曾老头道:"话是如此,但现在终不是时候,我担心……这样会害了他。"

她道:"不会,这样反而会更加安全。"

曾老头疑惑片刻,不解道:"此话怎讲?"

她撩开鬓发至耳后,眼波流动,道:"胆儿个性冲动要强,木匣若不在他身上,还真有可能误入险境,但如在他身上,歹人就算得到匣子,解不开其中的奥秘,反而会有所顾忌,不急着加害于他,这样岂不是更加安全?"

的确,这样的道理和越危险的地方越安全一样,是置死地而后生之法,明白的人虽不少,却很少有几人能真正参透。这就如"明知山有虎,偏向虎山行",光有智慧还不行,还要有胆识。她好像很了解张大胆,知道这看似胆弱的男人,实际心底是充满了正义和硬气。

曾老头转过脸来,道:"夫人,你有多久没见着他了?"

她走近窗前，眼波流向外面，窗下不远是一片农田，再远点有几座小山，薄雾自山那边越来越近，在夜下随风缭绕，氤氲弥漫农田上空。她轻抚鬓发，叹上一声，道："该好久了吧！头发都开始白了，皱纹想数也数不清了。哎——"又深叹道，"胆儿是胖还是瘦，我早已记不起来。他一个人过得可好？这个孩子，现在都不来我这里了。"

曾老头道："孩子大了，不再是小时候那样需要我们整天照顾着。"侧目看着她，她虽已年过五十，气质却犹存，在她身上，很容易就能联想起她年轻时的模样，那一定是位教养不差、相貌不俗的女子。他不觉呆了呆，赶紧收起目光道，"他一个人过得很好，只是身边缺少个女人。胆儿什么都好，就是不懂该怎样去讨人喜欢，一开口来就害臊脸红，着实让人担心。"

一阵风从窗口扑来，带来远方的清新和凉意，迎身呼啸。他解开身上的粗布宽衣，披在她肩上，道："本来我想把飘飘院的飘红赎身，然后再找个机会许于胆儿，可后一想，胆儿的身份过于特殊，应予慎重，我想先查清了飘红的身世家细，再做打算。"

她望望天边逐现的一丝鱼肚白，忧伤道："胆儿太苦了，自一出世就少了家人的关爱，试问长大以后，又该如何懂得人家的心思，与人打交道？又如何懂得好好去照顾自己？"说到最后，声音都不免有些哽塞。

曾老头连连打断，道："夫人，不说了，不说这些了……眼下严胖子和老酒鬼都已遭难，看来下一个，有可能轮到我了。"停一停，接道，"万一我出了什么岔子，夫人就去找老朱头，保护好胆儿。"

她道："这些事，我都知道。"缓缓侧首，优柔看着他，道，"古时汉昭烈帝刘备托孤孔明，孔明一生鞠躬尽瘁，扶持幼主刘禅。今时曾不凡孝义，护佑友子数十载，我……"喉间声音哽咽，断续言道，"……真不知……该怎样感谢你！"

曾老头嘴角动了动，眼中突现一阵迷茫，好似不曾听见她说的话，只顾嘴中嘀咕道："曾不凡……曾不凡……好久都没听见这个名字了，突然想起来，才发现原来该忘的却忘不了，不该忘的总也想不起来。"他不觉冷冷一笑。她看着他，在他的眼中，她似乎又回想起几十年前还未来到四平街的那一幕，那是多么地残酷和血腥，她不敢再看下去，再想下去，偷偷避开眼，黯然掉泪。

黎明前的天空，突地越来越暗，不多时，天就会完全亮起来，这最迟的黑夜，就和那快死的人一样，只是在无谓地挣扎而已。曾老头想替她拭掉眼角的泪，但他的手却没有动，只是很心疼地看着她，他说道："你我虽只有夫妻之名，但在我心目中，却早已把胆儿看成是自己的孩子。你放心，有我一日，绝不会让胆儿有事。"

她咬住嘴唇，点了点头。她心中明白，一切尽在不言中，只要胆儿没事，只要保住紫檀木匣，只要完成那一件大业，就是对他最好的报答。她目前唯一在想和担心的：胆儿这刻在哪？做什么？会不会有危险？……这些才是她最关心的。

她又望向窗外，天际的黑夜尚未散去，伴随越来越冷的风，她心里有种很不祥的感觉，不知为什么，总之，她预感会有不好的事情发生。

"希望胆儿没事！"她默默地祈祷。

天边未现鱼肚白，还是漆黑一片的时候，张大胆就已摸至了那扇窗下。房内一片光亮，就和白日所见飘红的房间一样，此房也分内外两间，但肯定不是日间所待过的那间，因为这间房的布置比较简单，外房有寥寥的家具数件，看去似有些老旧，一眼就感觉简陋非常，远不及飘红房间的诗情画意。内外两房的中间挂着一帐布幔，他轻扫数遍，未发现房内有什异常，但瞧隐约朦胧的布幔内，也是一片寂静。

沉思片刻，心中不禁暗暗忖道："只瞧房中摆设，定是丫鬟下人的居所无疑，如果能询问得一人，说清来意，问明飘红姑娘的厢房，不就可省下不少时间和工夫？那样，总比自己在这院中瞎摸胡找的强，或许还能在天亮前寻回木匣，全身而退。"主意既定，便抬头望了望天色，推开窗户跃了进去。

他轻手轻脚，径直朝布幔走去。一切都是那么地安静，好像这屋中根本就不会有人，刚才看见的那条身影，或许是眼花所致。

"难道她就寝了？"张大胆心底自言自语，"如果她就寝了该如何，该不该唤醒她，可那样做，会不会教别人以为我是怀有叵心的小贼呢？毕竟这是人家的睡房，而我还是夜间潜了进来……"

心念数转，总觉得不是很妥，但脚下却并没有因此而停慢下来，反倒自我打算道："要是她未卧寝，我便上前求她指点，反之，就小心出来，自行再去寻找好了。看来，也只能如此。"

此念既出，人便至幔下，风从敞开的窗口吹进来，幔底随风飘动，像少女的秀发一样，煞是轻柔。他屈首贴近布幔，不及抬手，眼已瞧见一名女子，穿戴一身华丽的衣裳、头饰，和周围的一切极不相衬。她坐在正房门右侧的一面镜子前，上身微倾，头低，双手摆在镜前，轻轻动作。

　　他看不见她在做什么，其实现在他也不想知道，他看见她尚未就寝，心中主意早已打定。他轻声走上前去，中间相隔着二十几步的距离，边走边喊了一声："姑娘。"

　　或许他的声音太轻，或许她太专心做着手下的活，根本没有听见。她头也没抬，甚至连身子都没动过一下，她还是那样安静地坐着。

　　张大胆只得又靠近数步。

　　突地，他脚下不再移动，怔怔木在那里。离她还剩十余步的距离，恰好能瞧见她面前镜子内的反光影像，他看见她正做着一件奇怪的事，而这件事，正好打消了他之前心存的疑惑。他之前曾想："屋中的布幔被窗外的风吹得瑟瑟飞舞，响音虽轻，也不是毫无声息，在这样安静的地方，细微的声音已不再是细微。"他甚至怀疑过，屋内若有人，应该早已知道了他，因为他故意在进来时没关上窗户，就是想让别人知道他来了，此乃君子所为。然而他现在却想马上离开，走得越快越好，但她好像已是发现了他。

　　他呆立着，神经绷得像是要断了的弦。她低着头，面上蒙着一条白色的丝纱，他看不清她的脸，只看见她手上的活。她动作很是小心，手法甚是优美，一上一下，一轻一点，再挑剔的人也挑不出丝毫的毛病。

　　终于，她停止手中的动作，慢慢抬起头，一眼就瞧见镜中呆若木鸡的张大胆。这时，她脸上的丝纱却轻轻滑落了下来，他看见她嘴角露出一丝笑，也看见她半张脸都因为笑而扭作一团。

　　张大胆双眼张得奇大，睁得奇圆，她虽没有转过来，但他却看得真切，她的脸简直比死人的脸还要难以形容，就算用尽天下所有可怕的词语，也难以表其万一。她收住笑，她的脸就像沙漠一样干燥，他瞅着那片僵硬的地方，整个人就像坠入深海一般，越来越冷。

　　他脸色慢慢起了一阵剧变，但很快便恢复了镇定，在经历了这许多的事情后，他已经不再是那么粗心和胆小。他一动不动，眨也不眨地盯着那张丑脸。

她似早有预料，一脸平静，对张大胆的突然出现，毫无惊慌之色。她目视镜面，呆看片刻，又自顾低头做着刚才尚未完工的活。

　　张大胆看着她的一举一动，一言不发，好像是怕打扰了她。这要搁在往常，忽然看见一个如此丑陋的女人，定是扭头跑得无影，但此刻却不是。心中一直想着要怎样才能寻回紫檀木匣，所以一时好像也不觉得很害怕，反而还自我安慰："她要是人，我根本不必怕她，她如不是人，我就算害怕了也无济于事。既然横竖都是无用，我何不再等她一等？"想到这儿，人不觉轻松了许多，刚开始还有些忐忑的心情也一径扫光。

　　她手脚细致，一直低着头，张大胆始终都没有说话，她却开口道："如果害怕，大可以离开，我不会来为难你。"初听到她的声音，居然发现很好听，就像黄莺的歌声，有一种绕梁三日的感觉。

　　张大胆忽然觉得很惋惜，她的容貌如果和声音一样美妙那该多好。说真的，她不止声音好听，就连身段也不差，单从后背望去，绝不会想到她的脸反差会那么大，就算及不上沉鱼落雁，那也不该是一张太难看的脸。可惜，事实却是如此。

　　他呆了呆，道："我想问你一件事，问完，我才会离开。"

　　她微一愣，忽而叹息一声，道："我劝你还是莫问的好，如果我是你，应当在主人没有赶你之前，自己趁早离开这里。"

　　张大胆脸微一变，沉声道："你这是什么意思？"

　　她淡淡道："你深夜潜入我的房间，好像这话应该是我问你才对。"

　　张大胆道："我只想找回日间在这里不小心丢失的东西，但我却忘记了路径，所以误入你的房间，我只能表示道歉。"他朝她后背深深一揖，不论她有没有看见，就算是给她认过歉了。

　　她道："歉你已认过，走时别忘了帮我把窗户关好。"她声音很冷，几乎不留商量的余地，但张大胆并不打算急着要走，他道，"这件东西对我很重要，我一定要找回它。"

　　他的回答也异常肯定，也没有任何的商量余地。

　　她似乎有些不耐烦，道："那就说吧！说完赶快走。"

　　张大胆缓缓道："飘红厢房怎么走？"

　　她忽地停下手中的活，微领着首，略感吃惊道："你丢了东西？丢在了飘红的房间？你丢的是什么？"突然的三个问题，三个看似不同却又连连相扣的问题，张大胆还真一时不知该如何回答她才好。他夜潜飘飘院，只是为了寻回失落的紫檀木匣，而这件事却不好让太多人知道，何况自己并不了解她，甚至连她是谁都不清楚，可是……

一时之间，张大胆陷入了两难境地，内心矛盾非常，该说还是不该说，始终是难以抉择。

突地，一阵虚无缥缈的更声传入耳际，这突来的声音，犹如一根根锥刺一下一下击戳着身体，使他站立不安。

不多时，天色将明。

张大胆焦急问道："请教飘红姑娘的厢房怎么走？"

话一出口，心里就有些后悔，因为他忽然发现犯下一个致命的错误，在片刻间问了两个相同的问题，说明自己对此事非常地急迫和关切，要是对方不怀好意，后果可想而知。

但话既脱口，也只能以静待动，先看看再说。

她没有说话，照样很是细心地做着手下的活。

凌晨的风明显有了丝凉意，虽然吹不到身上，却能感觉得到。布幔越飘越高，直至下角都贴到了房梁上。

过去良久，她终于抬起头，目视镜中的张大胆，道："你问也问了，我已做完活，你为何还不走？"

张大胆低沉道："你还未回答我的问题。"

她嘴角掠过一丝奇怪的笑，道："我只要你快说，却没答应过你什么，你现既已说过了，我也完全听到了，你为何还站在这里？"

听见此话，张大胆只觉胸中一股怒气上涌，本身就已十分焦急，现又受到这般地戏弄，忍不住叱道："姑娘不愿相告该早说，我也不需浪费如此多的时间。"

话声刚落，她突地冷笑一声，道："我不是早叫你走了，是你自己不愿意走，现在反倒怪起了我来。"

张大胆怒视着她，虽然怒火中烧，但一时也想不出用什么话语反驳，他呆立那里，脸涨得通红。

天色逐渐微亮，院中唧唧喳喳的鸟儿歌唱着黎明的到来。张大胆浓眉微皱，内心焦急万分。

她看着镜子，平静说："既然你非要这么固执，那么我也有一个问题想问你,只要你回答得让我满意,或许我可以考虑亲自带你去飘红的房间。"

她说得轻声细语,如果不看她脸上那肌肉一伸一缩地动,相信谁都不会很讨厌她。她缓缓转过身子,正视着张大胆。

张大胆道:"有什么你尽管问,我一定尽心回复你。"

她沉默片刻,道:"你说我丑吗?"

张大胆迟疑了下,道:"丑,而且还丑到了极点。"

这确实是一句实话,但有时真话未必能得到别人的喜欢。她的脸渐渐扭在一起,眼中布满了失望、痛苦、愤怒和红红的血丝。她回身拾起镜子前的两张人皮,刚才她一直在忙碌的,就是在描这两张人皮。

她怒目直视,道:"我手中的这两张人皮,其中有一张是我本身的面貌,你要是猜对了是哪张,我便带你去飘红的房间,但如猜错了,我就刮下你的脸,要你和我一样丑陋。"她左右两手,各提起一张人皮在手上,薄薄的几乎透明的人皮,这会儿像是变得异常沉重,沉甸甸的都扭曲变了形。

张大胆内心凌乱,表面却装成若无其事的样子。因为谁都知道,人皮面具没有戴在脸上,一般都不可能看得出它原本真实的样貌,便是看得出,他又怎知她本来的面貌如何?所以,在打消此念头之前,他首先要的就是冷静,不能让对方看出自己的慌乱。

时间一分一秒地过去,张大胆只觉冷汗直冒,衣背几乎湿透。其实,他这不是害怕,更多的还是担心,担心找不回紫檀木匣会带来无法预知的后果。他目光如炬,炯炯盯向她手上那两张人皮,忽然,他似发现了新大陆一般,眼中逐渐有了笑意。

原来,人皮面具这样虽看不出本身的样貌,但其中还是有些细小的不同。这两张人皮,仔细看来,左手的表皮略显粗糙,而右手的却要细嫩些,就好像一张是手背部位的皮,而另一张是脸蛋部位的皮,相较之下,一张就如少女,另一张却像妇人。这些细节虽是很微小,但张大胆还是分辨了出来。

他笑了笑,如释重负一般,指着她右手上一张人皮,道:"我想是这张无疑。"

话音刚落,她霍地圆睁着双目,直直看着他。

张大胆愣了愣，心底不安地想："难道是我猜错了？"

只见她扔下左手的人皮，转过身子，面向镜子，双手摊开右手的人皮，对照那张丑脸小心贴了上去，转瞬间，一切便告完成。她说道："你还站那里干吗？你不想过来见下我的真面貌吗？"

张大胆道："不需要过去，我已经看见了。"

她道："是吗？那你觉得美不美？"

张大胆不假思索道："美，较天仙不差几分。"

她轻柔一笑，此时的笑，比不戴面具时好看多了。张大胆不觉产生了一种错觉，好似这张人皮就成了她的脸。但很快，她的笑就僵住了，感觉还多了层痛苦，就像坠入十八层地狱无法自拔，恐惧绝望下的那种痛苦。

她缓缓站起来，缓缓转过身子，缓缓看着他，缓缓掠过一丝诡异的笑，缓缓抬高了右手。

突然，张大胆只觉胁下一麻，像是被蚊虫叮咬了一口，既不痛也不痒，只感觉微麻过后脑袋一阵眩晕，整座房间都像醉酒了一般，不停地旋不断地转。

接着，他只觉脚底一阵发软和失力，人跟着就栽倒下去。在倒下的那一刻，他忽然听到几声尖利的嘲笑声，然后便慢慢合起了双眼。

昏昏沉沉，似醉若醒，似乎感觉是一场梦境，忽又觉无比地清醒。假如这是梦，但求越长越好，如果清醒着，只想再能梦久一些。

不过，无论是梦境还是幻觉，好像身边始终有一丝香气在徘徊，很熟悉的味道，却总也想不起来。就好比孙寡妇烤熟的五花肉葱饼，吃进嘴中，到底是浓浓的细肉香，还是淡淡的葱花香，或是饼子本身的香气，想分辨却老是分辨不出来。

张大胆胡乱思想着，感受着，放松着，好似早已不关心自己是身在何处。在仅存清醒的记忆下，他记得他应该在一个女人的房间，一个面貌丑陋、身材较好，却行为古怪的女人。

突然，熟悉的香气下，竟然飘来几声潺潺的流水声，就像那山间一条蜿蜒如龙的溪水，缓缓流淌，最后坠入一潭深水，溅起无数透明的水珠。

张大胆立感身心倍加愉悦，感觉就像身在一处风景优美、翠绿清新的山林间，这里有水声，有花香，有青石，有生命……

在如此美妙的环境下，睡着了，就不愿再醒过来，哪怕是一辈子都这样躺着，也是心甘情愿，心满意足。张大胆只觉身子越来越放松，大脑中也越来越空白，思想飞逝到小时候，母亲还在世的时候，偎在熟悉的怀中的时候。

忽然间，曾老头、飘红、紫檀木匣等在脑中一一闪过。

张大胆顿感胸中一紧，霍地张开了双眼。眼前一片漆黑，没有一点光线，自己笔挺挺躺在冰凉的地上。他抬手摸向四壁，正面是一层硬邦邦的木板，再探左右，触手的却是些厚厚的棉布。

他赶紧从棉布下钻出，才发现自己原来是被人塞进了一张桌子的下面。他轻轻弹弹粘在衣服上的灰尘，定起神来，扫视着周围，发觉屋内的光线甚是暗淡，再细瞧，但见房屋的门窗俱被关死。一时间，他不觉又惊又喜。惊的是，他忽然发现这里正是飘红的厢房，抬起头来，就在自己昏睡的那张桌子头顶，墙上挂着的就是昨日所见到的那幅奇怪的乌鸦女孩图，但是，他是如何到了这里，脑海中却是一无所知。喜的是，既然到了飘红的厢房，或许就可找回昨日失掉的那只紫檀木匣。

张大胆顾不及想其它，连忙在房中的地上、角落间四处寻找了起来。可是，几番下来，却是一无所获。丧气之余，似又想到了什么，他把目光盯向内外房相隔的青色帐帘上。

青色的帐帘，深深地垂挂下来，重重地拖在地上。

张大胆飞快走到帐前。

脚声刚落，帐帘就让张大胆掀了开来。只见一只硕大的圆形楠木制成的浴桶，浴桶中热气腾腾，水面漂撒着厚厚一层红玫瑰花瓣，大木桶脚下还有一只小木桶，桶中是清水，水面漂着一只楠木小勺，一条白色的香巾胡乱搭在桶沿，往地下滴着一滴滴的水，小木桶过来点，一只小炉燃着蓝色火焰，烧着一只银白色的小壶，壶嘴冒着丝丝的白气。

大木桶里，一名全身赤条条的女子舒服地躺着，她微闭着双眼，似乎已经睡着。

张大胆的脸刹那红到了脖子根处，舒服躺在大木桶里香浴的女子正是飘飘院里的头名花魁飘红姑娘。她莹白如雪的肌肤，坚挺傲人的双峰，一半浸没于水中，一半竟一览无余。

见此情景，张大胆急速退出帘外，呆呆站着，不知自己是该走还是留。

飘红似乎也觉察到了帘外有人,轻抬双目,细声唤道:"你是谁?"

柔和的声音,飘入张大胆的耳中,回想起刚刚的一幕,使得他的脸更加红了。

飘红又说:"既然来了,为何不进来?"

张大胆沉默。

只听飘红轻叹一声,接着响起一阵清凌凌的水声,然后她道:"你自管放心进来好了,我……已经穿上了衣服。"

张大胆迟疑片刻,小声地问:"你真穿上衣服了吗?"

飘红道:"不相信你大可以进来看下。"

张大胆凑耳近前,仔细听了听,在确信没有丝毫的水声之后,终于咬了咬牙,再次小心揭开帐帘。

顿时,张大胆再次惊呆了。只见飘红照旧懒懒泡在大木桶中,双臂搭在桶沿,上半身几乎暴露无遗。张大胆先是愣了一愣,瞬间脸红如潮,愤怒、羞涩、徘徊、不知所措都聚涌一起,使得整张脸看去特别地怪诞。

飘红镇定自若,看一眼满脸通红的张大胆,忽地"扑哧"一声,嫣然笑道:"你为何这样死盯着我看?"

张大胆微一惊醒,好似让人当头击了一棒,赶紧背过身子,吞吞吐吐地说:"你不是……说……已经穿上……衣服了?"

飘红道:"刚才都叫你全看去了,你以为我不晓得么?现在怎不好意思起来了?"

张大胆涨红着脸,低低道:"方才是在下鲁莽,烦劳姑娘穿上衣服,我有事情讨教。"

飘红提过香巾,边轻轻擦拭着光滑的手臂,边略是无奈道:"可我还没有洗完,怎好就能穿衣?"

张大胆道:"那我现在就问你几句话,你告诉了我,我立刻便走,绝不耽搁姑娘香浴。"

飘红轻叹一声,道:"小女子有一个不好的习惯,沐浴的时候,就会什么都不记得了。"

张大胆顿在当场,双肩轻微颤抖了几下。转眼片刻,大声问道:"那你待何时才会洗完?"

飘红又在桶内躺了下去,一只洁白的香足探出水面,架在木桶上,嘴中喃喃道:"这就很难讲了,如果有人帮我搓一下,或许一时半刻便好了,假如让我自己洗,恐怕过个一时三刻也不见得能洗好。"

张大胆低叱一声,道:"你这女人——你不觉得叫一个男人看着你洗澡,是件很羞耻的事么?"

飘红冷冷一笑,道:"羞耻——你擅自闯进一名年轻女子的闺房,难道你就很光彩?"

张大胆顿感语塞。

飘红又道:"我身在青楼,整日过的就是浮萍一样飘零的生活,今夜陪张三睡睡觉,明晚供李四销销魂,使尽千万般的媚色,尝尽千万味的苦楚,更是睡尽千万不同的男人。在我的眼中,羞耻两个字于我早已不够格,但也没有任何一个男人可以冠冕堂皇地在我面前提及这两个字。"

的确,对一名身在青楼的女子来说,羞耻两字只会挑起那根早已脆弱的神经。在她们看来,世上所有的男人都没有资格来指责她们,因为青楼中的女子大多是出于被逼和被迫,而来此的男人,没有一个不是揣着嘴脸心甘情愿的,有些甚至抛妻弃子,为的只是一次销魂。

张大胆道:"我……"语声良久,接下却不知该如何来说,是该给她道歉,还是该安慰几句?他茫然无措,身体因焦急而开始不停地扭曲。

正一时焦急,突听身后飘红"咯咯"娇笑起来。

张大胆道:"飘红姑娘,我不是有心冒犯,望请姑娘莫放于心。"

飘红娇笑道:"我知道你不是他们那样的人。"语歇片刻,娇声又道,"我坐这水中有一阵了,此刻温水已经冰凉,小炉又离我较远,麻烦……哥哥,帮忙替我添些热水如何?"

张大胆脸红了红,道:"姑娘……你……"

飘红道:"哥哥放心好了,我身子躺下去点,只露出一个脑袋,这水面都是些红玫瑰花瓣,相信哥哥想看也看不见了。"又笑了笑。

张大胆略一迟疑,道:"你不会又想欺哄于我?"

飘红道:"哥哥若不相信,大可伸手过来摸摸看,看水是不是已凉。难道哥哥就眼看着我坐在冰凉的水中受苦不成?"

思忖一阵,张大胆还是半信半疑地说:"那我就再相信你一次。"

却不料,飘红突然又"咯咯咯"娇笑不已。

张大胆道:"姑娘笑什么?"

第二章 紫檀木匣

飘红道："我笑你为何还要蒙起眼，难道就不怕烫到了手？"

张大胆道："灼伤事小，名节事大，我不想让姑娘因我毁了名声。"

飘红目光闪烁，道："真是个傻瓜，是不想我毁了你的名声吧？"

张大胆道："姑娘言重了。"

原来，张大胆在回身的那刻，早已从藏在怀中的绣球上解下一条飘带，用来蒙起自己的双眼。他小心翼翼，生怕自己的举动会撞倒碰翻飘红房间里的任何东西。

飘红一眼瞧见那条飘带，微微一笑，道："要不要我来帮帮你？"

张大胆凭一眼的记忆，小心朝火炉旁移动。他道："你既可以帮我，为何还要我来帮你？"

飘红一下语咽，满脸羞怒，还好此时张大胆看不见，不过，她也是绝顶聪慧，立时就想到了应答之话，她道："我若帮忙，又不需要本姑娘亲自起来，我只以口引导，免得你真烫着伤着，那我还不心疼得要死。"

张大胆脸一红，道："你不说话，便就好了。"

飘红可不管他，嫣然一笑道："前面——往右——对，再往前两步——好了，左边一只手的距离就是了。"她自顾自说，也不管别人到底听没听。

说来奇怪，张大胆还是照她的话一步步做了，说真的，这样的确简单方便了不少，很快他就感觉到了一股蒸蒸的热气。

飘红道："哥哥可要小心了，可莫把烧开的热水浇到我身上呦。"说着，就"咯咯咯"娇笑了起来。

张大胆道："到时姑娘提醒我一声就是了。"

飘红小嘴一撇，道："你们男人真是坏，刚才还死活不要人家帮忙，现在反倒主动开起口来了。"她说这样的话，好似就像她在相帮别人，而不是别人正在帮她添水一般。

张大胆十分尴尬，不知所措站在那里。

飘红笑笑说："傻瓜，还愣着干吗？你不知道我已经很等不及了吗？"

张大胆道："哦——"他轻移脚步，直至脚尖结结实实触到了大木桶，才略微放下心来。他直直站着，说，"飘红姑娘，我要添水了，麻烦姑娘到时提醒一声，够了，我便停下，不够……"

飘红不耐烦地截口道："好了好了，你话怎这般多？"

张大胆怔了一怔，歪过壶嘴，流水汩汩，却是断断续续。飘红咕哝道："你话又多，加水又慢，是不是想要本姑娘冷死冻死。"

张大胆不管她，照旧问道："姑娘，够不够？"飘红不作答。过上几秒，他又问，"姑娘，现在行了吗？"飘红依然不言语。

张大胆皱了皱眉，提起水壶，怔怔站着。

屋内立时陷入一片沉寂，没了水声，没了说话声……

片刻，飘红缓缓道："怎么停下了？"

张大胆道："我以为姑娘没出声，只怕睡着了。"

飘红道："水还凉了些，你把水壶往我身前移一移。"

张大胆顺从地移了移手臂，往前大约半寸，顷刻，壶中的热水已去掉大半有余。本来很简单的一件事，他却忙了一碗茶时间，那提壶的手，也已微微地发抖。

忽然，但听"哗啦"一下水声，大木桶中就好像有一条大鱼跃了出来，无数的水珠四下飞起，落到地上，手上，衣服上，甚至张大胆的脸上。

张大胆闻声一惊，脑中还未及细想，身体就让一双柔软的手环抱了起来。非常软滑的手，散发沁心幽香的身体，虽然蒙着眼睛看不见，但脑海中却早已有了朦胧的图案，那是一丝不挂的身体。

只要是正常的男人，难免此刻都会产生不可自主的念想。张大胆是个不折不扣的男人，却又是一个心胸坦荡的男人，他无法阻止热血燃烧，无法控制脑中的幻想，甚至她在抱着他的时候，他都在有意无意地用心去感受，但良知无时无刻不在提醒，他不能那样做。

飘红把脸贴近他的脖子，低低道："哥哥，你真的好坏，故意拿热水烫人家。"

张大胆心念乱了，声音有些发颤道："你……没事吧？"

飘红娇声道："你都烫到人家的胸口了，不信，哥哥可以伸手摸摸。"

张大胆微声道："姑娘……你……请自重。"

"嗯——"飘红娇唤一声，反而抱得更紧，贴得更近了。或许，她已经听出，他的责备已经是多么地无力。

张大胆开始挣脱，但他一手提着水壶，生怕壶身尚热伤着她，所以，他挣脱得也是很无力，可以说，根本就是无济于事。

飘红任凭他挣扎，始终不愿松手，但她嘴中还是有些急道："你就真的这么讨厌我吗？"

张大胆道："姑娘的美貌，足可倾城，我哪有讨厌姑娘的道理。"

飘红又道："那你为何这样不解风情？"

张大胆道："我和姑娘往日无交，近日不熟，实不敢有非分之想。"

飘红唉声道："那你却为何三番两次出现在我面前？难道只是想戏弄我一番？"话声刚落，不禁落下了泪。

张大胆有些急道："在下实无心戏弄姑娘，全因事情弄人。当日一见实乃误会，而今日……我是来寻前日粗心遗失的一只……"他顿住声，终究没把紫檀木匣说出口。

飘红却道："是一只木匣子吗？"

张大胆听了为之一振，道："木匣果真在姑娘这里，还请姑娘归还于我，在下将对姑娘感激不尽。"

飘红又紧了紧双臂，道："我不要你的感激，你只答应帮我做一件事。"

张大胆道："什么事？"

飘红道："上西南山南阳观帮我取一样东西。"

张大胆道："什么东西？"

飘红道："你先不要问，去了自然会告诉你，你只说一声，到底去不去？"

张大胆想了想，道："只要姑娘把木匣还给我，姑娘说什么，我照做就是了，哪怕是上刀山下油锅我也不会皱一下眉头。"

飘红微喟一声，道："傻瓜，我怎么会那么狠心呢！你只需一路上陪着我就是了。"她贴着他，把脸深埋进他的脖子，她在他脖子间轻吹一口气，然后似很满意地闭起了双眼。

日上三竿，人影憧憧。古老的四平大街，屠夫张大胆的肉铺前，熙熙攘攘挤满了一大帮的人，有人空着双手，有人挎着小篮，有人推来了木车，车上依稀摆放着两三只大木桶，这些人虽然衣着各异，形体胖瘦不一，但他们的脸上，无疑都有着相似的表情，失望、愤怒、烦躁和无奈。

有人冲关闭的肉铺大门喊："张大胆，张屠夫……张杀猪的，你到底在不在家啊？"

另一人也喊："杀猪倌，开门买肉啦——"

有人摇摇头说："前些日子严胖子失踪，咱四平街老小就没了包子吃，听说是活不见人死不见尸。依老朽愚见，这张屠户也是凶多吉少啊！"

"不会吧！"有人立时惊讶道，"张老弟人面和善，应该不会招惹什么血光之灾吧？"

"这可不好算了，听说老朱的媳妇也失踪两天有余了，老朱正四下瞎找着呢！"先前那人说。

"唉，祸福难料，看来平静了二三十年的四平街，将不再平静了。"又有一人叹道。

先前那人再说："早上起床来，未瞧见酒老鬼开张营业，你们说……他会不会也……"

"酒老鬼早已失踪多天了，只是他这人一向脾气古怪，平生很少有相交的朋友，故很少有人去注意他罢了。"后面那人说。

"酒老鬼，严胖子，习娇娇，再加上张屠户，这一连串发生的怪事，莫不是我们四平街有灾星降临，让人下了毒咒不成？"先前那人猜测。

"此话不说为妙，此话不说为妙——小心祸从口出，为时晚矣！"最后插话的那人劝诫道。

先前那人一副正气凛然样，道："老朽早已活过半百，还怕生死不成？只是……"他顿了顿，接道，"只是家中小妾刚入门，只恨我这一去，她在家中难于立足啊！"

劝诫的那人冷嗤一声，挖苦道："说来道去，不是怕死又算什么？"

先前那人脸一黑，急转话题道："前日飘飘院搭台的点花大会，有人说见着张屠户拔得了头彩，要我合计，这张屠户定是身在温柔乡，不思汉营了。"说着，还朗朗笑上数声。

这次没有人再随声附和，他也只得无趣地闭紧了嘴。

不过，这边话音刚落，那将有人便抱怨："我家坐胎的娘子都好几日未见肉腥了，这可怎么成呐！"

有人同声抱怨："我那卧病的老父亲近日舌苔发黄，郎中建议多食些骨精碎肉，这下——我实是个不孝之子……"话未说完，就呜呜哭了起来。

……

抱怨声一浪接过一浪，有说孩子没肉就吃不下饭的，有说家中老人不吃肉就睡不好觉的，其中话声最大的莫不是夕阳客栈的小伙计狗二，他每日天不亮就得推上木车上十里地外的庄子买肉，这会儿他正满头大汗、疲惫不堪、气喘如牛地经过张大胆的肉铺前，他口中的抱怨几乎是喊出来的："他娘的杀猪的，真见鬼了，害我每天都这么苦累……你要死了也别拉我一起买棺材吧——"

狗二怨声怒气，自嚷自道，声音渐去渐远，惹来众人都不禁转身去看，然后同时回之一笑。

人群随着狗二的声落影没，知道今天又没戏了，都纷纷散了开去。所有人的脸上，俱又加重了几分失望。

这一刻，张大胆在四平街老小的心中，无不是抱怨、奇怪，甚至还掺杂了不少的不安与害怕。

害怕，无影无形，却又无刻不在。大家虽都不愿说出来，但在短短数日，眼见严胖子失踪，习娇娇不见，酒老鬼更渺无身影，很多的猜测，更多的传言，就算昨日还有人见到过张大胆，但一夜后，谁又敢断定不会发生点什么？所以，大家都难掩心中的害怕，又不明真相，更多的只能来此抱怨。

随之而来，张大胆就成了四平街老小发泄的对象，一下成了人们竞相指责的众矢之的。

或许，当下最有效的方法，就是张大胆尽快出现在人们的面前，出现在四平街。

可是……

飘红似已经睡着。张大胆动了动身子，道："可以走了吗？"

没有声音回答。

张大胆又道："飘红姑娘，我们何时起程上路？"

飘红梦呓般道："再等等。"

张大胆道："等到什么时候？"

飘红道："该走的时候，自然就走了。"

话音刚落，门外窗下突然响起三声长短不一的叩击声，"咚咚咚——"

飘红缓缓睁开眼来。只听外面一女音轻唤："小姐小姐，我都已经准备好了。"

飘红回道："翠梅，进屋来吧！"

翠梅道："是，小姐。"

张大胆一阵心慌，只听"吱呀"一声，窗门打开了，接着是有人从窗台跃地的声音，然后又是一阵轻轻关起窗门的响动，最后传来一串细碎的脚步声。

脚步声愈来愈近，张大胆只觉整颗心都提到了嗓子眼，他不禁惊慌失措道："飘红姑娘，你能不能先叫她别过来，等你穿起了衣服，再……"

飘红"扑哧"一声，忍不住"咯咯咯"娇笑了起来，她非但没松开手，反而身体直往前靠了靠。

张大胆面红耳赤，心念转处，无不对眼前的这名女子感到无奈，眼见翠梅的脚步声已近帘外，却突然停了下来。张大胆长舒一口气，悬起的心也稍稍可以放宽了一些。

但是，还未等他真正气定神闲，飘红突然道："翠梅，你进来扶张公子先出去。"

翠梅还未回应，张大胆就先急道："等等，你先不要进来。"一下就喝住了翠梅，然后轻声道，"我自行出去，不要别人的帮忙。"

飘红嘴角一笑，低低道："哥哥，在外边等着我。"说完，才松开了紧抱着好几个时辰的手。

张大胆就如一匹受惊且害羞的野马，顾不上许多，回身就走。似乎久站未动，脚筋有些麻木，还没等走上两步，脚尖一下就踢翻了盛清水的木桶，桶内大半的清水也随之倾出在地，鞋底一滑，人一下失去了重心，整个人趔趔趄趄直扑出帐帘。

一直候在帘外的翠梅先是一惊，尔后捂嘴偷偷笑了起来，当张大胆站起身子，翠梅笑得更厉害了。原来，翠梅突然瞧见张大胆蒙着的双眼，且狼狈不堪的样子，便忍不住道："瞎子摸狗，瞎子摸狗……"

张大胆脸直红到了脖子根，却听帘内轻叱一声："丫头，不许无礼，小心撕烂了你的嘴。"

翠梅缩了缩脖子，赶紧用双手捂紧了嘴，一副害怕的样子。

张大胆自己解下飘带，才发现翠梅正是当日引他出院的黄衣女子。他道："翠梅姑娘，让你见笑了。"

翠梅惊讶道："原来是你呀！怎么，前日舍弃了我家小姐，今日又偷偷找回来了。"

张大胆一阵尴尬，支吾半声道："我……来这里是……"他当然不能告诉翠梅他来这里的真实目的了，但又不知该如何来搪塞于她，只得涨红着脸，甚是焦急。

"张公子是我请来的。"飘红赶紧替张大胆解围道，"你这丫头，几日没好好调教你，你的嘴巴是越来越不饶人了，看我以后怎么收拾你。"

翠梅微嚅道："小姐，我——"

飘红道："你和张公子都进来吧！我已经好了。"

翠梅应声上前掀起帘幔一角，俯身作揖道："张公子，请。"

张大胆再次步入帘内，眼前的一切似乎都不曾改变，盛清水的小木桶给扶了起来，地上湿漉漉一大片。飘红坐在床边，身上穿的却是普通的农家布衣，如不是亲眼所见，真不敢相信飘飘院的头牌花魁也会穿戴这样的衣裳。

飘红莞尔一笑，道："怎么这样看着我，很奇怪吗？"

张大胆回过眼，道："只看过飘红姑娘身穿绫罗绸缎时的风貌，哪想现在着这样一身衣服，也不失另有一番滋味。"

飘红娇笑道："想不到你这傻瓜还挺会说话的。"

翠梅隐身在一旁偷偷傻笑。

张大胆脸一红，道："姑娘取笑在下了。"

飘红笑望一眼张大胆，他却扭过目光，故意避开了她。她又一笑，道："我就喜欢你这样，整日对着那些臭男人的脸，却没有一个如你一半胆小的。"

翠梅偷一笑，道："那些臭男人见到我家小姐，直恨爹妈给少长了几双眼睛，他们的眼珠就像啄木鸟一样，在你身上不停地啄啊啄啊……恨不得就把人给啄穿啄透似的，谁都不会有一丝的难为情，哪像张公子这样——"她又捂住嘴笑了笑。

"丫头，你又多嘴了。"飘红轻声呵斥。

翠梅垂下头，嘴角却仍带着笑，道："是，小姐。"

飘红道："待我办完事回来，看我怎么来收拾你这张破嘴。"

张大胆道："翠梅姑娘心直口快，就别责怪于她了。"

飘红微正脸色，顺水推舟道："既然张公子都替你这丫头说情，那本小姐这次就饶了你，不跟你计较。但我不在的时候，你可要把门给我看好了。"

翠梅瞪一眼张大胆，道："谁要他给我说好话了，本姑娘才不稀罕呢！"

飘红叱道："丫头，你说什么呢！"

翠梅眼珠一转，乖乖道："小姐，有我在你只管放心出去就是，我一定不让你担心的。"

飘红轻叹一声，柔声道："算我平日没白疼你。"

翠梅却黯然道："翠梅在世上就只有小姐一个亲人，翠梅当然……"

飘红连连打断道："好了好了，什么都别说了，你过来再简单帮我梳理下头发吧！"

翠梅拿来木梳，走到飘红身侧，一把一把轻轻梳理了起来。

张大胆无意打扰她们，独自四下巡视瞧瞧，以借此打磨时间。忽然，墙上悬挂的一幅白猫图引起了他的注意。想起来，这张画他上次就曾见过，只是当时被人四仰八叉抬到这里，正窝着一肚子火气，堂堂七尺男儿，哪受过如此羞辱，故没有细想半分，一心只想离开是非之地，讨教个说法。现下看来，画中的白猫似有几分眼熟，好似曾在哪见过，但又一时想不起来。

他问道："飘红姑娘，你这张画是哪里得来的？画中的白猫，姑娘可曾亲眼见过？"

飘红未及回答，嘴快的翠梅却抢先道："我们小姐何止见过，小姐可疼爱它了。"

张大胆道："那姑娘可否跟在下说说它的来历？"

翠梅道："猫是我在后院捡来的，当初还以为这是哪跑来的野猫呢！但看着也挺乖巧的，就抱给小姐看，哪想小姐一见到这只猫就非常地喜爱，立时就给它画下了这张画。可是，不知何时，这只猫却又突然失踪了，怎么找也找不到，为此，我家小姐都好几天不思茶饭，后来还大病了一场呢！"她一阵惋惜和心疼，想必这只白猫确实是招人喜欢，飘红这次也没责骂翠梅的多嘴，只是陷进了沉思。

翠梅轻叹一声，心疼道："小姐又开始想它了。"

张大胆道："这只白猫看着确实惹人怜爱，也难怪你家小姐会如此伤心。"

飘红回过神，举眸一笑，道："张公子，你猜猜我房中为何会没有半面镜子？"

张大胆道："先前来过姑娘的房中，就因为此事一时不明，想此地是女儿之地，怎可连一面香镜也不得见？思忖片刻，就妄言此地住着的定是个丑陋女子，她不敢见自己的面貌，所以才会撤去所有的镜子。"

飘红"扑哧"一声，以袖遮嘴，笑道："小女子真佩服哥哥的想法，但细一想，哥哥讲的似还有些道理，只是事实并不如哥哥所说。除了我的房间，其他姐妹的厢房也是一样，整个飘飘院的后院都是看不见有半面镜子的，只有北楼的鬼屋例外。"

"北楼的鬼屋？"张大胆心下一惊，不禁想起，"昨夜进去的房屋难道就是鬼屋不成？那个奇怪的女人，她终究是人还是鬼？是她把我掳至飘红房里的吗？她到底存的是何种目的？"想着想着，人都不禁痴了。

"张公子，张公子……"

"张公子，我家小姐在喊你哪！"翠梅提醒道。

张大胆愣了愣，收起神色道："飘红姑娘有什么吩咐？"

飘红细声道："张公子，你有何心事？"

张大胆咧嘴一笑，道："我能有什心事，多谢姑娘的关心。"

飘红道："没事就好，那我们走吧！"

张大胆问道："去哪？"

飘红微变了脸色，道："哥哥不是答应我了么？"

张大胆怔了怔，恍然道："是，是……我当然答应了姑娘，我只是想问姑娘我们这要去哪里？"

飘红听之一笑，忙给丫鬟翠梅使了个眼色，翠梅会意而去。

她道："你跟紧我就行了。"

张大胆以笑应允。

飘红嫣然一笑，只听外面翠梅轻喊："小姐……小姐……可以走了。"

飘红脸色一正，轻拂张大胆的粗手，往门口行去。

翠梅站在门里，莹泪不止道："小姐，翠梅不在小姐身边，小姐可要照顾好自己。"

飘红笑笑说："傻丫头，我一去又不是不回来了，你只管好生给我看住家里,别出什么乱子,等着我回来。"

翠梅哽咽道:"翠梅知道了,小姐一定要快去快回。"

飘红莞尔一笑,拽上张大胆的手直奔房外,两人左拐右弯,急急前行。说来也奇怪,偌大的院子,却见不到几条人影,有几名小丫鬟穿行其间,飘红都领着张大胆一一避了过去。

两人边行边低声说着话,飘红道:"你说尽是女人的香楼中居然没有梳妆照面的镜子,却是为何?"

张大胆轻声回答:"不知道。"

飘红狡黠一笑,道:"那么我来告诉你吧!听以前的姐妹说,飘飘院自开业始,就一直不太平。传说后院最早是一片坟场,其中有一些留恋世间的孤魂冤鬼不愿离去,整夜徘徊在后院的角角落落,而据说这些脏东西就爱照镜子。所以,嬷嬷为了不吓着大家,就叫人收掉了各房里的所有镜子,但这样做又怕惹恼了那些东西,故只腾出一间房留着,久而久之,那间房自然就成了鬼屋,嬷嬷从不许我们擅自进去,其实说真的,我们这些女人哪敢进那地方。"

张大胆道:"哦,原来是这样。"

飘红又笑笑说:"现在你都明白了,那你猜猜我们这要去什么地方?"

张大胆不假思索道:"猜不出来。"

飘红神秘一笑,道:"鬼屋。"

提及鬼屋,张大胆不觉就想到那个女人,她端坐在镜子前,细致描画着两张人皮,手轻轻抬起,缓缓落下,那曼妙的身段,朦胧的纱衣,柔美的声音,几乎近在咫前。她的动作看去永远都是那么小心,但脸却又如是恐怖,相信见过一次的人,无论是她的背影,或是那张脸,是永远想忘都忘不掉了。

门突然"呀"一声打开。

飘红把脑袋伸到里面,扫上数眼,像鸟儿一样闪了进去。

张大胆怔了怔,也跟了进去,并重新关好房门。

屋内光线很是昏暗,到处散发着木板发霉的味道,灰尘落在地上,厚厚一层,蜘蛛网就如人体内的经络一样密集,与之前到来时几乎是判若两个世界,但张大胆却清晰地记得,他昨夜摸进的就是这间房,绝不会记错。飘红从身上摸出火捻儿,微吹一口气,瞬间燃起了火苗,借着微弱的光亮，径直往里屋走去。

张大胆尾随其后，黑溜溜的眼珠四下转个不停，好像苍鹰在搜寻着猎物，不放过任何的角落。可是，四周除了有一幕幕张牙舞爪的影子外，什么都发现不了，但越是这样，张大胆的心底反而越显得不安。

飘红走进里屋，直朝镜子而去。

张大胆略一迟疑，脚下一顿，又跟将过去。

飘红走近镜子还剩四五步距离时，突然停了下来，她动了动身影，以命令的口吻吩咐："你上去把镜子移开。"

张大胆愣了愣，道："为什么？"

飘红柳眉一皱，正色道："要你做你就做，别问这么多。"

张大胆望一眼她，心下一惊，虽有些不快，却还是照着做了。

镜子的面积足有半张八仙桌大小，当夜那奇怪的女人就坐在这里，张大胆眼前似乎又浮现出她的影子。她坐过的地方，现已空空如也，就连镜前的梳妆台，如今也是一把梳子都没有。

张大胆用手一拭，上面积满了灰尘，足有一尺多厚，他不禁脸色微变，算起来，昨夜至今也不过区区八九个时辰，但怎么看，这尘土也不像是刚能累积起来的。他一时呆立当场，脸色渐渐苍白。

飘红不明所以，只道是刚才的话太重，伤着了他。她柳眉微抬，凝视着他，柔声道："哥哥，刚才是我不对，你先搬开这镜子，待我向你解释。"

张大胆目光微动，道："我没生姑娘的气。"凝视镜子数秒，脚叉弯腰，全身半屈，双手捋住镜台边缘，猛提一口气，轻喝一声，镜台却纹丝未动，再来，照样还是坚如磐石。

飘红有点着急起来，道："哥哥，抱不动，何不推着试试？"

张大胆听飘红所言极是，停下手来，侧过身子，如一头犁地的耕牛，脚踏弓步，腰、肩、足同时发力，心憋一口气，"呼喝呼喝"数声，镜台果真一点点移动过去。

飘红嘴角一笑，说："我就猜到这里面一定有古怪。"

待完全推开镜台，两人定睛细看。原来镜台下有一口赤裸裸的暗道，飘红凑近火捻儿，发现暗道中布满蜘蛛网，想必已经荒废了许久，暗道口不是很高，只够一人单独通行。张大胆好奇问道："飘红姑娘是如何知道这下面有古怪的？"

飘红道："白猫失踪的当夜，我找遍了整座后院，最后只余这里，当时心想它会不会跑进鬼屋来了，一时焦急，也顾不上害怕，独自闯入屋中。哪想，刚走到里屋，却见一个女人从镜子下面直往上爬，当时不曾细想，还以为是见到了鬼，再也顾不上找什么猫了，吓得回身便跑。可是，待静下心仔细一想，就怀疑这镜台是否藏有古怪。"

张大胆道："此屋本就是鬼屋，姑娘怎么会有如此怀疑？"

飘红叹道："因为那女人很像一个人。"

张大胆惊问："像谁？"

飘红道："花嬷嬷。"

张大胆微一顿，低低道："飘飘院的花老鸨？"

飘红道："现在我真怀疑这院中闹鬼是不是有人故意安排的。"

张大胆望一眼那暗道，还是心存疑惑道："假如你所见不虚，那她必定是从暗道中出来，可你看这纵横交错的蜘蛛网，又该作何解释？"

飘红柳眉微皱，轻哼一声，道："确实很难解释，要说真有人走动，实不该留下这么密集的蛛丝，除非——真的是我猜错了，她根本就不是人。"

张大胆道："管她是人是鬼，既然让我们发现了这个秘密，当然要瞧瞧它通往的是哪里。"

飘红道："我正有此意，说不准，真相就隐藏在通道的尽头。"她又高兴了起来。

张大胆一笑，道："那还等什么？在下先行一步。"他未等飘红答话，就迫不及待地跳了下去。

暗道里阴森潮湿，漆黑不见五指，两壁触手俱是湿漉漉的泥土，有水珠自头顶落下，摔在地上，声音清晰可闻。张大胆躬着前身，头发上沾满了破碎的蛛丝，脚下污水浊浊，泥浆裹鞋，冷不丁有一股寒意袭来，更觉心惊胆战。

飘红一手拉住张大胆的后衣，一手持着火捻儿，紧随其后，生怕落下半分。虽然她长期生活在烟花舒适之地，吃的是山珍，穿的是绫罗，住的是温床，前前后后，无不专人伺候，但此刻，她却能凭借娇小身体的优势，在如此的环境下，支撑疾行。

这样也不知行走了多久，只见前面突然射来一道白光，刺得一时连眼都睁不开，接着又听见几声悦耳的水声，张大胆抬头看去，不远处一片氤氲，环绕不散，想必是到了出口了。他心中大喜，遂加快脚步，殊不料，飘红拽着他的衣服走了太久，他这一快走，飘红步伐未跟上，反而一个立身未稳，被前去的惯性顺风带将过去。

飘红"啊"一声惊呼，整个人都摔在了满是污泥的地上。张大胆晃了晃身子，所幸立稳住脚，没让飘红顺带一起跌倒。

飘红趴在那里，口中喘着粗气，好像既然躺下了，就该好好休息一般，过了许久，她才爬起来。

暗道里的光线本就昏暗，加上飘红身上脸上又溅满了黑泥，张大胆瞪着她那两颗黑溜溜的眼珠，忍不住笑出声道："前朝郑三宝（指郑和）下大洋时，听说来到一方蛮夷之地，郑三宝下得船去，却看见那里的夷人和姑娘现在差不多，全身黑不溜秋，只有一双眼珠可见。"

飘红溜动眼珠，口舌不饶道："你把我拖倒在地，却不行道歉，反而借机取笑于我，敢问这是不是大丈夫所为？"

张大胆当下一慌，道："姑娘，我……在下实无心冒犯，只是和姑娘开……"

飘红不待他说完，截口道："我不管你是有心还是无意，反正你现在得答应我一个条件。"

张大胆只觉头皮一麻，暗道："女人真是会把握机会。"但口中却道，"姑娘有什么就直说好了。"

飘红道："其实也不难为你，我只要你如我一样，让我也取笑你一回，那咱们才一笔勾销。"

张大胆愣了愣，微微一笑，俯身便往地下趴去，为使飘红能够解恨，他不但前身沾满了黑泥，还回身一转，把身子的前后左右都搞得污漆抹黑的，飘红脸上果然有了半丝笑意。

他起身咧嘴笑道："现在我全身上下都成黑夷人了，姑娘应该满意了吧？"

飘红"扑哧"一笑，露出一排干净的牙齿，道："我不跟你计较，就当咱俩打平了，谁也不吃亏。"

"好，打平就打平，好男儿不跟女儿家计较。"

两人一边笑着，一边朝出口走去。

走出暗道，眼前豁然一片开朗，一座赏花池，池中荷花开得正艳，几群嬉戏的小鱼在莲荷间相互追逐，有些不时还跃出水面，拍打出悦耳的声响。

出口就隐藏在赏花池中央的假山中，因为实在太隐秘，在外面很难被发现。

张大胆定睛细瞧，只见不远处亭阁连绵，屋瓦气派，但有些年久欠修，光照暗淡，院下更是杂草齐膝，花木枝节盘生、异常茂密。

再做观察，张大胆不觉失声："这里怎么看着像是厉宅？"

飘红吃惊道："什么……厉宅？"

张大胆好似没听见她的话，喃喃道："鬼屋连着鬼宅，这到底是巧合还是……"

飘红柳眉微皱，举目看了看他，似想着什么。

阳光明媚，暖暖地照射在身上，张大胆倚靠在一块石头旁，看着她。飘红当然也在看他，看他全身污黑，看他头发上的蛛丝就像一团乱麻一样缠绕，她不觉"扑哧"笑道："黑夷人，还不过去湖边把脸洗洗，本姑娘可不愿意和一个黑夷人走在一起呦。"

张大胆露齿一笑，道："湖水如镜，姑娘何不先照着自己洗了。"

飘红轻抬莲步，柳腰欲闪，走至池边，一颦一笑，侧目观看。刹那，她的笑容僵住了，整张脸瞬时犹如晚霞满天，爬满每一寸肌肤。

原来，出了暗道后，她只看见张大胆一身糗态，竟忘记自己其实也和他没有两样，故调笑别人之余，却忘了自身如何。幸好，不论她此时有多尴尬，多不好意思，多脸红，张大胆都是看不见的，因为这一切都让污泥尽数遮掩了去。

张大胆还在微笑望着她。

飘红嘟起嘴，道："看什么看，还不赶快洗干净脸面，咱们也该上路了。"

张大胆笑笑说："为何要洗干净？这样岂不更好？"

飘红一愣，道："我不想和你贫嘴，你答应过的，一路上你都要听我的。"

张大胆慢腾腾道："姑娘叫翠梅把马车停在了何处？"

飘红一惊，道："你怎知道我叫翠梅准备了马车？"

张大胆道："姑娘换一身打扮，以为就能神不知鬼不觉地出得去四平街？我想姑娘这么聪明，一定会想出一个万全的法子，而要我看来，这个法子，最好的不就是弄一辆马车，坐在车上，姑娘想怎么去就可以怎么去。"

飘红微加沉吟，恍然笑道："算你还不太笨，我确实要翠梅在飘飘院的后门候下一辆马车，要是过了时辰没见我去，马车就会被赶到街口的大牌坊下，直到我们出现为止。"

张大胆目光闪动，夸赞道："姑娘想得果是挺周全的，但我不知姑娘想过没有，马车等在街口，而我俩现却在街尾，如要安然过去，姑娘可有什么妙策？"

飘红柳眉微皱，道："这我确实没想过。"

张大胆直起身子，神色一正道："姑娘不必担心，其实我早已替姑娘想出了一个绝好的方法。"

飘红眼睛一亮，道："什么方法？"

张大胆道："就我们这身出去，你认为还有人能认得我们么？所有人肯定都把我们当叫花子看待，躲都来不及，谁还会想到飘飘院的当家花魁会是街边的小乞丐？"

飘红略微迟声道："方法的确可行，不过……"她顿下声，话间似有为难之意。

张大胆道："不过什么？这等时候，姑娘还要顾及其它，除非你想整条四平街都知道，飘飘院的花魁私自出来，我想不论你的目的如何，花老鸨都不会轻饶了你。"他分析与她听，但话里却好像有着某种吓唬的味道。

飘红思忖一阵，道："那就听你的吧！不过，哥哥可要答应我，日后千万别把此事宣扬出去。"

张大胆把胸拍得"砰砰"响，道："没问题。"

主意既定，两人便朝后院的户门寻去。

想当初历家祖上声名显赫，威震八方，自祖下建起这份基业，姓历的后人年年都不惜耗费巨资，修缮祖上留下的一草一木。历家后人不但敬重先物，还扩响了世代声名，且说第二十九代后人历老爷，生前遍请江南各地的名师高匠，摹仿苏州的园林，扬州的亭榭，杭州的花池……取百家于一身，打造出历府最豪华美丽的"风歇园"。

时过境迁，风歇园完工的次年，随着历府大宅的没落，也在风雨中荒废了二三十年。再次步入其中，无不心生感慨，虽然如今的风歇园已千疮百孔，但仍然依稀可见当年盛时的风貌，是多么地不可一世。

张大胆心生肃然，此前一直无幸踏足风歇园半步，只听别人说，当今皇帝后宫佳丽有三千，而风歇园却有名草花木三万。说这话的人，虽有夸张之嫌，但可以想象，盛时风歇园的威名是何其远扬。

但瞧现在，楼阁欠修，草木萧条，正如历家后人如今只剩一堆白骨一样，所有的草木亭楼都如步入了耄耋之年，整日在风雨的吹打下，尚留一口喉间之气，使其苟延残喘。

飘红一声叹息，道："岁月无情，昔年名噪天下的风歇园，如今会落得这般模样，实是让人惋惜。"

张大胆道："生死祸福，世事难料，前朝太祖皇帝打下万里河山时，又何曾想过这竟是昙花一现？"

飘红笑笑说："想不到哥哥这般年轻，却有着一颗老态之心。不过，或许你说得不错，今日满夷强占汉人大片河山，哪知明日又会是谁在独领风骚呢？"

张大胆钦佩道："姑娘的胸襟，胜过在下许多。"

飘红遥望远方，似有感慨道："一个女儿家，有什么胸襟，只要可以活下去，管它是前明还是大清，还不都是一个样。"

张大胆不赞同道："姑娘虽说得有些道理，但莫忘了，姑娘生是汉人，怎可以屈就于夷人？"

飘红冷笑一声，道："汉人怎样，夷人又如何？夷人未来之前，汉人还不照样残杀手足，你知道有多少孩子因此而失去了父母家园吗？"

张大胆沉默，这确实无法回答，昔日太平天国暴乱，不就是一个活生生的例子？谁又真能计算得清。

飘红冷眼相望，又道："自从夷人得了天下，百姓日子过得安宁太平，这难道不是一件好事？"

张大胆微喟一声，无言相对。

突然，一声惊啸的马嘶声响彻天际，两人同时一惊，愕了愕，加快了脚步往声音的方向赶去。

张大胆和飘红以前都未来过风歇园,当然也差点让里面多如牛毛的道路迷失了方向,所幸的是,两人循刚才马嘶声传来的方向前往,却发现那里竟就是院子后门。但奇怪的是,当两人赶至那里,却发现后门早已敞开,一辆别致的马车停在门外,拉车的是一匹枣红色的小母马,马脖子下系着一串灵巧的小铃铛,小铃铛同处,好像还有一张特别的小纸条,有风吹过,纸条伴着铃声瑟瑟飞舞。

母马悠闲地望一眼两人,用嘴巴厮磨起身体上的鬃毛,好似在说,你们终于来了,我已等了好久。

两人走到马前,飘红一只手摸摸马脑袋,另一只手轻轻抓挠着马脖子,欢喜道:"好漂亮的小马。"

张大胆也上去拍了拍马头,母马往另一侧移了移,似有意避开张大胆的手,像是嫌他太脏似的。

张大胆浓眉微皱,上去一把抱住马脖子,嘴中道:"叫你马眼看人低,你不排斥她,反而嫌弃我,叫你嫌我脏,我也把你弄脏瞧瞧。"

飘红一拉他,不悦道:"哥哥,别闹了,你摘来纸条看看上面写的是什么。"

张大胆傻傻一笑,取过条子,展开细看后,脸却渐渐变了颜色。

第三章
尸经迷踪

两只鼠儿过地洞，
不堪狼狈上大街。
我既知悉愿相助，
相赠车马避难急。

飘红接过张大胆手中的纸条，脸上也是一阵惊诧。

张大胆道："翠梅姑娘留下的么？"

飘红道："绝不是，翠梅她不识字。"

张大胆疑问道："那会是谁？是不是身边还有谁知道这事？"

飘红肯定道："不可能。"顿了顿，又道，"假如真有人知晓我要出院，那也不能知晓我们会出现在这儿，这条密道，之前连我自己都不曾肯定，再说，就算有人知道有这条密道，却如何清楚密道的出口在哪里？除非亲自走过，不然，那就是会掐指算知。"

张大胆疑惑不语，半晌过后，才道："相信这条密道荒废有好长时间了，会是谁呢？"他自言自语，"难道有人一直跟着我们？"

飘红道："他若一直跟着我们，怎可以快我们一步先给我们预备好车马？难道他有分身术不成？"

"这确实不可能。"张大胆赞同道。

飘红扫一眼马车，目光落处，忽而笑道："先不管此人是何用意，我

却知道，他必定是一个小气鬼。"

张大胆不解道："此话怎讲？"

飘红笑了笑，说："假如不是小气鬼，那必定是一个不折不扣的穷鬼。"

张大胆听得不知所云，心下暗道："飘红姑娘真不识道理，人家慷慨解围，她不但不心存感激，反而指责人家不够大方，可以一出手就相赠车马的主，怎又会是一个穷鬼或小气鬼？"

飘红目光微动，道："哥哥是否在想，我很不识抬举？"

张大胆心下一惊，强颜镇定道："没……没有，姑娘多心了。"

飘红俯下头，道："哥哥那样想了，我也不会怪你，只是此人既然有心帮咱们，却为何送一只这么幼的马，好像还是刚断奶不长的母马。"又微微一笑，问，"你猜，小马拉得动我们两人么？"

张大胆道："试试不就清楚了。"

飘红挠了挠马肚子，微微一笑，道："只怕咱们压垮了人家的小马，那该如何好哦！"

张大胆道："姑娘是说我们有车不坐？"

飘红道："那岂不辜负了人家的一番好意，既然别人有心帮忙，我们又何必苦了自己。"

张大胆摸摸脑袋，不知所云道："那姑娘的意思是——"

"上车。"

两人上了马车，飘红先钻到帘内，道："哥哥也坐进来吧。"

张大胆道："不了，我在前面赶车。"

飘红没多强求，或许她了解张大胆的为人，正直得有点傻；还有一点，她更知道此时他身子上下俱是污泥裹身，相信也无人能够轻易认得出他来。

哪知，小母马并不听张大胆的使唤，蹄子在原地"嘀嘀"扬着土，就是不愿前行半步。张大胆高高扬起鞭子，却没有挥下，此时他的牛脾气也上来了，"腾"一声跃下马车，悻悻道："我就不信，今天我治不了你。"

话音刚落，只见小马一声长嘶，竟不用他动手，扬起蹄子乖乖向前走去。马蹄声、车辙声，听去是那么缓慢，张大胆索性也不坐车子，伴着小马，徒步一起行走。

飘红温柔的笑声自车内飘出，道："哥哥，看来小马很不喜欢你，它这是不愿驮你呢！"

张大胆脚下不停，道："我看它是驮不动才对。"

小马又一声长嘶，张大胆乐呵呵道："小畜生，你还懂人话不成？"

小马似听懂了似的，拱了拱脑袋，飘红"咯咯咯"忍不住笑了起来。

日近中午，马车很快转入四平正街，街头显得有些冷清，张大胆望一眼自己那门庭冷清的肉档，心里很不是滋味。

车子在四平街缓慢走着，发出清脆的响音，有些好奇的人闻声望来，他们脸上无不同一的表情，奇怪且厌恶。

四平街本就通达南北，位置特殊，商客往来频繁，对于路过一两辆别致一点的马车，没人会觉得奇怪。但赶车的马夫，相信从没见过有这么脏的，所以人们脸上都很好奇，猜测车内坐着的会是一位什么样的人物。

张大胆刻意低下了头，不知是生怕有人认出他来，还是不想见到那一张张讥笑的脸。总之，他把头压到了最低处，反而他身边的小马显得神气不少。

夕阳客栈里的小伙计狗二在门口笑迎，张大胆走近时，他赶紧招呼："客官，前面的路还长着呢！何不进来歇个脚，本店有上等的好酒好肉招待，吃好上路也不迟。"

张大胆心底得意一笑，想："看来我便是脏，也还是有人欣赏的。"他不觉挺了挺胸，头也直起来不少。走过夕阳客栈的门庭，却听身后的狗二又另一番道，"穷鬼就是穷鬼，衣服没了颜色也不着急洗。"

张大胆只觉脊梁骨冰凉，一股怒气从心底蹿涌上来，真恨不能回头给他两剐子，再寻他家掌柜好好说道说道，管管这狗眼看人低的小人。

"哥哥，犯不着和这样的人生气。"飘红似猜到他的心思，安慰道。

张大胆悻悻道："我没生气。"

飘红悠悠道："那就好。"

马车一直前行，飘红又道："哥哥，你去孙寡妇那买几只饼子，我们路中将就着吃。"

张大胆心下一惊，忽生一阵忐忑，但还是拉住车子，朝烧饼房走去。

孙寡妇看去好像永远都是那么忙碌，她那小小的饼炉内也像永远都有取不完的饼子，五花肉葱饼、酒糟芝麻饼、醉鸡丝香饼……垒在桌面上一摞一摞的。张大胆走上前，她眼皮都未抬，便道："客官要什么？"

张大胆不禁暗颤，倒吸一口气，慌乱自怀里掏出一两碎银子，放在桌前。

孙寡妇停下手上的活，瞧上一眼，奇怪地望了望张大胆，问："客官要什么？"

张大胆发现她没认出来自己，放下微悬的心，拿手指指碎银，又指了指五花肉葱饼，然后点了点头。

孙寡妇会意一笑，略是同情道："原来是不能说话，真是可怜。"她端来一碗水，用手指蘸上水，在面桌上写道："几只？"

张大胆脸红了红，也用水写道："买光。"

孙寡妇取来数张新鲜的荷叶，包成四五份，垒在桌前，然后看着张大胆，点了点头。

张大胆微一愣，写道："多了。"

孙寡妇写："刚好。"

张大胆写："谢了。"抓起最上面的两包，便逃也似的跑了。

孙寡妇凝望他的背影远去，才嘴角一笑，懒懒收起桌上的银子，照旧抓起黑漆漆的铁钳，忙乎起来。

小马似乎早已等得不耐烦，发出一声低沉的嘶鸣。飘红接过荷叶包，吃吃道："哥哥去了这么久，想必是看上人家了吧！"

张大胆脸一红，道："休要胡说。"

飘红娇笑道："哥哥也不小了，难道心里就没心上人？"

张大胆心念一转，责备道："姑娘还来取笑，我可真生气了。"

飘红银铃般笑道："好了好了，我不说就是了。"她打开荷叶，从怀里取来一方白色的香巾，抽出中间的一只饼包起，送到帘外，柔声道，"哥哥肯定肚子饿了，先吃一只上路。"

张大胆怔了怔，盯着那方让油污点黄的香巾数秒，把手放衣服上擦了又擦，也不晓得是干净了还是更脏，接过饼子，道："谢过姑娘。"

飘红微微一笑，也拿起一只饼子送进小嘴，哪知，她只轻口一咬，竟在饼中吃出一张发黄的纸来。

午时过去，天空逐渐变了颜色，一大片乌云自东飘来，在四平街空中弥漫。风，似乎也大了许多，给人一种非常凉爽的沁感。

四平街往西南方向走的民道上，有一辆马车飞沙扬土，风尘仆仆，兼程急行，焦促的马蹄声犹如暴雨狂来，回响四野。人们一闻便知，车上的人必定有着某种不简单的事，才会如此行程。

雨还未下，马车却停了下来，停在西南山的脚下。

一条黑衣汉子应声跳下车，站在马车的左侧。接着，一只玉葱般的手自车帘内探出，轻轻划开帘门，只见一名身着霓虹绫裳的倾城女子，钻出车厢，跃下地来。

黑衣汉子直直看了两眼，道："姑娘穿上这身衣服，确实要好看多了。"

霓裳女子吃吃道："是吗？"

原来，这两人正是张大胆和飘红，他们此刻穿着的衣物，却是有人早已在车厢内准备好了的。马车行至半途，两人下了车子，在一条清水小溪中洗干净脸和头发，然后换上这身干净的衣服，才接着匆匆上路。

张大胆道："想来此人还挺细心周到，可惜就是不太了解我。"

飘红望一眼他，发现他身着的黑衣尺寸确实有些宽大，就笑笑说："哥哥，回去飘飘院，我亲手给你裁一块好料子，亲自为你缝制一件合衬一些的衣裳。"

张大胆脸微红，婉拒道："在下不敢麻烦姑娘。"

飘红抿嘴偷笑，看着他的眼睛。

忽然，一时间风急电掣，天空猛地炸响一记闷雷，惊起小马连连发出数声嘶叫。张大胆和飘红同时仰起头，看到黑暗的空中乌云密布，两人几乎异口同声道："看来真要下大雨了。"

拾过目光，飘红不免抱怨起来道："该死的雨，来得真不是时候。"她虽是满声怨气，但脸上却丝毫地看不到，写着的俱是担忧和焦急。

张大胆道："姑娘无需担心，咱们即刻上山，相信绝不会耽误了姑娘的正事。"

飘红明白他这是在宽慰自己，但还是渴望道："希望如此吧！"

张大胆一笑。

西南山脚下，本有一座历经百年的关帝庙，早年因战乱民荒，庙门今已断去香火。张大胆卸下车马，将马拴在庙门口的老花梨树上，再备了点青草，两人才拔脚起程，直奔山顶的南阳观而去。

山风，似乎更猛烈一些，掠过耳际，惊如万马奔腾。茂密的松林，都不堪风声而低头；萧萧的枝叶，迎风一浪接过一浪。

天空——又响来几声惊雷。

慌张下，飘红抓住张大胆的手，犹如一只受到惊吓的小鸟，需要别人的保护。张大胆没有退避，因为他看见，西南山虽不比凤凰落那样险峻，却也谷壑千丈，一不小心，跌下去是必死无疑。或许这种时候，男女道德远不及保护弱者重要，至少她拉着他的手会感到一种安全感。况且，她也不是首次这样，想起昨夜时的她，不禁一阵脸热。

飘红目光错落，问道："哥哥，你的脸怎么了？"

张大胆支吾半声，道："没……没有……"

飘红似乎早已明白，微微一笑，道："哥哥是个好人，我要真有这样一位哥哥，那就好了。"

张大胆道："姑娘言重了。"他偷偷看了她一眼，心下忖道，"我亦不是如此。"

飘红轻咬着嘴唇，眼中闪过一丝哀愁，似乎这一刻，她忽然想起了很多悲伤的事情。她暗暗瞟了眼他，眼中的那份哀愁反而更重更浓了。

沉寂来临，好像许多不愿提及的往事都会在脑海中不请自来，张大胆想起未及谋面就已去世的父亲，早逝的母亲，还有曾老头和那已经不知所踪的紫檀木匣……

风声，忽而变得反常地平静。天，却更暗了。

飘红微一抬眼，他们终于在暴雨将要来临的前刻，站在了南阳道观前的石阶下。

南阳观，南阳仙人开宗立户之地，传说此人精观星象、天理、占卜、卦算，还精通一手绝妙的医术。

二三十年前，历府富可敌国的财富，凤凰落百步十八蛇的霸气，西南山南阳观的道家仙气，无不是人们茶余饭后最津津乐道的话题，此三地曾被人们笑比汉后晋初，三足鼎立。

哪知，昔日的一夜间，历府和凤凰落等一干人皆神秘死去。却不料，三足独身的南阳观也在不久后人去观空。之后，有人曾在西南山后峰发现了一座石墓，墓前有碑，却无字。人们大胆猜测，此墓就是南阳仙人的墓冢，然谁也道不清，有"道家圣人"之称的南阳仙人是如何仙去的。

雨，终于开始爆发。一阵雷声过后，大雨犹如决堤的洪水一般，倾盆而下，豆大的雨珠砸向石阶，发出低沉的声响。天空越发地昏暗，张大胆和飘红一径掠过南阳观的山门，始终不曾放慢脚步，两人甚至都无心欣赏山门左右那副南阳仙人亲笔提下的联对："南阳仙地道隐家，观前山中显幽雅"。

　　南阳观的正殿紫心苑，是当年南阳仙人会客及训诫徒弟的重要场所，殿前那尊道家先师张道陵圣像，神态栩栩如生，历经数十载，依旧如昔，但金身铜像上的一双眼珠，却不知给谁挖了去，在昏天暗地的此刻，看去显得更加异常诡异。

　　张大胆踱动方步，眉目微拧。他亲眼见到凤凰落一片颓废，历府大宅一片残败，如今南阳观也同样一片凋零，当年叱咤风云、威震四方的三足鼎，现今都是这样的下场，他心中更加感悟出了岁月的无情。他道："飘红姑娘，你来此地是——"

　　飘红凝视殿前的铜像，良久才回神道："其实我也不知道来此地该要做什么。"

　　张大胆一阵惊愕，怔了怔，疑问道："姑娘的话，在下有些不明白。"

　　飘红目光闪动，叹道："其实二十多年前，我家也是南边有名的茶商，家中父亲是长子，足下还有二弟一妹。要说我家姑姑长相那可算水灵，只可惜年幼时就体弱，虽不见常生病，却也只得整日待在闺阁之中。有一日，家父从燕京打理完家族的生意归来，顺道带给姑姑一只波斯国的碧眼白雪猫，姑姑本来就寂寞，见了猫儿，甚是喜欢，天天和猫同食同寝。那一段日子，姑姑真地很开心。"微顿，又深叹一口气，接道，"可是好景不长，不久姑姑就生病了，家父请来南阳仙人给姑姑卜了一卦，卦相是大凶，家里人都急坏了，想了很多辙子，但过后不久，姑姑还是走了。据姑姑身边的丫鬟说，姑姑在临走前，曾写过一封信给南阳仙人，但丫鬟却不清楚信中具体写的是什么，她只在一次无意中听见姑姑说，家族有遭天谴的厄运，只是姑姑那时早就神志模糊，所以也没人把这话放在心上。"

　　张大胆听过半响，似乎从飘红的话语中想起了什么，但他没有说出来，只是问道："那姑娘来此地是想找到那封信，还是寻南阳仙人？"

　　飘红道："姑姑死后，家中接连发生了许多怪事，没有多久，家里人真地遭受了灭顶之祸。唯独我，侥幸捡了性命，之后让乡野一位好心人给收留，可是没过几年，好心人也死了，我只得四处乞讨，在青楼中给那些女人洗衣服……"她似乎有些讲不下去，对于从前那些辛酸的过去，回想起来，还是那么记忆犹新。

几声雷过，她的泪痕也出现在了脸上，或许她早已习惯了眼泪的味道，所以拭也不拭，便又道："如今南阳仙人不知所踪，到底是死是活，生难见人死不见尸，其实我也早就知道，再来也是徒劳。"

张大胆道："姑娘此前早已来过？"

飘红道："来过几次，连我自己也记不清了。"

张大胆安慰道："姑娘不要担心，你是个好人，老天爷自会如你的心愿的。"

飘红咬了咬嘴唇，道："人们都说南阳仙人早已仙去，都说后峰的石墓便是他的墓冢，但不知为何，我却始终不相信。所以我会经常来这里，为的就是哪一天能够碰见他。"

张大胆一阵心疼，不知为何，此刻他的心居然会感觉到痛。他叹道："姑娘这样下去也不是办法，假如南阳仙人真是死了，那姑娘等来的岂不都是一场空？"

飘红幽幽道："那又如何，难道我能去把后峰的石墓挖开看看么？看看里面躺着的究竟是不是南阳仙人，还是该作何？"

张大胆道："那也不是，仙人毕竟不是普通人，真要去挖开他的陵墓，也不是我们后辈可以做的。"

飘红哂然一笑，道："不挖开他的陵墓，去看看却是可以的，说不定还能发现什么。"

张大胆提醒道："可是现在雨这般大，还是等小一点再去吧！"

两人同时望向外面，透过檐下似珍珠般晶亮垂挂的雨帘，发现天更加地暗，雨下得更加地急，风则越来越烈……

雨声未歇，雷声再起。飘红柳眉一皱，道："哥哥，我们现在就去石墓。"

话音刚落，人就欲出紫心苑，张大胆阻拦道："姑娘先莫急，外面风大雨急，还请姑娘再稍等片刻。"

飘红止住身影，疑惑地望着他，似乎在说："我不是说过了，现在就要去。"

张大胆回敬一笑，转而面色一正，走到张道陵的铜像前。飘红始终目不离视看着他，心中暗暗猜测他到底要做什么。张大胆站定身子，双眼正视铜像的那对窟窿眼数秒，然后恭敬拜了拜，说："道仙在上，后人张大胆，本无意冒犯，因事情急切，向先人后观借正殿罗幔半面，待事情过去，张某必将以新奉还，重修先人的金身铜体。在此誓谏，如日后忘却，必遭五雷轰顶，分尸而死。"他又拜了拜。

飘红更加奇怪了，平白无故发如此毒誓，实不是一般常人所会为之。

张大胆回望一眼，忽然纵身跃上堂台，绕身铜像后面，用力扯下铜像左后侧垂挂下来的罗幔，然后看了看，跳下堂台，直奔飘红身前。

飘红呆了呆，抬眼望去他手上的罗幔，心中疑惑更深，要这么块破洞如星的碎布何用，有必要发那种毒誓么？她不禁问道："哥哥要这个做什么？"

张大胆微微笑道："它虽是破了点，但如果把两面合一合，破洞不就没有了？"他看了看外面，又道，"风雨无情，姑娘要这样走出去，不招病才怪。"

飘红似明白了什么，轻叹道："哥哥这样做，实是不值得！"

张大胆笑道："姑娘别这么说，我陪着姑娘一路走来这里，不就是来护佑姑娘的么？"

飘红黯然垂下眼帘，双肩微微颤抖了两下，暗道："我真的不值得你这样为我。"抬起眼，望见他那张诚恳的脸，心下更不是滋味。

一阵风过，张大胆把简单折就的罗幔由头给飘红披上，飘红望了望他，清澈的眼神下，不觉浮现过一丝浑浊的不安。张大胆为之一震，看着她在雨中纤瘦的身影，思忖道："她到底在担心些什么？"

出了紫心苑，雨水好像小了些，雷声也不炸响了。但张大胆总是不敢分神，尽管自己早已湿透，也要紧跟住飘红两步的距离，以免山道湿滑，出现意外。

飘红不知明不明白张大胆的苦心，头也不回，只一个劲往山顶冲去。

细雨蒙蒙，浸湿眼帘，脚下，愈发泥泞难行。

张大胆边行边说："据说西南山后峰是南阳观的道家禁地，我们此次贸然上山，会不会有所冒犯？"

飘红脚下不停道："我们只是上去瞧瞧，又不做什么，谈何冒犯？"

张大胆道:"姑娘所言极是,我们只是上去瞧瞧,又不做什么。"他突地顿下脚步,望望不远处的山峰,又瞧了瞧飘红在山道上挣扎前行的背影,咬咬牙,又复紧赶上去。

西南山后峰和凤凰落后山断崖传说都是外人禁地,不经同意,不得擅自进入,否则,就会惹下杀身之祸。虽说已经过去了二十多年,西南山和凤凰落再也没了当年那些叱咤风云的人物,但规矩早已深入人心,故此,张大胆才会有此一问。因为两地不仅是禁地,还是凤凰落和南阳观众人死后的荣耀归宿之地,在张大胆看来,活人去打搅死人,总归不是很恰当。

大约半炷香后,两人终于爬上了峰顶,只见眼前有一大片空地,长满了青翠的乔灌树木,淡淡的雾气在雨下林中氤氲弥散着,一座座整齐的山坟若隐若现散落在雾气中。刚刚经过一场大风大雨的洗礼,植物看上去俱是精神百倍,像烈日后及时冲了个凉水澡,摇摆着慵懒的身体,干净的枝叶,连那一座座山坟前的墓碑,竟也一尘不染。

轻风伴着小雨细细吹来,张大胆和飘红却无心欣赏这道家圣地的景致,分散开来,左右寻找着那传说中的无字碑。

突然,一声惊叫响动天际,张大胆心下一惊,暗道:"不好。"他来不及细想,转身朝飘红搜寻的方向奔了过去。

数丈之外,只见飘红一动不动立在雨中,张大胆紧走数步,却见她目露惊恐,脸色苍白,雨水渗透进罗幔,流下脸颊。她的嘴唇在轻微地抖动,不知是因为太冷,还是看到了什么。

张大胆也随之望过去,一时也惊得目瞪口呆,只见不远的一棵大树下,一座比周围的山坟稍大一些的石墓冷酷卧着。他几乎一眼便知,这就是传说中的无字碑墓,因为他已看见了那块没有一字的石碑。但令他和飘红无比吃惊的是,石墓已经让人顶上开花,刨出的泥土大片散落,无字碑也歪倒在地,两把闪亮的铁锹生生插进土里,石墓看去简直一片狼藉。

"这究竟是谁干的?"吃惊过后,张大胆失声道。

飘红怔怔不语,像是根本没听见他的话,直步朝石墓走去。

张大胆只得满心疑惑跟了过去,飘红停在墓前,柳眉微蹙。

石墓后背的砌石已被人凿开,让人不解的是,下面并不直接是棺木,而是几层红黑两色的砂粒和黄土。砂土都让人悉数给铲了出来,难怪从远处望来,石墓周围会有这许多的泥土,但不知为何,掘墓者好似并没有打开棺木，因为棺盖上不但没有铁锹的伤痕，反而还有许多未被清理完的黑色砂粒。

张大胆费解道："墓都挖了，偏偏棺木不曾动过，实在叫人奇怪。"

飘红凝视道："或许他们并不是普通的盗墓贼。"

"不是普通的盗墓贼？"张大胆望着她，喃喃道。

飘红一扫石墓周围，目光落处，道："普通的盗墓贼，图的无非是墓中陪葬的金银或财宝，你说南阳观的这些老道，他们有何供别人惦记的？再一点，我不知哥哥有没有发现，这墓周围除了你我，还有三双不同的足印，依我看来，盗墓贼或许还在此峰顶上也说不定。"

张大胆四下张望了数眼，还是一脸糊涂道："姑娘这话，叫在下甚不明白。"

飘红一笑，道："哥哥且看地上，这里除去你我，是否还有两深一浅三对脚印？咱们先不管他们是谁，来挖老道坟墓的目的，单瞧这脚印的深浅，哥哥是否已经猜到，这必定是雨中或雨后才可以踩得出来。"张大胆摸摸脑袋，其实他根本就没看出来。飘红接着道，"哥哥再看这脚印下的积水，是否早已明白，盗墓者只比我们早一步先走。也就是说，盗墓者很可能就是在午后下雨的半个时辰后至我们来到这里前的这一段时间内才离开的。"

张大胆还是一片云雾，问道："这脚印会不会是上一次下雨时留下的？"

飘红又一笑，道："不可能。虽然下过一场大雨，很多线索会变得难以分辨，但哥哥不要忘了，假设盗墓者是上一次下雨时来的这里，那应该有半个月左右了吧？假如我记得没错。"她看了眼张大胆，接道，"半个月前的脚印，经过烈日的暴晒和山风的吹打，相信也早已干透了，等来今日这场大雨，脚印中肯定会积满了水，而此刻却恰恰相反，水都渗进了土里，哥哥说说看，这脚印到底是新的还是旧的？"

张大胆这时才真正明白了，顿时佩服万分，赞扬道："姑娘的细心，实在我之上，这等简单的道理，我却看不出来。"他看着她。

飘红动容道："哥哥，你说老天爷是不是在可怜我，给我一个机会，我们掀开棺盖瞧瞧，看看里面躺着的究竟是谁。"

张大胆道："这样不会有所不妥吧！"在他心中，人死之后就该得到安息，轻易挖坟开棺，那是要断子绝孙的。更何况，这也不是大丈夫所为。

飘红沉默地站着，其实在她心里，也是不知该如何是好。

突然，一声尖利且严厉的怒斥声自不远的一处密林中传来："两个小贼在做什么？"

张大胆一惊，飘红却望将过去，只见一个青衫道袍打扮的女子站在那里，目光凛凛地瞅着他们，在那清秀的眼神里，飘红看到的竟全是仇恨，她心底一震。

道衣女子接着叱声道："你们两个小贼到底做了什么？还不快离我师父的墓冢远点。"

张大胆暗叹："好不饶人的牙齿。"他嘴上虽抱怨着，脚下却不自觉已后退了四五步。

飘红目光一凛，怒道："你怎这般凶悍？"

道衣女子似没听见她的话，飞身扑向墓前，放声"呜呜"大哭起来。飘红柳眉微皱，静静看着。张大胆有些不忍，安慰道："你别哭了，这真不关我们的事，你有话可以说出来，我们可以帮你。"他心里想，这道衣女子定是看见自己师父的墓被人盗挖，一时悲痛，才会如此伤心哭泣。假如她要自己帮忙把她师父的墓重新填实，他一定会毫不犹豫地答应。但是，或许他想得过于简单了。

细雨烟蒙，哭声依旧，声到高亢处，听者心里也是暗涌酸楚。

张大胆怎堪忍受如此悲恸的哭声，可又该如何？毕竟与她不相熟，何况自己现在还是盗挖别人师父墓葬的嫌疑人，怎谈去安慰别人？

飘红面如霜纸，冷淡道："你哭也没用，你师父的墓和我俩无关。"

张大胆看一眼飘红，心下忖道："人家师父的墓穴被盗挖，伤心亦是在情理之中，飘红姑娘此时说出这样的话，实有些绝情。"其实，他哪知道飘红说出这话，乃是要极力去撇清和这件事的关系。

道衣女子果然停下哭声，转过眼来，那眼神犹如利箭一般，生生刺入两人的心脏。她狠狠道："这里除了你们，还会有谁？"接着，她眼一瞧地上，又道，"你们还有同伙在哪里？"

飘红哧哧一笑，道："你是否偷听了我们谈话？"

道衣女子利目微敛，严肃声讨说："想不到你还要恶人先告状，看来不对你们使点手段，你们是不把其余三名同伙交出来了。"

飘红笑笑道:"小小年纪,不但是个小贼,还是个不折不扣的诬赖道妇,看来,我真小看了你。"她故意激怒她,就是想瞧瞧她到底是不是南阳仙人的徒弟,因为从没听说道观还收女弟子的,对于她的突然出现,飘红早就心存着怀疑。

哪知,道衣女子并没有因为飘红的言语而怒起,反而微阖双目,滚落下两滴清泪,放声痛哭道:"师父,徒儿没用,徒儿不肖,徒儿照顾不好你老人家,徒儿让你失望了……"她不停自责,哭得亦更伤心,更加大声,更让人不禁为之动容。

张大胆顿觉惶惶不安,好似墓穴就是自己亲手挖的,他望了飘红两眼。

飘红柳眉微皱,似也不堪此景,不耐道:"好了好了,不许再哭了,想怎样就直说吧!"

道衣女子哭声一顿,凝思半响道:"其实我已看出来,你们不像是坏人,我只是奇怪,你们来这里做什么?"

她这话锋一转,使飘红顿感意外,反而有点不知所措起来。张大胆支吾道:"我们……"飘红看了他一眼,他接着说,"我们听说西南山埋有道家仙骨,一时心存敬畏,趁雨天无人,赶着偷偷来吊唁一番。"

飘红心下一笑,对于这不甚圆满的谎言,像是很满意。

张大胆心底却是连声自责:"短短数日,编了多次的谎话,试问这样下去,和小人又有何区别?"

思忖片刻,道衣女子却似信道:"师父贵为道圣先师,被一些凡夫俗子仰慕,这本无可厚非,既然起因不在你们,那我也不好在两位面前出丑了。但小道还有一事请求,不知二位可否帮忙?"她凌目相望,诚恳之色尽皆在脸。

飘红心念数转,暗忖道:"奇怪,哥哥如此谎言,她岂就能相信?"

正思想间,却听张大胆道:"有什么事,你尽管说就是,能帮的一定帮忙。"

飘红皱了皱眉,不免心下暗叹。

道衣女子悠悠转去目光,对着石墓说:"我明白你们心里不愿意,但如果不这样做,就算我相信二位,二位恐一时也难脱盗挖道家先师墓冢之嫌疑。"

飘红冰冷道："你在威胁我们？"

道衣女子道："不敢，我只是好心提醒一句。"

飘红笑笑，不慌不忙道："你说完了，那也该我们问你了。"她不等她回答，便道，"道家从不收女弟子，而你却自称南阳门人，怎叫我们相信你？"

"怎么，你怀疑我是假冒的？"道衣女子冷冷笑道。

飘红也冷笑一声，道："正是。"

道衣女子目光一凛，道："好，那你可知此石墓的来历？它的石砌下为何会藏有大量的黄土、朱砂、铁砂？你们又可知，这些东西的作用是什么？"

飘红冷声道："我既不是道门中人，怎可知道？"

道衣女子傲声道："量你们也不知道。"飘红暗暗咬了咬牙，她接道，"这些俱是道家秘不外宣的法咒，刚巧的是，我正好都知道。"她得意一笑，冷眼观之。

飘红问道："那你可否和我们说说？"她心中暗想，"既然都是道家秘不外宣的法咒，你若不说，我就当你是骗子，而若说了，明显违背了道家门规，这次，我看你还不原形毕露。"想到这，不禁暗赞自己的聪明。

道衣女子似已看出她的心思，不慌不忙道："道门清规第四十八戒有云：'凡我道者，事可明鉴，曰恩义门，另眼望之，且知，道亦道，道非道，中道撼易之，终不可违之，道门子弟皆以此戒谨记，万不可逆行之，且先祖置仁，方可安也。'"

张大胆听得丈二和尚摸不着头脑，问："你这些话是什么意思？"

道衣女子冷目轻削，道："这是我道家先祖早年立下的规矩，且告诉后世弟子，凡遇有恩泽我道门、心正侠义之人，道家子弟均可抛开门规戒律的约束，都要以诚相待，所以……"

"所以你也无需说太多，我俩既无恩于道门，也不是什么侠义之士，擅入贵观教地，本已不可原谅，更谈何奢望贵观子弟以礼待之？如今我两兄妹还有些事情，日后再寻日子亲自登观谢罪，现就不奉陪了。"飘红拉起张大胆，抬脚就走。

张大胆神色一愣，低低道："姑娘说的登观谢罪，可是真的？"

飘红轻声笑道："傻瓜，我就看它南阳观无人，才故意要这样说的。"

张大胆恍然明白，虽然他觉得这样有失君子之道，但也不得不暗自佩服飘红的聪明机变。

飘红又道："瞧这道衣女子年龄不大，却绝不是一盏省油的灯，不论她有何歪点子，咱都不要理之就是。俗话说三十六计，早走为妙，在这多待一刻，我心里就不安宁，趁她此时尚未开口，咱们还是先走了再说。"

张大胆道："姑娘所说，确实在理。"

两人的这一番对话，实不过瞬息之间，人也只跨出十余步远。忽然，一个声音道："你们就不想知道棺里躺着的究竟是谁吗？"

这句话听着像是在问别人，但却着实有不小的魔力，张大胆怔了怔，飘红却早已不自觉给惊住了。

道衣女子接着说："先前这位大哥答应帮我忙，相信都已经不作数了吧！"

张大胆脸红了红，飘红回眸望去，问："里面躺着的不就是你师父？怎么……"

道衣女子说："或许是，或许已经不是。"

飘红不明白道："什么意思？"

道衣女子幽幽望着墓下的棺椁，说："道家流传一句圣言：'生时且行善，化作亦归静。'所以道家子弟百年之后，都有一套繁琐的丧葬典制，师父此座无字碑墓，依照的就是道家先书《道陵尸经》里的五形相克术。《尸经》八章七节二段有云：'土生金，金克木，朱砂点头盖，阴极难回。'道书经解：'黄土在上，朱砂为中，铁砂居下，死尸入一纯木制的棺椁内，葬在极阴之地，尸身俱不怕变节害人。'但是，当下已经有人破了这五行相克术，我只担心，来人假如心有叵测，盗取了《尸经》，那后果可不堪设想。"

飘红惊讶一声，道："《道陵尸经》？难道就是道家先祖张道陵所留传后世的那部生尸秘籍？"

道衣女子微愕道："想必你知道的还不少。"转而拾过目光，悠望一眼，接道，"你既已知晓，那我也不需多说了，你和这位大哥能否下去帮我把棺盖打开，顺便仔细瞧瞧，《尸经》还尚在否。"

飘红动容道："为何你不亲自动手？"

道衣女子面露难色说："师门遗训，本门弟子不可近先人裸棺三尺，否则，便可视作大不敬。"顿下，叹了口气，"门命难违，且劳烦二位了。"

飘红满带疑惑，深望一眼张大胆，心中实不相信她说的话，但转念一想，踌躇道："哥哥……"

张大胆眉目一横，凛凛道："姑娘且一边站着，看我一人怎么收拾掉此棺。"他走至墓边，临高一瞥，二话不说，便跳下坑穴，正待将上衣袖，伸出钳子般的双手开棺验尸，却不想，道衣女子突然一声喝止，"大哥，且慢。"

张大胆住手抬头，疑惑地望着她。

道衣女子信手自身旁土中拔出一把铁锹，"咣"一声扔下墓穴，道："开棺需用金。"

张大胆微微一愣，俯身拾来铁锹，对准棺盖及棺身间的微小缝隙，猛力插进，使尽了全身的力气。

突然，有狂风扫过，细雨骤然停歇了下来。张大胆仰头望了望天，眼中闪过一丝异样。飘红避目别处，沉默微合眼帘，她不敢去想，棺内将是怎样的一番景象。

但听"咣当"一声，棺盖飞向穴壁，重重滑下，张大胆用出全力，脚下一个趔趄，收力不及，惯性使己摔将了出去。

道衣女子见状，笑了笑，口齿利落似赞非赞道："大哥好气力，此种沉重的黄花梨木实棺，在大哥手中，轻巧就给解决了去。"

张大胆稳住身形，脸红了红，顾不上搭话及弹去身上的砂土，便着急探往棺中一查究竟。

哪知，这一看不打紧，张大胆不禁目呆色变。

飘红急声问："哥哥，棺中是何情景？"

张大胆支吾道："没……没有……"

飘红回眼相望，禁不住失落道："没有什么？没有南阳仙人陪留的遗物么？"

张大胆道："什么也没有，棺内什么也没有！"说出最后一个字时，几乎是大声喊将出来。

飘红一惊，原以为听见说没有，是没有她要找的那封信笺，哪知，却是什么也没有。她三步并两步大跨上前，望向洞开的棺木，确实什么也没见着，等于是说，这其实就是一具空棺。她不禁惊讶地看向道衣女子。

道衣女子一脸镇静，丝毫没感觉到很惊讶，好像这一切早已是她心中所料。只见她深叹一声，道："师父呀师父，你老人家到底去了哪里？却叫徒儿找寻好苦。"

飘红疑问道："先前你不是说这就是你师父的墓穴么？"

道衣女子凝思道："传说师父生时从鬼差手下强行收养来一个鬼婴，因而得罪了地府的鬼差，鬼差公报私仇，故放过了最缺德的挖坟鬼游荡人间。师父为得死后清幽，巧设双疑冢，一座落在西南山后峰，道观禁地，一座据说是在地狱的入口，两座疑冢都同样有碑无文，大小近似。观间传言，真冢之下，不但埋有师父的仙骨，还有师父珍藏的道经名本及自身物品，而且，更难得的是，师父竟然把道圣先书《道陵尸经》也陪葬在了墓穴中。"

飘红幽幽道："会不会有人捷足先登，已洗劫空棺中所有的物品？"她似问非问，看着她，心里实就在怀疑着她。

道衣女子正色道："不可能，盗贼取走《尸经》也就罢了，却带走先师真骨和那些道衣烂衫有何用处？"

飘红似有所指道："此该问真正的盗贼了，我又岂能知晓？"

道衣女子冷眼瞟之，说："你这话是什么意思？"

飘红干脆道："没有意思。"

道衣女子面显微怒，好似已经不愿再和她说下去，独自侧目向不远的一片密树丛林中，那里，就好似有什么东西正吸引着她。

所谓三个女人一台戏，两个女人唱对戏，此话说得一点不假。正当两个女人相互疑讥之时，张大胆却发现棺内有数根细长的发丝，他偷偷捡起，藏进袖口之内。

细雨虽歇，可怜三人衣裳却早已湿透。道衣女子铭记家师遗训，始终未近得棺前半步。飘红下穴查探，似乎也未曾发现哪里有可疑之处，她不禁暗道："难道真如她所讲，此是一冢空墓，还是——"想起来，突觉一股寒气袭来全身，再想，"莫非有人刻意安排，专叫我等陷将下去。"想起那个送来车马的神秘人，不觉心下一阵嘀咕，又看了看道衣女子，心念接连数转。

道衣女子仰望苍天，轻声叹道："看来南阳后峰禁地里的无字碑墓穴，果真是师父用来迷惑世人的，不知他老人家的真身，到底在何处？"

张大胆道:"南阳仙人乃一代道魁,既如此安排,该自有他的道理,姑娘不必太过忧心。"

飘红转过目光,提手掀去那湿重的破洞罗幔,丢至一旁,冷消道:"话虽如此,但殊不知人鬼难分,真假难辨,善恶不知,虚实皆不可一目了然。哥哥,南阳仙人虚设空冢,可笑门下弟子却都还不知,你说,他是不相信自己的这些徒子徒孙,还是……"微颦柳眉,接道,"还是他早就料知,他这一去,南阳观就再也无人能护住这片祖宗的禁地了,故而效仿魏武皇帝曹操,确保仙骨不致遭遇汉武帝刘彻之茂陵的同等不幸吧!"她幽幽轻叹,话语中听来像是在和张大胆说话,但锋头却似另有所指。

道衣女子脸一沉,飘红的这席话,着实令人厌恶非常,她冷冷道:"姑娘为何初眼见我,便一直言语不相让,难道本道尼有让姑娘看着不顺眼的地方?"

飘红道:"我一与你前来无冤,二与你近来无仇,你怎可以这样说?我怎又和你为难了?"

道衣女子叹道:"姑娘如是说,却好像是我多心了。"又自叹一声,道,"西南山后峰乃我观禁地,如今,南阳观虽已是日落黄花,但身为观门后人,自必谨记先祖遗训。现日,你二人私入我观禁地,如我权作不曾看见,试问日后怎去面对家师先人?但我也不是不明情理,只要你二人能帮我查出盗冢恶徒,先师明鉴,当不会再怪罪你二人的莽撞行事。"

飘红暗自一惊,忖道:"果不出我所料,她是不会轻易让我俩这样下山的,狐狸的尾巴,终有露出的时候。"她暗咬银牙,气染轩眉。

正思忖间,道衣女子接着又黯然一叹,深声道:"罢了罢了,明知你二人不是坏人,却为何不能网开一面?先师侠义心肠,又岂会怪我?"转过身去,眼望不远处的那片密丛,欲言又止,"你二人……还是速速……下了山去吧!"

一听此言,飘红直愣愣了半响,她自负久居烟花复杂之地,阅见天下脾性古怪之人无数,但眼前这道衣女子的态度变化之快,确属少见。她不及细想,缓过神色,便拽上还满脸糊涂的张大胆朝下山的径道快步走去。

近得道前,风声急戾,两人裹着一身尽湿的衣裳,挡不住寒从心来,飘红娇身一颤,脚下仍不敢懈怠,直取下山的泞道。

张大胆稍作镇定,道:"姑娘为何如此紧张?"

飘红道："俗话说，天有不测风云。依我看，有时候这女人怪起来，丝毫不输给老天。"她似乎忘了自己也是女人，叹了口气，又道，"只因我不听她人告言，差点就惹上一身的麻烦。"

张大胆未及细想，随口问："她人是谁？"

飘红面色微变，支吾道："她……是……是翠梅……翠梅总劝我莫再来南阳观，只怪我都不曾听她的，这次还险些害了哥哥。"

张大胆道："姑娘别这样说，有幸陪得姑娘左右，实属在下心甘情愿，倘若真遭遇什么事，在下也不会怨得姑娘半言。"说出这番话后，不禁把目光移向别处，或许连他也不知，这是真地心甘情愿，还是因为某些事情。

飘红当然不知他心里在想些什么，脸一红，道："哥哥此言，可是属实？"

张大胆目光微动，道："字字出自真心。"

雨后的天空，突又响来几声滚雷，飘红的脸更加红了，犹如晚霞染天，鲜艳了那白皙的娇靥。

天，确实已经暗下，待两人步履沉重赶至山下的关帝庙中，却发现小马和车驾早已不知去向。两人正咬牙切齿，心底恨恨咒骂那可恶的偷车盗贼，忽听几声虚无缥缈的哀乐声由远及近，这夜幕降临，远在如等荒凉的地方，谁还举办着丧事？张大胆一阵奇怪，飘红的心头早已升上一种不好的预感。

暮色沉沉，晚风瑟瑟，轻风无遮拦往窗口猛钻进来，发出呜呜的声音，犹如那来自遥远的哀号，伴着一阵阵渐渐清晰的丧乐声，使这个将要完全步入黑暗的夜，更增添了一份诡异。

张大胆眼望庙门，担心道："天黑路滑，车马又丢，姑娘，咱们是在此破庙将就一宿，还是夜行赶回四平街？"

飘红面静如水，痴痴看着庙堂屹立威武的关公关二爷，似乎沉思着什么，又似乎没听见他的话，整个人看去都已呆了。

张大胆心念一动，目光落处，只见关二爷右手持青龙偃月刀，左手将起颔下青须，目光凛凛如炬，正视前方。虽那身披衣将袍已是残旧不堪，却丝毫不减关二爷在世人心目中的忠义形象。张大胆打小听评书人说关二爷如何千里走单骑、过五关斩六将等英雄事迹，心里实早已是仰慕有加，如今亲眼见关二爷塑像真身，自是忍不住要给关二爷深鞠三躬了。

完毕，直起身子，望一眼侧立一旁的飘红，问："姑娘在想些什么？"

飘红轻叹一声，道："如今世道不太平，可怜哪家又冤死去了亲人，非要赶在黑夜下将尸体草草了葬。"

张大胆道："只有那些死得不明不白的人，才会不敢见光，选在夜晚匆匆行丧。假如我记得不差，夜间的丧事应该俱是以黑为主，故显得特别神秘。"停顿一下，看眼飘红，似乎在问，我讲得对不对。

飘红却未回答，只是静静听着。

张大胆接下道："曾听曾兄讲起，白丧穿白衣，夜丧穿黑衣，若巧撞白丧的队伍，应避让三舍；但遇上夜间吊丧的人，则要回避半里，此乃大凶大怒之举。全因死人怨气太重，闲人近之，有魂体相冲之气，人若死了却还不想入土为安，那后果将不可预知。"

飘红幽幽叹道："既是冤死，自然是不愿合眼了；既然死不瞑目，又何谈入土为安？"转过目光，落在黑夜将临的庙门外面，脸上不禁显现一丝惊讶。

张大胆目聚关二爷，深深道："姑娘说的是极，所以夜丧的队伍前，走的不是孝子，亦不是亲人，而是请来祷念阴文的巫祝。活人戏说，此乃打鬼话，意劝解死人的冤魂莫有生时的念想，死后应抛开一切，安心下去地府，而不该徘徊于阳间，最后落得个万劫不复。"

飘红轻"咦"一声，声音微颤道："哥哥讲的巫祝，可是头顶阴阳帽，身披棺木衣，脚踢黑麻鞋，左手托一钵引魂灯，右手摇一杆奇怪的阴文幡，脸上还罩一面可怕的铁皮面具，是不是？"

张大胆怔了怔，说："姑娘讲的可算全对，只是在下和曾兄闲聊时，并未听说巫祝还要戴面具的，不知姑娘这些是听谁说的？"

飘红道："是我亲眼所见，哥哥若有兴趣，可回身往庙门瞧瞧。"

张大胆面上一惊，转身回眸，呆立着诧诧不能言语。

漆暗的庙门外，那株老花梨树簌簌飘下数片叶子，落在一口墨黑的棺背上，四名穿戴黑布麻衣，不露出手脚的瘦骨嶙峋的人抬着棺，身后站着八个穿戴同样黑衣、同样消瘦的人，四人手中持着招魂幡，另四人却顶着两男两女四个纸扎人。那名巫祝领在棺前，空洞的双眼死死盯着张大胆两人。

让人奇怪的是，所有行丧的人，脸上俱戴着面可怕且奇怪的面具，而面具的耳翼两侧，则卷起数个小孔，有风经过，居然发出犹如丧乐般的声响。

更惊异的还有，黑棺身后那四个顶着纸扎人的麻衣人，他们手上的纸扎人，张大胆一眼便很熟悉，它们很像活人寿衣店曾兄的手艺。因为张大胆自打父母离世，便在曾老头家度过不少时光，故而才会记忆深刻。

巫祝瞪着面具下那双深不可测及黑洞洞的眼睛，轻摇一下阴文幡，行丧的队伍又复行起，直往关帝庙走来。阴风吹过，一连串丧乐声泣耳哀鸣，就连那钵中点点的引魂灯火，也乘机摇曳得夸张厉害，让人见之不寒而栗。

飘红脸色微变，张大胆心惊之下，不禁暗忖："这夜间行丧的队伍来往关帝庙，该不是只想来歇脚的吧？"

一念闪过，巫祝的前脚便已踏入庙门，紧接着，身后抬棺、举幡和顶小人的麻衣人，也尽鱼贯而入，就像此地已成了死者的庙堂。

张大胆、飘红身子往墙角一闪，退后中间数丈，两人虽心生惊惧、面有恐色，却也并不想着急离去，想必是好奇使然，倒也忘了那句老话，遇夜间吊丧的人，应回避半里。

此刻，天色已然全暗，庙内的光线，唯有巫祝手中那钵不甚明亮的引魂灯，闪烁不定地散着碧蓝的光。飘红拉拉张大胆的衣襟，小声说："真是奇怪，吊丧居然跑到了破庙，你猜是为什么？"

张大胆还未来得及接上话茬，却不想巫祝也像听见了她说的话，转过脖子，瞧她数眼，然后一挥阴文幡，抬棺的麻衣人缓缓将棺落地，其余高举招魂幡及顶小人的麻衣人，却照样定定立于棺材之后，一动未动。

接着，巫祝把引魂灯置向棺心，走起圈步，左右各绕黑棺三遍，口中念着张大胆和飘红都听不懂的阴文。他的声音就像从公鸡脖子下硬挤出来的一样，让人听之，无不全身发麻。

祷念完阴文，只见他又挥挥手中的幡子，那八名始终未动的麻衣人，像突然得到了某种召令，井然有序地四下分开。四名持幡的麻衣人先步至黑棺四角，双手紧握招魂幡的杆子，生生从棺盖的角上插将进去，然后面朝关二爷塑身，不再动作。

紧随其后，另四名顶小人的麻衣人，也左右两人分向棺材两侧，各放下一男一女两小人，女扎人站前，男扎人殿后，然后同时接过抬棺的四名麻衣人手臂弯的杠头，压在小人的肩上，完事后，也如先前持幡的四名麻衣人一样，面向关二爷，静止不再动。

飘红有些害怕，将身子往张大胆旁侧靠了靠，小声奇怪道："哥哥，他们这是做什么？"

张大胆也一脸迷惑，道："据我所知，夜丧相较白丧，只是时间相差及孝子换成了巫祝领路罢了，其实到了墓地，多的只是在棺木下葬前，巫祝要用鸡砂血在棺背留一段阴文镇尸，其余的和白丧没多大区别。至于此刻他们的这些动作，我想这里亦不是棺木该安息的墓地，想必是另有你我所不知明的隐情吧！"

飘红道："或许是如此。"

话音刚落，但听巫祝那鸡嗓子音又复响起，手中的阴文幡往上一扬，向右一撤，十二名麻衣人迅疾退开黑棺三四步，接下来只见巫祝把阴文幡往棺前一立，口中的阴文咒也越读越快，恰似那决了堤的黄河之水，滔滔不绝，绵延不断。

忽然，奇怪的事在眼前发生了，四个原本不会动弹，纸糊竹条编扎的小人，像突然被魔法施了咒，瑟瑟抖动了几下，居然抬动黑棺，迈开步子，朝着关二爷走去。

飘红吓得面如土色，不觉时，身子也已隐到了张大胆身后，她双手死死抓住他的胳膊，探出一颗脑袋，舌尖打结道："哥哥……这……这小人……到底……是死还是……活的？"

张大胆也面色苍白，道："我——也不知。"

飘红心里顿生一片阴霾，颤颤道："哥哥，恐怕此地不宜久待，咱们还是不要打扰了人家，先走了吧？"

张大胆附和道："我也是如此想法。"

两人目不离视，盯看着庙堂中的情况，脚下偷偷往庙门口移去。不多时，便快接近门口，正待拧腰错身，一气跑将出去，以便早早离开这是非不祥之所，却不料原本视两人如空气的巫祝却突地念来一段阴文。张大胆、飘红虽听不懂半句，但不知怎的，前脚刚迈出庙门的身体，却变得怎么也动弹不得，整个人像被咒上定身法一般，任凭脑袋如何清醒，怎么也使唤不动四肢身躯半分。

飘红眼角瞟向张大胆，恰巧他也望将过来，目光相触，两人都为之一震，因为此刻两人心中已经明白，不光自己，对方也是相同遭遇。更让两人失落的是，这一刻，心底下仅存的那一线希望也随之破灭。

巫祝的阴文还是如连珠炮一样道来，不知是换了一段，还是先前那段，反正照旧谁也听不懂。唯一不同的是张大胆和飘红的身体都开始动了，但并不是他们身随心动，而是受到某种无形的力量控制。

两人收起那迈出庙门的脚步，缓缓转过身子，看见四个小人抬着黑棺定定站着，好似在刻意等候他们。两人心下一阵奇怪且发毛，不禁生出一丝恐惧，但脚下却已逼近黑棺四五步。

张大胆此时才想起了那句老话，"夜遇吊丧的人，应回避半里"的真意，可惜此时后悔，好像已经太晚。他不禁暗自责备："飘红姑娘，只怪在下一时糊涂，却要枉送了姑娘的性命，但愿姑娘莫要怪罪于在下太久。"

飘红心念数转，亦是和张大胆一样，虽听不见他的心声，想的却不禁相同，也是说："哥哥，都怨我一时心存偏想，非欺骗哥哥一起上南阳观，殊不知，却搭上了哥哥的性命，你我俱要死在这荒山破庙之中。"

此时，在两人的心里，恐怕想的俱是今日在劫难逃了。这临死前一刻，两人心中想的不是亲人、朋友和有什么未了的心愿，而竟是对方会不会怪自己，更希望对方能原谅了自己，这难道是善良下的歉疚，还是……相信谁也不曾问过自己。

抬棺的小人一步一顿，张大胆和飘红跟在其后。两人虽都在后悔，但也不无纳闷："关二爷座后乃是庙墙，根本瞧不见有去路和山门，就连想寻得半扇破窗，也是没有，这四个小人可要把此黑棺往何处抬去？"

正心念不定，忽然两人顿觉眼前一亮，几乎同时看见，那关二爷座下居然出现了一条往下延伸的深不可测的石阶，四个小人正欲把黑棺住阶下抬去。张大胆暗道："这里怎么会出现石阶……石阶是哪来的……为何刚才都不曾看见……难道……难道此地就是传说中的地狱之门？"想着，本已苍白的脸变得更无人色，心底亦更坚信死亡已将离不远。

他斜瞟一眼飘红，只见她圆睁双目，面色煞白，因为此刻他们早已连闭眼说话的机会和权利都已没有，就好比是那砧板上的肉，油锅里的鱼，任凭他人摆布，而无还手之力，只有眼睁睁看着自己一步步走向死亡。所以，此时两人反而顿感心中一片坦荡，索性不再害怕，一切只听天由命，顺其自然。

正当万念俱灰、静等死亡之时，突听庙外响来一声轻凌的女音："鬼命凡音。"

张大胆、飘红心下都为之一震，听来这声音似曾熟悉，只恨身体不能动弹，无法回头瞧个究竟。

只听身后那声音又道："你等究竟是谁，为何在此残害无辜性命？"

"丫头，你走你的阳间路，我过我的地狱门，咱河水不犯井水，这死人的事，劝你少管为妙。"

张大胆虽回不过头，但一听便知，此生硬干涩的嗓音，应该是出自那巫祝之口了。

被巫祝称之丫头的人，又道："我并不想管闲事，但今日之事，却是非管不可。"

巫祝嘿嘿干笑两声，道："本看在你师父面上，不想惹你麻烦，但可惜呀……嘿嘿……"又连笑数声。

"你已知我的身份？"庙外的丫头像是很吃惊，顿了顿，道，"你养你的尸，但不该把这两个活人也要带走，你若放过他们，我倒可以睁一只眼，闭一只眼，你看怎样？"

巫祝像是在暗自盘算着她的话，许久都未出声。张大胆心下微颤，眼见抬棺的四个小人已步下石阶，而他与飘红也只离阶口三两步，此时心中不禁暗叹："想人之未死，却要先入地狱，真是可笑之极。"

正哀叹间，只听巫祝一脸阴笑，让人听了毛骨悚然，笑落，道："丫头，今日我就卖个面子给你那南阳老道，不仅可以放了这俩人，还可免费送一口上好的棺材于你。"又阴笑数声，接道，"但你该明白，下次若还坏我好事，我可就没今日这等慷慨了。"

话音刚落，只见黑棺上那钵引魂灯突地一熄，庙内顿时陷入一片黑寂。

过不一会儿，张大胆只觉庙外走来一人，举着火把，直接来到他的身后，说："你俩为何还站着不走？"

张大胆心下一愣，飘红却动了动手指。原来，两人因让他人控制了太久，不仅全身发麻，更不知此时恶咒已经解除，居然还一直傻傻站着。

身后之人又道："此地布满乌烟浑浊之气，不宜你等久待，还是快快离得越远越好。"

张大胆、飘红已知自己脱离了险境,当下一喜,回转身来,欲感谢那人一番。哪知,见了此人,都不禁脱口道:"咦,原来是你?"

眼前之人面若霜纸,道:"二位下了西南山,怎会来到这里?又怎会撞上这些不干净的东西?"

张大胆苦笑了一下,说:"道……"他突见面前的女子已不再是西南山后峰遇到时的那身青衫道袍,而是穿着平民素衣,肩上挎着一灰布小包袱,像是要出远门,便连忙改称道,"姑娘有所不知,在下来时的车马不知给哪个小贼盗了去,眼见天色渐黑,且刚下过一场大雨,路滑途遥,故准备在此破庙将就一宿,待明日天早再行上路不迟。不想,没过多久,便听见哀乐连连,只见一些人抬着棺材,二话不说,径直来到庙中。我俩见这些人行为怪异,不敢久留,正欲悄悄离去,却不想他们不知使出了什么手段,我俩无缘无故,身子便失去了控制,像一具行尸走肉,完全不能自主。所幸,此时姑娘凌空到来,救了我等的性命,此大恩大德,实没齿难忘。"他一口气,将事情的前因后果简单述说了一遍,然后看着她,难掩感激之情。

"原来是这样。"她嘀咕一声,接道,"初次相见二位,全因家师墓冢被盗,虽无什么损失,但也恼怒过度,所以,先前如有不敬和误会的地方,但请二位见谅。"顿了顿,看一眼两人,接着道,"其实我是南阳仙人未过门的女弟子,从小被师父收留在他地,只因南阳观历来不收女徒,故而师父不曾赐我法名。听师父他老人家说,我是他在河边草丛里的一包荷叶中捡来的,所以,师父一直唤我为荷心。"

张大胆轻叹一声,道:"想不到荷心姑娘也同我等一样,自小便是一名孤儿。想起我俩先前的冒犯,实是深感惭愧。"他望一眼飘红,似还有什么话想说。

飘红回望一眼,平静道:"荷心姑娘不待在西南峰,怎会来到此地?"

荷心愁眉道:"二十多年前,师父最后离开我时,我尚且幼小,不懂事理。师父临走时,曾留下半部手抄的《道陵尸经》与我,叮嘱我潜心研读,日后可除妖辟邪,伸张正义。哪料,前日忽有一道童寻上门来,交与我一封书信,待我拆开看完,才知南阳观已早生变故,师父也是生死不明。"她落下数滴眼泪,勉强讲出这最后两句话,想必,这教诲再生之恩,只想起来，便有一番辛酸泪涌。

　　飘红心念微动，语声略微温柔了些，道："据我所知，南阳观早在二十多年前便已人去观空，时隔年久，怎还有道童给你送来信笺？此中会不会有何隐情？"

　　荷心道："那道童乃师父故友，紫云山静水观下的弟子，而信笺已早于二十多年前便写成，一直保存他处，但待日后，才交于我手。"她悠悠说完，看着她。

　　哪知，飘红却追问道："信上都写了什么？"

　　荷心脸上闪过一丝异色，搪塞道："这……这……"

　　张大胆面色一正，轻责道："飘红姑娘，此乃人家师徒隐秘之事，你我俱是外人，还是莫问太多的好。"

　　飘红脸一红，支吾道："我……我……"好长时间都说不出话来。其实，在她心中，并不是想知道那信中的内容，只因提及信笺，便不禁想起姑姑曾写给南阳仙人，而自己一直苦苦追寻的那封信，至于南阳仙人信中是否写了其它的秘密，她实不是真地很关心。

　　荷心眉角轻舒，作出一副无奈的样子道："飘红姐姐，不是荷心不想告知二位，全因家师有言，实不敢擅自违背，望请姐姐谅解。"

　　张大胆抢口道："荷心姑娘莫作他言，都是我俩出语鲁莽，有何冒犯之处，在下这里给你赔不是了。"他微一抱拳，深深作揖。

　　荷心赶忙出手扶持，道："哥哥言重了，荷心实在不敢接受。"

　　飘红见之，也自感有愧，便露脸一笑，道："荷心妹子，是……姐姐不好，姐姐这里给你道歉了，还望妹子莫把姐姐的话记在心上，姐姐诚心给你赔个不是。"

　　荷心面靥微沉，道："姐姐如还这样，那我可真生气了。"她小嘴一歪，侧头过去，眼睛却不停斜视着两人。

　　飘红笑了笑，道："好了好了，哥哥，你我就别为难她了。"她心里明白这是荷心有意留她一个台阶下，故就顺坡下驴，心照不宣了。接着话头一转，道，"哥哥，今晚咱就在这破庙早点休息，待明日天一亮，起程赶快回家。"

　　荷心轻问道："姐姐家住哪里？"

　　飘红笑而未答，张大胆却道："我们都住在四平街，姑娘可否听说过四平街？"

荷心脸上一喜，道："原来姐姐和我同路，我这也是去四平街，这下可好，三人同行，就不怕寂寞孤单了。"她也不问别人愿不愿意，就把行程和飘红他们拴在了一起，实在是聪明绝顶。

飘红当然也是冰雪聪明，笑脸相迎，套起近乎道："妹妹去四平街可是投什么亲人？"

荷心面现愁容，道："荷心自小就是个孤儿，连亲生父母是谁尚且不知，又哪来的亲人？如姐姐你等不嫌弃，把我这个异姓当成亲姊妹看待，那荷心除去师父，便就只有和姐姐是亲人了。"

张大胆朗声道："在下也是从小父母双亡，亦无兄弟姐妹，荷心姑娘看得起我，我高兴还来不及，哪还会有嫌弃的道理？你说，是不是？"他望一眼飘红，眼中光芒四射。

飘红心念一转，僵硬地笑了笑。突地，她笑容一敛，扫视庙堂中定站不动的铁面人说："这些人怎么还在这里？"

原来，三人光顾着说话，倒把他们给忘了。

张大胆也惊讶道："是呀，他们怎么还不走？"

荷心眉梢微扬，轻扫过去，道："这些都不是人，却叫如何走动离去？"

飘红、张大胆都闻之一惊，忍不住又一一掠看了一遍，除了他们戴着面具，穿着黑色丧衣，其他也没发现有什么异样，完全也是双手双脚，和人无异。

张大胆问："他们不是人，那又是什么？"

"尸。"荷心说出一个字，停下看着他们。两人一阵奇怪，心想："人和尸有何区别？人死了不就是死尸，难道死尸就不是人？"荷心似看出了他们的心思，接下来说道，"人亦是人，人亦不是人，人若已经死去，到底还是人不是人？"

张大胆听得一脸迷茫，始终没明白她话中的是人不是人，指的是什么意思。

飘红却露出一丝轻笑，道："荷心妹妹是指，这些都是早已死去的人。"

荷心轻轻笑笑，赞扬道："还是姐姐聪慧，荷心要说的就是这个意思。

试问一个人死去太久，连皮肉都快烂了，还应该称他作人么？"

此刻，张大胆总算也听明白了。人刚死还可以称作死人，但若死去太久，不论皮肉是否完整，就不该再叫他人，而是尸。一具尸体若到处走动，见到的人，绝不会说他看见了一具死人，而是会说，他看见了一具尸。

不管是行尸、丧尸，还是僵尸，尸就是尸，而不再是人。

明白过来后，张大胆搔搔头皮，傻傻笑道："你们女人讲话就爱绕梁子，不过，这样比来，倒显得我是太笨了些。"

荷心护住小嘴，轻笑不止。

飘红强忍笑意，故意调侃道："想不到哥哥整日杀猪卖肉，倒也应上了一句古话。"

张大胆糊涂道："哪句古话？"

飘红咯咯笑过数声，才一字字道："近朱者赤，近墨者黑！"

张大胆脸一红，这分明是指他和猪一样笨么。不过，他这人性格爽朗，从不计较，便也一笑了之了，边笑边还自嘲说道："姑娘讲得对极，我这人就是笨了些。"

荷心见之，更忍俊不禁了，居然还发出了些笑音。

飘红目光落处，无不触感声言道："荷心妹妹，倘若初见你时，你便有这样一副笑脸，而不总是肃颜相向，冷若冰霜，兴许，我们对你的好感就不止那些了。"

岂知，荷心闻听此言，笑容即收，眼中突地闪过一丝不易察觉的慌乱，手也慌忙摸向胸口。片刻，才略微平静下脸色，道："飘红姐姐，是荷心不好。"

飘红神情一顿，似乎在疑惑，她怎会突然怪责起自己来。

荷心手举燃烧出丝丝声响的火把，望向别处，火红的火光映在她的脸上，照亮那静得犹如深潭下的死水一般的表情。只见她渐收目光，道："姐姐和张大哥想必都饿了吧？荷心身上还带了些吃的，若不嫌弃，你们可将就着吃一点。"

飘红心念微动，她确实是饿了，但心下不禁又掠过一丝疑问："她是如何知道哥哥的姓氏的，据我想来，我们并没有在她面前提起过哥哥的姓名，难道，是我听错了？"飘红想着，忍不住又多看了她两眼。

张大胆推托道："吃你的东西，那可怎么行。"

荷心道："你们既结下了我这个妹子，却还有什么不行的，除非，你们根本就讨厌我。"看了两人一眼，又急转过话锋道，"不过，我想你们这么好，或许只是我多心了。"语毕，忙解下灰布小包袱，塞到张大胆怀里。

张大胆顺势接了过来，却没有立即打开。

荷心望过一眼，举着火把走到关帝像前，只见那供桌前还有两支烧残快到头的红烛。她借过火头，点亮了红烛，接着回首，道："你们为何还不解开包袱，取出干粮来吃？"

张大胆道："这就打开，这就打开。"边说边单手托住包底，另一只手毫不费力地解开了布结。

飘红柳眉微皱，望一眼那包袱里的馒头、粗饼等食物，心下暗忖："哥哥呀哥哥，该聪明时你却糊涂，该糊涂时你却比谁都……更糊涂……唉……"她深叹一声，不再看他。

张大胆三两口啃下一个馒头，又拾来一只粗饼，吃下片刻，才挑出一个馒头，递给飘红，道："姑娘也吃一个吧！我刚吃了，味道还真不错。"

飘红心里一酸，暗咬双唇。她心里清楚，馒头还能有什么味道，他这样说，不过是想告诉她，这馒头我已经吃过，应该是没有问题的，姑娘可以放心食用。

荷心高举火把，走至左边那一排六名麻衣人面前，她眼神微动，瞟眼飘红他们，见她已吃下半个馒头，才收回目光，抬手掀去第一名麻衣人脸上的铁皮面具，然后轻轻咳嗽了两下。

飘红、张大胆闻声，同时望将过去。

两人一眼看见那没了面具的麻衣人的脸，顿时失色，这张脸虽有些开始腐烂，却尚分辨得出容貌。张大胆脸色煞白，浑身微微地发抖，他惊声颤道："这不是邻近庙家村已死去三月有余的年大叔么？"

荷心又迅疾接连揭去第二、三、四名麻衣人的面具。

张大胆一一惊声道："古竹村上月才病死的肖宝土，前几天给狗咬死的王乞丐，唐家山寨这月刚从崖上掉下摔死的采药夫赖大麻子。"

荷心接着又揭开此排最后两名麻衣人的面具，张大胆也道出了他们的姓名和生前所居住的村寨。

飘红既惊讶又害怕道："哥哥如何都认得这些人？"

张大胆道："姑娘有所不知，其实这些人俱是四平街方圆十里内村寨的乡民，只因我常年卖肉，这些人生前或多或少都光顾过我的铺子，日久生熟，就差不多都认得了。"

飘红低低道："原来如此。"

张大胆转向荷心，问道："荷心妹子可知晓，这些早已在坟墓里的人，为何会自己走到这里来？"

荷心道："哥哥有所不知，其实这些尸体早已受他人控制，被人从墓中盗挖出来，行这走尸养尸之事。"

张大胆惊奇道："走尸养尸之事？"

荷心道："《道陵尸经》首卷精要中记载：'行尸走肉，纸人抬棺，阴灯指路，地狱养尸。'"

张大胆不明道："荷心妹子，这几句话说的是何意思？"

荷心正了正脸色，道："传说地狱有三个入口：晚时、节时、阴时。晚时指的是黄昏日落，夜降之时。《尸经》中讲了这样一桩怪事，有一名远道的秀才赴京赶考。一日夜落，秀才赶路错过了宿头，误行至一片荒山之中，夜半，忽传来一阵虚无缥缈的哀声，秀才惊醒过来，循声去探，却看见荒山树林里有四个纸人抬着口棺材，一名麻衣女子提着盏孤灯领路，身后尾随有六七名相貌僵死的怪人，缓步朝林间一株古松树行去。不久，一行人来到树下，秀才躲藏在一处灌木丛中，瞪着大眼，看着他们一一隐没于树影下的黑暗中。一阵惊吓过后，秀才以为那里不是藏有暗道机关，那便是自己看花了眼，他钻出灌木丛，壮胆向古松树走去，一探究竟。

岂料，秀才在古树下并未发现什么暗道机关，倒是让他捡着了一只破鞋。正疑惑间，黑暗中突然伸来一只手，紧抓住他的右脚小腿，死命往下面拉去。秀才一时吓得脸色惨白，惊慌失措下，慌忙抬起左脚狠命踢将过去，也不知是那只手被踢疼了，还是知道自己抓错了东西，秀才只觉脚下拉扯的力道一松，便想也不及细想，慌不择路，一直跑出了十多里地，直到清晨，能听见鸟儿的歌声，看见了远处山村袅袅升起的炊烟，才放下疲惫的脚步，累瘫在一方青石上喘气休息。

休息了片刻，秀才自青石上爬起，无意间望去自己的右脚，却顿时吓得胆破而死。原来，黑夜下受到惊吓的秀才，不晓得是脚力过大，还是拽他小腿的那只手太过于松脆，他那一记猛踢过去，居然踢断了那只手的皮肉骨头，而抓脚的五指却也从未松开过，一直跟着秀才奔了十数里地，而心神刚定的秀才，起身突然瞧见一只断手抓着自己的脚，终因不堪承受，胆裂致死。"

张大胆听她讲完，说："听来此怪事与我们今遇之事，似有不少相似之处。"

荷心道："何止相似，分明是如出一辙，这就是《尸经》上说的晚时入狱。活人若选在晚时入狱，必要阴灯指路。此阴灯之油非比寻常，乃僵尸油、死人泪、蝙蝠血三样罕见奇物混合秘制。冤魂遥望见之，退避不敢近前；活人闻味过久，便会起僵硬之效，极易受他人控制。"

张大胆意犹后怕道："今晚如不是巧撞妹子经过这里，也不知我俩将会怎样。"他好像已经顺口唤她作妹子，但不知为什么，飘红也叫了他哥哥许久，可他却好似从未以妹子相称。

荷心嘴角微笑，道："其实欲破此法，却并不难，只要哥哥咬破舌尖，出血立解。"

张大胆点了点头。

飘红却道："当时连话都说不了了，怎还能咬出舌血？"

荷心平静道："待我教姐姐几句心咒，只需默念，便可解除身体僵硬半碗茶时间。"说着，她教给两人几句道家法咒。

张大胆跟随一字一句读记，飘红虽心有疑虑，却也暗暗记在了心里。

心咒反复念完数遍，张大胆一字不差都记了下来，然后道："刚讲到晚时，那节时和阴时，妹子不妨也给我们说说，倘若今后再遇上这等怪事，心中也好有个底数。"

荷心道："节时单指阴历七月初七，此时鬼门关大开，众多鬼魂准许上来阳间，收受阳人烧给的金银纸钱。这日，阳人若有事非去地府，便可整备一套新的寿衣、寿鞋，穿戴整齐，嘴里含一枚铜钱，带上足够的纸钱，越多越好，因为过鬼门关时，阴差会查探你嘴中是否有镇尸钱，而此时你可拿出纸钱交给他们。然后脚缠阴阳线，一头指往金银桥，一头拴住铁公鸡，身前还要点一盏护心灯，灯亮魂在，灯灭尸寒，魂魄将不可复回，待五更铁公鸡叫唤三声，阳魂自会随线归来。"微顿，调了下气息，接道，"阴时与晚时、节时俱不相同，节时乃魂魄出窍入狱，晚时是装死蒙混入狱，而阴时却是真身入狱。此法最为神秘，传说要寻得阴地、阴门、阴位，方可行通，只可惜师父传与我那半部手抄的《道陵尸经》里，并无任何有关于阴时的记载。"她自叹一声，听来似很惋惜。

张大胆也感触一叹，突地，他似想起了什么，问道："先前那人说要送妹子一副上好的棺材，可此刻棺在哪？"他望一眼关二爷座下，那石阶已不见，小人已不见，黑棺更不见，像没发生过任何事一样，什么都消失了，若不是有十数名麻衣死人立于眼前，谁会想到这里曾有过骇人听闻的纸人抬棺等诡异事件。

荷心冷笑道："此人妖法还不甚精湛，当我道出'鬼命凡音'时，他必也已猜出我是南阳门人，我料他是想瞧瞧我已学了多少本事，有无本领将黑棺自地狱口取回。"

张大胆道："妖人既有叵测之心，妹子若轻易显露道法，给他摸了去，那日后必要吃亏，要不然，妹子就甭与他一般见识。再说，咱要了那棺木也是无用。"

荷心轻叹一声，道："棺木是无用，可棺内却躺着一个活生生的女人，我若置之不理，那她必死无疑。哥哥说，妹子是管还是不管？"

张大胆沉默片刻，道："当管。"

荷心望他一眼，道："和哥哥一样，我也是这样想法。"

飘红明眸一闪，心念动处，道："妹子怎知道那棺内躺着的定是女人？"她此时虽一直以姊妹相称荷心，但不知怎地，心里总对她不予好感，如不是看在她刚救过自己的份上，想必早已将她拒之千里了。

荷心道："荷心这样说，自然有我的道理的。姐姐或许不知，这纸人抬棺，阴灯指路，可不是外人想来的这般简单。假设棺内躺着的是一名男人，用五行学说，男属阳，阴阳相冲，此必不可行。要调和阴阳，就必要有一名女尸在棺前挑灯带路，此乃阴上阴。而此人倒直接把阴灯置在棺上，那就是说，这棺中十有八九是一名女子。"她细细说完，看着飘红。

飘红脸上一笑，道："妹子懂得还真够多的。"她笑靥如花，面不变色，心里却另想，"瞧你说得头头是道，开口不是《尸经》记载，闭口就是道家学说，教我们这些门外汉，想辩个雄雌也是难上加难了。却不知，你说的这些到底是真是假。"

荷心还是悠悠看着她，却不禁赞扬道："姐姐的笑真是好看。"

飘红脸一红，奇怪她怎会讲出这样一句话，因为很少有女人会主动开口去赞美另外一个女子,她虽是道门中人,却也是一个不折不扣的女人,何况还是在男人面前。她回敬道:"妹子看来也怪水灵的,只因似藏有太多的心事,愁感太深。倘若妹子信得过姐姐,倒不妨与我说说,把所有的烦心事都撂开了,心也就松了,心一松,人怎样都会好看。"

荷心嘴角动了动,浮现微微的一丝笑容,轻声道:"多谢姐姐的关心,妹子哪藏有什么心事。"

飘红笑笑道:"姐姐只是随口说说,妹子没有心事便更加好。"

荷心嘴角掠过那丝笑容,道:"妹子虽无什么心事找姐姐倾诉,当下却另有一事,想要姐姐帮忙。"

飘红沉吟一声,不知她有何事需要自己帮忙,微顿之下,口中却若无其事道:"妹子有事但说就是,无须和姐姐这般客气。"

荷心闻她言落,将火把夹在一名阴尸腋下,伸手探入怀中,不多时取出一本黄皮经书,双手递交到飘红手中。

飘红愣了一愣,不明白她这是何意。

荷心深沉道:"此书便是家师传授与我的那半部手抄本的《道陵尸经》,荷心虽自小苦读,不曾懈怠,但终因此书高深奥妙,直至今日也才领悟之一二。"她看一眼她,接道,"姐姐只需帮荷心把经书打开至七卷十六节,替我念来此段经文,荷心就可腾出手来,施救那危在旦夕的无辜女子了。"

飘红想不到她会要她帮这样的忙,心中实有些不愿,但一想到此是为了救人,倒也罢了。更何况,她也已心生好奇,也想瞧一眼那经书中的内容。

荷心目光一转,道:"姐姐,开始吧!"

飘红打开经书,找出七卷十六节。此时荷心也已站好方位,飘红念道:"乾干位中,坤宙八方,阴阳相辅,支地行余,兵排直槊,行五艮土……"

荷心随飘红口中句句经文行衣走阵,只见她微抬双手,袖袂滑落,现出双手腕上两串金铃,只需轻轻抖动纤手,轻锐美妙的铃音便飘入耳。

飘红微一顿,望一眼她腕上的金铃,即又念道:"将前空置,足位达耳,狱行冥养,三意五觉,其心和合,遁门破莳……"

荷心不断扭动娇身,铃声自缓向急,由急至缓,突地,但见一道黄符不知自何处飞出,急急落在关二爷座下,几乎同时,黑暗中忽然撕开一条

阶道。张大胆望去，只见那口黑棺及四个纸人定定停住在阶道的中央。

飘红瞟望一眼，最后念道："……平四艮八，离火金克，望眼方十，空空地门。"然后合上经书，注目观望。

荷心面色一正，扶摇指上，金铃声碎。突地，自她左手指间亮出一道燃烧的黄符，不偏不倚，符至成灰，但在化成灰烬之时，却已点亮了棺上的那钵阴灯。接着，又从右手袖中连续飞出四道黄符，没有人知道那黄符是如何飞出的，只见四道黄影闪过，像长有四双眼睛一般，相隔数丈，竟巧妙地粘贴在四个纸人几乎相同的位置。

张大胆看着呆了，不禁心下暗暗佩服她的本事。

飘红目光微动，再次看了眼手上的经书，此刻顿时疑云消散，对于荷心自称是南阳仙人未过观门的弟子的身份，已经深信不疑。

阴风刮脸，自地狱口缓缓吹来，活人见之，那里竟比庙外的黑夜更加地黑暗。亦不知，在黑暗的尽头，是否游荡了太多的鬼魂，是否就如传说中的那样，阴森荒芜，鬼嚎声连，到处都是油锅铁钩，血池剐刀，受尽那拔舌、挖眼、磔刑、油炸之苦，让人心略微想，便已是胆战心寒。

又一阵阴风刮来。

荷心眉额微拧，也已沁出豆大的汗珠，只见她玉手未停，铃声急缓清明，口中念念有词。

不时，狱口传来几声轻微的响动，张大胆和飘红望将过去，瞧见那四个小人也已抬起黑棺，一步一步倒行着回来，就如它们正行抬下去时一样。倒行着走路，动作却也不减丝毫，两人无不一阵惊讶。

很快，四个小人抬着黑棺出了狱口。

荷心见之，一拂纤手，阴灯瞬时熄灭，地狱之口也随即消失于无形，那里一下又恢复了本来的模样。

张大胆心底啧啧称奇，飘红也对荷心深感佩服，她取出来一方香巾，走过去，道："妹子，姐姐替你擦把汗。"

荷心目露感激，气吁娇喘道："谢过姐姐。"

飘红回之一笑，动作轻柔地替她抹下汗珠。

荷心一动不动，静看着她，任由她摆弄。

张大胆愣愣一笑，道："妹子，你且在边上休息，这接下来的粗活，就交与我了。"他所指的粗活，便是开棺掀盖。别的不行，这气力上的事，他倒自觉得很。

荷心却慌忙道："张大哥且慢。"

飘红心下一震，此刻近在咫尺，却再一次听见她唤出张大胆的姓氏，不觉顿生疑窦。原以为前一次是耳根听错，这样思来，却是不尽然，那心底刚对荷心产生的信任感，再次摇摆于悬崖之边。

荷心脸色一瞬，瞟过飘红一眼，不知是猜到了什么，还是自己回过了味，只见她微低下头，像做错事的孩子一样，声音轻轻道："姐姐，张大哥，荷心有一事……瞒着你们。"

张大胆愣了愣，不知所云。

飘红也一呆，悠悠道："妹子有事，讲来就是。"

荷心道："其实姐姐和张大哥在紫心苑时，当时荷心也在那里，荷心不认识你们，就未敢现身，而你们说的话，我都听见了。荷心同情姐姐的身世，更敬佩张大哥的为人，所以后来在西南山后峰，荷心实在忍不住，就出来见了二位。"她在说这些话时，目光始终未抬起半分。

飘红柳眉微轩，气语严声道："我最痛恨那些鬼鬼祟祟的小人了，当时你既已知我们根本不是盗墓者，却还要故意刁难，然后作出一副假慈悲……哼……"她扭过头去，抬眼看见手中那刚替荷心擦过落汗的香巾，咬了咬牙，暗暗松开手指，任其飘落在地上。

荷心眼望地上还在飞滚的香巾，眼角掠过一丝异色，但很快便恢复平静道："我知偷听你们讲话，是宵小所为，我也知姐姐若知道了此事，定不肯原谅于我，但是……"

飘红截口道："你什么也别说了，我是不会原谅一个假面慈悲的伪君子的。"说完，走过一边，不再去看她。

荷心轻咬着嘴唇，潸潸落下数滴清泪，显然她内心已是十分地痛苦。

张大胆看在眼里，实有不忍，便道："飘红姑娘，妹子虽有错在先，但定不是有心为之，你还是原谅了她吧！"

飘红暗暗瞟一眼荷心，思忖之间，还是无法就此算罢。

张大胆又道："姑娘不念别的，单看在妹子救过你我，也该就此算了。"

飘红还是未出半语，但脸上的怒色却已减轻不少。

张大胆欲还要说下去，荷心却截住道："张大哥莫说了，姐姐生我的气,那是应该的,只怪荷心没那个福分,恐无缘一路相携二位左右了……"说着说着,不禁又泣语难言起来。

飘红心下一动,她自然不是什么铁石心肠,耳听目睹着一切,那分怒气早就十之去了八九,唯差开口言明了。

正当这时,张大胆又急声道:"姑娘要怪就全怪在我身上好了,我既已认下这个妹子,自然可以替她任由姑娘处置。"

此言一落,飘红立时深皱柳眉,牙根酸酸道:"我不会原谅她的。"她心里暗暗嘀咕道,"她只娇声喊你两声张大哥,你便这般神魂颠倒,为她讲话,就算我已不生她的气,却也不能原谅。我倒是要瞧瞧,你是要她还是要我。"

张大胆面色微沉,轻声责备道:"今日姑娘怎这般地不可理喻?"

飘红气呼呼道:"我就这样,你若不喜欢,以后就跟着她好了。"然后负气一边,看着庙外的夜色。

张大胆浓眉一轩,气得瞪直大眼,定定看着她。

飘红心下一笑,暗道:"谁要你对她这般关心?"嘴上却冷冷地说,"今晚我不要待在这间破庙,我要回去四平街。"

张大胆呆了呆,不知该如何才好。

飘红望他一眼,随即往庙外走去,来到庙门口时,不觉停了停,见张大胆并未追来,狠狠跺了跺脚,加快脚步隐没于黑暗之中。

而此刻,张大胆真想追将上去,但一瞧见荷心那忧愁而伤心的面容,脚下就再也动不了了。

哪料,荷心却重重叹了一口气,道:"张大哥真叫妹子失望。"

张大胆愣了愣,道:"妹子为何这样说?"

荷心道:"如此深夜,你却听凭姐姐独自出门,这若出了什么事,荷心是绝不会原谅你的。"

张大胆呆呆不知所措,荷心赶紧催促道:"你还不快追去,姐姐可是因你而走的。"

"哦……"张大胆呆了一呆,答应一声,追上前去,但心里却在想,"她怎么成了为我而走了,不是与你生气的缘故么?"

出了庙门,夜静风凉,半轮弯月高挂在树梢,几点星光闪闪烁烁,黑暗的尽头,早已不见飘红的影子。张大胆叹气一声,不觉担心起来。

突然，荷心举着火把追出来叫道："张大哥，且等一等。"

张大胆停住身影，回头问道："妹子还有何事情？"

荷心道："大哥莫忘，庙堂黑棺里还躺着一个大活人，张大哥既能识辨那些尸人，或许也能认得她。若张大哥见过，倒也省得妹子四处给她打探家人了。"

张大胆想来也是，望一眼那黑暗之处，便随她重回到庙里。

荷心将火把交于他手中，然后自身上摸出两颗圆润青绿如药丸般大小的珠子，一颗塞进年大叔的尸口中，另一颗放到肖宝土嘴里，接着手摇金铃，口中念来的不知是鬼话还是尸语。

说来也真奇怪，年大叔和肖宝土听见她的铃音话声，竟然朝黑棺一步步走去，两尸小心翼翼抬起棺盖，只听那七寸棺钉"吱吱"直响。原来此棺已被十二根七寸棺钉牢牢钉死，只是后来又重刷了遍黑漆，遮掩掉了钉印，故外面看不出来。

荷心见棺木已开，便停止了铃声和咒语，尸人也应声不再动弹。她走了过去，张大胆举高火把，跟将前去。

荷心问道："张大哥可认得此女子？"

张大胆脸上现出惊恐之色，似不相信地看了再看，声音微颤道："认得，在下认得……"

第四章
盗墓尸行

飘红愤愤跑出庙外十数米，回望一眼那庙内扑闪不定的火光，心里不觉又是一阵失望和妒忌。忽然，她灵机一动，隐身在庙前那株枝繁叶茂的老花梨树下，探出半个脑袋，因为她心中一直相信，张大胆是不会不管她的，而她正好躲在这里瞧瞧，他是如何为她焦急和担心的。

果然，刚隐好身子，就见张大胆急匆匆跑了出来，她虽然看不清他脸上的表情，但似乎可以肯定，他心里还是在乎着她的，而她想知道的那个答案，此刻似乎已变得万分明朗。

她顿觉心里一阵温暖，欢喜地暗自欣笑。

正当她心中的怒妒之气已渐消散，欲现身与张大胆会合时，突然，只见荷心举着火把追了出来，也不知和张大胆说了什么，他居然又随她回去了。

飘红紧咬了下嘴唇，只感一种莫大的失望涌进心头，不禁连连咒骂起张大胆来："死杀猪的，臭杀猪的，谁稀罕和你在一起！本小姐有的是人心疼，我讨厌你跟着我，讨厌死了……"

她嘴中不停咒骂，眼睛却始终看向那破落的庙门，只希望他能够再次出现，那她就可寻得一个借口，再次与他在一起了。

她静静看着，等着……此时的天气虽不见得太冷，但月残星稀，让人觉得今夜似乎不寻常地暗，风啸声过，树木发出害怕时的瑟瑟声。有落叶掉在肩上，她不禁吓得半身尽凉。

这时，她似有些后悔，后悔不该跑出来，他若不愿管她，那她该何去何从？望眼延绵不尽的黑暗，她的灵魂似乎早已染上胆怯，不敢再有丝毫的冲动。

所幸，张大胆又走了出来，她顿觉眼前一亮，一种喜悦的心情接着又涌过心头。但是，很快她就止住了将要迈出的脚步，再也高兴不起来。

原来，她看见他怀里居然还抱着一个女人，这个女人身上还穿着他的衣服，把头深埋在他的胸前。她看不见她的脸，但那一头长发足可以说明一切，而破庙中除了荷心，还会有谁？她不明白他为何会抱着她，更不愿去想，她只想此刻离他们越远越好。

无尽的黑暗中，突然有一只手慢慢伸了过来，无声无息地向她靠拢。

飘红似完全无所察觉，娇身隐藏于老花梨树后，两只眼睛死死地、恨恨地盯着张大胆。

张大胆怀里抱着一个人，居然在破庙门口站了许久，一直四下不停观望着什么。飘红一阵奇怪，暗忖："莫不是他在等我？"但转念一想，喃喃道，"不会的，他不会的，他怀里都抱着别人，怎还会想起我来？"深叹一口气，实不愿再看他，只得背过了身子。

哪知，刚转过身体，眼前突有一黑衣人迅速捂住了她的嘴，她一脸惊恐，似有些不敢相信自己的眼睛。

黑衣人冷冷看着她，直到她完全失去了知觉，才扛起她柔软的身子，快速离开老花梨树，很快便消失在漫漫的黑夜中。

夜，确实变得有些诡异。张大胆望一眼怀中的女人，叹息一声，喃喃道："她真的走了么？"

荷心走了出来，奇怪问道："张大哥为何还不走？"

张大胆道："飘红姑娘真的回去了么？"

荷心叹道："看姐姐那般生气的样子，想必是独自回去了吧！"

张大胆仰望暗暗的苍穹，深深叹道："唉，都是我不好。"然后回首问，"妹子，你也准备好了？"

荷心道："都准备好了，我会把这些死尸连同黑棺一起带往别处，重新替他们超度。"

张大胆道："那便好。"

荷心望一眼他怀里抱着的女人，道："她暂时性命无碍，但精元已破，魂魄给人吸尽不少，此时她的身体轻如蝉翼，若在二日内不给她服一支千年老山参，只恐性命不保。"

张大胆皱了皱眉，担心道："千年老山参倒还可寻，只是此药引子，魂三魂却不易得。"

荷心取来怀里的一块白帕小包，塞在她的身上，然后道："里面有张大哥需要的东西。"她看一眼他，叹气一声，恋恋不舍道，"若不是荷心要先处理了这些死尸，真想与大哥一同随行，也好尽一些绵薄之力。"

张大胆倍加感激，道："妹子的心意，不说我也清楚，但愿妹子能够早些处理了琐事，及早来四平街与我相会。"

荷心道："大哥放心，我定会不日赶到，只是我到了那里，该如何寻得哥哥？"

张大胆道："四平街尾，有一档肉铺子，我每日午时，就挂一张条子在铺前左角的肉钩上。妹子来时，见过条子，便知道我当日去了哪里。"

荷心道："我知道了。"然后举头望一眼残月，轻叹一声道，"月有阴晴圆缺，人有悲欢离合。张大哥还是快走吧，说不定还能赶上姐姐，姐姐独自一人黑夜赶路，实让人不甚放心。"

张大胆也叹气道："是啊！她一个人回去，确实很不安全。"然后看了看怀里的女人，脸上闪过一丝哀愁，面色忧沉，痴痴道，"想起昔日习老板的风姿，几乎历历在目，怎料今日再见，却变得这般模样。"

荷心看了看她，原来刚才把帕包塞她身上时，不小心动作之下，她的脸尽转了过来。再次看见她的脸，无不同样地震撼，只见那本是貌美风韵、笑靥如花、红润嫣红的娇面，此时却是干瘪见骨、皱硬如柴、惨白似纸，与那油竭灯枯、耄耋终年的百岁老人无异。

张大胆接着又叹气道："不知习老板醒来时，看见自己这般模样，会……唉……"他似乎已经说不下去，因为任何一个女人，突然醒来时发现自己由年轻变得苍老，由娇艳变得丑陋，由人见人爱变成了枯枝落叶，此后将告别男人嘴中的宠言，女人眼里的艳羡，这是何等的打击和惩罚！或许，有时候死——都未必有这般可怕。

他又看一眼习娇娇，咬了咬牙，直往黑夜奔去。

荷心痴痴望着他的背影，但闻远处黑夜里飘来了张大胆的朗音："荷心妹子，在下在四平街等着你，你一定……"声音渐去渐远，直至最后完全被风声所掩盖。

她定了定神，重新回到破庙。一阵大风吹过，破庙里的火光也突然间熄灭了，不知道是刚才大风所刮，还是蜡烛和火把同时恰巧烧尽了底，只感觉这刻的夜是那么地诡异及可怕。

黑云飘来，遮住了半轮残月，本来就已崎岖不平的小路，此时变得更加难行。张大胆不得不放慢脚步，摸着黑前行。

突然，一声嘤嘤的声音道："你是谁？我这是在哪里？"

张大胆一震，惊喜道："习老板，你终于醒了，我是卖肉的张大胆，此地是郊野。"

原来，一直昏迷的习娇娇，或许是风吹颠沛的缘故，此刻竟慢慢苏醒了过来。

习娇娇声音微弱道："张大胆……郊野……我怎么会在这里？你干吗要抱着我？"

张大胆不愿此时就告知她真情，便撒谎道："习老板，在下路经西南山，见你昏迷路中，便将你救了起来。"

习娇娇自言自语道："西南山……西南山……凤凰落……咳咳……"她重重咳嗽了几下，便再没有了声音。

张大胆低头去看，原来她又昏迷了过去。想必是刚逃离死穴，又给人吸去了精元，体力不济的缘故。他愣了愣，暗自忖道："习老板怎会提及凤凰落？是刚醒过来时，人还尚不清醒而随口道出，还是与她此次的遭遇有关……"他不及再细想，因为他看见前面不远的地方，火光冲天，喧闹连连，他顿感好奇，便朝那边奔将过去。

行不多远，树林间一方不甚太宽的空地上突地聚集了许多人，个个高举火把，照得此地亮如白昼。一个沉重苍老的声音说："你不是说……咳咳……看见这边有一个黑影子？……咳咳……怎么我们找了这么久都没见着？不会是你看花眼了……咳咳……"

"不可能吧！我明明是看见在这里的。"一个年轻的声音自言自语道。

"你真瞧见了？"先前那位咳嗽道。

"瞧见了，我的眼力一向都很不错。"年轻的声音自夸道。

"那好吧……咳咳……我们再继续找找看。"

张大胆听着声音似是耳熟，那个苍老，且总在不停咳嗽的嗓音，极像是逍遥棺材铺常年卧病在床的老掌柜欧阳逍遥，而那个年轻的声音，却像是辛府的二公子辛竹。

他放下习娇娇，隐身在一片树下，心里想着："深更半夜的，这帮人来这里做什么？"

只听欧阳逍遥又道："我看就是有人……咳咳……此刻也必定跑走了。"

辛竹骂咧咧道："他若跑得慢点，我就打折了他的腿。"

欧阳逍遥咳了几声，道："天色不早了，咱大伙还是先回了吧！"

辛竹愤愤道："放过了狗胆子盗墓贼，实在让人不甚甘心。"

欧阳逍遥道："辛公子莫急，只要他还敢苟且……咳咳……料想一定可以逮着他。"

辛竹恶狠狠道："假如他栽到我手里，我定要替家兄剥了他的皮，抽了他的筋，磨碎他的骨头喂狗。"

欧阳逍遥瞟一眼他，道："此人一晚上……咳咳……连挖十八座大墓，光要了尸体，金银俱未动分毫……咳咳……想来真让人奇怪得很。"

辛竹倒吸一口凉气，道："莫不是有人在修习何种邪门巫术？以前听家父说过，南夷暹罗国有一种邪术，就专借死人来作恶。"

欧阳逍遥道："问题……咳咳……或许没辛公子想得这般简单。"

辛竹道："那……"

正当此时，习娇娇突又醒转过来，但在重重咳嗽过两声后，竟又昏迷了过去。

张大胆突地一惊，但闻欧阳逍遥和辛竹同时惊叱："那边是谁？快些出来。"

顷刻，所有的火把都照向一处，张大胆只得一脸尴尬地从树后闪出，傻傻咧嘴一笑，招呼道："欧阳掌柜，辛二公子，两位怎这般地巧？"

欧阳逍遥道："张老弟躲在这……咳咳……做什么？"

张大胆道："在下只是碰巧经过，见这边有动静，就过来瞧瞧。"

辛竹不阴不阳道："碰巧经过。"扫一眼他，接道，"这大半夜的，没这么巧吧！"

张大胆怒道："辛公子这样说，是什么意思？"

辛竹冷冷道："我又没说什么,你急什么?"

张大胆一时语塞,急得愈加心焦面红。

欧阳逍遥道："张老弟这大半夜……咳咳……是要往何处去?"

张大胆微一沉吟,道："在下去往唐家山寨。"

欧阳逍遥继续问道："大晚上去那干吗?"

张大胆道："杀猪。"

辛竹在一边冷冷道："我想是杀人吧!"

张大胆微惊,喃喃自语道："杀人——杀什么人?"

辛竹眼睛飘扫,目光落处,惊诧一声,道："杀猪的,你身后藏了什么?"

张大胆脸变了变,支吾道："没……没什么?"

辛竹喝令一声,指着张大胆身后,道："来人,给我去把那东西抬出来。"

张大胆焦急道："你们别去碰她,别去碰她……"他拉住一名辛府家丁,哪料,却另有两名辛府家丁已绕过他把习娇娇抬了出来。

所有人都围将上来,火光照处,几乎都吓退三四步。

张大胆松开那名辛府下人,叹气一声,道："你们都看见了,她……"顿了顿,心里急忙想道："习老板此刻这般模样,若传扬出去,待日后好将过来,恐怕也是羞难面对街邻,还是——还是不说了吧!"

辛竹厉声道："杀猪的,我问你,这是在哪家墓地盗出来的尸体?"

张大胆怔了怔,难言辩解道："这……这……她……她……"

辛竹冷冷一笑,道："来人,将这杀猪的给我绑回府,本公子今夜要亲自审问。"

话音刚落,三四名辛府家丁二话不说,上来架住张大胆,一条粗麻绳由头套下,捆绑得结结实实。

张大胆一边拼命挣扎一边破口大骂道："辛竹,你这是干什么?快把我放开,你这个败家子,到底想把我怎么样……"

辛竹阴邪一笑,道："回府再与你细细料理。"

张大胆愣了愣,欧阳逍遥瞟了眼习娇娇,目光一缩,连声咳嗽着随一干人等起脚离去。

时近天明,一行众人回到四平街辛家府上,辛竹端坐在掌家太椅上,手中轻轻刮着上等的铁观音，一双利目如豺狼恶虎，冷冷瞅着张大胆。他叫下人捧出辛家大公子的牌位，直指着他，悠悠问道："我大哥现在哪里？劝你还是老实说出来。"

张大胆微一愣，目光凛凛道："辛大公子身患痨病，已于腊月十八不幸英年早逝，他此刻应在哪里，恐怕二公子比我更清楚才是。"

辛竹目光一抬，阴冷笑道："杀猪的，今日你若不交出我大哥的遗体，就甭想踏出辛家半步。"

张大胆大叱一声，轩眉道："我要见你的父亲，辛家大老爷。"

辛竹饮一口热茶，不温不火道："我爹去了南洋，此时的辛家大宅子里，就由我说了算。"然后瞧一眼他，又道，"你最好别和我耍什么心眼，否则，我会让你求生不得，求死不能。"

张大胆心下一震，却听门外突地传来个娇气的声音："呦呦呦……谁这么大胆子，竟敢惹得我家二少爷这般气恼？"

辛竹脸变了变，笑容微敛，放下手上的茶盏，慌忙起身向来人问好道："嫂子今日怎起得这般早？"

来人道："我听下人们说，二弟昨夜领着一大帮家奴去了坟地，说是抓什么盗墓贼来着，唉……"她叹气一声，接道，"那些挖坟盗墓该剐千刀的贼人，不是有妖法护身，便就是亡命恶徒，二弟整夜未归，嫂子也是心慌得彻夜难眠，这不，一大早听见屋子有了动静，就赶紧过来看看，所幸，看见二弟无恙，嫂子心里就放下了。"

辛竹当下微微一鞠躬，道："劳烦嫂子挂心了。"

来人又叹一声气，道："你说老爷不在，这家我不担待着点，怎行？若出个啥岔子，等老爷回来，我这家中长媳可不好向他交代呐！"

辛竹点头应道："是是……嫂子说得在理。"

来人瞧一眼他，缓步朝掌家太椅走去，行过欧阳逍遥身前时，不禁微顿一下，脆生生道："原来欧阳大掌柜也在这里。"

欧阳逍遥脸皮一皱，笑道："老朽见过大夫人。"

来人随口答应一声，轻盈落座在掌家太椅上，她瞟一眼辛竹那喝剩的茶盏，吩咐身边的丫鬟道："怜儿，去帮我把参茶端过来。"

怜儿应声退去。

张大胆目光微动，其实他心里早已猜到，她便是坊间流传，美如碧玉、艳如桃花的四平街第二号美人沈珂雪了。可怜辛家大公子，得了如此娇艳的一位娘子，还未来得及好好品尝，就不幸升天入了地府。

沈珂雪瞧一眼五花大绑的张大胆，一脸平静地问："他是谁？"

原来，自嫁进辛家，沈珂雪从未出过院门，故四平街邻里，她能识得的实在寥寥无几，而逍遥棺材铺的掌柜与辛家老爷深有交情，经常出得辛府大院，故她认识欧阳逍遥，却不识得张大胆。

张大胆不待他人开口，便说道："在下和夫人是乡邻，街尾卖肉的张大胆。"

沈珂雪"哦"一声，不再开口。

此时，怜儿走了进来，端来参茶和三两碟江南福寿斋最有名的糕点，一一有序置在桌前。

沈珂雪喝上一口参茶，吃下两块糕点，才又道："你边上的是什么？"

张大胆低头看一眼习娇娇，她整个身子都让一块白绫布盖住，想必是辛竹怕吓到了府中的丫鬟夫人，才遮起她的身体及面容。他心中暗想："倘若你知道了她是谁，见过了她目前的容貌，那四平街头号美人的称号，应是非你莫属了。"

他心里想着，嘴上道："她是一个大活人。"

沈珂雪一阵好奇，搁下手上的参茶，道："活人为何会躺在地上，还要用白布遮着，难道她没衣服穿不成？"

张大胆瞟一眼辛竹，气语冰冷道："那是因为有人有眼无珠。"

辛竹一脸怒色，威胁道："你盗走大哥的尸体，现在还敢在这胡言乱语，小心我叫人掌烂了你的嘴。"

沈珂雪瞧一眼辛竹，目光落在习娇娇身上，更加好奇道："张大胆，你说她是活人，那活人为何一动都不会动？"

张大胆道："她这是体力过虚，已处昏死状态，但有些人却查也不查，硬指她是死人，还不分青红皂白，将我捆绑至此，诬陷在下是盗墓贼。我看他是真正的盗墓贼见不着，故意拿我来顶替的吧！"

辛竹怒色更盛，重叱一声，道："来人，给我上前掌烂了他的嘴。"

两三名家丁凶神恶煞般涌上前去，擒起张大胆，欲行掌嘴恶事。

突地，沈珂雪轻叱一声，道："你们都给我退下。"

几名家丁面面相觑，呆呆看向辛竹。

沈珂雪杏目一转，道："二弟，你别和这种人一般见识，他既然口口声声说他是冤枉的，那咱辛家也不该不让别人心服口服。我看这样，咱们就一起瞧瞧这地上躺着的，到底是死人还是活人。"

辛竹眼色微使，几名家丁见之，只得悻悻退去。他微步上前，面有不悦道："嫂子都这样说了，小弟唯有遵照就是。"

沈珂雪暗自一笑，道："怜儿，咱也上前瞧瞧去。"

"是，夫人。"怜儿扶起她，缓步下来。

辛竹冷瞧一眼，嘴角闪过一丝诡异的笑，道："来人，把布给我揭了。"

张大胆闻听一惊，辛府家人众多，倘若谁认出来习老板，那于她可不是太妙。

一名家丁唯唯诺诺地上来，沈珂雪吩咐道："揭了吧！"

家丁望着辛竹，动也未动。

辛竹淡淡道："揭了。"

张大胆一怔，焦急地看向习娇娇，惊慌之余，突听一把嗓子道："慢等。"

话音刚落，欧阳逍遥已步将过来，一阵轻风吹过，白布微微拂动了一下。

怜儿见之害怕，悄悄后退半步，身子贴近沈珂雪，颤上一颤。

欧阳逍遥咳声连连道："大夫人，老朽认为，此布不宜揭。"

众人都惊讶地望向他，沈珂雪冷冷道："欧阳大掌柜有何高见？"

欧阳逍遥道："大夫人有所不知，老朽……咳咳……之前见过她，依老朽愚眼……咳咳……她面色不正，只怕……咳咳……"

沈珂雪等不及他讲完，急开口道："只怕什么？"

欧阳逍遥边咳边道："只怕她活不过三天。大夫人应先找个大夫给她瞧瞧，别要把什么恶疾染在了庄上。"

沈珂雪稍作沉吟，望一眼辛竹，道："怜儿，去把大夫给我叫来。"

怜儿应下一声，匆匆离去。

沈珂雪杏目转处，脸露一笑，道："多谢欧阳掌柜的提醒，晚辈做事实有些欠周到。"

欧阳逍遥道："大夫人精明能干……咳咳……辛家有夫人在……咳

咳……实乃辛老爷之福分。"

沈珂雪嫣然一笑,谦虚道:"大掌柜说笑了,晚辈只是在尽自己的本分罢了。"

辛竹冷嗤一声,嘀咕道:"假人假正经。"

沈珂雪面色变了变,道:"二弟在说些什么?"

辛竹微微一震,干笑道:"没……没什么?"

沈珂雪轻挑目光,落向屋外,只见怜儿急急领着王大夫走来。

王大夫来到辛家大堂,先给沈珂雪和辛竹各行过一礼。

沈珂雪目光落在习娇娇身上,道:"王大夫,你去瞧瞧她患的是何病症。"

王大夫放下药箱,弯下身子先探了探习娇娇的脉门,然后小心掀起白布,瞧了眼睛和舌尖,又好生盖下。

沈珂雪与一干丫鬟见之,无不吓得花容失色。沈珂雪微颤道:"她的容貌怎么这般吓人?"

辛竹暗自得意一笑,道:"王大夫,她是死了还是活着?"

王大夫摇摇头,叹道:"二少爷,恕小老儿无能,此人虽还活着,却已是油尽灯枯,我看,还是给她准备后事吧!"

辛竹脸一变,道:"准备什么后事?尽是些饭桶。"

王大夫木立当场,毕恭毕敬站着,惊得大气也不敢出一声。

辛竹瞧也不瞧他,怒道:"给我滚。"

王大夫匆匆提起药箱,慌忙跑出了辛府,走时,连诊金都未敢讨要。

沈珂雪瞧一眼辛竹,从身上拿来半锭银子,交给怜儿,道:"明日,你把这给王大夫送去。"

怜儿收过银子,尾随沈珂雪向掌家太椅走去。

欧阳逍遥连咳数声,道:"辛公子,莫不是咱们真搞错了,这张屠户不是盗墓贼?"

辛竹脸一沉,道:"你早知道她还活着,却为何不早告知我?"

欧阳逍遥道:"其实老朽也是……咳咳……瞎猜的。"

辛竹冷眼一瞟,道:"谅你也不敢在我面前耍什么心眼。"

欧阳逍遥唯诺道:"那是,那是!"

辛竹冷哼一声,压低声音道:"欧阳掌柜,你应该不会忘记,是谁将

你这条老命给拉回来的吧？"

欧阳逍遥点头称是，道："明白明白，老朽怎会忘记辛公子的好处……咳咳……"

辛竹道："那是最好。"

此时辛家正堂下，除了辛竹、欧阳逍遥、张大胆和昏死不醒的习娇娇，其余家丁下人俱退出了门外。大户人家的规矩，下人是绝不敢，也不能偷听主人家谈话的。

但两人的此番交谈，一旁的张大胆实听得清楚得很，他心中不觉嘀咕："瞧他欧阳掌柜暗地间似乎挺惧辛二公子，莫非老掌柜有什么把柄于辛二公子手中？如不是，这人前人后的态度也不至于这般大相径庭。"

正思忖间，猛然听见沈珂雪道："二位在聊些什么？"

辛竹眼皮微抬，瞧了瞧她。

欧阳逍遥怔了怔，连咳数声道："大夫人，老朽正与二公子打着赌呢！"

"打赌？"沈珂雪低吟一声，感兴趣道，"欧阳掌柜，可否方便说来听听？"

欧阳逍遥道："只要大夫人……咳咳……不生气，老朽愿意给夫人说说。"

沈珂雪一愣，道："我为何要生气？"

欧阳逍遥顿了顿，咳着道："大夫人有所不知，我与二公子赌的正是夫人。"

辛竹一阵奇怪，脸色甚是怪异地看了看他。

沈珂雪突地笑道："欧阳掌柜，你倒说说，你和二弟赌我什么？"

欧阳逍遥瞧一眼辛竹，面露一丝笑容道："二公子昨夜和我一道出去伏击那盗墓贼，不料却抓错了人……咳咳……此刻我对二公子说……咳咳……老夫人已不在，长嫂为母，大夫人是不舍得怪罪我等的，最多咱就把张屠户给放了，行个礼，道个歉，也就过去了……咳咳……而二公子却说，大夫人秀外慧中，赏罚分明，绝不会冤枉了一个好人，更不会偏袒自己的家人……咳咳……所以，我俩就有了赌局，赌夫人会如何处置这件事情。"

沈珂雪始终脸上带笑，听他讲完，不禁叹息一声，道："还是二弟了解为嫂。"

辛竹微一怔，牙根咬得"咯咯"作响，暗暗忖道："好你个欧阳老儿，你这不是让这女人有借口来整治我吗？待事情了了，我料你也不想活了。"

欧阳逍遥也一震，他心知沈珂雪和辛竹之间历来便不和，说出这样一番话，实是料想她一定会借此缓和与辛竹之间的矛盾，顺便也让大家有一个下脚台阶，哪知——此时辛竹却是恨死了自己。

沈珂雪看了看他们，又瞧了眼张大胆，突地一笑，起身下来，道："二弟说得在理，辛家祖训就是赏罚分明，此次你们抓的虽不是那恶贯满盈的盗徒，但……"又再瞧了瞧张大胆，接道，"深更半夜，带着一个奄奄一息的女人在城外流连，此就十分可疑，不论他如何狡辩，也不足信。依我看，还是送他去官衙最为妥当，而欧阳掌柜和二弟当记一大功。"

辛竹大是吃惊，心下一阵怀疑。欧阳逍遥也是略感意外。

张大胆闻言，失色非常，急忙想道："此去官府，只怕更不是讲理之所，我张大胆被冤枉事小，倘若耽误了习老板的时辰，却可怎好？"他越想越是焦急，直冲沈珂雪吼道，"你这个女人，一点道理都不讲，与你那辛二败家子，有何区……"

话未骂完，沈珂雪早气得脸色骤变。怜儿看在眼里，二话不说，赶上前去，重重赏了张大胆一记嘴巴，嘴中还道："你敢对我家主子出言不逊，当心拧碎了你的嘴。"

辛竹更是铁青着脸，狠狠道："来人，给我拉下去重赏一百花棍。"

两名长得凶神恶煞般的家丁急急跑进来，摩拳擦掌，拖起张大胆就往门外走去。

欧阳逍遥瞧一眼地上的习娇娇，急忙制止，道："等等。"他凑近辛竹耳畔，低低道，"辛公子，此一百花棍可不是闹着玩的，就算不死那也会脱层皮。依老朽愚见，公子还是莫把事情闹大，免得老爷南洋归来，又有人借口告公子恶状了。"

辛竹瞟一眼沈珂雪，她看上去怒气已逝，脸上又有了笑意。思忖片刻，狠狠道："放了他。"

两名家丁松开了手，退至一边，张大胆却有意无意地瞅了眼欧阳逍遥。

沈珂雪笑了笑，道："二弟，怎么就这样算了？"

辛竹嘴角一扬，似笑非笑道："嫂子不是说，要我别和这种人一般见识。"

沈珂雪笑道："二弟真有记性。"

辛竹道："嫂子的教诲，小弟怎敢轻易忘记？"

沈珂雪道："是么？"看了他一眼，接着道，"那二弟说，我们该如何处置这张大胆？"

辛竹道："全凭嫂嫂发落。"

沈珂雪沉吟半响，道："依我看，还是直接送去官府，省得麻烦。"

辛竹嘴角一笑，道："极好极好。"然后一扬手，刚才那两名家丁又复上来，架起张大胆行至门口。

突然，外面只见四五名丫鬟下人慌作一团，一名丫鬟急急跑将进来，向沈珂雪报道："夫人，有三人不经通传，擅闯来府中。"

沈珂雪脸一沉，道："谁这么大胆子？难道不知道辛府的规矩吗？"

丫鬟道："他们一个是活人寿衣店的曾老板，一个是算命的活眼神算，还有一个是张画师。"

张大胆闻之大喜，其余人却都一脸吃惊，几乎齐齐望向外面。

沈珂雪奇怪道："他们来做什么？"

辛竹眉目一横，道："擅闯辛府，那就是找死。"一使眼色，领上七八名家丁，直扑屋外。

哪知，沈珂雪却大喝一声，道："休得鲁莽。"

辛竹定定站着，既气恼又疑惑地看着她。

沈珂雪道："二弟莫急，且先看看再说。"

话音刚落，但闻一个苍劲有力的话音传来："是谁说要把我张老弟送去官府呀？"

声到人到，曾老头立于门前，笑眯眯看着屋内一干人等。数十名家丁下人手持棍棒，如临大敌，恶狠狠围住三人，只待主子一声令下，便上前拆了这三副老骨头。

曾老头笑问："辛老爷为何不在这里？"

沈珂雪道："父亲去南洋了。"

曾老头道："难怪如此。"

辛竹冷目横扫三人，冷言冷语道："家父不在，也由不得你们想来便来。"

曾老头哈哈大笑道:"想必辛公子不欢迎我们。"

辛竹一字一字,又干又硬道:"实不欢迎。"

曾老头又大笑数声,转向张画师,道:"我此时才明白,为何辛铁风会将这个家交给媳妇,而不是儿子。"

张画师干笑道:"我也明白了。"

辛竹大叱一声,道:"你胡说些什么?家父的名号也是你等想叫便叫的吗?"

曾老头面色一正,道:"我实看不惯你这种浪荡公子哥,如不是今日事情有急,真想替辛铁风好好管教管教你这个败家子。"

辛竹气得大沉脸色,左右招呼道:"来人,快快把这三个老头给我轰出去。"

一干家丁早已怒气在胸,蠢蠢欲动,此时一声令下,七八条棍影,顿时当头砸下。

曾老头面不改色,微笑着瞧也不瞧。

突地,只听"稀里哗啦"一阵声响,七八名家丁俱抓住右手腕间,脸上一副痛苦的神色,面面相觑,呆若木鸡。

辛竹怔了怔,半响才瞧清楚,七八条棍棒已是滚落一地,更有七八支竹签散落其间。他好奇捡来一支,只见上面写着:"博得美人一言笑,幽王烽台戏诸侯。祸福难料终难定,其人事事自可违。"

活眼神算冷冷道:"辛公子,你拾了支下下签,恕瞎子多言,此后几日辛公子最好少出门为妙,不然恐有难料之灾。"

辛竹扔下竹签,轻蔑道:"你少来唬我。"

活眼神算叹一声气,道:"忠言逆耳,辛公子应好自为之。"

辛竹冷嗤一声,道:"我劝你还是想想自己吧!今日还能不能出得去辛府?"

活眼神算深叹道:"白发人送黑发人,我真为辛铁风感到痛悲。"

辛竹大吼一声,道:"废话少说,全给我上。"

"住手。"沈珂雪面色沉寂,喝止道,"都给我退下。"

家丁们呆了呆,虽未完全退去,却也停止了围攻,都怔怔望向辛竹。

辛竹牙根一咬,恨恨道:"你们还不退下?"

家丁们都乖乖地退至一旁。

沈珂雪看了看他，目光转处，娇靥一笑，道："曾老板、活神算、张画师，三位有兴光临辛府，到底所为何事？"

曾老头笑道："都说大夫人生得貌美如花，传言四平街第二号美人，今日一见，果真盛名不假。但让在下最佩服的，还是夫人够聪明，够冷静，辛铁风得此一儿媳，实乃辛家之幸事。"

沈珂雪笑了笑，道："多谢夸赞，不知曾老板此来究为何事？"

曾老头朗笑数声，道："我们三个老头子，今日冒昧过来，只在找他。"他瞧了眼张大胆，然后不时地看着沈珂雪。

沈珂雪笑了笑，也看着他。

辛竹嘀咕一声，冷讽道："三个老不死的，鼻子倒像狗一般挺灵。"

张画师顿时暴喝道："臭小子，你老子辛铁风也不敢与我等这样讲话，看来今日我是非教训教训你不可了。"一捋袍袖，怒腾腾就要冲将过去。

活眼神算拉住他，道："张画师，咱们别和晚辈一般见识，更何况今天来此，不是要来惹麻烦的。"

张画师一瞪辛竹，气恼道："可是这臭小子……哼……"他一甩袍袖，分开辛府众家丁，头也不回，径直朝府院外走去。

活眼神算摇摇头，道："唉……这火爆脾气，不知何时才能改改。"

辛竹愣了愣，脸一沉，道："辛府可不是由得你想来便来，想走便走的地方。"

话音刚落，有两个脑子稍微机灵一点的家丁，急忙提起棍棒追将过去，其余的见之，也紧接尾追上去。哪知，还未等后面的人赶到，前面两人已被张画师摔将在地，只见他一手持一根抢夺下来的棍棒，怒眼相视。后面的人见两个同伴直躺地翻滚，心中胆怯顿生，脚步便也慢了下来。

张画师见之，圆睁双目，顺手将两条手臂粗的棍棒左右抛出，但听一阵哀号声碎，又有两三人被砸翻在地。他一捋颔下青须，如松站立，朗朗笑道："臭小子，老夫现在去吃酒，你若胆敢为难我张兄弟，待回头就拆了你家院门。"

辛竹脸色发黑，却也无可奈何，瞧了一瞧狼狈不堪的众家丁，气极道："尽是些饭桶。"

轻风徐徐，晨起的阳光破云而出，洒向大地。

辛府的一干家丁重新整顿神色,有两人摔断了手脚,被同伴扶将起来,一瘸一拐地走回辛竹身后,狼狈站着。

辛竹冷冷道:"还不下去看药?"

二人向辛竹行过礼,又给沈珂雪微鞠一躬,才相互扶携着下去。

沈珂雪瞧一眼两人离去的背影,面有不悦道:"曾老板,你们擅闯辛府,又出手打伤我府中下人,这——好像有点不妥吧?"

曾老头笑笑说:"大夫人,这确实是我们有欠考量,他日等辛……老爷归来时,一定亲自登门谢罪。至于打伤了辛府的下人,药钱老夫一定会给。"

沈珂雪轻笑一声,道:"难道你觉得我们辛家没有钱吗?"

曾老头道:"不是不是,大夫人误会了,方圆百里谁人不晓,辛府乃首屈一指的八方首富,谁又敢说辛家没有钱?"

沈珂雪道:"既然曾老板知道,那也该明白,像我们这样的大户人家,今日之事若传扬了出去,你说我们辛家还有何脸面?"

曾老头干咳一声,道:"那——夫人说该如何?"

沈珂雪望望还不甚刺眼的晨阳,道:"看在大家俱是街邻的份上,我倒不想为难你们,只要曾老板肯屈身在辛家祖牌前认个错,然后马上离去,此事便不予追究。"

曾老头道:"道歉认错没问题,但……"

活眼神算突然干咳几声,打断了他的话。

曾老头淡而一笑,接着道:"但走时,我可要顺带点东西。"

沈珂雪道:"什么东西?"

曾老头瞧一眼张大胆,道:"张兄弟,还有她。"他手指地上的习娇娇。

沈珂雪面目一正,道:"带走她可以,但张大胆却不行。"

张大胆顿时怒道:"这是为何?"

沈珂雪瞧也不瞧他,未作答话。

曾老头恍然一笑,道:"大夫人为何不肯放过我家兄弟?"

沈珂雪道:"谁要他对我出言不逊,我绝不能就此轻易饶过了他。"

活眼神算突然道:"那你想怎样?"

沈珂雪望一眼辛大的牌位,悠悠道:"我只要他恭敬捧上我夫君的灵位，三跪九叩，好生安放在祖宗灵下，这事便算了。"

张大胆一阵气涌，曾老头干脆厉声道："绝不可能。"

沈珂雪微微一震，不料曾老头会有如此强烈的反应。其实不光她，张大胆在感激之余，也是好生奇怪。

暗忖之下，她冷冷道："既然不行，那他就走不了。"

曾老头脸变了变，道："你觉得我们真要走，你能阻拦么？"

沈珂雪杏目含笑，道："恐怕不能。"又笑了笑，接着道，"但我们辛家肯定会去报官，就说……"讲到这里，突然欲言又止，眼睛死死盯着曾老头的脸，当看见他的怒意渐盛时，她反而笑得更开心了。

张大胆看了眼习娇娇，突地道："大夫人，在下愿意接受你的要求。"

温暖的阳光照在沈珂雪的脸上，似乎都显得过于暗淡，她的笑，爬满了整张娇靥，灿烂得如花儿一般。只听她悠悠道："曾老板，你要何时走，咱就何时开始，你看怎样？"

曾老头面如死水，如炬的目光，冷冷射向沈珂雪，声音又冰又硬道："我已经说过，此事绝不可能。"

沈珂雪含笑道："他既已自己开了口，或许就由不得你了吧！"

曾老头道："老夫一言九鼎，说出的话绝不会作废。"

沈珂雪笑道："那好那好，二弟，你马上带人去衙门。"她转身看了眼辛竹，吩咐道，"怜儿，我累了，扶我上去坐坐。"

怜儿小心引着她，朝掌家太椅缓步走去。

辛竹嘴角一笑，道："嫂子放心，小弟一定会把此事办得有鼻子有眼，绝不会让大家失望。"

沈珂雪停了停身子，道："为嫂相信你。"

活眼神算大叱一声，道："你敢？"

沈珂雪悠悠转过身子，道："有何不敢？你等擅闯辛府，打伤辛府下人，此一条，就足可将你们都抓起来。"

"是吗？"外面突然传进一个声音，道，"恐怕辛铁风也没那个胆量吧！"

洪亮的嗓音，直惊得墙上不知何时趴着的一只闲懒的白猫"噗"一声跃下地来，左窜右窜，飞一般跳上一座屋檐，重新卧下，一双玛瑙般的眼睛静静盯看着院中。

沈珂雪震了震，辛竹却暗吃一惊道："这又是谁？"

一干人等目光齐沙沙望向院门。

守门的两名家丁一阵惊慌，探出半个身子往外瞧了瞧，哪知，两人的身子齐齐往后倒飞了回来，重重摔入院中。两人爬将起来，满口俱是鲜血，愣愣看向门口，似乎还未反应过来是怎么一回事。

"此刻我也打了你家的下人，接下来便是要闯一闯辛府，辛公子何不顺带把我也送去见官？"话音落处，人已至院中，众目齐看，来的竟也是三人。

带头的是老朱茶楼的掌柜老朱，还有打铁铺的王匠头和逍遥棺材铺的木头。

老朱吧嗒着老烟管，神态悠闲。王匠头持一把乌漆抹黑的老方锤，木头操着柄厚背轻柴刀，两人如天降武神，凌凌立在老朱的左右。

老朱吸一口老烟，道："辛公子，要报官还不赶紧？我们都在等着呐！"

辛竹愣了愣，呆呆看向沈珂雪。

沈珂雪眉目轻挑，哂笑道："今天可是什么日子，怎么是人都往辛府来了？"

木头一指轻柴刀，狠狠道："今天你若不放了我张大哥，我木头就劈了你家的大门。"

沈珂雪柳眉微锁，似乎还从未见过如此莽撞的人，她轻声问怜儿："此人是谁？"

怜儿回道："欧阳掌柜家的伙计。"

沈珂雪又问："那其余二人呢？"

怜儿回："老朱茶楼的掌柜，打铁的王匠头。"

沈珂雪叹一声气，声音更低道："看来二弟是真惹祸了，昨夜带回的，竟是个烫手山芋，也不晓得这张大胆是什么来头，把这些粗人都招进了家里。"

怜儿道："谁说不是呢！"两人这边低低说着话，那边辛竹却真有些不高兴了。

他瞧了瞧欧阳逍遥，欧阳逍遥厉喝一声，道："木头，你来这里做什么？"

木头看了看欧阳逍遥，壮壮胆道："掌柜你别说了，张大哥于我有恩，我木头是绝不会见死不救的。"

欧阳逍遥又气又急，道："辛公子和大夫人又不会要了张屠户的性命，你来救什么？"

木头支支吾吾，老朱却道："那地上躺着的人，她若死了，辛家可愿负责？"

辛竹道："她死不死，关我们何事？"

老朱道："本来是不关你们的事，但倘若她死在了这里，只怕辛家有口也说不清吧！"

辛竹不屑道："那又怎样？辛家有钱有势，还会怕了不成？"

老朱吸上一口烟，瞟了眼他，道："看来辛公子对辛家的势力很有自信。"

辛竹道："那是当然。"

话声刚完，老朱忽然哈哈大笑了起来。辛竹一阵莫名其妙，凑上欧阳逍遥，道，"很好笑吗？"

欧阳逍遥道："不好笑。"

辛竹奇怪道："那他笑什么？"

欧阳逍遥低低道："辛公子，恕老夫多言，公子还是把张屠户放了才是上策，不然……"

辛竹道："不然什么？"

欧阳逍遥道："不然辛老爷回来，知道公子得罪了这么多街邻，定是饶不得你。"

辛竹微一震，暗想："父亲为人一向公正严明，本来就不太看重于我，如再闹出点什么事，那今后在辛家的地位，可真就危险了。"一念至此，额角无不渗出数滴冷汗，低声道："我是想放了他，但恐怕大夫人……"

欧阳逍遥道："人是公子带回来的，如要放了他，也是由公子说了算，辛家有谁敢不从？"

辛竹思忖片刻，瞧了眼祖宗牌下搁置着的一尺红鞭，咬了咬牙，走到沈珂雪身旁，道："嫂子，我看还是莫把事情闹大，就此算了吧！"

沈珂雪笑笑道："二弟说放，那就放吧！不过……"一扫众脸，笑靥如花道，"临走前，他必须得给你大哥敬三碗孝茶。"

曾老头立时道："万万不行，敬孝茶乃孝子孝孙所为，你这不是变着法儿让我家兄弟难堪么？"

沈珂雪目光微动，道："那依曾老板，该是如何？莫非真想硬来不成？"

木头一扬手上的刀，截口道："硬来又怎样？我木头第一个就不怕。"跨前数步，刀头直指着沈珂雪。

曾老头赶紧拦着道："木头兄弟莫心急，其实我与辛老爷还薄有交情，兄弟不看僧面看佛面，只要张老弟没事，一切都好说。"

木头狠狠瞪了眼沈珂雪，随手一刀砍在辛府大院的一株大石榴树上。只见碗口粗的老石榴树，刀刃直入三分，簌簌的枝叶颤抖不停，纷纷如雪花一般飘落，四五个拳头大小的石榴，左右在树上摇动片刻，便都"砰砰砰"掉在了地上。

所有的人都为之一惊，木头拔出刀锋，冲一干家丁破口道："你们这些狗仗人势的东西，还不快给我张大哥松了绑？否则我就不客气了。"

众家丁一边咬牙切齿，一边看着自己的主子。要知道，辛府的下人可从来没被外人这样当面辱羞过，只要哄得主子开心，哪怕是在辛府提尿壶，那出了门也是身份不浅。

辛竹气得怒从心起，这打狗也得看主人，但此刻他却没有说话，心里直在后悔昨夜不该出城，落得一夜未眠不说，还惹回这么个麻烦，本想依仗辛家二少爷的名号，显露一下风头，主要还可在沈珂雪面前表露一番，省得她总是说自己整天无所事事，咋料……唉，他叹一声气，道："嫂子，我看还是让他们走了吧！"

沈珂雪面如冰镜，冷冷道："二弟，你先给他松了绑再说。"

"是是。"辛竹点着头，一瞧自己的心腹家丁，道，"还愣着干吗？还不快去给张老弟松去绳索？"此时此刻，他竟然把杀猪的都改称张老弟了。

家丁赶紧前去松开了张大胆。沈珂雪看了看他，道："张大胆，你考虑清楚了吗？"

张大胆一愣，道："我考虑什么？"

沈珂雪道："你是愿意给我夫君敬茶，还是想瞧瞧这里等下会发生点什么？"

张大胆怔了怔，尚在迟疑，却见从四方廊下"蹭蹭蹭"整齐跑出数队人马，个个身形剽悍，腰悬半月弯刀，瞬间就把整座院子围了起来。

在场的人都心下一震，特别是辛竹，暗自忖道："这些人是哪来的，怎么我身为辛家二少爷，却不知辛府还藏有这样一队人马？"

沈珂雪又道："张大胆，可已经想清楚了？"

张大胆瞧了眼曾老头、老朱、木头，又复瞧了辛竹与那些黑衣人，然后转向沈珂雪，道："我愿听夫人的。"

曾老头急忙道："张老弟，此事万万不可。"

张大胆道："曾兄，别再说了。"

"好。"老朱吸完最后一口烟，将烟管斜插入腰间，道，"大丈夫能屈能伸，张老弟，我老朱第一个佩服你，但是……"他看向沈珂雪，接道，"我也有一个条件，敬茶可以，但不只是敬给辛家大公子，而是要敬辛家的列祖列宗，夫人看如何？"

沈珂雪沉吟半晌，同敬辛家的列祖列宗，她当然拒绝不了，只得道："好，就依你。"

曾老头眉头微皱，心念转处，很快便暗自一笑，因为他已经明白老朱的想法。张兄弟与辛大同辈，虽说死者为大，但假如单敬于他，还是显得矮去了三分，可此时却不一样，面对辛家列祖，辛家不但挽回了面子，张兄弟也不见得受了委屈。

古往今来，多少王侯将相将敬孝长者尊为美德。西汉早年，贤士张良三次下桥给老人拾鞋，而不躁不怒；西汉文帝，母后病三载汤药必先尝。这不正体现了晚辈与长辈传统敬贤礼教的中华美德吗？更何况，张兄弟此举或许还是应该的。他心念微转，望向正堂。

只见堂前三炷青香已经燃起，辛大的牌位业已端正，辛竹与一干家丁护住大门，不许外人进入，而那些黑衣人则手握钢刀，凛目站着，一动不动。

张大胆跪在一面蒲团上，怜儿侧立一旁，手上托着三碗清茶，沈珂雪面目一正，道："敬孝开始。"

话音刚落，就听一人喊道："一碗茶，敬辛家香火永盛。"

张大胆深鞠一躬，接过清茶，然后一口饮尽。

那人接着喊："二碗茶，敬辛家门楣永耀。"

张大胆又鞠躬，接茶，饮茶。

那人再喊:"三碗茶,敬辛家福寿永康。"

张大胆……

三竿日过,已能感觉到了几分热气,但闻一阵"骨碌碌"的车辙声由远而近,夕阳客栈的小伙计狗二停下满车的酒肉,擦了把汗,嘴中咕哝道:"真他娘的见鬼了,以前光买肉,现在连酒也要外捎了,唉……看来这日子是没法过了。"

他哀叹一阵,歇息片刻,复又推上车子,赶往客栈。

经过柳氏绸缎庄时,忽见飘飘院的大丫鬟翠梅领着两个小丫头捧着四五匹缎子出得门来,他不觉停了停,只听两个小丫头边走边低声交耳道:"你说后天来的江公子是何许人?咋连飘飘院里的梅、兰、菊、桃四朵金花和花嬷嬷都要亲身迎接?"

"据说很少有人知道江公子的来历,但他的管家出手却不俗,想必定是慕名远来的哪位富家公子。"

"不知江公子比起辛公子来,谁更有钱?"

"这可难说了,咱们都没见过江公子,而辛公子有钱又风流,哪个女人见了都会喜欢得很。"

"你不会晚上梦见和辛公子那个了吧?"

"去你的。"她脸红了红,道,"难道你没有吗?"

"我……"她的脸也红到了脖子根。

突然,翠梅回过头来,瞪了两人一眼,冷冷道:"飘飘院的规矩,下人在外头不得乱嚼舌根。"

两个小丫头脸色一正,恭敬道:"是,翠梅姐。"

柳三娘倚在门口,着一身薄薄的蚕丝罗纱,眼看着翠梅三人进了飘飘院,才回过眼来,却发现狗二在一旁直愣愣地看着自己,她吃吃一笑,道:"狗二兄弟,你觉得老娘今天的腰如何?"

狗二一愣,道:"好好,柳老板的腰可比掌柜家的白面细多了。"

柳三娘忍不住"扑哧"一声,笑道:"你倒挺嘴甜的。"

狗二目不离视她的胸前,道:"那是那是。"

柳三娘道:"都说四平街第一号美人习娇娇够妖艳,可惜她已为人妻。"叹一声,接着道,"再说辛家媳妇沈珂雪够娇美,可惜她深居大院。"又叹了一声,接着说,"还说飘飘院的飘红够会伺候男人,可惜她只认钱不认人。"她一拂鬓角的发丝，连叹三声，最后道，"我的腰生来就是给男人看、给男人疼的，就算我心里不愿意，它也不会去拒绝。"

狗二愣愣地笑了笑，声音兴奋道："那……那……"

柳三娘面靥一红，道："狗兄弟也想试试？"

狗二眼睛放光，猛点了点头。

柳三娘道："那今晚三更时，狗兄弟愿来……"狗二直直看着她，直恨不得此时就把她给生吞活剥了。柳三娘一笑，接着道，"凤凰落等我。"

狗二一听"凤凰落"三个字，微微颤了一下，顿时就如晒死的黄瓜，午后的老狗一般，精神立马变得不振。他气短声低，失望非常道："柳老板这不是在开玩笑吗？那地方除了死人敢去，活人谁敢上去？"说着，推上木牛车，连叹数声，悻悻地离去。

柳三娘望了望他，脸现一丝哀怨，自言自语道："为什么我始终找不到能令我心动的男人？难道世上除了他，果真没有了？"她摸了摸柔软的腰肢，眼神陷入一片迷茫。突地，她眼帘微微张了张，顿时发出一声奇怪的声音，"咦，曾老头家……"她一阵奇怪。

原来，对街的活人寿衣店，伙计正忙着收铺子关门，她不禁喃喃道："午时还未到，咋就要急着歇门了呢？莫非曾老头家出了什么事？"

曾家伙计瞧见柳三娘痴痴看向这边，慌忙胡乱收拾一阵，"擦擦擦"，八九块门板，一转眼的工夫，便已插得死紧。

柳三娘皱了皱眉，看着紧闭着的不露一丝缝隙的曾家铺门，暗暗道："曾家会发生什么事情？"

曾老头愁容满面，曾夫人捧着碗还冒着丝丝热气的汤药，细心喂进习娇娇的嘴里，但是一直昏迷不醒的习娇娇，汤药总是进去的少，出来的多，曾夫人看了眼曾老头，无奈地摇了摇头。

这时，曾家躬身驼背的老仆人跑了进来，道："老爷，朱老板问，她怎么样了？"

曾老头眉头微皱，道："知道了，你先下去吧！"待老仆人走后，他走过去，看了眼习娇娇，说，"她怎样了？"

曾夫人将还剩的半碗药搁在床沿，拿起手巾擦拭着习娇娇嘴角的药汁，轻叹一声，道："恐怕快不行了。"

曾老头微一震，半晌才道："夫人先看着她，我去和朱老板商量商量。"

曾夫人道:"你放心去吧！这里有我好好看着。"

曾老头叹气一声,急急出了房门。

行过一段不算太长的走廊,眼前就到了曾家会客厅。

炎炎烈日下,厅门小院里的数株老桐树,大片的叶子不堪暑热,耷拉着脑袋,俱失去了坚挺的光彩,几缕侥幸的阳光,躲过树木的遮挡,斜穿在大厅的门柱之上,只见上面赫然留着一副清雅的对子:"风清雨细赏春色,日新月异品茶香。"

此时厅内一片静寂,张大胆、活眼神算、老朱、木头、王匠头俱未说话,有的默语饮茶,有的则焦急在脸,似乎都在担心或等待着什么。

忽然,一缕急碎的脚步声传来,老朱微一震,急忙起身来到门口,其余人的眼睛也都"沙沙"朝门外看去。

只见曾家老仆人匆匆来到,老朱未及他开口,就先着急问:"她的病怎样了？还好吗？"

老仆人喘上两口气,道:"朱老板先不要急,我家老爷马上就出来。"

老朱望了望他身后,只得无奈地退回厅中,焦急不定地来回踱着脚步。

张大胆浓眉一皱,道:"福伯,她到底怎样了？"

老仆人道:"张少爷,老爷没说,只让我先过来,老爷随后就到。"

张大胆看了看他,道:"福伯,千万别再叫我张少爷,幼时承蒙曾兄的收留,才能有了今日,但现在我已离开曾家许久,以后你就直接叫我张大胆好了,如还叫我张少爷,这心里总觉得怪怪的。"

老仆人道:"这是老爷的吩咐,张少爷,其实老夫人一直都很想念你。"

张大胆一时沉寂,难掩忧愁道:"待会儿带我去看看老夫人。"

老仆人顿时惊喜道:"是是,张少爷。"

正在此时,屋外又响起了急促的脚步声,老朱又奔将过去,众人也都站起了身子。

曾老头一个箭步,急跨进门,瞧了瞧众人,强颜笑道:"各位为何都站着？快坐快坐,大伙快快坐下。"他叫来福伯,吩咐道,"你下去叫厨房多备点酒菜,然后顺便叫伙计送些点心和几壶茶水过来。"

老仆人点了点头，应道："是，老爷。"

福伯退去后，老朱忙问："曾老弟，贤内的病到底如何？"

曾老头扫一眼厅内众人，朗声一笑，道："朱老板放心，夫人的病尚且安好。"

老朱长舒一口气，喃喃道："安好便好，安好便好。"

曾老头瞧一眼他，步向厅堂正前，道："今日多亏了大伙出手，我家兄弟才能保得无恙，待会儿老夫做东，好好喝他个不醉不休。"

王匠头"嘿嘿"一笑，道："人没事就好，喝酒就不必了。"他一瞧木头，又道，"木头兄弟，愿陪老哥一道走吗？"

木头淡淡道："上哪？"

王匠头诡异一笑，凑近他的耳根，低低说了什么，只见木头的脸渐渐舒展开来，嘴上连连道："愿陪，愿陪。"

王匠头又一笑，朝众人告辞道："各位慢喝慢聊，在下就先行一步了。"

木头看了看在小院等他的王铁匠，"嘿嘿"一笑，道："张大哥，小弟以后有时间再陪你喝酒，今日……"话未说完，就急着抽身离了去。

张大胆愕了愕，奇怪道："他们这是？"

曾老头笑笑道："张兄弟莫奇怪，男人不外乎喝酒、金银、女人三样，除此之外，还有什么能令其心动的？假如我猜得不错，王铁匠说的一定是后者了，呵呵呵……"

张大胆暗自一笑，道："木头兄弟真是……唉！"摇了摇头。

曾老头瞧着木头出了院门，突然脸色一正，道："各位随我来。"

四人出了厅堂，不久来到一间房门前，老朱刚进门，便看见那床上躺着的习娇娇，急忙走了过去，俯身下去道："夫人，夫人……"

习娇娇像死去一般，反应俱无。老朱一脸奇怪，看了看曾夫人，问："我夫人，她……"

曾夫人边用温水轻拭着习娇娇的脸，边叹气道："尊夫人恐怕是不行了。"

老朱身子一震，手微微颤了颤，道："怎么会这样？怎么会这样？"

曾夫人抬身站起，背过脸去，不忍心再看。

屋子顿时陷入一片萧瑟。

正当众人寂静无语时，张大胆突然轻声道："或许习老板还有的救。"

他顿了顿，把在关帝庙中的遭遇说了一遍，当然，这中间隐去了和飘红一道上西南山的事。他接着说："在我最危急的时候，突然来了一个人，此人道行不浅，自称南阳后人。当她摆平掉那些死尸，打开黑棺，我才发现里面躺着的竟是习老板。她与我说，习老板的魂魄虽渐虚弱，但还可以救。她说要我寻一支千年老山参，用魂三魂做药引子，当可见效。不过……"他看了看大家，显得有点无奈道，"此药引非常难得，而习老板的阳气，却只剩一天便要散了……"

老朱眼一垂，道："还剩一天，还剩一天……"他喃喃自语，突一抬眼，急切道，"张兄弟，此魂三魂到底为何物？"

张大胆叹一声气，欲要开口，却听活眼神算道："相传昔日道圣张道陵曾著下一本惊世奇书，此书唤名《道陵尸经》。话说阴年某日，张道陵自西域采集仙药返回中原，途中，偶然看见路旁躺着一名奄奄一息的老者，但见此人骨瘦如柴，面色惨白，眼舌紧闭，只在喉底断续吟发着低沉且怒兽般的嗓音。张道陵一阵惊诧，便仔细查看了老者的身体，但让人奇怪的是，老者身上并无病症与明显伤口的迹象。张道陵想尽各种奇术，也无见效，最终，老者还是在他的眼前死去了。张道陵回到中原后，想起这件事，便查阅了众多经卷古籍，终于，在一本残缺的古卷中，找寻到了因由。原来，那看上去已年近古稀的老者，其实还不足二十出头。"

活眼神算顿了顿，接着道："当年，我与南阳仙人闲聊时，他讲起这件事，曾问瞎子：'那人为何才二十出头，便已是年老高龄？'瞎子当时答：'或是衰老症引起。'南阳仙人又道：'圣祖张道陵颇精医术，却为何看不出来？'瞎子答：'或许是染上了苗人独门的金蝉蛊。'南阳仙人接着道：'苗人的金蝉蛊，得者肤色应呈金黄之色，但此人却是面色惨白。'瞎子回道：'莫非是湘西南阴人的引魂入尸法？'南阳仙人哈哈一笑，道：'神算真不愧为术外之精，如等偏僻的旁门左道，也通知晓。但不知该用何法来解？'瞎子当时道：'无药可解。'南阳仙人又笑了笑，道：'神算通的是外术，我修的是道家正宗，本来咱们同属一脉，但分开千年，道术两家俱已是各占春秋。据贫道所知，圣祖既把此事记录于《尸经》之中，便一定找到了万全的医治方法。'当时瞎子也是一时好奇，便问：'怎样的医治方法？'而南阳仙人却毫无避讳道：'一魂佛眼，二魂三鬼，三魂血牙，此乃魂三魂，以此为药引，当服一株千年灵芝草或一支千年老山参，即下即效。'"

老朱脸上一喜，道："那我们还站着做什么，还不快去找药引子？"

曾老头拦下老朱，镇静道："瞎子，你倒说说，这佛眼、三鬼、血牙，尽是些何物？"

老朱急忙道："对对对，它们到底是些什么东西？你快和我们说说。"

活眼神算长叹一声，道："当年只是随口闲聊，想不到今日会在习老板身上遇到。其实不单寻齐魂三魂是难于登天，即便这千年老山参，恐怕也不易得。"

老朱急道："你都未说，怎知道难寻？"

活眼神算又叹一声气。

张大胆早已是急不可耐，便插嘴道："小弟知道魂三魂为何物。"他看了眼活眼神算，接道，"一魂佛眼乃高人舍利，二魂三鬼是黑夜白蝙蝠、地底红目蛇、深暗无眼虫，而三魂血牙却是僵尸的利牙。"他一气说出三魂的来历，除了活眼神算，其余人都呆了。

怔后半响，老朱开口道："舍利子老夫倒是有一粒，此乃大明山慧照寺的和尚赠与先祖，但只剩一天的时间，余下的两魂该如何得齐？"他不无担心地看了眼习娇娇。

曾老头道："就算找齐了三魂，那千年的老山参和灵芝草也不见得好找。据我所知，四平街除了辛府尚存一线希望，只怕方圆百里谁也不会有之。"

谁也没有再说话，因为这个大家心里都很清楚。

此时，张大胆忽然拍了拍脑门，道："我怎么把这事给忘了？"原来，他想起了荷心临走时塞他怀中的布帕小包，凭感觉，他知道那里面一定藏着什么。

他小心摸出布帕，摊在手心，抬头瞧了眼大家。所有人都奇怪地看着他，曾老头不禁问："张老弟，这是什么？"

张大胆道："这是在关帝庙中，临走时她给我的，想来或许和习老板的病有关。"

老朱急忙催促道："张兄弟，快快打开来瞧瞧。"

张大胆看了看他，又瞧了眼曾老头、曾夫人、活眼神算三人，最后才悠悠转向习娇娇，终于一层一层剥开了布帕。

瞬间，除去活眼神算瞧不见，习娇娇在昏迷当中，屋中所有人的目光都一下定止了，帕中之物，绝对是前所未见。活眼神算焦急问道："张老弟，这是何物？"

张大胆动了动嘴唇，脸上是既惊又喜。

曾老头伸过手去，信手从他掌中捏起一只细长如棍的干虫。但瞧此虫两头尖尖，有眼无口，通体俱是红色。他将此些特征讲给活眼神算听后，道："瞎子可知晓，这是何物？"

活眼神算丝毫未有惊讶，倒似有些可惜道："地底红目蛇，这等稀世罕物，瞎子又怎会不知道？"

曾老头又反复瞧了瞧，道："地底红目蛇？我倒看此物一无足，二无鳞，三无口，怎么看也不像是一条蛇。"

活眼神算道："曾兄或许不知，此物只见于南疆，长年居于地底，其实就是一种长有怪眼的大蚯蚓而已，但此蚯蚓体腹却深含剧毒，罕见非常。一般南疆人都抓它来害人，若中此毒，那是必死无疑，所以，人们都害怕地称它为地底红目蛇。"

曾老头把大蚯蚓重新放回布帕，道："这余下两样，想必就是那黑夜白蝙蝠和深暗无眼虫了？"

活眼神算又接口道："白蝙蝠主要活于天山，而无眼虫却只能在深幽大穴中方可找到，此两物和红目蛇一样，同样身附剧毒，极为难得。张老弟，那人愿将这等稀世三鬼赠送与你，想必与你的交情定是不浅，待日后，你可真得好好谢谢人家。"

张大胆心念一动，道："那是自然。"

曾老头道："此刻有了佛眼，又幸得三鬼，可四平街方圆百里，已是数十年未见僵尸害人，这三魂之后，该上何处去寻？"

老朱目光一正，嘴里僵硬地迸出三个字："凤凰落。"

活眼神算和曾老头都为之一惊，曾老头道："这样能行吗？"

老朱道："现在管不了那么多了，先救人要紧。"

曾老头看了看张大胆，道："张兄弟，你先陪夫人出去走走，好久未见，相信夫人一定很想念你了，你们应该有很多话想聊。"

张大胆愣了愣，心中明白这是曾兄有意要支走他，只好道："老夫人，那咱们就出去吧,许久没来看你,其实我这心里也是挺想你的,今儿就让胆儿好好地陪陪你。"

曾夫人慈祥一笑,道:"走,胆儿,让我出去好好地瞧瞧。"

曾老头瞧着两人出屋的身影,回过眼,道:"朱老板,你我都知道那地方是禁地,只有死人,才有资格下去。"

老朱道:"那你说该怎么办?难道眼睁睁看着她死吗?"

活眼神算道:"你们先别争了,我相信他若在这里,也会同意我们的做法。"

曾老头陷入沉默,半晌才道:"既然你们都赞成,那咱们就前去试试,不过,此事千万别告知张兄弟,我怕此行会是凶多吉少。"

活眼神算道:"这个我们自然知道,但是,此行不但要取得血牙,还要在后天零时之前拿到千年老参。所以,此次就由我和张画师前去走一遭,你们二位且留下来,想法子如何上辛府要参。"

曾老头道:"我不赞成。"

老朱紧接道:"我也不赞成。"

活眼神算一愣,道:"你们——为何都不赞成?"

曾老头道:"辛铁风不在府中,此时辛家都由沈珂雪掌持,此女子不可小觑,万万不是辛竹可比。我在想,若要不惊动辛家,又能拿到老参,这缺口,还应该在辛竹身上想办法。"

活眼神算道:"辛二公子浪荡好色,确实比沈珂雪好应付多了。"

曾老头道:"所以,我与瞎子、张画师、王匠头四人一同上山,多一个人,也好多一份照应,而朱老板就留下来,照顾病人。"

老朱皱了皱眉,道:"那辛府的事?"

曾老头道:"辛府之事,你我俱不是上佳人选。"

老朱道:"那是谁?"

曾老头道:"花老鸨,只要她一出马,此事胜算必大。"

老朱怔了怔,道:"看来你早想好了。"他叹一声气,又道,"那好吧!你们早去早回,我留下照看家里。"

曾老头道:"朱老板在家也可小心了,近来四平街看似平静,其实就如张兄弟说的,当日未揭开那些麻衣人的面具时,怎么也没想到竟是些熟人。其实此刻我也在担心,咱们中间是不是也隐藏着这样的人,只是位置有所不同，咱们是看着熟悉，却不知面具下藏着的竟是些何物。"

老朱道："曾老板提醒的是，但自酒老鬼去后，我这心里就总不安分，老感觉像有大事要发生。"

活眼神算叹道："老鬼去得诡异，严胖子更是走得离奇，此二人说来也不是泛泛之辈，能取走这二人性命的人，想来必定是个极厉害的角色。"

曾老头愁云见眉，似有难言之语道："朱老板，有一事我不知当问不当问？"

老朱爽快道："曾老板问来便是。"

曾老头看了看他，道："朱老板是如何知道习老板身在辛府的？在这之前，我和瞎子都不曾清楚。"

老朱道："本来听说辛竹绑着张兄弟回了辛府，还带着个死人，我就在纳闷，后来，是木头兄弟跑来告知的。"

曾老头突觉奇怪，道："木头？"

老朱道："木头来到茶楼，说张兄弟和习老板都让辛竹为难在了辛府。我一时着急，也未顾上许多，便叫上在茶楼喝茶的王铁匠一道赶来了。"

曾老头喃喃道："木头是如何知道的？"

老朱思忖片刻，道："听他说，像是听王大夫所透。"

曾老头更加奇怪道："王大夫？习老板与他又不相熟，现在成了这般模样，他怎还认得出来？再说，辛家势大权威，他一介大夫，岂敢在外轻言道说？"

老朱道："那曾老板的意思？"

曾老头道："我一直在想，严胖子的死，酒老鬼被杀的当夜，这中间好像都与木头有着关系，其实最令我疑虑的还是在辛家的时候，他那一刀的劲力，竟生生把一柄普通的柴刀劈砍进硬如铁石的老石榴树上深不见刃，这份能耐，难道真是整日打棺材练出来的？"

活眼神算道："曾兄讲的不无道理，现在想来，木头是有些可疑的地方。"

老朱道："既是这样，咱去查查王大夫如何？"

曾老头道："朱老板，这的确是个好主意，那此事就交与你了，我与瞎子得赶紧去找张画师和王铁匠，该是准备上路的时候了。"

老朱道："你们放心，我等下便叫人去一趟王大夫的家。"停了停，忽然又想起什么，道，"哦，对了，王匠头应该在飘飘院，我待会儿找人给他捎个话，你们直接去找张画师就可。"

曾老头道："我还以为王匠头会将木头带回家呢！"

老朱悠悠道："看来今日他是要出大血本了。"

曾老头叹气一声，道："谁曾想到，昔日的'铁手算盘'，此时竟会是四平街一方名不见经传的打铁老头？"

活眼神算道："曾兄，莫忘了当初誓下的规矩。"

曾老头又深叹一声，道："我当然记得，自洗手下山的那刻起，今后谁也不能提从前的名号和事情。"他看了二人一眼，接着道，"二十年一晃逝去，我只在叹息这平静的日子，只怕将快到头了。"

活眼神算道："所幸我们还过了段平静的日子，就算现在要死，瞎子也心满意足。"

老朱轻叱一声，道："大家可别忘了，咱们下山时的任务。"

曾老头看了眼习娇娇，悠叹道："瞎子，该上路了吧？"

活眼神算一脸平静，道："好像是该上路了。"说着，两人出了屋子，一会儿便消失在廊角的尽头。

屋外，炽烈的阳光焦热难耐，几只慵懒的小鸟，躲藏在树叶之中，悠闲打着盹。

小院的老桐树下，曾夫人靠在一张竹椅子上，远处有暖风吹来，感觉是既舒服，又不失有一分清凉。张大胆坐在她脚下，那常年杀猪的手，此刻却变得温柔非常，一下一下，不重不急，不慢不缓，轻轻落在她的老酸腿上。

她双目微合，嘴中连赞："胆儿，你捶得就是比那些下人周到，好生舒服。"

张大胆道："是胆儿不孝，这以后，我一定常来给老夫人捶捶。"

曾夫人微微一笑，安详阖起眼帘。张大胆看着她，会心笑了笑。

又一阵风来，老桐树上的鸟儿忽然醒起，振翅高飞，直入霄云。张大胆仰起脖子，但见数个朦胧的黑点，离自己越来越是遥远，最后直没入浓烈的骄阳的光晕下。

他呆了呆，愣愣坐着，曾夫人还是那么安详，嘴角的微笑一直挂了许久，她真似已经睡着。

许久过去，那数只飞离的鸟儿还不曾回来，曾夫人张开眼帘，看了张大胆，道："胆儿，你有心事？"

张大胆一愣，道："没……没有……"

曾夫人一笑，道："你不用骗我，你虽不是我亲生，但也是我看着长大，你心里有什么事，还能瞒得下我吗？"

张大胆微垂下头，其实他心里有着太多的事，比如飘红此刻是否已在飘飘院？曾兄支开他，又都商量着什么？还有荷心已起程来四平街了吗？她能否瞧见自己给她留下的纸条？更重要的，紫檀木匣失踪已有多日，它是不是在飘红的手里？……这一切一切的问题，直让他的心绪乱如麻，头也有了些眩晕感。

他狠狠击打了几下脑瓜，直感到一阵无奈。

曾夫人瞧见，起身慌忙抓住他的手，心疼道："胆儿，你怎么了？"

张大胆抬起眼来，道："我没事，只是头有些昏昏沉沉的。"

曾夫人慈眉微动，关心道："是不是得病了？要不我让下人去把大夫请来瞧瞧。"

张大胆拦阻道："不用了，老夫人，我现在已经感觉好多了。"

曾夫人看了看他，突地笑道："是不是让你陪着我这个老太婆，给闷坏了？"

张大胆道："没，没有……老夫人你说哪去了，胆儿就喜欢和你在一起。"

曾夫人又笑了笑，道："胆儿，我知道你心里想出门，那你就出去吧！"

张大胆怔了怔，看着她，道："老夫人……你……"

曾夫人睡下身子，合上眼皮，道："我困极了，你一个人在外面，可要多多照顾自己。"

张大胆只感内心涌上一阵酸楚，回眼看了看她，径直往院门处走去。

曾夫人张开双眼，偷偷瞧着他渐离的背影，无不叹息道："这不知又该等到什么时候，才能与胆儿再相聚了。"

刚跨出圆拱形的墙门，曾老头就停了下来，看着活眼神算道："你说张画师该会上哪去喝酒呢？"

活眼神算沉顿了下，道："画舍不见，飘飘院又不会去，难道？"

曾老头眼睛一亮，道："醉死酒楼？"

活眼神算道："我想那地方，喝酒是最不错了。"

曾老头道："走，咱们上那瞧瞧。"

二人顶着骄阳烈日，出了画舍，来到大街上。忽然，一辆破落的马车在两人面前急速停下，一人探出脑袋，抱怨道："我等你们许久了。"

曾老头笑道："王匠头，木头兄弟呢？"

王匠头咧咧嘴，似有不悦道："恐怕还醉死在飘菊的怀里吧！"

曾老头道："瞧来你还挺有本事的？"

王匠头更加不悦道："有什么本事，二三十把刀算是净给这小子白打了。"

曾老头道："我可听说近来衙门可向你定下不少的家伙。"

王匠头脸色一变，道："搭上这辆马车，让我好生算算。"他竟从怀中摸出一面小算盘，劈劈啪啪拨拉了好一阵，只见他的脸色越来越是难看，甚至额角都已渗出了少许的冷汗。

曾老头道："怎样？"

王匠头一沉脸，道："亏了十把刀。"

曾老头道："是么？"

王匠头瞧了瞧他，突然一掀身后的车帘，曾老头为之大愕，支吾道："这……这……你……"然后大笑了起来。

王匠头淡淡道："难道这些不花银子？"

活眼神算一阵奇怪，道："他说什么？"

曾老头笑道："瞎子，看来不需要你我麻烦，王铁匠把该准备的都准备好了。"

活眼神算一脸平静，突然道："看来这天似要下雨的样子。"

曾老头与王匠头都愣了愣，抬头望了望天，只见天色晴朗，万里无云，刺眼的阳光蛰得眼睛生生地痛。王匠头道："瞎子，你眼睛不好使，难道连人也开始犯糊涂了么？"

活眼神算非但不怒，反而道："连如此爱财之人都愿舍钱财，那此刻骄阳烈日，即使地头未到，便就是大雨倾盆也未见奇怪。"

王铁匠一阵惊慌，道："那我们还不快快上路？"

曾老头道："你急什么？张画师都未到。"

王匠头"腾"一声跳下马车，道："他在哪？我去叫他。"

曾老头道："我不知道，但有可能躲在了醉死酒楼喝酒。"

王匠头突然脸一变，"梭"一下复又跃上车，手一拉缰绳，道："要酒鬼同行，不坏事才怪，你们且快上车，咱赶路要紧。"

曾老头道："这……这……瞎子，你说……"他看向活眼神算。

活眼神算道："王匠头讲得有些道理，此刻张画师若真在醉死酒楼，那必定已醉得不轻。曾兄，就让他留在家里，或许，咱们此行还能更放心一点。"

曾老头想了想，道："既是这样，那就给他留句话怎样？"他自地上捡起一块小石子，在张画师家门墙上倒腾了一阵，不一会儿，但见一只活灵活现的飞鹰展翅印刻在墙，只见鹰嘴朝向街口，鹰爪上则钩着一只端午节要吃的粽子。

王匠头等得有些不耐烦道："曾老头，画好就快走。"

曾老头扔掉石子，回身道："好了，咱们上路。"

二人随即上了马车，王匠头左手轻拽缰绳，右手扬了扬鞭子，但听一阵马啸声划过，马车直朝街口奔去，车后扬起的缕缕飞尘，久久都不曾散去。

柳三娘倚在门前，远远直看了许久，待马车走远，快步来到张画师家前。当看见曾老头留下的飞鹰图案，不禁嘀咕道："我已出城，曾家有人等你。"她瞧着马车行远的方向，暗暗道，"他们这是要上哪？"

正百思不解时，突听身后有个声音道："大姐，此处可是四平街？"

柳三娘一怔，回眼看去，瞧见一个身着素衣，肩挎一灰布小包的年轻女子，目光清澈地看着自己。她接着问："大姐，妹子荷心，敢问此地可是四平街？"

柳三娘煞下脸，冷冷道："谁是你大姐？"

荷心愣了愣，莞尔一笑道："敢问姐姐，此地可是四平街？"

柳三娘颦眉一笑，脸色好看些道："妹子来四平街，可有什么事？"

荷心道："小妹来此地找人。"

柳三娘道："那妹子你可是问对人了，有啥要姐姐帮忙的，尽管说来。"

荷心微一笑，道："小妹先谢过姐姐，不知姐姐可知附近有无客店？"

柳三娘手一指，道："你瞧，那不就是吗？"

荷心望过去，见那写着"夕阳客栈"四个字，她回眸一笑，道："多谢姐姐指点，小妹先行投店去了。"行不多远，突又停下来，回头道，"姐姐若不是年纪大了些，真可算得上是一个大美人。"

柳三娘轻拂鬓发，呆呆站着，也不知是该高兴还是该生气。她悠悠看着荷心进了夕阳客栈，才嘀咕一声，道："这小妮子的嘴还挺诚实的。"

骄阳偏西，雷声却滚滚而来，不知何时，晴朗的天空已让大片的乌云所遮盖。

曾老头自车帘下探出半颗脑袋，望了望天，道："瞎子，全让你给说中了，看来这天果真要下大雨。"

活眼神算的声音飘出道："我何时有过假话？"

王匠头有些不悦，道："你既知晓，却为何不准备几张像样的能挡雨的棕衣？"

活眼神算道："本来我也是那样想的，可曾兄说你都准备齐了，那我为什么还要多此一举？"

曾老头一径缄默。

王匠头边驾着车马，边咬牙道："若不瞧你是瞎子，此刻便将你扔下车去。"

活眼神算道："匠头也莫急，此时虽乌云盖头，雷声震耳，但你若使上看家绝活，我相信等我们下了埋尸谷，只怕这雨也未必下得一滴。"

王匠头悻悻道："那且相信你一次。"他扬了扬马鞭，在空中猛击出数下脆耳的鞭音，顿时，马车像急驰天际的雄鹰，飞掠向凤凰落。

曾老头脸上一笑，缩回身子，凑近道："瞎子，真有你的。"

活眼神算道："在我认识的人当中，就数王匠头驾的车最急最稳，如他都快不了这场雨，那瞎子也只得自认倒霉了。"

曾老头一愣，道："你可是在蒙他？"

活眼神算道："好像是。"

曾老头自叹一声，道："那你可得小心了。"

活眼神算道："瞎子向来都是听天由命，何况王匠头也未必会和瞎子一般见识。"

"你倒挺了解我。"王匠头突然道，"如我输了，就留在'埋尸谷'，以后都不需再回四平街了。"

活眼神算叹道："你不与瞎子计较，却要和自己过不去，这是为何？"

王匠头道："谁叫我欠你人情？"

活眼神算道："哪里欠人情？瞎子怎已不记得？"

王匠头道："当日在老朱茶楼，你说过不了三日，我便有大生意上门，果然，过去两日我就收到了衙门的大单子，你说这份人情，我该还不该还？"

活眼神算道："你找我看卦，我老实说出实话，这算不得是人情，瞎子不受你还。"

王匠头道："话是如此，但好像我故意没付你卦钱，此般还是欠了你。"

活眼神算道："瞎子知道你这人小气，不给也罢。"

王匠头道："那怎可以，要我占你一个瞎子的便宜？"

活眼神算道："那三分五钱，你准备何时给我？"

王匠头道："等回了四平街，立马请你喝酒——怎样？"

曾老头凑热闹道："还有我呢？"

王匠头道："我又不欠你，莫非你想我再亏几把刀不成？"

曾老头叹一口气，道："最多我送你一件寿衣，当是换你的酒吃了。"

王匠头想了想，极不情愿道："一件寿衣换一碗酒，亏是亏了点，但我也只好认了。"说完连连叹气数声。

曾老头无奈道："那我再免费加送一双寿鞋，保你死后上路时走得舒舒服服，你看如何？"

王匠头脸上一笑，道："要是你能再添送一顶软轿，四个抬轿的小人，外加两个俏丫鬟，那岂不更舒服？"

曾老头眉头深皱，半响才道："你这是想要我的家当？看来你的酒老夫是无缘吃了，你还是留着孝敬瞎子吧！"

活眼神算道："瞎子也喝不起。"

王匠头一怔，道："我又不收你银子。"

活眼神算道："那瞎子也不敢喝。"

王匠头奇怪道："为啥？"

活眼神算道："你若过意不去，直接还我三分五钱银子得了，这样瞎子心里会比较踏实；你若不愿意还，那也就罢了，反正此钱瞎子已记在了账上，回头划去便是。"

王匠头一愣，道："既是如此，那待日后一起还你如何？"

活眼神算诧异道："什么叫一起？"

王匠头嘿嘿一笑，道："意思是想让你再给我卜上一卦。"

活眼神算叹道："我就知道你那酒不好喝，其实又想占我的卦钱，也罢……"他叹了叹，接道，"回头我给你记上，不知今日匠头是想卦财，还是卦运？"

王匠头道："卦缘。"

活眼神算惊讶道："卦缘？缘来何处？"

王匠头道："飘飘院的飘桃姑娘。"

活眼神算怔了怔，曾老头却笑道："匠头虽久经江湖，心境却还这般年轻，直叫我等佩服。想来当日点花大会，匠头一定花去了不少银子。"

王匠头故作神秘道："不多也不少。"

曾老头道："那到底是多了还是少了？"

王匠头回手一掀车帘，转过脸，道："这要放在她人身上，那定是多了，但若搁在飘桃姑娘这里，却是少了。"

曾老头愣了愣，不明白道："难道飘桃姑娘有何不寻常之处？"

王匠头道："这你就不懂了，她乃阴阳互调，有财星进门之相。"

活眼神算惊异道："听你所说，莫非飘桃姑娘是阴月阴日阴时生辰？"

王匠头道："正是此意。"

活眼神算道："你怎知道？"

王匠头一脸得意，单手提缰，从身上摸出一块折叠整齐的女人用过的丝绢，道："当日可是花了好些银子在飘飘院得来的。"他将丝绢放在鼻尖下闻了闻，复又小心藏进怀中。

活眼神算一伸手，道："拿来。"

王匠头愣道："拿什么？"

活眼神算道："丝绢。"

王匠头愣了愣，道："给你做什么？"

活眼神算正色道："我给她卜一卦。"

王匠头急忙掏出丝绢，低头看了看，喜道："这可是你自己要给卦的，那卦钱我可不给。"

活眼神算道："你何时又给过了？快把丝绢拿过来。"

王匠头递过手，嘻嘻一笑，道："神算，我的八字可要说说？"

活眼神算道："不用，你只管驾稳车子，最多我连之前的三分五钱也都不要了。"

王匠头大喜，道："这可是你自己说的，今后若是反悔，我可有曾兄为证。"

活眼神算道："瞎子从不说假话。"

"那我就放心了。"随着话语声落，数记鞭响接踵而起。

遥远的天际，乌云突然散出一条缝隙，有阳光挤射下来，照着前行的径道。王匠头抬了抬头，脸上似带着某种憧憬，抑或是对他心目中的飘桃的财星福相抱着美好的幻想。

马车一路狂驰，惊起了漫天的灰土飞尘，但也留下隐隐破碎的车影。活眼神算突然道："奇怪，飘桃的生死八字怎和辛二公子的签理如此相近？"

曾老头道："相近如何？"

活眼神算道："近日恐有不祥之灾。"

第五章
藏尸崖洞

　　天未入夜，却已是深暗无比，只见日间繁闹的四平街，此刻竟也显得异常平静，家家户户都早闭紧了铺门。或许大家心里都在想，雨前人稀，倒不如早点歇业休息，待明日起早还可抢他个先头。

　　幽暗寂静的飘飘院后院，此刻突然闪出三条人影，步行缓慢。

　　一声惊雷响过，紧接着又亮起数道闪电，三人步履蹒跚，摇摇晃晃并排走到四平大街，看去手脚都显得甚是无力。

　　左边那人打着酒嗝，口齿不清道："公子，你说这样多好，没事咱来花嬷嬷这里喝几盅花酒，和飘菊那小娘们谈打谈打温柔，有啥不好的？也叫我们这些当下人的，和公子一起沾沾光彩不是？"

　　中间的人脸皮一笑，脚下不稳道："你们这两个死奴才，昨夜只少一晚没来找那俩小丫头，今就有了这么多的废话，真是该罚……该罚……"他嘴上嬉笑着，直往辛家后巷走去。

　　右边的人也插口道："公子，我们兄弟只是替你不值，要说大公子不在了，这辛家以后还不都是你的？可是你说，昨晚你为了这个家熬夜费神了一宿，却不见得大夫人有什么表示。"

　　中间的人脸一沉，气怒道："休来提起那只母夜叉，我这么辛苦，还不都是为了她那死鬼老公？如不是有老爷护着，辛家哪轮得到她来使唤半分？"

左边的人道:"也不知老爷如何想的,你说大夫人一个女流之辈,且是外姓,怎配管辛家的账房钥匙?"

中间的人道:"老爷定是让她给蒙糊涂了,但我可没这么好糊弄,我得天天叫人盯着她,辛家的这些家产,那可都是我的,谁也别想动得分毫。"

左边的人一竖大拇指,溜须道:"公子真是英明。"

中间的人得意了一下,忽又道:"可话又说回来了,也不知她施了什么魔法,爹竟任由她暗地间私豢铁甲卫队,如不是今早迫不得已,想来我还一直被蒙在了鼓里。"

左边的人道:"公子,若不想寄人篱下,咱该趁老爷不在之时,先下手为强,逼大夫人离开辛家。如不然,待她日后羽翼丰满,只怕连老爷拿她也没有办法了。"

中间的人怔了怔,一道闪电划过,他的眼中狰狞露出数道可怕的目光。

雨前风作,越刮越大,整条街都被吹洗得异常干净。打夜的拐撇子一手提着更鼓,一手吊着酒葫芦,一边喝一边哼着花调,跌撞而去。

刚步进后院小巷,迎面就扑来数股阴风,中间的人连声叹道:"要是此刻大哥还在就好了。"

左边的人侧了侧头,道:"公子,你是想大公子了?"

中间的人道:"要说想吧,倒也有一点,毕竟我与他是同胞同母,想来此刻他若还在,怎忍心看着大夫人如此对我?"

左边的人道:"公子讲得是极,大公子为人憨厚,怎会如此对待公子?"

中间的人叹道:"假如大哥还在,我怎会这等做贼一般?想我堂堂辛家二公子,出来吃喝玩乐,却还要看外人的脸色,偷偷摸摸的竟连正门都不敢走,这事要传说了出去,还不知街坊邻居会如何看待我。"他又连叹数声,抱怨道,"大哥呀大哥,你若听得见,真应该把家中的母夜叉一起带着陪你走,你这一撒手西行,只把兄弟我害得好苦啊!"

三人借着酒劲,径直朝小巷深处的侧门走去。忽然,中间的人脚下一停,只感觉有人在后搭了一下他的肩膀,紧接着,一个冰冷阴森的声音道:"贤弟,你这是在怪你大哥么?"

中间的人怔了怔，左右两人也大吃一惊，瑟瑟回过身子，但见一名奇脏奇臭、衣裤破碎、脖子半吊、披发遮脸的怪人定定站着。

冷风吹过，怪人的头发飘拂不定，破碎的衣裤居然还发出着瑟瑟的声响，两人一阵胆寒，酒早已醒去大半，呆呆地不敢动弹。

中间的人不敢回头，颤颤地问道："后面的是——什么？"

两人筛打着腿梆子，半响才回过些神色，左边的人声音发抖道："他的脸瞧不清楚。"

中间的人只感寒从心来，直直地转过身子，突然瞧见此人这般模样，更是徒增了数分寒意，但他还是鼓起勇气问："你到底是谁？"

怪人道："二弟，你连大哥的声音也听不出来了？"

中间的人吓得连退数步，这声音确实极像大哥辛松，其余两人似乎也听出了些门道，脸色铁青道："大公子，你不是……不是已经死了么？"

怪人往上微仰了仰头，风拂过巷，满头长发猎猎飞起，但见一张面貌腐烂，却还依稀可辨的恶脸顿现眼前。一道闪电打过，他的模样看去更是恐怖数分。中间的人一屁股跌坐在地，其余两人却一直怔怔站着。

雨，终于在不知不觉中落了下来，这果是一场难见的大雨，比昨天的那场雨还要更大、更急。

大滴的雨点砸在三人的脸上，就如脆弱的心脏一样，瞬间破碎。

怪人又垂下了头，小心地从三人的身边走过，直往那小巷的深处。他行动迟缓，指缝间似还滴着红得发黑的鲜血，就那样一直走一直滴，在地上留下了模糊的痕迹。

但很快，雨水就把这些冲刷得一干二净。

雨未来之前，曾老头三人便已顺着绳索，溜身下去凤凰落后山的万丈断崖，此崖便是当日祭葬严胖子及酒老鬼身碎之地。三人下到断崖腰身，在一方不太宽大的略是外凸的岩石上，燃起三支通亮的火把。

火光照处，只见前方数步之遥，居然有一处壁洞，但见洞前壁上篆刻着三个行书崖体字："藏尸洞"。

王匠头首先进去洞内，边走边道："神算，待这事了了，你得给我卜上一卦，压压惊。"顿了顿，接着道："但卦钱得先记着。"

活眼神算紧随了进去，道："瞎子说话，向来算数，你既赢了，卦钱当然不收。"

曾老头抬眼瞧了瞧"藏尸洞"三个字，脸色一正，紧追两步道："二位可算得好心情，来到此地，却还惦挂着区区几文卦钱。"

王匠头道："有钱行遍天下，无钱难行寸步。此般道理，我可是一直都清楚得很的。"

活眼神算道："匠头爱财，四邻皆知，但让瞎子不解的是，你今则肯花钱雇上车马，买来崖绳，这些银子，数目可不少吧？"

王匠头道："此点银子算得什么。"他停住脚，回头神秘一笑，接道，"十多年来，神算可知我赊欠老朱那有多少银两？"

活眼神算一愣，道："想必少不了。"

王匠头道："算上今早，应该是两万七千四百五十六两八文三钱，如此多的银子，我要接多少单的活，打造多少刀剑铁锄，方才能够还得清？但若今日我尽心尽力替朱老板办好了此事，那他或许就不好意思再管我讨要账钱了，此般算下来，我岂非赚了不少？"他一脸得意，似乎对心里打的小算盘甚是满意。

活眼神算自叹道："匠头之精明，实让瞎子佩服得很，这往后匠头若还需要卜卦算命，瞎子愿分文不收。"

王匠头一喜，道："此话当真？"

活眼神算道："当真。"

王匠头收起笑，悠悠道："我可有曾老板为证，日后神算想反悔也是不行的了。"

活眼神算道："不会。"

王匠头目光一转，道："那我就放心了。"他又继续前行，步伐明显比先前轻松了不少。

三人越走越深，殊不知此时洞外已是大雨倾盆。远离洞口数十丈的断崖绝顶之上，突然缓慢走来一条人影，此人一身蓑衣草帽，凛凛伫立在悬崖之沿，狂风作下，她头上的草帽在微微颤抖着。只见她面无表情，慢慢从衣下腰间抽出一柄雪亮的刻有半月图案的快刀，高高地缓慢地举起，狠狠地快速地砍下，刀石相交，火星四溅，她低头看了看，冷漠地转身消失在猛烈的雨中。

崖洞越深越是宽敞，听着脚下的回声，似已能感觉到离尽头已是不远。曾老头突然收住脚，道："二位，且等一等。"

王匠头奇怪地看着他，活眼神算道："曾兄，有事？"

曾老头道："瞎子和匠头应与我都知道，此地乃是禁地，如不是今日迫不得已，绝不敢踏足半步，待进了'养棺厅'，你我三人都应处处小心，以免惊动了他人，若取到东西，便立刻撤回。"

活眼神算道："曾兄讲得有道理，但'养棺厅'内奇冷无比，又有四大铜尸护佑，若想进得内室，拿出'南海尸牙'，绝非易事。"

王匠头道："'南海尸牙'，前朝明惠皇帝的一双二百多年的尖利尸牙，先主曾奉其为神物，一直朝贡在'藏尸洞'中，此刻我们若拿了出去救人，你们说，先主会不会罪怪我等？"

曾老头道："先主英明，倘若知道此次救的是谁，定不会怪罪。"

活眼神算咳嗽一声，取来道家的一句话，道："既来则安，该无由言其他。"

曾老头道："瞎子所言极是，匠头，你认为如何？"他看着王匠头。

王匠头道："神算的话，我可是一向很赞同的。"

活眼神算道："那我们接着走吧！"

三人复又前行，不久，眼前突现一道石门，王匠头回头看了二人，火光映处，但见石门左壁刻着一只黑羽苍鹰，苍鹰的眼神勾画得气如电射，凛凛看着来犯之人。

在黑羽苍鹰的上方，有一盏模样古怪且还在燃烧着的青铜信灯。

王匠头瞧上一眼，突然直起食、中二指，探将出去，以迅雷不及掩耳之势，利钳般钳住火烫的灯芯，然后往右转去半圈，但听一阵"咯咯"声响，石门竟给慢慢提了起来。

青铜信灯还在丝丝燃烧着火舌，谁也不曾想到，此道石门的机关，竟会隐藏在小小的灯芯之中，而更让人难以意料的是，此灯芯乃来自吐蕃高原的雪地之魂所制。雪地之魂乃是一种草，此草较蚕丝还要细，长于白雪之下，常年被覆盖，所以极为难寻。一根较普通大小的雪地之魂灯芯，则需要成千上万的雪地之魂草方可拧成，哪怕是点上数百年，亦不会熄灭。

灯芯外围还包裹着一层玄铁护心，江湖中都知道，玄铁乃铁中之王，如此烧上千年，亦不会有所软化。

玄铁之下连着石门机关，一层淡绿颜色的灯油荡漾其间。相传道家素有秘炼灯油之术，此灯油就是受赠于南阳仙人，在此已燃烧了几十年，却还如刚注入时一般多少，实让人匪夷所思，但也无不暗地啧叹称奇。

如此神奇莫测的石门机关，如此玄机内藏的青铜信灯，就算普通之人知晓此间秘密，若无外物借助，只怕世上也没几人能以双指拧转此灯芯分毫。因为此灯已在此燃烧了数十年，此间玄铁虽不被软化，但铁身温度之炽热，丝毫不亚于烧红之火炭、开滚之热油，王匠头此般轻松之举，实让曾老头二人都不禁暗暗为之钦佩。

等到石门完全开启，三人才闪身进入。只见石厅大小有如宫殿，眼光落处，俱是雾气缭绕，若隐若现。但见朦胧之间，能隐约瞧见密密麻麻整齐排满着成百上千具棺木，每具棺木之上，都清楚写着一个响亮的名号，似乎在告诉人们，里面躺着的人的身份俱不普通。

在左右棺与棺距隔之间，一条单人夹道只通向黑暗，而黑暗的尽头，就是下一道石门。

三人只是脚下微顿，便来到第二道石门前。此道石门相较先前，看去大致相同，只是门壁左侧少了威凛的黑羽苍鹰，更没了模样古怪的青铜信灯，而是挂着一支约半米长的骷髅手杖，杖杆之身还盘绕着一条大黑蛇。

王匠头摘来手杖，用杖顶骷髅头敲了敲石门左上角三下，又敲了敲右上角五下，突然，本来完好无缝的石门，中间顶上突现出一眼深口，他瞧了瞧曾老头，曾老头点了点头，他复又看了活眼神算一眼，才将手杖对准洞口，深深插将下去，只剩下一颗可怕的骷髅头。

他张开黑钳有力的手掌，握住拳头大小的整颗骷髅头顶，顺左连转三下，又复右回转五下，只听一阵似曾熟悉的"咯咯"声自壁内传出，但随即发出的，还有曾老头的惊讶声。

活眼神算脸上一怔，能让曾老头如此惊讶，那必是看见了什么不寻常的事，他道："曾兄，出了什么事？"

王匠头也将目光转来，只见升至膝高的石门里面，一面棺盖横卧当中，他也惊讶地皱起了眉头。

曾老头道："瞎子，看来这里有人来过。"

活眼神算吃惊道："此中石门俱高人所造，机关玄妙，外人谁能不损石门分毫，来去自如？莫非是先前酒老鬼……"话至此时，他突然停了下来，因为曾老头根本没和他说有人来过，凭的是何证据。他是个瞎子，当然看不见眼前的一切，所以只能猜测里面的情况，会否先前酒老鬼抬严胖子的尸体进出时，而无意中所为？但此时他却不知该如何说下去。

曾老头道："绝不会是酒老鬼。"

王匠头紧接道："我也如此认为，相信不会是他。"

两人一唱一和，令活眼神算心生了更多的猜想，但他并没有接着问，因为他相信过不了多长时间，他便会知晓里面到底发生了什么。

很快，石门便"咔"一声到顶了，三人同步向前，火光照处，首先映入眼帘的，俱是满地的残棺断木，碎屑砂石。

曾老头眉头深皱，面色难看道："瞎子，看来此人与你我都有着深仇大怨。"

活眼神算道："此话怎讲？"

曾老头道："因为咱们的棺木都让他给砸烂了。"

活眼神算愕了愕，道："那的确是挺讨厌我们的。"

曾老头道："走，进去点瞧瞧。"

三人又往里走了十多步，只见整个石厅中四处都是一片狼藉。王匠头将火把举得老高，快行数步，焦急地在一片烂棺木当中寻找着什么。不多时，他一脸丧气地回到二人身边，牙根咬得"咯咯"作响，口中喃喃道："待我瞧见此人，定扒了他的皮不可。"

曾老头看一眼他，道："为什么？"

王匠头恨恨道："他将你们的棺木砸也就砸了，却连我的也忍心下手，你说这样的小人，该不该扒去他的皮？"

曾老头想笑又实笑不出来，因为他已看出此事不会那么简单，他道："匠头，有没有发现可疑的地方？"

王匠头话语僵硬道："十七具棺木，无一完好。"

曾老头道："看来此事定是熟人所做。"

王匠头目光凌厉，道："熟人是谁？曾老板告知我，我找他讨要棺材本钱去。"

曾老头道："我现在还不知道他是谁，但有一点可以断定，他既能破解石门机关，又只砸烂我等的棺木，想来必与你我有着甚大的渊源，且恨我等入骨。"

王匠头道："我可不管他是谁，他砸了我的棺木，要我死后无处安身，我就该找他要钱去。"

第五章 藏尸崖洞

活眼神算道:"匠头为何不学学酒老鬼?死后飞身'埋尸谷',岂不简单又省银子?"

王匠头道:"神算的话,我定会细细斟酌,但这份银子,我还是要找他讨要来的。"

活眼神算叹道:"谁要欠了匠头的银子,那定要麻烦缠身了,唉——也不知这个倒霉鬼会是谁?"

王匠头道:"世间唯有一人敢欠我银子不还,除去他,概没有赊欠一事。"

活眼神算很是惊讶,道:"此能人是谁?"

王匠头道:"严胖子。"顿了顿又道,"因为他已经死了,故无法讨得回来。"

"严胖子?"曾老头本身正蹲在地上看着一截棺木的断头,突听"严胖子"三字,似一下想起了什么,立马长身而起,道:"匠头,刚可看见严胖子、张依风、佘楠子的尸体了?"

王匠头想了想,道:"像是没有。"

曾老头正色道:"此事非同小可,你我再分头找找。"两人兵分左右,在杂乱不堪的棺下壁角细心反复寻过数遍,仍不见有半具尸首。

活眼神算在一旁等得有些急,道:"怎么样了?有没有发现?"

曾老头回来道:"没有。"

王匠头也满脸疑惑地朝曾老头喊道:"我这里也没有。"

活眼神算道:"难道是毁棺之人,顺手牵走了他们的尸体?"

曾老头道:"要几具死尸有何用处?"

王匠头过来,道:"莫不是砸棺还不解气,还要另行鞭尸不成?"

曾老头面色凝重,道:"江湖之中,什么样的人都有,此事来得奇怪,我等不可掉以轻心。"

活眼神算道:"依曾兄高见,我们下一步该如何?"

曾老头道:"还是先救人要紧,待这事完了,再另行一探究竟。"

活眼神算道:"那咱们立刻去下一道石门。"

曾老头道:"去下一道石门。"

王匠头抢先一步,道:"还是由我在前怎样?"他不及别人回答,早已跨走数步。

最后一道石门位于此厅之下，内藏有"南海尸牙"及"翠玉石棺"等罕物。石门之外还有一间密闭的石室，里面有四具铜甲尸守卫，如想顺当进去石门，得先击败了铜甲尸，否则，别无他路。

但铜甲尸乃"啸阴天王"亲手调训，中间无人见过。据说四具铜尸俱身披玄铁甲胄，手持轩辕大斧，且力大无比，但凡有人胆敢靠近半步，必遭雷霆之击。

三人一步一步沿Z字形石阶下去，每走一步，都能感觉周围的寒气更胜一层。本身"藏尸洞"内就奇冷无比，乃养棺存尸的绝佳福地，更何况此时已在洞厅之下，所以越往下走，就越是森寒彻骨。

此时洞外雨声依旧，轰隆的雷声，夹杂着数道闪电而过，只见断崖石上的那道刀痕，仍然清晰明了，就像那个神秘的人，印刻在这样的夜晚，这样的地方，这样的雨中，使人不寒而栗。

不远的竹林里，突然走出一个女人，她着一袭飘逸的蚕丝罗衣，在风雨中如云般飞洒。她走到断崖边，手上的青竹伞压得甚低，或许是风太大的缘故，她身子往后退了退，但就在此时，地上却不知是什么东西绊了她一下，整个身体都险些摔倒下去，她微作慌张，低头去查，却是大为惊讶。

一声巨雷打过，直震得凤凰落地动山摇，但此时洞内却是寂静万分，石阶已快尽底，那里不但有铜甲尸等候着曾老头三人，更不知还有无其他的机关，其实三人心头更加担心的是，第三道石门他们并不知道该如何开启。那里是整个"藏尸洞"中最大的秘密，就和它里面到底有多少的稀世罕物一样，只怕在这个世上，唯有它的主人方才知道，但他早已消失了二十多年，是生是死，谜一般令人费解。

寂静的空气中，只听见脚步下阶时发出的沉闷的"咚咚"声，偌大的"藏尸洞"，除去棺材和死人，或许此刻也只能听见这些声音。

三人沿阶下行，步伐稳重。忽地，活眼神算一收脚，微侧右耳，表情甚是凝重。

身后的曾老头奇怪问道："瞎子，为何不走了？"

活眼神算动了动耳，道："等等，好像下面有动静。"

曾老头一怔，王匠头回头道："神算，你莫不是在开玩笑吧？"

活眼神算正色道："瞎子向来不讲瞎话。"

王匠头讷讷道："难道是铜尸在动？"

　　活眼神算道："这个瞎子可听不出来。"

　　王匠头气恼道："管他是什么东西，我先去瞧了再说。"他一连快步，飞身下到了阶底。

　　曾老头急喝道："匠头莫急，小心有诈。"

　　活眼神算也跟着担心道："曾兄，我等也快快下去。"

　　两人飞速下身，火光亮处，只见眼前是一条深暗幽长的壁间径道，径道不甚宽松，却尚可勉强够容三人并肩同行。曾老头看了看，有些气急道："匠头，可莫行冲动，小心前方有诈。"

　　王匠头似未听进他的话，蠢蠢欲动道："你说那铜甲尸到底是什么家伙？待会儿以三对四，是他们的轩辕大斧厉害，还是我这'铁手算盘'略能占得上风？"

　　曾老头道："匠头此言，老夫实难回答，但铜尸乃天王亲训，料也不是泛泛之物，我等应多加小心才是。"

　　王匠头摩拳擦掌道："憋了二十多年，今日可算能够大展一番手脚了，待会儿你等各选一个，余下两尸由我应付。"他眼睛一亮，那种眼神，就如前方有金山银海在等着他一般。

　　曾老头道："你这个脾气，除了变得比二十年前更精明更小气了，似乎一点都不曾改过，难怪在十七人当中，有人会将你与张画师尊为'烈暴双鹰王'。"

　　王匠头"嘿嘿"一笑，道："那是许久的事情，不提也罢。此刻张老头不在，该是我这个'烈人'来显露一番了。"

　　活眼神算突叹一声，道："二十年来，张画师养心写画，脾气已好了许多，但自从酒老鬼去后，他则已荒废多日，整天以酒消磨，实让人担心得很。"

　　曾老头道："瞎子担心的，莫非是黑暗中的那人，会寻他下手？"

　　活眼神算道："二十几年前，人们一直传说张依风让一只猫给吓破了胆，但时至今日，瞎子仍未信过半言。日见严胖子和酒老鬼相继步其后尘，瞎子心里才明白，这或许是一个阴谋，一个天大的阴谋，虽然三人之死前后隔了几十载，但瞎子相信这中间必有某种关联。而酒老鬼之死，也决非完了，下一个目标将会是谁，实让人难以猜测。"

曾老头遥看着径道深处,听他讲完,眉宇间不禁多了些忧愁。

王匠头道:"管他下一个是谁,有什好怕的?"

活眼神算道:"匠头此言差矣,我等死也就死了,但上面躺着的数千条人命,还有你我背负的重托,均还未了,如轻言死去,你我有何面目去见下面的众兄弟?"

王匠头咧嘴一笑,道:"神算,你当我在放屁得了。"他看一眼他,又道,"你与曾老板殿后慢来,我则先行一步再说。"他一下急性子又起,直往前掠行而去。

无风似有风,王匠头刚行数步,活眼神算、曾老头手上的火把都微微闪了闪,活眼神算一怔,急道:"匠头,小心。"

话音刚落,但听几声"骨碌碌"的响音连续传来,两人俱心下一惊,急掠过去。

王匠头怔怔站着,脸上一片惊疑。两人近得身前,急问:"匠头,出了何事?"

王匠头呆了呆,一指前方的阴暗处,道:"我脚像是踢到了一颗人头。"他因行走得急促,居然把人头踢向了径道的尽头。

片刻,人头重重撞在什么东西上。

曾老头、活眼神算都惊讶非常,似不敢相信,但他们也确确实实听到了那沉重的撞击声。曾老头道:"你等在此候着,我前去瞧瞧。"

王匠头拦着道:"曾老板慢来,还是由我过去。"

曾老头看看他,道:"那匠头小心。"

王匠头脸色一正,走将过去,光亮照及,曾老头远远看见那确是一颗圆形的物体,反着闪眼的光点,但却无法看清是否真是人头。正当此时,王匠头突然惊喊道:"曾老板、神算,你等快过来瞧瞧。"

两人闻声,急行前往,当仔细瞧了那物体时,曾老头还是吃惊非常。活眼神算道:"曾兄,此是人头,还是他物?"

曾老头定定道:"确是人头。"

活眼神算心念一动,道:"可否认识?"虽然他早已听出那滚动及撞击的声响里面掺杂着某种金属的质地,但突然想起严胖子等失踪的尸体,还是有此一问。

曾老头道:"不曾见过。"顿了顿,又道,"如料得不错,此应是那铜甲尸的头颅无疑。"

活眼神算道："难道那人也进了最后一道石门？"

曾老头道："希望不是如此。"

想起"南海尸牙"是否还完存，三人无不担心了起来。

遥看数步，便是那石室的大门。让人难以预料的是，此门不是石造，亦不是铜铸，而是两扇合起的木制门，想来定是那"啸阴天王"较相信亲手调训的四名铜甲尸，否则，这里不会连一道机关也不曾暗设。

此时室门已破开一线，必是王匠头刚那一脚，将铜尸头颅踢撞上去，而反弹回来时，木门亦受力所致。两人目光落处，只见门缝后净是一片黑暗。

活眼神算耳根微动，他虽是个不折不扣的瞎子，但在某些时候，某些环境下，瞎子或许别有用武之地，比如此时此刻，便是如此。

寒气渐浓，有如腊月风霜，如不是三人俱有备而来，且都不是寻常之人，单在此等冰冷的壁洞内待上片刻，怕也早就身僵难忍。

火光又微微抖动了数下，活眼神算脸色一正，惊异道："里面的尸气好重。"

曾老头目光一凛，提醒道："大家可要多加当心。"

王匠头举了举火把，道："我先进去瞧瞧。"

活眼神算担心道："匠头小心，里面或许还有活物。"因在石阶之上，他便已听到些动静，虽响声轻细，时间极短，但却很难逃得去他那聪灵的耳力。

王匠头不屑一笑，道："有活物方好，要不岂非白来此一遭？"

曾老头道："匠头可莫轻心，还是听得瞎子一言才好。"

王匠头瞧一眼他，身影动处，直掠数步，人已至门下，只觉一道森寒之气从门隙后飘出。他不禁微微一怔，猛然推门，木门竟开得无声无息，居然无半点声响发出。

活眼神算神色凝住，侧耳倾听，突地，他脸色一变，急道："匠头当心。"

王匠头呆了呆，只感门后的黑暗中有股疾风直逼他来，连他手中的火把，亦自不住地颤抖摇晃。他不及去看，右手速挥将出去，但见一道金光及一道白光闪过，几乎同时，一声震人心魄的交击声响彻耳际，回荡在整个"藏尸洞"。

响声未歇,王匠头早已身形错拧,直退后数步,但未及他身子站稳,紧接便有一件沉重的物体倒卧在地,他脸色一变,因为他尚不知石室内突来袭击他的是什么人。他只觉右手虎口阵阵发麻,额上的冷汗已惊出少许,他垂眼看了看手上的金算盘,只见纯金打造的算盘,此刻已是少去一角,两排金光灿灿的金算珠,噼噼啪啪滚落满地。

曾老头一愕,脚下动作,径扑向前,活眼神算耳聪闻声,也急随过去。两人一左一右,背贴向木门,轻轻靠开尚未完全遁开的室门。

火光照耀,但见满地的血腥惨状立现眼前,曾老头见之脸色大变,活眼神算奇怪道:"曾兄,怎没了动静?"

曾老头定定道:"里面除了尸块,便是脓血,不仅有铜甲尸的,还有许多寻常死尸的碎块,但绝无完好的尸人,你说还哪来的动静。"

活眼神算愕然半响,才道:"那刚才袭击匠头的是?"

曾老头一瞧眼前地上,一具算比较完整的无头铜尸趴在那里,手心紧紧攥着轩辕大斧,尸身不远处,金算盘的断角在火光下,闪着亮眼的光芒。他回道:"应是铜甲尸所为。"

活眼神算道:"铜甲尸?那此刻……"

曾老头道:"想必已经真地死了。"

"死了?"活眼神算大惊之余,又道,"怎攻击过后就死了?"

曾老头道:"这是一具脑袋被砍断的铜甲尸,如料得不错,径道中的那颗头应该就是他的。"

"铜甲尸无头?你说铜甲尸无头?"活眼神算嘀咕数声,道,"曾兄,你且瞧瞧铜尸的断头处,有无可疑的地方。"

曾老头低下身仔细瞧了瞧,只发现断脖子上有一层红色的粉末,他用手轻轻一拭,拇指细细搓了搓,又置在鼻下闻了闻,道:"像是朱砂,但却有一股极冲的怪味。"

活眼神算道:"尸脖有朱砂,头颅上应该也有,曾兄,你不妨再去瞧瞧。"

曾老头回转身子,看见王匠头正趴在地上搜寻着他的金算珠,他自知匠头小气,但却不曾想到,经此死里逃生的匠头,竟关心的还是金银等身外之物。他过去提起尸头,看了看,道:"瞎子,这上面也有相同的朱砂。"

活眼神算喃喃道："果不出我所料。"

曾老头扔下尸头，问道："断脖子处抹上朱砂，这是何意？"

活眼神算沉顿片刻，微唔一声，道："'断头朱'，此乃'断头朱'，果是极阴毒的手法。"

曾老头不解道："'断头朱'，此是何物？"

活眼神算道："朱砂本是伏魂降尸之用，可有些茹毛饮血的术人，却偏偏借此来控尸害人，以达到某些不可告人的目的。"

曾老头道："如你所说，他与你可算是同出一门？"

活眼神算道："想必是如此，要不他也不会懂得'断头朱'之法术。"

曾老头道："'断头朱'？我怎以前没听你提起过。"

活眼神算道："正所谓'朱砂抹断头，到死也会走'。看来这一切俱是用来对付我等的。"

曾老头道："既是对付我等，为何一击之后铜尸便倒下了？"

活眼神算沉吟片刻，道："瞎子也在奇怪，既是'断头朱'，应不该如此。"

曾老头看着他，其实这等怪事，瞎子一时都不解，他又何曾想得明白？他回瞧一眼，看见匠头正细心点着掌中的金算珠，他不觉眉梢一皱，道："匠头，金子找齐就该走了。"

王匠头抬了下眼皮，未作答话，反而又躬起腰身，低着头，面色沉重地扳起脚底的鞋查探。

曾老头呆了呆，突觉一股怒气涌上心头，便要发作。

活眼神算却道："曾兄，还且等下。"

曾老头忍住怒气，道："为何？"

活眼神算道："你将铜尸的头颅拿来，我想亲自查探一遍。"

曾老头瞧一眼他，回转身子，却发现王匠头正扳着另外一只鞋底，他只得叹一声气，拾起尸头，交给了活眼神算。

活眼神算褪下包裹尸头的玄铁头甲，反复摸过数遍，才双眉一舒，如释重负道："原来是'驱将术'。"

曾老头一脸糊涂道："'驱将术'？"

活眼神算抛下尸头，指间却多了枚蛇头银针，他道："此乃湘西一带的黑术，专用来提振死尸的爆发力。确切点说，就是将死尸体内的能量都聚集到一起，然后以雷霆之势，击垮对手。但此法却有弊端，只可施行一次，一击之下，要么两相俱焚，要么自身灭亡。"

曾老头似更加不解道："'驱将术'既只作一击，却为何还要多此一举地断其脑袋？"

活眼神算道："本身确实不需要，但假如时间太久，'驱将术'所凝聚起来的能量将会一点点逐步地散掉，而朱砂加'五行鬼'的血，却能弥补这个不足。"

"什么'五行鬼'？"曾老头未及开口，王匠头却抢先道。

曾老头目光转处，瞧见王匠头正将点好的金算珠揣进怀中。他朝曾老头笑笑，又道："神算，'五行鬼'却是何物？"

活眼神算道："匠头既拾回了金珠，那还是快去了最后的石厅，瞎子边走边给你们讲来。"

三人横穿满地尸块脓血的石室，径直朝石厅走去，当然，王匠头可不会忘记那让铜尸削去一角的金子，他好生捡起，在衣袖上擦了数遍，才小心放到怀里。

照样是一条壁间径道，那神秘的第三道石门，应该就在黑暗的尽头。

出了石室，走在最前的活眼神算道："'五行鬼'，指被金、木、水、火、土五行克死的人。具体一点，就是金生刀下鬼，木生吊死鬼，水生淹水鬼，火生烧焦鬼，土生摔崖鬼，取齐此五种死法的人的血，浸泡朱砂七日，便就成了传说中的'五行尸砂'。此种尸砂因聚齐了五行五鬼，素怪臭难挡，活人闻之，寝食难安，鬼魂嗅见，躲避不及，故诡秘非常。"

曾老头喃喃道："我说朱砂怎会有怪味，想必就是如此。"

活眼神算喟然叹道："不过，有一点瞎子还是不甚明了，此人竟懂得'断头朱'与'驱将术'，那道法定也不浅，可为何还要多行一举，召唤来这许多的死尸进到崖洞？是用来对付铜甲四尸，还是另含目的？"微一顿，接着道，"更有一点，此人既敌败了铜甲四尸，却还要把死尸肢解成碎块，如等之举，实让瞎子一时难以揣测。"

曾老头微惊一声，道："瞎子的话，可是这些死尸竟是他人故意肢解？"

活眼神算道："依瞎子愚见，确是如此。"

曾老头道："你怎知晓他是故意所为？"

活眼神算道："如是和铜尸相斗致残，那也不该碎成这般，就算有这可能，那其余三具铜尸又为何也被肢解开了？如瞎子料得不错，此定是先让四具铜尸肢解了所有的死尸，然后再由袭击王匠头的那具无头铜尸斧解了另外三尸。要果真如此，那中间一定隐藏着某种阴谋。"他语气凝重，脸上的忧虑显而易见。

王匠头一咧嘴，不屑道："管他有什么阴谋，难道咱还怕了不成？"

活眼神算沉重道："他人既有能耐走到此地，身具本领就足可见一斑，匠头切莫轻眼小看才是。"

王匠头道："神算应是多虑了。"

活眼神算道："瞎子也希望如此，但愿他不是冲着'南海尸牙'而来。"

话音落处，空气中的味道突然变得沉重起来，三人的心中都浮现出阵阵的忧虑。

曾老头叹气一声，道："瞎子，少了'南海尸牙'，习老板可还有的救？"

活眼神算一字字道："无药可救。"

曾老头又自叹一声，道："那你我可怎向朱老板交代？"

活眼神算道："寻不到尸牙，瞎子也是无计可施。"

曾老头看一眼他，复望着径道的深处，那里隐藏着的一切，实让人难以捉摸与不敢揣测，他定了定神，更加快了前去的脚步。

脚步虽急，却也显得惶惶不安。或许，地狱亦不过如此，黄泉路比之又且能差了多少？假如有人去过地狱，那么黄泉路上的冷寒、萧瑟、凋零，定该铭心刻骨，而此地较黄泉之路，更多了分凌乱与血腥。

王匠头加快了两步，并肩赶上活眼神算道："方才多亏有神算的提醒，否则，我这一条手臂只怕早已给废去了。"

活眼神算道："匠头切莫言谢，汝等无事便好。"

王匠头脸一紧，欲言又止道："那……当是我欠了你的人情，他日有机会，定当还你。"

活眼神算道："匠头有心，瞎子清楚便是，岂可有还与不还的道理？"

王匠头闻言，舒脸一笑，道："方好方好，神算既如此讲，那以后谁都不提就是。"

活眼神算一愕。

王匠头却叹一声气,道:"其实欠别人东西,无论是人情、金银,抑或再小的微不足道的东西,那也是你的本事。可若有人欠了你,那滋味便是十分难受。所以,有时我宁愿欠他人,也不愿意他人欠我,这样,我感觉会比别人过得踏实一点。"

他这样一番理论,听来似不正,但细作品味,不免也有一些道理。

曾老头不觉钦佩道:"听匠头一席言,老夫顿开茅塞,先前只知欠人钱债不好,哪知恰是相反,欠与赊之间,反而后者更是寝食难安。"

王匠头道:"曾老板所言极是,咱都已活过了半百,曾老板可有听说有人急着还债的?而更多的却是,收账的人总是三天两头不辞劳苦地上门赔着笑脸,你说我讲得对不对?"

曾老头沉吟微想,道:"好像确是如此。"

王匠头笑了笑,道:"这此间的道理,其实我早已参研透彻,想必过了今晚,曾老板也该如我一样了吧?"

曾老头道:"老夫脑子愚钝,虽是领悟了此间的奥秘,但恐怕也极难有匠头之一二。"

王匠头听他讲完,深叹一声,道:"我虽已是这般小心,但还是中了严胖子的套子,唉……"他接连叹气道,"当日千谨慎万小心,哪晓得只赊欠一晚,便眼睁睁看着一把十文钱的剔肉快刀,再也要不回来了。"想起今生独此一次的败笔,情绪顿时像跌入了谷底。

正当两人你一言我一语,王匠头亦还在心中不断自责时,突地,活眼神算脚步一顿,惊异一声,道:"黑暗中有人。"

话音未落,人已掠出数步,一转瞬间,便就没了踪影。只有急走时丢下的火把,还在地上滋滋燃烧着。

曾老头一怔,王匠头呆了呆,拾起火把,疑惑般看着曾老头,道:"曾老板,这……"

语声未出,曾老头便截口道:"你且先拿着,多一支火把,就少一分寒气。"

王匠头急道:"曾老板,我指的不是这个,我是想说,方才是否真有人?我怎没有瞧见,也不曾听到?"

曾老头道："老夫也不知，但瞎子既追了上去，定不会有假。"

王匠头单手高举两支火把，道："神算还未给我卜卦呢！这要有个闪失，可怎是好？"他担心地看着曾老头，复又往黑暗处望了望。

曾老头道："你我应加快些脚步，不能让瞎子单自涉险。"说着，他急行了起来，边行还边问道，"匠头，你可知瞎子丢弃火把是何用意？"

王匠头也加紧了脚步，道："这我岂能不知？神算是个瞎子，有火与无火，不都是一样？假如在黑暗之中持一支火把，岂不是时刻将自己暴露在他人面前？而在相互完全看不见的情况下，或许神算还稍能占得些便宜。"

曾老头道："话虽如此，但你我若想确定瞎子的位置，反而显得不易了，不过还好，前方不远应就是径道的尽头，想必他应会在那里等着咱们。"

王匠头笑道："既是尽头，神算不在那里等着，还能在哪？"

曾老头也自嘲一笑，这般矛盾的话，他怎会说得出来？

径道内，突有细风轻拂，只见两条模糊的光影，在急速奔行。

很快，两人便来到了尽头，停下脚时，无不惊愕非常。原来，活眼神算并未在这里等着他们，而眼前的场景，似乎更让两人大感意外。

只见这充满神秘的禁地石厅，宛如让岁月摧垮的老人，抑或万马践踏下的草坪，被凌掠过的残样，实难用言语表达。假如说第二座石厅，让人见之直感到乱而不堪，而铜甲尸守卫的石室，有的只是满地的血腥和残忍，那么，眼前的景象，较前二者之外，不免又多了层诡异的面纱。

三支火把，照亮了十步范围里的一切，但见石门的右壁有一方圆形的凹痕，定睛细瞧，痕印中有一丝丝鱼纹状的图案，想必这就是开启石门的玄妙之处。

但此刻，好似已不再需要如此麻烦，因为石门已让人硬生凿开。两人定定站着，瞧着地上数块大小不同的碎石，只见上面布满着累累的斧痕，碎石之间，似还有一大滩早已干透的血印。

两人相觑一眼，发现这最后的石厅实在不大，较之前相比，只算作其中一角，曾老头首先从巨斧凿开的石门破洞处钻进，王匠头也随即跟上。

进得厅内，突然瞧见残缺的石门的左侧石墙上，竟有一具没了右臂的尸人。曾老头瞧去，发现尸人的皮肉尚好，这说明他死去不久，便让人从坟墓下给掏了出来，并带到了此地。

片刻之后，曾老头已是明白，原来石门虽破，但尸人在进洞之后，定是触动了暗藏下的机关，因为在尸人周围的石壁上及额角、脖子、胸前俱插着数支钢箭，箭头锋利，深至入石，竟将尸人牢牢钉在了墙上。但让人疑惑的是，尸人的脚下居然滩着一片鲜艳的未干透的脓血。

他心念一动，嘀咕道："这血好似刚从尸人体内流下不久。"

王匠头一瞧，道："好像的确是如此。"

曾老头扫一眼石室，暗想："此地一定藏有玄机，如不然，瞎子会在哪里？"

正思忖间，突地，王匠头叫道："曾老板，你前来瞧瞧这个。"

曾老头过去，看见石门右侧的墙上，亦牢钉着数支钢箭，其中有一支染满鲜血的箭上，居然挂着一颗血淋淋的眼球。王匠头手一指，道："曾老板，你说神算会否已经受了伤？"

曾老头心念一动。的确，此刻他也在担心着这个，但他却道："瞎子应该没有事，你我还是先找到'南海尸牙'要紧。"

两人又扫视着石厅，目光落处，只见除了正前的一口"翠玉石棺"已裂未碎，其余俱看不见尚完善之物。曾老头脸一正，往左侧探察过去。

不一会儿，王匠头道："曾老板，我这边没发现什么。"

曾老头深沉道："来此瞧见这般，心早料断，'南海尸牙'定让人拿了去。"

王匠头道："那可怎么办？"

曾老头道："尸牙无踪，我也不知。"深叹一声，又道，"瞎子先一脚赶来，怎连人影也未瞧见？"

王匠头道："据我所知，此地已是'藏尸洞'的尽底，但神算到底去了哪里？"微作沉吟，喃喃又道，"难道……"他看着曾老头，欲言又止。

曾老头心知肚明道："匠头与我想在了一起，此地定暗藏着机关密道。"

王匠头道："如不然，神算会飞了不成？"

两人心照不宣之下，遂又四壁细探起来。

不多时，曾老头又将目光落在了尸人身上，突地，他眉心微拧，脱口道："匠头，你来瞧这尸人的断臂，是否有不妥之处？"

第五章 藏尸崖洞

王匠头行将过来,看了看,道:"不就少了一只手,有什么奇怪的?"

曾老头道:"匠头可曾观细,此断痕有什么不同?"

王匠头又瞧看数遍,终于道:"瞧这手臂,应该不是遭斧刀卸去,恕我愚见,有可能是硬生生给扯断走的。"

曾老头听他讲来,看着他道:"之前石室中的尸人,俱都是斧刃肢解,而眼前的尸人,却让人给扯断了手臂,匠头可知,此是何意?"

王匠头道:"莫不是他来'藏尸洞'之前,就已是缺手断臂。"

曾老头摇摇头,道:"不太可能,匠头可再瞧一下地上,这许多的脓血,定是断臂时所流。"

王匠头疑惑道:"寻常人等,谁有这般神力将一只手臂连皮带骨给扯撕下来?更何况,扯来尸人的断臂又作何用?"

曾老头深深忖道:"断臂无用,却不在此间石厅当中。"他眉头深拧,定定看着那毛糙不齐的断口,忽然间,他额角一舒,目光直从断臂处移到了地下,然后落在了"翠玉石棺"之上。只听他恍然一声,道,"石棺内藏有玄机。"

王匠头呆了呆,道:"石棺内藏有玄机?"

曾老头道:"匠头且看地上。"他手一指。

目光随处,王匠头看到地上似有一滴滴的血迹,直从尸人的脚下,断续滴至石棺一角。血迹已干,但还未完全硬透,只因石厅内到处散落着铜瓷的残片及碎石断玉,故进来了这许久,居然未曾注意发现。

他心急道:"既有玄机,还等什么?还不快打开来瞧瞧?"他话音方出,人也随即朝石棺走去。

曾老头闻见,谨慎道:"匠头莫要心急,当心着了他人的道儿。"

王匠头脚步一顿,定定看着他。

曾老头三步并作两步跨上前去,道:"凡事还是小心为妙。"他巡视一眼,细细打量了数遍,忽地,脸色一震,朝石棺靠了上去。

只见石棺右边一角,似插着一支竹签,签身大半隐在石棺里头,露出的仅有指甲盖大小,不曾细看,还真不易发现。曾老头瞧了一眼,伸出手去,已两指捏紧露出的签头,另一手运力顺势一推棺盖,但听"轰隆"一声,石棺应声启开了大半。

王匠头愕一愕,上来道:"曾老板,你手中的可是神算的算签?"

曾老头瞧了瞧，道："好像正是。"

王匠头道："看来此是神算故意留下的记号。"

曾老头道："应是想告知我等，他人在石棺。"说话之时，眼睛始终没移开棺内半步。王匠头也在定定瞧着，让人惊异及不敢相信的是，石棺下居然隐着一条暗道，一条幽深的望不到底的暗道。

曾老头道："瞎子既然留下了竹签为记，说明此刻他就在下面，也不知他追的那人到底是谁？"

王匠头心急道："管他是谁？先下去瞧了再说。"

曾老头微作沉吟，道："你我俱不清楚这下面的情况，依老夫看来，还是一人下去，一人留在上头，你看怎样？"

王匠头道："那由我下去，曾老板在上头候着。"他等不了曾老头同意，早已跃身进去。

曾老头一愣，再去看他，王匠头人已"咚咚"下阶数步。他只瞧见了半颗脑袋。

王匠头边下边道："曾老板，你在上头可也小心了，我找见神算便立即上来。"

曾老头看着棺内冒出的火光愈来愈弱，心念一动，也跳进石棺，边追边喊道："匠头，等等老夫。"

约走了一盏茶时光，脚终于踏在了一片泥地上，一阵风来，火光闪了闪，王匠头道："曾老板，这可是下到崖底了？"

曾老头微思道："老夫也不晓得，先前也未听人提及过'藏尸洞'内还有这样一条密道。"

王匠头望着眼前一条长长的出口，那里不时吹过来一丝丝的凉风，他道："前方不会就是'埋尸谷'了吧？"

曾老头望将过去，道："好像应该就是。"

王匠头道："不是传说'埋尸谷'只有死人能来，活人无路么？"

曾老头道："看来此条密道先前只有天王一人知晓，他为了守住这个秘密，才亲训了四具铜甲死尸，哪知今日，还是让你我给误闯了下来。"

王匠头道："曾老板是说，天王训铜尸守护禁地，竟是想保住这条密道？"

曾老头道："老夫是这样想的，你我都了解，天王重情不重财，老夫一直疑惑,他怎会为了一些所谓的身外之物而如此大费周章,现在看来,定是如此。"

王匠头叹一声气,道:"他确实不如我这般喜爱钱财,但我还是不明白,难道这里还有比金银更好的东西?"

曾老头没有回答,他也不知该怎样来回答,在匠头的眼里,的确金银是最重要的,但好多人都不会那样认为。他望着暗静如死的出口,道:"老夫现在有点担心起瞎子来了。"

前方出口阴森,足足行去不短的时间,当两人站于洞口处,只瞧外面风声急戾,瓢雨倾盆,晃得火苗"噗噗"直响。

雨夜,在这样的地方,竟有了一丝害怕。火光耀处,唯能依稀瞧见外面的雨中是一片杂乱而参天的树木,树底下野草及膝,狂风雨打,草中竟像隐藏了什么,草头抖动得厉害。

曾老头浓眉深皱,因为此时此刻,此地此夜,他不仅连活眼神算的影子丝毫未曾瞧见,就连他是否来过这里的痕迹,也让今夜的风雨及草木掩盖得一干二净。

但就因为这样,他反而显得越是不安,他瞧了瞧王匠头,眼神甚是急迫。

风雨飘摇,阴森谷地,王匠头呆呆道:"难道眼前的正是'埋尸谷'?"

曾老头道:"当年听天王说,'埋尸谷'乃世间所有活物的禁地,凡是进内者便死,据说连飞鸟走兽都休得存活,唯有断气之物,方可在里头逍遥。"

王匠头道:"既已死去,又何来逍遥?"

曾老头道:"人死再活,便不再是人,就算能够动弹,且也是毫无思想的行尸走肉。"他顿了顿,突然话锋一转,又道,"但的确没有想法的人,反而更能逍遥任行。"

王匠头道:"有些人活着,却总想着要死,而有些人要死时,渴望的却是还能够再活得久一点。"

话音未落,突听雨中一个冰冷的声音接道:"他人既死,便该安息,可有些人却偏偏还要打着死人的主意。"

王匠头一愣,曾老头微作惊愕,但很快就欣喜道:"瞎子在那!"

声音方停,雨中林下慢步走出一条人影,风雨狂作,那人衣衫尽湿,湿漉漉的头发紧紧贴着脸,一步步朝两人走来,他的手中,似还抓着什么。

相隔数丈,两人俱能瞧见来人一个朦胧的身型,但细瞧之下,无不呆了呆,曾老头试探着问道:"瞎子,是你么?"

冰冷的声音道:"是我。"

曾老头松下一口气,虽然他未看清来人的脸,但瞎子的声音他却耳熟得很,全因方才突然瞧见他这般模样,又想起酒老鬼诡异死去时的一幕,心中难免顿生疑惑。

瞎子越走越近,近得足够看得清楚时,火光闪处,曾老头不禁为之大愕,脸色瞬间变得难看。王匠头望见,惶惶道:"你不是神算,你到底是谁?"

来人停了下来,动也未动,面上表情全无,甚至可以说,他本就不该有任何的表情,因为他根本就不是人。假如是人,他的左眼只剩一个窟窿,竟毫不痛苦?假如是人,怎手上还握着半截断手,而他那血淋淋的嘴上,居然还沾着人肉的残渣?

曾老头死死盯着他,王匠头也不管他是人是尸,接着又问道:"神算在哪?"

话音落处,冰冷的声音回道:"我在这里。"此时曾老头和王匠头俱看得真切,声音不是出自尸人之口,应来自他身后的林中。两人望将过去,果然又有一人快步出来。

片刻,他走到二人面前,曾老头大喜,这才是活眼神算无假。

王匠头抱怨一声,道:"神算,你可急煞我等了。"

活眼神算道:"你是怕我死了,没人为你卜卦了吧!"

王匠头咧咧嘴,道:"哪里哪里,神算把我看成什么人了。"

曾老头一笑,看着活眼神算,问道:"瞎子,这个尸人从何而来?"

活眼神算道:"他就是我在黑暗中听见的动静,并一直追赶到此的'腐食尸'。"

曾老头奇怪道:"'腐食尸'?'藏尸洞'内怎会出现这种东西?"

活眼神算道:"我想应是有人从外头带进洞内的。"

曾老头再次看了眼尸人,其实'藏尸洞'内又何止他一具尸人,只是那些都被利斧所肢解,而他却尚能奔走行食罢了。想起石厅内右墙钢箭上

第五章 藏尸崖洞

的那颗眼球，及那断了右臂的尸人，众多谜团，当下无不一眼明了。

正思忖间，活眼神算又道："曾兄，瞎子在谷底发现了一桩怪事。"

曾老头脸一正，问道："什么样的怪事？"

活眼神算道："谷底似有好几座空空墓葬。"

曾老头惊讶一声，道："空墓？怎可能？'埋尸谷'四壁陡峭，甚是不便，谁会将人葬在这里？"

王匠头插上一口道："要是此人家世富有，陪葬的宝贝甚多，那也是有可能该寻一处隐蔽点的地方安葬的。"他目光微转，忽又道，"不过，我也觉得曾老板讲得在理，此地不比他处，莫不是神算搞错了？"他心中实是怀疑，一个瞎子，怎有可能知道林中有墓，竟还能分辨是否为空墓，单此之举，就难以叫人信服。

但活眼神算却道："瞎子虽不才，可声音还是尚能听得清的。"

王匠头愣了愣，惊疑道："声音？空空的墓穴也能听得见声音？"

目光动处，曾老头看到王匠头一脸吃惊的样子，笑一笑，道："看来匠头实不了解瞎子，他的这点能耐，老夫倒是毫不怀疑。"

王匠头怔一怔，喟然道："神算的本事，我也不曾怀疑过，但要说到了解，世间上或许我还较更懂得金银，此刻要是谈论金银，我倒是略知一二。"

活眼神算哂然道："匠头于金银的认知，正好比之瞎子于五行卦术的认知，此番本事，他人也是不可企及。"

论起金银，王匠头忽然有了一种冲动，他兴致高昂而谦虚道："要说金银，那可是世间最复杂最难解的事情，你等都别光看金银只可买衣吃饭，那可是最肤浅的见识，此中的深奥之处，只怕说他个三日三夜，也难以道完其间之皮毛。"

曾老头笑道："金银既有如等的奥妙之处，他日真该寻一空闲时间，拜会匠头好好讨教一番。"

王匠头道："好说好说，关于金银的道理，我可是从来都大方得很的。"他目光悠转，瞧一眼活眼神算道，"但此刻我却极想知晓，神算是怎样听出墓穴为空的？"

活眼神算道："这都亏了这场雨水，如不是下雨，那瞎子再能耐也是无法清楚。"

王匠头不解道："风雨声大，岂不更加掩去了墓穴的声音？"

活眼神算道："匠头可知，瞎眼的人的耳朵历来较常人灵些，而此中的原因，正是听雨声苦练而来。"

王匠头甚是好奇，啧啧道："听雨观音，这倒有趣得很。"

微作沉吟，活眼神算讲来道："下雨之时，雨水从天而降，落在不同的地方，俱会发出各种不同的声响，有的听去轻些，有的重些，而有的却是沉，有的闷，有的急，有的脆，有的响……身在林中时，瞎子至少听出来十多样声音，也就凭此，瞎子自然听了出来林中是否有无墓穴，甚至墓穴几座，当也可听得明白，就中间的最大两座，瞎子敢断定已有人早先光顾过了。"

王匠头佩服得五体投地，但心念一转，道："听神算讲来，此听雨观音的本领还极是好用，如神算不嫌弃，可否将它教授于我？"他讪讪而笑，眼神极是期待。

活眼神算道："你要学这做什么？"

王匠头嬉笑一声，道："有了这身本事，他日做生意时，我便可听出谁人身上有无银子，那些无银子的闲主，就可不用费时间跑去搭理了，此样一来，岂不妙极？"

活眼神算唔声道："匠头果是有心之人，也罢，此些事情了了，匠头若还是有兴趣，瞎子定当倾囊相授，但此时还是以正事为紧。"

王匠头道："不急不急，正事为紧，正事为紧。"他满意地闭上了口，看着外面。

夜雨凄迷，深谷寒凉，上下俱透湿的活眼神算不禁连打数个冷战。人毕竟是人，有再好的底子，也不能如尸人一般凛立雨中而无动于衷，曾老头将火把往瞎子身边移近了些，叹道："今晚来此，怕是该要无功折返了。"

活眼神算道："'南海尸牙'定是有人拿了去，不过，我已想出来救习老板性命的方法。"

曾老头脱口道："什么方法？"

活眼神算道："此事稍后再议，当下曾兄应随我同入谷林一遭，瞧瞧那些神秘的墓葬，里头埋的究竟是些何人。"

曾老头道："确实该去看个清楚。"他瞧了瞧活眼神算，看见他已冻得微微发抖，心中不免顿起酸楚。微正脸色，接着又道，"瞎子和匠头在此候着，我独身进去便可。"

活眼神算道："曾兄……"似有话要说，但还是没能接下去，顿一顿，才道，"前方入林，不远便能看见。"

曾老头将火把交与他，又褪下一件外衣，披在他身上，才径直步进了雨中。急雨有减，却照样够冷，他直朝林子走去。

王匠头叫道："曾老板，要不要我随你一同前往？"

曾老头身影未停，回道："匠头在此等候，老夫即刻便回。"

话音刚落，人已消失在密林之中。

漆黑暗夜，雨声淅沥，"即刻"早过，曾老头却尚未归来。活眼神算脸无颜色，呆站了许久，王匠头则神情木讷，直勾勾盯着雨中的尸人，嘴中喃喃默念着什么。

荒山幽谷，除闻风雨之声，静得极是可怕。活眼神算动了动，忽道："匠头在低语着什么？"

王匠头动也未动，始终目不离尸，道："我在数着尸人颔下的雨滴。"

活眼神算道："数到哪里了？"

王匠头微作惊讶，侧转过脸，道："神算耳根如是聪灵，难道未曾听到有多少？"

活眼神算道："瞎子当然清楚，但我却想听匠头亲口道言。"

王匠头道："神算既已知晓，何需我多此一举。"

活眼神算道："匠头数这许久，我若一言道出，岂不无趣得很？"

王匠头"嘿嘿"一笑，道："神算倒是个风趣的人，也好，那就由我揭来吧！"顿一顿，接着道，"共计五万八千七百三十五滴，神算听见的，可也是此数？"他静静看着活眼神算。

活眼神算哂然一笑，道："匠头这数应是少了。"

王匠头愕一愕，道："那神算耳闻的是多少？"

活眼神算道："应是五万八千七百四十三滴，匠头却有意说少八滴，瞎子讲的可是有假？"

王匠头钦佩道："神算果然妙耳，的确是此数不差。"

活眼神算微顿，道："刚才瞎子只说了其一，还有其二。"

王匠头一阵奇怪，道："什么其二？"

活眼神算道："此数若在你我说话之时，却是不差，但在你我的这一席话间，尸颌又滴下六十七滴雨水，所以，先前那数已变，还应该算上这六十七滴。"

王匠头微微一怔，目视着活眼神算良久。他实未想到，在讲话的同时，神算竟还能耳听八面，而更让他五体佩服的是，外面的雨滴何止千万，要在千万的雨滴中分辨其中之一，单这番能耐，恐怕世间已是无人可及。

雨水犹在落，尸颌水照滴，片刻的话语后，又陷入了寂静。王匠头抬着头，仰望着夜空中纷纷落来的急雨。火光微弱，看得不甚过高太远，可他却似已经着迷。

寂静的幽谷，突地炸起一声震耳山响，猝不及防下，王匠头手微一晃，火把险些脱手在地。极大的响声，却来去瞬及，乍起乍落中，似还分辨不及到底来往何处。

神定色正，王匠头犹有惊悸道："神算，方才可是雷响？"

活眼神算深重道："不像是雷，但肯定是上头传下来的。"

王匠头喃声道："深更半夜，何来这般大的响动？"

活眼神算沉寂片刻，悠悠道："此夜似不太平。"

"瞎子所言是极。"王匠头呆了呆，循声望去，只见曾老头衣衫尽湿，步法迅捷，已从林间出来，他边走边接着道，"雨前都杀人，雨夜都极爱出怪事，今夜风骤雨急，必定怪事层出不穷。"

活眼神算道："曾兄可是发现了什么样的怪事？"

曾老头步将进来，抖一抖身上的雨水，道："怪事怪事……是极怪事……"他一连道来数声"怪事"，只把两人弄得云里雾里。

王匠头急呼道："曾老板，你倒说说，是什么样的怪事？别急吊我等了。"

曾老头轻扫两眼，道："林间果有三十二座墓葬，就如神算所说，其间有两座最大的墓穴已被他人盗掘，据我查探了穴内葬品，俱像无稍大的翻动痕迹，而棺中却单单少了两具尸体。你们说，此事怪是不怪？"

王匠头道："听曾老板讲来，他人掘盗，竟不是冲金银等陪葬物而来，倒像是朝着棺中的死尸而来。"

曾老头道："极应是如此。"他一顿，又道，"近来四村八寨，墓下的死尸时遭人盗掠，故盗尸一事虽怪，却已不是太过稀奇，但此两座墓下的死尸，只恐匠头和瞎子都难以猜测其身份。"

活眼神算道："这二人的身份定是不寻常。"

王匠头一脸躁动，早已按耐不住，道："曾老板，你快快说来，他们到底是谁？如不然，我可要亲自去察看察看了。"

曾老头脸色一正，道："墓前碑上篆刻的墓志铭，竟是前朝建文帝朱允炆及南明最后的皇帝朱由榔，他二人……"

话未说完，王匠头和活眼神算早已是愕立当场。

王匠头截口疑声道："且不说建文帝失踪了有二百余年，单南明永历皇帝让吴三桂绞脖于云南昆明的篦子坡时，据传当时平西王还亲自命人焚其尸首，但当地的知县聂联甲却心存怜悯，偷偷将朱由榔的尸首隐藏于绞死的破庙的佛像后，抬着另一具尸体棺木焚于北门之外。可当他回到小庙时，朱由榔的尸首却已被我等所劫，然自回到凤凰落不久，他的尸首便离奇失踪了，至今二十多年俱无人知晓。此时曾老板说他二人竟身葬于'埋尸谷'，但我等在凤凰落盘踞了这么多年，竟毫不知闻，这些实令人难以置信。"

曾老头道："匠头是信不过老夫的浊眼，还是……"

王匠头接口道："我怎信不过曾老板？只是且先不计二帝的尸踪谜团未明，就算他二人果真葬身于此，那时到今日，实已是两具森森白骨，他人要上两具白骨，又作何用？"

话音方了，活眼神算道："匠头一言，实提醒了瞎子，其实刚来到此地，瞎子便已知这里极不寻常。此地风阴谷深，皮黄内黑，木草茂密，鸟兽皆无，实是养阴上佳之地，莫说建文帝已逝两百余年，就算再加个两百年，他的尸身也未必会有腐烂。所以，瞎子敢断言，有人将二帝葬在此处，定也相中了此点，而他人取走的应不是两具白骨，而是双具肉尸。"

王匠头惊过半响，回神叹道："我活了大半辈子，可从未在一日间会有如此多的事情让我感到这般出乎意料，看来今晚这雨确是极不寻常，否则怪事怎会如此之多？"

曾老头望着雨夜苍穹，道："其实老夫当下最想知道的，还是这个神秘的人物到底是谁，来'藏尸洞'的真实目的为何。他又怎会知道第一二道石门的机关秘密？又为何要掘取二帝的尸身，之后又该作何？……"他顿下声音，心中一连串的谜团，实让人不能理解。

其实何止曾老头，王匠头和活眼神算亦不过如此，三人的心下无不燃起一种极不好的预感。

正当各自俱在心底揣测一切怪事的因缘，突然传来一声比方才还要震撼的响动，直感脚下的地都在微微地晃动。三人俱让这声响动惊得为之呆愕，怔过半晌，忽又接连听到数声如野兽般的低沉的吼叫声。

王匠头首先悻悻道："响声惊天地，怒吼震彻山梁，这怪声又来了。"

曾老头道："刚才在林中，老夫也是听见了这个声音，才急着赶紧出来。"

王匠头道："神算方说这声音传自上头，我想我等是否该即刻上去，瞧一瞧这声音到底为何物所传？"

曾老头道："匠头此言是极，是要搞他个清楚。你说呢，瞎子？"他转看向活眼神算，脸上不禁为之一愣。

只见活眼神算脸面煞白，愣愣站在那里，似未听见他的话一般。吃惊之余，他紧接着唤道："瞎子，瞎子……"

活眼神算悠悠醒来，道："曾兄，只怕你我都已有了麻烦。"

曾老头脸色一变，因为他清楚明白，自瞎子嘴中说出来的麻烦，就绝不会是那样简单，应是挺棘手的事情。他道："什么样的麻烦？是来自这奇怪的响声么？"

活眼神算一字字道："不错。"

怔过，王匠头双眉一扬，反倒似更有兴致道："有麻烦便好，没有些麻烦，岂不枉费了这上好的佳夜？"

活眼神算道："匠头一言，实让瞎子振奋得很，但今夜的麻烦，却极可能要了你我三人的性命。"

王匠头微惊，道："凭我这铁手算盘，曾老板的行戒八尺，还有神算你这催命三更，难道还不够解决掉这麻烦？"

活眼神算道："你我三人若面对的是寻常人，或可绰绰有余，但眼下的麻烦，极可能是死人的麻烦。"

王匠头愕声道："死人的麻烦？"

活眼神算道："确是死人的麻烦。"

曾老头惊疑一声，喃声道："莫不是刚才的吼叫声，竟是死人的声音？"

活眼神算道："瞎子一生与阴阳死人打交道，这死人的声音，瞎子听来自是熟悉得很。"

王匠头吃惊道："难道'藏尸洞'内又来了尸人不成？"

活眼神算道："极有可能。"

王匠头道："那之前的震动声又从何来？"

活眼神算微动双眉，道："瞎子不敢断言，但或许是尸人推倒石门所发出的响动。"

闻听此言，其余二人无不惊得呆若木鸡。

要知，"藏尸洞"内的石门俱用三条百炼黑铁所吊，若想推倒这样的石门，拉断三条百炼黑铁，谈何容易？虽然尸人气力大过常人，但要生生推断三条铁链，该是有多少的尸人方才能办得到？或许，谁也不知，但三人心中又都清楚，那数目定不在少。

曾老头心念接连数转，道："瞎子，那此时我等该怎么办？"

活眼神算道："待在这里，或可保一命。"

王匠头厉目一张，微怒道："神算可是想要我等做缩头乌龟？"

活眼神算不动声色道："若想活命，只能如此。"

王匠头似不认识地看了看活眼神算，顿转目光，道："曾老板，你可要留在这里，还是与我一同上去？"

曾老头想也未想，道："我听瞎子的。"

王匠头脸上一阵难看，气急道："想当初曾老板的一双戒尺，横扫陈家堡，踏平威武山，是何等地威风。"微转目光，接着道，"神算更是名声威扬，当年独身上得清风山火头寨，以一竿阎王要你三更死，不可留人到五更的催命幡，便吓跑了山上据守多年的千众匪盗。如今，你二人怎变得这般怕死？早知这样，何必又冒险向朱老板揽下这起挑子？"

他气语抛出，扫视两眼，道："习老板的时间已是不多，不管你等怎样，天亮之前我必须回到四平街，给朱老板一个交代。"话语落处，人已朝深处走去，但行之数步，又停将下来，顿上一顿，忽将手中的一支火把掷在地上，直入土三分。

行之，又叹气一声，道："二位真让我失望得很。"

曾老头遥看他渐去的背影，内心顿感五味杂陈，实不是滋味。他看一眼活眼神算，动了动嘴唇，终未言出半字。

活眼神算道："匠头去远了？"

曾老头道："去远了。"再看一眼活眼神算，也未猜出他心里到底在想些什么。但他知道，瞎子绝不会是随意退却的人，所以他极信得过他。

活眼神算道："匠头虽爱财，却是极难得的一个讲义气之人。曾兄是否也在奇怪，我为何要这样做？"

曾老头道："我虽了解你，但当下之举，老夫的确不曾明白。"

活眼神算道："曾兄应知你我今夜此行的目的。"

曾老头道："当然是为取'南海尸牙'而来。"

活眼神算道："取尸牙又为什么？"

曾老头顿一顿，他不知瞎子为何会这样问他，但还是答道："自是为了救习老板。"

活眼神算道："如今距天亮还剩三四个时辰，且'南海尸牙'又不知所踪，现唯一的方法，就是给眼前的'腐食尸'开天眼，然后斩去其头，取其尸心代替尸牙做药引，或许还可救得习老板一命。"

曾老板悦道："瞎子既有了方法，何不快快施来？"

活眼神算幽叹一声，正色道："尸人开天眼，他人寿必减。曾兄可知这样一来，你我俱要减去三年阳寿，黑发皆白。"他又叹气一声，接着道，"故因此，瞎子才不愿匠头随你我在此白白耗费掉无辜寿命。"

曾老头微作沉默，道："老夫已活过半百，实已无憾事，便是此时将死，又有何惧？况且减去几年阳寿，却可换得他人性命，这般划算的事情，不做岂不吃了大亏？"

活眼神算道："曾兄还如当年一般爽朗，真可谓是难得。"

曾老头回赞道："瞎子不也是如此这般。"

活眼神算一怔，突然放声大笑了起来，曾老头见之，也跟随朗笑不止。二人似忽然都想起了世上最开心最可笑的事，笑浪一节高过一节，直入云霄之上，在幽静的"埋尸谷"里久久回荡不散。

爽朗的笑声，传入王匠头的耳中，他不觉怒意渐涌，昔日如此敬佩的二人，此时不仅畏首怕死，还这般开心，实让他的心都寒到了极点。

心中愤怒时，人已出来石棺，火光闪烁，他不禁微吃一惊，但见先前钉死在石墙上的那具尸人，此时竟消失得不见踪迹，唯有地上多了一滩更

第五章 藏尸崖洞

大的脓血。

他顿上一顿，径直朝石门走去。

狭长的径道，寒气甚是逼人，目光瞧处，清晰地看到地上有着一连串的血印，一直延伸向火光尚照不到的黑暗那头。

王匠头摸出怀里的金算盘，握在手中，准备着大战前的恶杀。此时，不论前方等待他的是尸人，还是万劫不复的深渊地狱，那心中的信念唯有一个，就是天亮之前，必须回到四平街。

但是，越是接近石室，越是难掩内心的不安，手心的汗似也增加了几分。

突地，几声嘈杂的声音自黑暗的那头迎面传了来，王匠头心念数转，脚下动处，遂奔将了过去。

少顷，人已至室外，但眼前的情景，让人又是一阵吃惊。只见石室那本来满地的尸块，竟都已消失得片点不留，唯有四柄让脓血染红的轩辕大斧，还诡异地躺在地上。他不觉心下一怔，忽闻石室另一头的木门外又响来了那极乱的碎声，他不及细想，急跨将去，猛然拉开了木门，但见一张血污的脸顿显眼前。

他不觉愕异一声，惊道："怎是你？"

那血污之脸突然瞧见王匠头，竟二话不说，猛然扑将上来。

王匠头怔上一怔，身子往后直掠数步，待停下来，愕然道："肖头领，你不认得我了么？"

那被唤作肖头领的污脸人直瞪着双目，一记扑空之下，顿也未顿，接着又卷土重来。

王匠头呆了呆，咬牙道："我怎忘记了，你不是早已经死了么？"目光动处，手起盘落，金算盘狠狠砸向肖头领的脑袋。

肖头领被砸得脖子歪起，不知东南西北，"蹭蹭蹭"斜侧出去，直靠在石墙上。

王匠头冷冷看着他。哪知，肖头领身子方稳，便又速跨回来。

王匠头心头一震，只觉有股冷气从脚底升起，心念数转下，金光也已闪过。此时，他用尽了十分的力气，但听"咔嚓"一声，肖头领的脖子竟裂开一道缝隙，整颗脑袋居然倒挂在后背上，单单连着张皮及一条气管，仰望着洞顶。

寒气逐浓，王匠头木看着脚步已乱的肖头领，在眼前晃来晃去，如醉酒了一般，抑或又极像是个滑稽小人，在表演着那可笑的木偶戏剧，但是，这出戏就是有多么地好笑，只怕谁也极难笑得出来。

失去方向的肖头领，在那里摇晃片刻后，居然抬上手来，扶起了倒挂着的脑袋，但他的手指刚一松开，无奈头又倒扣了下去，他只得又开始摇摆不止，慢慢的，竟倒着走出了石室的木门。

王匠头跟随过去，看着肖头领步步倒着行走。正当这时，黑暗下突又窜出一人，双手猛扣住肖头领的吊头。肖头领欲做挣扎，却显得那么地无助。那人手下一紧，生生扯来，残酷地将肖头领的脑袋给撕裂了下去，然后放到嘴上猛然胡咬。

肖头领一下没了脑袋，顿如一只无头苍蝇一般，在原地连打数转，突然"噗"一声重重倒侧在地。只见他硬躺在那里，四肢却不断地抽搐弹动，少顷，断脖处激涌出一滩黑血，便再也没了动静。

那黑暗下奔来的人瞧也未瞧，直欢啃着手上的头颅。忽然，他一眼扫向数步之遥的王匠头，竟愣也不愣地抛去断头，举步行将上来。

断头在地上连滚七八圈，"骨碌碌"撞上了一处墙角。目光落处，王匠头一眼瞧着那已啃吃得千疮百孔不成模样的头颅，竟已似呆着，仿佛丝毫不曾察觉危险正一步步朝他逼来。

那黑暗下奔来的人已愈来愈近，一双如鹰爪的手亦将贴向王匠头的脖子。

千钧一发之时，火光下忽有一道弧影闪过，只见黑暗下奔来的那人身子微微一晃，悠悠倒了下去。

王匠头一怔，悠转过目光，看见那人的额前居然插着一支竹签，他一阵欣喜之余，人也回转过去，但却不禁惊愕非常。

活眼神算与曾老头凛立数丈之外，两人须发尽白，似一下显得老去许多。他抬眼细瞧，活眼神算一手抓着数支命签，一手高持着火把，而曾老头右手似提着块用碎布简单攥作的包裹，那里面裹着什么，似难以猜测，但他却看见包裹底下不停地滴着黑血。

两人缓步朝王匠头走来，边走曾老头边笑道："匠头见了我等，怎好似还不太欢迎？"

王匠头神色怔过，支吾道："你们……你们……你们怎成了这般

第五章 藏尸崖洞

模样？"

曾老头道："匠头是说我俩显老了么？"

王匠头正正道："你俩的头发怎全白了？"

曾老头道："人老发白，此是寻常的事，有什么好奇怪的？况且，我等确实是老了。"他叹息一声。

江湖中传言一夜白头乃是大悲大痛所致，而曾老头与活眼神算却是一刻白头，他俩虽都已五旬过半，但发须还不至于到如此苍白的地步，此刻王匠头奇怪问起，而他却回得这般轻描淡写，好似这一切本就是天经地义的事，实无奇怪可言。

王匠头喃喃一声，道："可是，这……"

曾老头截口道："匠头莫再奇怪，此刻实不是说话之时，待出得'藏尸洞'，老夫定会将一切细告知于你。"

王匠头心中虽满是好奇，但也明白，此时确不是说话的时候，当下的"藏尸洞"内，亦布满着寸寸杀机，稍有不慎，必将魂归他处。

活眼神算近来，突然叹息一声，道："瞎子之前常自负道术尚精，但今日与此人一番比较，唉——"他幽叹数声，实不知山外有山，天上有天，此般道理，当乃深刻至心。他接着道，"来此许久，方才晓得无意中已踏入他人早已布下的'五行醒尸术'，倘若施术之人尚在此，我等怕早已经死无葬身之地了。"

王匠头奇道："'五行醒尸术'？这名号听来怎这般生疏？"

活眼神算微动神色，道："'五行醒尸术'居八大玄术之一，其间有七十二种布法，一百四十四起变幻，此术源出于《道陵尸经》七卷玄术篇，早年瞎子与南阳仙人参研法术时，曾败于此术之下。只因这般，瞎子至今尚敬佩南阳道人。但据瞎子所知，当今世上，懂得'五行醒尸术'的人，除去南阳仙人，应再无他人，岂料今夜在'藏尸洞'内，竟还能遇上懂这一玄术的高人，真是奇怪得很。"

曾老头低头瞧一眼手下的包裹，微顿，担心道："此术连瞎子也无法破解，是否我等就只能在此等死了？"

活眼神算冷静道："那也未必，瞎子虽无能破此术法，但'五行醒尸术'只是用来召唤洞内尸人，只要你我三人齐心，冲出崖洞，便也可无事。"

曾老头叹道："如今洞内尸人不在少数，我等要突将出去，谈何容易？"

活眼神算道："如今想来，是瞎子过于疏察。其实在你我三人刚进到洞内时，瞎子就该明白，'藏尸洞'内共有厅室四层，首先第一座石厅施的是五行的静，接下来的第二座石厅为乱，乱下就是杀，杀气来之，当自破，瞎子一时未明，原来这五行最后缺失的，竟是你我三人的阵。这样一来，'五行醒尸术'下的静、乱、杀、破、阵已然齐全，五行一齐，洞内的死尸就有了戾气，戾气聚来，死人醒之，而活人则将难安。而让瞎子担心的，是布法之人居然还带来如此多的死尸，并将其碎成尸块，此番不仅提振了洞内的戾气，更有甚者，弱肉强食后，留下的俱是难以应付的尸人。"

王匠头不屑道："管他破术有什么厉害，待我前方探路，你等稍后再行。"他话语方出，当前步踏而去。

曾老头一怔，急行拦止道："匠头莫要独行过去，你我三人同进同退，方为妥当。"

活眼神算也道："曾兄所言是极。'腐食尸'虽数目众多，但他们却有同一个弱点，那就是五行戾气尽聚于额前一线下的百会、上星、神庭、印堂四穴当中，你我只要打准穴地，散去其戾气，尸人便将无所遁处。"

王匠头瞧一眼地上刚被神算命签插死的尸人，脸一正，道："此番就好办多了，既知尸人弱处，还怕他作什么？"目光一凛，他人已去行数步。

曾老头叹气一声，道："匠头就是比你我性急些。"

活眼神算微动了下脸，道："待这事完了，瞎子真想与匠头好生酌饮一番。"

曾老头眼睛亮了亮，道："聚上张画师，咱四人喝他个不醉不休，那才叫过瘾。"他虽不及张画师、酒老鬼两人那般喜爱喝酒，但男人若抛下了是非生活，可以同聚一起喝酒，哪怕醉死了，岂非也是一件快哉之事？

活眼神算喃喃一声，道："不醉不休，不错不错，甚好甚好……"他低语数声，心中想起了当日和酒老鬼一起时，张画师也说回去时吃酒，也要不醉不休，但后来，酒老鬼却……

触语生情，人也不禁显得黯然。

念至此时，走在数步之遥的王匠头突然叫道："神算，曾老板，你等都快些来瞧瞧。"

二人微一愣，疾步上前，只见径道尽头的石阶上，横竖密麻躺着无数无皮不见肉的血骷髅。活眼神算耳跟动处，道："匠头兄弟，可是有什么异况？"

王匠头瞧一眼曾老头，道："地上铺就着许多的血骷髅。"

活眼神算闻之诧异非常，微作沉吟，突然脸一变道："难道是南苗血骷髅？"惊诧声过，又道，"匠头和曾兄可仔细寻探一下，这些血骷髅里，可否有一种形体似蟑虫，通身红透的八足虫子？"

王匠头与曾老头细瞧看过数眼，却并无任何的发现，但瞧这一眼望处的血骷髅，就如阿鼻地狱一般，直让这些久经江湖的人，也不禁为之胆寒，心底更是毛骨悚然。

活眼神算接着道："此地不宜久待，我等要速速离去。"

王匠头瞧一眼从阶底一直延伸至阶顶的骷髅血骨，却蔑然道："神算不是说那什么南苗红虫子，我看定是神算紧张了，这些骷髅极可能是尸人相互啃咬时留下的，我等应不必太过惊慌。"

活眼神算道："匠头听得瞎子一言，'腐食尸'虽也啃吃人尸的皮肉，但在这么短的时间，能留下这许多的骷髅骨，绝无可能。更何况，'腐食尸'绝不会将一具尸人啃吃得太过精光，定会遗下些碎肉及尸衣，但此刻……"他蹲去身子，触摸到一截尸骨的腿骨，眉骨微锁，接着道，"既然把皮肉吃得如此精光，单看这份能耐，除了南苗血骷髅，应别无他物。"

听活眼神算言罢，王匠头似也多了份紧张，但还是不解道："南苗血骷髅，怎会突然在这里出现？它们可都是些虫子，你我来时，并未发现有丝毫的动静和痕迹，难道这些虫子也如人一般，会躲藏不成？抑或在你我之后，又有人进来了'藏尸洞'内，且施放出了这些毒虫？"

活眼神算似未听进他的话，反倒自叹一声，道："南苗血骷髅？直到此时，瞎子也才算明白，此一石二鸟之计实极妙哉。"

王匠头疑声道："什么一石二鸟？"他怔怔看着活眼神算。

活眼神算道："先前我原以为，石室内的尸块只是为了提振尸人的戾气，如今看来，应是留着喂虫子的才对。"

王匠头惊道："莫非这也是他人早有的安排？可是……"他略一思索，接着道，"'藏尸洞'内奇冷无比，且四壁光秃，他该将毒虫藏于何处？再说,他怎知我等何时会来?又怎知虫子何时出来方才妙极?"

活眼神算道:"匠头所言,实乃替他人操心。其实'藏尸洞'内奇冷无比,无论南苗血骷髅身伏洞体何处,较长时间后,都将僵冻至死,但却有一处地方,不仅解决了虫子因寒至死的问题,还可在我等到来之后,伺机动作。"

王匠头奇道:"还有什么地方有如此玄妙?"

活眼神算道:"尸人腹中。"顿了一顿,接着道,"假如将毒虫置于尸人腹中,当如桑蚕睡眠一般,静静蛰伏起来,这样不仅不惧寒冷,还较他处隐秘。当我等三人进得洞后,死尸在'五行醒尸术'下渐渐醒转,如此一来,毒虫亦会在尸人的体内苏醒。当尸人醒来嗅到石室下血淋淋的尸块,便将大肆分食,而此时,尸人腹中的毒虫就有了醒后的第一餐肉食。待尸人把尸肉食尽,毒虫便从尸人的五脏六腑内开始往外蚕食尸人的肉体,不消多时,麻木残忍的'腐食尸'竟也成了它物的餐食,片刻只剩一具具森冷的骷髅骨了。"

"片刻只剩一具具森冷的骷髅骨了。"方言虽落,那一字字恐怖的气息,却回荡在耳畔,如一根根无情的锥刺,深深扎进所有人的心中,让人不得不为之惧怕。王匠头喃喃一声,咬牙道:"好阴极的手段。"

活眼神算道:"此人手段确过毒辣,他既懂得道家正术,也通晓苗人的虫术,更有'断头朱'和'驱将术'这等极阴的术外之术。从古至今,道、苗、术三家各占千秋,三大本家法术,俱不会互传,可如今三家齐聚'藏尸洞'中,还环环相扣,倘若此乃一人所为,那此人定将是旷古绝今的当世奇人。他若行得正道,定当是人世之福,可若步进了邪道,世间生灵必遭有一场浩劫。"

王匠头和曾老头亦听得不禁为之动容,三人虽谈不上人伦正道,但在血骨赫显眼前、苗虫近在咫尺的时候,心中念及的却不是生死安危,而是人间生灵,当此一举,实非众多冠冕堂皇的正道人士所可论及。

血骨累累,沿阶蜿蜒,曾老头望一眼,道:"这些寒骨俱是我等二十年来的好兄弟,哪知当日壮士死去,今日却给他人利用,落成了这般模样,唉……"他深叹一声,心中的痛悲可想而知。

活眼神算劝解道:"曾兄莫要过于悲痛,他日定有得是机会讨还。"

曾老头担忧道:"可是当下,瞎子可有什么妙法出得此崖洞?"

第五章 藏尸崖洞

活眼神算道："万物相生相克，古有云，经有毒蛇虫蚁出没的地方，周遭必定有着解其毒的药草。同样的道理，南苗血骷髅固然歹毒无比，但也有着它的弱点，而这个弱点，极可能是血骷髅唯一的要害。"

曾老头喜道："听瞎子讲来，想必也已寻出如何对付它们的法子。"

活眼神算道："血骷髅久居黑暗，本是苗地一种极其普遍的黑体蟑虫，苗人将其抓获并置于黑坛内，每坛七十五只，多一只不可，少了，亦不行。然后每日以蜈蚣、蝎子等各种毒虫加以喂养，待满百日后，再拿七肉七血养上七天，到了开坛的时候，主人家还需割自身的血给其食用，否则，主人不仅不能召唤虫子，反而还有可能伤及到自身的性命。而到此时，坛中的七十五只蟑虫，实只剩七只，而这七只经过特殊喂养的蟑虫，便就成了嗜肉饮血、令人胆寒的南苗血骷髅。"想起这魔鬼般的名字，他不禁为之一怔，顿处，才接着道，"血骷髅因久待暗处，食的又是毒虫毒血，故双眼也已失明，但嗅觉反而变得极是灵敏，尚闻七肉七血。所以，在坛中百日后喂食的哪七种肉七种血，到得坛外，它便就以此七种肉血为食，而一旦食之，都极是惨不忍睹。"

听罢，王匠头好奇心顿起，道："神算讲的七肉七血，可是哪七种肉，七种血？"

活眼神算道："这则要看养它的人是何样目的，但七种肉血中，必有大半是普通的猪、羊等畜生的肉血，而单只有一两种，才是真正的要极所在。"

王匠头心念一转，欲还问他个明白，却闻曾老头抢先道："瞎子说来这许多，好似老夫尚不知血骷髅的弱点到底在于何处。"

活眼神算道："南苗血骷髅，当有三种手段可行应……"

话音未落，曾老头就急道："哪三种手段？"他急切地望着他。

活眼神算道："首先，是育养它们的主子，他可随时召唤血骷髅的去离。其二，就是七肉七血的粪便，用其涂抹周身，血骷髅闻见，则不战自退。但养它们的人到底会用哪七种肉七种血，外人实难得知，就算此刻我等通晓，怕也无所用处。而这最后的手段……"他顿上一顿，似在卖一个关子，把王匠头急得直跺足，活眼神算才道，"南苗血骷髅的弱点就是双眼失明，故因如此，血骷髅极其惧火。唯可用火，方行一试。"

曾老头低呐一声，道："用火？"

活眼神算道："不错，用火。火至虫避，再伺机出洞。"

曾老头望眼四周，担心道："可此地并无可燃之物，火该从何处来？"

活眼神算微作沉吟，道："曾兄莫要担心，瞎子已想到了办法。"语声微顿，又接着道，"二位可从阶上挑选八具骨骼尚好的骷髅骨，四四对排，靠于径道两侧的石壁上，瞎子将作妙用。"

曾老头知晓活眼神算的脾性，他既未言来作何用处，便也不必多问，只得依言照办。但王匠头却按捺不住，好奇道："神算要八具骷髅血骨，可是作何？"

活眼神算道："驱鬼行符，骷髅开路。"言罢，便不再作话，好似有什么难言之隐。

少顷，八具骷髅血骨行排妥当，只见活眼神算将火把交与王匠头，嘴巴动处，道："二位且行退后。"

两人依言退下数步。

活眼神算凛立道中，一拂袖袍，手下八支签子也已弹出。正所谓，眼不看心看，用眼观事物，可知物之方位，用心观事物，却可知物之精华。神算不及他人提点，便已记下物在何处，八支命签，正中八具骷髅眉中印堂穴处，签入骨中，又快又急，又准又狠。

曾老头、王匠头二人不禁心下一震，再作细瞧，活眼神算也已从袖口抽出八道黄符，符面俱有着相同的似字非字、似画非画的图案。曾老头见之，也已明白，此乃道家火符，当日在凤凰山庄，张画师也是用这样的黄符燃的火。

心下动处，目随视之，只见活眼神算双手一合，八分为二，一手各捏着四道黄符，口中念念有词。忽然，但听"噗"地一声响，八道黄符俱都同刻燃起，几乎同时，活眼神算突然面色一正，双手腕转，以半弧动之。随着口中词落，八道火符就如八条火龙，径朝八具骷髅血骨疾去。

王匠头似已经呆了，不知神算葫芦里卖的到底是何药。曾老头却面如纹石，炯炯有神地观视着眼前的一动一静。

方眼眨过，火符已然稳稳落在了骷髅额下的签头上，再一眨眼，顿时烧成了一片灰烬。就在此时，活眼神算脚下疾动，以电光火石之势在八具骷髅血骨面前一掠而过。他的速度之快，居然谁也未及看清他到底做了什么，但身影未停，八具骷髅血骨居然都腾腾燃烧了起来。

王匠头惊得大愕，曾老头呆上一呆，不禁叹道："五行玄术，果有不凡之处。"

两人镇定神色，再细瞧之，却发现活眼神算的左右两手的食指俱不断滴着鲜血。

曾老头方眉皱起，道："瞎子，你的手……"

活眼神算两手微在颤抖，定定背向着两人，道："不借'血祭火符'，骷髅血骨极难听得瞎子的召唤。"话音方了，他人晃之一晃，一把瘫坐在地。

曾老头失色一惊，身影掠动，王匠头亦一阵骇然，两人疾飞般来到活眼神算身前，四目赫然惊望。要知道，活眼神算虽谈不上玄法高人，但区区的"血祭火符"，怎可将他累成这般？

其实，二人哪里知晓，玄术不可同语道家正宗，有正亦有邪，而"血祭火符"与"开尸眼"俱传自域外邪术，两者本源自同祖同宗。如不是迫不得已，相信活眼神算也不愿将此等邪术施使出来，因为此举不仅会让所有道家正宗不齿，更重要的是，邪术施之，必先伤其自身。

活眼神算抬了抬虚白的脸，气喘咻咻道："曾兄，匠头，瞎子尚好，你等无须担忧。"

曾老头心念一转，知他话中藏话，便道："瞎子，莫非先前在谷底，你已伤及了元气？"

活眼神算沉顿了下，声言微弱道："曾兄或许不晓，人有三魂六魄，而修法之士，也有着三精六元，以瞎子今时的道行，本只可用'血祭火符'逼出三精四元，召唤七具骷髅血骨，可瞎子勉强使之，故而才会身体乏力……"语到此处，他忽地顿了下来。

曾老头和王匠头同时望了望那八具腾腾烧起的骷髅血骨，心中俱不知说什么是好。

活眼神算沉顿片刻，又道："曾兄，匠头，二位速速出得洞去，骷髅血骨的烈火只可维系半炷香的时间，烈火若熄，只怕就再也难出'藏尸洞'了。"

曾老头担心道："可是，你……"

活眼神算打断道："先不要管我。"他微一顿，又道，"此时距天亮唯余三两个时辰，曾兄应晓得习老板还等着你手中的药引子保命，更何况……"他脸上肌肉动了一动,接下去说道,"瞎子已听到些声音,南苗血骷髅已离我等越来越近,相信洞内的尸人已快让它们食尽,此时若不走,将更待何时?"

曾老头脸微一变,与王匠头相觑一眼,两人并没有想着自身离去,而是将活眼神算搀扶起身,但活眼神算确实已虚弱到了极点,别说离开"藏尸洞",怕是站住也是相当地吃力。

正当这时,曾老头和王匠头闻见了一阵"沙沙"声,活眼神算几乎脱声道:"苗虫已近在阶口,很快便将下了来。"他突然脸一正,抓住曾老头的手,激动地说,"'殿前有路,火至兵速,分左护右,勤王杀之'。这是召令血骷髅的四字要诀,曾兄可要记住了,瞎子怀里还有一面五行旗,有五行旗在前,血骷髅会随念而动。"他手愈握愈紧,接着说道,"我已行之不便,曾兄,瞎子一辈子没求过人,今日但求你一事,临走前,麻烦曾兄带上瞎子的头颅,瞎子虽一世未见过自身的容貌,但死后,也不想让这些虫子给吃得面貌俱非……"

说话间,活眼神算突然一把松开了两人的手,只见他面上静如止水,宛如已是识破红尘的僧人,缓缓盘下身子,默候着那死亡的到来。

曾老头脸上一惊,声微颤抖道:"瞎子,你……你……你这……"数顿之下,终未说出一句话来,但脸色已极是难看。想起情深多年、风雨患难的至交挚友,此时竟要他亲手割去他的头颅,如等请求,实比要他自杀还要痛苦千万倍。试想之下,他怎能忍心下得去那手?

三人一时都无言默对,却听那魔鬼般的"沙沙"声愈来逼近,活眼神算脸微一动,道:"曾兄,还不快快动手?"

曾老头身子一颤,怔怔道:"瞎子,老夫……老夫死也不会亲手伤你。"说到最后,已是气急于声。

活眼神算急道:"曾兄莫存有什么顾虑,但凭瞎子当下的身体,就算曾兄不忍,料也难脱苗虫之口,既是如此,曾兄何不成全了瞎子走得痛快些。"话至此处,他突然一把掏出怀里的五行旗,接着道,"曾兄,你若实不忍下手,便带上旗子与匠头快些离了,瞎子自会保重。"他将旗子猛递往曾老头面前,手却一直不停地颤抖着。

曾老头接过旗子,却意外地连同手中的布包一起推向王匠头胸前,然后催促道:"匠头先行离去,速回四平街救得习老板。老夫……老夫则要和瞎子一道，顺便会会那什么南苗血骷髅。"

王匠头呆了一呆，一手捂住胸前，瞧了一瞧，道："你二人不走，却要我一人先走，这算哪门子的义气，我……"他一跺脚，似有些气急败坏地看了两人一眼，一咬牙道，"我也不走了，不走了，不走了……"

曾老头心下一怔，活眼神算焦怒道："你二人，怎……怎……咳咳……"他因怒急而咳嗽起来。

王匠头截口道："神算莫要再说，我心中主意已定，要我独自离去，绝无可能。"他一把抓起布包旗子塞回给曾老头，然后将手中的两支火把重重丢在地上。曾老头怔之一怔，亦不知王匠头这是做何。活眼神算听在耳中，也是一片疑惑。

哪知，王匠头突然一把揽抱起了活眼神算，咧咧嘴道："我这双手只抱过女人，可从来没摸过男人，今日暂且破他一次例，但求神算与曾老板回去了莫要到处说起，便就好了。"

他这一番不伦不类的言语，直把另两人听得一时愕然。

但活眼神算此时已让他抱起，只得一边挣扎，一边怒道："匠头，你这要做何？"

王匠头理也不理他，那一双如铁钳般的手，直叫活眼神算挣弹不得。

他将活眼神算的身子往胸前捋了一捋，脸有不悦道："你二人可打的好算盘，好名声都让你等夺了去，却想我做那不义之人，这样的买卖，太冤死我了，如等吃亏的事，我'铁手算盘'怎可能会做？"顿之一顿，又咧嘴道，"神算最好莫想挣脱，今日要么你我三人俱死在这里，要么让我将你抱出洞去，怎样来办，神算可掂量清楚了。"

活眼神算一阵默然。

曾老头却道："此事还掂量个什么，待老夫先行杀将上去。"他随手将那血淋淋的布包往怀中一塞，左手持上火把，右手握住五行旗，奋力行去，但没走几步，却又停了下来，回首呆呆望着两人，道，"瞎子，五行旗可是有何玄机使法？"

活眼神算的身子一直在那挣动，听此一喊，猛然安静了下来，道："脚踏九宫步，以逆行……"他的话似还未讲完，身子便又拼命地开始挣脱。

王匠头双眉顿皱，低去头道："神算，你怎还……"

活眼神算截过口，直接又干脆道："瞎子不想让你抱着。"

王匠头道："为何？"

活眼神算道："瞎子也是一个大男人，自己尚未亲手抱过他人，如今却让他人这样抱着，此若传扬了出去，瞎子的这张老脸可要往哪搁去，倒不如死在这里来得更好。"

闻听此言，王匠头突然脸一变，犟声道："神算要死，也待回了四平街才死，那时，我将不会再行阻拦。但如今之时，便就由不得你了，哪怕丢了我的性命，也不会将你独身一人留之洞内。"目光转处，直冲曾老头道，"曾老板，怎还不快行走路？"

曾老头一怔，顿时会意，遂转回身，脚踏步法，五行旗挥上，口中接连念道："殿前有路，火至兵速，分左护右，勤王杀之……"

只见八具烧腾的骷髅血骨，动之一动，曾老头行去几步，它们便也去将几步。

王匠头低眼瞧了下活眼神算，发现他如婴儿一般，似偎在母亲的怀里，静静的。他不觉一阵奇怪，忖道："莫非神算叫我刚才一说，已是想通？"

在思量时，脚下也疾行数步，赶上曾老头身后，居于八具骷髅血骨之前。

腾腾燃起的火焰，烧出强烈的"噗噗"声，还好，"藏尸洞"内本就奇冷无比，此刻有了这八具火骷髅，两厢冷热抵挡，反而一时顿觉舒适不少。

八具火骷髅，闻咒前行，以旗召动，三人爬上累累尸骨的石阶，步步艰行，但未走上几步，在前的曾老头突然脸色一变，大叫一声，道："不好，苗虫已下来。"

王匠头放眼瞧之，只见前方阶上如流水一般，"沙沙"淌下一条赤红的虫河，那速度之快，数量之众，实令人不禁为之咋舌。

活眼神算身子一动，想必也已听出那恐怖的苗虫已近在咫尺，忙脸色变道："曾兄，无须惊慌，苗虫惧火。"

曾老头一镇面色，召令咒更急念出，火骷髅的烈焰欲发旺盛。果然，正如活眼神算所言，苗虫在一丈之距，突地停止了进攻，前头虫军乱作一团，曾老头见之，知晓苗虫确是惧火，方舒下心，脚下动处，已再跨将数步。

虫军更加乱作一团，犹如被捣破窝的蚂蚁，显得惶惶不安。曾老头神定自若，行逆九宫步，凛然不惧，方行间，不时有踩断的尸骨，发出着"嘎嘣嘎嘣"断裂的脆响。

王匠头看了一下活眼神算，发现他的脸照旧苍白无色，心下不禁一阵担心。

抬起头来，王匠头的额上居然已渗出少许的汗珠，但闻其气息，虽有些急躁，体力尚还充沛。

原来，活眼神算的身体虽不甚重，可步步走在尸血、骨骼积铺的阶上，行之一步，都要较常时多费出数倍的精力，何况，前方虫军仍虎视眈眈，唯退却不离，故而行之甚慢，时间亦也多耗下不少。

终行进到了阶口，虫军虽还近在丈离，但三人心下显然已不再如先前那般紧张。

火光耀处，最后的苗虫俱已退出阶口。突然，但闻一声尖利的虫鸣，刺穿"藏尸洞"本就紧张的气氛，只见虫军忽似得到某种讯号一般，纷纷扭转过头，四下往石厅深处散去，不一会儿工夫，便就奔离得一只不剩。

曾老头一阵奇怪，愣过，方已来到厅中。突地，他脸色一变，目光落处，但见石厅另侧，居然有一个硕大的虫球，尸火普照，虫球折射着艳红的光点。

让人惊异的是，虫球竟还在不断地变幻及壮大，只见四方的苗虫，以极快的速度朝球团涌去，如滚雪球一般，很快便将球团增长成数倍。

如此诡异的聚集，如此神秘莫测的虫球，曾老头不禁为之一愣，不解道："瞎子瞎子，苗虫聚集成球，乃在做何？"

活眼神算身子一动，言犹轻微道："曾兄，五行旗在手，念随心动。"

曾老头一怔，反复暗忖："五行旗在手，念随心动。五行旗在手，念随……"心念动处，突见硕大的虫球直朝这边滚来，势头之凶，居然发出着犹如滚雷般的"隆隆"之声。

王匠头一阵惊慌，焦急地看了看曾老头，他竟然还在那里念叨着那两句话语。惊措之余，突然看见虫球已欲撞上了他，他不觉后退一步，心惊之下，脸色已顿时变得惨白，口中忙提醒道："曾老板……曾老板……你怎还不快行闪躲？"

话音落处，几乎就在同时，只见曾老头身影一闪，往右掠去，五行旗飘过，召令咒急急道出，八具火骷髅闻咒而动，疾身上来。

曾老头脸一正，突然一把将五行旗抛出手去，后身影又急速掠回，但见火骷髅随旗动向，居然将虫球团团围住，烈焰腾升，虫球已然被困火中。

五行旗急急落向虫团，曾老头骤停身影，再作细瞧，方才笑道："念随心动，果真妙得很。"

王匠头呆立半响，仍心存余悸道："曾老板，你有如等的妙法，怎也不事先告知一声，但叫我好是担心。"

曾老头笑笑，道："老夫也是灵机所为，方无胜算，便也不宜明说，况且，一时间亦是不及开口，让匠头为吾担忧，实属抱歉得很。"

王匠头目光一转，道："曾老板客气了，你的这手火困苗虫，实在高妙得很，但叫这血骷髅再厉害，怕也难破得了这烈火围……"

他话未完，身软力瘫的活眼神算突然抬起脸，只见那无色的脸上多了数丝不安。他焦慌却声微道："匠头，曾兄，我等要速速离开，越快越好……咳咳……快速离开……"在焦迫的语声下，不禁又咳嗽了起来。

王匠头一愣，不解道："神算为何这般着急，苗虫既已让曾老板困在火中，我等还急个什么？"想了想，又道，"至于习老板的病，神算更加不需操急，有我在此，担保不会耽搁了时辰。"他一念想起，掂算着活眼神算会否担心在天亮之前不及赶回四平街，而误了习娇娇的病，故才会这般说道。

曾老头看了眼两人，也道："匠头所言极是，瞎子无须操心，此时应多作休息才是。"

听了二人如此自信且宽慰的话，活眼神算苍白的脸上不仅未现好色，反而更加慌张道："曾兄，匠头，我们……咳咳……我们怕是已经着了苗虫的道儿了。"

曾老头一惊，脱口道："着了苗虫的道儿？"

活眼神算道："怕是。"

王匠头愣过，朗声一笑，道："神算莫是将这些虫子想得太过复杂了吧？"他瞧之一眼，接着道，"你瞧它们都让火骷髅困死当中，还有什么好担心的？要我说，这些苗虫该称笨虫才对，如不这样抱成一团，曾老板怎可这般简单就将它们制服了？"说着，更是不急不慢地将活眼神算放下，以手挽之，他也趁机休息片刻。

活眼神算脸色变动，急得连咳数声，颤声道："匠头，听得瞎子一言，快速离开这里，依瞎子估断，此地必有南苗的'赤焰金佛'。"

王匠头一团迷惑，道："'赤焰金佛'？什么'赤焰金佛'？"

活眼神算语声微正道："'赤焰金佛'……"突然一顿，接着道，"据传苗人在蛊化血骷髅的同时，会从各坛中选出十二只最好的蛊虫，然后将其置在另口金坛内，先每日喂食苗疆金蚕六只，待数日后，又减至三只，逐一减少，最后只喂食一只。十二只蛊虫在金坛内随着食物的递减而相互争食、残杀，直到最后唯剩下一只。而此只经过金坛深养的蛊虫，不仅比之寻常的血骷髅要略大一倍，更是双目有光，有火照之，蛊虫身上还能散射出一种如赤焰般的光芒，故此之下，苗人就称它们作'赤焰金佛'。"

曾老头心下一震，他虽不晓得这"赤焰金佛"有何厉害之处，但他却知晓，苗疆金蚕乃是蛊中泰斗，据说此虫水火不侵，刀枪砍杀不死，本身更是奇毒无比，且脾性甚是娇贵，常人俱不敢得罪之，故而蛊养的人较之稀罕。可听瞎子讲来，苗人竟用金蚕来喂养"赤焰金佛"，难道"赤焰金佛"比之金蚕还有不同凡响之处？

心念转处，他道："瞎子，此'赤焰金佛'到底有何过人的手段？"

活眼神算道："手段倒也稀疏平常，但此虫却是极其聪明，毫不夸张地说，南苗血骷髅如是兵，那'赤焰金佛'便是能领兵打仗的将帅之虫。"

曾老头与王匠头都一阵惊愕，二人身活半百，什么样的奇闻怪事不曾听说过，但尚未闻说虫子还有极其聪明的。

愕过，王匠头道："神算莫不是道听途说，而长了此虫的能耐？"

活眼神算叹一声气，道："瞎子所言，俱是属实，绝无半点枉虚。"

王匠头瞧了瞧让火困住的虫团，实不相信这中间到底存何阴谋，他轻蔑道："如神算所讲，那……"一语未了，突然目光直勾勾望着那熊熊烧着的尸火，准确地说，应是那火光的里面……

只见那原本受困的虫球，忽然间却在一点一点地胀大。

他惊疑一声，奇怪道："曾老板，你瞧那虫球，是不是在……"

话未落，身虚的活眼神算突然截声道："虫球怎了？匠头，虫球怎了？"

王匠头怔一怔,目光看去,道:"虫球好似在变大。"

活眼神算顿也未顿,脸色突变道:"匠头,曾兄,果不出瞎子所料,虫球……虫球只怕是困不住了。"

王匠头一愣,曾老头微作一惊,二人相互一觑,同时望将过去,但见虫球仍还在不断地蠕动胀大。

突然,一道比虫球自身的红光愈加闪眼的金光忽掠而过,曾老头不禁低吟一声,喃喃道:"莫非那光色就是瞎子所讲的'赤焰金佛'?"

活眼神算闻听一怔,脸色瞬变,木然着嘀咕道:"赤焰金佛,赤焰金佛……"

二人猛然一呆,四只凛目沙沙投向过去。

只见活眼神算犹在说道:"赤焰金佛,赤焰金佛……"就好似一时失去了常性,抑或受到了不小的惊吓一般,整个人都似已呆了。

曾老头眉目一锁,朗声唤道:"瞎子,瞎子……"

活眼神算就如未闻,理也不理,嘴上始终反复念叨着那四个既可怕又神秘的字符。

王匠头心念一动,遽然去摇了摇木然呆怔的活眼神算,道:"神算神算,你这是怎了?"

活眼神算让王匠头这一通晃动,突然语声一顿,悠悠道:"匠头,瞎子没事。"

王匠头怔之一怔,松开手,看了看曾老头,转而回眼道:"那你方才……"

活眼神算身子晃之一晃,自叹一声,道:"瞎子不才,方才应是让'赤焰金佛'的叫声给迷惑了,此多亏了匠头,如不然……"语声顿处,心下不觉另想道,"想不到此毒虫已有了上百年的修为,稍有不甚,就会着了它的道儿。"

王匠头喃喃一声,眉轩正色道:"莫非那鸟什么金佛,果有这般的厉害?"

语声方落,活眼神算接道:"来者不善,我等还应处处小心才……"他话尚未讲完,突然脸色急变,惊叫一声,道,"不好……"

王匠头木然看着他,曾老头脸变了变,二人俱不知到底又发生了什么事。

其实，三人自石阶上来，到此也不过是极短的时辰，活眼神算尚要休息，王匠头也需暂缓一下体力。因为一旦出了"藏尸洞"，触手的便是断崖绝壁，到那才将是最耗费体力的时刻，故除了活眼神算，其余二人俱想暂停片刻，更何况，虫球已让火骷髅团团困住……

　　但此时，三人的脸上似都有了焦色，正当活眼神算一语落过，苗虫球团突然传来了急促的"沙沙"之声，瞄望过去，只见那虫球在急速地蠕动，想必应是那虫与虫相互摩擦所发出的声响。

　　活眼神算的脸已是极其难看，颤抖着语声不住道："匠头，曾兄，快……快走……"

　　二人四目一觑，抱起活眼神算，一左一右，往虫球身侧疾掠过去。

　　出了石厅倒下的石门，进到了第一座石厅，曾老头在前持照明火把，王匠头抱着活眼神算殿后。火光照下，只见厅内的棺木俱已破开，地上堆满着如山的尸骨，有的完全被啃食了精光，有的则只食去大半，亦还在那里微做动弹，料想是那血骷髅在时，突然被"赤焰金佛"急急召唤，故才会余下这半缺不全的尸人。

　　但就是如此，落下的景象反而更让人触目惊心。

　　二人无暇细来察看，直朝最后的石门行去。

　　突地，身后遽然一声炸响，紧接着便是一阵如鞭炮声般的"噼里啪啦"的声音，王匠头脚下一顿，好奇地回首看去，但见身后的八具火骷髅，此刻竟都横躺在地。在那尚未全熄的尸火下，能清楚地看见有不少的血骷髅在痛苦地挣扎，还有许多已经毙命的虫体，但是，却有更多的血骷髅直往这边潮水般涌来。

　　原来，南苗血骷髅当是一种极其耐热惧寒的蛊虫，它们相抱成球，就是要诱火骷髅将其困住，在炽热的尸火之下，它们埋住头，屁股朝外，以极快的速度，不停地蠕动。同时，最外面的毒虫还将腹中的食物呕出给里面的同伴食之，这样一来，里面的毒虫的腹下则会释放出一种瘴气。

　　瘴气越盛，虫球则越大，虫球越大，毒虫蠕动的速度及相互间紧凑得越是密，而动作一旦快起，虫球内的温度则急速高升，如此相继循环，被包裹在里的毒虫终将会受耐不住，纷纷冲撞球体。

　　当虫球体一破，虫球内外的温差，及大量的瘴气，则如破竹一般，最外的毒虫顿像离弦之箭，疾射向八具火骷髅，如此大力，速度又快，居然将骷髅血骨皆推翻在地。

如此一来，血骷髅虽死伤不少，但这种置之死地而后生的做法，实让人类都为之汗颜。

目光瞧处，王匠头顿时看见其间有一只金灿色，比血红的血骷髅还要大之数倍的虫子臃肿爬行。再做细瞧，原来此只金虫其实是让八九只血骷髅推拉着前行，或许是它太过于肥肿，以至于连路也行之不动，只得借助它虫之力，方可缓行动弹。

忽然，已至石门口处的曾老头回过头来，见王匠头尚还杵于数丈之外，不无焦急道："匠头，还愣着作什么？还不快些过来？"

王匠头一怔惊醒，抬脚欲走。但刚行一步，却又停了下来，目光瞧下，他的脸色瞬息顿变。原来，在停顿的片刻，居然有一具无足尸人抓住了他的左脚踝，拼命地站起来，只可惜他的双脚已让血骷髅食尽皮肉，唯剩光秃秃的腿骨，怎样努力方也无用。

王匠头狠力抖了抖脚，无奈手中还抱着一个人，终究无法将尸人甩脱出去。忽地，又有一具独臂尸人从另一侧抓住了他的右脚，那血淋淋的指骨，直接插进了肉中。

尸火渐渐熄去，石厅内的光线顿时显得暗黑下不少，曾老头遥见王匠头的身子动也不动，心下顿觉奇怪，道："匠头，瞎子，你等……"说话之时，人也疾掠了过去，但余音尚未出口，整个人便已然惊得呆了。

火光耀处，但见王匠头张着大口，喉咙底不时惨发着"咯咯"之声。只见他的双脚已是鲜血淋淋，数具尸人趴在他的脚下，嘴中正咀嚼着什么物事。

曾老头一阵惊吓，前身救助，已然不及，正焦急之时，目光扫去，不禁又遂燃起一丝惧怕。只见王匠头身后不远，血骷髅已过了石门，有些前头虫军已无情啃杀着那尚在动弹的尸人，不消眨眼，便可至身前。

王匠头木然杵着，好似全然不觉身后的危险来之更加迅猛。只见他瞪着大眼，眼珠子一直往下撩摆不停。

曾老头一怔，似会意道："匠头，你是要我带上瞎子先走？"

王匠头圆眼一睁，喉间的"咯咯"之声更促更急，像是他所要表达的就是此意。只是，不知为何他竟连一句话也说不出来。

眨眼之下，已有十数只血骷髅蜂拥上来，爬到王匠头的脚上。曾老头

第五章 藏尸崖洞

脸色一变，迅即弃下火把，接过活眼神算，咬牙之余，人也即退却数步，眼含浊泪地看着他。

王匠头一合双目，无尽的痛苦使得他整张脸都扭曲变了形。忽地，他又张开眼，眼珠子还是不断地往下摆动。

曾老头疑惑在心，猜测道："匠头，你是否还惦挂着怀里的金算盘，想我一起将它带走？"

王匠头闻此一言，突地停止了眼珠的摆动，凛凛目光闪也不闪地看着他。

曾老头心念转下，脚步疾动，可此时此景，早有成百的血骷髅爬上王匠头的身体，莫说要从他怀中取出金算盘，哪怕再行耽搁，恐连他二人也休想全身出得"藏尸洞"。

虫群涌来，愈来愈多，曾老头心下一横，咬住牙根，遽然转去了身子。但瞧那悲酸的老泪，顿时无声地滑落，飘洒于空气之中，降在那血腥血骨之上，被残忍无情的杀戮所尽悉淹没。

一连疾行，出了石门，身后却传来"轰"的一声倒塌，如一座被蛀蚀的大山，听起来是那么地悲壮、沉重……

曾老头回了回头，看着王匠头的身子被血骷髅几乎完全覆盖，唯独留着一颗人头，尚睁着大眼，似带着某种遗憾或孤独。

曾老头黯然又落下数滴浊泪，嘴中自责道："匠头，老夫对你不起！"悲痛的泪水，哽咽的语声，当回过头时，猛然瞥见一只金灿色的大虫，已然爬进了王匠头的身体。

假如说，人世间最畅快的，是能抛下所有的烦恼，和肝胆兄弟在一起酣畅淋漓大碗地喝酒，谈论天地，至醉方休。那么，反之最悲痛的，莫不是眼看着朋友在自己的面前，受尽折磨而死，而自己不仅无能为力，却连他最后的一个要求，亦都无法办到。

第六章
斗转星移

夜雨凄迷，渐骤渐止，遥远的天际，悄然升起一丝曙色。夜——果然要过去了。

曾老头一通狂奔，头都未回，径直出了崖洞。他不知何来的勇气，在转身的那刻，竟未有半分的停顿。

山风，呼啸着而过，眼前的世界，潮湿又阴冷，他不禁连打数个寒战，人也顿然为之清醒了不少，想起王匠头，心下的酸楚复又涌起，老泪竟不觉夺眶而落。

怔过片刻，曾老头俯瞧了眼活眼神算，他似已经睡着，那张漠白的脸上，竟毫无生命的气息。他心下一阵奇怪，暗道："瞎子怎会突然昏迷了过去？而匠头却为何在临走前连一句话也讲不出来？以他的能耐，怎连几具尸人也摆脱不了？这——究竟是怎么一回事？"一连串的疑问，在心中此起彼伏着。

正思忖间，突然一阵"沙沙"之声窜入耳中，他不禁脸变了变，惊诧一声道："不好。"

话音方去，忽感觉手上的活眼神算轻微动了动身子，紧接着，一个弱微无力的声音道："匠头，我等是否已出了'藏尸洞'了？"

曾老头身子一颤，几滴浊泪不免又应声流落，顿了顿，喑咽着道："瞎子，匠头他……他已经……已经……"语声哽处，余下的话已完全说不出来。

一阵极大的山风啸过，犹如哭泣般，因为哪怕世上最愚最笨的人，也应已然明了曾老头此话中所指含的是什么意思。

短暂的沉寂，活眼神算道："曾兄，匠头真的……真的死了？"

曾老头遥望着天际，喟然道："死了，他已经死了……"抬了抬头，目光落在断崖峭壁上，忽地，整张脸不禁为之顿变。

原来，原本崖壁有一条送他们下来的绳索，此时竟不知去向，这若在平时，以曾老头他们的身手，丝毫不会为之色变。可今日不同，崖壁经过一整夜大雨的冲洗，早已湿滑无比，更何况，此时活眼神算身体虚弱，曾老头若要背着他爬上崖顶，无异在阎王的颔下拔须一般，应该绝无可能。

他在那杵着，不知所措。活眼神算似察觉到了什么，道："曾兄，有何不妥？"

呼啸的风声，吹拂着曾老头那一夜苍白的头发，他悠然一声叹道："瞎子，绳子已让他人动了手脚，只怕你我俱都要陷于此地了。"

活眼神算沉思片刻，道："曾兄，你将瞎子放下，以你的身手，就算没了绳子，也应可以上得去此处断崖，若带着瞎子，只会把你也一起给拖累在此。"

曾老头怔了一怔，突然仰天发出一嘶长啸，声音之凄厉，直插霄云，犹如于英雄之末路，生死之离别，是那么地悲凉、绝望、无助、愤恨。

如此的啸声，直叫天地都为之恻恸，山梁都为之震撼。

但闻余啸尚缭绕耳边，那魔鬼般的"沙沙"声却已渐是熟悉，距近。活眼神算急声又道："曾兄，你怎还不快将我放下，还要等着做什么？"

曾老头瞧了瞧他，咬牙道："老夫绝不会把你一人扔在这里。"

活眼神算抬起那无力的右手，抓住了曾老头的手臂，用力地抓着，低声道："曾兄，其实瞎子……"

话方至此，突然那昏暗望不到顶的断崖之上，忽垂挂下来一条长绳。曾老头不禁怔上一怔，顿然一喜道："瞎子瞎子，我等有救了，我等有救了……"

活眼神算一阵诧异，微怔道："曾兄，到底怎样回事？"

曾老头心念一动，未做回答，看了一眼活眼神算，突然双手疾转，将他好生移至后背，然后上前拉了一拉长绳，在探明结实无异后，方又抽出腰间的衣带,把他和自身牢牢绑在一起,最后才双手抓住长绳,脚下跃动,攀绳而上。

但只上去数丈,却听背后的活眼神算叹息一声,道:"曾兄,瞎子一直都以为你很聪明,想不到你却极傻得很。"

曾老头嘴上粗气轻喘,道:"此话怎讲?"

活眼神算又叹道:"曾兄可知晓,那崖上放绳之人是敌还是友?他若心怀诡计,只需在半道将绳子斩去,曾兄便要和瞎子一起摔死崖底,此般看来,还不算傻么?"

曾老头涩然一笑,道:"看来老夫确还不够聪明,可事已至此,也只得认了。"

活眼神算顿了顿,道:"曾兄此言差矣,其实瞎子倒有一法,尚可来补救。"

曾老头道:"那不妨说来听听。"

活眼神算道:"曾兄只要让瞎子将腰带解开,便可一下解决了眼前的困局。"

曾老头心下一怔,突然笑道:"这方法确实妙极得很,但不知瞎子有无想过,崖上若是友而非敌,瞎子此举,岂非白白枉丢了性命,所以,瞎子何不与老夫一道碰碰运气,搏上他一搏。"

其实,两人此番生硬且叫人费解的对话,中间包含了太多的情感友谊,不是真正懂得情谊的人,是极难理会这些话中的真谛的。

活眼神算当然理解曾老头的用意,他是想多拖些时间,以便能够到得崖顶。但是,瞎子清楚,越是接近崖顶,就越多增一分危险,他怎可以去拖累他人。没有他,就算有人斩断了绳索,凭曾兄的身手,应也无大碍,但是……

他缓缓将手移至腰带的系结处,费尽力气,终于打开了第一个死结……

曾老头脸顿时煞变,停止住攀动,整个人像壁虎一般,紧贴在崖壁上。他颤抖着声音急吼一声,道:"瞎子,你这是要做什么?"

凄冷的山风,如一把利刃,刮在脸上,冰凉刺骨。凤凰落后山的断崖绝顶之上,有一个窈窕的女子,撑着青竹伞,伫于夜色中,面向着谷底。那深壑的幽谷,黯得让人无法看透,或许,她正等待着什么,抑或,她曾听到了什么。

活眼神算似让曾老头的吼声完全吓了住，那惊呆的脸上，断无多余的表情，也许，瞎子本就是个不喜带任何表情的人，但此时，他的双手却木然杵着，紧握着那尚未全解去的死结。

曾老头淡淡道："瞎子，你想死不成？"

活眼神算缓过些神色，道："瞎子不想连累了你。"

曾老头心中气急，嘴上却冷冷道："你若想死，老夫陪你一道，怎样？"

活眼神算脸上一阵扭曲，他心中非常清楚，曾老头既说得到，必也做得到，轻叹一声，思忖之下，缓缓松开了手，紧紧抱住了他的身体。

曾老头暗舒一口气，复又艰难朝崖顶攀爬上去。

此刻在断崖之下，"藏尸洞"内突然跌跌撞撞奔出一人来，好似喝醉酒一般，险些就跌下了"埋尸谷"。

只见此人面壁而站，仰着脖子，看见崖上的长绳，不知为什么，整个人顿时不停瑟瑟发抖起来，就如突一下犯了羊癫疯一般，越抖越是厉害。

忽地，突从他的裤管袖口中"沙沙"掉出许多血红色的虫子，而他的整个身体，顿如一下被人抽干了一般，不仅身上的衣服直瘪了下去，就连他脸上的皮肤下，都似有什么东西在不断地来回游动。

少顷，曾老头终于背着活眼神算摸到了崖顶的山石，看来，垂下长绳的人并非是敌人，不仅不是敌人，还是他们的救命恩人。

等他双眼的视线刚出崖壁，首先看见的居然是一双脚，一双女人的脚，一双穿着软缎绣鞋，鞋尖有两朵小花，裹满着泥土，却带满香气的脚。他仰起头，却不料这双脚的主人，也在如花般地低头看着他。

他脸上一阵惊讶，但很快便恢复平静道："想不到会是你。"

女人妩媚一笑，道："曾老板这样看着人家的脚，难道就不怕嫂子吃醋吗？"

曾老头脸红了红，攀上崖来，然后解去腰带，扶瞎子坐到一块山石上，才道："如此夜晚，三娘怎会来到此地？"

柳三娘一笑，道："老娘是……"微顿下，又笑了笑道，"老娘心情好，来此散散心不成吗？"

曾老头微怔，这样的借口，只怕连鬼也不会相信，因为方圆几十里的人都知道，凤凰落可不是个干净的地方，哪怕心情再差，恐也不会想到要来此地散心。他尴尬一笑，道："老夫不管三娘为什么来此，但今晚若没有三娘，只怕我二人都要困死崖底了，故此，老夫还真得要好好谢谢你。"

柳三娘道："这话老娘爱听。"抿嘴一笑，又接着道，"其实老娘怎会在此，告知你也无妨，只因老娘瞧见你留给张画师的东西，就好奇跟来了。"

曾老头悠悠道："原是如此。"

柳三娘瞧了瞧他，复又转向活眼神算，似刚才看到道："瞎子怎了，你二人怎么连头都全白了，难道底下有让人吃了发白的草？"

曾老头叹道："此事说来话长。"又深深叹气一声，接着道，"我等着了他人的埋伏，匠头也遭了不幸……"语塞之下，急侧首过去，半响才回转过来。

柳三娘脸为之微惊，道："以你等三人的身手，竟也一死一伤，莫非……在他失踪了二十年后，江湖中又出了号厉害人物？"

曾老头道："三娘所指的他，莫非是'啸阴天王'？"

柳三娘帘目微动，道："不是他，还会有谁？"说完，不禁叹息一声，悠悠将目光望向了那断崖底。

调息片刻，活眼神算终于开口道："曾兄，三娘，咱们即刻下山吧！天就快亮了。"

曾老头望了望苍茫的天色，喃喃一声，道："确实是不早了。"他又将活眼神算背起。

活眼神算道："曾兄，还是让瞎子自己走吧！"

曾老头道："你身体尚虚，还是由我背着你下山快些。"说着，即展开身手，往竹林奔去。柳三娘怔了怔，嘴上嘀咕一声，道："要走也不说一下。"施开步法，径随而去。

下了一夜滂沱大雨，使得山道泥泞非常，但三人的脚步好似丝毫未受影响，只闻得那呼呼的风声，飘动起三人的发丝，在胡乱地飞舞。柳三娘边行边问道："曾老板，王铁匠是怎样死的？"

曾老头心下一阵迟疑，如等的伤心事，他实不愿再多做提及。活眼神算却道："是瞎子拖累了匠头，若不然，区区的几具尸人，又怎可以伤他分毫，我……"语声哽处，余下的话久久无法出口。

柳三娘眉间一紧，闻之话语，脑海中顿现上一幅惨不忍睹的画面。

曾老头道："瞎子，其实老夫一直有一事未明，匠头死前，怎连话也说将不出口？"

活眼神算思之片刻，道："依瞎子想来，定是在血骷髅爆裂之时，我等吸入了过多的瘴气，瞎子体弱，当时就给昏迷了过去，而匠头虽一时似无大碍，但后来不幸侵上了尸毒，如此两相抵合，才使得他周身顿然麻却，以致连话也说不出来了。"停了停，不免又自责道，"说来道去，此事多怪瞎子，若没有瞎子的拖累，匠头也不至于……"

曾老头打断道："瞎子莫要责己，此间事情，怪不得你，只因那设陷之人，实心太狠手段使得过于毒辣了。"

活眼神算一阵沉默，临晨的夜，似一下变得更加地黑更加地暗，就连天边刚升起的那抹曙色，亦不知何时让黎明前的暗夜给感染得全无生气。

柳三娘微哼一声，道："曾老板，三娘的车马就停在山下的关帝庙前，我可先快行一步，牵来在道口处等你。"

曾老头思量一番，道："三娘莫急，我等的马车也在那候着。"

柳三娘脸上现出一丝疑色，道："曾老板莫会记错了？三娘后脚到来，怎未在庙前瞧见有曾老板停留的马车？"

曾老头惊讶一声，心中已然明了，马车定是给他人牵走，而盗车之人，不仅一直跟着他们，就连断崖处的绳索，也应是他给砍去的。一念至此，不免又想："此人应不是想要我等的性命，而更像是有意在拖延我们的时间，难道……此会和习老板的怪病有关？"

正连续思忖，不想柳三娘已奔到前头，只见她疾行而去，不时便已到了远处，只闻那柔软的声音随风飘来道："曾老板，三娘在道口等着你。"

想来，柳三娘也已猜到了什么，曾老头心下怔处，不得不佩服道："三娘的'踏雪飘飞'，果然名不虚传。"心想之下，自也施出绝妙的"燕子三抄水"轻功，朝山下急掠而去。

黎明来的第一道阳光，终于洒在四平街。凡是风雨过后，就必有难得的平静，但今日或许有些例外，经受了整夜风雨的侵扰，古老的四平街，难得在三竿之前会如此地热闹。

或许，四平街本就不是条寻常的老街，这里来往的也不是些寻常的人，而是些精明的生意人，昨日早先闭门，那么今日就必得行早上个好兆头。故此，连那清早不做生意的飘飘院，此时也有好几个粉黛妖迷的姑娘杵于门口，半阖起那尚未睡足的眼皮，拉拢娇喊着过往商客及行人。

忽地，喧闹的大街上，突响来一阵焦急的马蹄声，人们纷纷举目望去，只见一名花须短衫老者，骑着匹健硕的黑色域外宛驹，策奔疾来。马背一侧，挂着一只金丝锦织包袱，在晨阳下闪闪亮着光彩。

晨阳之下，短衫老者的脸上似也挂着惺忪疲惫之态，但闻急切的马蹄声落，短衫老者突然精神一振，"噔"一声跃下马背，凛凛的目光扫之一扫，道："花嬷嬷已否起来？"

奇怪的是，飘飘院门前的姑娘们瞧见他后，只个个一扫脸上的睡意，摆弄起各种婀娜娇人的姿势，好似这眼前的老人，实是一个眉宇不凡的英俊公子，大家都想极力地讨好于他，多吸引起他的注意。

短衫老者怔了一怔，又问道："花嬷嬷可有起来？"

一个黄衫女人跨前一步，挺了挺胸，娇媚地抬起纤纤玉手，撩过鬓角的发丝，莺声细语道："嬷嬷还未起来，要不您老先移驾去我的房间等？"

短衫老者瞧了瞧她，冷冷道："不必，我就在这等着，麻烦你进去通告一声。"

黄衫女人遭受了拒绝，似有不悦，边回身边嘀咕着道："臭老头子，真不识抬举。"

短衫老者目光一凛，如刃般冷瞧过去，黄衫女人心下一惊，脸变了变，赶紧将头垂下匆匆跑进了屋子。

少顷，屋内响起一阵急碎的脚步声，接着，一个妇人的声音即飘道："哎哟哟，老身今日不知王管家要来，真是有失远迎得很，怠慢了您老，可千万别往心里去呐！"声到人到，妇人出了大门，即向短衫老者微行一礼。

短衫老者抬了抬眼皮，但瞧妇人的衣衫有些乱，发间亦无一金半银之饰，便知她必是刚刚起床，匆忙而来，他道："花嬷嬷，我家公子今晚要来，特叫我来先告知一声。"

花老鸨一脸赔笑，小心问道："你家公子不是吩咐说明晚才来吗？怎……"

短衫老者脸一变，道："难道我家公子心情好，你这还不方便吗？"

花老鸨脸一惊，诺诺道："不是不是，老身不是那意思，王管家千万别误会，江公子何时高兴，便就吩咐一声，老身定当将一切都安置得妥妥当当，恭候着公子的驾临。"她显然已是无措，一副慌乱的模样，赶紧向短衫老者做出解释。

短衫老者冷嗤一声，面色一转，道："有花嬷嬷这句话，那我就放心了。"邃然一瞧，眉梢忽然皱起，道，"我家公子有话，明日以前，飘飘院都不要再接其余的客人了。"说着，随手抓下马侧的金丝锦织包袱，扔向过去，道，"行得匆忙，只带来这么多，但我想给飘飘院所有的姑娘买胭脂花粉已是足够。"

花老鸨瞧了瞧他，蹑手解开金丝锦织包袱，但见一只琢有丰富图案的白玉盒子顿现眼前，她小心揭开玉盖，只瞧了一眼，脸上就急一变色，立马将盖子重新合上，匆忙抱在胸前，然后复又瞧了瞧左右，才笑靥如花道："江公子实在太客气了。"

短衫老者嘴角一笑，道："如果花嬷嬷无什么异议，那我这就回身给公子复话去。"

花老鸨展颜一笑，道："无异议，无异议。"紧紧抱住玉盒，向短衫老者深然鞠下一躬。

短衫老者道："那便就好。"话落，人也即身跃上马背，在原地打了个圈，向来路策奔而去。

花老鸨望了望他去往街口的背影，愣了愣，自叹一声，才回身屋内。

黄衫女人看了一眼她，灵机一动，急走两步，上前道："嬷嬷遇见了这等好主顾，为何还要叹气？"

花老鸨瞧了眼她，道："那尚未谋面的江公子，也不知是何许人物，但瞧他家管家前后的出手，已足可将半座飘飘院买下，这样的主顾，能不叫人叹气么？"

黄衫女人呆了一呆，满脸疑惑道："嬷嬷的话，女儿怎听不明白？"

花老鸨停下身子，侧目看着她，道："不明白更好。"又行之两步，似想起了什么，止足道，"你去把门外的人都叫回来，今日除了江公子，不接他人的生意。哦……把大门也索性给关了。"

黄衫女人答应一声，看着她踏上二楼的木梯子，才悠悠朝门外走去。

早晨的天气，变得极是迅捷，一晃就已带了数分热气，四平街上熙攘喧哗的行人，看到飘飘院突然将门闭起，无不在纷纷议论。不知何时，纷论声中突有一个声音道:"大伙可知晓,今日飘飘院可是怎了?为何刚开门,就不做生意了?"

随即有人应和着道:"青楼事乱,有什么可奇怪的。要我来说,清早辛府迟迟都不见有下人开门出来,倒是极不寻常得很。"此人一语,遂勾起人们将注意力从飘飘院转向了辛家,大家你一言我一语,说啥的都有,总之,所有人的目光都充满着好奇。

正所谓,潮起潮落,日月交替,朝之辉煌,就必有衰落,而衰落之余,定会存在新生。古老的四平街,辉煌当年的历府,载誉今时的辛家,自也是这个道理。

晴空晨阳,淡化了昨夜风雨的痕迹,几缕阳光自屋角斜照下来,落在院中,十来株精神抖擞的植物,反而吸足了水分,看去更显得英姿勃勃。沈珂雪冷冷站在主客厅门前,眼睛始终盯着昨日被木头砍伤的那株老石榴树,那依然清晰的疤痕,就如她此时脸上的表情一样,难看得不免让人心中害怕。

数十名黑衣刀手,四下而站,个个面容如铁,守住了所有的出入门口。两排站立整齐的辛府的家丁下人,分别瑟瑟杵在院中的左右,竟都低着头,似连大气也不敢出得一声。

沈珂雪悠悠转过目光,瞧了眼院中的三具尸体,面沉似冰道:"谁能告诉我,二少爷昨晚何时出的府门,又去了哪里?"

半响,没有人回答,甚至连动都没人动过一下,像都被生生钉在了地上一般。

沈珂雪缓目一扫,又道:"好,你们都假装不知道,这真是好极了。"目光往右一侧,立时就上来一名腰悬弯刀的黑衣人,站于她的身右。

她接着道:"你们不想开口,我也不会逼你们,但是……辛家可是立有家规家法的。"

辛府的下人们,一听说家法二字,无不都顿惊失色,几乎都把脑袋垂到了胸前,却还在拼命地往下压去,就生怕自己站得比他人略高一点,而受到了大夫人的注意。

沈珂雪缓缓走下阶子,身后紧跟着那名悬刀的黑衣人,她边走边凛然扫着眼前的这些早已吓得浑身发抖的人,忽然,她停身在一名家丁面前,道:"现在我开始点名,叫到谁,谁若还不肯讲出实话,那只得用家法伺候了。"顿之，瞟了眼那名家丁，叫道，"福财。"

那名家丁身子一震，直"扑通"一声跪倒在地，磕头如捣蒜地求饶道："大夫人，大夫人，求饶过小的吧！求饶过小的吧……"

沈珂雪冷冷道："二少爷昨晚几时出的府？出去干什么？又去了哪里？"

那名家丁"咚咚咚"磕着头，只见地上都已残红一片，他惊诺着道："大夫人，小的确实不知，求大夫人就饶过小的吧！"

沈珂雪厉目一张，什么也没说，直接走了过去。

但闻一声凄厉的惨叫，只见那名家丁一手抓住另一只手的腕处，整张脸都已痛苦扭曲变了形。

沈珂雪又往前几步，目视着一名丫鬟，道："辛家法严，你们可都是知道的，谁若想有何隐瞒，那后果就不单单只是一只手了。"

那名丫鬟娇小的身子就如筛糠一般，早已吓得面无人色，沈珂雪张了张嘴，接着道："紫……"名字尚未完全叫出，丫鬟立时就瘫了下去，脑袋伏贴在地，未及沈珂雪再行说话，就已认饶道："大夫人，大夫人，我知道少爷去了哪里，我说，我说……"

沈珂雪面色一正，道："那还不快说。"

那名丫鬟动也不敢一动，道："二少爷昨天酉时出的府，听说是要去飘飘院，哦……还有，少爷走时，好像还拿走了老爷房内的那支千年人参……大夫人，奴婢就只知道这么多了，求大夫人饶过奴婢吧……""咚咚咚"又是一阵响头。

沈珂雪冷冷道："你不愧是贴身服侍二少爷的丫婢，知道的果真比他人要多。"瞅了眼浑身依然在抖的她，又道，"好了，既然你讲了实话，那就起来吧。"

那名丫鬟战栗着站起身，哪知，她方起来，便见一道精光闪过，只见几滴鲜血从刀尖一滑而下，如盛开的梅花一般洒落地上。

沈珂雪厉目一收，道："平常我放任你和二弟一起，就是希望你能将他尽量留在府中，莫要出去惹是生非，但如今……唉……这也是你应得的。"

那名丫鬟张着大口，面白如纸，双手捂住脖子，血不断从指缝间流溢出来，一对几乎就要突出眼眶的珠子惊恐地盯着黑衣人手中的弯刀，喉间不停嘶哑着"咯咯咯"的怪音。

原来，她的喉咙已让黑衣人一刀割断，而黑衣人的刀法之精妙快准，竟未分毫伤及到她的性命。

沈珂雪瞧也未瞧她，挥了挥手，道："来人，把福财和紫玉带下去，好生进行疗养。"

四名黑衣刀人急匆匆上来，架起二人就走。沈珂雪又一挥手，道："你们也都下去吧！该做什么还做什么，在老爷尚未回府之前，谁也不准把二弟的事给传扬了出去，否则，都别怪我家法无情。"

所有的下人都如蒙大赦，几乎同音道："知道了，大夫人。"然后急急退了下去。

沈珂雪看着地上的鲜血，面如沉色，突地，一直伴随左右的黑衣刀人道："小姐，你不杀他们已是宽容，为何还要救他们？"

沈珂雪目光一收，反问道："有么？"

黑衣人退之一步，微作一揖，道："苗战斗胆，跟随小姐这么多年，不得不一问。那家丁福财可是二公子的心腹下人，主子出门被杀，而他却还躲在房中醉酒，单此一点，本就该死。再者那丫鬟紫玉，更是主仆不分，与二公子纠缠一道，他日辛老爷回府，他二人必将受罚更重。小姐如此惩罚了事，岂不是救了他们，而得罪了辛老爷吗？"

沈珂雪幽叹一声，道："以二弟的脾性，迟早是要出事，但我万没想到，这事会来得这么快这么严重。"她又叹气一声，接着道，"他之既死，何需还要牵连了他人。我此时只在关心，杀二弟之人，与二弟究竟有什么深仇大恨，为何连二弟的心都给挖了。"

苗战道："手下看过二公子的尸体，他和两名家丁的死法一样，都是吓破胆致死，所以手下以为，此事必有着蹊跷。"

话刚落，突然吹过来一阵细风，卷起了尸体身上的遮尸布，沈珂雪不觉花容一震，变了变，但瞧辛竹此时的面貌，就可猜晓他死前是多么地恐惧，镇定了下，道："苗战，要你办的事，可怎样了？"

苗战回道："请小姐放心，信已送出，相信最迟不超五日，辛老爷便会收到信后回府。"

沈珂雪定望着辛竹那极其恐怖的脸，道："此段时间，你可要多留意辛府周围，看看有没陌生人出入。我总有一种预感，二弟的死绝非那般简单。"

苗战脸一正，鞠躬道："手下明白。"

沈珂雪轻叹一口气，道："想不到老爷出去才半月，家中竟出了这样的事，他日回来，我真无法与他交代。"

苗战道："二公子的事，小姐切莫放在心上，手下定会全力查探，尽早将凶手缉拿。"

沈珂雪悠悠抬起目光，道："二弟平日虽然放浪，随地惹事，可他毕竟是辛家仅剩的根苗，他这一走……"叹了叹气，转而又道，"苗战，老爷未回府以前，你可要好生看护尸体，不可出得一点差错，否则，我可要拿你是问。"

苗战道："是，手下知道。"顿之，又接着道，"小姐，那家丁的尸体该怎么处置？"

沈珂雪道："就一起存在地窖好了，等着老爷回来，再另做打算。"

苗战道："手下明白。"看了眼沈珂雪，似话中有话道，"小姐，有句话，手下不知当不当讲。"

沈珂雪道："你讲来就是。"

苗战道："手下在想，二公子的死，会不会和昨日来府内扰事的那几个老头子有关？"

沈珂雪沉寂片刻，道："这事暂还不好说，不过，他们几人，你可先派人盯着，但要记住，在没有证据之前，切不要打草惊蛇。"

苗战道："手下明白。"

沈珂雪眼帘微合，道："好了，你先下去吧！顺便把尸体也一起带走。"

苗战鞠了一躬，道："是。"接着便是一阵强劲有力的步伐声起落，一队黑衣人跟随苗战将三具尸体往地窖抬去。不一会儿，整座宽宏的辛家大院中，就只剩余沈珂雪独身一人，立在朝阳之下。

突地，她眼皮一动，喃喃着道："飘飘院？"

巳时未到，四平街上行人已少得可怜，抬目看去，那飘飘院的大门依然紧闭如初，如此一来，却便宜了一个脏污烂衫的小乞丐，把这当作了晒阳的好地方。

小乞丐慵懒闲散，半斜着身体，手上正吃着一个鸡头，边咬边自言道："挑来选去，还是这里较过舒服，吃鸡晒太阳，极妙极妙，过瘾过瘾。"说着，一口咬去了鸡脑袋上的冠子。

突地，一阵沉重的脚步声由远近来，小乞丐抬了抬眼皮，瞟了一眼，但见一个灰衣汉子木然伫于丈外，呆呆望眼这边。

小乞丐眉头一皱，将鸡头往胸前一藏，就生怕叫他人夺去一般，赶紧侧过身子，猛然将整个鸡头都塞进了嘴中。

灰衣汉子动也未动，一双英气的眼中，带着某种莫名的忧愁。

半晌过后，小乞丐吐出嘴里仅剩的一根骨头，将沾满油污的手往飘飘院干净的大门上揩一揩，然后寻起地上一根吃剩的较细的鸡骨，起来伸了个懒腰，边剔着牙边直朝灰衣汉子走去。

灰衣汉子似全无看见，仍旧站在那儿，甚至那呆茫的眼神，亦都没有转动一下。

小乞丐缓身上前，冷然推了他一把，狠狠责问道："你为何老盯着我吃鸡，你知不知道，我小叫花最讨厌别人看着我吃东西，你说，现在该怎么办吧？"

灰衣汉子不觉怔了一怔，待缓来神来，才茫然道歉道："对不起，我不知道你在那吃鸡，在下有什么失礼之处，还望多多包涵。"这本不该是他的错，但他还是强作笑颜。

可是，小乞丐似乎极不满意，继续不依不饶道："看你长得一表人才，怎也是这样不懂礼貌之人。好了好了……"似有些不耐烦道，"你随便赔我些银子就算了。"

灰衣汉子顿了顿，瞧了小乞丐几眼，但见那张脸就如抹了锅灰一般，脏得直连是男是女也极难分辨得出，他顺从地在腰间掏出半块银子，道："拿去吧。"

小乞丐瞥之一眼，道："太少了。"

灰衣汉子浓眉一皱，什么也没说，又拿来两块碎银，道："拿去，都给你。"

小乞丐此刻索性瞧都懒得去瞧，直接就道："不够。"

灰衣汉子脸色一变，但还是忍气耐心地问："那你想要多少？"

小乞丐道："一百两。"

"一百两？"灰衣汉子惊诧一声，不觉朗声笑道，"在下就是无意打搅

第六章 斗转星移

了你吃鸡,那给你几两银子,方你回头再去买几只来,也就罢了,怎你却要我给一百两?"说话之时,始终未提及半个"赔"字,此间表明,他并不觉得自己有何错失,而给他银子,无非是想早些将他打发了。

小乞丐却一把抓住他的衣服,不依道:"今日你若给不出百两银子来,就休想让我放你离开。"

灰衣汉子顿时怒火中烧,道:"你吃你的鸡,我走我的路,就算我有所打扰,但又没与你抢来吃,怎你吃完鸡后,却还管我来要钱?这算得哪门子的道理?"

小乞丐不气不急,一搓鼻子道:"就因为你不请自来,所以我连鸡是什么样的味道也没尝得出来,你说,该不该你赔我银子?"他说这话,就似这里已是他的地盘,抑或他的家一般,外人想来,当然得征得他的同意了。

灰衣汉子一愕,如此的歪词论理,还是首次听说,他看了眼一脸认真的小乞丐,暗自苦笑一声,道:"也罢也罢,今日碰见了你,算我倒霉就是。"他从身上拿出一只钱袋子,叹气一声,一股脑儿塞到小乞丐手中,道,"我只有这么多,都给你得了。"

小乞丐掂了掂袋子,嘟哝着道:"这么轻,应该还不够三十两吧!"

灰衣汉子心下一惊,忖道:"小小乞丐,手感倒也厉害。"他道,"二十九两。"

小乞丐瞟了他一眼,道:"想不到你也是一个穷鬼,唉……"摇了摇头,又叹气道,"这差七十一两,该不知何日才要得回来了。"听他口气,好似别人真欠了他钱似的。

灰衣汉子怔了一怔,心中只想快些将小乞丐打发走了事,就道:"明日午时,你在此地等我,我一定把余下的银子交你。"

小乞丐想了想,道:"明日就明日,我小叫花子量你也不敢骗人。"又掂了掂袋子,突一拉胸前褴破的衣领,悉数将袋中之银子倒了下去,然后举起双臂,倒过袋来,瞧上一瞧,狠狠抖上几抖,才扔回给灰衣汉子道,"破袋还给你,记得明日装足了钱,再来见我。"

灰衣汉子提着瘪瘪的钱袋,伫望着小乞丐去远,才又回过眼来,望了望飘飘院,轻叹道:"不知飘红姑娘可有回来?是否还在生我的气?"又叹了叹气,手上下意识地捏了捏空空的钱袋。

手指捏处，忽感觉袋内似有着某种异物，他不觉一阵奇怪，正欲仔细翻来查看，却闻一个焦切老迈的声音喊道："张少爷，张少爷……老爷正到处找你，你怎站在这里？"

灰衣汉子张大胆将手中钱袋随手往怀内一塞，回过眼，道："福伯……"

福伯来到面前，气喘吁吁道："张少爷，老爷找你。"

张大胆怔了怔，喃声道："曾兄找我？"自昨日出了曾府，他尚且不知曾老头三人已经历了一场殊死搏斗，此刻，他突然脸色一变，想起了另一件事道，"莫不是习老板她……"

福伯急声截口道："张少爷。"瞧了瞧左右，又道，"先回家再说。"

张大胆呆了一呆，道："是，回家再说……"

二人急忙朝曾府赶去，但没走几步，张大胆又停下身子，回首恋恋望着飘飘院，显得极是失望。福伯拉了拉他，奇怪道："张少爷！……"

张大胆恍然道："怎么？哦，咱们快走——可别叫曾兄等得急了。"装作真无事一般，疾步而去。

福伯看着他，嘴中嘀咕着道："张少爷这次回来，怎变得怪怪的？"他哪里晓得，此时张大胆心中已有太多的牵挂。

正当思量间，二人已进了曾家门庭，穿过院落中老桐树密盛的枝叶，又走过几道长廊，终来到曾夫人的私房门外。张大胆愣了下，道："这？"

福伯道："昨天习老板就已从客房转到了老夫人房间，他们都在里面，张少爷就请自己进去吧！"

张大胆暗忖道："难道果真是习老板不行了？"想到里面有可能躺着一具冰冷的尸体，心下不免一阵黯然。

他暗舒一口气，终迟迟未去推门，正当此时，房门竟"吱呀"一声，自行打了开。

目光瞧处，张大胆脸上一惊，支吾着道："曾兄，你的头……"

原来，曾老头那白如雪的发须，猛然间出现在眼前，把他惊得整个人都呆住了，甚至比预想中看见习娇娇的尸体，还要惊讶数倍。

曾老头一瞧他，道："张兄弟，还愣着做什么？还不赶紧进屋。"

张大胆犹如梦呓般地回道："哦。"

进得房间，又见一个白发老人背门而坐，张大胆定睛细瞧，原来那竟是活眼神算。再作四扫，房内除去他二人，还有曾夫人，浓云愁面吧嗒着烟管的朱老板，柳氏绸缎庄的柳三娘。目光瞧处，但见房间西侧，唯有的一张大木床，整个被一帘青纱罗帐遮得严严实实，朦胧之中，依稀可见床上躺着一个人。

他心下一怔，看了眼曾老头，道："习老板她？"

曾老头道："她想见你。"

张大胆愣了一愣，似还奇怪道："习老板没有死吗？"

曾老头惊诧道："谁说她死了？"

张大胆呆了呆，道："哦，没……没有……"

突然，青纱帐内有个轻弱的声音道："张兄弟，是你来了吗？"

张大胆道："习老板，是我，你没事吧？"

习娇娇道："听他们说，是你救了我，谢谢你！"

张大胆客气道："习老板无须言谢，这都是兄弟该做的。"

习娇娇道："我还听他们说，张兄弟是在西南山下的关帝庙中将我救下，是吗？"

张大胆道："正是。"

习娇娇沉寂片刻，道："那真是太谢过张兄弟了，其实……咳咳……"她突然间咳嗽得厉害，那下面的话自然也说不出来了。

曾夫人急切道："我去看看。"她掀帘进去，许久，才退身出来道，"习老板的身子太虚，又说了太多的话，造成气血不济，已经昏迷了过去，不过，她的脉象平和，应该没有太大的事，我们还是先出去，让她好好地休息吧。"

众人都络绎退了出去，老朱行之最后，将烟管往腰间一插，望了习娇娇两眼，担心道："贤内真的没有事？"

曾夫人道："请朱老板放心，习老板只是大病初愈，还尚需调理，大体之下，应无碍事。"

老朱叹了一气，道："那我就放心了。"随即也出了房。

曾夫人目送众人离去，轻声退隐房内，合起门窗，留着照顾习娇娇。

一行人跟随曾老头来到了客厅里，管家福伯赶紧送上几碗热茶，但闻顷刻间，厅内茶香缭绕，沁人心脾。

曾老头坐下来，道："朱老板，我走后这一晚，家中可发生了什么事情？"

老朱刮了口茶，道："事情倒也没有，只是你走后，我便派人去了趟王大夫家中，可是不碰巧得很，待人一更雨前到时，王大夫已经自杀了。"

曾老头一声惊讶，道："自杀？"

老朱道："听人回来说，王大夫的尸体紫成发黑，我猜，定是服剧毒而亡。"

曾老头喃喃道："好好的，干吗要服毒自杀？难道……这中间还另有蹊跷？"

思量正浓，门口突慌慌张张跑来一人，此人未到厅里，便已在院中大声嚷叫道："老爷，不好了，不好了……"

曾老头脸色一正，起身道："有三，你慌乱什么？有什么事且慢慢说来。"

有三跌跌撞撞，面上发青道："老爷，实在是太吓人了，太吓人了……"

曾老头怒道："什么太吓人了？堂堂大男人，怎这般地没有出息。"

有三惊魂未定，喘着粗气道："老爷早上不是让我去找棺材铺的伙计木头吗？哪知我刚出去，便在棺材铺的后巷中看见了他的尸体。老爷，你是没瞧见那张脸，简直比见了鬼还要可怕……"他慌急道来，愣把在场所有人都一惊坐起。

曾老头脸色一变，惊诧道："什么？木头死了？"

有三点头道："是是，死了死了。"

曾老头道："那你与我一起再去瞧瞧。"

有三面色一惊，摆摆手道："老爷，我还是劝你莫要去瞧了，那木头的面貌实是吓人得很。"

张大胆目光一凛，霍然怒道："有什可怕的，木头是我兄弟，曾兄，我与你一道去。"

曾老头看了看他，道："张兄弟就别去了。"回头又道，"福伯，叫下人送些点心上来，替我好生招呼客人。"

福伯道："是，老爷。"

曾老头向众人一抱拳，道："各位慢坐，我去去就来。"一把抓住有三，道，"你随我一起。"

有三缩了缩身子，惶惶道："老爷，这……"

曾老头怒目圆睁道："这什么？"

有三吓得身子一抖，颤声道："没，没什么。"无奈之下，也只好随曾老头而去。

二人走后，厅内顿时鸦雀无声，福伯遵照吩咐，催下人送来几样精妙的小点心，有当地红衣内馅的乾坤鸡血糕，江南食宝斋出名的翡翠甜豆糕，鸳鸯桂花饼，芝麻芙蓉酥及曾夫人亲手蒸制的珍珠黄金糕等。

众人只得重新坐下，福伯一一招呼过去，却没一人动手分毫，就连始终未曾开口的柳三娘，此时亦是愁云遮面，心事重重一般。

约摸半更有余，曾老头终于折还府来，张大胆霍然起身，三两步迎上前去，道："曾兄，怎么回事？"

曾老头道："我细查尸身数遍，发现伤口极像是畜生所为，可让老夫不解的是，木头身上的衣物俱完好无损，只是整张脸都给畜生撕咬得不成模样，极难辨得明白。还有，我翻看了尸身之下，看见地面竟尚有一小块还未湿透，所以我可以推测，木头应是在一更雨前死亡。"

张大胆深叹一声，惋惜道："怎会这样？木头兄弟重情重义，怎会遭受如此的不幸。"

曾老头也叹道："是呀！事情怎会这般地巧合突然。一更雨前，竟都是一更雨前。"

老朱起身道："一更雨前，岂不和王大夫自杀的时辰相仿？"

曾老头目光一缩，沉思道："一更，雨前，杀人夜。这究竟是怎样一回事？"

张大胆随着感慨道："是呀！这到底是怎样一回事？"

老朱道："看来事情是越来越复杂了。"

一直沉寂未曾开口的活眼神算，突地道："瞎子想来，木头兄弟身强力壮，一只畜生怎可要得了他的性命。何况，依曾兄方才所言，且算他真如畜生咬死，那身上的衣服怎可能完好无损，这中间，必藏着隐情。"

他话方落，曾老头便正色道："瞎子之言，正好与我不谋而合，其实老夫心中，早已是这般想法。"

老朱忽地恍然道："听二位所言，木头的死，果是有极大的蹊跷。"

曾老头道："居宅住地，何来凶猛之畜生，就算有，至多也是人家遗弃的疯狗狂犬，此虽也曾咬死咬伤过人，但毕竟都是弱小之群，据我所知，家养的畜生，一般作恶只管袭人之四肢，而外来野物，却都会专咬其咽喉要害，使其一口毙命。像这种光咬人脸五官的畜生，我不仅从未见过，连听也未曾听闻过，除非，此物乃人为驯养，依照主子的吩咐，倒尚可解。"

活眼神算道："曾兄所言极是，畜生再戾，终究还是一只畜生，若是遇着活人，必有一番争斗，但若碰上的是一具僵挺的死人，那倒不好理解了。"

曾老头道："瞎子是说，木头死于巷道在先，尔后才又遭畜生撕咬？"

活眼神算道："如不这样，曾兄可有更好的解释？"

曾老头沉思片刻，道："如是这样，事情倒更费解得很了，木头是怎样死的？我细查过尸体，除去脸上的咬痕外，身上俱无其它的伤口。除非，致伤恰巧也在脸上，却叫畜生所破坏。"

老朱吃吃道："我看这事，定非这样简单，应还另有文章。"

曾老头看了看他，道："其实之前听曾老板说起王大夫自杀，倒要我想起了一个人，相较忆起酒老鬼的死，再有昨晚我等三人出城办事间，暗中有人多番故作挠阻，致我更怀疑到了他身上。所以，刚一回府，我便叫有三过去探探风头，哪知，他竟在昨晚雨前就已死去。"

活眼神算道："原来曾兄早已在怀疑木头？"

曾老头道："话是如此，但或许真是我猜错了。"他悠侧过目光，转落院中，有风吹过，老桐树的大叶子婆裟作响。

"沙沙"的声音，犹如风与叶子在阳光下的窃语。

谁也不曾注意，此时有一个人的脸色已变得极是难看。他就是旁立左右，耐心听着曾老头他们谈话，未发言语，却早已按捺不住的张大胆，只听他怒吼一声，道："曾兄的猜测本就是错的，木头兄弟与我几番同生死共患难，怎会是你怀疑的那种人。再说，他之刚死，尸身未寒，你们这样猜测于他，实叫兄弟也为之痛心得很。"他言词激烈，扫一眼几人，愤愤着又道，"曾兄，我张大胆一直敬重于你，可是……今日……"欲言未语间，只得拂怒跨出了厅门，头也不回地气极而去。

曾老头面色一怔，欲手拦止，道："张贤弟……"

话即出口，却听活眼神算截声道："曾兄就由他去好了，年轻人，过一会儿就没事了。当下瞎子尚有一事,需得请教朱老板。"

曾老头一脸无奈。老朱道:"请教不敢当,神算有什么事,盼咐便是。"

活眼神算道:"朱老板客气,瞎子只想知道,昨日……"

正当这时,柳三娘却突打断道:"等等。"她的声音轻柔细腻,但就如晴天霹雳一般,厅内顿时哑声。只见她不紧不慢,抬起纤纤手来,随手捏上一颗珍珠黄金糕,放至嘴中,小咬一口,有滋有味地吃着。

所有人都怔怔看着她,不知三娘葫芦里到底卖着什么药。

但见柳三娘指着手上的珍珠黄金糕,赞不绝口道:"曾夫人的手艺,果然巧妙得很,这珍珠黄金糕,吃起来不仅韧性十足,滑舌质腻,且留口余香,更听说对女人还有驻容美颜的效果。但……唉……可惜!"

曾老头奇怪道:"可惜什么?"

柳三娘道:"可惜老娘是该到走的时候了,这般极致的点心,曾老板……唉……实在可惜!"她连叹数声,好似对这珍珠黄金糕果有很大的不舍。

曾老头诧异道:"怎么,三娘要走?"

柳三娘道:"不走,莫不还留在这听你们几个大男人费那舌劲么?"柳眉颦处,立身而起,道,"老娘可没那份闲心,更不是喜爱多事的人。"说这话时,倒似忘了如不是她的好奇多事,恐怕曾老头此时还被困在断崖底下呢!其实女人最大的毛病,就是明知心里想的是这般,却非要与之相反地来说。

曾老头愣了一愣,道:"三娘既要走,那老夫就送送你。"

柳三娘柳腰摆处,莲步踏足道:"不必这般麻烦,三娘认得你家出去的门路。"

曾老头径望着她下院的身影,突然心念一动,端起几上一碟珍珠黄金糕,追上去道:"三娘且留步,此些珍珠黄金糕,三娘就带走尝尝。"

柳三娘瞧了瞧,接过道:"那就谢过曾老板了。"

曾老头道:"三娘何需客气,老夫还未谢你的救命大恩呢!"

柳三娘颦眉一笑,道:"免了免了,有曾夫人的这碟珍珠黄金糕,就当是谢我的了。"话音落处,人已隐没于角落。

回到厅中,曾老头面色微正,道:"朱老板,瞎子,咱且坐下再聊。"

尔后又吩咐管家道,"福伯,再下去沏三碗新茶来。"

福伯应声去了。

三人复再坐下,少顷,一名丫婢拖着碎碎的脚步沏来三碗茶水,福伯侯等厅外,小心接过,一一置在各人几前。活眼神算小饮一口,夸赞道:"曾兄家的普洱茶,就是比他处的略香一筹。"

曾老头朗笑一声,道:"瞎子喜欢,我可叫下人挑些最新鲜的叶子,给你送到舍上。"

活眼神算道:"煮茶太过麻烦,此就不必了,我还是常来曾兄府上喝着比较省力。"

曾老头笑笑道:"随时恭候临品。"

老朱瞅了眼他俩,托起茶碗刮上一刮,却没饮下,复又搁下,随即抽来腰间的烟管子,点燃猛吸上两口,但见他头顶周围,顷刻便雾气缭绕。曾老头瞧了瞧他,道:"二位,言归正处,方才咱们谈论到哪了?"

活眼神算又饮下一口茶水,道:"正议论曾兄家的普洱香茶。"

曾老头道:"我是说再往前?"

活眼神算拧眉锁额,搁下碗来,道:"再往前?瞎子正想一事请教朱老板,昨日我等走后,可有见到张画师?"

老朱悠吐出一口香烟,道:"不曾见着。"

活眼神算微作一怔,曾老头却变了变脸,恍然道:"是呀!我怎把这事都给忘了。"随忙叫道,"福伯福伯……"

一直恭候厅外的管家福伯,匆忙忙跑了进来,道:"老爷,你有事吩咐?"

曾老头道:"福伯,你速叫伙计去张画师家中,将他请来。"

福伯回道:"是,老爷。"欲退身下去,曾老头又紧叮一声道:"关照下去,一刻都不要耽搁,见着张画师,就说我有要事寻他商量,要他即刻来府。"

福伯连声应允,匆忙下去。

老朱瞧见曾老头这般切急,无不奇怪道:"曾老板,出了什么事?"

曾老头眉宇忧愁,道:"朱老板有所不知,昨日出城的当儿,我等没寻见张画师,当时因时间急,故在走时,只得在他家门墙上留了点东西,他若见到,必会来府找你,但是……"

老朱猛吸一口烟，已然明白道："画师至此时都未出现，曾老板是否担心他……"

曾老头叹道："现今四平街可不比往日，是越来越不太平了，我心中思来想去，昨夜发生的事，绝不单只是木头和王大夫二人这般简单。"顿下，不免自责道，"也怪我一时只顾着他事，却把画师给忘了，如不是瞎子的提醒……唉！……也不知他此刻是醉酒他处，还是怎么回事。"

老朱吧嗒着烟管，道："莫不是画师也出了意外？"

曾老头脸色一变，无不忧忡在心，活眼神算叹道："希望不是那样，这走的兄弟，也已够多的了。"

忽地，一阵奇怪的鸟鸣声传来，曾老头和老朱同时望将出去，而活眼神算却动之未动。

不知何时，院里的老桐数上竟歇来一只红爪凶眼、尖喙黑羽的大乌鸦，在枝头"咿呀咿呀"乱叫数声，之后抖了抖羽毛，拍翅飞离而起，眨眼间，便已出了曾府。

古老的四平街，张大胆独自郁闷行走，他要去见木头最后一面。突地，一疾劲风自头顶飞掠过去，他神色一怔，抬了抬头，但瞧一只黑洞洞的乌鸦，停在逍遥棺材铺的房顶上，浓眉皱处，不无叹道："古语说，喜鹊报喜，黑鸦带凶。连鸟儿都闻风而来，看来，木头兄弟果真是已不在。"

又接连数叹，径直来到逍遥棺材铺中。但瞧今日的铺子冷清异常，三两名铺中伙计忙进忙出，不知做什么。再往里走，原来他们正赶着布置木头的灵堂。想起木头曾说，幼时讨饭来到欧阳掌柜家门口，师母瞧他可怜，将他收留在了府中，教他打棺手艺。如今，他不幸去世，想必欧阳夫妇自不忍心让他破落而走。

张大胆心情沉重，步履缓迟，停在尚未安置妥当的灵堂前，但见正中竖立的牌位上，赫然刻着："义子，欧阳木头之灵位。"

他不禁唏嘘一叹，忖道："想不到欧阳掌柜，会这般赏怜木头，不仅为他安置了灵堂，还以义子相称，倘若木头兄弟地下有知，也该能够安息了。"

思绪浓时，背后突想来咳嗽数声。

张大胆回过身，看见欧阳掌柜一身白衣麻服，行之过来。

近之，欧阳逍遥道："张老弟是来看木头的吧？"

张大胆道："木头是我兄弟，我来瞧他最后一面。"

欧阳逍遥道："张老弟有心了。"咳嗽几声，接着道，"请随我来。"

张大胆尾随他去，来到一间房前。

欧阳逍遥道："这本是木头生前的居房，灵堂尚未布置妥时，他的尸身先且安放在此。"

张大胆看了看他，一阵心酸难抵。欧阳逍遥推门走了进去。

进得里面，但瞧屋内窗户俱封死实，光线昏暗非常，一口崭新的丹漆大棺木横卧当中，六七个纸扎的美人排在墙角，一盏丝丝冒烟的青衣孤灯杵立棺头，屋顶有一道亮光直射下来，恰好洒于青衣孤灯之上。

欧阳逍遥眉色皱下，望了望亮光的来处，原来，屋顶竟有一个拳头大小的破瓦洞，他不禁嘀咕着道："这里怎么漏了天？"

怔过片刻，望一眼张大胆，伸手抚着光滑的棺身，道："张老弟，木头就躺在里面。"

张大胆缓缓步将过去，道："欧阳掌柜，我想开棺瞧一瞧，送木头兄弟最后一程。"

欧阳逍遥咳嗽两声，道："张老弟，不瞒你说，木头的容貌叫畜生糟蹋得已不成模样，我怕张老弟见到会……"

张大胆道："欧阳掌柜放心，我只瞧一眼，应该不会碍事，再说，我张大胆什么没见过，岂曾怕过这些？"

欧阳逍遥微怔了下，道："我看还是莫要瞧的好，张老弟有心来此，这份心意，我就替木头谢过收下了。"

张大胆却道："我既到来，就想睹一眼兄弟的遗容，假如欧阳掌柜不作成全，小弟……便在这不走了。"他显得很是生气，一副雷打不动的模样，杵在那儿。

欧阳逍遥见他如此固执，深叹一声，道："木头能有张老弟这样的朋友，实是他之福气。"又一叹，方接道，"也罢，张老弟既这般诚意，那我再行说道，就显得有点不近人情了。好吧！我出去叫下人过来启棺。"

张大胆阻止道："不需麻烦，小弟想亲自动手。"

欧阳逍遥愣了下，道："那好吧！"他将棺头的青衣孤灯移了去，退至一旁静静看着他。

张大胆缓步来到棺前，暗吸一口气，以定神色，想起有三被吓的神情，心中还是难免"扑通扑通"惊跳了数下。

准备片刻，他瞧了瞧欧阳逍遥，腾起手来，费去好大的力气，终才移开棺盖数余来寸，他不免嘀咕一声，道："好重的棺木！"

欧阳逍遥道："棺木越重，表示对死者越是尊敬，张老弟，此乃世间最名贵的金丝楠木棺，棺盖则是极重的铁梨木所打，此木重如铁石，不是气力极大的人，休得推移分毫。瞧张老弟居能移动寸余，实是让老夫佩服得很。"

张大胆一阵脸红，道："让欧阳掌柜见笑了。"说着，目光转去棺内。

但是，他的脸色却接连数变，身子更是为之一颤。

欧阳逍遥一阵奇怪，近身道："张老弟，怎了？"

张大胆微怔半晌，吃吃道："没，没什么。"

欧阳逍遥愣了一愣，似乎已经猜测出来，道："张老弟，人既已见过，咱们就别打扰他了，出去再聊吧？"

张大胆又往棺内瞟了一眼，一时倒忘了回答，只是心中在嘀咕道："莫不是我眼花？"

欧阳逍遥见他愣杵不语，还以为没有听见他的话，便又叫道："张老弟、张老弟……"

张大胆木杵在那，半晌才幡然醒来道："哦，欧阳掌柜，你叫我？"

欧阳逍遥道："张老弟在想什么呢？"嘴上这样问着，心里却另想道，"看把你吓的，劝你莫要看，还非作逞能，如今下来，竟连脸色都吓得这般青。"他暗暗嘀咕。

张大胆回道："没有什么，哦，欧阳掌柜，木头兄弟小弟既已见过，就不再打搅了，他日出丧之时，定当前来给木头兄弟上炷香，为他送行。"拱了拱手，接着道，"小弟就先行告辞。"

欧阳逍遥道："张兄弟不再坐坐？"

张大胆回绝道："不了，小弟还有些事情。"

欧阳逍遥道："那——我送送你。"

张大胆边出门边道："掌柜留步，小弟自行便是。"他虽这样推辞，但欧阳逍遥还是将他送至了门口。

出了逍遥棺材铺，张大胆边走边又想起刚才在棺内看到的诡异一幕。

原来，方在木头的居房，移开棺盖的时候，屋顶泻下的那缕光线刚巧漏在尸人的脸上，正当张大胆放眼去看，却不料尸人的脸居然动了下，朝没有光线的阴暗处移去数分，故而才惊愕得呆住了。所以，他绝不是让恐怖的模样给吓着，虽木头此时的面貌确实可怖，就如当日在鬼屋中见到的那个丑女人一般，脸面疮痕四布，寸无完肤，可还不至于使他惊呆变色。此时他心中在想："难道死人也惧怕阳光不成？"

一阵风过，不觉把他从浓烈的思绪中带将出来，抬起眼来，竟发觉不知何时，居然行到了自家的肉档前，目光落处，档角一弯挂肉的铁钩上，一张卷轴起的纸片，伴随肉钩在风中孤独地舞动。他不觉一阵失望，知道荷心尚未来过。

"也不知荷心现在怎样了？"心下这样想着，只得将昨日的纸片换下，挂上另张纸片，只见上面写着：明日巳时三刻，飘飘院门口见。

张大胆不知为何会将地点选在飘飘院，那本是个人多眼杂的地方，但或许，此时他心中最念的应还是飘红，如不是那样，又怎会一大早便自行到了飘飘院门外，或许他希望能有幸见飘红一眼，抑或是她的贴身丫婢也可。但可惜，他不仅连个人影也没见着，还让一个小乞丐赖去了好几十两银子。

想起那个可恨的小乞丐，不禁探怀摸了摸那本应空空如也，却似还藏着什么物事的钱袋子。

突地，指感触处，忽发觉钱袋子之中，似还有另物。心念略动，探手取出，居然是几根女人的长发。

斜阳渐正，赤裸裸照着手中的发丝，一阵思想，终才忆起，这应是当日在西南山后峰的墓冢空棺中拾得的，但不知何时，当日塞往袖口中的发丝，后被自己糊里糊涂给放入了怀中。

如今但瞧烈阳晒下的发丝，身上竟隐现出一道道鲜红的血丝。

张大胆心下一阵奇怪，暗道："黑发怎会显红丝？"

正当迷惑难解，脑海中忽地闪现出一人来，他暗叹一声，咕哝道："看来此种异事，非活眼神算来解不可。"

想着，便将长发重又放回怀中，径直朝曾家走去，而此时，他实早已忘却钱袋子的事。

再说曾家府院，鸟语茶香，清幽寂静，茶过三碗，曾老头终于不耐，嘀咕道："福伯怎还不回来，真是急煞人。"

活眼神算道:"曾兄勿急,再等等不妨。"

话音方落,果真瞧见福伯慌里慌张跑来,曾老头面色微变,心中暗想:"莫非出了什么事?"

心念动处,福伯已至厅外,只听他惊慌失措道:"老爷,不好了不好了……"

曾老头一正脸色,腾身站起,道:"福伯,出了什么事?你快些讲来!"

福伯惊魂未定,上气不接下气道:"老爷,有三死了。"

"什么?"曾老头大感意外,他原以为定是张画师出了什么事,怎想到,竟是有三出了事。他望了望活眼神算和老朱,见他二人也是一脸惑色,便接着问道,"福伯,到底是怎样回事?有三现在何处?你快些讲来。"

福伯定了定神,道:"老奴方才叫有三去张画师小舍请他过府,哪知有三去了半响,不见回头,老奴心想,有三嘴馋,定是又在哪贪吃误了正事,索性亲跑一趟,殊不料,待老奴进得画师舍内,一眼就瞧见有三趴在桌角,离手半余,还摆着一坛封口未实的香酒,老奴当时气得不打一处来,知道有三定是看见画师家的酒,给偷吃醉倒了,可是,当老奴上前喊他时,才发现有三已经没了气……"他还要再说下去,曾老头却打断道:"好了,福伯,你不用再说。"

他皱了皱眉,看着活眼神算,接着道:"瞎子,昨日你我去张画师家时,老夫好似是看见小厅桌上放有一坛宋廷御酒,怎……酒中含有剧毒不成?"

活眼神算道:"有无剧毒,暂还不好下结论,方探过才可知。"

老朱一口烟雾吐出,将管子往几角一搁,喟叹道:"唉……咋又死了人?这死来死去,啥时才算个头,曾老板,我等还是过去瞧了再说吧!"

曾老头看了眼他,焦急出得门去。管家福伯送三人至门口,回身进府时,瞧张大胆从反处径直而来。

福伯顿了顿,道:"张少爷,老爷刚出门,我这就去叫夫人。"

张大胆道:"不用,我不进去。"他望着曾老头三人渐消失于人群的身影,问道,"福伯,曾兄等如此身急,可是出了什么事?"

福伯叹息一声,道:"伙计有三死了,老爷正赶着处置去。"

张大胆愕了愕,惊讶道:"早晨还好好的,怎突然间就死了?"

福伯又喟然一叹,道:"这都怪老奴……"他将事因娓娓道来一遍。张大胆听后,悉数明白,道:"福伯,这岂能怪你,要怪也只怪有三自行贪嘴,还有那暗中施毒之人,与你有何干系!"

福伯黯然道:"话是如此,可是……"

张大胆道:"你就别再自责,曾兄既去了张画师处,那我也得前去瞧瞧,等下我与曾兄说说,相信他不会怪你。"说完疾行而去。

福伯愣一愣,唤道:"张少爷、张少爷……"可张大胆哪里应得半声,只怕心早已去得远了。他直愣愣半响,低声道,"张少爷怎还这般急性好事,若让老夫人知道,不知又该几宿不着睡了,唉……还是别告诉她老人家,免得又要担心。"他边摇头,边叹息着回府。

进得门里,张大胆忽听见曾老头三人正当谈话,心中好奇,亦也不愿进去打搅,索性放慢脚步,待他们讲完了再说。

只听曾老头疑惑道:"瞧有三的尸身,皆无黑态、七窍出血之状,脸色亦无痛苦迹象,反而还略带着笑意,实不像是中毒死去。只是在这极短时间,尸身却已僵硬如柴,此番症状,又不该是外伤所致,老夫实尚首次遇见。"

老朱道:"当不是外伤所致,你瞧有三的尸身,哪有半滴血迹和伤处,再诡异的手段,只怕也绝无杀人不留痕迹吧。"

曾老头皱眉道:"莫非是银针之类较小的凶器,穿喉入骨,我等不曾觅见?"

老朱道:"曾老板言辞在理,我再细察细察。"

话音未落,活眼神算却道:"朱老板慢来,瞎子细想之下,有三绝对应是中毒而亡。"

老朱惊异一声,道:"怎……"曾老头随即接茬道:"这样说来,瞎子识得此种尸状?"

活眼神算道:"也不算是识得,只略有耳闻罢了。"

曾老头道:"那不妨道来听听。"

活眼神算道:"依常理来断,人死后长则一日夜,短则八九个时辰,尸僵方才会遍布周身,而有三死去至多也不过个把时辰,此间的环境又不比他处异常,尸身怎会如此反常?瞎子料想,不管有三怎样死去,尸内必含有剧毒，如不这样，那或只有一种可能，就是有三被人下了降术。"

曾老头与老朱相觑一眼，愕然道："降术？"

活眼神算道："相传当年诸葛亮七擒孟获，而孟之一族，就擅于降术，延续今来，就是当下的彝人。但不是所有的彝人都有这样的本领，只有族中最上等的土司及黑骨，才懂降之法术。"

曾老头愈加惊讶道："彝人？难道他们也是冲着紫檀木匣而来？"

在外的张大胆不免心里一震，暗忖道："紫檀木匣？那不是让我丢失了么？怎连偏远的彝人都掺和了进来？"想起木匣有可能在飘红身上，不免惊出一身冷汗。

只听活眼神算道："瞎子只是这样说说，瞧有三的死处，便知他人的目标应是张画师，而不是有三，有三只不过在巧合下做了替死鬼罢了，所以，彝人给有三下降应不太可能，更多的还是有人暗地事先在画师家中施毒。"

张大胆听来，也觉得活眼神算分析得在理，当下再要听时，却闻得"咣当"一声，似有什么器物摔地碎裂的声音。

他微一怔，不及想处，猛然闯进小厅。

小厅之内，有一只精美的酒坛子摔碎桌下，只见那满坛醇香扑鼻的好酒，溅湿了老大一块地方，更使得满屋子酒香飘漾。

张大胆瞧上一瞧，不等屋内杵怔发愣的人先开口，便急问道："出了什么事，出了什么事……"

曾老头怔过，道："张兄弟，你怎来了？"

张大胆道："我听说有三出了事，就急着过来瞧瞧，看看有没有什么可帮忙的。你们……没什么事吧？"

曾老头道："哦，没事，瞎子将桌上的酒坛子打翻而已。"

张大胆看了眼活眼神算，道："没事就好，没事就好。"心下却不免暗道，"莫非神算早知我在外面偷听，故意引我出来？"

活眼神算面如常色，道："张兄弟既然来了，就不妨帮瞎子个忙，将打碎的坛子收拾收拾……"说着，不禁叹道，"唉，可惜了一坛好酒，如此的好酒，画师定是已藏起许久，如今，竟让瞎子给这样糟蹋了。"

张大胆瞧他一眼，在屋角寻来一只簸箕，蹲下去捧起一片稍大的碎酒坛，但见上面依稀还荡漾着清澈的酒水，他不禁凑近鼻口闻上一闻，惋惜道："的确是好酒，张某平时喝酒不少，可从未见过如此上等的好酒，只怕是酒老板在世，生平最得意的三杯倒也难敌一二，更别说寻常的竹叶青、女儿红、状元红，与其比较，实乃属天壤之差。"又叹了叹，道，"此等美酒佳酿，不知谁忍心下得去那手。"

接连叹数下，小心将手上的破酒坛搁置簸箕之中，然后望了望有三的尸身。突地，他脸色一变，惊惶着道："你们看，那是什么？"

曾老头与老朱本一直在纳闷，神算为何要将好端端的酒坛推翻在地，尔后想来，猜测定是瞎子疑心坛中藏有蹊跷，所以，当张大胆在地拾掇坛片时，二人实也在耐心看着。

哪知，坛中除去酒水，什么也没有，正当疑惑瞎子估错之时，突闻得一声惊喊，二人遂忙望将过去，顿俱给惊得愕立当场。

三双眼睛，一眨不眨，冷冷望着。

只见有三的嘴中，缓慢爬出一条虫来，观此条虫子，他们都曾见过，但只要一想起此虫子的名号，三人的脸竟都失了颜色。

活眼神算着急道："张兄弟，可是出了什么事？"

张大胆动之不动，似已被眼前的虫子所吓着，完全不能回答。而曾老头和老朱，此刻也是一动不动。

静寂的小厅，但闻活眼神算干咳一声，语气悠长道："瞎子明白了，其实也早该明白了，这世间的毒药，惟算砒霜猛之，但与另外三物相较，砒霜又算得了什么？如瞎子料算不错，三物之首，苗人的毒虫地底红目蛇，此毒见血封喉，久而不化，乃不就如有三一般，硬及尸僵。"

曾老头怔过片刻，悠悠叹道："原来瞎子已早猜到了。"

活眼神算道："也不敢全断言，只是当瞎子想起昨夜与曾兄遇到的那些险境，故而才有所猜疑。"

曾老头道："我实不明白，为什么苗人要与我等过不去，处处想置我等于死地？"

活眼神算道："或许，此些事情可前去问一人。"

曾老头惊异一声，道："谁？"

活眼神算道："辛家大夫人沈珂雪。"

"沈珂雪？"张大胆暗忖，"怎会是她？"

曾老头愣上一愣，老朱道："沈珂雪，她可是辛铁风的人，怎么可能？"

活眼神算道："这瞎子自然知道，但辛铁风现身在南洋，如今掌持辛家的是沈珂雪，谁能知道这刁钻的女人会使出什么样的手段？"

老朱道："我明白神算的意思，可……"他看了眼曾老头，似有着什么难言之隐。

活眼神算一正脸色，道："昨日自我等出了辛府，便俱是麻烦不断，先时我与曾兄三人连遭他人设计，险遭性命不保，后又接踵发生离奇死亡案，画师下落不明，如此接二连三的怪事，怎会这般巧合，竟都生在昨日去过辛府的人身上。"

老朱沉顿片刻，道："沈珂雪虽桀骜刁钻，却也聪明不凡，我自觉得，她应不像是如此狠毒之人。"

曾老头道："朱老板所言我极赞同，方无凭据之前，沈珂雪毕竟也是我等的晚辈，老夫相信她不会因昨日之事而设陷加害我等。再说，昨日一事，辛家也挽足了脸面，辛铁风不在府中，她贵为辛家掌持人，当处处为辛家着想，此些事情，我等应还理解才是。"

活眼神算眉心微皱，右手动处，但闻"嗖"一声疾风劲响，刚巧从有三口中完全爬出的毒虫，就叫他的签子牢钉在桌面，只见虫子挣扎一阵，摆了数下尾巴，便再难动弹。活眼神算手一指，道："那这条虫子，又该作何解释？"

曾老头一震，老朱当下无语。

张大胆收拾干净桌下，立身望一眼桌上的死虫，实感万分糊涂，暗中嘀咕道："此事怎又和辛家大夫人扯上了干系，方不是说都是苗人所为么？"

其实，他哪里晓得，沈珂雪虽是汉人，可她母亲却是黑苗蛊师的女儿，故而活眼神算怀疑她，也是在情理当中，因为整条四平街，能有如此背景之人，方只有沈珂雪一人。

曾老头望一眼呆愣一旁的张大胆，道："张兄弟，我想麻烦你件事，不知怎样？"

张大胆爽快道："有什么吩咐？曾兄说来便是。"

曾老头微顿，道："在未查清事由之前，有三的事，还请兄弟在外先莫要宣扬，待我等搞清了真相，方做打算。"

张大胆道："曾兄放心，兄弟心底知道。"

曾老头点点头，道："还有一事，需要张兄弟烦劳一趟。"

张大胆一怔，道："曾兄请说。"

曾老头道："张画师昨日在辛府一气离开后，到了今时都不见下落，老夫担心……张兄弟能否替我去一趟醉死酒楼，瞧瞧他可否在那里？"

张大胆未行多想，道："昨日张画师的事，全都是兄弟的错，好，我马上就去。"他将手中的簸箕往桌角一搁，匆匆出了厅去。

行急的脚步，瞬时便难闻音讯。活眼神算道："曾兄既不想让他知道太多，为何还要将紫檀木匣交予他，此不是矛盾得很？"

曾老头叹道："木匣迟早是要给他的，那本就是他的东西，我只不过替他保管一阵，至于以前事，他能少知还是少知的好。"

活眼神算道："可是你又能瞒得了多久，早晚还不是要亲口告诉他。"

曾老头又叹道："也只能走得一步算一步了。"

确实，纸终究难包住火，总有一天，该知道的还是要知道的。曾老头当然明白这个道理，也早已有了自身的打算，到了时机成熟的那天，他定将所有的事情亲口告诉他。

沉寂片刻，老朱突拾起桌面的毒虫，喃喃声道："地底红目蛇，沈珂雪，果真有什么联系么？"

活眼神算道："你我都知晓，沈珂雪的母亲可是黑苗蛊婆师的女人，她从她姥姥处学得几手养蛊施毒之术，还不是信手拈来？何况昨日辛府一役，她手中竟有大批的黑苗刀士，此难道还不足见一般吗？"

曾老头抬眼望去毒虫，不作声语。老朱道："听神算这般讲来，好似她确有不少嫌疑。"微顿一想，接着道，"那我们下面该怎么办？"

活眼神算道："先找人盯住她。"

曾老头一皱梢眉，开口道："这样不是太好吧！辛家毕竟是方圆百里的大宅子，倘若出了什么差错，他日辛铁风归来，我等不是让他脸上过不去？"

老朱道："辛铁风是个脾气古怪的人，自从解伙以来，就少和我等往来，我看，在无凭据以前，还是莫作张扬，免得日后不好讲话。"想起夫人习娇娇多亏得辛家的那支千年人参方才保住性命，无形之中，便为辛家说了几句话。

活眼神算似有不悦道:"那你们说该怎么办?"

曾老头道:"我立即修书一封,差人快马加急,送下南洋,要辛铁风速将回来,你们看如何?"

活眼神算道:"看来也只能这样了。"

风和日丽,正是午饭时辰,四平街上行人稀少,几个远来担货的贩子,歇下肩挑,蹲在街边一角,拿出干硬的饭团子,吃了起来。

这时,一个脏脏的小乞丐,头上戴着顶黑黝黝的小皮帽,双手捧着一只流油的大肥鸡,就在几个贩子对面那家歇业的店铺前,懒懒坐下,一口咬下一块鸡胸肉,大嚼起来。

几个贩子抬眼看见小乞丐手上的大肥鸡,忍不住都咽了口口水,嘀咕几声,匆匆将只吃几口的饭团子收起,担上挑子往夕阳客栈行去。

小乞丐自顾自吃着,直到那几名贩子进了客栈,他也已吃下了大半只鸡。

突地,他身后的店铺大门忽开了一条缝,一名灰衣男子闪身走了出来。

他瞟了眼小乞丐,嘀咕着道:"想不到做乞丐,吃得也甚不差。"感叹之余,忽发现眼前的小乞丐正是早上赖他银子的那个,此时他虽戴了顶小皮帽,但一眼便瞧出了他那双滑溜溜的眼珠子。

原来,屋中出来的灰衣人正是张大胆,他在醉死酒楼内找寻许久,甚至连那大小棺材也俱探了个遍,可并未瞧见张画师的影子。

恢丧之下,出得门来,一眼撞上早晨与其纠缠的小乞丐,心中动处,忖道:"今日可是怎地,老是遇上这等人。"遂装作若无其事一般,瞧也不再瞧之一眼,心想还是离得远些才是。

小乞丐滑滑的眼珠子转了一转,余目瞅了瞅张大胆,恰似吃惊道:"咋又是你,是不是还钱来了?"

张大胆一愣,摸出钱袋子,半晌讲不出话来。

小乞丐溜圆贼亮的眼珠始终极精神地盯着,但当瞧见张大胆手上极不充实的袋子,不免叹气一声,道:"记得明日一定将钱还来。"

说着,又似想起什么,瞅了眼手中已吃剩半只的大肥鸡,脸色微变,慌忙将鸡揽在怀里,匆匆跑开了去,边走还嘀咕着道:"这样的穷鬼,让他瞅见这么肥的鸡,不被抢去才怪……我还是避开远远的好。"

张大胆怔上一怔，世间之大，可不曾听说有从乞丐手上抢吃的，想起小乞丐提防他的模样，一时竟也哭笑不得。忽地，指尖触处，又感觉到了袋中的那个物事，小心取出看时，见是一块柔软的折起数叠的白锦绢，散发着淡淡的幽香，心想："一个如此脏污的小乞丐，竟也有这般干净的织物？"摊开来看，只见上面绣着几片青绿的荷叶和一朵出水荷花，旁边写有一行娟秀的字：月归晨时折复来，佳人心清候夕阳。落笔，荷心。

"荷心。"张大胆低声道，"想不到那个耍赖自己银两的小乞丐竟是荷心装扮的。"会心笑处，却又奇怪道，"荷心既来了四平街，为何还要扮成乞丐的模样，见到自己，尚还装成与自己不相熟，不与坦诚相认呢？"

他望了望荷心离去的方向，一脸的茫然。

萧索的大街，突闻得一阵悦心动耳的铃声，张大胆微一震，这个铃声，极似熟悉，循声望去，但见一面相黝黑，头缠布巾的红面老头，驱着匹幼健的枣红小马，驮着一口瘦棺，自街口而来。

风吹阳下，幼马颈下的一串小铃，不时发出着声响。

张大胆收起钱袋，目光一亮，激动地嘀咕道："此不正是当日我与飘红丢失的枣红小马么？怎会在这老头手上？不行，我得前去问他个明白。"心中疑处，遂奔将去，把红面老头的车马给拦在街心。

红面老头猝不及防，猛然一惊，道："小兄弟，你这是干什么？"

张大胆瞧着他，道："这位老丈，敢问这马车可是你的？"

红面老头微一顿，细细打量张大胆一般，道："你问这做什么？"

张大胆道："小弟眼瞧这马熟悉，极似前日我丢失的，兄弟斗胆一问，此马老丈可是从何得来？"

红面老头愕之一愕，忽然双目发亮，道："老弟可是叫张大胆？"

张大胆顿然疑惑，惊道："你怎知晓？"

红面老头见他承认，长出一口气，低声自语道："他果然没有骗我，这钱确实好赚得很。""腾"一声跳下车来，将赶马长鞭往张大胆手中一塞，便要走了。

张大胆呆之一愣，道："等等。"

红面老头身子一顿，道："小兄弟还有什吩咐？"

张大胆道："老丈还未讲清马车到底是从何处得来，怎就要走了？"然后看一眼手上的长鞭，道，"你这又是何意？"

红面老头一怔,恍然道:"哦,对对……你瞧我,实是高兴了些,怎把要事给忘了。"说着,从怀里掏出一封信笺和一包银子,道,"我是西郊的猎户,今日清晨,偶遇上一个生人,牵着这辆车马,见我就说:'你把此辆棺车赶去四平街,遇有一个叫张大胆的人来问,就将车子交给他,事成之后,车上有一包银子和一封信笺,银子归你,信就交给我刚说的那人。'"他把信递交给张大胆。

张大胆接过,更加疑惑道:"给你棺车的人是谁?长得什么模样?"

红面老头一脸茫然,道:"不清楚。"

张大胆奇怪道:"他不是与你讲过话么?怎……"

红面老头道:"清早西郊突起来一场大雾,那人距我十余丈外,根本瞧不见他的面貌,待我答应他,上去牵车时,居然没见着人,只有这一辆车子。"悠想起来,似乎还在琢磨,那人到底是何时走的。

张大胆疑惑般看了下他,撕开信笺,展出看时,但见信中只有简单七个字:"将棺车交给荷心"。他更生疑惑,暗忖:"谁知晓我与荷心认识,且为何要我转手交付?"抬起眼来,不禁惊之一愕,方才还立于眼前的红面老头,此时竟已不见去向。

空寂的大街,陡然生出一丝诡异,那赶车的老头,顿时如凭空消失一般,走得悄无声息。张大胆一阵惊悸,心里阴霾时,忽闻得马儿低"咴"一声,他方得醒悟过来,此一切乃是真实的。

望一眼车上的瘦棺,猜忖道:"不知棺内藏着的是谁?"想起当日荷心曾与他说,她无父无母,生来便是孤儿,与其仅有关系的师父,亦早已下落不明,怎还有人将一具棺木牵来四平街给她?

思来忖去,接又猜测道:"莫非棺内藏着的不是人,而是他物?"

心中想处,便就牵起棺车往家回去。

恍然间,便已行至夕阳客栈门外,突地,一个醉汉肩扛担挑,从里跌撞出来,脚步飘忽,竟连人带挑子直扑将上来。

不及防备下,张大胆险些让来人撞翻在地,所幸并未摔倒,但幼马却惊得狂跳不止,连嘶数声。他紧拉住受惊的马儿,怔怔望去,但见一个贩货的汉子,直趴地上,两箩山里担出的干货,悉数滚出。

再眼细瞧,只见那汉子蹒跚爬起,满口鲜血,极可能是被磕去了颗把门牙。经此一跤,汉子醉意顿除大半,似乎再也顾不得其它,慌忙捡拾滚落满地的山货。

这时，客栈内又快步走出五六个担货的贩子，见同伴摔倒，忙撂下担挑，帮忙着捡拾，一边似还有人嘀咕道："贾老二，要你别吃那么多酒，偏不理我劝……"

张大胆怔过，心知汉子不是有意撞着自己，看看自身并未受伤，想着就算了。他拉紧缰绳，生怕幼马再次惊吓，踏碎他人的货物。

杵立片刻，汉子终于拾掇完山货，这时，他方似才想起，刚才自己好像撞到了人。他瞧了瞧张大胆，憨厚的脸上不知所措道："这位小兄弟，我……我……"

张大胆笑一笑，道："大哥莫要不好意思，出门在外，哪有不出个小意外，只要人没事就好。"

汉子露齿一笑，果见少了颗大门牙，他随手从筐内捧起一把山核桃，道："小兄弟，这些不值钱的干货，就送你一把尝尝。"

张大胆慌忙推辞道："大哥甭客气，还是留着换钱才是。"

汉子不依道："此些可都是咱山里人自家种的，值当不了几文银子，小兄弟不要，可是嫌弃我们这些山里来的粗人。"

旁边的贩子也道："是呀！小兄弟，你就收下好了……"

张大胆瞧着这些淳朴的山里汉子，心里暖处，只好欣然接受。

再复起脚，那些汉子将挑子歇在飘飘院对街，吆喝起了生意。张大胆微顿，望一眼飘飘院当下冷落的门楼，心中不觉又想起了飘红。

汉子们吆喝过一阵，却不见得有客人上来。其实，要搁在平常，整条四平街当数此处热闹些，可是今日时辰不济，正赶上飘飘院遇事闭门，故才显得冷清不少。

只见一条汉子瞅了瞅稀疏的街道，心中一急，冲先前醉酒的汉子唠叨："贾老二，早知你这样管不住嘴巴，就叫过老大别将你带将出来，你瞧瞧现在，出来还没趟上生意，就陪你吃鸡吃酒，到先花去好些银子。"这些深山出来的汉子，虽说担的是自家的货物，但眼看招不到生意，又想起先前枉花的银子，不免有些心疼起来。

贾老二咕哝道："这怎能怪我，要不是过老大老在面前吹嘘山外的烧鸡有多鲜味，烧酒有多烈性，我怎能老惦想。再说了，方才连那小乞丐都吃上了烧鸡，我们也吃他一回，有什么不可？"

另一稍年长的汉子道："好好好……你俩就别再斗嘴了，这事怪我行了吧！都是我嘴巴馋，讲好回山时才吃，非忍不住要现时吃。"瞟一眼贾老二，此般含沙射影的一段话，直叫他人顿时哑语。

贾老二赔笑道："过大哥，我……我不是那意思！"

稍年长的汉子一笑，道："我看这样得了，今晚我们露街一宿，省些打店的钱，待得回山时，再大吃他一回，你们看如何？"

贾老二与先前唠叨的汉子相觑一眼，觉得此法甚妙，二人均点头赞同。

张大胆路过，方行不远，便听见背后传来的声音，心中思处，忽停车走过去道："各位大哥，小弟方听大家今夜要在街头露宿，其实小弟的家就在街尾首户，汝等不嫌弃，小弟愿将家中院落收拾一番，铺些稻草粗棉，相信比得街上总要好过一些，你们觉得怎样？"

贾老二道："小兄弟实真客气，可我们这么多人，只怕有所不方便。"

张大胆笑道："大哥无须这样说，我家就我一人，院子闲着也是闲着，只是屋子太小，只够大哥摆置货物的，小弟实有些过意不去。"他苦笑了下，瞧一瞧车上的瘦棺，面有窘色道，"还有就是……"

贾老二心下会意，朝那稍年长的汉子道："过大哥，你是我们几人的领头，你说咋样办吧？"

稍年长的汉子道："我觉得小兄弟的提议不错，咱们山里人咋会惧这个，不就是一口棺材，没啥忌讳的。再说，小兄弟这般看得起咱们，咱再行推辞，就显得有些瞧不起小兄弟了，呵呵……小兄弟，你说是吧？"

张大胆哂然一笑，道："过大哥真会讲话，那夜里你们来便是，我家的院门可从来都不锁的，到时小弟若不在家，大家可自行到灶台生火热食来吃。"又笑了笑，道，"其实大家不必与我客气，就当是回自家一样。"

稍年长的汉子朗声笑道："好，小兄弟直性豪爽，我等就喜欢与这样的人打交道，那今晚我们就不与小兄弟客气，过来打搅一宿了。"

张大胆道："那就这般说定了，回家我先收拾收拾，恭候着大家的来临。"

稍年长的汉子道："小兄弟不需怎样打理，只要有一隅躺处，便就可以。"

张大胆笑了笑，道："那小弟就先告辞，各位大哥做完生意便来。"一溜小跑，驱车回家。

回到家中，已是午阳有偏。

不知忙碌了多久，只感精疲力竭，珠汗涔落。张大胆歇坐在马车上，背倚着瘦棺，其实，自打幼年母丧，家中好似从未像今日这般干净过，看着枣红小马安静地在院角食着料草，还有那往常磨石碎瓦，时见荒草的院落，心下顿然一笑。

院子虽收拾干净，但在铺上干草之前，还得在四周洒些石灰，用来驱避鼠虫蛇蚁等毒物。

目光扫处，张大胆又欣然一笑，竟似已把张画师的事抛在了脑后。他自嘲道："看来方偷懒数日，身体便已不经劳累，做这么点事情，就累得不行。"

嘲笑之下，心中不免又涌上些许黯然，或许人都是这样地多愁善感，特别是独自孤单的时候，心底难免会想起许多开心及悲伤的事情。短短数日，相处最多的莫过是飘红，当然此时想起最多的也是她，包括她的声音、身影、容貌及当日赤身环抱时的那种感觉……此些此些，无不都时刻留恋在脑海，想挥也挥之不去。

张大胆苦恼不解，为何想飘红的时间，比思念逝世的母亲还要多，以前想起母亲，总是心酸难忍，可想到飘红时，却难明那到底是一种什么滋味。有时候，他甚至有些自责，认为自己极其不孝。

其实，他哪里明晓，这种感觉总是在一个人不加防备时，无形中趁虚而入，来时，是那么地悄无声息，而当自己省悟时，却有如巨浪袭来，如洪水猛兽般让人中宵难眠，默默萧瑟。

这种感觉给了人快乐，也使人有了更大的纷扰。张大胆顶膝支颔，冥思良久，除了飘红，也想到了荷心，想起初遇时她的冷静，想起她装扮成小乞丐模样时的搞怪刁滑，也想起了那突来送棺的老头，及那……

想起车上那神秘的瘦棺，难掩好奇与冲动，但那是荷心的东西，他怎可以……

一晃默坐之余，即逝数时，张大胆从思绪中抽离出来，抬眼望去，始发现此时已是夕阳西偏，那漫天的霞彩，姹紫嫣红，真如宰猪后而打翻的积血大桶，染红了大半的天空。

他叹然一笑，道："我怎坐了这许久？"

第六章　斗转星移

思忖一下，遂将午时清理出来的院落摊上厚厚的稻草，经过整下午太阳的暴晒，有些湿潮的地方也已干燥，到了夜晚，躺着应该不会有所不适。

　　一切妥时，忽感觉肚中饥饿非常，方才忆起连午饭都尚未吃过，他抬了抬头，望了望天，出得门去。

　　日薄西山，霞光渐逝，四平街唯一的一家客栈夕阳客栈，此时定是盈客满座。

　　张大胆踏步走得进去，见得伙计狗二，招声道："狗二兄弟，哥哥喝酒来了。"

　　狗二翻了翻眼皮，冷冷道："谁是你兄弟？"

　　张大胆一怔，疑忖道："我哪里得罪了他？"但狗二既没提醒，倒也不便开口询问。

　　找得一处临窗靠街的空位坐下，狗二懒懒上来，道："吃啥？"

　　张大胆笑道："一盘猪头肥肉，一碟花生米，再来条酒糟烩鲤鱼，外加四两桂花汾酒……"

　　狗二僵硬道："等着吧。"茶也未沏，切齿离去。

　　张大胆四扫一眼周围，的确食客甚挤，但好在腹中虽饥饿，倒也不急此一时，还可趁得闲刻，欣赏一眼窗外的夜色。

　　久时，酒菜终得陆续上来，好生闻见一阵香味，芳香未食，便知菜品滋味俱佳。

　　但是，吃喝片刻，张大胆顿时感觉酒是越喝越清淡，菜是越吃越无味，可愈发这样，就越是不能停止，四两酒毕，再添二两烧刀子，此时，连小菜也省却了。

　　夕阳归去，幕夜交替，张大胆也不知是怎了，是思来感触，抑或酒本身就是与愁闷相连，怎喝酒愈多，反更显得醉酒愁来方更愁了。

　　突地，几声异样的声响从窗外传来。张大胆起腰望去，但见有顶别样的四抬软轿缓缓而行，只见那四名轿夫黑纱罩面，脚步沉稳，一匹矫健的黑马驰骋左右，马上端坐着一名老者，边行边道："公子，前面就是飘飘院。"

　　轿帘拂处，却未见有人，只见里面昏暗无比，听得一个少年的声音应道："哦。"

张大胆迟疑了下，暗忖道："莫非今日飘飘院闭门谢客，为的就是等待此人？亦不知此人到底是何身份，怎使得花嬷嬷如此费神劳顿？"

心中想处，软轿已去没了踪影。

张大胆用碗吃一口酒，笑笑道："管他是谁，我喝我的酒，关我什么事。呵呵……"又斟满一碗，大口饮去。

夜色寂静，客栈里的吃客陆续离去，张大胆依旧独身饮坐。

忽地，远闻几声恶斥的怒骂："小乞丐，赏你两文银子还嫌不够，还不快快给我滚去，免得我叫来人打折了你的腿脚。"

张大胆心一震，暗暗想道："小乞丐，难不成是荷心？"

一下腾身坐起，直往屋外冲去，哪知，刚到门口，却有一只手牢牢将他擒了住。

原来，竟是伙计狗二按住了他的肩膀，狗二龇牙一笑，道："张屠户，你还没有结账。"

张大胆一愣，恍然道："哦，对对，我是还未付钱。"摸了身上，还哪掏得出银子，才想起银子早被荷心赖走了。

微顿之下，伙计狗二似也瞧出了端倪，更没了好脸色，甚连正眼也懒得再瞧一下，但手下反抓得更牢更紧。

张大胆红了红脸，赔笑道："狗二兄弟，你瞧咱们都是街坊乡邻，要不……"

狗二眉目一挑，打断道："吃饭收钱，天经地义，就算邻居，也没得商量。"

张大胆脸又一红，心中既是气愤又是着急，但一时还真不知该咋办是好。正当这时，忽听凭空一声暴叱："小兔崽子，你怎对张老弟这般无礼？"

狗二愣了一愣，回身看去，但见夕阳客栈的房掌柜一捋羊胡子小须，缓步走来。狗二苦笑道："掌柜，他……"

夕阳客栈的房掌柜瞪了眼他，道："你要说什么？"

狗二赶紧闭住了嘴，房掌柜朝张大胆一笑，道："张老弟，伙计不懂事，你可不要放在心上。"

张大胆一脸歉意，道："房掌柜，小弟今日确实忘了带银两，但绝不是有意赊欠，还请掌柜多多见谅。"

房掌柜哈哈一笑，道："张老弟说的哪里话，你我街坊二十余载，我怎不了解老弟的为人。"又瞪了眼狗二，喝道，"还不快将手松去，与张老弟赔个不是。"

狗二瞅了眼张大胆，只得乖乖松开手，呆呆站着。

房掌柜道："怎么，连我的话也不听了？"

狗二怔上一怔，甚难启齿道："张……张屠……"

张大胆一笑，道："狗二兄弟无须道歉，其实一切都是小弟的不是，房掌柜，狗二兄弟也是尽得职责罢了，还望掌柜劳手替小弟记下账目，改日自来结去。"

房掌柜道："张老弟言重，区区一餐饭食，何须挂账，老弟若还有事，去了便是。"

张大胆道："那就有劳房掌柜。"看了眼狗二，又道，"在下生性愚钝，不知哪里得罪了兄弟，如果有冒犯之处，小弟先在此赔个不是。"朝前深作一揖。

狗二不屑一顾，转身就走。

张大胆愕了一愕，房掌柜笑叹道："张老弟莫要见怪，其实没有什么，都是往常我管教不严，叫伙计们都懒散习惯了。想起来，一切还都是我的不是。"

张大胆拱了拱手，想起荷心，便笑道："掌柜有心，小弟这还有些事情，来日再来道谢。"

房掌柜笑道："老弟请便。"

张大胆出了客栈。

苍穹夜色，星光黯然，当张大胆来到飘飘院门前时，这里哪还有人影，远处飞来的数张孤叶，经风一吹，不停在地上打着转儿。目光落处，张大胆不禁一震，只见地上居然有片片尚未完全干透的血迹，想必定是刚才有人受了伤。

他浓眉皱下，低声道："难道是荷心受了伤？"一念至此，再也顾不得猜测，望一望飘飘院巍峨的门楼，掠向一处巷口。

深邃的小巷，伸手不见五指，所幸张大胆从小就在这一带长大，对周遭环境熟悉得很。他来到一处墙下，左右顾盼了下，跃身翻上一人多高的墙头，跳了下去。

鱼鳞般密集的亭榭楼阁，蛛网般交错的径间石道，无需多说，此地便是飘飘院的后院了。张大胆之前虽来过两次，但今日实不相同，只见院内灯火通明，期间还有三三两两的丫头挑着灯笼急进急出，想来今晚的客人，身份当不寻常。

张大胆暗藏于一坛花卉后，等过片刻，当瞅无人空隙，便向飘红的房间摸去。

哪知，他前脚刚走，墙上忽又跃上一条人影，此人面蒙白色轻纱，宛如幽灵一般，先在墙上候着瞧了一下，才轻如发丝般飘然下落。

张大胆一步多瞧，凭借院中的草木屋墙，总算多次巧妙避过人眼，离得内院愈发靠近。

一烟熏炉，一盏孤灯，飘红娇美的身影，独自空坐。只见她单拂琴弦，指间捏着张蜡黄的纸，纸上见字：西南山有诈。

原来，此张字纸正是当日和张大胆驱车西南山时，在孙寡妇的烧饼中吃出来的。起先，飘红曾怀疑，纸条可能是给张大胆的，因为她与孙寡妇并不相熟，极恰巧是让她给吃着了这张藏匿字条的饼。可后来又想，如果纸条真是交于张大胆，那为何要将其藏于饼内，直接交给他，或是告知他不是更好吗？

默然沉思良久，飘红又想，那夜在关帝庙前，突然出现的女人，虽未瞧见她的脸面，但那双眼睛，只怕至生都难以忘却。数十年前，也就是有这样一双眼睛的女人，亲手杀了她的父母，而使得自己成为了孤儿。

飘红微微一震，呆眼望了望指间的字条，黯然将之于灯火上化为灰烬。

"咚咚咚"，窗格外响起三声微叩，紧接着一个女人道："小姐，田九回来了。"

飘红眼睛一亮，道："翠梅，先进来说。"

但听"吱呀"两声起落，房门开启了又关上。

青纱帘外，翠梅娇小的身子愈近清楚，飘红一脸严肃，端了端身子，翠梅掀帘进来，便道："小姐，奴婢刚把田九送走。"

飘红道："今天他怎样？"

翠梅道："与往常一样，清早起来在门外站会儿……"飘红暗自一笑，翠梅接下去说，"如果一日见不到小姐，他怎会放心……咯咯咯……"

翠梅笑着说下去："田九讲，今早在外面，他还让一个小乞丐给骗光了身上所有的银子……"笑仰不止。

飘红也笑了笑，道："你这小丫头，就会拿别人笑话。"

翠梅止住笑，道："中午的时候，好像又撞巧遇上那小乞丐，田九还以为又有事情可看了，岂料小乞丐见到他，一边捂住手上的鸡，一边说，'现在你比我还穷，让你见了这么肥的鸡，还不让你给抢了吃……'"一边说着，一边还从田九那学来小乞丐当时的模样及口气给飘红看，只把飘红逗得忍俊不禁。

飘红笑着道："那后来呢？"

翠梅道："后来小乞丐就跑了，不过……"迟疑了下，接着道，"之后出了样怪事。"

飘红脸一正，道："怪事，什么怪事？"

翠梅道："田九说来了个怪老头，牵着口棺材，交给了他。"

飘红一脸惊讶，道："棺材？"想起离开关帝庙时，那里正巧有着一具棺木，不免嘀咕，"难道他还与那小道女在一起？"

翠梅没听清小姐在嘀咕什么，脱口问道："小姐，什么小道女？"

飘红支支吾吾道："哦，没……没什么……"

突然，听屋外有人惊叫道："快，千万别让他给跑了，你们去那边，我上这边，都把眼睛给我放亮点，搜仔细了……"

顿时，人声沸杂，火光交错，飘红微一震，问丫头翠梅道："这是出了什么事？"

翠梅一脸迷惑道："奴婢也不清楚，要不，我出去瞧瞧？"

飘红道："恩！"

翠梅应得一声，方要出去，岂料突闻窗户"咣当"一声，飘红脸色一变，道："翠梅，外面的是什么声响？"

翠梅一掀青帘，赶紧跑出，朝窗户处一看，呆了呆，道："小姐，是……是他。"

飘红吃惊道："他……"沉默了下，心中已然明白，但还是问，"他是谁？"

翠梅道："张公子。"

飘红淡淡道："他来做什么？"

张大胆跳下窗户，一眼便瞧见翠梅在痴痴看着自己，愣了一愣，傻傻一笑，道："翠梅姑娘，让你见笑了。"

翠梅面色一寒，冷冷道："我家小姐问你，你来这里做什么？"

张大胆红了红脸，支支吾吾道："我……我……"

翠梅暗自一笑，但口气仍不轻饶道："既然张公子没有事，那还是哪里来往哪里回好了，我家小姐可是得休息了。"

张大胆呆之一愣，一阵面红耳赤，如此夜晚，莽然来到女子的闺房，实不知该怎样说才好。

此时，一直未和张大胆说话的飘红，心中实是阵阵喜悦，想道："毕竟他心里还是有我的。"想处，听得屋廊下响来一阵脚步声，紧接着，门外有一汉子的声音道："飘红姑娘，请问你在屋内吗？"

张大胆一惊，但听飘红冷冷道："什么事？"

门外的汉子道："哦，刚刚后院发现了可疑的人，请问姑娘有没有瞧见？"

飘红道："我一直在房中，哪有什么可疑的人？"

门外的汉子道："那姑娘方不方便让小的进来瞧瞧？"

张大胆微微一震，翠梅立即破口道："你是什么东西，怎可随便进小姐的房间，当心我去嬷嬷那告你去。"

门外的汉子一阵沉默，半晌才道："姑娘可是知道，今晚院里来了贵客，倘若出了什么闪失，不但小的担当不起，只怕姑娘也难以交代吧！"

翠梅牙根一咬，道："你……"无奈回头看着小姐。

青罗色的纱帘，难掩飘红娇好的姿身，只听她道："那好吧！待我穿件衣服，你再进来。"

门外的汉子道："那小的在门口候着。"

一阵琐碎的声音响过，终闻得飘红道："你可以进来了。"

门外的汉子应道："是。"房门被轻轻推开，三条汉子出现在门外。

领头的是一个颔须浓密，眉宽脸方，绒服紧衣的黑脸汉子，他先来得屋中，凌目四下扫了一扫，身后的另两名玄衫汉子则立于门里一丈开外，一脸的凶恶样貌。

飘红轻轻道："杜教头，你可瞧见可疑的人了吗？"

绒服汉子原来是飘飘院从江湖中雇请授打手武艺的教头，他看了看青罗帘内的飘红及翠梅,道:"姑娘如果方便,可否让小的进里瞧瞧。"

飘红身子一颤,指尖抖处,琴弦发出一声清响,翠梅怒喝道:"你一个下人,怎可随便进得飘飘院当家花魁的内房,让你进来屋里,便是极大的赏赐了,还不快快给我滚出去。"

杜教头微一顿,道:"小的只受花嬷嬷吩咐,今夜后院的一切事情,都要有我来掌持,况且方才小的追寻的那人,身手极其敏捷,倘若他潜进了飘红姑娘的内房,那后果将不堪设想,所以,还请姑娘能够理解,小人保证绝不打扰太久。"

翠梅轩眉道:"你真大胆,竟敢怀疑小姐内房藏着外人。"

杜教头颔首道:"小的不敢那样想。"

翠梅叱道:"既然不敢,那还不速速退下。"

杜教头动之不动,道:"小的这都是为了飘红姑娘的安全着想,望姑娘行个方便。"

翠梅怒目圆睁,似要喷出火来一般。飘红笑了一笑,幽幽道:"翠梅,你怎可以这样与教头说话,教头既是想进来看下我,那有何不可的。"

杜教头恭维道:"还是飘红姑娘明得事理,那小的就打扰了。"跨两三步,便已到得帘下,轻手拂去帘纱。突地,他脸一红,赶紧低下头,支吾着道:"姑娘,你……"

飘红气定神闲,轻柔一笑,只见她端于琴台,一身几近透明的蚕丝薄衣,寥寥包裹着里头的花红肚兜,她瞧也不瞧杜教头,十指一伸,目光落于琴弦,道:"这不就是杜教头想要的么?要不再让小女子为你弹奏一曲,教头看如何?"

杜教头微抬了抬眼皮,悄悄瞟了一眼飘红,道:"小的不敢。"

翠梅捂嘴偷笑,飘红道:"教头既无雅兴,那还站着做什么?假如让闲人去了不该去的地方,惊扰到今晚的客人,想必花嬷嬷可真要责怪教头护院不力了。"

杜教头面色一变,道:"姑娘说得极是,小的明白。"小心退身出去,微顿了下,疾步而去。

翠梅跟出门口探了探,见人确实已远去,才机灵地回来道:"小姐,他们去远了。"

飘红目光一收,身子软处,双手无力地瘫在琴弦上,道:"翠梅,送张公子出院。"

翠梅愣了一愣，惊讶般看着小姐。

张大胆直起身子，他竟就候在飘红身后，目光一抬，脸不禁红了红，紧侧转首，道："姑娘可真够胆大的，方才若那杜教头再行前数步，抑或仔细观瞧一阵，那在下岂非就连累了姑娘。"

翠梅道："小姐早就想到了，所以……"

飘红截口道："丫头，又想胡说什么？"顺手摸出琴台下一件衣裳穿上。

张大胆看了看她，道："姑娘的心思，在下明白得很，想必那杜教头也是一个爱色之人，要不姑娘也无须做出这般举动。"

飘红一震，暗暗咬着嘴唇，想："你个大傻瓜，如不是为了你，我何须这般。"心中想处，突脸一正，道，"翠梅，还不快送张公子走。"

翠梅呆呆道："小姐……"

飘红道："还不快去。"

翠梅看了看张大胆，其实她心中清楚，小姐这次回来，一直都在想他，要不怎会天天令人去观测他的一举一动。可是，她又有些糊涂，小姐既然这般思念他，怎见了面，却又为何要他走？

张大胆微一顿，道："在下不敢劳烦翠梅姑娘，只是在下今夜唐突前来，姑娘难道就不问问原因么？"他忍下许多思念的话语，只希望她能够明白。

飘红平淡道："那你来做什么？"

张大胆看了眼她，想："我当然主要是来看你了，那夜你一去无踪，你知道我有多么担心，如今看见你无事，我也可放心了。"但嘴上却说，"当日姑娘答应在下，只要我陪姑娘走一趟西南山，姑娘就把东西交还给我。"

飘红微微一颤，忖道："我当以为你是关心我才来的，其实，都是我的自作多情，在你心中，根本就不可能顾念到我。"暗暗叹了一口气，"也罢，这一切本就不该发生，由始至此，难道不就是一种错误？"端了端神色，说，"我这里没有张公子要的东西。"

张大胆怔了怔，道："可姑娘当日不是说……"

飘红问道："我当日说了什么？我当日说过张公子要的东西在我这儿

吗？我只叫公子陪我一道出去，想必是公子因此多想了吧？"

翠梅一阵奇怪，不知他二人讨论的东西到底是什么。

张大胆木立当场，半晌讲不出话来，可细一想，当日确实没见飘红说过紫檀木匣就在她身上的话。那么，木匣又会在哪呢？

他一心顾念着紫檀木匣，倒不再去想，如此这般，飘红当日岂非捉弄了他？

飘红眼帘一垂，道："张公子，你还有其他事么？"

张大胆收起思潮，道："在下还想打听一事，戌时之前，飘飘院门外，是否打伤过一个小乞丐？他是否受了重伤？"

飘红抬起眼来，疑惑道："小乞丐？"

张大胆心念一动，自身上取出一块白锦绢，道："姑娘或所不知，那小乞丐，极可能是当日救你我性命的荷心姑娘所装，但不知何因，她今晨装成乞儿模样，设计将锦绢偷偷给我，姑娘不妨且看。"将锦绢给翠梅交于飘红。

锦绢非常地柔软，飘红展开来看，一眼便瞧见一朵大大的荷花，外有两句诗言，她微颤了下，低低念道："月归晨时折复来，佳人心清候夕阳。"看了眼他，暗暗忖道，"原来你们早已有约定，你来我处，明是讨要东西，实是心念那小道女罢了。"面色如故，但心中实早就涌上数分辛酸。

张大胆当然不知飘红心中的想法，只待她能知晓那被驱吓的小乞丐安然无恙，那地上的血迹是他人的。

飘红暗叹一声，道："我不曾听说戌时门前有乞丐被打一事。"

翠梅也紧跟着道："奴婢和院中上下的丫头仆人俱是熟悉，倒也没听人提及这事，张公子，要不我给你去打听打听。"

想那一声暴喝及飘飘院门外的血迹，张大胆黯然道："算了，在下多谢翠梅姑娘的好意，如今天色不早，想我也该告辞了。"看了看飘红，又道，"唐突来此，给姑娘添下不少麻烦，实是抱歉得很。"

飘红淡淡一笑，将锦绢还于他，道："张公子与我也算得相识一场，何必这般客气，再说，当日飘红确有事瞒于你，还望公子莫放心上的好。至于荷心妹子，那都是你我的救命恩人，公子就算不说，飘红知晓，也理当尽力，何况，飘红相信荷心妹子吉人必有天佑，应该不会有事的。"

张大胆道："姑娘所言极是，在下也是这般想法。"

飘红勉强一笑，内心又是一阵酸痛，却忍住道："张公子，如没有其他事情，还是早些回家休息吧！"

张大胆瞧了瞧她，道："那……在下就告辞了。"

飘红明眸微动，道："恩，翠梅，小心送张公子出去。"

翠梅道："小姐放心。张公子，请。"

飘红望着二人出帘的身影，嘴唇一咬，道："张公子，等一下。"

二人俱怔了一怔，但同时张大胆心下不无暗喜，两人的目光定定望向飘红。

飘红微作迟疑，道："张公子，其实荷心妹子已约你明日相见，公子何不待过了明日约定的时辰，再做打算。况且，荷心妹子机警聪颖，又身怀法技，寻常人怎能伤她分毫。"

张大胆一阵疑惑，道："姑娘言之在理，可姑娘怎知，荷心约下了我？"忽想起早晨在飘飘院门外，与荷心装扮的小乞丐相遇时，自己曾说明日午时将百两欠银交于她，难道此就是约定的时间？但是，飘红又是怎样知道的？

原来，当飘红瞅见锦绢上那两句诗时，便已知其中的道理，再瞧张大胆那落寞的神色，心中更猜测他必定尚未理出诗中的隐意。她道："是你告诉的我。"

张大胆更加疑惑，道："我告诉姑娘的？我自己怎不知？"

飘红道："张公子难道已忘记你给我看的锦绢了？那上面不是写着，'月归晨时折复来，佳人心清侯夕阳'么？此二言诗句听来似是说一个痴情的人，为了等得心爱的人，从早晨一直侯到傍晚，日复夕下，孤影身单……"想起自身的这些日子，何尝不是这样，日盼夜想，等得他来，却是佳人有情，令郎无意。暗自忍住心酸，接着道，"其实荷心妹子虽是聪明，却是不知，她的情哥哥可是个笨蛋，哪会理解这中间的道理。"

听见飘红说出"情哥哥"三字，张大胆不禁脸红了红。

飘红看了眼他，接下道："张公子，荷心妹子实是想告知你，明日傍晚，她会在夕阳客栈等你。"黯然垂低头去，心痛得无法再做言语。

"月归晨时折复来，佳人心清侯夕阳。"如不是十分聪明的人，一时半会儿确难理会出这当中的深意，想来飘红说出这些话时，心中定是反复挣扎过好一阵子。

张大胆愣了一下,笑笑道:"多谢姑娘的提点,在下确实愚笨,让姑娘见笑了。"

飘红低低道:"公子既有约定,还是早些回家休息吧!"

张大胆落落一笑,道:"那,那我走了。"

飘红心中一酸,默默叨念:"张大哥呀张大哥,假如你对飘红,也有于荷心那般关心,那我就是此刻死去,也是心甘情愿的。"一滴玉泪滑落古琴,暗叹一声,"琴呀琴,你能告诉我,要怎样才能与张大哥在一起吗?"

二人出了房,突地飘来一阵悲伤的琴声,犹如漫漫黑夜,刺痛着每一个人的心。张大胆呆愣了下,穿苍夜色,云星之间,但见半轮缺月,迷茫挂着。他深叹一声,心念道:"别时数日,她还是不肯原谅我。"

翠梅道:"张公子为何哀叹?"

张大胆木然道:"我叹大好的夜色,独缺少一轮完好的圆月相伴。"

翠梅似懂非懂,道:"想不到张公子和小姐一样,也喜爱赏月亮。"侧了侧脑袋,疑惑道,"翠梅不明白,这月亮有什么好看的?"

张大胆笑了一笑,道:"那翠梅姑娘喜欢的是什么?"

翠梅冥思道:"听小姐念诗。"

张大胆道:"姑娘也懂诗赋?"

翠梅道:"不懂,但我就是喜欢,特别是小姐写的。"

张大胆暗忖:"看来你是爱屋及乌吧!"转而道,"那姑娘能否说一两句于在下听听?"

翠梅高兴道:"公子想听,翠梅当然愿意了。"笑了下,尔后正经道,"烟花琼楼,卿颜含笑,谁知卿笑之下,心早就埋于暗处,唯独望月之时,芳心隐感醒醒伤痛……"

"唯独望月之时,芳心隐感醒醒伤痛……"阴暗角落,突地有人轻声叹道,"落花流水,岂知哪个是真无意,哪个是实无情,世间情爱,为何总是要经历一般曲折?"

又是一声叹息。

如昼的大院,忽有一名挑灯丫婢,领着两名面罩黑纱的男子,一溜碎步而来,停在飘红屋外。丫婢抬了抬头,恭恭敬敬道:"飘红小姐,嬷嬷唤你过去。"

悠扬的琴音骤然顿住，屋内有声回道："知道了，你先去吧！我稍后就来。"

丫婢侧目看了看身后凛凛不动的蒙纱人，似有无奈道："小姐，嬷嬷吩咐，要你带上琴立刻就去。"

屋内一片沉寂，半响，房门"吱呀"开来，飘红怀抱古琴，一脸漠然道："走吧！"

丫婢掉转灯头，先行带路，那两名罩面人等得飘红走去，才尾后随行。

一行四人，片刻来到一间房外，但见门之右侧，吊着一块写有漆红"禁"字的牌子，两名同样黑纱罩面的人守着。飘红眉色一皱，疑问道："这不是飘桃的房屋么？怎么咱们来了这里？"

丫婢道："是飘桃小姐的屋子，嬷嬷和江公子都在里头候着。"

飘红心生一阵奇怪，暗忖："嬷嬷把我叫来飘桃的屋中，不知为何？"轻轻推门走了进去。

刚进得屋中，就有一股浓烈的香气，迎面扑撞而来，飘红厌恶般借手一捂口鼻。

只见整个屋中，独有花老鸨一人倚坐在桌前，桌上摆设有酒菜杯盏，却似丝纹未有动过，一只长方形用黑布扎实的盒子显得分外格眼。内房隔处，一帘绣有蝴蝶鲜花纹案的红色缎子将里头遮得严严实实。

花老鸨见得飘红到来，即脸一笑，朝内房道："江公子，飘红来了。"

红帘内传出一个男人的声音道："听说飘红姑娘不仅姿色绝美，还精得一手琴曲，不知可是真否？"

花老鸨给飘红使了使眼色，低声道："还不快给江公子请安。"

飘红道："江公子过奖了，飘红只是略懂音律，不敢谈精字一说。"

红帘内哈哈大笑道："姑娘何必自谦，你我虽未曾谋过面，但姑娘的芳名，我可是耳熟得很呐。"

飘红道："江公子真会拿飘红开心，你一个堂堂大家公子，怎会知晓我一个风尘女子。"

红帘内的江公子又是一阵大笑，道："今晚本公子就在此赏曲饮酒，与美人隔帘对酌，姑娘觉得佳否？"

飘红看了看花老鸨，见她点了头，就道："一切都听从公子的吩咐就是。"

江公子笑笑道："那好那好，姑娘果真是爽快之人。"说着，突然笑声一顿，转而正声道，"花嬷嬷，她怎么还不见来，难道就让本公子与飘红姑娘这样干等着么？"

花老鸨脸变了变道："请江公子再稍等片刻，我想就快来了。"

话音落处，屋外忽有人道："公子，飘桃姑娘已到。"

花老鸨面上一喜，暗忖："来得还真是时候。"

江公子道："还不快叫她进来。"

屋外道："是，公子。"

房门应声开来，一名老者领着飘飘院四朵金花之一的飘桃，候于门前。但见飘桃紫金凤钗饰头，彩虹袍皴着身，俨然就是比姑娘出嫁时，似乎还要再美艳过三分。

两名小丫婢将她挽进屋中，自行退去，出门时，倒不忘把房门轻轻带上。

飘桃先向花老鸨行过礼，然后看一眼飘红，瞧她怀中抱着古琴，便浮笑道："姐姐是来为妹妹和江公子助兴的吧？"

飘红道："让妹妹见笑了，待会儿姐姐若弹奏得不好，扫了妹妹和江公子的兴致，还请妹妹多为姐姐在江公子面前说说好话。"

飘桃心下得意一笑，故作正态道："姐姐讲的哪里话，谁人不知，姐姐可是飘飘院的头牌，我们这些做小的，以后还得仰仗姐姐不是？姐姐能屈身为妹妹奏曲，妹妹就已经受宠若惊了，哪还有不为姐姐讲话的道理。"

飘红怔了怔，心知飘飘院的四朵金花就一直妒忌自己的地位，此时，飘桃定是有意刺讽自己，暗叹一声，忖道："都是女人，本应相互照应，假如我可以自主，情愿将一切名位分于你们，但红尘之中，又有谁真可以自主？"轻声一叹，道，"有时，飘红真羡慕江公子，能过着自己想要的生活，不像我们这些女人，遇事完全不可自主。"

飘桃冷哼一声，嘀咕道："假慈假悲。"

飘红未听清楚，问道："妹妹在讲什么？"

飘桃强颜一笑，道："哦，既然姐姐有心看破红尘，那就让妹妹替姐姐说说话，要江公子帮姐姐赎了身，过那种姐姐想要的日子。"

江公子随即附声道："飘红姑娘若有此意，本公子倒不缺那些银子。"

飘红望了望红帘深处，心想："与其跟这样的人回去做填房，实不如一辈子沦落于红尘，我要的那种生活，是再多钱也买不到的。"暗自苦笑了下，道，"飘红谢过江公子的抬爱，公子身份富贵，我一个青楼女子怎敢高攀。"转而看向飘桃，又道，"妹妹幸得江公子宠爱，姐姐真为你感到高兴，妹妹可要细心把公子给服侍好了。"

飘桃夷然一笑，道："这些不劳姐姐操心，妹妹定当让江公子十分满意。"

江公子朗朗笑道："好极好极，有姑娘这句话，本公子实不枉此行，哈哈……花嬷嬷，你手下的姑娘可真会讨得人欢心……哈哈……嬷嬷还不快些拿上珠宝，尽早离了。"

花老鸨眼睛一亮，道："是是，老身这就走。"捧起桌上长方形黑布蒙扎的盒子，匆匆忙忙出去。

哪知，江公子忽然道："花嬷嬷，本公子要你将珠宝拿去，可没让你连盒子也一起带走吧？"

花老鸨愣了一愣，将盒子重又摆放回去，娱笑道："公子说得极是，是老身太过急切了些。"说话之时，手下倒不曾落停，很快，黑布解开，现出一只镶嵌各种宝石的底如白雪，身如碧玉的玉盒，打开盖子，一颗鸡卵大小的罕见夜明珠顿现眼前，直闪得人眼都为之一花。

她何曾见过如此硕大的夜明珠子，喜愕之余，偷偷拿指甲重重掐了下手心，感觉痛楚时，才断定此的确不是在梦中。

玉盒碧青，珍珠诱眼，飘桃莲步抬去，伸手欲摸上一摸。岂料，眼疾手快的花老鸨一掌拍来，荡开飘桃的纤手，轻责道："小心摸坏了珠子。"

飘桃摸摸微痛的手背，小嘴一抿，不悦道："珠子又不是豆腐做的，哪有这般容易摸坏。"

花老鸨道："在老身眼中，这珠子比豆腐还要稀嫩，得处处小心才是。"

飘桃望了望夜明珠，心中虽是极其不乐意，倒也只得乖乖退开一旁。飘红看看二人，内心黯然一叹。

江公子道："花嬷嬷，这夜明宝珠还算满意么？"

花老鸨取出珠子，前后上下细细赏阅个遍，哪还有不满意的道理，连连应道："满意满意……老身非常地满意。"

江公子大笑数声，道："满意就好，满意就好，花嬷嬷可快些拿走珠子，良宵美人，本公子可真有些不耐了。"

花老鸨道："是是……老身马上就走，马上就走。"将握有珠子的手包进袖中，嘱咐女儿几句，瞬间便去了。

飘桃呆愣了下，深深叹气道："嬷嬷可真是好福气。"

飘红看了看她，也跟着叹息一声。江公子道："二位美人不必哀叹，本公子有得是珠宝，只要你们把我伺候好了，比这样大的珠子，本公子也愿意赐赏你等两粒。"

飘桃一浮媚笑，道："公子讲的可是实话？"

江公子道："真假与否，就得看你们有没有那个本事讨要了。"

飘桃道："那就请公子看着瞧，飘桃定让公子乖乖将珠子交付出来。"

江公子又是一阵大笑，道："好好好，那就请姑娘快些进来，本公子实等得不耐烦，极想领教领教姑娘的手段如何，哦……麻烦姑娘进来时，把那只碧青玉盒也一同拿来，那可是本公子家传的宝物，万万丢失不得。"

飘桃奉手托起碧青玉盒，余目瞭了下飘红，暗暗忖道："以往尽是我们为你声歌伴舞，如今倒也让你尝尝，此番滋味是否好受。"嘴角冷笑，傲然朝红帘走去。

黑暗萧寂，烛火扑闪，屋顶瓦间，一名白纱遮面的白衣女子，静静窥视着屋内许久，当得瞧见碧青玉盒及夜明珠时，目光突然一颤，低言道："此间果然不简单。"

她接着往下瞧，看见飘桃婀娜的娇身步入帘内。

红帘轻拂，但见江公子衣行华丽，背身于她，手心不停把玩着两颗跟方才同样大小的夜明宝珠。飘桃心中忽喜，双目油然异亮，娇气道："江公子，奴家来了。"

江公子道："哦，放下玉盒。"

飘桃乖乖依言，道："接下来呢？江公子……"

江公子凛然道："宽衣，上床。"

飘桃怔了怔，落入红尘这么久来，可从没遇到过这样直接的男人，哪有做事之前，不饮酒温语，便要先上床的。但她瞧了那手心惹人疼爱的宝珠，也就不再顾得许多，只好依旧照做。

香衣褪却，上得床间，飘桃光溜着身子，酥胸一荡，娇声唤道："江公子，奴家今夜就是你的了，你怎还不快些上来？"

江公子此刻倒变得不像先前那般焦急，动也不动道："放下帐门，好生等我。"

飘桃讨了个没趣，嘀咕着道："江公子到底想玩什么花样？一时急成猴似的，一时又这般冷淡。"但转念一想，"管他呢，只要人家开心，依他还不容易。"想起服侍好江公子，待会儿说不定高兴就可赏她几颗夜明宝珠，不免又暗暗偷笑了一番。

帐门缓缓坠落合拢，江公子缓缓转过身子，飘桃嘤咛一声，道："江公子，快些过来，奴家等得好不耐烦呀！"

江公子道："良辰佳期，怎可少去乐声入耳。"说处，又道，"飘红姑娘，本公子久仰姑娘琴音优雅，今夜，就有劳姑娘为我俩伴耳了。"

飘红身子一震，双颊微微一红。原来，她一直以为，江公子叫她来此处；应是要她抚琴助酒，哪知，却是这样的事情。她虽是青楼女子，但在人家闺房之乐时抚琴，不仅不妥，且还侮辱了她，更玷污了怀中的这架古琴。心中思下，便婉言道："江公子，飘红忽然偶感身体不适，只怕无法再为公子抚琴助兴，还请公子容我早去休息。"

江公子略是惋惜道："既是这样，那本公子也不便再行勉留，只是——少了姑娘的琴音，本公子顿感乏味得很，唉……那就让飘桃姑娘也随姑娘一道走吧！"

飘红听他这样说，便已知八九分意思，暗暗骂道："无耻。"

那边飘桃却急道："我不走，我不走……这里本就是我的房间，公子可要让奴家上得哪去？况且，奴家走了，剩余公子一人岂不孤单冷清得很，奴家可狠不下那心。"

江公子强作无奈道："飘桃姑娘可知本公子也不愿这样，只是……姑娘若真想留下，还得看飘红姑娘是否愿做成全。"此时，他方露出本来面目，看则爽快答应飘红离去，实则乃是以退为进之策。

飘红咬了咬牙，忖道："好刁滑的男人。"

飘桃顿了下，思忖道："江公子可是难得一遇的阔主儿，倘若就这般放弃，岂非可惜得很。"银牙咬处，柔声道，"我的好姐姐，你就忍得一下，当是帮得妹妹一回，依就了江公子嘛。"言罢，居然声声低啜起来。

烛火丝丝，映衬着飘红那张略显激动苍白的脸，思索片刻，道："那

好吧！但我只能弹奏一曲，不知江公子可否同意？"

江公子喜悦道："一曲足够，一曲足够，那就有劳姑娘。"

飘红摆定古琴，倚身坐下，道："公子喜爱听哪些曲子？只要飘红会的，定当不做推辞。"

江公子大笑数声，即兴吟来诗道："床间软玉醉温香，佳人美酒伴君郎，不知月下多孤魂，岂可遥望那星辰。哈哈哈……"又是一阵大笑，接着道，"今晚本公子有美人，有美酒，有良宵，有天籁，人生至此，只怕连那皇帝老儿都已是羡慕不已，哈哈……"

飘红淡淡道："公子讲了这许多，飘红还是不明白，公子想听的可是何种曲子？是那红极青楼的'醉酒会佳人'，还是稍显清音的'月栖枝头'，抑或……"她把几首最常见有名的曲子依序道出。

哪料，江公子却都否却道："差矣差矣，本公子要听的可是非同俗人。"

飘红道："那公子心仪的可是？"

江公子道："斗转星移。"

飘红一阵惊讶，原来斗转星移本是皇宫里的一名擅懂音律的星象官在夜间观望星移变动时所创，后来被后宫的一名嫔妃偶然听到，她觉得此曲柔时宛若细静流水，动时宛如江涛拍岸，是难得少见的一支好曲子。但此曲乃依星运动而生，清奏尚还突显不出它的独特之处，故而加以修改，并亲手训教了一批舞女，舞随曲动，就如苍穹的夜空，星际流动一般，深得帝王的喜爱。她道："那可是皇宫里的曲子，我一名青楼女子，怎可轻易抚奏。"

江公子正声道："本公子要听的，就是以前皇帝常听的那种曲子，难道姑娘不认为，今夜本公子很适合听这样的曲子吗？"

飘红迟疑道："可是？"

江公子紧问道："可是什么？"

飘红顿了顿，道："没什么，那就依得江公子，且就弹奏一曲'斗转星移'吧！"

第七章
鬼婴现世

月色凄寂，柔缀阴暗，屋瓦上的白衣女子心下暗地一震，道："此青楼女子果不同凡响，难怪常听得二弟提及她来。"又往下望了一望。

突地，一声尖利的喊叫传来，白衣女子面色微变，不知屋内出了什么事情。

飘红指尖一颤，琴声戛然而止，关切道："飘桃妹妹，可是出了什么事？"

里面过去半响才听见飘桃支支吾吾回答："没有什么事，姐姐自管抚琴就是，无须理我。"痴痴笑了笑，嘤嘤道，"江公子真是坏死了，奴家都说这样不可以的嘛……"

江公子笑道："有什么不可以的，本公子就是喜欢这样来做。"

"咯咯咯……"又是一阵笑骂之声。

飘红脸红了红，心中已然明了是怎么回事，那接下去的话语，害羞得再难听进半句。

琴音复起，尖利声一浪高过一浪，飘红柳眉拧锁，内心早已忍耐不及，但不论怎样，既是答应了人家，当也得一曲作罢才可。

"斗转星移"抚得曲半，飘桃的声音才逐渐轻息下来，不一会儿，便就没了丝毫声响。但飘红经得方才一闹，心已如一石激起千层浪，久久都无法平静。

心既已不安，琴声当也大不如前，但听江公子叹息一声，道："琴由心声，心乱则琴乱，姑娘如确实弹奏不下去，那就先回去休息吧！"

飘红有些惊讶，道："公子要飘红走？"

江公子道："本公子欣赏的是姑娘的天籁之音，如今姑娘心绪不宁，只怕今夜再也抚不出那般美妙的曲音了，既然这样，那本公子还要强留住姑娘做什么？"

飘红道："可是飘红答应过公子……"

江公子道："有缘再来相续此曲。否则，就算姑娘有心，怕是琴也不会愿意。"

话音刚落，但听"嘣"地一声，七弦古琴，已断其一弦。飘红呆了一呆，暗自想："料不到江公子浮佻好色，却对音律这般懂得。"思处，叹息着道，"看来今晚只能曲半再续，飘红不得不走了，江公子，飘红与你赔不是。"

江公子道："姑娘客气，要不我让管家送送你。"

飘红道："飘红不敢劳烦贵管家。"顿了下，又道，"飘桃妹妹，姐姐先回一步，你和公子就早些休息。"

飘桃没有回音，江公子却道："她已睡下，姑娘如有事情交代，本公子可以将其唤起。"

飘红赶忙道："公子不必，妹妹既然睡下，还是不要吵醒的好，飘红这就告辞。"

江公子道："那姑娘慢走，恕本公子不方便出来相送。"

飘红相望一眼，抱上古琴出了屋子。

但瞧翠梅面色焦灼，惶惶候于门外。原来，翠梅送走张大胆回来，却见小姐已不在房内，一打听，才知是来了这里，便也匆匆赶了过来。

她见小姐出屋，急忙迎将上去。

飘红轻声道："我们走。"

二人去后，江公子掀开帘角，只见他衣裳端整，目如凶鹰，一手提着碧青玉盒，行至门后，低令一声："备轿。"

月残风轻，寂寥的四平古街，忽有一顶软轿缓缓而行，只见轿子出了街口，往西一直抬去。

昏暗的月光，伸手难觅五指，轿前不仅无火杖引路，抬轿的脚夫更是黑纱罩面，但行走的速度却甚是迅捷，不一会儿，轿子已离去四平街十余里，进到一片浓茂的密林内。

忽然，密林前方一株大树枝顶的枯杈上，突地飞上一只乌鸦，"呀呀呀"接连叫唤过三声。

只见软轿停了一停，往林中阴处一隐，顿时间消失了。

这时，林内突响起一阵细碎的声音，但见一白衣女子从一处树下闪将出来，她轻纱遮面，觅不见表情，但眼中却满是疑惑。

她一脚奔至软轿消失的地点，嘀咕着道："奇怪，轿子到了这里怎就不见了？"

怔了一怔，又往前飞速掠去。

岂知白衣女子刚走，阴森的密林暗处，顿现出一花须老头和一华衣男子。花须老头先冷冷道："你为何不让我杀了她？"

华衣男子嘿嘿笑道："你可知她是谁？"

花须老头险鸷道："我管她是谁，妨碍了主人的大业，就得死。"

华衣男子笑道："她可是辛家大美人沈珂雪，就这样让你杀了，岂不可惜得很，再说，主人的计划中，可还有她的用处。"

花须老头白了白眼，道："那就让她再得意一阵，嘿嘿……夜凉风大，一个女人老是窝在房脊之上，那滋味可不见得好受。"

华衣男子嘴角冷笑，道："之前怎没瞧出来，沈大美人也会得几手本事。"

花须老头道："那又怎样，只待我略施小法，便可叫她有来无回。"

华衣男子笑道："这些不必你来操心，待得时候，我自叫她瘫于我怀中，依我差遣。"

花须老头嘿嘿一笑，道："对付女人，我还是挺佩服老弟的。"

华衣男子毫不客气道："那当自然，我……"突地顿住语声，看一眼花须老头，二人赶紧齐身隐没在暗处。

片刻，只见白衣女子沈珂雪又从前方折奔回来，在方才老头与男子讲话的地方停了一停，径直朝四平街的方向掠去。

花须老头与华衣男子即出来，花须老头道："你回去可要小心，千万别走了漏子，叫他人看见。"

华衣男子鹰目一缩，道："我可是死人，除非阎王爷，谁还能发现得了我。"说罢，哈哈一阵大笑。

花须老头怔了一下，也一齐大笑起来。

窗外星稀暗淡，飘红寝卧在床，辗转反侧，脑中一直在想："江公子到底是何许人，行事怎地这般神秘，就连身边的轿夫也得蒙纱示人。不过，他对音律倒还有些认识，想来出身该不会太俗。"正当思中，窗棂外忽响来数声。

飘红微一激灵，问："是翠梅吗？"

没有人回答，却见一道白影破窗而入，在地上滚了数滚。

飘红赶紧下床，拾起地上的物体一看，见是一团握握成皱巴巴的白纸，里面包着块碎银子。她回到灯下，展平白纸，眉头顿然拧成一处，但见纸上写着四个刚气的字："斗转心移"。

"斗转心移？"飘红定了定，脸色刹变，喃喃道："难道……难道……"口中之语未有道出，人已冲向屋外。

黑暗的角落，白衣女子沈珂雪喃喃道："希望是我猜错了。"叹了一叹，飞掠消失。

飘红疾来到飘桃房前，只见灯火依旧，那面"禁"字牌仍然挂着，但独少了守门的江公子的下人。她不及多想，紧闯将进去。房内花香浓烈，烛火折腰，寂静的红帘下，无丝毫声息，似乎与离开时的模样，不曾有过太大改变。飘红稳了下神情，轻声唤道："飘桃妹妹，你可有睡着？飘桃妹妹……"内房里一片死寂，哪里有人应答。飘红疑惑般近前，心中顿时有了不祥的念头。

月下的风声从敞开的门里吹来，红帘乱舞。突然，飘红暗地一震，从纷飞的帘隙中瞧去，飘桃俯趴在床沿，大半的香肩探在纱帐外面，一头如云的黑发垂落到地，一动不动。

她不安道："飘桃妹妹，飘桃妹妹……你怎就这样睡着？"

飘桃依然不动一下，就像是睡得太熟，一时醒不过来一般。

飘红轻身靠近，轻脚走到床前，轻手揽开帐门。

只见床间俱成乱状，飘桃一手压于胸下，一手指成爪状，死死抓着被褥，而江公子，早已不知去向。

飘红一瞧，顿感不妙，赶紧将飘桃翻身过来。果然，飘桃面色扭曲，双目直瞪，那张樱桃小口，张得比箩筐还大，口中和嘴角还带着丝丝血结。

不过，更触目的还是飘桃钩往胸口的那只手，指甲已生生嵌进肉中，想象临死之前，该是何样地痛苦。

飘红手下一颤，直退后数步，一张娇美的花容，刹那变得惨白失色。她喃喃着道："斗转星移，斗转心移……我终于明白，我终于明白……"身子一软，瘫坐地上。

夜色如初，张大胆一边想着心事，一边往家回去。

正当行至门外，院中突传来数声响动，但他并未在意，心想该是那几名宿夜的汉子所生。

昏暗的院落，只有一盏发黄的吊灯在房檐下晃动，一褛衣人背棺站立。

张大胆推门进去。

褛衣人听见声音，回过脸来，四目相对，两人无不齐时一愕。

张大胆惊声道："荷心？"

褛衣人微微一怔，低声道："张大哥，你认得我了？"荷心依旧日间乞儿打扮，脸上的污黑还不曾抹去，但张大胆既瞧过锦绢，怎还能不识她的身份。

张大胆瞧着她，笑道："妹子既来到家中，怎地不进屋去？"

荷心道："进屋？哦不，妹子还是愿意在这里与哥哥说话。"她一下显得有些慌张。

张大胆看了看黑暗里那些熟睡的汉子，小声道："这里漆黑风凉，有什么好的？再说，咱也不便打搅了别人睡觉，妹子说对吗？"

荷心呆了一呆，低低道："他们，他们……反正就是不要进屋。"心下一急，使出了性子。

张大胆道："为什么不可进屋？"

荷心嗫嚅道："因为……反正哥哥听妹子的就是。"

张大胆道："那，那好吧！"

荷心一笑。

但听得屋内"砰"地一声重响，荷心脸色变了变。张大胆突然一震，快步过去提起吊灯，凑近窗户往里探去，但屋内漆黑一片。

旧朴的房屋，只手轻轻一碰，两扇看似完好的户门，便轻巧脱落倒地。张大胆呆了一呆,抬高灯火一扫,眼前的景象实让他大吃一惊,只见堂屋一片凌乱,家什倒歪有痕,俱无完状。

张大胆脸色变处,喃喃道:"这,这是怎么回事?"

走进屋子,发现地上似还有着斑斑血迹。突然,那平常睡觉的卧房跟跄跌出一人来,手上抓着条扁担,见到张大胆,猛然抡起砸来。

张大胆不及防备,眼看削尖的竹扁担就将砸向头顶。这时,屋外一道青光一闪,那人身子晃了一晃,"噔噔噔"一连颤巍巍退到墙角。

张大胆呆了一呆,疾身过去,夺下那人手中的扁担,生气道:"过大哥,你为何要打兄弟?"

过老大喉间"咯咯"作响,发不出一言半语,右手指向屋外,双目惊恐张着。张大胆望去,见荷心满嘴鲜血,凛凛站在那里。原来方才院中昏暗,荷心又满脸黑污,故而没有瞧见她嘴角的鲜血。

片刻,过老大终究不济,两眼圆睁,翘死过去。张大胆一脸错愕,疑惑地望着荷心。

荷心面色平静,轻声道:"张大哥,你怎么了?为何这般看着我?"

张大胆激动道:"妹子为什么要杀他?"

荷心目光一黯,但声音照旧平静道:"我如不出手,受伤的就是哥哥了。"

张大胆一时缄默,半晌道:"那——那你也不能杀了他。"

荷心咬着嘴唇,悠转过目光,盯看着自己的鞋尖。暗暗念道:"张大哥,就算我不杀他,他也是活不长了,与其他那般痛苦,倒不如死了更是一种解脱。"但是,这一切她该如何与张大胆相诉。

原来,日前自来到四平街,荷心就感觉这里阴霾弥布,所见到的人俱是印堂发黑,有大凶之象。当得夜间观测星象,看到那夜空星月无光,乌纱披影,定星不定,灾星在顶,方知大事不妙,此乃天道将破,冤魂逆天,阳衰阴盛,大祸将临之兆。

天明,她依照事先约下的方式去找张大胆,却发现他家周围早已布有暗人看哨。在不明对方是善是恶的情况下,为避免惹来不必要的麻烦,故装作乞儿模样,以蒙混那些在暗处的人,借机将锦娟传于他。

正暗喜一切顺利,神鬼不知间,傍晚街中突现出一顶软轿,叫她好生担心好奇。她看出那抬轿的四名蒙面脚夫,居然都不是活人,思忖之下,便以乞讨作幌，上前欲探得究竟。岂料，轿旁驰马的老头，性情极其暴烈，抬手挥起一鞭，将她撂倒地上，磕破了手掌。

她忍住疼痛，心知此时还不是施法教训这些人的时候，便愤然拦在轿前，希望借机瞧一瞧那轿中的人，但是，轿中人并未出现，而是扔出来两文银子，予以打发。

接下来……

她追随软轿，潜进飘飘院，但终因地方不熟，很快便让院中下人发现，所幸她机敏身捷，很快全身退得出来。

出了飘飘院，竟不知不觉走到了张大胆这里。

谁知，刚到得屋前，便闻见里面散出一股血腥之气，她一时担心，便奋然闯了进去，但见屋内横竖躺着数条已经奄奄一息的汉子，所幸中间并无张大胆。

但她还是惊出了一身冷汗……

张大胆看着他，又道："妹子，难道你没话与哥哥讲吗？"

荷心身子微微一颤，心里明白他的意思，但仍然问道："张大哥要妹妹讲什么？"

张大胆凌然道："妹子是否知道，这一切到底是怎么回事？"

荷心目光倏闪，道："我不知道，我来时就已经是这样了。"

张大胆道："那妹子为何早未说我家中出了事情？"他虽不愿相信这一切会是荷心所做，但言语话间，难免还是会使人误会。

荷心嗫声道："这，因为……我不想让哥哥担心。"

张大胆木怔道："不想让我担心？"

荷心低了低头。

张大胆看着她，内心涌上一丝温暖，但还是很疑惑道："妹子，你嘴角怎会有这么多鲜血？"

荷心忽地一阵慌张，或许她自己都已经忘却，嘴上还残带着血污，一时愣在那儿怔怔不知如何回答。

张大胆静静等着，突然，他似想起什么，飞一般冲出屋子，来到汉子们睡觉的院落，或许应该早就想到，方才这般大的响动，他们不该睡得如此熟。

灯火照见，张大胆身子不禁颤了数颤，其实这些汉子哪是在熟睡，只

第七章 鬼婴现世

见他们个个睁直双目，分明就是一排永远也不会醒过来的尸体。

荷心轻脚跟了上去，瞧了眼地上的死尸，叹息道："他们都已经死了。"

张大胆惊愕般看着她，嘴唇在发抖。

荷心内心一颤，从他的眼神中，她能感觉到，他此刻确在怀疑她。

暗夜无声，荷心听见阵阵心裂的声音，她用手使劲抓住胸口，道："张大哥是在怀疑荷心吗？"

张大胆一时哽噎，但在荷心看来，似乎已有了回答。她又道："张大哥，其实荷心也想救他们，但荷心来时，他们就已奄奄一息，荷心也是无能为力。"

张大胆道："那妹子可知他们是遭了谁的毒手？"毕竟在心底还是感激荷心的，所以听她这样一说，心下对她的怀疑顿时就少去数分。

荷心道："僵尸。"

张大胆惊诧道："僵尸？"

荷心望一眼黑暗中的瘦棺，道："哥哥的这口棺材是自哪里得来的？"

张大胆道："那是日间他人送来，要我交予你的。"

荷心吃惊道："交给我？"

张大胆探怀取出信笺，道："妹子可看这个。"

荷心接来一看，果见上面写着，"将棺车交给荷心"七个字。她暗思："这会是谁？"不禁问道，"张大哥可知是谁送来的？"

张大胆道："我也不清楚，送棺人是一位山中老农，看似他也不尽知晓。"

荷心嘀咕道："这就怪了，我自小独居，一直就认识师父一人，怎会有谁送这样的东西于我？还这般清楚我与张大哥的关系，还怎料知我要来四平街？"

张大胆道："这件事我也觉得很是蹊跷，他人为什么要将一具棺木牵给妹子？"

荷心道："哥哥有所不知，这可不是寻常的棺木，它可是大有来头。"

张大胆惊异一声，道："大有来头？"

荷心道："此棺名叫霹雳棺，所谓霹雳棺，乃是遭得天雷击中的树木而打造成的棺木，据说此棺行极阴玄，道家称作养尸棺，传说只要将一具十年未腐的尸体置存棺内,辅以五行水术,连棺带尸沉下水底,待得三日阴阳棺木浮起,便就可养尸成形,为害人间。"

张大胆惊恐道:"这般讲来,僵尸定是出自这口木棺了?"望了望那口棺木,心中禁不住生出一丝凉意。

荷心道:"应该是的。"

张大胆身子微晃了晃,颤声道:"那……岂不是我害死了他们?"想起那些死去的汉子,心想如果不是我请他们来到家里,抑或不是我鲁莽地把棺木牵进门,那他们就不会死了。想起这,一时自责不已。

荷心宽慰道:"哥哥放心,荷心定将那害人的僵尸擒拿,替这些冤死的人报仇。"

张大胆回眼道:"妹子道法高明,想必要除去那僵尸,也只能靠你了。"

荷心点着头,豁然喜道:"张大哥终于不再怀疑我了。"正当一念此处,黑暗中突冒来几声如鸡喉般的女人的笑音,紧接着,一个硬极的嗓音道:"张大胆,你真是个大笨蛋,大傻瓜,轻易就让这小妖女给骗了,咯咯……你怎地不问问小妖女,她嘴上的血是哪来的?"

张大胆一愣,寻声望去。

荷心脸色急变,叱道:"是谁?还不快快给我滚出来。"

硬极的声音道:"想知道我是谁,就随我来。"

荷心眉目一轩,看了眼张大胆,道:"哥哥在此等候,我去去就来。"说着,三两下出了院子。不远的街心,一只雪白的猫儿嗖地一闪。她追了过去。

张大胆呆了一呆,直至荷心出了院子,才赶忙跟将出去。但是,待他到了外面,荷心早已没有了身影,他叹道:"妹子的脚步好快。"忽地,他想起刚才那人骂他是大笨蛋大傻瓜,心中不免嘀咕,"莫非妹子真有什么事情瞒着我?"

尖利的风声,如刀子般在耳畔划过,荷心尾追白猫出了四平街,一直跑出二三十里,来到一座高山上的竹林中,白猫蹿上一棵竹子,嗖地一下不见了踪影。

荷心停了停,断然走向竹林深处。心中在想,那人将她引来此,不知有何目的,且不管了,先前往瞧瞧再说。

一念至此，奋身掠去。

果然，方掠出竹林，荷心一眼便瞧见不远处立着条人影，原来，前方竟是万丈断崖，那人站在断崖边沿，背向着她。

荷心近身过去，停在三丈有余处，道："你是谁？为何要带我来这里？"

那人回过身，脸上居然罩着面小鬼面具，怀里抱着那只毛色如雪的白猫，道："不愧是南阳仙人的徒弟，果然还有些胆量，手脚也还过得去，倒能跟上我心爱的碧眼白雪猫。"

荷心道："废话少说，你到底是谁？"心中却忖道，"我自小被师父收养在一片深山，整日在山中不是追鸟就是逐兽，早已练就一身敏捷手脚，区区的一只小猫，岂可逃得出我的眼睛。"

面具人道："我是谁并不重要，重要的是找你来，是想和你做个交易。"

荷心微愣了下，道："交易？什么交易？"

面具人道："你可知你师父现在哪里？"

荷心顿了下，道："莫非你知晓？"

面具人道："不知。"

荷心冷冷道："那你拿什么与我交易？"

面具人道："我可以帮你查出你师父的下落，你觉得这样够不够？"

荷心看了看她，道："你想要我做什么？"

面具人道："我只要你答应我一件事。"

荷心道："什么事？"

面具人道："帮我照顾一个人。"

荷心道："谁？"

面具人道："辛家大少奶奶沈珂雪。"

荷心喃喃道："沈珂雪？"脸色一怔，道，"我为什么要帮你？"

面具人冷冷一笑，道："因为只有我才能帮你找到南阳仙人，才能替你守住你的秘密。"

荷心脸变了变，道："我有何秘密？"

面具人细细抚弄着怀里的白猫，目光一凌，轻巧道："如我料得没错，你该有两个秘密不愿别人知道，一是你的身世，二是你的身份，我讲得对么?"

荷心娇身颤了一颤,脸一下变得苍白无色,惊问道:"你是怎样知道的,你到底是谁?"冷冷看着她,忽地似想起什么,"噢,我明白了,当日在观阳顶上,藏在树丛中的定是你怀里的这只白猫,是不是?"

面具人道:"算你还不糊涂,当日确是我故意让你发现,但我想你心里应该清楚,我此举都是在帮你。"

荷心吃惊道:"帮我?"

面具人道:"难道不是么?就说今夜在飘飘院,如没有我在暗中引开那些人,你以为你就这般容易脱身。"

荷心冷屑道:"区区几名打手,就算没有你,我也照样应付得了。"

面具人冷冷一笑,道:"你的玄术固然得到你师父南阳仙人的半壁真传,但除非……"顿了下,接着道,"除非你要违背师命,否则……"

荷心面色已经很是难看,声音抖颤道:"你……怎对我的事情这般了解?"

面具人道:"所以,我需要你,你也用得着我。"看着怔怔发愣的荷心,又道,"你没的选择,如果不寻到南阳仙人身上的下半部《道陵尸经》,只怕四平街很快将成为一座死亡地狱,我想你是不愿看到这样的事情发生的,对么?"

荷心道:"可我凭什么相信你?"

面具人道:"我已经说过,你没得选择。"

荷心轩眉一皱,一双凌厉的目光直逼向面具人良久,突地沉声道:"依你可以,但你必须得告诉我你的身份。"

面具人道:"待到时候,你自然会知道。"

荷心道:"你……"话未完全出口,眼前忽然飘扬起一团粉色的烟雾,瞬间弥漫四下,一丈之内难见一物,她惊声道,"蝴蝶花粉,难道她是苗人?"

断崖风戾,不一会儿,四周皆在蝴蝶花粉的笼罩之下。荷心非常清楚,蝴蝶花粉虽是无毒,却有极小的麻痹作用,但只要自己站着不动,便就无碍。

花粉来得快去得快,待得尽悉消去,断崖前的面具人早就不知去向。

荷心忽听一个缥缈却极清晰的声音道:"傻小子有难,快快回去……记住

第七章 鬼婴现世

你答应我的事情。"

荷心暗地一震,脸色顿时变得煞白,惊声道:"不好。"

原来,张大胆未回家之前,荷心事先便将死去汉子体内的尸毒尽数用嘴吸出,以免死尸僵变,而霹雳棺内,她也已查过,里头确实已是一具空棺。但她或许忘却了,屋中那突然出现的过老大,肯定早已尸毒攻心,以致神志不清,才会袭击张大胆。

荷心暗暗自责,焦急道:"都怪我,都怪我,张大哥你千万别出事……"心中慌作,飞身向竹林掠去。

天际微明,雄鸡报啼,寂寥的四平街,终得看见有条人影匆急掠向街尾。她云发飘动,身形矫健,翻跃上一处屋脊,伏瞰而下。

下面的是一座深暗的小院,院门前吊着盏昏黄的灯给风吹得摇来晃去,一名男子坐在灯下的门石上,支腮遥望远处,似在侧聆黎明的来临,抑或在等候着谁。

男子眉目深锁,只听他叹道:"荷心妹子怎去了这许久还不见回来,该不会出现什么差错吧?"

屋脊上的女人咕咕道:"荷心,荷心是谁?"

突地,屋内走出来一人,只见此人行走得颤颤巍巍,三步一顿,来到院中稍停片刻,径直朝坐在门石上的男子摸去。

男子似乎不觉,依然静思呆坐。

夜下,那人愈步愈近。

屋脊上的女人暗呼一声:"不好。"随手抓起两片房瓦,"嗖嗖"两声直掷向那人背心。

但听"嘭嘭"两响,瓦片就如砸在了咸鱼身上,弹落地上,碎得粉裂。

门口的男子顿时一惊,赶忙回头去看,一眼瞧见身后的人,先是怔了一怔,尔后脸色大变道:"过大哥,你……怎地又活过来了?"

过老大面目僵直,神色无光,一副呆愣的模样。

而眼前男子,正是张大胆。

他一阵慌张,惊恐道:"过大哥,你到底是人还是鬼?"

过老大张开口,喉咙底发出数下宛如断气的声响,步步逼近。

张大胆一边后退,一边口中喊道:"过大哥,你……别过来。"

过老大身形微顿，如野兽般"呜呜"嘶啸两声，径直扑了上去。

屋脊上的女人大吃一惊，大骂道："真是个呆子，还不快跑。"

张大胆怔了一怔，不仅没跑，反倒似已被吓着，愣愣站在那儿。

眼见过老大这一扑，足让张大胆无所闪避。

屋脊上的女人惊色之下，焦急抽下腰间的一条玉带，飞身下院，脚方落地，便又弹身跃起，两三个起落，已到了过老大身后。只见她身子一拧，手中玉带就如一条玉龙，在黑夜中疾地一闪，柔软缠绕上过老大的脖子，尔后她身子一沉，疾劲掠回，竟将过老大生生拉翻倒地。

张大胆惊声道："你……你……"

那女人双手紧扣玉带，没好气道："废话少说，还不快来帮忙。"

要知活人气短，僵尸力无穷，何况还是一名女子，怎可抵挡住过老大的尸劲，瞬间，她便体力不济，手下微微颤抖。

张大胆呆了一呆，道："我来帮你。"岂料话音方落，那女人手劲突歇，过老大整个身躯就如那笔直的竹竿，长身竖起，面视着他张牙舞爪。

张大胆身形往左一闪，过老大也往左移去，始终盯向他。

那女人急道："傻小子，我已经拉不住他了，你赶快跑。"

张大胆眼看人家这般舍命救己，而他怎可独身一人逃离，他一边与过老大纠缠，一边道："我不走，我不能弃下你一个人，你等着，我……"他左瞧右看，想找一件称手的"武器"上去帮忙，但是身边啥也没看见，只有离身不远的那口木棺，可木棺又有何用，一时焦急万分。

突然，过老大往前猛地一扑，险些抓着张大胆，幸那女人一直紧拽住玉带，然因如此，她竟给劲力拖倒在地。

张大胆一阵失措，惊慌道："你快放手，他寻的人是我，与你无关。"显然他已看出，过老大由始至终，一直似针对着他。

那女人咬了咬牙，从地上一跃而起，将玉带在手臂缠绕数圈，然后右脚一抵过老大背心，借力把他的脑袋往后拉紧。

过老大"呜呜"发出一连呼号，双手忽地往后一荡，正中她的右腿。

那女人身子一晃，又猛然跌在地上，玉带也顿时被撕裂成两截。

过老大理也不理她，依旧扑向张大胆。

那女人面色一变，就地一个打滚，抓住过老大的双脚。

过老大身子一拧，向下抓去。

张大胆瞅准时机，猛扑上去，紧紧抱住过老大的身体，喊道："你快走，不要管我。"

那女人手下一松，身子一滚，惊声道："傻小子，快，快松手……放开他。"

张大胆暗地一震，不知她为何要自己松手，但很快他似乎就已明白。

他只感手上一阵刺痛，原来在他抱住过老大的同时，过老大也反抓下来，在他手背留下数道伤痕。

那女人再次惊叫："不好。"贴地一趟，双脚踢向过老大小腿。

过老大身子微地一晃，却没有摔倒。说时迟那时快，她身影一起，左手纤指勾爪，穿向过老大的咽喉，右手使出一招双龙取珠，直取双眼。

僵尸再厉害，那也比不得活人灵活，何况此时张大胆仍牢牢将他扣住。只听夜下黎明发出一声凄号，过老大的双目顿成两个可怕的窟窿，黑血不断汩汩流出。

过老大虽是僵尸，没有痛苦，没有思想，但从方才的凄号中，显然是已发怒，只见他松去张大胆的手，迅速抓住那女人的双臂，将她整个人提起来，甩飞在院中的一堆稻草上。

而几乎同时，张大胆竟也双手一软，跌开丈远。

那女人摸了摸手臂处的伤口，挣扎爬起，忽地，她感觉身下似压着什么，立即拨开稻草一看，顿然失声道："这……怎有这般多的死人？"

张大胆道："那些人都是过大哥的伙伴，全部都冤死在了这里。"

那女人道："那他们为什么没有像他一样变做尸人？"

张大胆看了看她，道："这我也不晓得。"

突然，那女人惊呼道："傻小子，小心。"

张大胆忽地回眼，看见过老大正"噔噔噔"向他过来，就到眼前。

那女人一声惊叱，随手抓起一具汉子的尸身，抛将过去。

过老大不躲不闪，死尸砸在身上，他只摇了两摇，径直扑向张大胆。

此时，那女人业已赶到，只见她娇身一贴，两手一锁过老大的下颌，双腿从他的胯下穿过，使出一招老树盘根，水蛇般死死缠住他的下盘，尔后身形一倒，一起往后摔去。

沉沉地，重重地，如山崩洪水，那女人口中即喷出一口鲜血，压在了下面。

只听她道："傻小子，还不快走，你我根本奈何不了他。"

张大胆断然道："我不走，你我素不相识，却能这样舍命救我，如果我走了，岂不连畜生都不如？"

那女人又喷出一口血来，气急道："你若再不走，就来不及了，难道你想我们都死在这里不成？"

张大胆道："那我也不走，就算死了，也绝不做出那种舍义的事来。"

那女人道："傻小子，我死不足惜，但你却绝不可言轻放弃，否则，我岂不就白费了。"

张大胆道："可是……"

那女人道："我知道你尚还不明一切，但你听我说，你真的不可以死。"

张大胆糊涂道："我不明白你的意思。"

那女人又紧了紧锁住过老大身躯的手脚，道："以后你自然会明白。"

张大胆一阵迟疑，道："可是，你……我……"

那女人笑了笑，平静道："什么也别想，赶紧走。"

张大胆看着她，退身到门口，他心里清楚，就算不走，也是无济于事。他黯然想道："她为什么要这般舍命救我？她到底是谁？与我又有怎样的关系？"从小在四平街长大的他，此刻突然对周围的一切有了些不解。又望了望她，发现她已不再动弹，但一直挣扎不休的过老大，却怎也挣脱不去她的束缚。

他深深叹息，内心愧疚不已。

正当这时，背后突有人气喘吁吁道："张大哥，你没有事我就放心了。"

张大胆一喜，果然，说话的正是荷心，他焦急道："妹子，你快去救救她。"

荷心怔了一怔，疾行过去，但见院前地上，一具面貌恐怖、立身不起的僵尸，身下压着一名似已死了的女人。她二话不说，疾手取出一只土黄色的百足干虫。

张大胆不明她拿出一只干虫来做何，但观眼此虫，极似之前见过的魂三魂其一的深暗无眼虫。其实他哪里晓得，深暗无眼虫通体为金黄色，在此类虫中毒性最强，荷心手上的干虫虽与它是近亲，但百足干虫却是无毒的。

只见荷心拔下头上一根发丝，在虫头下部三分之一手指处绕上数圈，走到僵尸过老大头顶，低头看了眼他，突地咬破右手中指，挤下数滴鲜血在他嘴中。

张大胆呆立道："妹子，你这是？"

荷心抬起眼，看了看他，小心把手上的干虫放进僵尸过老大口中，念念有词。

片刻，过老大就如睡着一般，慢慢停止了动弹。

荷心突地挥手道："张大哥，麻烦过来一下。"

张大胆走了过去。

荷心又道："她可是张大哥的熟人？"

张大胆瞧着那女人，鼻子一酸，低声道："她死了？"

荷心道："还没有，不过也差不多了。"

张大胆激动道："妹子能不能救救她？"

荷心落目一叹，道："那得看她的造化了。"

张大胆一阵黯然，半晌道："其实我与她并不相熟，可她却是因我受伤，妹子若能将她救醒，要我做什么都可以。"

荷心道："张大哥不必这样，妹子定当尽力。"看到那女人拚死箍紧僵尸过老大，心中不免对她生出些许感激，倘若不是她，只怕张大哥早已死了，如果那样，她岂不要自责一辈子。她看了眼张大胆，又道，"张大哥，其实这一切都应怪我，要是我不出去，或许就不会发生这样的事情。"

张大胆正色道："这岂能怪得妹子，要怪，也是那……"看了瘦棺一眼，目闪怒火。

荷心恨恨道："哥哥放心，我留下这具尸人，就是要将那罪魁祸首擒捉，还要把那幕后的主使人挖出来。"

张大胆喃喃道："不知谁与我有这般冤仇，定要这样害我？"目光一落，道，"妹子可想到了法子救她？"

荷心道："张大哥可知，附近可有什么地方既阴冷又隐秘的？"

张大胆思索道："有，有一个地方不仅阴冷隐秘，少人知晓，且还近得很。"

荷心目光一亮，道："是吗？那可真太好了。"

清晨，一层淡淡的薄雾冉冉升起，天边也逐渐有了人及家畜的响动。二人把僵尸过老大装进那瘦棺，又寻来一些干草，遮严那几具冤死汉子的尸体。

待得一切置妥，荷心问道："张大哥讲的那地方在哪？"

张大胆道："就是对门的历家大宅。"

荷心脸色微变，犹自嘀咕道："历家大宅，想不到会是那里！"突然脸色一正，道，"那我们快去吧！迟些人多就不好办了。"

张大胆点头道："嗯，那我先出去探探门。"

荷心点了点头。

屋外，四平街一片清静，薄雾远处，瞧不见半只人影。

张大胆背上那女人，带领荷心来到历家后院的一座假山前。他道："妹子肯定想不到，这假山之后居然藏着一条密道，我在这里生活了这许久，也是近日才偶然晓得。"

荷心目光一直望向别处，呆呆道："是吗？"

张大胆看了看她，道："嗯。"

荷心回头一笑，道："那我们进去吧！"

张大胆道："嗯。"

片刻，二人出了秘道，依坐在假山上歇息。此时，已是东方日起，一道温暖的阳光直破天际，照耀下来。荷心瞧一眼张大胆，道："张大哥真的不认识这女人？"

张大胆道："好像与她只有一面之缘。"

荷心道："一面之缘？却能这般舍身救哥哥，真是稀奇得很。"

张大胆疑声道："妹子不相信我？"

荷心一笑，道："没，没有。我只是在想，哥哥不认得她，或许她却认得哥哥。"

张大胆道："妹子为何这样说？"

荷心道："妹子猜测，此人定不简单，她的易容术之高，远在荷心之上，想来荷心都可轻易瞒过哥哥，那她若不想别人知道她的身份，岂不容易得很。"

张大胆暗忖道："可我却见过她的真实样貌。"

荷心接着道："我想她去下易容，一定也是一位十分美艳的女子。瞧那女人的身姿，猜测也绝不是一位俗人。"

张大胆强作一笑，道："妹子也看出她是易容？其实她的样貌……"想起那日在飘飘院的鬼屋内，初眼见到她时，她的面貌足可把一个胆小之人吓得半死，又岂来美艳之说。但她既然不愿外人知道她的样貌，自以假面示人，他也不便将她的私隐道出。

暗自一叹，转移开话题道："妹子可有几成把握救她？"

荷心道："换作常人，皆无丝毫把握。但她幸是习武之人，修得一身内气护心，方才我已稳住她体内的尸毒，只要今夜不出现差错，该能救活。"

张大胆道："此便是好。"顿了顿，忽担心道，"不知妹子可有把握收服那老僵？"

荷心凝重道："请大哥放心，我自有办法。"

张大胆舒心一叹，道："有你这话，那我便真放心多了。"站了起来，跳下假山，用手捧起水来饮用。

突然，荷心惊呼一声，道："张大哥，你……"

张大胆一下惊异道："怎了？"

荷心瞧着他的手，呆呆道："张大哥，你手背处的伤？可是……"

张大胆愣愣瞧了瞧，忽而一笑，道："尽是些皮外伤痕，妹子无须这般紧张。"又笑了下，用清水洗起了脸。

荷心却仍一脸严肃道："哥哥慢着。"走了过去，又道，"把手给我。"

张大胆愣了一下，不解她这是要做什么，但还是伸出手，疑惑般看着她。

荷心在身上摸索了一阵，拿出一角黄色小包，拆解开，里面原是些黄、白、暗红三样颜色混杂的粉物，她看了眼张大胆，道："张大哥，你可要忍着。"

张大胆不明道："妹子，这些可是什么？"

荷心道："黄色的是蛇胆，白色的是糯米，暗红色的是朱砂。"

张大胆问道："拿来做什么？"

荷心道："医治你手上的伤。"

张大胆愣了一下，收起双手搓了一搓，笑道："不用，不用，这种擦皮小伤，咋还用得上治理，妹子还是收起药，以备他日不时之需。"

荷心正色道:"此时便是正需之际,张大哥还是将手拿来。"她语气严正,丝毫不容商量。

张大胆自感身上并没有哪里不适,但荷心既这般坚持,倒也不便再行推辞,只得依言再次伸手。

温暖的阳光,驱散开弥漫大地的雾气,照射在手上,极是舒坦。荷心伸出纤纤左手,握住张大胆粗糙的双手,小心问道:"疼么?"

张大胆脸红了红,笑道:"不疼,妹子尽管下药就是,一些疼痛我还是忍受得了的。"叫一名女子这样抓着,心中实有些不好意思。

荷心看了看他,另一只手拿来药粉,凑近掌背,却没有直接倾倒上去。又看了眼他,暗暗咬了咬牙,才将药粉对准伤口,用嘴轻轻一吹。顷刻之间,那些轻微的粉末,如秋天老树丫上的枯叶一般,随风轻轻飞舞。

张大胆只觉伤口处一紧,一种钻心的剧痛随即而来,奇袭着全身。他咬牙暗忍,不让痛楚的声音发出,但手下却是极其自然地往回一缩。

荷心凝视着他那已然扭曲的脸,不免心疼道:"很疼是吗?"

张大胆一缩之下未把手抽回,手上便就一下没了力气,感觉软软的,但他却还强作颜笑道:"不疼,还好,我受得住。"话至最后,眼眶中已是疼得泪水翻滚。

荷心流出两滴清泪,喃喃着道:"哥哥真会骗人。"低头看着他的手,好生心疼。

张大胆心中一暖,突就"呵呵"笑道:"好了好了,其实真地不疼,妹子,果真是一点都不疼,我不骗你,感觉凉凉的,还挺舒服。"使力抽回双手,佯装低头察看,心下却想,"妹子,先前我那般怀疑你,而你却还对我这般好,我……"滑落出两行泪,赶忙用手借机给擦拭了去。

荷心低低道:"我知道,哥哥确实不再疼了。"

两人彼此欺骗着,心中都清楚得很。

忽然,张大胆脸色一惊,道:"这……可是怎么回事?我的手上怎会有黑线?妹子……"他不明就里,一时惊恐无措。

荷心平静道:"那是尸毒在体内蔓散的痕迹,我方才用的'散尸粉'只可抑制毒性的扩散,却不可清去哥哥体内的尸毒,所以,哥哥此时一定要听我的,欲要清去尸毒,只能由妹子……由妹子……"脸颊微红,背过身子。

张大胆焦急道："只能由妹子怎样？讲来无妨。"他想那应是极其痛楚的治疗，故而荷心才会不忍讲出。

荷心喃喃着道："只能……只能……"

张大胆打断她，躁急道："真是急死我了，到底是要怎样？"瞟了眼隐藏在假山下的密道，不免道，"莫非我也要与她一样待去哪里？"

荷心道："不是，哥哥与她不同。"

张大胆又问道："那可是极其地痛苦？"

荷心摇了摇头，沉默半响，道："张大哥之前不是问我，我嘴上的血是哪里来的么？"

张大胆道："我确曾那样问过，但那是……"显得有些尴尬，因为就是从那时起，他才开始怀疑她。

荷心一笑，道："实不相瞒，在哥哥未回家以前，我就已经先将那些死去汉子体内的尸毒尽数吮出，故而才使他们避免成作尸人。"目光一转，黯然望着荷花池中嬉戏的几条小鱼，咬牙又道，"本来这一切并不想告知哥哥，但又怕哥哥误会，想想还是讲出来的好。"

张大胆叹了一口气，暗忖之前实不该去怀疑她，内心倍感自责道："妹子，是我不好，我实不该去怀疑你。"想处，不觉道，"妹子，千万别往心里去，我保证以后绝不会再去怀疑你了。"他秉性耿直，竟将心中想的也脱出了口。

荷心悠悠回过身子，凌凌望着他，不发一言。

张大胆暗自后悔，心想她一定是伤透了心，才会这般极似不相熟地看着他。

倍感荒落的风歇古园，此时起了一阵不大不小的风，荷心拂了拂乱飞的头发，半响道："张大哥的话可是真的？"

张大胆嗫嚅道："妹子……我……"终究不知该如何说好。

荷心道："我只是想知道，张大哥讲的可是真的还是骗人？"

张大胆无奈一叹，只把自己暗暗骂上好几十遍，才避过眼道："真的。"随即目光一转，着急辩解，"我那时只是一时糊涂，误会了妹子，妹子可不要怪罪上哥哥。"

荷心看他着急的模样，柔声一笑，道："哥哥误会了，我岂有怪罪哥哥的道理。"

张大胆一脸糊涂道："那妹子的神情，怎地那般？"

荷心呆呆痴笑了下，道："张大哥好生老实，莫怪人家会喜欢上你。"

张大胆一愕，脸红了红，道："人家是谁？"

荷心道："张大哥难道自己还不清楚吗？"低去头，脸上晕红。

张大胆愣了下，道："我确实不晓。"在他心中，除了一直思念飘红外，实不知还有谁会喜欢上自己。

心念转处，突然惊讶道："莫非是妹子……万万不可，此举万万不可……"

荷心笑容一敛，紧张道："张大哥想到哪里去了？"抬起头，双颊更加绯红，遂移开话题道，"哥哥手上还疼吗？"

张大胆握了握拳头，道："妹子的药果然管用，开始虽有些疼痛，不过此时，反觉身上比以前轻松了不少。"

荷心笑道："抑制住了尸毒，人当然是要轻松些了。"说着，又担心起来道，"不过哥哥体内的尸毒，虽说一时是有惊无险，但若长久留在体内，终归有害身体。"转而又笑了笑，接着道，"可是张大哥也不必惊慌，只要依我说的做，三两日便可无恙。"

张大胆道："妹子怎样说我就怎样做便是。"

荷心道："其实也不难，只需每日食三四两鸡血糯米粥，早晚各半，但是要记住，鸡血要挑选刚学会打鸣的雄鸡，糯米则不可掺带黄粒，熬煮时更不能让烟气进入，否则吃再多也无效。午时还当多晒晒太阳，消散些尸气，待到你身上的黑线尽数消去，尸毒皆聚于颈下的天突、腹中的关元、背心的至阳、足后的昆仑，还有会阴等五处穴位时，我就可替哥哥清去体内的尸气了。"

张大胆喃喃一声，道："怎地这般麻烦？"随即关切道，"到时我体内的尸毒不会伤到妹子吧？"想起自己只是让过老大伤破点皮，便就这般严重，更想到荷心之前曾说，她是用嘴将那些汉子体内的毒气悉数吸尽，才使他们不会幻化尸人。记得小时常听别人讲，就是给毒蛇咬伤，用嘴去吸吮，也有伤及自身的危险，何况此时还是更为奇异的尸毒，想起这些，故才担心问道。

荷心笑了一笑，道："张大哥放心，荷心自有分寸。"

张大胆道："妹子经得南阳仙人真传，道法莫测，想必确是我多虑了。"

荷心柔和笑道："张大哥这般关心我，我心中……真是欢喜得很。"害羞地垂下头，嘤声道，"谢过哥哥。"

张大胆傻傻一笑，道："妹子这样讲，倒叫我真有些不好意思了。"

荷心脖子垂得更低，不知为什么，自给师父收养以来，张大胆可是第二个如此关心她的人，但与师父不同的是，和他在一起，她感觉非常地开心，更有了活着的愿望。

二人又谈论了昨夜的事情，不知不觉间，耳畔忽传来阵阵悲泣的哭丧声。

张大胆眉梢皱起，嘀咕着道："大清早的，谁人出丧？"转而一想，道，"莫非是木头兄弟？"

荷心瞧了瞧他，缓缓道："张大哥要走了么？"

张大胆道："木头是我兄弟，我得前去吊唁，顺道送他一程。"

荷心黯然道："那张大哥就去吧！"

张大胆望了望假山，道："那她就有劳妹子照顾了。"

荷心道："张大哥放心，我会好好照顾她的。"

张大胆倍是感激道："谢过妹子，待送了朋友，便尽快来此处找你。"

荷心注目道："嗯。"

张大胆紧看她两眼，扭身往风歇园的后门奔去。

荷心目送他离开，突然喊道："张大哥，当心手背处的黑线，切莫给外人瞧见了。"

张大胆边去边道："妹子自管放心，我定会极其小心。"话到最后，人已消失在一片茂密的荒草树影后。

出了风歇古园，张大胆径直来到四平街。

古老的街道，此时已站上了不少人，更有许多人从街旁的窗户往外探察。街道中间，一行十数人的丧葬队伍，有序慢行。

张大胆拉下袖衣，遮蔽住手背上的黑线，举目望去，丧队的前头是一名十来岁，身着白衣孝服，面目肃然的孩童，胸前恭敬捧着一块漆红的灵牌，在他身后，跟着六名健壮的汉子，肩上扛着一口看似如铁的棺木。

棺木正面材头上镂着一座气势宏伟，琉璃大瓦的厅子，厅旁有古树、青柏、仙鹤等物，棺两侧则是驾雾金龙，龙下画着梅兰菊竹、桃榴寿果，最为特殊的是还雕琢着一个孩童，形象栩栩如生，意为木头尚未娶亲，无后接班，故而只好在棺上琢上孩童陪侍左右，免得阴路走得孤独。

金龙周围，俱还有着"暗八仙"，所谓"暗八仙"，指的是吕洞宾等八仙用的兵器。

张大胆暗自敬佩，单看这具重棺画琢，便已瞧出欧阳掌柜是多么重视木头兄弟。

棺木之后，两名五旬有余的哭丧妇人，沿街号哭泪洒不止，声音悲恸，伤动耳膜。

原来，出丧的正是逍遥棺材铺的伙计木头。只因他生时孤身，死后抑只能花钱找得哪家穷孩和两名老妇，勉强作哭丧孝子。

老妇身后，领随的是逍遥棺材铺的老掌柜欧阳逍遥，及数名店内伙计。众人皆披麻戴孝，面容肃穆。

张大胆暗叹一声，道："木头出丧入土，怎地这般冷清，四邻街坊竟无一人前来送他，唉——"

正自叹间，观丧的人群中突然冒出一人，挤身到张大胆面前，焦灼道："张少爷，老仆终于找到你了。"

张大胆愣了一愣，道："福伯，寻我有事么？"

福伯凑近身子，低声道："家中出了大事，少爷快随我回去。"

张大胆望一眼木头的棺木，面有难色道："可是，我还未送木头兄弟一程，怎……"

福伯接口道："张少爷，老夫人忽然病重，只想见你，你若迟了，恐怕……"说着，挤下两滴老泪。

张大胆一呆，吃惊道："日前我离府时，老夫人还好好的，怎突然间就病重了？"

福伯道："少爷还是别再问了，等回家见了夫人老爷，自然就清楚了。"

张大胆愣了一下，急切道："那还不快走。"身影动处，不禁又望了一眼丧葬的队伍，无奈叹了一叹。

殡丧的队伍，朝着太阳的方向行去。哭声已近嘶哑。

二人匆忙离开，前往曾府。

片刻，张大胆来到一间房前。

房门虚掩着。

张大胆还未来得及去推门，福伯却早已高声喊嚷道："老爷，夫人，张少爷回来了，张少爷回来了。"

房间里响起一些细碎的响动。

只听曾老头的声音道："夫人，别起身，好生躺着，我把张老弟叫进来。"

话音未落，福伯已推开了门，张大胆抢先跨奔进去。

房内除了曾老头夫妇，还有活眼神算、老朱及身小体弱的习娇娇。

曾老夫人半倚着身子，瞧着张大胆进屋，忙挥手道："胆儿，快过来、快过来……"

张大胆走了过去，曾老头站起身子，让至一旁。

曾老夫人面目憔悴，看着张大胆走过来，突地脸上泛起一些笑容，道："胆儿，坐——快坐，让我好好瞧瞧。"

张大胆依言坐到方才曾老头坐过的地方，握起老夫人一只手，哽恸道："干娘，你这到底是怎么了？怎突然就病得这般严重？"

曾老夫人慈祥道："我没事，胆儿？"看着他，又道，"你有多久没叫我干娘了，想必有十年了吧？"

张大胆泪流道："干娘，是胆儿不孝，胆儿不该忘却你对我的关爱之恩，胆儿不孝，胆儿不孝……"伏下床间，啜泣起来。

曾老夫人老泪夺眶，道："胆儿是孝顺的孩子，胆儿没有不孝，胆儿不要哭了……"轻抚着他的头发，一时语咽。

曾老头转去目光，不忍再看。

习娇娇暗暗擦着眼泪。

管家福伯低下头，以袖拭着眼角。

活眼神算、老朱，此时也是一脸肃容。

张大胆抬起头，盈盈泪光道："胆儿自幼双亲早逝，原以为今生今世再也无人疼爱，我……"哽咽了下，接着道，"我对不住你们，我真糊涂，干娘——我错了——"忍不住又是一阵呜咽。

曾老夫人伸手替他擦着眼泪，泪中有笑道："胆儿莫再自责，胆儿莫再自责。"

张大胆失声抱住曾老夫人，哭出道："干娘——"

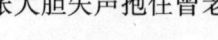

曾老夫人拍拍他的背心，道："胆儿快起来，只要干娘能见到你，便就是真地马上死了，也是高兴的。"

张大胆起身，道："干娘讲的哪里话，什么死不死的，我才不会让你死。"

曾老夫人笑了一笑，道："有这么孝顺的胆儿，干娘怎么舍得死呢？干娘只是受了点惊吓，调理三两日便就好了，胆儿不必担心。"

张大胆道："那福伯不是说干娘你……"看了眼福伯。

福伯慌张道："张少爷，我若不往厉害的讲，你能这么快随我回来？"

张大胆一怔，确实，假如不是那样，他至少也得吊唁完木头兄弟方才过来，但一回想，不觉还是有气道："福伯，纵是干娘想见我，你也不该开这般的玩笑，你可知此是病人的大忌吗？"

福伯愣了一愣，突地"扑通"一声跪倒地上，道："老奴只知老夫人很想看见少爷，一时确实没往深处去想，还请少爷责罚老奴就是。"张大胆一慌张，说道："福伯，你这是做什么？我只是讲讲的，你——赶紧快点起来。"

其实他不曾想到，福伯在曾家待了已有二十多年，曾家早就不将他视作外人，他又怎会听了张大胆的这三两句话，就吓成那样。实质上，应是福伯想借机留住张大胆，让老夫人开心罢了。

老仆的心思，主子家自是看在眼里，明在心底，曾老夫人道："福伯，别为难胆儿，有话起来再说。"

福伯看了看张大胆，又望一眼曾老夫人，站起身来。

一旁的曾老头扫了眼屋里的几个人，忽道："好了，福伯，你先送习老板回屋休息，然后过来照顾老夫人，我与张兄弟等还要商议些事情，顺便再让下人去沏几碗茶，送去客厅。"

福伯应道："是，老爷。"

曾老头等四人随即出了房间，来到客厅坐定。

片刻，府中丫鬟送茶水上来。

一时间，厅内茶气温香，氤氲雾漫。

丫鬟退后，曾老头道："张兄弟，昨日去了醉死酒楼，可有见着画师？之后老弟怎不见回来？我让福伯去探，却不见影。"

张大胆一拍脑门，道："抱歉曾兄，昨日小弟从醉死酒楼出来，发生了些事情，一时忘记回来告知大家一声，小弟并未在那里看见张画师。"

曾老头叹道："其实我等见你迟久未回，业已猜到，画师若在那里，见到张兄弟，定也早已过来。只是今时世道不太平，我等生怕又会出些什么意外。"

活眼神算一边刮着茶碗，悠悠道："曾兄，你说画师会去了哪里？"

曾老头道："此不好说。"

老朱一拳砸在几桌上，直震得茶碗跳了一跳，茶水溅出不少，斥声道："还有什么不好说的，画师定也是遭了歹人的暗算，要我知道歹人是谁，必一掌劈了他。"想起近来接连发生的异事，尚却不知对头身份，不免怒上心头。

曾老头道："朱老板莫要急躁，事情尚未明朗前，实不敢断言画师是否就已遭受毒手，兴许他只是藏于别处喝酒，也极存可能。"

老朱看了看他，冷冷道："莫怪我多言，画师生死虽不敢言断，但有三的死，却连三岁小孩也猜得到，那是沈珂雪所做。而曾老板死了一个伙计，竟佯作无事人一样，是否曾老板安享了几十年的太平日子，往日的胆量早就给磨却了。"

曾老头怔了一怔，心知再辩论下去，难免伤了和气，赶紧绽颜一笑，招呼道："来来来，喝茶喝茶！"自行托起茶碗，呷了一口。

老朱瞧着他，随手抓起茶来，一口气喝去了大半碗，"叭"一声重重放下，道："曾老板，咱们兄弟已去了好几位，你说下一步该怎么办？"

曾老头道："让我思筹思筹再说。"

老朱恨恨道："怕是等你思筹好了，我们早已成他人的刀下鬼了。"

活眼神算见气氛不对，干咳了几声，忙出来打圆场道："朱老板和曾兄讲得都有道理，画师虽是好酒，平常尚也有失踪好几日在外面偷酒吃的时景，但今次毕竟发生了这么多事，依瞎子看来，我等与其这样干等，还不如差人去辛府瞧瞧，辛铁风不在府上，我等自不便与晚辈多作计较，先去探明一二，等辛铁风回府再商议不迟，二位看怎样？"

老朱道："我依神算的。"

曾老头道："昨夜有三的尸体突然失踪，我便有去辛府探查的念头，要不就由我去怎样？"

老朱道："不行，还是我去方妥。"

张大胆一直听着他们三人议论插不上话，此时愕异道："有三的尸体失踪了么？"

曾老头看了看他，叹气道："昨日张兄弟去后，我与瞎子、朱老板一直在画舍守到夜降，本想待得夜深无人时，把尸体抬回府上，怎知……正当我等搬运尸体走出画舍时，竟生出了件怪事。"

张大胆惊色道："什么怪事？"

曾老头道："夜降白雾。"

张大胆道："夜降白雾？"

曾老头道："不错，我等抬着有三的尸体刚出画舍，夜幕下突就升起好大的一片白雾，浓厚得五步外皆不见人影，当时我等虽觉得此雾有些怪异，却也不曾往深里去想。怎料，之后我等在雾中行走了约摸有大半个时辰，始终不见到家，直待雾气散下，方知我等只步出画舍十数丈远，更异的是，白雾散后，有三的尸体竟就成了一截断石。"

张大胆吃惊道："有三的尸体成了断石？"

曾老头道："这还不算完，当白雾散尽，我等一干人回到家时，看见夫人竟晕倒在了院子里。"

张大胆惊问道："干娘可是怎地了？"

曾老头道："夫人一向有个习惯，每当寝卧难眠，抑或家中无人，便就会独自一人坐到院中想些事情。昨晚抑是如此，就在夫人刚来到院中，月下突地出现了一个人，据夫人醒来说，此人凭空悬浮，从夫人头顶轻飘飘飞了过去，夫人因此受了惊吓，才致一病在床。"

张大胆脸上一阵错愕，忖道："想来干娘是因此犯的病。"思处，问道，"那干娘可有瞧清那人是谁？"

曾老头道："夜色太黑，那人又背心朝下，故夫人没瞧得太清楚，但夫人说，那人的身形及身上穿就的衣物，极似已经死去的下人有三。"

张大胆暗惊了下，心中忖道："既是夜色太黑，干娘又怎地瞧清那人身着的衣物？"虽有些疑惑，但还是道，"看来此事确过奇怪，曾兄先在画舍外丢了尸体，干娘撞巧又在院中看见一具尸体凭空在天上飘了过去，难道世上真有鬼魂不成？"

曾老头道："此事确过离奇，倘若那真是有三的尸体，那他会飘向哪里？"顿了下，忽然道，"莫非是……"

几乎同时,张大胆脸色一变,亦想到什么,道:"历家大宅?"

曾老头道:"张兄弟也认为是那里?"

张大胆道:"我不敢断定,但此刻除了历家大宅,倒一时也想不起来会是哪里。"

此时老朱正架着烟管吧嗒,见他二人谈到这里,就随口道:"以前听人说,有些人死前去得太冤,死后不肯下去阎罗殿报到,宁愿留在人间,做个游魂野鬼。每逢初一十五,便是这些冤魂最为活跃的时候,此天叫做'鬼化缘',且说有些好心的人,会在家门前的右檐钩上,挂上一壶小酒和一些饭菜,以供那些流浪的鬼魂前来吃食,而主人家,便会求得一个平安。昨日正好是初一,我想是我等抬着有三的尸体出门时,刚巧撞上了来画师家化缘的鬼魂,因为来得太过突然,又恰巧是出屋转弯,鬼魂一时躲闪不及,且又惧怕我等身上的阳气,便就上了死去的有三的身体,借机逃得开去。"他说得有鼻子有眼,好似昨夜真是"鬼撞人"一般。

活眼神算边喝着茶,边道:"朱老板这个故事瞎子好像听着似曾耳熟得很。"

老朱烟管子在鞋底敲了一敲,敲出管口的烟灰,道:"神算常来我那茶楼喝茶,不耳熟才奇怪哩。"

活眼神算道:"莫非此事出自古时的那本禁书《紫墓清斋》?"

老朱又点上烟,道:"前日我那茶楼来了一位说书的,讲的正是《紫墓清斋》,我看他说的故事与我等昨夜的极为相似,便就讲来给你们听听。"

曾老头愣了一愣。张大胆暗忖道:"听朱老板娓娓道来,还真认为果有其事,想不到竟是朱老板供我等消遣的。"

老朱扫了眼曾老头与张大胆,叹声道:"唉,茶都凉了。"

曾老头听此,赶紧召唤屋外的下人道:"换茶。"心中却叹道,"看来朱老板是嫌我等废话太多了。"

老朱眼睛一眯,自顾吧嗒着烟,再也不去瞧他人一眼。

活眼神算悠自喝着茶,脸上始终不见表情。

屋外静候着的下人听到老爷吩咐,匆忙换来几碗新茶,一一摆置在几桌上,端走凉茶,随即出去。

曾老头扫一眼三人,招呼道:"喝茶喝茶!"

活眼神算端起茶碗喝了一口，放下道："好像方才听曾兄说到了历家大宅？"

曾老头道："我与张兄弟怀疑有三的尸体飞去了那里，不知瞎子可是一样想法？"

活眼神算道："瞎子倒不关心有三的尸体去了哪里，我倒是和朱老板想得一样，此事定和那沈珂雪脱不开干系。"

曾老头愣了下，道："瞎子为何这般断言此事是那沈珂雪所为？"

活眼神算道："其实曾兄心中很是清楚，瞎子为何会这样说的道理。"

曾老头面色一怔，道："哦——"

活眼神算接着道："曾兄不仅明镜得很，还早已想出了对策，瞎子讲得对么？"

曾老头脸变了变，叹息道："看来什么事都瞒不过你这个瞎子。"

张大胆越听越是糊涂，暗忖曾兄心中想的到底是什么。

老朱仍旧悠然抽着心爱的老烟管，连眼皮都未动一下。方才最是急躁的他，此时倒是一脸漠不关心的样子。

活眼神算道："自打曾兄急着找张兄弟回府，我便就已经猜测到了一二。"

张大胆暗自想道："曾兄找我回来难道不是因为干娘卧床么？"

方自想着，活眼神算又道："曾兄既想要张兄弟留在府中，为何要福伯行之，为何不自行讲出？"

曾老头叹气一声，道："想来最为了解我的，还是你这个瞎了眼的老友。"又叹气一声，接着道，"你既已经知晓，偏为何还要讲说出来。"

活眼神算道："当日我二人在凤凰落遇险，逼得各自减去三年的阳寿，所以你觉得此行你才是最佳的人选，故而连我等也不想告知，是吗？"

曾老头黯叹一声，道："你的确非常了解我。"

活眼神算顿了下，道："凤凰落一趟，王匠头死在了南苗血骷髅手下，昨日有三中的也是苗疆最厉的毒虫地底红目蛇，还有夜间我等所遭遇的怪事，也极可能是苗人暗施的伎俩，相信曾兄和瞎子一样，也是这般想的，故才在走之前，见一见张兄弟，想留他在府中，是不是？"

张大胆愣了一愣，道："曾兄要去哪里？"

老朱抬了下眼皮，道："当然是去辛府了！"

曾老头苦笑了下，道："朱老板也猜到了？"

老朱道："只有傻子才会猜不到。"

张大胆脸上一红，缓缓道："不就是去辛府吗，曾兄何必瞒着我们？"

曾老头叹道："其实自昨夜开始，我便一直在想，倘若沈珂雪果真是那幕后的主使人，那待得几日后辛铁风归回，他岂不危险得很？所以今夜一行，我必得前去。而我瞒着不让你们知道，那是怕人多了，反而更是不好。张兄弟……"曾老头转目看向张大胆，接着道，"还请先不要将此事告知夫人。"

张大胆掷声道："曾兄，兄弟愿随你一道前往。"

曾老头道："不必，兄弟不懂防身之术，去了反更不好。"

张大胆黯然道："可是……"

曾老头道："兄弟不用再说，此事就将这样定下，谁也不用劝我。"

老朱吧嗒完最后一口老烟，道："曾老板，老朱不愿多说，只是方才不是已经讲好，此次由我去吗？"

曾老头怔了一怔，道："方才讲的哪能作数，再说，不是也没有人同意过。"瞟了下另外俩人。

活眼神算木无表情道："瞎子赞同。"

曾老头惊讶道："瞎子，你……"

活眼神算道："曾兄，本身瞎子也不反对你前往，但经得早上见了张兄弟，瞎子只得改一改初时的想法了。"

曾老头诧异道："此事和张兄弟有何干系？"

活眼神算道："有无干系，自可问张兄弟自己。"

曾老头疑惑般看了看张大胆。

张大胆糊涂道："神算的话，我不甚明白。"

活眼神算道："张兄弟昨夜可是遇上了什么怪事，要不兄弟身上怎会残有血腥气？"

张大胆左右嗅了嗅身子，一脸迷茫道："有吗？我怎么没有闻出来？"

曾老头又打量了张大胆一番，转向活眼神算道："我瞧张兄弟身上俱无半点血渍，可哪来的血腥气，莫不是瞎子你搞错了？再说，我与朱老板不是也未有闻见。"

活眼神算脸色一沉，面无表情道："是否瞎子搞错，曾兄何不问了张兄弟再说?"

　　曾老头心下一震,忖道:"瞎子既是这般肯定,想来张兄弟在昨夜遭遇的事情也定是不轻。"随即正色道,"张兄弟,其实我早就想问你,先前听你说昨日出了些事情,试问到底是出了什么事?"

　　老朱也道,"张兄弟,不妨说来我等听听。"

　　张大胆看了看他们,这几人都是他最信赖的朋友,所以心下并无隐藏之意,此时他们既然问起,便也就详细道出了昨日离开画舍,及至今早时所发生的那些惊心动魄的经过。

　　言毕,曾老头、老朱惊愕了半响才回过神色,他们料想不到张大胆昨日会遇见这等离奇的怪事。

　　活眼神算却是平静异常,好似这些事情,早已了然于胸一般。

　　只听曾老头叹道:"看来事情确不简单,连张兄弟都险些遭了害,我等以后实该要小心才是。"目光转处,又道,"张兄弟,你可知昨夜救你的女人是何许人?如不是她舍命相救,只怕兄弟麻烦要不浅。"

　　张大胆道:"我也不太知。"

　　曾老头愕了下,道:"不过不论她是谁,她既是救了你,那日后你可得好生谢谢她才是。"

　　张大胆道:"那是自然。"

　　老朱悠悠插话道:"我看此事倒不像是那沈珂雪所为,她虽擅用苗疆蛊毒,但玄门养尸之术,她该还没那般的能耐。"

　　活眼神算道:"瞎子还是想再问问张兄弟,你口中的女子荷心,可就是当日在关帝庙救下你与习老板娘的同名女子?"

　　张大胆惊疑道:"正是。"

　　活眼神算接问道:"张兄弟自己可有想过,为什么每次遇到她,总是会遭上一些奇异的事来?"

　　张大胆略微一顿,道:"兴许都是巧合吧!"

　　活眼神算道:"世间怎有这般多的巧合。"语声一顿,转而又道,"就算真如张兄弟所讲都是巧合,那么瞎子再问你,她可是亲口告诉你,她曾用嘴吸尽了那些死人体内的尸毒,是不是?"

　　张大胆道:"她确实这般讲过。"

　　话音方了,活眼神算突就哈哈大笑了起来。三人都一阵疑惑,俱怔怔看着他，要知与神算相识甚久，可以说从未见他这般地反常。

笑声顿处，活眼神算道："张兄弟，倘或不是瞎子识你甚深，真怀疑你是不是哪冒出来的傻蛋。"

张大胆愣了一愣，道："神算的话，小弟有些不明白。"

活眼神算道："张兄弟方才说，那叫荷心的女子用嘴吸尽尸毒，才避免那些死人尸变。那么瞎子再问你一句，你可知此世间岂有不惧尸毒的凡人？"

张大胆一怔，先前的确未曾想过这个事情，今时再做细想，凡人好似确难抵尸毒的侵附。他虽不及神算那般懂玄法道术，但还算略知一二，以前就曾听老人讲起，活人若被僵尸伤害致死，最好的处置方法是用荔枝树枝焚烧，要说荔枝树为何是焚僵最好的燃料，张大胆还依稀记得老人们这样说。

相传荔枝本非凡间之物，据说开天年后三千年，南边出现了一场怪病，病者具是皮面焦黄，骨瘦无力，整日气喘难眠，无法劳作存活，久病之，鼻孔均流出脓血，血遇人体，皆相互染疾身亡。眼见世间惨绝人寰，饿殍遍地，人们只有去乞求苍天神灵。突然有一日，南边的离子山上的女娲庙前的一株千年老乔树枝头，突就开起了花，结下了果。

果实鲜红锥圆，表皮粗糙有斑鳞，那斑鳞蛇鳞，有人说那是女娲娘娘显灵化身来挽救人间疾苦，人们纷纷上树摘食，吃进嘴中，感觉酸甜凉爽，有如天霖甘露，不仅解去了饥渴之苦，更治愈了人们身上的怪病。自此以后，世人就将此种果实称作离子，后来又叫它离枝，抑唤荔枝，尊它为百果之王。

此后，南边的人们就一直把荔枝奉为神果，荔枝树奉作神树，都相信它是女娲的化身，可作驱邪避凶之用，当然这一切只是个传说，张大胆就不相信这一切。兴许南方多出僵尸的地方，荔枝树皆可成林，人们为尽快且彻底消灭掉这种可怕的非人物类，就地取材，用荔枝树烧燃，久传久之，人们都误认为荔枝树有驱僵辟邪的功用。可不管怎么说，对付僵尸，用火该是最直接，也是最管用的办法。

而荷心却说她用嘴吮吸，此种防尸僵变的做法，确让人难以信服，更不用说闻所未闻了。可是，他已经答应过，以后都不会再去怀疑她，但是……

内心焦灼不定的张大胆，不知是该相信荷心，还是……

　　活眼神算又道："我知张兄弟心中为难，因为她曾救过你，此不论换作谁人，也是不愿相信她会骗你，或许，她有她的苦衷，不过……"突话锋一转，接着道，"兄弟可有想过，有些事情会否早就有人提早安排，以便博取兄弟的信任。"

　　张大胆喃喃一声，道："不会不会，她绝不是那样的人。"

　　活眼神算道："俗话说，知人知面难知心，兄弟就这般地肯定么？"

　　张大胆迟疑着，心里一片紊乱。

　　只听曾老头长叹一声，道："瞎子的话可不无道理，知人知面难知心，兄弟，如今你身上已中下尸毒，如不再行医治，只恐性命堪忧啊！"

　　张大胆俯下头，拉上袖衣，手背上的黑线依然清楚，伤口处还残有着荷心留下的粉迹，看了看他们，微声道："我信得过她。"

　　曾老头愕然一怔，看了下活眼神算，朗声劝起道："张兄弟，你好生糊涂，此种不明来历的女子，怎可轻言信得？"

　　张大胆犹豫了下，还是道："曾兄莫说，我已讲过，我相信她。"

　　曾老头叹了一叹，一时哑语。

　　老朱插上一句，道："张兄弟重情义，果真叫人好生佩服。"

　　活眼神算也叹道："曾兄，此时你该明白，瞎子为什么要阻留你了，你好好劝劝他吧！向来他都较听你的。"

　　曾老头面色一怔，托起几桌上的茶碗轻轻刮了几刮，却不饮喝，缓声道："兄弟重情待义，固然是好，但也得分清恶善黑白才是，听曾兄一言，往后你还是莫要去见她为好，至于兄弟体内的尸毒，就留在府中让瞎子为你医治，你看怎样？"听来此番话极似在和他商量，但言语话间，显然已将荷心定性成不好的形象，就算还不是恶人，却也有着极大的嫌疑。

　　张大胆此时心中可说是乱如团麻，尽是苦恼、疑虑，一边是最为敬重的曾兄，另一边却是当日的救命恩人。

　　正当一无所措，突想到了一个问题，倘若荷心真在故意接近他，那她图的又是什么？假如他身上无什么可图，那岂非就可排除荷心有叵测之心了？而她为什么要欺骗自己，兴许真如神算所言，她是有什么苦衷。他自认身上并无他人惦记的东西，才会这般想。

　　心中一悦，行将想起的疑点道与大家听。

可他方未及开口，活眼神算却先道："其实有一事，我想现在该让张兄弟知晓了。"

张大胆怔了一怔，放下欲说的话，问道："神算有何事情要告知我？"

活眼神算道："张兄弟可知自身的生辰八字？"

曾老头手下一抖，碗口一震，脸色微变。

张大胆愣了愣，一时倒还真回答不出来。

原来，张大胆幼年父母早丧，对于自己的生辰，大致只能记起生时之年，亦不知是当时母亲走得仓促，还未及告知他，还是母亲告知他时，他且尚幼，故而早给忘却了。总之，他真不知自己的生辰八字。

活眼神算等待半响居然不见答复，便又道："其实瞎子早已知晓，兄弟命极贵胄，与龙庭遥池，有道是：'蛇之长足，皆还是虫。'兄弟的龙心天命，可不是蛇虫所化，想必兄弟还不知，一颗龙心，足可抵却万千的凡胎俗心？"

张大胆愈听愈发糊涂道："神算讲的什么蛇足龙心，叫兄弟好生不明白。"

曾老头突就朗笑一声，道："哪里有蛇足龙心，我与朱老板怎不曾听见，张兄弟听见瞎子讲过了吗？"瞟一眼老朱，猛使眼色。

老朱干咳了两下，糊里糊声道："什么龙心？哪来的龙心？"佯装四下看了看。

曾老头见之，暗自舒了一口气。

岂知，老朱四下看后，突一拍脑门道："哦，我记得了，神算讲张兄弟有一颗龙心，唉，这怎么可能呢？绝不可能，神算要不再与我等细说细说？"

曾老头脸上一阵惊诧，暗忖道："老朱可是怎了，难道他不知此间的厉害吗？"心念动处，眉目顿轩道，"我看今日咱们先商议到这里，有什么事情，待吃下饭再说，我这就叫下人备席去。"长衣而起，故意看了下张大胆，又道，"麻烦张兄弟与我一道下去，顺便可瞧瞧你干娘已经好些了没。"

张大胆定定坐着，动也不动道："曾兄，神算的话，我已经听得极为清楚，你又何必还要再行隐藏？"虽说活眼神算讲的，确实句句在耳，但当中的意思，实其还不甚明了，只感隐约之中，似乎隐有某些关于自身的

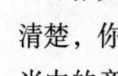

秘密。

曾老头呆了一呆，愣了半响，无奈长叹一声，道："张兄弟，你先出去一下，我和瞎子、朱老板有几句话要谈。"

张大胆看了看他们，满腹狐疑地起身出了厅子。

天外阳光明媚，已近中天，张大胆刚跨出厅门，只听身后"咣当"一声，大门已经闭紧。他愣了一下，缓步走到厅前小院里的一株老梧桐树底下，静静回望着厅内的动静。

曾老头闭下厅门，回身看着二人，脸上极为凝重道："我不知你等今日为何这般焦急，一定要将事情道出，难道你等就没想过，此番就不怕让张兄弟惹上杀身之祸？"

活眼神算道："曾兄莫急，听瞎子与你解释。"坐起身子，踱步上前，负手背立着二人，叹了一叹，道，"曾兄可还记得，二十多年前四平街的历家出的那件怪事？"

曾老头疑惑了下，本以为瞎子会给他解释一番，却未料到他竟然问起了昔日历家出的那件怪事来。心中疑处，还是道："瞎子指的可是当年历家四小姐怀喜的事？"

活眼神算道："当年历小姐怀上了阴暗之喜，以至历家身受灭顶灾祸，上下七十多口人一夜俱丧。可曾兄或许不曾想到，当年的事情并未完结，当年历小姐腹中的那颗灾星鬼婴，如今业已长大成人，并已回到了四平街。"

曾老头的脸色刹那间一变，道："她回来做什么？"

老朱也惊得一诧，道："莫非她知道当年我等有害历家之心，特意寻我等报仇来了？"

活眼神算叹道："瞎子尚还不清楚她此来的目的为何，但瞧她多次接近张兄弟来看，想必她是为张兄弟而来。"

曾老头惊声道："她找张兄弟做什么？当年张兄弟可还是个襁褓中的婴孩，什么也不知晓，她……"顿了一顿，"想害张兄弟不成？"

活眼神算道："她若只是想害张兄弟这般简单，想必张兄弟就是有十条性命亦早没了。如瞎子所料不错，我猜她一定尚未聚齐七阴连心，否则，张兄弟岂有命在？"

曾老头疑问道："七阴连心？"

活眼神算道："七阴连心乃七颗阴年阴月阴日出生的人心，传说只要聚齐七颗，便可有使鬼魂归身、死者再还魂等神效。不过，要使七阴连心真正可以连心，则还需要一颗王心作牵引，否则七心不齐，难以串联，就算拥有了七心，也必前功尽弃。所以，张兄弟的龙心，正是极好的牵引。"

曾老头大惊失色道："听瞎子所说，莫非她接近张兄弟，只是想借机盗取张兄弟的龙心？"

活眼神算悠悠回过身子，缓缓说道："正是。"

一本经书引发的连环血案　一只木匣掀起的通天浩劫

道陵尸经

下

daolingshijing

三天四夜◎著

贵州出版集团
贵州人民出版社

图书在版编目（CIP）数据

道陵尸经 / 三天四夜著 . -- 贵阳：
贵州人民出版社 , 2011.6
ISBN 978-7-221-09613-5

Ⅰ . ①道… Ⅱ . ①三… Ⅲ . ①长篇小说—中国—当代
Ⅳ . ① I247.5

中国版本图书馆 CIP 数据核字 (2011) 第 113438 号

道陵尸经

三天四夜 著

责任编辑　康征宇
贵州人民出版社
贵阳市中华北路 289 号　邮编　550004
发行热线：010-59623775　010-59623767
河北聚鑫印刷有限责任公司
2011 年 9 月第 1 版第 1 次印刷
开本　710mm×1020mm　1/16
字数　589 千字　印张　37.5
定价　58.00 元（全两册）

版权所有・翻印必究　未经许可・不得转载
如发现图书印刷质量问题，请与本社联系。

目 录
CONTENTS

第八章　尸母鬼女/001

突地，一团白花花的影子，在数米远的黑暗下，动也不动地拦在巷子中间，就似地狱下来的小鬼，提着两粒碧蓝碧蓝的勾魂小火，在等着他一般。

第九章　号令十八/037

原来尸人再过本事，手脚则都已僵化，肘手难屈，斧刃自也弯不回来。活眼神算贴得紧牢，只觉腰上被过老大臂手重重一撞，一阵酸麻，可若比起利斧快刃来，得要好许多了。

第十章　生死虫影/077

客房虽比不上主房宏大，倒也相连有六厢，中间用木板隔成，但木板终不是泥石，保不得虫子不会打穿板洞，越屋逃出，活眼神算要众人把整排房屋俱漆上火油，定也是想到了这番道理。

— 1 —

第十一章　落日谜重/109

　　但听得琉瓦"哗啦"一声，破了一个大洞，碎瓦纷纷掉落下来，悉数砸在活眼神算身上。只见瓦洞上面，一只大虫的前爪探出，戳将下来，如螳螂的镰刀腿，凌厉至极，瞧那阵势，足可开脑裂骨。

第十二章　阴阳相残/145

　　良机稍逝，曾老头岂容被他抓着，双足蹬地一纵，已跳开半尺，飞起一脚，将尸人踢开数丈。再瞧柳三娘他们，也已脱出尸人的双爪。三娘纷舞双刀，一刀砍在尸人的脑瓜上，但听得"当"地一声，声音响亮清脆，便如砍杀老铁一般。

第十三章　群尸乱舞/191

　　这机关委实精妙巧极，石室内黑暗无光，来者定需点上灯火，灯火一燃，必将掩盖亮石的微光，便就是没有灯光，石砖积着灰尘，照旧难以觅见，倘不是阳尸留下尘字提点，荷心断难解析此中的奥秘。

第十四章　地狱养尸/229

　　蓦闻得一阵悲悲戚戚的啕哭声，荷心一震，不知又是出了什么事情，待眼一瞧，才知是众女见花老鸨已成一堆枯白骨，悲从中来，情难以制之故，禁不住自心一酸，唏嘘暗叹。

第十五章　王者之风/265

　　突听身后有怪音传来，原来拂尘与乾坤灯遭毁，法力顿消，笼住厅子的拂尘袈丝网自也匿逝无踪，但见厅中众多尸人瞬息露出狰狞面目。赶尸人一跳起身，施法抗拒。

第八章
尸母鬼女

曾老头暗地一震，不想张兄弟口中一直说到的救命恩人，才最想要他的性命，更不曾预料，她竟是二十年前历家四小姐腹中所暗怀的那个半人半妖的怪物。

活眼神算接又缓缓道："曾兄现下该知道，瞎子为什么极力要将张兄弟的身世相告了。"

曾老头喟然一叹，道："老夫明白，瞎子是担心张兄弟的安全。"又叹了一叹，道，"可是如此一来，四平街恐就再也难得安宁了，亦不知张兄弟一时受不受得住。"

老朱突地起身道："难道你想瞒他一辈子不成？"

曾老头看了看老朱，道："我只想待哪日人都聚齐了，商量个万全策略，再做计较不迟。"

老朱道："曾老板的想法固然甚好，但此时今日，你认为还有那般的可能么？"

曾老头默不吱声，黯然无对。

的确，当下抛开张画师生死不明且先不论，但就此前严胖子、酒老鬼、王铁匠俱已身亡，倘若再加上二十年前便已死了的张依风、佘楠子及一直不明下落的啸阴天王，当年这些令人胆战心惊被江湖称道的百步十八蛇，如今净都老的老，死的死，失踪的失踪。尽数凋零，还怎聚得齐全。

连叹数声，道："那不知朱老板的意思？"

老朱眼光一亮道："我等即刻拥戴张兄弟为王，散发英雄帖，昭告天下，相信到时各方豪杰必将纷纷揭竿响应。待得那时，咱等一路杀将北去，擒诛了康熙鞑满，复我大明疆土，岂不快哉。"

曾老头失色一惊，暗忖道："当年连兵肥马壮的卖国贼吴三桂都难敌心狠手辣的康熙鞑子，最后皆落得个九族绝灭，我等此番，岂不是把张兄弟往火坑里推？"

一念俱下，只听活眼神算道："此事万万不可。"

老朱颜色一怔，道："神算不是一直希望复还张兄弟的身份么？怎突又改下了主意？"

活眼神算道："瞎子是想不再瞒着张兄弟，但瞎子此举意在救他，而不是想害他去丧命。"顿了一顿，缓缓又道，"朱老板可是想过，我等这般仓促起义，怕是尚未出了四平街，便已尸横当场，命定休矣。这数十年来的努力，岂不一遭就将断送在你我的手上？"

老朱震惊一下，恍然顿悟，叹道："我确实是急切了些。"转而轻声道，"那神算之意，该怎样好？"

活眼神算道："天时、地利、人和，缺一不可，否则大事难成。"

老朱不解道："神算智谋过人，能否详细言说。"

活眼神算道："自打严胖子出事后，怪事接踵不休，早先我等皆认为是有人窥视那一批复国宝藏，要来抢夺紫檀木匣，可至今时，瞎子愈想愈觉事情没那般简单。"

老朱正色道："怎么个不简单法？"

活眼神算道："似紊——而不乱，有实——却则虚。"

老朱眉头一皱，道："神算的意思？"

活眼神算道："朱老板还不明白么？尊夫人虽未明言当日深夜去凤凰落做什么，但却道出是在那受到死去的严胖子和酒老鬼的偷袭，叫人吸尽了元气，又给几个死人抬到了西南山脚下，幸巧遇上张兄弟等人，否则后果堪忧。后来，瞎子、曾兄、王铁匠为医治习老板，去藏尸洞内寻药引子，却遭人设埋五行蛊虫，王匠头就此也未能回来。此些事情，就像早已安排好的一般，步步皆在预料之外？"

曾老头插上一句道："与瞎子一样，我也觉得近日发生的事情过于蹊蹊异奇。毋说当日在'埋尸谷'底，那三十二座墓穴间，居然藏着建文、永历二帝的陵寝，且说有盗墓贼人挖开墓后，居然未动金银分毫，唯独取走了二帝寒骨，实让人费解得很。"

活眼神算道："曾兄所言在理，瞎子也疑问二帝的陵寝怎会葬于谷底。要说我等皆在凤凰落盘踞许久，怎就连半点风声都不曾耳闻。"停顿了一下，接着道，"除非此些是当年天王隐着我等，秘手做下，否则外人应绝无这般的能耐。"

老朱看了看二人，道："那二位可知天王为什么要为二帝修建陵寝？墓下果真埋着二帝的真身，还是其实只是个空冢而已？"

活眼神算道："这——瞎子尚不得所知。"

老朱叹声道："兴许只有找到那盗墓之人，方能清楚一二了。"

活眼神算道："朱老板好似对此事很是关心？"

老朱脸色一怔，道："哪里哪里，我只是有些奇怪而已。"转而岔开话题道，"神算可想过沈珂雪害死有三后，为什么还要来暗夺尸体？"

活眼神算道："此事瞎子倒还不明，不过这事除了沈珂雪外，瞎子还想着另外一人。"

老朱惊道："谁？"

曾老头诧异道："此人是谁？"

活眼神算道："鬼女荷心。"

老朱、曾老头相觑一眼，脸上甚是疑惑。

曾老头道："张兄弟不是说昨夜一直与她在一起么？"

活眼神算道："可张兄弟好像还说，昨夜她曾离开过一阵子。"

老朱道："神算怀疑昨夜有三的尸体是给她夺了去。"

活眼神算道："极存可能。"

曾老头道："可我还是不明白，有三既是死于沈珂雪手下，那叫荷心的女子为什么还要来夺一具死尸？"

活眼神算道："这只得找到有三的尸体方可通晓，不过瞎子思来想去，昨夜的烟雾极像玄门中的'鬼入林'。"

曾老头道："苗人的族规，族中人若习得本族的蛊法降术，均不可再练外门部族的术法，轻则论以媾术罪，重则被逐出族门。"

活眼神算接口道："所以瞎子断定，昨夜若是沈珂雪夺取了有三的尸

体,那必定还有旁人相助。"

曾老头道:"瞎子觉得此人就是荷心?"

活眼神算道:"早上瞎子一见到张兄弟,便感觉他周围阴气盛重,后来听张兄弟讲起昨晚的事情,瞎子就偷偷在屋内洒了些'九钉棺材土'。这种土经年在养阴地的墓穴中,让死人长久压抑,尸气附重,故而称阴土。所谓阴阳相左,阴土不可见阳,无论拿它洒向什么地方,它都会见阴附纳,而附纳的地点,必是周围极阴之处。曾兄和朱老板可不妨瞧瞧张兄弟方才所坐之位。"

曾老头、老朱齐目望去,果然,张大胆方才的座位下,椅脚四肢都沾满了一种黑褐色的土灰。

活眼神算道:"如不是张兄弟有问题,那便是他身边的人有问题,而此人与张兄弟在一起的时间愈长,张兄弟身上的阴气就愈重。数日前张兄弟说过,救他与习老板的道女乃是南阳门下,瞎子一时还觉得奇怪,南阳观怎会收留一名女弟子?今早听张兄弟又说,昨夜她曾用嘴吮尸毒,一时更让瞎子想起二十年前历家四小姐所怀的鬼婴。当日开棺之后,瞎子曾布下阵法找寻那鬼婴的下落,然却发现阵顶有黄云之气久久笼罩无法散去,当日瞎子便知,鬼婴已被高人庇佑。想不到,那高人竟是南阳仙人,怪不得当日瞎子怎也寻不见鬼婴的踪迹。"

曾老头道:"南阳仙人乃道门正宗,怎会收留一名鬼婴,还授她法术,抚养她成人?"

活眼神算道:"南阳仙人心怀慈悲,想点化于她,可惜——他只怕要大失所望了。"叹了一叹。

曾老头道:"凭此些因由,瞎子方始断定那叫荷心的女子极可能是二十年前的鬼婴?"

活眼神算道:"正是。"眉间微皱,又道,"不过,瞎子担心张兄弟可能一时未必会相信,所以,我等一定要将她先打出原形才是。"

曾老头道:"怎样才能把她打出原形?"

活眼神算道:"此事还得请尊老夫人帮一个忙。"

曾老头疑问道:"什么忙?"

活眼神算道:"下夜曾兄便可知道。"

曾老头诧异道:"下夜?"

活眼神算道："晚上曾兄与我一道去个地方，看了就会明白。"

曾老头不知活眼神算葫芦里卖的是啥药，疑惑地看了看老朱。

老朱道："曾老板与神算去了就是，我今晚便去辛府，瞧那沈珂雪可有何动向。"

曾老头歉意道："那就有劳朱老板替我走得一遭。"

老朱道："不客气。"

活眼神算道："曾兄，可唤张兄弟回来了。"

曾老头迟疑了下，道："待会张兄弟回来，我等是——"看了看二人，心中虽不愿意此时就把身世告诉他，但当日下山时曾立过誓言，等他一旦成人娶亲，就把一切倾囊相告。如今虽他尚未娶妻，但俨然已是立地顶天的汉子，况且此时不比他日，以往隐瞒他的身份，或许是保护他最好的法子，可当下若让他知道真相，反而更安全。

活眼神算沉吟了下，问老朱道："朱老板以为如何？"

老朱道："事情到了这一步，想瞒也是瞒不住的了，再说，神算不是一直都想告诉他么？"

活眼神算道："暂且告诉他也无妨，只是，荷心与我等的身份，瞎子以为还是先缓缓，待过了今夜，明日再说为好。"

曾老头道："瞎子讲的极是，待张兄弟进来，就由我来说道。"

活眼神算道："此法极好。"

中天日斜，张大胆伸长着脖子，焦切地望了又望紧关着的厅子，暗暗嘀咕："也不知曾兄他们都在谈论些什么？"

正当这时，门轻轻开启，曾老头向外招了招手，道："张兄弟，请进来说话。"

张大胆飞奔着跑进厅中，疑惑地扫了三人一眼。

曾老头道："请坐，大家都快坐下。"在正前主人椅坐定，朝门口大声召唤一声，"来人。"

庭户人家的好处，就是下人总会在主子随时招呼得到的地方，久恭待唤。

一名小丫头匆匆来到门口，低声道："老爷，你有何吩咐？"

曾老头道："告诉下去，没有我的传唤，谁也不准靠近厅门半步。还有，叫厨房备好酒席，老爷议完事就来。"

小丫头点着头，道："知道，老爷。"

曾老头一挥手，道："下去吧！"

小丫头去后，曾老头移目向张大胆，顿了一顿，道："张兄弟，有件事我和瞎子、朱老板商议了下，决定该是告知你的时候了。"

张大胆微有点紧张，盘思着该是什么样的事情，道："曾兄有话讲来就是，兄弟听着。"

曾老头正一正脸色，瞧了活眼神算、老朱二人一眼，落目道："张兄弟，其实……"一言一语，把隐藏多年的秘密原原本本道说了出来。

言声毕了，张大胆仍愣坐半晌。他不曾想到，自己的身世竟是这般地凄苦可怜，而亲生父亲更是死得悲惨。竟似一夜之间，天底下所有的不幸都降临在了他身上，满腹的激愤、阵痛、恍然俱交织于一起，令他不知所措。

原来，张大胆本是相王之后，姓亦不是张。父亲乃是明神宗朱翊钧之孙，崇祯皇帝朱由检之堂弟，桂王朱常瀛的第四个儿子。

崇祯十七年，万木复苏的三月十七，李自成率军围攻北京城，此时的明军已成朽木之态，不得两日，李自成便攻破北京城。崇祯皇帝自愧当胸，于是带着贴身太监王承恩登上煤山，自缢于寿皇亭。李自成自此建立了短暂的大顺王朝。

此后的五月初三，马士英、史可法等爱国将士在南京城奉福王朱由崧监国，五月十五日朱由崧即诏帝位，年号弘光。不久满清入关，铁骑横践，大顺军溃如决堤，自不可挡，李自成亦生死不明。清人坐稳京师后，于顺治二年三月挥军南下，只得两月便俘获了弘光帝朱由崧，押解至京处死。

弘光政权方覆灭，唐王朱聿键即在福州称帝，年号隆武。同年，鲁王朱以海监国于绍兴，二朝相互毗邻，直争皇统。隆武二年，清廷大兵压境钱塘江，鲁王政权不战而溃，朱以海出海逃往舟山。八月，隆武帝出奔汀州时被追及擒杀，隆武朝亡覆。

隆武帝朱聿键在福建汀州被害后，按照明朝当时的继承制度，皇位该由明神宗的直系男性后裔继承，而当时明神宗的男性后裔只剩下朱由榔一人。正当隆武朝的群臣极力拥护朱由榔时，朱聿键之弟朱聿鐭则抢在朱由榔前头，早几日在广州称帝，改元绍武。半月后，张大胆的父亲朱由榔也在广西巡抚瞿式耜大人的拥立下，在肇庆称帝，立次年为永历元年，以丁魁楚为首席大学士兼兵部尚书，瞿式耜为东阁大学士兼吏部左侍郎管尚书事，同时任命了各部院官员。

于是，朱聿鐭的绍武政权和朱由榔的永历政权一并在广东称位，二朝互不融合，一直龃龉不断。这时，清军在佟养甲、李成栋统率下，伪装成明朝军队，出其不意地攻占广州，绍武帝朱聿鐭及首辅苏观生自杀殉国，广东沦陷。

朱由榔也一路逃亡，先是逃到广西梧州，后至桂林，次年进全州。在全州，被军阀刘承胤控制。永历十二年四月，清军主力从湖南、四川、广西三路进攻贵州，次年正月，永历帝只得逃到了云南昆明。

逃亡虽是非常地狼狈，但在昆明时，当地百姓却很是拥戴及同情逃难来此的永历一行人。他们自行组织起数千人，由楚氏父女三人带领，绕道清军后方，夺其粮草，使得朱由榔暂得喘息。然而，楚家人终归是人单力薄，数月后，吴三桂大军便攻入云南，一路势如破竹，直取昆明。这时，楚家人在一次战斗中大败，楚父阵亡，楚家长子身负重伤，只得次女带领数十残兵逃回至昆明。

楚家次女回到昆明后，等了数日未见哥哥，而吴三桂的大军已逼向昆明数十里。最后，她只得护送永历帝朱由榔等入了缅甸。

缅王莽达念及前明旧情，暂时收留了他们。

次年，王皇后亲自定媒，把巾帼不让须眉的楚家女儿续给了永历帝朱由榔，赐封她为嫔人，二人相爱有加。

楚嫔妃未嫁永历之前，朱由榔已有三名后妃，孝刚匡皇后、戴贵人、杨贵人，膝下生有七子一女。可虽这样，在逃亡时，长次子先后失散民间，下落难寻，四子、五子、六子、七子则年少早殇，唯有三子朱慈炫和南阳公主一直陪伴身边。

王皇后此举迎娶楚嫔妃进门，主要是报答楚家一门忠义之恩。

但永历虽贵为帝王，此时却是寄人篱下，进缅后数月，连吃喝都已是问题。时日一久，连同进缅的数十名亲随官员私自暗下背离，有的溜回到云南，即投靠了吴三桂，有的则刚回到云南，即客死清军手下。

永历帝朱由榔悲痛不已，暗斥世态炎凉，人情冷暖。

随后的日子，楚嫔妃和随下的十数人，担负起皇帝身边安全起居的重任。

两年后的五月，也就是永历十五年，楚嫔妃喜得孕事。抑在此时，吴三桂的大军已越过缅境，直逼缅国京都阿瓦，缅王大惊。正当危难之际，缅王的弟弟莽白在群臣支持下发动宫廷政变，处死了哥哥莽达，自立为王。

莽白即位后，一改哥哥莽达同情南明朝廷的作风，对永历帝朱由榔十分冷淡。

永历帝朱由榔知悉吴三桂越过缅境，心知此次必将在劫难逃，于是屈膝给吴三桂写了封信，信中言语写得哀婉悲凉，丝毫没有一个帝王的架势。信后，还附说愿意把南阳公主许于他的长子吴应熊。

三日后，南阳公主的软轿从缅都阿瓦行出，直向云南的昆明而去，随护的仅有楚嫔妃手下和贴身丫婢十数人。

几日后，队伍遭山匪所劫。

噩耗传到缅地，永历帝朱由榔簌簌落下泪来，追封南阳公主为永平公主。

三月后，缅王莽白突派来使者传讯，要与永历帝出城过江议事，并要同饮咒水盟誓，以结友好。永历遂派了四十名文武大臣前去赴约，岂料过江的大臣均被莽白的人杀害。

年底的十二月初一，吴三桂的大军已近在缅都阿瓦六十里外的旧晚坡，莽白遂派手下大臣锡真密见清军先锋噶喇昂邦，表示愿意交出永历帝，以求清廷退兵。次日未时，一队缅兵来到永历住地，谎称清兵已至近城，请速移去他处。朱由榔将信将疑，带领着一干人等跟随缅兵出了城，来到城外江边，渡过江去。

岂料清军早已在江对岸候得多时，等的正是朱由榔自动送上门来。

永历帝朱由榔上了岸，方才知上当受骗，一时愤慨不已，心知已遭缅人所抛弃，但此时却已晚矣，心下痛不欲生。

数日后，吴三桂押着朱由榔一行人班师回国。永历十六年四月，朱由榔和太子朱慈炫等皆被吴三桂绞杀于昆明的篦子坡。

此段历史往事，世人尽皆闻知，当然曾老头不会讲得这般仔细。

张大胆默然许久，似仍不敢相信道："曾兄，你果真没有戏我，朱……永历帝果真是我的亲生父亲？"

曾老头嘘声道："兄弟，我怎可拿这样的事情玩笑，我讲的句句属实！"

张大胆道："可我自小在四平街长大，这叫我一时该如何相信得了。"

曾老头吁叹一声，道："当年你父亲，也就是永历皇帝，后人皆论他为人寡断，不如先祖，但在我之眼里，其实他尚已对得起朱家的列祖列宗，如不是他，只怕朱家唯一的血脉近将难保。"又叹了一叹，接着道，"当年卖国贼子吴三桂大军方入缅境，缅王莽白就几乎杀光了你父亲身边所有的重要大臣，事后你父亲实为保住你，才屈身修书，假借许嫁南阳公主的名义，将你和母亲暗度陈仓，送出缅境。"

张大胆一惊，道："母亲？如今她在哪里？"

曾老头道："你母亲她……"

"咳咳"！老朱干咳了数声，曾老头随即住了口。

张大胆急道："她到底怎样了？"

曾老头脸色异样道："张兄弟，你母亲——其实我也不知晓她如今在哪里。"

张大胆一阵失落，黯然道："曾兄可莫要欺瞒于我。"

曾老头唏嘘道："我——怎会欺瞒你。"

张大胆看着他，道："我相信曾兄。"

曾老头脸色微地僵了一僵，暗暗避开目光。

活眼神算突地道："张兄弟，白天你就莫要出去了，让瞎子帮你治治身上的尸毒。"

张大胆筹思一下，道："谢过神算的好意，只是……有人还在等着我呢！"

活眼神算缓缓道："是荷心姑娘？"

张大胆道："恩。"

活眼神算沉吟了下，道："午间正是阳气最盛的时刻，张兄弟若待在府中，对疗去体内尸毒可有事半功倍之效，兄弟为何还要出去？"

张大胆道："可我已经答应了人家。"

活眼神算道："荷心姑娘也是学道之人，相信她会理解的。"

曾老头道："瞎子说的极是，兄弟还是在家疗了毒再出去不迟。"

老朱紧接道："况且曾老夫人今日身体欠安，正好张兄弟留下陪陪她，老夫人可是最疼你的。"说毕紧看着张大胆。

张大胆忖思一番,道:"那——好吧!我待日落后再出门。"

日起日落,转眼瞬间,天色已黄昏。

荷池中央,假山石上,坐着个孤单的身影,双手支着下颌,眼睛眨也不眨,愣愣望着一处。

那里,正是张大胆早晨离去的地方。

只听她自言自语,呆呆地道:"张大哥已去了一整天,为什么还不见回头,难道是出了事情?嗨,我真是乌鸦嘴……"暗自责备着,宽慰道,"张大哥怎会出事,不会的,他定是有事给耽搁住了,他答应过要回来,应当就快回来了。"脸上不禁笑了一笑。

夜灯初上,白日喧闹的四平古街,一到晚间,街上就很难觅得一人。

聚宝赌庄,飘飘院,甚至闭门许久的醉死酒楼,以往净是男人愿意夜间大撒金银之所。至于夕阳客栈,更是来往客商来四平街唯一的歇脚地。

张大胆走出曾府,自没注意,也难以见到。今晚的飘飘院,楼内灯火繁点,独不见姑娘迎门接客,数名睛目生光的男人,久久驻足门前不愿离去。抑不知飘飘院是出了事情,或是今晚也有像昨日那般出手阔气的有钱公子,包下了整座香楼。

但听数声长叹,街上显得愈加冷清。

张大胆压垂脑袋,脚步缓慢而轻小,边走边想:"我都这般大了,干娘却还要送一件大红的平安兜给我,还要我把它穿在身上,这若给别人瞧了见,该多么地不好意思。可干娘生病在床,她老人家的一番心意,我怎好当面拒绝,唉……"无奈一叹,另接着想,"曾兄讲我是永历的儿子,不知是真的假的,倘若我真姓朱,那当今皇上不就成了我的杀父仇人?可若不是,曾兄又岂会骗我?"又叹了一叹,今日的许多事情,实都太过矛盾,特别是中午曾老头讲的那些话。张大胆心中虽不愿去怀疑,因为他相信曾老头不会欺骗他,可如今事后想来,自己打小在四平街长大,突然有一日告诉他,他是帝王子嗣,这确让他匪夷一时难以接受。

更使得他心中愈生疑惑的,还是曾兄始终未告诉他楚嫔妃离开缅甸后的情景。还有,他若真是楚嫔妃和永历皇帝的儿子,那四平街街尾,那一对张氏夫妇又是谁?

这一连串的不解,越想越觉得奇怪,他不知曾兄为何此时要告诉他这些事情，但既然说了出来，却为何还要有所隐藏？若非他一直心系荷心与那个女人，还真得向曾兄讨教个明白不可。

心下思想着，不觉已走到历家古宅后院的巷角处。

忽然，暗夜的天空下，但闻一声飞鸦叫过，张大胆微地一惊，抬起头来，看见万里苍穹，居然空无月影，数点寒星冷光，鬼火一般吊在半空。

张大胆怔了一怔，进了巷子。

突地，一团白花花的影子，在数米远的黑暗下，动也不动地拦在巷子中间，就似地狱下来的小鬼，提着两粒碧蓝碧蓝的勾魂小火，在等着他一般。

张大胆又是一惊，脚步微地顿了一下，轻轻靠近几步，白影子似受了惊吓，两粒小火闪了两闪，"滋滋滋"发着声音。

张大胆又向前几步，突地，他脸色一变，脱口道："猫。"

白猫身子一动，机警地立了起来，三两下蹿上历家大院的墙头，站在上面回头冷冷看着下面的张大胆。

张大胆微地一怔，连惊带喜，此只白猫正是经常在历家老宅见到的那只。也是人们怀疑二十年前吓死张依风的那只。他不免心里暗忖："别人都说我父亲是让你给吓死的，我若把你给逮着了，倒也算是给父亲报了仇。"在他心中，此时仍把张依风夫妇看成是自己的亲生父母，虽然曾老头说永历帝才是他的亲生父亲，而他也有着几分的相信，但二十多年来心中所依赖的那份感情，岂能在朝夕之间便可改变得了。

他轻脚走近，双眼直直看着白猫，希望分散它的注意，一把将其擒住。

岂料，白猫未等他走到墙脚，转眼一晃从墙头跃下了院中。

张大胆愣了一愣，呆呆望着高高的墙头，脸色沮丧。

原来，当年富甲一方的历家所建造的墙院，不仅上高三米，且为了防小人翻墙入窃，特又在墙头埋下许多磨刃得如刀锋般尖利的河石。故而张大胆想翻墙进去是不可能的，只能眼睁睁看着这只诡异的白猫又一次在自己面前溜掉。

他暗叹一声，朝巷子深处走去。

月无风息，星光昏暗。夜下，一条黑影慢慢靠近。

风歇园荷池间的假山上，荷心突地双目一亮，欢喜着道："张大哥，

是你么？你回来了？"

黑影靠近道："荷心妹子，是我，大哥来迟了。"

荷心跃下假山，高兴地迎上前道："不迟不迟，张大哥……"脸一片羞红。

张大胆伸手拉住她，眼里放光道："妹子，哥哥去了一天，你还没吃过东西吧？"另一只手在怀里摸索几下，伸出来道，"妹子，看哥哥给你带来了什么？"

荷心目光轻抬，愣了一愣道："张大哥，我……肚子且还不饿。"说话之时，眼睛直盯着张大胆的手。原来，他拿出的竟是两只粽子。

张大胆笑了一笑，道："妹子整天都没吃上东西，肚子岂有不饿的道理？来，就让哥哥帮你把粽子解了。"松开荷心，三两下便将一只粽子脱了皮，露出丝丝尚冒着热气的糯米来。

荷心看了看他，迟迟未接。

张大胆笑容微僵，似有不悦道："妹子不喜欢吃粽子，我便就扔了得了。"佯作将粽子扔出。

荷心一阵焦急，道："别，别扔。我……"诺诺接着道，"喜欢吃。"

张大胆递上道："那妹子为什么还不吃？"

荷心道："我……我……"突地一笑，伸手接过粽子，笑着道，"谁说我不吃的。"咬去一口，忍不住赞扬道，"这粽子真好吃。"又咬吃一口。

张大胆道："我就知道妹子没吃过粽子，好吃就多吃点。"

荷心一愣道："哥哥怎么知道我没吃过粽子？"

张大胆一顿，道："哦，妹子你不是说，你从小一人居住在深山，所以我料猜妹子一定没吃过粽子了。"

荷心僵色的脸转作一笑，看着张大胆，连吃数口。忽然，她脸色一变，"叽"地一声，手中吃剩的半只粽子摔落地上，扁在一起，她的手紧紧捂住胸口，跌跌着说："张……大哥，我……"

张大胆笑容一敛，道："妹子，你没有事吧？"

荷心强忍住道："哥哥放心，我只是胸口有点不舒服。"

张大胆微怔，突地放声大笑道："胸口不舒服，那就对了。"

荷心惊讶道："张大哥在讲什么？"

张大胆目光一正，道："我说胸口不舒服，那就对了。"

荷心微愣，不解道："荷心不明白。"

张大胆笑道："因为你是半人半鬼的怪物，自己的心不全，需得长久吃人心来弥合。你一生不知吃了多少的人心，所以只要是糯米做的食物，你都从来不吃，如今你的心在痛，那不就是对了？"

荷心胸颈疼痛，变色道："你不是张大哥，你是谁？你……的粽子里有诈……"

张大胆嘴角一笑，道："我好不容易寻到一只千年不死骷髅头，刚好可煮两只粽子。本来想等你都吃了，看来我是高估了你，这么快你就顶不住了，哈哈哈……"仰头不住大笑。

荷心连退数步，惊色道："千年不死骨，烂煮烂心头。你怎会这种阴毒的术法，你……究竟是谁？"

张大胆狂笑一声，道："想你师父当初该和你提过，昔年湘西道上有一男一女，平生做下不少壮举事迹，连官府也是奈他二人不得，想起来了么？"得意于色，目甚光亮，显然对旧年生平自我极其佩服。

荷心想起他的手段及所提，思道："好似师父确曾说起，说湘西黑道有男女二人，男的懂行尸门邪术，女则善于异蛊奇毒，传言此二人有驻颜异术，平日间饮朝露，食五毒，住棺木，栖地底，日间息养，夜晚起来做事。其所做之事，无一不是恶盈丑事，江湖上皆称他二人为阴阳双尸。据说男尸极其好色，叫他掳去淫玩的良家女子难计其数，女尸研毒钻蛊，亦也不知有多少无辜壮男遭残于手下。反正，此二人都是大恶之人。"想到此处，另想，"我虽是半人半鬼，可比之你等，却不曾做过什么伤天害理的事情，要我道出你等的名号，实嫌脏了我的口。"凌目一轩，不置可否。

张大胆瞧她半晌不见出声，还道她或许未听见过自己的响头，便道："你不晓得我的响号不打紧，但你若把《道陵尸经》交出，我便不与你为难，好自掂量掂量。"

荷心冷冷一笑，道："《道陵尸经》乃吾师传授，凭什么要给你。况哉此书系道山宝物，弘的是正途，扬的是气义，你一邪恶徒人，岂配闻阅此书。"怒目如赤，断然拒绝。

张大胆怒道："臭丫头，莫指阳路你不走，即般如此，休怪我不客气了。"

荷心道："正所谓邪不胜正，有什么手段，使将出来便是。"

张大胆阴恻恻一笑，身子突地一侧，徒手翻转，嘴上大喝一声，袖口里一件物事如离弦利箭，疾飞出去。荷心微地一怔，脚下一掠，连退数步，站稳在荷花池边上。

寒风刺脸，那件物事擦脸飞过，"咚"一声落入身后的池水中。

荷心道："雕虫小技，休来卖弄。"

张大胆道："雕虫小技也足可要你性命。"

荷心冷冷道："是么？"左脚踝骨处忽觉一紧，似被地底上来的冤鬼抓住一般，使劲拽她下去。惊色之下，俯瞧一眼，一只枯白森寒的爪子自荷池下伸出抓住了她。忽然，又有一只手迅雷般自水下探出，抓住了另一只脚。身体倏然失去重心，仰面摔倒，荷池中水花飞溅。

张大胆哈哈大笑，道："臭丫头，尝到本大爷的厉害了么？"

蓦地笑声一顿，容色变换，瞪着眼木望池面。

荷心滚下池底，挣扎了几下，便就站了起来。发身湿透地冷眼看着他，缓缓道："雕虫小技。"

张大胆怒道："臭丫头，你没吃下那粽子？"

荷心道："你道扮作张大哥的模样，学着他说话的声音，便就能瞒得过我么？你也太小瞧了我。"

张大胆面上一刹，恨得切齿咬牙，恨不能就地煮了她吃。

两人这般相峙片刻，张大胆忽而一笑，道："今日且不跟你一般计较，老子还有些事情，暂先饶你这回，哈哈哈……"三两个起落，隐没在黑暗之中。

荷心听得笑声去远，才动了动身子，但刚一动，却不住摇了一摇，勉力站住。抬起手看，掌心一支似针非针，似簪非簪，摸约八九分长，一头利尖穿喉，一头浑圆如颅，颅前面上有五个小孔，左右还各有一小耳，耳垂挂两只与颅同样大小的像金铃一样的奇怪物事。

手下一动，金铃左右摇晃，却不及声，颅孔内则发着呜呜的音响，犹如荒凉旷野，大风刮出的声音。

荷心一时登觉头晕，暗叹一声："好险。"

原来，那假扮张大胆的人确过像极，荷心先时并未识出，待食下一口粽子时，方才无意瞥见那人手背居然无黑纹，才知他是假扮。后来荷心连吃数口粽子，实是佯装咽下，迷惑他罢了。

南方民间有云，糯米有散尸毒的功效。粽子系糯米制成，荷心既是鬼婴转生，本不该犯下此忌讳，但她实不愿在张大胆面前过早暴露身份，故而才会不顾食之，本想以自身的修为，区区糯米粽子方无大碍。岂知此粽乃在千年颅骨中煮熟，邪气得很，她只吃下肚腹一小口，便就不济，一时胸口疼痛撕裂。倘若那人再待片刻，瞧出破绽，恐怕后果不堪设想。

荷心跨出荷池，心知那人业已远去，紧绷的神经方自懈下，登觉全身无力，瘫软在地上。再瞧掌中那物，依稀发现物上似有着一些模样怪异的文字，细细看了一遍，根本无法辨认，以往似都不曾见过。

休息片刻，荷心脸色一惊道："不知那装作张大哥的恶人会不会再回来，若是他再折回，我岂不危险得很？我该先离开这里才是。"转而一想，"不行，我是决计不能走的，我一走，那她怎么办？张大哥若是回来问起，该怎向他交代才是。对，我不能走，就在这里等着。"这样想着，胸口竟不觉那般痛楚了，只是全身仍旧无力得很。

夜，已是很浓。

荷心闭起眼来，冥思良久，心想："过了这么久，想必那人再不会回来了吧！"忽地听见黑暗中有一阵脚步声。

脚步声近，荷心缓缓睁开双眼，瞧清来人的样貌，欣然一喜。再作一瞧，不禁微然惊诧。

原来，来者正是张大胆，荷心等见了张大哥，心中自然欢喜，但复之眼下，又瞥见张大胆怀里揽着一只白猫。此只猫儿却是昨日诱她出城，与其主人交易的那只猫儿，心想："张大哥怎会抱着它同来。"

夜无月光，昏暗得紧，张大胆近离赏花池丈处，才看见荷心坐在地上，当下一惊，上前吃惊道："荷心妹子，你为何坐在地上，身上怎的都浸湿了？"

荷心不愿他担心，便谎言道："妹子不小心脚底滑了一跤，跌到了荷池，脚给崴了。"

张大胆深信不疑道："怎的这般不当心，夜间见凉，身上湿漉漉的不长病才怪。脚现可好了些？"

荷心道："好多了，谢过张大哥的关心。张大哥，你这怀里的白猫可是……"

张大胆低头一瞧，黯然失落道："妹子不知，这只白猫和我父亲的死

有关，好不容易才将它逮住。可惜，就是逮住了，又有何用，它又不会讲话，岂能告知我，当年父亲是怎样死的。"

荷心歉声道："张大哥对不起，我不知这只猫竟和大哥有这样的渊源，妹子不是有意要勾起大哥的伤心往事。"

张大胆哈哈一笑，道："不打紧，妹子莫要自责，你身上这般湿漉，大哥脱件外衣给你披上，麻烦帮大哥抱一下猫儿。"抱过白猫。

荷心正待接手，突地白猫左前爪照她的手掌一拍一勾，荷心手一慌，掌中怪"簪"掉落地上。旋即，猫儿"喵儿"叫唤一声，两只后腿蹬住张大胆胸前，一挣一蹬，闪电般脱开他的双手，三两晃就没了踪影。

荷心愣了一下，急道："大哥，猫儿溜逃了。"

张大胆不察，直盯着荷心的手，道："妹子，你手受了伤。"

荷心藏手在袖内，道："我没事，我们找回猫儿紧要。"手支身子，勉强立起。

张大胆跟着起来，握住荷心受伤的手，只见赫然三道爪痕，中间一道已是皮破流血，其余两道虽不见血，却也殷红浮肿起来。张大胆看着心疼道："都抓成了这样，还说没事。妹子，疼吗？大哥给你包扎一下！"在怀内摸索半响，终掏出一块折叠整齐的白色锦绢。

荷心瞧见，即脸一红，这锦绢正是当日自己给他的，不想他居然一直好生藏在身边。心下悦余，忙寻出话题道："那只猫儿既对大哥这般重要，妹子一定想法子帮大哥追回。"

张大胆道："二十多年来，我一直想知道父亲的死因，这当中不仅因他是我父亲，还有是想证明一些事情。"他一面给荷心包裹着手，一面喷喷讲说起了关于父亲死因的往事。讲罢这些，又道说起来风歇园时是如何遭遇此只白猫。

原来，张大胆在后巷没擒得诡秘白猫，心中愤落。来到风歇园中，心想天色太晚，荷心必将早已候得焦心，便就无意再在园内寻探，只想快些赶去赏花池边与她会面。岂知，刚走得几步，黑暗下突见一道白影闪过，方作细瞧，竟是那只白猫蹲行在园中一株老树根底，宝蓝色的双眼直愣愣看着他。

不见也罢，既看见了，张大胆岂肯轻易放过？轻手蹑步摸将上去。

陡料，白猫似就明了他的心想，未等得他近身，"嗖"一下轻快跳往另一处树底。张大胆转而进向，白猫忽又"嗖嗖嗖"逃往台亭榭楼，草木花石间。

反复周始，张大胆终究难以近得猫身，每当离距丈处，猫便即逃离别处，却不溜逃得没影，倒似有意与他捉弄一般。

张大胆性躁急倔，此时脾气上来，想道："今晚若逮不了你，我就发下毒誓三日不见她。啊！该是三日三夜连想都不能想她一下。"外人听来，这样的誓承岂能算得是毒誓，不想人又不会死，但在张大胆心里，要他三日不想飘红，那是难受千万倍的事情。此就好比钱痴酒鬼色魔子，倘若叫他们发誓从此不爱钱不吃酒不玩女人，想必比得毒咒自身亲生父母死去，后者反更来得轻快一些。

如般誓言出口，张大胆自不敢懈神，暗筹了下，心生计来。双掌伏贴地上，蹲低身子，学起猫儿"喵喵"叫唤，嘴中还道："猫儿过来，猫儿过来……"

要说人学着畜生讲话，倒也不知畜生听懂没听懂，只因张大胆曾忆起小时候，有的人家丢失了猫狗，主人家四处寻找，总会学着猫狗的叫唤声，不久丢失的猫狗便也能听见回家了。想起当年母亲养鸡喂食，有时也会学鸡"咯咯咯"叫几声，跑去远处的鸡，听到母亲的声音，也会拍打着翅膀飞快地围拢过来。

想起这些，张大胆心想，兴许我学几声猫叫，猫就不再怕我了，也就不逃避了。

但见白猫俯趴住身子，怔怔看着张大胆。半晌，猫前腿一伸，后背凸弓，直直站起，瞧一眼张大胆，忽一下蹿入一口破落的窗户里。

张大胆愣了一愣，转而一笑，道："狡猾的畜生，看你还往哪里逃去。"四处翻找了下，拣得几块半面八仙桌大小的烂板子，和几条长木棍，把房屋的破窗户——顶实，又从别处屋子找来了火刀火石及半支蜡烛打燃，从门里进去，回身闭紧了房门。

一股霉发味道呛人口鼻，但眼瞧去，这里当年极似一间女人的闺房，虽然已是二十多年无人住居，但历府自从遭逢大难后，一直都传言宅子甚不干净，人们唯恐避之而不及，故而府中摆设少有外人前来动过。但因年月久去，房里的木制桌椅霉蛀不堪，蛛网交错，灰尘更达寸尺厚。张大胆秉烛往里走着，口中轻音唤道："喵！你在哪里？喵！快快出来……"

转过屋侧一木屏风，张大胆脚底一滑，险些摔倒。低眼去瞧，发现四下地上散落着不少珠子，捡起几粒看察，珠子中间都有一个穿孔，想必这里原挂着一排珠帘，时日久了，穿在珠子里的丝线朽腐烂去，珠子都滚落在了地面。

张大胆又捡来几粒珠子，滚于掌心在胸口布衣上擦了一擦，揩拭去珠面的灰尘。烛火映衬，珠子顿然光泽润圆，色彩斑斓。

张大胆赞叹一声道："瞧这珠子，擦一擦还这般鲜活，想必定可值些钱。只是人家的东西，我张大胆也不是贪银之人，当是不可拿走的。"轻手将珠子又放回地面，查了查屏风后面，不见那只猫儿，随身退了出来。

再往房间里走，见正面一张木质床，腿脚给虫子蛀蚀，瘫痪一旁。床间衾枕锦纱，均给鼠虫咬了些破洞。

张大胆持烛上前，心道："难道是刚刚找寻板子木棍时，白猫已溜窗逃出了房屋？不然怎都不见踪影。它该会藏在哪里？"

步离木床，朝右巡去。此房间面积大，烛火苗微，周边壁角尚暗，有不少阴点。但跨数步，听身后"咚"地一声嗡吟。转过身子，又闻得一声。

分辨来音，似从床底下发出。张大胆嘀咕道："莫非在床底下躲着？"

回到床边，双膝跪地，侧着脑袋往床里瞧去，见里面独有一口长木古箱。

木箱在床倾倒一侧，恰巧被塌下的床给压住。张大胆试着动了动，发现压得甚实，当得这时，又闻两下"咚"的声音。

此刻张大胆闻得清楚，声音是从箱内传来，听闻音响，极似琴弦发出。

张大胆想："箱内莫不是一架古琴？里头藏着个把老鼠，无意触拨了琴弦，发出来的响动么？"箱子锁着，想来猫儿该进不去，这才怀疑是老鼠所为。

怔了一怔，又想道："我虽不懂音律，但闻这几声琴音，料来箱内的古琴还好，若被老鼠这样给糟蹋，岂非可惜得很。"不免喃喃道，"琴啊琴，亏你幸遇的是我，不然你就惨了。"

费去九牛二虎的力气，好不容易把木箱从压着的床下拖出来。擦开箱子表面的尘灰，见箱面有四字："鸳鸯双琴"。想来箱内藏着不只一架琴，极是两架雌雄琴。又观察了下，见箱子一角有一比拳头略大的鼠洞，箱上的一把锁，已是锈迹斑斑。

张大胆三两下，便拧开了去。

打开箱盖，眼前陡然一亮，张大胆一下吃惊，箱内竟不是什么老鼠，正是他要寻捉的那只白猫。白猫窝在箱子一角，一只前爪子搭在一根琴弦上。

愕惊之余，张大胆疾手卡住白猫，喜道："这次看你往哪里逃。"

白猫似并不愿逃跑，乖乖地一动不动，任由张大胆把它拎起。擒住了猫，张大胆方才看望箱内，发现里头独有一架古琴，而不是当初猜想的一双。

放下蜡烛，单手抱出箱内古琴。见琴身发色暗红，有流水断纹，琴额有梅花图，琴池上方刻篆书"江鸳"二字，琴尾则有李清照的一首词：

寂寞深闺，柔肠一寸愁千缕。惜春春去，几点催花雨。　　倚遍阑干，只是无情绪！人何处？连天芳草，望断归来路。

字体娟秀灵巧，想应是一名女子所篆。

张大胆想：历府虽不比皇室深宫，但若嫁进此门，自然当难及寻常人家，不想此是历府中的哪位夫人，在寂寞时书愁情于琴上。瞧李清照的这首《点绛唇》，可知古琴的主人身在深闺中的愁苦。

当然张大胆并不能极深刻理解。又细致反转瞧遍琴身数遍，突听"咔"地一声响，琴肚中遂掉出一件物事来。

张大胆呆了一呆，不想古琴还藏有玄机，亦不知是在翻看时，无意间触动到了机门，还是岁月过久，琴中的机关早已经大大失灵，经得震动，便就自动开启了。

瞧那件物事，是一卷卷成的帛卷，用一条黄颜色的绸带系扣着。

张大胆放下古琴，捡起帛卷，心中好奇，便用嘴咬住绸带一头，轻轻拉动，解开了系扣。一手拿捏住帛卷开口，于臂前任由自然滚落展开。

帛卷滚开大半，张大胆不由得惊异一声，道："飘红。"

但见帛卷上面，用各种不同颜色的丝线绣着一幅女人绣像，乍瞧一眼，这个女人极似他心中喜欢的飘红姑娘，不免喃喃道："飘红的绣像怎会在这里出现？难道当年在历府中，也有一位女子和飘红生得这般相像？抑或……这当中还有着怎样的蹊跷？"

好生又端详了几遍，啧啧道："不对不对，她的模样与飘红长得是极相像，但眉宇之间，却似多了几分哀愁。而飘红姑娘，总是那般地让人捉摸不了。"思绪飘开一下，接着道，"想必琴上的篆词，定是帛卷上这名女子所作的了。"

听到这里，荷心奇道："张大哥讲的帛卷上的女人，真的与飘红姐姐很是相像？"

张大胆道："确极相像，如不是帛卷上那女人多了数分哀愁，真可谓一眼难以分辨得清楚。"

荷心道："能不能给我也看一下？"

张大胆道："恐怕不行。"

荷心疑问道："为什么？"

张大胆道："那毕竟是人家的东西，我不方便带将出来，况且帛卷的主人既把它藏在琴中，料来于她肯定极其珍贵。妹子若真的想见识一下，大哥倒可以带你去的。"

荷心有些失望道："暂时算了吧！"

张大胆道："妹子不想看了么？"

荷心道："不是，只是今晚还有更重要的事情要做，待今晚事了，大哥再带妹子去瞧不迟。"

张大胆嘀咕着道："重要的事情？"恍然一拍脑门，道，"我怎地一时把她给忘了。妹子，如今她还好么？"

荷心道："日间我已助她克住尸毒侵入肺腑，应该再过片刻，她就可以醒转了，待她醒来，我便设法去擒那尸，救她性命。"

张大胆松下一口气，道："她若真能醒来，那我可就放心不少了。"

荷心点点头，道："是的，我们进洞去看看她吧！"

张大胆脱下外衣，给荷心披上，两人朝假山密道过去。

来到密道口，张大胆停住，从腰间掏出一小截烛头及火石火刀，打燃起来。

轻风拂动，火光颤晃，荷心痴痴呆看着张大胆许久。

张大胆不好意思起来道："妹子为什么这般看着我？"

荷心脸微红了红，眼神开躲道："妹子有些好奇，大哥这般年盛，人品实诚，当早该成家立业才是，怎仍还孤自一人。"

张大胆暗叹："我何尝不想，可人海茫茫，缘分缥缈，你心中喜爱的人，未必就喜欢你，与其忍爱割舍，为成家而成家，倒不如就此一人快活下去更好。"当下一笑，道，"大哥粗野家贫，高上无双亲做主，谁家的姑娘愿意跟随于我。"

荷心心道："妹子愿意，妹子愿意跟随哥哥。"转而想起了自身境况，不免黯然深叹，问道，"那飘红姐姐呢？"

张大胆道："飘红姑娘……她……"一时不知怎样回答，便岔开话题道，"妹子，我们还是进去瞧了她先罢！"

荷心一愣，张大胆却已钻了进去。

二人进去不久，但闻得一声惊讶："不见了，怎的就不见了？"

接着又有声音肯定道："不可能，我一直在洞外坐着，半步也不曾离开过，她怎就不见了。"

又过一阵，洞内沙沙一阵焦急的响声传出。张大胆先跑出洞门，手上的烛火已然熄灭。荷心随后奔出。

张大胆望望暗夜苍穹，问道："妹子，我走后，可有人来过？"

荷心肯定道："没有。"

张大胆想："这种鬼地方，外人避都不及，当不会过来，但一个昏迷如死的人，怎的就失踪了。"突然，脑中一亮，又想道，"我怎就这般糊涂，此密道还有另一个出口在飘飘院，难不成她早已醒来，自行从另外的出口出去了？"

想起当日在飘飘院鬼屋见到她，猜测她必定知悉屋内的秘密。松下一口气，道："妹子莫急，我已知道她在哪里。"

荷心异道："大哥怎样知晓？"

张大胆道出缘由，道："我猜她必定回去了飘飘院，当下紧要的事情，是不知妹子可有把握降伏那尸，救人性命？"

荷心道："大哥放心，我定将竭力而为。"

张大胆道："有妹子这句话，那我就放心不少了。"

荷心仰头望了望天色，道："时间正好。咱们走吧！"

张大胆道："上哪？"

荷心道："当然是去大哥的家了。"

张大胆疑惑道："去我家？"

荷心一笑，道："恩，去你家。"

张大胆愣了一愣，挠挠头，恍然一悟道："我明白了，妹子想去大哥家里寻一两件称手的刀棍，用来对付那尸？不过……我家好似并无厉害一点的家伙。"

荷心终于忍耐不住道："我的傻大哥，我们这又不是去打架，要那刀棍作什么。不说刀棍大哥家没有，便是有了，于那僵尸奈何作用。"言笑间，脸忽倏一变，刹那扭结成纹。屈下身子，手颤抖着按揿在胸口。

张大胆呆呆一愣，不明突然间是出了什么事，便猜探道："妹子的心病还不见好么？"

荷心身心一震，道："大哥怎知晓我有心病？"

张大胆道："当日在关帝庙，便见妹子这样难受过，不知妹子犯的是何种病理，可有找大夫好生瞧过？"

荷心心中一暖，忖道："原来是这样。"思量了下，咬一咬牙道，"张大哥，妹子先前不是与你提过，其实妹子不是……"打定主意，欲将一切秘密告知他时，陡料一阵孩童的笑声突就打断了她的话。

深宵幕夜，荒芜的老宅子里，可哪来的孩童笑声。

笑声飘悠不定，忽远忽近。

荷心脸上一诧，瞧了瞧张大胆，他正咧开大嘴木愣般盯着她。荷心一征，叫着："张大哥，你这是怎了？"

张大胆盆裂的口中半晌才迸出两个字："姐姐——"

荷心大吃一惊，骇异道："张大哥，你……怎叫我姐姐？你的声音怎都换了模样？"

张大胆稚嫩的声音道："姐姐是姐姐，小文是小文，姐姐要陪小文一起玩，陪小文一起到小文的家去玩，小文一个人在家好孤单，好怕怕。"

荷心闻音骇然退却，自幼得南阳仙人真传，擅术习法，不惧鬼怪僵尸，此间闻听见此番话语，竟被惊退数步，疑问道："张大哥，小文是谁？"

张大胆道："小文就是我呀！姐姐不认识小文了，不要小文了么？"呜呜咽哭了起来。

荷心一阵木然，喃喃着道："小文小文，小文是谁？这名字听来怎的这般熟悉。"

张大胆破涕喜笑道："姐姐记得小文了，姐姐记得小文了……"如孩童般扑进荷心怀中，好生磨蹭着，欢喜不止。

荷心仍旧愣着道："小文是谁？怎的名字这般熟悉。小文是谁？……"忽觉胸口一阵剧烈的痛楚袭来，一下痛醒，用力一把推开了张大胆。

张大胆"咯咯"笑着，拍手欢雀道："姐姐来陪小文玩了，姐姐来陪小文玩了。"

荷心怒道："哪来的妖孽，胆敢栖附张大哥身上，惑言作乱，识趣的便自速离去，休得逼我动手，免得悔之晚矣！"袖口一抖，一串尖悦的铃声荡出。

张大胆遂忙捂住双耳，极其难受道："姐姐不要，小文难受。姐姐不要，小文难受……"

铃声骤停。

荷心只感胸口吃紧，张口"哇"一声喷出一口血来，落目瞧去，胸口处竟插着一支怪异的簪子。摇了两摇，险些跌倒，缓缓抬头望向张大胆，微声道："张大哥……"

张大胆表情一变，恼怒道："姐姐抛弃小文，姐姐不要小文，小文恨姐姐，姐姐答应过永远不离开小文……呜呜……咯咯……姐姐流血了，姐姐流血了……"看见荷心胸口血流不停，立又拍手称快。

荷心胸内翻涌，血不断往外汩出。强忍住疼痛，叱道："妖孽，拿命来。"腕手一翻，手中多了一支乌黑寒光的锥刺，脚下掠处，径直扎向张大胆胸口。

张大胆置若罔闻，痴痴咯笑不动。

眼见尖利的锥刺便要扎进胸膛，性命难保。

荷心却突地身形一驻，呆立着喃声道："张大哥……"

微迟疑间，张大胆忽然抬手，抓住荷心胸口插着的怪簪，猛地拔将了出来。

血如泉水般飞射而出，溅了张大胆满头满脸，恻笑着道："姐姐答应过永远不离开小文的，姐姐答应过永远不离开小文的。"

荷心只觉头晕目眩，脑中登时一片空白，便如那尘世中的浮云，灵魂轻得就要马上脱离了身体，随着夜风飘飞起来。

朦朦胧胧，模模糊糊间，张大胆的模样竟变作了南阳仙人。荷心喃喃迷糊道："师父，莫非你消匿了许久，果真已不在尘世了？徒儿如今看见了你，是要将死了么？"

南阳仙人瞪目道："不孝劣徒，人鬼疏离，休要留恋人间，祸殃他人。"

荷心辩解道："不是这样的，不是这样的，师父，徒儿来到这儿，乃是尊令奉命，无留恋之意。"

突地，南阳仙人的模样又还原成张大胆，依旧那样傻傻笑着。

荷心悦道："张大哥——"

张大胆不曾应她，又变幻成了飘红。

荷心叫道："飘红姐姐——"

飘红怒目圆睁，相视道："狐狸精，我诚心于你，你为什么要来勾引我的张大哥？"

荷心急道："飘红姐姐，我没有勾引张大哥，荷心知道张大哥喜欢的是姐姐，荷心自不敢逾越心念半步，只待荷心完了师命，定将远离这里，重回深山修炼，请姐姐放心就是。"

飘红道："我凭什么要相信你，除非你此刻死了。"举起手中怪簪，怒脸一变，幻作一张极其恐怖的面容，恶狠狠地一步步靠上。

荷心一阵慌乱，焦急之余，口中叫着："姐姐不要——"锥刺再次刺将过去。

电光火石间，只听黑暗中凌空一声暴喝："孽障，休要伤我家兄弟。"

但见两条人影一左一右，急掠上来，左边人影左手一抛，一件物事飞去左边，右边的人影也手下掷出一物。两人同时接住各自飞来的物事，转了两转，脚步未停，又朝同一方撤去，手下扭拉紧动，听得几下铜钱互撞的声音起落，紧接闻得一声凄厉的痛叫划破寂寂长空，竟久环绕于耳不去。

荷心脸色煞白，冷汗直淋，胸襟前早已给鲜血浸红大片。怒目瞧了瞧左右，唇齿颤道："你们到底是谁？"又一瞧他们手中的物事，大异道："不可能，不可能……我在深山修道许久，早与人无异，'锁魂钱'怎还可能困得了我？"挣扎着，欲脱围出去。

左边人影喝道:"孽障,识相的便乖乖受擒,可少受些痛苦。"

右边人影叹了叹,接上道:"幸得我二人来得及时,不然我家兄弟就栽在你手了。"

荷心停了挣扎,心中却想:"原来他们是张大哥的朋友,想必是有什么误会。"想着便急道:"二位长者快快把我放了,我是张大哥的朋友,他……"咳嗽了几声,接着道,"张大哥给小鬼缠上了,你们正好可用'锁魂钱'将小鬼逼逐出来。"

右边人影一怔,望一眼张大胆,很担心道:"瞎子,我瞧张兄弟神情这般痴呆,不会真是给小鬼上了身吧?"

左边人影活眼神算道:"曾兄,莫听她胡言,张兄弟极是被她施了何种妖术,才会这样。不过曾兄莫急,瞎子早有备手。"手下牵的锁线绷紧,身形于半弧移动,转到张大胆身边。

曾老头焦急问道:"瞎子,张兄弟可有大碍?"

活眼神算眉头微皱,道:"妖女果然手辣,竟招得阴间小鬼来残害张兄弟的身子。"

曾老头着急道:"那可怎么办?"

活眼神算道:"不打紧,瞎子已有办法。"

荷心大叫道:"我不是妖女,我没有害张大哥,你们快放了我。"挣扎了几下身体,周边却如被尖针棘刺包裹住一般,上下里外都是生生地痛。心里暗想:"我乃是阴阳之人,一定是先前吃了那粽子,后来张大哥又用那怪'簪'刺中我的心脏,破了我的阳身,'锁魂钱'方才困得住我,连我自身的铃声都一时受不住了。"望着张大胆,叫道,"张大哥,你快醒醒,你与他们说,荷心是无辜的。"

张大胆神情诡秘,听见荷心的叫声,咯咯一笑,边走过去边叨咕着:"姐姐,姐姐——"

活眼神算道:"看来这小鬼与妖女还颇有关系。"右腿一勾一挑,绊了张大胆一跤,将他摔倒在地。

张大胆趴在地上,撒泼哭闹了起来。

荷心焦急叫道:"张大哥,快醒醒,快起来……"

活眼神算叱道:"妖孽,看我怎般收了你。"单腿一跪,压在张大胆身上,手里锁线一拉一合,腾起右手,以食中二指钳住长线,往前一抹,余

出丈长,围张大胆脖劲绕了数圈。

张大胆疼得哇哇大叫,手欲扯之,反更加疼痛。大哭道:"姐姐救小文,姐姐救小文……"

荷心焦急万分,看着张大胆吃痛的模样,不禁泪涌眼眶,拼命挣扎了几下,乃知她每挣一下,张大胆便痛得大叫一声。

原来,"锁魂钱"的线乃是又柔又软的"佛前草"经得"棺烧骨白",稀罕才得。所谓"棺烧骨白",乃闰二月最后一日生,于最后一日死去的人。

为甚定要选择这一日?据说一年十二月中,独有闰二月天数为少,人若在此月最后一日临卒,戏称罔生死,来得仓促,去时寿阳未尽。下葬当日,一口柳树棺,在棺板上凿上一道道浅沟沟,把事先搓成绳状的"佛前草"按进沟槽内,刷上黑鼠血,谓称棺烧,便可摆尸封棺。

再说十二生肖当中,黑狗血属纯阳,黑鼠血则系阴极,要说纯阳之物降尸治邪为妙极,可"棺烧骨白"却独得黑鼠血不行。

为甚?道说黑鼠喜打洞,民间传说,哪家有新坟,人不去鬼不去,专等黑鼠打洞钻着去。故此因由,凡有钱人家修的坟,必是墓深砌大石,里三层外三层包裹得紧,此还尚不尽然,有些请有专门的守墓人,一守则一般都是好几个年头。

当然了,此有防盗之意。但人皆肚晓,防墓遭盗是一,其还得每日早晚巡墓周遭数遍,主要正是查探墓周有无鼠洞。若给黑鼠打洞到墓内,啃吃死人血肉事小,担忧的则是刚怀了胎的母鼠,抱个脑颅子,窝一窝小鼠仔。死人脑颅子窝出来的小黑鼠,最是邪精,不怕寻常家猫,甚至连活人也是敢咬上两口,离坟地较近的人家,夜晚睡着觉被咬断脖子丧命的事情也是时有听说。传言此对墓主人家不吉。

刷有黑鼠血的棺木,除有补阴用之外,且还有防鼠妙用,黑鼠老早闻得同类腥臭,意为此间早有鼠儿据占,便不得进入。

闰二月的死人来去仓促,阳寿未尽,故此生有冤气。主人家一般都要请个老鼻子作上好几天法事,方可度得归西。有的老鼻子心存歪念,不经主人家同意,借得机会,花言巧语,故弄玄虚一番,私偷"棺烧骨白"。

葬棺盖土的当天,在棺头摆上四枚铜钱,棺尾抑也同数。数日后,棺内死尸开始腐败,生就出不少尸虫,待过半月余,尸虫食光尸肉,饿极渴干，便就爬上刷有黑鼠血的"佛前草"绳上，吃啃草皮，留得草茎，直得草皮吃光，慢慢饿死，腐烂于草茎上。

数年后，墓棺中骨头发白了，当年的老鼻子摸准时候，回头挖棺取走草茎铜钱，经得秘炼，穿就八枚压棺铜钱，成就伏尸镇鬼之法器——"锁魂钱"。

"锁魂钱"固是草茎成线，却得尸虫泌物腐养，炼就铁丝般坚固。一头紧紧缠牢张大胆脖颈，不动则罢，荷心但一动弹，锁线更加紧上一紧，嵌进肉中，非疼痛不可。

荷心怒斥道："你二人既是张大哥的朋友，为什么还要这般害他。老瞎子，我知你也是修炼之人，怎的这样心狠，此举不害走张大哥性命，却也不保要受伤的，你还不快些解开了。"

活眼神算道："孽障，瞎子才不会上了你当，想要瞎子束缚住手脚，你便趁势逃了，却也亏想得高明。"身影一正，缓缓围绕荷心踱起圈子，嘴上仍道，"瞎子劝你识趣的便缚手就擒，倒大可少些痛楚。"

荷心方知再说下去已是无益，破口骂道："臭瞎子，想要本姑娘乖乖地任由拿捏，却也打错了算盘，有甚本事，使将出来便是。"

活眼神算肃容道："今你这般不知道理，就休怪瞎子手下太狠，看来今天瞎子不替天行道，却也是不行的了。"

荷心冷冷一笑，道："你等既一上来便认定我是不好的人，那还有甚好说的，有什么招法我接了便是，本姑娘要死也不会怕得你一下。"娇躯一挺，昂然面对。

活眼神算道："到了这时，还这般嘴硬，看不给你使上硬招，却是不行。"身子一缩，前脚左滑半步，后脚向右踏去，几步之间，蓦地影子一正，右手自腰间抓出一条麻布衣带，摊于左手。星光暗淡，但见上面穿着七八枚白森森的骨钉。

荷心惊异一声，脱口道："九宫步，百岁钉。"

活眼神算道："算你还识得。"拔出一枚钉子，捏于指间。

荷心心道："你是瞎子，看不到我，我不动就是了，量你也拿我无法。"当下想着，果真静止不动，连话也不讲了。

活眼神算冷嗤一声，道："别以为这样我就拿你没法，瞎子固是瞧不见，可还有人看得清。曾兄，帮忙拉动一下锁线，趁早让瞎子将她结果了。"

曾老头双手紧扣线的一头，倘似在犹豫不定，听见活眼神算的话，扫了扫三人，最后落目在张大胆身上，眉宇微微拧锁起来。

　　此时，张大胆依旧躺在地上，不见痛时，倒也停止了嚷嚷，昂起个头，望着荷心，叫着："姐姐，小文跌倒了，爬不起来，要姐姐过来扶。"

　　这开口叫着姐姐，闭口叫着姐姐，荷心虽不认识他到底是谁，还曾给他扎伤胸口，但眼瞧他那般的稚气模样，耳闻那般亲切的叫喊，本应恼怒十分的心里，此时竟不禁油生出一丝怜悯，叹息了声，静心问道："张大哥，你究竟是谁？"

　　张大胆道："姐姐，我是小文，你又不想要小文了？"哇哇哭了起来。

　　荷心低喃道："小文……"脸上一阵迷茫。

　　活眼神算迟久不见动静，心中正焦躁，忽听得荷心说话的声动，暗中一喜，右手一挥间，手上骨钉疾打出去，正中荷心左腿膝盖上方的阴市穴。

　　荷心脸色一变，左腿却已不能动作。

　　活眼神算一钉得手，随即抱怨道："曾兄，你为什么迟不动手？"

　　曾老头迟疑着道："瞎子，我不愿看到张兄弟跟着难受。"

　　活眼神算道："他现在已不是你我的张兄弟，他和这小妖女是一伙的，曾兄若还分辨不明，怕是到头果要害了张兄弟了。"

　　曾老头道："可是，他……"慈目望向张大胆，心道，"张兄弟固是给这妖女施了法术，可身子模样毕竟是在的，我怎狠得下去那心——"叹了一叹，又回想道，"可瞎子讲的也不无道理，制服不了妖女，怎能帮张兄弟脱离她的摆制？"心念决定，摇摆的心情也就安定了不少。

　　荷心腿上遭受一钉，正自懊悔、自责，内心掂量着想道："我已受困'锁魂钱'下，本就身体有伤，如今连左腿也不听使唤了，便就与那瞎子拼死一搏，反倒是苦了张大哥。我该怎么办？我怎就这般地沉不住气。"移目向曾老头，接想，"方才这老头顾及张大哥，才一时尚难下定决心来对付我，此时瞎子出手得逞，想必他也该要与瞎子一道了。只是此般一来，我又该怎样帮张大哥？"暗自叹息数声。

　　活眼神算听曾老头仍旧不见动静，急催声道："曾兄，怎的到了这时，你还想不明白，还不快些与我联手一起擒杀了这妖女。"

　　荷心闻言，暗自焦急，即忘记刚刚腿上是如何中的钉子，急忙叫道：

"老头,你不要听这瞎子胡言,我荷心死而无怨,只是你该想一想,你若听得瞎子,最受苦的还不是张大哥,难道你就忍心看着张大哥苦痛难受不成?"

经得荷心一席急言,曾老头略微沉默,原已下定的心,不禁又不定起来,他望一望张大胆,内心一时难以斟酌。突地,接连闻听见两声凄叫。

原来,活眼神算趁荷心开口讲话的当儿,又施骨钉,不偏不倚,打中了荷心左臂的穴位。

荷心猝不及防,发出一声惨叫,同时,身腰一拧,连带锁线,那第二声叫声,则是张大胆呼出的。荷心面如土色,观张大胆与自己一道受苦,内心难受、愤恨、不忍及自责。她微声歉疚道:"张大哥,都怪妹子不好,叫你受苦了。"怒目一视,赫然道,"瞎子,我与你往日无冤,近日无仇,你为何非要置我于死地?好,你想我死,本姑娘便就成全了你,但有一个要求,你得马上解去张大哥脖上的锁线,还要尽快替他驱出身上的小鬼,否则,我死也要与你拼杀到底。"

活眼神算幽幽道:"张兄弟本就是我的好兄弟,你不说,瞎子也自当不会害他,不过既然你肯束手就缚,我便应下你就是。"

荷心转向曾老头,道:"老头,你可愿做个见证?"

曾老头心中一凛,不想这妖女既这般重情义,道:"当然。"

荷心又看向张大胆,不舍道:"张大哥,妹子先走一步了。"

张大胆稚嫩的眼睛眨了一眨,道:"姐姐要去向哪里?带上小文一起,小文的家好黑好黑,小文不想回家,小文要跟着姐姐。"

荷心暗自心酸,她虽不知眼前这自称小文的人是谁,为何要附身张大哥身上来寻她,还一直叫她姐姐,但还是忍不住咽声道:"小文乖,姐姐去后,小文要离开张大哥的身子,自己一个人乖乖回家。"张大胆哭闹着撒娇道:"小文不要回家,小文不要回家,小文要跟着姐姐,永远跟着姐姐一起。"活眼神算取下两枚百岁钉,掷到曾老头脚下道:"曾兄快拾起钉子,照妖女的影子打。"

曾老头怔了一怔,不解道:"老夫想不明白,先前瞎子你明明将两支钉子打在这位姑娘的左臂脚足,为何如今却又要我照她影子上打?"眼看荷心在危难之时,仍不忘关念他人,先不论她所关心的人是张大胆,还是其同伙,当此情义,心下早已对她敬佩三分,自当也不再以小妖女那般

— 29 —

称谓。

活眼神算道:"曾兄倘若不解,不妨待瞎子打个火来,瞧上一瞧便就明了。"入怀拿出一道黄符,口中轻念咒词。不一刻,听见"砰"地一声,黄符烧着起来。活眼神算手往前一送,黄符便如鬼火幽灵一般,竟悬于半空,不坠不落,轻悄悄飘向荷心。

曾老头惊奇得目瞪口呆。荷心自亦是习修道法,轻瞟一眼,对此不曾奇怪。

无月之夜,几人虽只相隔三两丈远,但若能大概瞧得清对方的神情面貌,已是堪属不易,因此先前在这般光线灰暗之时,断不可能看得见地上的人影。黄符逐渐飘前,曾老头目光瞧去,发现眼前的女子竟长着三分秀气,不免心中一叹,想道:"非良家女子,确过惋惜得很。"

侧目再瞧她身后地面,见半只独影俯展开去,心中一愕,啧道:"怎会是这样?"

荷心扭首看了一眼曾老头,冷冷道:"很奇怪么?"

曾老头镇定片刻,道:"不奇怪,老夫偶感有点可惜。"

荷心冷言相问:"可惜什么?可惜我就快要死了?"

曾老头叹道:"世间不知有多少人梦求安逸一生,远离红尘的烦琐,在桃园之地养身修性,颐乐天年。而你虽非我类,却也模样可爱,倘若心无杂念,他日必成正果,为何要从清静之地涉足红尘中来?此不仅违背了道德因循,还因此断送了性命,难道还不够可惜么?"

荷心冰冷一笑,道:"老头,你可知道什么才是道德,何事方叫因循,世间万物,菩提尚都参不透彻,岂是你一匹夫浊眼能洞悉?哼哼……可笑之极,本姑娘为甚要与你讲这么多,哼……"扭过头去,不再理他。

曾老头脸一阵青一阵红,哑口半晌,忖道:"这女子的嘴果是厉害之极,但她所言,倒也不全无道理。瞧她所言所行,也不像是残恶如魔,不懂情理之人,莫非此间尚存着内由?"

正当忖间,活眼神算突地一闭口,黄符忽就一下化成了灰烬,眼前立马黑暗下来,他道:"曾兄,你都瞧见了,人鬼影别,她连影子都且不全,不是阴物,又是什么?你快些把'锁魂钱'系在左手大拇指上,如此就不怕她逃了,上去用'百岁钉'打她影子左臂下二寸处,腿影上约四分处。"

曾老头怔了一怔,道:"瞎子,我瞧她也不算太过恶极,咱等惩处一下便就此罢了，不如给她一条生路，由她归去道修，从此不踏来如何。"

活眼神算厉叱道："曾兄糊涂，人分善恶，且还可信得一半，阴物之言，岂能信她半句？张兄弟就是相信了她，方才上了妖当，你我今日若心存妇人之仁，不痛其铲之，往后四平街便就难得安生。当得为一方乡邻三思而重。"语重心长，言下之意，不论荷心怎样表现，那都是装作出来的，张大胆年轻受其蒙蔽，难道你我也不顾苍生，不将其除去么？

荷心怒目一视，冷冷道："老头，不要你假惺惺的好，本姑娘要死要活，也见不得要你可怜，哼……"

曾老头撞得灰土头脸，面如青铁，想："也罢也罢，原本瞧你面貌清秀，就这样断了性命怪是可惜，有心求瞎子饶你一命。此番想来，我又何苦做这两边都不讨好的事，只要张兄弟无事，管这么多作什么，由你去好了。"想来，倒有就此置身事外的意思。

活眼神算耳根虽是灵敏，独缺不识他人脸色变化，瞅等半响不闻曾老头有什么动静，便道："人家既不领情，曾兄何不就此遂了她意。往后世道太平与否，看凭曾兄一念之差间。"意思是说，别人既不讨你的好，你又何须再充好人，倘你真要放她走，我也不说什么了，只是这日后若要出个什么事情，就都算于你的头上就是。

曾老头不糊涂，岂是听不出瞎子话中的玄意，联想起先前所发生的桩桩怪事，虽不敢断保尽都荷心所为，但一回想之，还是疑窦陡生。想到这些，心中对荷心仅存的那一丝怜悯，尽皆烟消。依得瞎子所说，把两头'锁魂钱'打结在左手大拇指上，缓步靠拢上前。

活眼神算暗暗松了一口气，就等着曾老头拾起地上骨钉，插将下去。

荷心脸微微一变，但瞬间便恢复平静，瞧了张大胆一眼，缓缓闭上双眼。等待片刻，均不感有痛楚袭身，心中异样，张开眼来瞧，见曾老头右手紧握着寒森森的骨钉，怔怔看着她。

荷心奇怪道："既然我已不做反抗，由你等摆布，你却为何还不赶快动手，要本姑娘等着心急？"

曾老头道："老夫生平虽杀人不少，可从未动手杀过一个女人，今此却要我动手杀你，着实非我情愿。要不，你当着我等的面，自行了断了。"

荷心目光一抬，冷"哼"一声，道："我又不是人，你杀我不算得杀女人。况且儒家有言：'身体发肤，受之父母'，荷心固不知双亲在何，但

师父待我却胜亲人，今日我若自裁了生，死后何来面目去见他老人家。要我自己动手，那是万万不可能。"

活眼神算催紧道："曾兄莫要和她多做口舌，尽早动手，此已不再拖得，免外生枝节。"心中却想："生死时际，量你诡计再好，也难再行隐藏，我倒可瞧了清楚，你已习得南阳老儿手下几分本事。"

宵夜云雾风高，明月当得几何来。

风声呼呼，吹开黑压压一大片黑云，几滴星光露将出来。风歇园寥寥寂寞，唯闻风响，他音皆无。突然，夜下有团白影子晃了一晃，紧听得一声叹息："宝贝别动，有人要糟了。唉……不妙不妙，灾事终将不可逆。"声音很轻，细如蚊虫，给风声掩盖了去。

活眼神算动了动耳根，突大喝一声道："曾兄要瞧准了。"扬手往空中一掷，但听"砰"地一声，又是一张黄符烧燃了起来。

曾老头微地一怔，道："姑娘，人活阳间世，鬼住阴曹府，望你莫要怪罪他人，路上走好。"

荷心面无惧色，瞧了眼张大胆，再一次闭起双眼。

张大胆乖乖瞅着荷心，眼中微露喜迫，似乎在等着荷心做完该做的事情，便就可以和他永远在一起了。而此件该做的事情，似乎就是死亡。

曾老头缓缓抬高手掌，看了看地下，突地一扬，"呼呼"发出两响声音，破风而去。

荷心眉额皱了两皱，紧紧一咬牙，另半边手脚也已无法动弹。

一阵风过，空中的火符飘了两飘，化成了黑灰。

荷心缓缓张眼，道："这下你该放心了，还不快给张大哥解线送鬼。"

活眼神算道："曾兄，可收了锁线，扶张兄弟过来。"

曾老头三两下收起锁线，紧搡起极不听话的张大胆来到瞎子面前。

活眼神算收下"锁魂钱"于怀中，抽出手时，掌心多了只青花小瓶。瞧一瞧张大胆，拔出木塞，道："张口。"

张大胆似极怕他，立即安静下来，乖乖张着大口。

活眼神算将瓶嘴倒塞进张大胆口中，直没大半，抖了一抖。抑不知他给张大胆吃的是什么物？但听"咯嘣咯嘣"两声吃咽下肚，张大胆脑袋一沉，软瘫在曾老头怀中。

曾老头心异道："瞎子，这是……"

忽听荷心一声大叫："瞎子，你给张大哥吃的什么？如果给我知道你给他吃下不该吃的东西，我一定不会放过你。"

活眼神算愣了一愣，忽哈哈狂笑起来，道："妖孽就是妖孽，到死也难改其本性。"

曾老头一瞧他，微怔了下，往上托一托张大胆身体，道："瞎子，你给张兄弟吃的到底是？他怎会变成这样？"看见瞎子忽然狂笑不止，不免心下犯嘀咕，一时却又不觉是哪里不对，加上担心张大胆，故此问道。

活眼神算暗地一震，道："曾兄，我给张兄弟吃的自当是良药，此只是要他昏睡一觉，便于瞎子起法，你可无须担忧，醒来便即无事。"

曾老头点头道："那便是好，张兄弟这一次，可是有的救了。"

活眼神算道："有瞎子在，岂会任妖孽作害，曾兄大可放心。"显然此话是讲给荷心听的，颇有些得意。

荷心不被激怒，只脸上仍带疑惑道："瞎子，你那'良药'，可否让我瞧上一瞧。"当自命危在旦夕，却还心挂于张大胆，放心不下。

活眼神算道："非我同道，瞎子不必告诉你。"

荷心依然道："那老头可是与你一起，他问你时，你为什么也没讲？"

活眼神算道："曾兄与我生死相交，瞎子便不说，那也是信得过的。我倒要奉劝你，若还打着挑拨离间的伎俩，大可省了那心，想一想自己怎么死才好。"

荷心道："既然答应给你摆布，还有什么好想的，你要我怎样死，便就怎样死，由你高兴。"

活眼神算微一沉色，道："哼，刁嘴蛮舌，瞎子杀你，可是替天行道，顺应天命，你便死了，也是咎由自取。不过，瞎子念及慈悲心怀，待你死后，当自作法给你超度，转世投了胎，做了人，不可再生害人之心。"

荷心冷冷道："本姑娘既是鬼而非人，阴间路，地狱门，自当熟悉得紧，不敢劳你大驾。倒该你要担心着自己，往后要多做做好事，下辈子寻个好人家，黑暗的滋味可不见得有多好受，免得……"

活眼神算大喝一声，道："住口。"拔起两枚"百岁钉"，"唆唆"两声打了过去，一枚打正左肩胛骨，另一枚则牢钉在左脸颊颧骨略下。

荷心痛得大叫一声，左半身子顿痛如刀割，而右半则奇凉如冰，毫无知觉，似乎就要脱飞走一般。胸口原已凝结的伤口，这下又裂了开来，鲜

血直流。

　　荷心双手已不能动弹，只得眼看胸前血流难停。疼痛加剧，荷心突反倒感觉甚有轻松，回想起当初在深山里的日子，整天无所忧虑，不食人间烟火，过着天真单纯的生活，唯一见过的人也只是师父。出山月余，顿觉自己以前好比是窝中的幼鸟，不明天高林密，人情善恶，却也是繁华多彩。方感叹山外一日，胜在山中十年，此时便就是死了，也了无遗憾。只是此番离去，倒觉对师父对不起。暗暗深叹了一声。

　　活眼神算抽出麻布衣带上剩余的两枚"百岁钉"，扬了一扬，道："只需这最后两枚钉子打到你身上，你便就要死了，有什么话就快讲，否则就没了机会。曾兄，张兄弟交给我，劳烦你来。""百岁钉"递交过去。

　　曾老头接过，望一望荷心。

　　荷心道："老头，在死之前，我只求你一件事，帮我好好照顾张大哥。"这一开口，左脸颊处鲜血流出，看去甚是可怖。

　　曾老头道："老夫答应你。"

　　荷心淡淡一笑。

　　曾老头跨前数步，缓缓扬起手，做着打镖的手势，只待瞎子开口，便就要了荷心的命。

　　活眼神算打出第三道火符，喝道："一只打右颊，一只打胸前。"

　　曾老头愣了一愣，想："不是照打肩胛骨么？"又一想，"瞎子既说是胸口，便就是胸口。"

　　荷心很是平静，微合下眼来等待。

　　张大胆依然昏睡不醒，且不知往昔的救命恩人，正将死于亲如父兄的人手下。

　　火符轻飘近距，照映着荷心那断无血色的脸。曾老头暗暗忖叹道："可惜你是人非人，否则给我家张兄弟做个媳妇还好。瞎子虽一直说你的不好，但老夫未曾亲眼见到，原本也不愿出手害你，只是我家兄弟身世特殊，与你玩得久了，难保日长情惹生，适才劝你回去深山，你也不愿，那就莫得怪我。"心念想处，一枚"百岁钉"业已出手，牢钉在影子脸上。

　　荷心眼皮抖了一颤，咬牙终没喊出痛来。曾老头暗自佩服，正要连发最后一枚骨钉。

　　静寂的四周，突然，"嗷嗷嗷"如野兽般接连响起数声呼号。曾老头突然一怔，隐约觉得东北角有什么物朝这奔来，那物奔来之时，直听得"喀嚓喀嚓"园内树枝折裂的声音不绝。但确过黑暗，一时也不知到底是何怪物，只是心中猜测道："难道风歇园内也有大兽不成？"

心中这般想着，却觉眼前突就一亮，一个黑人影从一根亭柱后闪出。黑人影疾奔如飞，直冲过来，曾老头不禁呆了一呆。

突闻活眼神算提醒道："曾兄当心。"

曾老头一把惊醒，慌乱之下，随手一抛，不觉将手中"百岁钉"打飞过去。

黑人影中钉后微作一晃，扭转身改冲往荷心。

荷心听见嘈杂声响，张开眼一瞧，突见一黑人影向自己快步冲来，不禁面色一变，但苦于身体无法动弹，暗暗焦急。

黑人影前至荷心身畔，将她一把抱住，夹在其右腋下，掉头朝西南角逃去。

此中意外来得甚是突然，谁也不曾预料，等得黑人影逃远听不见声响，二人方才回过神来。活眼神算立即道："追，快追，不要给她逃了。"

曾老头惊魂未定，仍心有余悸道："瞎子，我瞧那黑人影甚觉眼熟，她好像是……好像是……"

活眼神算道："好像是什么？"

曾老头道："历世瑞，历家四小姐。"

活眼神算低喃道："是她？"随即道，"这下可好，尸母鬼女，会得一起了，正好可一道都收拾了。"

曾老头道："尸母鬼女？死了还不忘护犊子，可真怪奇。"

活眼神算道："想必是闻见了血腥气味，方才过来的。"

曾老头道："她们跑远了，我们该向何处去追？"

活眼神算道："不急，她们跑不了。我们先治醒了张兄弟，带他一起去瞧一瞧那妖女的真面貌。"

第八章 尸母鬼女

第九章
号令十八

一番折腾后，活眼神算嘱咐曾老头褪下张大胆上身所有衣物，包括那件红衣肚兜。他拾将起来，自言着道："亏得这件宝衣，不然张兄弟真要麻烦了，元气受损尚轻，丢了性命也太不值。"说着，胡乱把红衣肚兜捏作一团，藏入怀内，又从腰畔拿来一只绿耳瓷瓶，要比适才的青花瓷瓶略显小些。

曾老头问道："这是什么？"

活眼神算道："柳树汁。"

曾老头低声道："柳树汁？"

活眼神算道："民间皆相传，柳树枝打鬼，打一下矮三寸。此用柳树提炼来的汁液，用来对付鬼上身，当即一试便灵验。拿去在张兄弟胸前后背使力搓使，直叫他醒来为止。"将瓶子递向过去。

曾老头拔出盖塞，倒出几滴汁液在掌中，青绿色的浓汁，感觉凉飕飕的。掌心贴在张大胆身上，发觉他的身体要比柳树汁还来得冰凉。在胸前狠搓了一阵，后又在后背揉上一会儿，直到把胸前背后的肉都折腾得殷红一片，身体方慢慢有了暖温。

又过去片刻，张大胆缓缓抬开双眼，喉间咳嗽了几下。

曾老头喜色道："兄弟，你醒了。"

张大胆一脸迷惑，道："曾兄，你怎会在这儿？我这……"看见自己赤裸上身，更加疑惑，"是怎么回事？"

曾老头看一看活眼神算，道："兄弟，你想下究竟发生了什么事？好端端的怎会给小鬼缠了身？"

张大胆诧惊道："小鬼缠身？"使劲想了一想，道，"我只记起自兄长家出来，是要来风歇园见荷心姑娘。我怎会给小鬼缠上，我怎都记不得了？"

曾老头道："你再好好想一想，有没看见什么奇怪的事情？比如说，荷心姑娘对你做过什么没有？"

张大胆一笑道："她能对我做什么？不过，要说奇怪的事情，倒还是……"

曾老头着急道："什么怪事？"

张大胆道："来宅子的中途，在巷子里撞见了那只奇怪的碧眼白雪猫。"

曾老头喃喃道："碧眼白雪猫？哪条巷子？"

张大胆道："历家老宅后院外的那条巷子，我还擒捉了它。"

曾老头大异道："此刻猫呢？"

张大胆道："又给它逃了。"

曾老头一阵惋惜，道："除遇上那只怪猫，还有别的事么？荷心果未对你做过什么？"心中始终相信张大胆身上的小鬼正是荷心招惹来的，这才一问再问。

张大胆有些不悦道："曾兄你怎么？荷心姑娘待我很好，岂会对我做什么？"突然想起来，忙察看起周围，始才发现不见荷心，便诧道，"怎不见荷心姑娘？她……"话未说完，便即想起，"莫非是她看见曾兄和神算到来，故意避离了？"心念想此，于她的不在也无过多奇怪。

曾老头瞟一眼活眼神算，不知该如何作答。

活眼神算干咳一声，道："她先走了。"

张大胆大感吃惊，忖道："神算和曾兄见到她了？既是见了，却为何又走了？"心中疑惑，问道，"走了，走去了哪里？"

活眼神算道："张兄弟家，她吩咐瞎子，叫兄弟醒来后，一齐过去，她在兄弟家等着。"

张大胆道："那好。"心里却不免想，"我家有一口瘦棺，六七条死尸，荷心妹子定是不明情由，生怕叫曾兄和神算见到，猜忌于我，这才施暗法令我昏睡，却谎说小鬼上了我身。神算于拿鬼捉妖有得一手，便与曾兄留下照顾我，妹子则趁机回家收拾一番，唉……她替我想得这般周到，岂料我早已将事情缘由道出。"依序想着，固然好似挺符合逻辑，独不知中间是漏洞百出。一阵夜风刮过，冷不丁打了个冷战，连咳数声。

活眼神算道："曾兄，张兄弟怕是着了凉，给他穿上衣服，就即回去，可不要叫那姑娘等得焦心。"

曾老头心下会意，递过衣物。

张大胆匆忙穿起衣服，三人便离了凤歇园，朝家赶去。

眼见就要到家门口，张大胆心忖道："荷心妹子身娇小巧，搬移一口瘦棺及六七条大汉，想来应极其困难，尽都怪我一时没及言明，要知曾兄和神算早已知晓这事，何苦冤枉劳累一场。"一己念下，突听见一声长长的嘶嗷，见一物事从院内抛了出来，落在地上滚了几滚，恰好停在脚前。

昏暗之中，张大胆也不见那是何物，但方听了那声如野兽般的嗷叫，顿起疑窦道："这嗷声……哎呀，糟糕……"想起早前那险些要了他命的尸人，不觉低嘀着担忧，"另五六条死尸不会也……要是那样，妹子岂不危险紧了。"

匆乱捧起地上那物，看也不及细看，箭飞般往家里头冲去，头也不回招呼二人道："曾兄，神算，家中恐是出现变故，你们快快跟来。"

方那一声嘶嗷，活、曾二人心里实已了然于胸，正欲起脚快步，不料张大胆远比他们还要快急。

曾老头微怔了下，紧起追赶道："兄弟，当心。"却哪里来得及，张大胆已然直冲入院中。

院落中央，赫然还见那口瘦棺，棺盖却是大开，翻在一旁。

张大胆一阵心焦，呼喊道："荷心妹子……你在不在?"不见回答，急着又朝屋内冲去。

但刚没走得几步，脚下突就一绊，一个跟斗栽了过去，手上捧着的那物事亦脱甩出手，滚了几滚，"砰"一声不知撞到什么东西上。

此刻，曾老头业已来到院子，猛地见张大胆一头栽在地上，脸色顿变，心中一急道："小心有诈。"即展身上前。要到时，突脚下一滑，极似踩着了木棍等物，失重下便要跌倒。

情急当中，曾老头一机灵，脚尖朝地一点，借势跃起，凌空一个翻身，便就卸去了七八分扑力，当即站住。

张大胆一跤摔跌出去，额角正磕在一方石碾上，顿时头破血流。但他全然顾不上疼痛，一个骨碌翻身爬起，一时也就忘记寻找手中甩飞出去的物事，再次冲去屋子。

曾老头急止喝道："张兄弟，待我一起进……"方未说完，张大胆却已冲进了屋子。

但听"砰"地一声响，曾老头暗叫一声："不好。"疾步冲过去。

屋里的光线比外面更要黑暗。活眼神算刚踏入院门，便听屋内一连响动，忙提醒道："曾兄、张兄弟快些出来，小心着了妖女的鬼当。"

听得曾老头喊道："张兄弟，你在哪儿？"

张大胆回道："曾兄可先出去，这里我熟……呀！你是谁？是荷心妹子吗？你……把我松开……"

曾老头暗叫一声："糟糕。"身形掠动。

但听得砰嘭哗啦一阵响，似有东西撞在墙上，又滚落下来，压翻了屋内的桌椅板凳。

曾老头急得大叫："兄弟，快随我出去。"

半晌，张大胆才哼哼道："曾兄快出屋子，屋里恐藏有尸人。"

曾老头道："兄弟在那别动，我即来助你。"

张大胆急道："曾兄莫要过来，尸人厉害得紧。"话刚完毕，又是一连砰嘭之响。

屋子太黑，瞧都瞧不见，曾老头亦不知张大胆身在屋子哪个角落，听得声音来向，便即扑去。突地，身体猛然撞上一个人，道："张兄弟，是你么？"

面前的人没有回答，却闻丈远有人道："曾兄，我在这儿，我被尸人摔在了地上。"

曾老头一惊，欲急抽身，但已晚矣，那人双手一把抓牢他。

当这受困之际，突听得"砰"一声响，一团火花烧着，但听活眼神算道："老尸力大，屋里不可与其周旋，曾兄快将其诱来院中，放与瞎子一般料理。"

几近同时，张大胆即从地上爬起，抓起一条八仙木凳，照着尸人后脑，抡起便砸。

趁得机会，曾老头双臂一震，手掌翻上，擎住尸人腕臂，使力撑将上去。老尸嗷嗷叫了一声，纹丝不动，俯嘴咬来。

曾老头脖颈一缩，避了开去，右手撤下，钩爪锁其咽喉。

老尸不闪不避。

曾老头一爪中的，心中甚喜，顿觉老尸皮肉非如想象中的那般硬僵，倒还弹性尚存，微一用劲，直听得尸喉内咯咯作响。

老尸双臂一提，将曾老头提起来数分。

曾老头踮着个脚，暗使劲力下坠，欲站稳下来。不想凭他武功高到多少，气力始终难敌尸人。

眼见曾老头那边吃紧，张大胆一焦急，丢下八仙凳，从背后揽住老尸。但觉下手处软软的，脸颊一热，慌忙把手往下移了一移，心中却未有多想，叫道："尸人都不讲情面，曾兄紧快出屋，我先抱着她。"

曾老头道："要走两人一起走，留着你一个人，要我回家怎与你干娘交代。"

张大胆道："兄长若出个闪失，我才不好与干娘……""娘"音还未落，听得砰砰两下，下面的话便再出不来了。

两人同被甩扔出去，曾老头面向尸人，受力要大，直接扔飞出门，落到院子一滚，弹跃起来，怔怔望着屋内。张大胆虽受力较轻，却不懂武功，不知卸力，故就没得那般轻松了，撞飞在墙上，滚跌下来时，折了一条椅子，翻碎三两个罐罐。

曾老头急道："张兄弟……"见老尸不出屋子，又扑张大胆过去，心中更急道，"兄弟莫慌，我来救你。"要再次冲将进去，忽觉耳畔"嗖"一下疾风掠经，老尸即嗷嗷着怒狂起来。

便这刻间，眼前一黑，完全暗了下来，听活眼神算道："火符烧没了，曾兄快来助瞎子一把。"

曾老头一愕看去，活眼神算手下牵着一根"锁魂钱"一头，线绷得紧紧的，抖晃厉害，便似立马就要断了一般，迟疑着不知该如何上去帮忙。

活眼神算又道："快来帮瞎子拉住线，不要给她去害张兄弟。"接着向屋内喊道，"张兄弟，捡到机会还不快逃将出来。"

张大胆道："尸人拦在面幕，逃不动。"

活眼神算道:"兄弟莫急莫惊,瞎子使法子帮你。曾兄,可小心莫要给尸人拉了进去。"

曾老头接下锁线,在右臂绕上两圈,跨腰牢拽。

活眼神算腾出双手,从身上拿出另一条"锁魂钱",速摘下线上四枚铜钱,放于掌心。

突听张大胆大喝一声:"欺我太甚,老子和你拼了。"

曾老头惊道:"兄弟不可……瞎子,我快支持不住了,你可有法子没有?"锁线精小,甚是坚牢,曾老头臂上袖衣已给磨开个大口子,露出里面白白的棉花,人也被拉过去好几步,右脚顶着一方三四百斤的石碾,勉力支撑。

活眼神算道:"曾兄再支持片刻,瞎子很快就可。"摸得门前一块空地,速把摘去铜钱的锁线在地面摆布起来,不一会儿,赫然摆出一个人形模样,支擎着双臂,蹬马跨腰,俨似一个大力神人。

但见活眼神算将四枚铜钱于掌心摆弄一摆,右手食指在牙间一咬,迸出鲜血。他眼虽看不见,却如常人一般,一滴血自指尖滴下,直穿钱心而过,口中默叨道:"血穿钱心过,神人自降来,阴阳路归尽,乾坤八卦门。起——"四枚铜钱抛向头顶,沙沙掉下来时,两枚落在"神人"头上,就像给他镶了对眼珠一般,另外两枚则在地上滚上一滚,定停在脚底。

尸人力大不竭,时耗一长,曾老头终难续支,焦急道:"瞎子,老夫撑……不……住……"脚力一软,被尸人拉到了门口。情急之下,身子连地一转,把锁线在腰上一绕,腾来双手抓住门框,做最后坚持。

屋里只闻张大胆一声大叫,哗啦砰嘭不绝,显是已和尸人搏斗开了。

活眼神算大叱一声:"孽障,休要作恶。"飞身上前,左手拉起曾老头缠在腰间的锁线的一头,挤上几滴血,右手食指搭上已拉得绷紧的线,如弯弓之弦,到极便是一松,几滴鲜血顿如离弦之箭,"嗖嗖嗖"飞进黑屋。

但听屋里嗷叫一声,便闻有人抢奔出来,活眼神算道:"曾兄,快随瞎子退回院中。"

那边张大胆也叫道:"尸人出来啦!曾兄和神算可要当着心。"

曾老头反身一转,绕开身上缠紧的锁线,疾身一掠至瞎子旁边。就在此刻,老尸即也奔出屋门,嗷嗷着叫唤了几下,便直扑来。

活眼神算道:"曾兄快退瞎子身后。来吧!孽障。"

曾老头依言退却数步，目光始终不离老尸半分，但见老尸面皮如黄蜡，发似枯草，一身绫罗轻纱料质上乘，但已发旧，且碎破不堪，一双尖牙齿出唇外，乍一瞧下可怖至极，仔细辨识，还可识就老尸的模样确是生前貌美若天仙的历家四小姐历世瑞。再一瞧瞎子，仍是镇定自若，显似心中早已有了十分把握，但曾老头还是不禁为其暗捏了把冷汗。

此刻，张大胆也从屋里跑出，曾老头见他还算无恙，不觉舒了一口气。

忽听得一声彻裂的嘶嗷，活眼神算叱道："血穿钱心过，神人自降来，阴阳路归尽，乾坤八卦门。看你还往哪里逃得。"

曾老头向眼看去，老尸历小姐一双脚正踏在瞎子摆的"神人"里，竟怎也拔将不出，四枚铜钱烁亮起红光，似极正与尸人较着劲一般。

其时天方已现微明，张大胆飞身奔来，见着老尸模样，不禁道："她……她怎地这般似她……"

曾老头道："似谁？兄弟讲她似谁？"

张大胆道："我也不晓她是谁？但我看着就似极。"

曾老头被搞得糊涂了，道："张兄弟的话，我怎好像不明白。"

张大胆就把追猫来到一间屋子，意外发现那架古琴，又在琴肚里发现一卷帛画，见了画中的女子等简单讲了一遍。

曾老头听罢，惋叹一声，道："张兄弟见到的，该是历家四小姐历世瑞无疑了。"

张大胆道："幼时常听他人赞起历四小姐生得貌美非凡，果然不虚。"想起飘红的相貌倾倒了整条四平街，这历四小姐既和飘红长得这般相像，后世被人们赞论，当也是情理当中之事。

突地，忽又想到了什么，不禁怔怔望向那老尸，道："历四小姐……那般好看的容貌，怎变得……"叹惋不绝。

只听活眼神算清啸一声，腾空跃起，去时右足尖在老尸历世瑞臂上轻轻一点，借力往上一纵，反身旋了一圈，跨腿坐到了尸人肩颈上，腰身一弓，腿脚闪电般锁向尸人双臂，如铁塔一般，竟和尸人叠在了一起。

活眼神算这一手来得巧妙精到，但在张大胆看来，一个大男人坐到一个女子肩上，实甚不太雅观，还好这个女子已是尸人，否则倒真不好。

老尸历世瑞全身僵硬，先足下给"神人"困住，后肩上又坐上这么一

个人，生前柔弱娇嫩的她，便是成了尸人，亦是无奈。此刻是甩也甩不掉，弯也弯不倒，唯得更大声地嗷嗷叫嚷。

活眼神算道："张兄弟、曾兄，还不赶紧去搬来柴禾，活烧僵尸。"

张大胆迟顿着嘀咕道："活烧了？都说历小姐活着时性格温婉，去时受了一遭罪不够，死后这么多年还得再遭一回，想起来她的命真苦。"心中嗟叹不已。

曾老头道："张兄弟，还愣着做什么？赶快搬了柴禾烧尸。"

张大胆望了老尸一眼，甚觉她很可怜。虽说僵尸留着只会害人，就是烧了她也不见会知疼痛，但一忆起那古琴中的帛画，画中人像是多么楚楚动人，叫人怜爱，更难受的是看着她，心中便想起飘红来。他实不愿再多看多想，扼腕去了。

不一会儿，两人捆来大把柴禾，尽悉堆在老尸足下，老尸历世瑞似也能知道什么，嗷叫的声音更加彻底。

活眼神算左手扳住尸人下颌，右手一撕左臂衣袖，扯下大块布来，捂紧着尸人嘴巴，不令其叫嚷，急喝一声，道："点火烧尸。"

曾老头诧惊道："瞎子，你不下来，我们如何来点火？"

活眼神算道："不打紧，照烧就是。瞎子在这里，她才能老实。"怀疑曾老头仍是担心着不点火，故又补说一句。

搬捆柴禾时，张大胆顺手在厨房里拿了盏油灯，拿出身上在历家老宅的房屋中顺带出来的火刀火石，燃了灯火，自己实不忍心下手，只好将油灯给了曾老头。

曾老头连灯带火一起扔向柴堆，灯中的油挥洒出来，柴借油火，一下火舌就直蹿得老高，片刻旺火便把老尸历小姐的面目都给遮盖没了。

张大胆瞧这火势凶猛，担心道："火太大，神算要尽快出来。"

活眼神算道："瞎子这就下来。"轻喝一声，如展翅大鹏，一飞冲起，高来数丈，腾空数踏，轻声落地。

张大胆紧忙上前，帮助活眼神算扑熄衣袍上三四处火点。

活眼神算道："谢了张兄弟。"

张大胆笑道："神算讲得客气，区区小事，还要言谢。"

曾老头道："二十年了，瞎子这手'飞鹰踏浪'，不仅未见急下，反更精进了不少，实叫我佩服不少。"

活眼神算道:"曾兄又何尝懈下过武艺,想必曾兄的成名绝技'行戒八尺',已是纯熟得很了。"

曾老头打着哈哈道:"彼此彼此。"

忽闻张大胆一声大叫:"糟糕,荷心妹子……"胡乱拣了火堆中一支火棍,奔向屋子。

曾老头道:"我也跟去瞧瞧。"

刚到门口,却见张大胆一脸慌张从里面冲出,道:"糟了糟了,找不见荷心妹子,曾兄……妹子她……恐是已遭了尸毒。"

曾老头道:"兄弟莫要焦慌,屋里不见,咱们到院子找找。"

张大胆径直去向瘦棺,见打开的棺内空无一物,心中犯嘀,又来到摆藏那些汉子的尸体的墙下,掀开干草,见几具死尸尚都在,独不见荷心。

那边曾老头寻过别余地方,拿着一截断绳,过来道:"那边地上有干血,还发现了这个。"

张大胆惊起道:"马儿。"

原来这两日发生这般多事情,早忘了自家院中那拴着的枣红小马,如今一忆,似乎昨晚马就已不见了。

不免忖道:"马儿肯定是受到尸人攻击,自行挣脱缰绳逃了。马儿力气大,逃得快,荷心妹子则是个娇小女子,却又怎般逃得了,她还这般年轻,就……"想到此处,伤心不已。

曾老头虽知道荷心身受重创,手脚亦还不能动弹,便就是死不了,怕也落不得好兆头,只是心下还是有些疑惑,怎般尸人在这,她却不见人?见张大胆伤心不忍,便宽慰起他道:"吉人自有天佑,荷心姑娘道行莫测,张兄弟大可放心就是。况且找不见人,未免不是件好事,兴许她突有急事,不及相告,便先走了也未尝没有可能。"

张大胆听言还是伤心道:"曾兄不知,实那瘦棺内还藏有一具尸人,妹子将其制服后,说是要借他对付老尸。可我们来时,老尸还活得好,妹子和那尸人却不见了,我想定是妹子出了什么变故,使唤不动那个尸人,反被其掳了走。"幼年好像听别人讲到,有些尸人有掳人的惯习,把人带至一处阴暗僻静地,来其享用,此时荷心和那尸人都无踪,便就怀疑了起来。

曾老头忖道:"果真这般,实就凶多吉少了,那姑娘来张兄弟家,不

第九章 号令十八

也是给尸人掳来的么？当然这个事情，暂还不要告知张兄弟的好。"

忽地，张大胆一急，道："那……这……"急急跑到屋前，埋头在地上搜寻着什么？

曾老头跟上去，奇怪道："张兄弟在找什么？"

张大胆道："回来时在路上捡的东西，现在回想起来，那东西圆鼓鼓的，怎么像是一颗脑袋瓜子。应该是滚落在这一片，怎就死找不见。"

曾老头也想起来，先前似见着一个圆形物体从院里飞出，当时因为确过昏暗，一时也不见那是什么，后见张兄弟捧起来，也无异议，便就没再深想，但断无料到那会是一颗头颅。他细致瞧了瞧张大胆胸襟袖臂，未见着半分血迹，心中顿就打消那会是一颗头颅的念头，道："张兄弟不用再找，那决计不会是一颗脑袋。"

张大胆道："曾兄何以这样讲？"

曾老头道："活人断了脑袋，哪有不流血的，便就是死人尸人，那也无例外，兄弟身上既无半丝血印，故我断言那决计不会是一颗脑袋。再者，人头留有毛发，五官凹凸不整，触手当应觉出。"

张大胆想想也是，便就不再找寻。

忽听活眼神算道："天色已不早，你们二人快快过来。"

两人过去，活眼神算又道："老尸已烧成了灰，张兄弟可去那灰堆里扒扒，瞧有尸人的利牙没有。"

张大胆依言前去找寻，不近灰前不知，但闻一股如牛粪般的臭味直熏鼻门，好在平日杀猪宰牛，闻惯了腥臭，待一适应，便不觉异味了。

曾老头道："火这般大，连骨都烧没了，哪还有利牙存着的道理？"

活眼神算道："佛家云：'吃斋诵经，便其佛也'，凡是高人仙化，灰中必存佛骨舍利。历小姐死去这般久，亦可尸骨不腐而活，中间定受天地阴阳之滋养。倘张兄弟走得运气，或真拣得到她的尸牙也未必不可能。"

曾老头不懂道："此话怎讲？"

活眼神算道："尸牙要得完存，断得要玄机，瞎子难断她成尸后害了多少男女，若两者人数均等，阴阳不差，就极可能留有尸牙。其二，张兄弟先前遭得尸人伤害，尸毒已然侵体入腑，此时瞧着似无大碍，然过得三五日后，便不再好说了，但若能得此老尸利牙，尸毒便可轻松去得。"

曾老头听了恍然道："那我也去帮着找找。"赶将上去，埋脑弯腰一道寻觅起来。

转眼刻钟已去，二人始终未在灰烬中寻见尸人之牙。

活眼神算道："你们不必再翻寻了，没有尸牙，张兄弟体内的尸毒瞎子依然治得。张兄弟你过来，瞎子有话问你。"

张大胆扔下扒灰的棒子，拍拍袖衣，上前道："神算有什么吩咐？"

活眼神算道："那几具死尸，张兄弟要怎般处置？"

张大胆犯难道："这……我也不知道，他们都是大老远从山里出来贩货的脚夫，翻山跨涧，不辞劳苦，不知花去多少时日，方才到得这里。哪想，他们尽都给我害死在他乡，想起他们家中的妻儿父母日夜候等着他们归乡，我……实是不知该怎么办才好。"提来这事，顿觉他们尽都被自己害死，就算不是有心，那也是间接之过，良心难安，悔痛不已。

活眼神算道："依瞎子愚见，这几具尸体还是烧了的好，免留事端。"

张大胆摇头道："不行，我不能那样做，不可以烧掉他们，我还想带他们回家，交给他们的亲人处置。客死他乡，本就已是很惨，还叫我等烧了灰，在外做一个孤魂野鬼，那不是更加地惨上加惨？不可以，我等绝不可以如此做法。"

曾老头凑上道："此事断断不可，兄弟一番情义，我可以理解。但你可有想过，此行一去，轻则死者家人饶不得你，重则万一吃上官司，送了性命，便就大大划不来了。"

活眼神算附和道："曾兄言当在理，张兄弟切不可轻率。再说，他们都死于尸口之下，就这般去了，保不准反还害了他们的家人。"

张大胆一脸恼相，于情在理，都应当送这些客死异乡的孤魂落叶归家，让亲人见一见最后一面，方才好入土为安，但曾兄和神算的话却也不无道理。两难不定，忽地想起什么道："我听荷心妹子讲过，他们体内的尸毒业已尽数清除，断不会再诈尸害人，神算大可放心就是。"

活眼神算干咳了下，道："她的话，张兄弟信得过么？"

张大胆道："荷心妹子屡次搭救于我，她的话，当是极其信任的了。"

活眼神算道："既然这般，瞎子也当该相信张兄弟才是。"

曾老头疑惑般看了看活眼神算，道："那也不成，我不同意。"

张大胆诧道："有何不妥，曾兄何故不允？"

曾老头沉顿道："我的意思，是说此趟该由我前行为妥，兄弟留在家

第九章　号令十八

中，替我照看好夫人。"

张大胆摆手道："不可不可，怎好要曾兄代劳，这是断不能的。"

活眼神算道："瞎子倒觉此举甚好，张兄弟不谙武艺，我等本就不放心，曾兄可不同，江湖上若听了'行衣寿人'的名号，还不都乖乖避开远远的。再者，如今张兄弟身份殊别，也不便单独出远门走动。"

张大胆心道："俱讲我身份不同，是皇家后人，如今倒连我自己亦都不觉自己是谁了？"

曾老头道："那就这般定下，由我送他们一程。"

张大胆忙道："还是不可，怎么算也不能落了我，我得跟着好生向他们家人赔个不是才好，躲躲藏藏的，算得什么男人？你们若极不放心，那曾兄随我一道同行好了。"

曾老头道："断不可以。"

活眼神算斩钉截铁道："你不能去。"

两人几乎同声异口，张大胆不禁呆了一呆，为什么他们这般坚决不让自身亲临？疑惑般看了他们，道："为什么不准我去？"

曾老头迟疑着不作声，脸上却是一副毫无商量余地的表情。活眼神算道："当下最过紧要的不是这事，我等须赶在朝廷发现你身份之前，尽早筹备誓牌大典，商讨议事。"

张大胆惊奇道："什么誓牌大典？商讨什么议事？"

活眼神算道："我等既已把你的身份告知你了，那你该深明，身为朱家后人，便要担负起……"忽听得"嘀嘀嘀"几下，转口叱道，"谁？速给我滚出来？"瞎子的耳根确过精明，便是全神贯注当中，四方音动，也断难逃得过。

"嘀嘀"声嘎地一止，似就没发生过一般，一片寂静。

曾老头道："莫不是听岔了？"习武之人，大多练有一双听风辨音之耳，自认耳力虽比不得瞎子，却也不是常人所及，怎地竟就半丝不闻。

张大胆更是疑惑，瞅一瞅四下，不觉半条影子。

活眼神算道："听马的脚力，背上应当骑着人。"

曾老头更异道："马，哪里来的马？"

活眼神算道："房屋后头。"

张大胆怪奇道："屋后，那里可只是一间屠房，我已多日未屠宰牲畜，屋门一直锁着，谁有那个闲心去屠房做什么？"想了一想，低嘀道，"莫非是荷心……"

忽听一阵"嘀嘀"声传来，这次音准清亮明晰，三人均听得一清二楚。曾老头惊声道："果是马蹄的响动。"

便在此时，但见屋麓下一条长影转现，一人骑着马，突见院中三人，停了下来，凛于夜下。

夜幕渐逝，曙色逐明，远闻得接连几下凌起的鸡鸣，显是四更已过，五更将临。

张大胆一阵吃惊，眼前那人所骑之马，正是那匹枣红小母马。其实方听神算提及马时，心中便已想到过，但不想竟是真的。只是他万及没有想到，骑在马背上的人，竟是一个早死之人，一时不觉愕在当场。

当然了，张大胆是见了那人死去，方才清楚，而其余二人却不认得此人。活眼神算道："阁下是谁？为何深夜在此？"

来人声色不动，便似听不见一般。

曾老头道："深夜闯进别人家中，想着就不见得有甚好事，识趣的便下马来，可不与你计较，否则若动起手来，就不那么好看了。"

来人一直面无表情，一对眼珠转也不转，目直无光，缓缓抬起右手，伸向腰后，抽出来时，手中多了柄寒光闪闪的利斧。

曾老头微愕，心道："瞧他这般装束，不像来自道上，倒似个山野粗人，但瞧着这份沉稳冷静，来路似也不简单。此人究竟是何身份，找张兄弟有什么事？"满腹疑问，不禁又打量其数遍。虽着眼来人面表冷漠，但碍于距离、天色，许多微小之处还是没法注意细致，更甚一点，之前未有见过此人，故而一心揣测来人的目的，不是与张兄弟不利，也就更察观得不那么仔细了。

来人手持利斧，缓缓策马走来。

张大胆一眼认出，来人的手上，是他寻常砍肉用的肉斧，显是在屠房里给他顺手牵了来。

曾老头见来人不仅不下马，反还拿出利刃迎面过来，当即怒道："给我下来。"喝声方起，身影纵疾，快近马前，右手一招"虎口掏心"，抓其胸口，左手以指作尺，击向来人持手斧的腕口。

要以常人，此时横斧护胸，可解可保。曾老头当然早就想到，只待来人横斧护胸,便一招"懒猴爬树",拉其下马。他只想给来人一点颜色瞧瞧,还无伤他之意。

但来人对曾老头的攻击视而不见,他在马上,曾老头在其马下,居高临下,举斧便砍其脑袋。

曾老头一惊,没料到会有此招,对方的手腕若被己击中,手中利斧必难把握,极可能要脱飞出去,可万一有什么闪失,自己的脑袋可就不保了。惊措之下,这个赌还是打不得,身子一矮,打地一滚,从马肚下滚向了另一边。

来人左手一提马缰,马抬前蹄,踩向曾老头脑袋。

曾老头不及思索,连地又是一滚,避了开去。

来人见曾老头滚开丈远,也不急追赶。

忽听张大胆道:"曾兄要当心,他不是人。"

这一来一回的较量,如电光火石,只眨眼间工夫,等张大胆反应过来提醒,曾老头也已吃了大亏,退身回来。

曾老头道:"张兄弟不早讲,我险些就白送了脑袋。"

张大胆抱歉道:"他便是先前袭击我的尸人,与那些担夫一起的,是中间的领头过老大。我只当奇怪,此尸早先被荷心妹子制服了不说,怎尸人还懂得骑马,实乃头遭见到。曾兄,兄弟一时忘记提点兄长,险酿出悔事,当真该死得很。"

曾老头呵呵一笑,道:"罢了罢了,我只当撞见了好手,性急痒痒,不见是个尸人。"

过老大神色不动,又缓慢骑马过来。

活眼神算低喃着道:"尸人,我怎连半分也觉察不出。"口上讲着话,袖袍一挥,一道疾风自袖口下射出。

过老大脑袋晃了一晃,一支算命的竹签打入左眼眶,没至指甲长短,但他似没事人一般,继续骑马。

张大胆道:"瞧见了么?活人哪受得住这般手段。"

曾老头道:"尸人倒学上了骑马,可谓大奇。瞎子,活人归我,这不死不活的么?就交于你了。"

活眼神算沉吟片刻,道:"尸人没有尸气,会得骑马,使得斧头。瞎子怎能就把她忘了,看来她俩真极是一伙。"

张大胆道:"谁和谁一伙?"

曾老头道:"此人是谁?"方此业已想到,令过老大这般的人,必是荷心的同伙,显然瞎子已经猜到了她是谁。

活眼神算道:"除了沈珂雪,尚无旁人!"

曾老头道:"我也料猜是她。"其实此间除下沈珂雪,一时实真想不出还有谁这样能耐。

只几句话功夫,过老大已骑马近得丈地。张大胆不经意看到,小母马脖下有一排极深的牙痕,便和过老大颈上的一样。

过老大缓缰策马,便是受到曾老头攻击,亦是一般模样,张大胆等人倒想看瞧他到底要做甚?

突地,过老大斧面一拍马肚,惊得尸马怪啸一声,拔蹄横冲过来。

快马冲下,过老大顿扬起斧手,开山劈向张大胆。

这突如其来的变化,不及片刻征兆,张大胆脸刹通白,竟惊得呆立当场。曾老头吃惊之下,已知不妙,无奈离得太远,欲救已是不及。眼看马踏斧刃,张大胆就是不伤在马下,也必丧在斧下。

忽然,张大胆只觉肩头一紧,整个身子直接倒飞出去,离约数丈,扑通一下翻仰在地。

原来,活眼神算眼睛是看不见,反倒在此时有了不少好处,至少不被眼见所迷,反应比得他人快捷不少。过老大方一异动,他便惊觉,但张大胆与马离得过近,一时情急,一把抓住张大胆肩头,随便往后掷去。与此同时,飞跃腾身,一脚踢向马脸。

小母马受得一脚,一声怪啸,收力不住,斜飞出去,重重摔倒。过老大亦从马背掉下,滚向更远。

活眼神算一脚中的,乘胜追击,连扑上去。右手挥处,甩出四五支竹签,打中过老大身上,纷纷入肉。左袖摆动,右手食指挤出血滴,在袍袖上写出一幅怪符,三起鹊落,已至过老大身边,用写有怪符的袖袍拂击其身。

过老大一连恶号,身上遭怪符拂中之处,皆顿时冒起青烟,迅速又燃起了火花。

活眼神算连拂连击,过老大身子一挺,一斧砍来。

活眼神算掠身一退,避至马畔。

第九章 号令十八

此时小母马业已站起，甩头撞向活眼神算后背。

活眼神算怒道："畜生，于我退去。"符袖向后轻轻一拂，拍在马鬃上。

小母马连连惊退数步，鬃毛滋滋乱响，片刻便烧了起来。

张大胆惊叹道："畜生也懂得义气，知悉护主，莫非它死一次，能长一分灵气不成？"他半开玩笑半讶奇，然当中的玄妙处，他岂又能明晰。

活眼神算拂退马后，接着扑将上去。过老大尝知符袖厉害，不敢近身，颤颤退后，身上火花仍有数处，全身体内都发着唧唧乱叫的声响。说是全身，是因为声音听来不只在口中、喉间、腹内，辨不清具在哪里，似如整个身子里都在唧唧叫着。

活眼神算放低脚步，符袖一摆，道："你怕了么？"

过老大持斧面挡在腹前，活眼神算前一步，他便后退两步，唧唧声更作。

活眼神算又走几步，右手偷偷缩往袖口内，打问道："张兄弟，尸人的利斧可在哪里？"

张大胆糊涂神算怎会这般问，回道："腹肚。"话音未落，只见活眼神算身影一掠，符袖猛地拂向过老大脸面。

过老大毕竟不如活眼神算迅捷，闪躲不掉，实实中的，一声大怒，手斧回抽，横切神算腰眼。

活眼神算不闪不避，反将身子往前一送，粘了上去。这一下实出张大胆预料，却听曾老头一声大喝，道："好。"

原来尸人再过本事，手脚则都已僵化，肘手难屈，斧刃自也弯不回来。活眼神算贴得紧牢，只觉腰上被过老大臂手重重一撞，一阵酸麻，可若比起利斧快刃来，得要好许多了。

张大胆暗叹道："真险。"

倏地，活眼神算小腹一收，右掌疾出袖口，闪电般拍向过老大腹处。过老大乍地一声大叫，唧唧声和怪叫声乱成一团，噔噔噔连退数步，抛开斧头，双臂抓天乱舞。斧头在空中连打着跟头，掉到了房顶，哗啦啦一阵响，砸破屋顶一个大洞，连同碎瓦一齐落下屋子。

便在此时，小母马突一声怪啸，脑袋一沉，奋开四蹄，撞向活眼神算。

张大胆忽见，一把上前拉住马尾巴，急道："小马啊小马，我不管现在你是尸马还是不死不活马，我才是你的老主人，老主人是不让你学着坏人害人的。你睁开马眼看看，你的新主人已经吃不开了，还是跟回了老主人，老主人会对你好的……"叽叽咕咕讲了一大通，亦不知马是听懂没听懂。

小母马又是一声怪啸，后蹄猛间往后一蹬。张大胆只觉肚子一阵吃痛，五脏六腑便如翻江倒海般涌滚，身子直飞数丈，"嘤哼"一声，一屁股坐摔地上，余力未竭，连翻上两个跟斗，趴在那里，半晌起不来身。

曾老头忙过去扶搀，怒喝道："好你个畜生，还弹我家兄弟，看我怎般将你收拾了。"待要前行料理，远近的风中忽飘来几声呜呜的声音，如风穿竹啸，风过幽谷，促急浑雄，细细辨下似由埙器所发。

说来也奇怪，过老大和那马儿听到这个音后，竟都直愣愣在那儿，向着音来的方向，痴耳闻听。

突地，呜声转就一变，骤急缓来，换得哀怨至极，听着叫人胸中发恶，极其不畅。

活眼神算眉色一皱，道："她就在外面……"话音未落，直听得过老大与小马齐同一声怪叫，疯了般径直向外面奔去，冲出院子，瞬间不见身影。

三人同时一愕，活眼神算速道："追！"率先追向过去。

曾老头缓了一缓，紧随跟往。

张大胆方那下跌得不轻，全身仍痛，幸而他体格健壮，虽痛却不及伤。更甚那一马蹄踢中的是绵软的肚子，不是胸口腿肢等要害脆处，否则就没得这般轻松了。见二人已追将而去，也忍痛爬了起来。

出了院子，来到大街，一眼便见神算和曾老头立在不远处，过老大和小母马横卧在地，一动不动，似已经死了。他走将上前，当眼瞧见地上的尸体时，顿觉胃下一阵翻涌，难以抑制。要知他乃屠宰出身，所经历的血腥场景多之不及，便是当日在关帝庙中见着那些麻衣死人，也不及现下可怖。

只见过老大仰翻地上，露出衣物之外的皮肉俱无完状，中间尽是裂开的一个个小窟窿眼，每个洞口都由体内向外钻出来一只只血红色的甲虫般的怪虫，但大都已死去。有的刚探出个脑袋，有的则已爬将出来，而且随

着每寸皮肉的破裂，尸体内不断有浓浓的稠稠的黄色液体从裂洞流出，气味臭胜尸腐。

幸得过老大身着衣物，遮下了不少难堪景象。再看一眼小母马，尸体上断无半片好皮，整个尸身上的大小窟洞密集之状，如蜂窝一般，而由洞内流出来的黄脓，更是染黄了一大片地面。

张大胆不禁呆了，喃道："这是什么虫子？怎这般恶心。"

活眼神算道："南苗血骷髅。瞎子就猜一定是她做下的好事。"

张大胆道："她……南苗血骷髅……"忽见过老大肚上衣服逐渐凸起，像有一个大东西极力要钻将出来，不禁骇异道："曾兄，你瞧那是什么？"

曾老头瞧着道："张兄弟且退后，让我掀来瞧瞧。"

张大胆小心翼翼后退几步。那东西越隆越高，足见一个拳头大小，似马上就要破衣出来，不免心下一阵紧张。

曾老头伸手过去，便要掀来衣角一探究竟，不免闻得"嗤"地一声，吓了一大跳。瞬间见衣底下滚出来一只大虫，比拳头略大上一半，背为暗黑色，腹下则是血红色，长着八只大脚，模样看去似是一只超级大蟑螂，额前有一对须子，但感觉大虫的腹部应该是软的，不像蟑螂全身都披有一副坚甲外壳。

大虫滚落，掉在地上，扭动了几下身子，抱起头一缩，如刺猬一样，卷成一团圆圆的形状，腹部等柔软的部位尽悉裹进里头，露在外面的则都是较硬些的部位。

张大胆见之，恍如想起什么道："我先前拾到的东西，好像就是这个圆鼓鼓的怪球。"现在忆起来，不免一阵恶心，问道，"曾兄，你可知这是什么玩意？"

曾老头也从未见过这么大的"蟑螂"，一时难以回答。这时，活眼神算插口道："血骷髅之母，就如蚁有蚁后，蜂有蜂后，这血骷髅也有一只虫后。虫后自身虽不具攻击性，却是繁育力极快极强的母虫，只要有死尸供其寄居，一炷香工夫便有数百只幼虫出体。而这些幼虫也就是我们所见到的血骷髅，长得也极快，且嗜肉如命，故而苗人平常不轻易用之。平时就给母虫喂下一种蛊毒，使其一直处在昏迷当中，方要用时，再为其解毒。虫后极其聪明，藏在死尸体内的某个地方，指挥手下数百只血骷髅，驱策起死尸如活人般行动，不知者见到，方以为是遇见了僵尸无疑。"

张大胆上去用脚踢了下大母虫，见之一动不动，似已死了。

活眼神算道："张兄弟不用试探，它应该是死了。"

张大胆道："死了，怎么突然说死就死了？"

曾老头诧异道："这些血骷髅片刻间竟全死去，确实蹊跷得很。"

活眼神算道："这就是苗人的手段，他们蛊养的每一种蛊物，必先研出此种蛊物的克星，否则蛊物一旦失策，轻则害及无辜，重则伤到自身。方才那不明来处的埙声，料来该是血骷髅的克星无疑，不然这些毒虫岂会集体死去，就连母虫都死了，厉害可见一斑。"

张大胆道："死就死吧，死光了方才好。"用脚轻磕一下死马，道，"你那一脚踢得我至今都在疼痛，但你也死得这般惨，我就不跟你计较，不向你讨还了。"

曾老头疑忖道："她为何突然要杀死这些虫子？"忖之不解，忽闻远处有人早起开门的声响。

活眼神算道："我们尽快把死尸处理了，给人看见，惊动了官府，可就不好了。"

话毕，三人赶紧收拾起来。张大胆摸到那浓稠的黄颜色液体，好奇地于鼻下一试，顿时臭得不可言语，骂道："这东西怎这般难闻？"

活眼神算道："死尸体内溢出来的东西，不是脏物，便就是虫子的泄物，当是很臭的了。"

张大胆傻傻一笑道："难怪冲得可以。"

待一切收拾妥，天色已是大明，四平街也如往常般热闹得很。赶集的、杂耍的、摆挑子的、吆喝的等等如是既往，谁也不知昨夜此地到底发生过什么，似乎也没有人会去关心，你来我往，都赶着大好的清早，多捞些生意。

张大胆等也暗舒一口气，幸好未给人发觉。

这时，大街上起了一阵躁动，突然出现一队腰悬刀枪的官差，整步向面奔来，曾老头一阵惊色，暗道："难不成官府已探得消息，来缉拿张兄弟来了？"

这队官差约有十五六人，这么大队的人马在四平街出现，实属罕见得很。街上本是喧闹的声音，一下子安静了下来，只闻沙沙的脚步声，平民纷纷自觉避让，免得倒霉叫官家人碰翻担子，失了财物。

早些年四平街这大片的地面，尽都是历家的财产，乃祖上受前朝之封赐。后来满人入关，奇怪清廷竟未行收占，故而此间地面历来都是历家人说了算，官府俱都很少来干涉。久而久之，便是在四平街活了大半辈子的人，也很少能见到这么大队的差人在此间出入，如今见得这般多官差，无不骇得惊色，俱在忖思："四平街可是出了什么大事情了？"

活眼神算耳根似眼，一听便知来的是何鬼神，轻声道："我等先瞧瞧再说。"

大队官差径直奔来，在张大胆屋前停住，从中趾高气扬走来一人，左脸有一条长长的刀疤，直到下颔，看着甚是凶霸，右手握着腰间的宽面大刀，见着张大胆，喝道："小子，你可是这屋的主人？"

张大胆秉性直爽，直口就答："正是，差官有何吩咐？"

曾老头暗呼一声不妙，心道："傻小子怎都不晓避隐。"但随即便想，只要这伙人起什么异动，就先下手为强，杀了他们。

刀疤脸盯着张大胆上下打量半晌，从怀掏出一沓纸文，拿出上面一张在他面前一照，道："你可识得此人？"

张大胆看了看，纸间画着一张人像，原是官府的缉捕令，不免一惊。想道："这不就是过老大？官府通缉他做什么？"想着，便多了份心眼，故作模样道："他……不认识。"

刀疤脸道："可要瞧仔细了，你真的不识得此人？"

张大胆摇头道："小人真的不识此人。"

刀疤脸脸一沉，收起缉文道："你可知道隐藏罪犯，是何大罪？老实跟你说，昨晚有人看见你和这些贼人在一起，瞧着不送你进衙门，尝一尝老虎凳的滋味，显是不想老实了。来人，给我带走。"

喝令一出，顿有四名官差挎刀出列。

张大胆见势不妙，佯作忽然想起什么道："哦，我记得了，这人我好像见过。便在前日，有个醉酒的汉子无意撞上了我，仔细想想，与他一道的伙伴当中，似乎有这么号人。怎么？这伙人竟都是歹人？看着都挺实诚的——"

刀疤脸速问道："他们现在何处？"

张大胆摸了摸脑袋，道："不知道。"

刀疤脸冷冷道："朝廷要犯，窝藏者死。"话虽简短，却如刀锋利刃，又狠又冷,让人不觉畏惧生惊。他手下上来的四名官差,亦都愣了下来,只因上头不加发话,一时倒不知还拿不拿张大胆了。

　　街上那些瞧热闹的人,原就已经杵得够远,此时见了这般情形,更是退避得远远的,免得差人一不高兴,拿了他们出气。当中有见过世面的,不免暗下嘀咕:"看来张屠户今天要糟糕,给刀疤鬼见愁盯上,不死也剥你一层皮。"

　　张大胆心有余悸,毕竟那些死尸还在家中,若给他们发现,便就是长上十张嘴,也洗脱不清,心中担心,不禁神色若显闪失。

　　刀疤鬼见愁目光冰冷,锋利无比,忽见张大胆脸生异样,顿起警觉,喝令道:"你们几个给我看住他,其余的跟我进屋去搜。"

　　张大胆更加紧张,暗道:"这下完了。"

　　正待这时,曾老头当即暴喝道:"慢着——"

　　刀疤鬼见愁瞅一瞅眼前的老头,道:"你是谁?胆敢阻差官办案。"

　　曾老头奉上一笑,悠悠上前,右手在刀疤脸眼前晃了一晃,道:"这位官爷,给老头一个薄面,如何?"

　　刀疤鬼见愁怔了一怔,脸上的肌肉一阵扭结,甚是可怕,狠狠道:"我们走——"

　　所有人都是一脸惊愕,特别是他手下的那些官差。要知刀疤鬼见愁办案,那都是出了名地心狠手辣,道上一闻他的名号,无不是丧胆惊色。在他接手的案子中,从来没有半道撒回手的,今日之举,在这些差人眼中,实是大姑娘上花轿——头一遭,但他们又都明白,头儿既如是说,那便就是圣旨,虽然心中都很疑惑,却没有一人胆敢问上一句半句。

　　刀疤鬼见愁来得突然,去得也快,片刻大队人马便走得不见踪影。张大胆暗捏了一把冷汗,许久都难以平复。曾老头上去拍了拍他的肩,呵呵笑道:"张兄弟受到惊吓了。"

　　张大胆道:"曾兄给他瞧了什么?他为什么就放过小弟了?"

　　曾老头神秘道:"咱先回家后再说。"三人遂向曾府走去。

　　围观瞧热闹的人,见已无好戏可看,也都竞相散了,该干什么还干什么,四平街又开始闹腾了起来。但许多人都和张大胆一样,心中都存疑问,为什么刀疤鬼见愁肯无功而返?此确实是一个谜团。

　　方回到府里,人还未等歇稳,曾老头即招来管家福伯,于耳边嘀咕一阵后，福伯便带了两名下人，匆匆出了门。

张大胆凑上道："曾兄，现在可以和兄弟说说，你给那刀疤脸瞧的到底是何物，怎的他一见到就肯乖乖走了。"

曾老头笑笑道："张兄弟勿急，稍会儿你自然会明白。"

张大胆心疑难忍，欲要再问，忽听得厅门外一个慈祥却又焦急的声音道："胆儿，我的胆儿，你可回来了……"一阵碎细的脚步声急切而来。

门口，两个小丫婢搀着曾老夫人，颤颤走来。老夫人脸色苍白憔悴，显然身子尚未恢复，一进厅门，直找张大胆道："胆儿，出了这样的事情，怎就忍心瞒着干娘，快让干娘好好瞧瞧……"扳着他的身子，前后上下俱是看了个遍。

张大胆被瞧得有些不好意思，笑着道："干娘，你这是？"

曾老夫人看了许久，脸上才露出些笑意，但随又摆上一副严肃的样子道："你这孩子，前日逢见那般大难，也要瞒着干娘，如不是有人告诉我，你是不是想就一辈子不告诉我了，看来你根本就没把干娘放在心上。"

这时，老夫人身旁的一个小丫婢道："老夫人担心张少爷，昨晚上一夜都没合过眼。"

听她言罢，张大胆始才醒悟是怎般情由，原来不知是谁，把他前日与尸人搏斗及受伤的事情偷偷告诉了老夫人，这才让老夫人这般担心。他看了眼曾老头，道："我……干娘，我……"吞吐半时，不知怎样讲好。

曾老头遂来解围道："夫人，你身子不适，孩子也是不想给你担心，才没有告知你听，你就不要再责备他了。"

曾老夫人哪真舍得责备张大胆，心疼还来不及，当即一调矛头道："孩子不懂事，也就是了，你怎也跟着欺瞒我，还好我没到老糊涂，不然果要有个啥事，我……我就……"激动之余，不禁咳嗽起来。

曾老头慌忙道："快……快扶夫人坐下。"

两个小丫婢赶快搀老夫人上椅子坐定，张大胆紧忙上去帮着捶肩捏腿，道："干娘，你不要生气，这不怪曾兄，都是胆儿不好，以后胆儿不敢了。"

曾老夫人摸着他的头，心疼道："胆儿孝顺，干娘知道，你看这两天，你又瘦下了。噢，你还没有吃东西吧？绿环，赶紧下去把点心端来，快！"先前说话的那名小丫婢，偷偷一笑，即忙去了。

张大胆偷着给曾老头使一个眼色，曾老头微笑不语。他又调皮打趣道："干娘你是不知道，我这人瘦得快，长得也快，今日瘦下了，明日又长回来了，就跟……跟那畜生一般。"一时捡不到好词比喻，只好随便一说，不过，却也把曾老夫人逗得笑了起来。她笑着道："你这孩子，怎可自比是畜生，应当比着璞玉才好，你这般聪明，他日必定出息。"

相传春秋时期，楚人卞和在楚山得一宝玉，献于楚历王，历王不识，反以欺君之罪斩去其一足。武王即位，亦不识宝玉面貌，又斩去卞和的另一足。后来文王即位，命人剖开玉石，果见是一块稀世之玉，经玉工精雕细琢，终琢成价值连城的和氏璧。显然曾老夫人以璞玉拟比，应是借用了这般典故，把张大胆比之璞玉，当中似还藏隐着另一番情由。

这时，管家福伯从外面归回，显过匆急，险些撞上正好奉点心上来的丫婢绿环。他满脸焦色来到曾老头耳畔，一阵咕叨。曾老头缄口听之，脸色忽然变得凝重，半晌，才与福伯耳语几句，福伯闻后便即退去。

张大胆心存疑异，不知是出了什么事，只因他们二人讲得实是太轻，连半句也是听不见。观其神色，猜测定是出了很不妙的事情，心下欲问一究竟，但还是忍下了。

曾老头看了看大伙，凝色一舒道："夫人，你病初未愈，当应回屋多作休息。绿环，扶夫人下去。"

曾老夫人心中清楚，定是出了不好的事情，不愿自己知道，才要支走自己，但自己确是个女流之辈，留着也是尽添麻烦。唉！暗叹一声，近来发生的事实在太多了，带着满腹忧心，道："绿环，陪我去习老板那坐坐。"

老夫人走后，张大胆以为这下曾兄可谈正事了，岂料曾老头只是屏退厅内下人，仍自顾饮茶，不及言语。偌大的厅里，只剩下他们三人。

张大胆正自纳闷，忽见外面走来一人，是聚宝赌庄的司马天南，径直进入厅里，既未打声招呼亦不开口，随便捡个位子坐下不动。

张大胆忍耐不住，欲行问他，却见夕阳客栈的房掌柜，清明纸扎铺的老板门衍，逍遥棺材铺的欧阳逍遥和咬舌媒婆居然陆陆续续到来。一干人同司马天南一般，来了但无二话，挑见空位便坐，见几上有点心茶水，自都不见客气。

欧阳逍遥似是咳得更加厉害了，丝毫不见歇停。

又过片刻，外面又来一人，头罩黑纱，遮盖得密不透风，看她的衣行，竟是个女子。曾老头见到她来，即起身道："人都已齐，可以走了。"

众人面面相觑，司马天南道："尚有多人未来，怎就已齐了？"

曾老头道："铁风南洋尚未归回，画师断又失踪多日，不觅其影，至于小妹和老朱，福伯亦都寻不见二人，不知二人可是出了什么事情。此今情势复杂，故我想先就不等他们，你们意为如何？"扫了扫众人。

活眼神算道："瞎子赞同。"

司马天南瞟了下他，道："此番是否操急了些，我觉得还是等人都聚齐了再议也不迟。"

门衍紧着道："司马兄言之在理，我等俱也是这般想法。"

曾老头看了二人，道："众位虽所言确实，只是……今日方不及往日，想必近来所发生的事情，大家俱都肚明心知。老夫生怕此番下去，会给他人留有可趁之机，何况敌暗我明。至今，我等甚至连对方是谁、有何目的都不清楚，故此当机立断不行再拖，否则悔之晚矣。"

司马天南道："曾兄所言我看是有些耸人听闻了，我等在此已生活了二十余载，当年佘楠子和张依风死时，好像也听你说过此番话语，后来，不也是好好的？"

曾老头道："当年他们的死，确过奇异。而今严刚、梁四、王涟相继死去，难不成俱都是巧合而已？"

张大胆越听越是糊涂，那张依风他倒是清楚，是他不曾见过面的父亲，而严刚、梁四、王涟又是何人？之前断不曾听说过，还有佘楠子，此人又是谁？

司马天南面上一寒，道："你怎可这般与我说话，我何尝不想知道他们几人是如何出的事？"顿了一顿，接着道，"我听说，他们死时，好像有人都在场，此间因由，曾兄应当较我等清楚才是。"

曾老头道："司马兄这话是何意思？"

司马天南道："我有什么意思，我只想说，现今四面飞鹰金牌只剩下一面，按山上的规矩，你等都应当听我的才是，为什么祭牌大典这般重要的事情，先前亦不和我商量一下？"

曾老头道："这……当年……"

活眼神算一截口道："当年天王在时，你我都一起在山顶立过天誓，只待孩子成人，便即辅助他成就大业。如今他业已长成，而我等却一等再等，司马兄莫非已反悔了不成？"

司马天南眉目一轩，道："神算这话，也太小瞧我司马天南了，我岂是那种贪生怕死之徒。"

曾老头赶紧道："司马兄别误会，瞎子绝不是那般意思。"

司马天南道："我知道，其实我也都是为了大家着想。"

曾老头道："司马兄的一片苦心，我等岂是不晓，只是我等都肩负有重责，一切断不能先为自身着想，不然死后可有脸去见凤凰落上的众千兄弟。"

司马天南面色一僵。

欧阳逍遥咳嗽了几声，悠然道："我这两日着实纳闷，四平小地近几日似来了不少生人，这些人虽都是挑夫模样，但我一眼便知，这些人的手坚实却不粗糙，哪会是锄地打猎的手，倒极似长久拿刀的手，亦不知是朝廷的人，还是道上的。今早我还听说京城第一捕头刀疤鬼见愁也来了此地，看来四平小地，是要热闹了。"他见曾老头和司马天南意见相左，便有意打断他们，也好给二人都有一个台阶下。

咬舌媒婆见机也道："老婆婆还听说，那龟孙子小刀疤此次来是要捉拿什么山匪，不过依老婆婆看来，应没那般简单。"

欧阳逍遥道："那为的是啥？难不成朝廷的鼻子见灵了，嗅着此地有鱼腥味，冲你我而来？"

咬舌媒婆呸一声，道："少臭美，你我算个屁。再说，你我都已安分了这么久，便是朝廷真的知道了什么，料也懒得来理会你我这些老不死的。怕此次朝廷是项庄舞剑，意于沛公呦。"

欧阳逍遥道："老婆婆所言极在理……咳咳……言的在理。"

咬舌媒婆道："老鬼你不是自称是大夫吗？怎么自己这身老毛病，老婆婆瞧着是见长了。"

欧阳逍遥摆手道："老婆婆就别取笑我了，此尽是江湖谣传，治治死人还可以，医活人是断不行的。纵是我自己，还不得要铁风从南洋带回的巫药减轻痛苦。"

张大胆一直听他们二人讲话，此时忽然心中想起来："莫怪当日在辛府我就曾奇怪，欧阳掌柜为什么要奉着辛竹，不想原是有求于辛家，这也

难怪。"

忽听有人极其不耐道:"你们两个老鬼聊够了没有,我今天来,可不是听你们废话的。曾老头,你找我们来祭牌,为何还不开始?"

张大胆看去,开口的是那罩着脸面的女人。

曾老头望了望司马天南,道:"司马兄,你之意何?"

司马天南懒懒道:"我随大家意见。"

门衍赶忙道:"方我已经讲了,人未齐整,祭牌大事断不可草莽举行。"

蒙面女人当即叱道:"门衍,我已忍了你许久,什么草莽不草莽的,尽是一通狗屁。曾老头,他们不支持,老娘支持你,不情愿的可自行回去,没人拦着。"

门衍怒道:"粉蝶花,你这话是什么意思?"

蒙面女人粉蝶花不屑道:"如便怕死的,就不该来,来了,就别那么多废话。"

门衍气得脸上发青,道:"你——哼——"拂袖一甩,起身便要离去。

司马天南紧拦道:"门兄暂留,你我与一干兄弟相识甚久,什么大风大浪不曾见过,叶妹子的话,你别往心里去。曾兄弟,既然大家俱同意祭牌,我等也无意见。"

门衍悻悻再行坐下。

曾老头道:"好,既然兄弟们都已无异议,那请大家随我来。张兄弟,你也跟着来。"起身向外走去。

便到厅门,远见柳三娘与管家福伯推搡着闯入院中,瞧见众人,破口大喊:"曾老头子,你们这些人太也不是人,有了事情,还要瞒住老娘,想撇下我不理么?"

管家福伯拦在前面道:"柳老板,你还是回去吧!别让老奴为难了。"

柳三娘上手一把推开他,道:"这种日子老娘早已经过腻了,什么柳老板,我是何人,你们谁心里不清楚?"

福伯急得不知怎好,赶忙向曾老头求救。

柳三娘又道:"你们倘不让我一起,那老娘这便去告官,把什么都给捅出来,落得谁也甭想安生。"以她的脾气,确实是说得到做得出。

门衍当即怒道:"你敢!看你是不想活了。"方正闷着一肚子气,无处消化，此柳三娘出言威胁，便正可拿她来败败火。

哪知柳三娘也不甚好惹，柳眉一挑，冷笑着道："门老儿，你敢杀我不成？"

门衍道："天下之事，还没有我门衍不敢的。"

柳三娘刷一下抽下后腰一双柳叶刀，摆上架势道："那好，那咱们就斗上一斗，谁落谁手上，还不知道呢。"不想她连武器都带了来，显是早已想到此着。

说出的话，如那泼出去的水，门衍就是不想和她打架，碍于面子，也是不行了。但他尚未及动手，却见已有人先他掠了出去。

此人身影方稳，便即回头道："三娘，我来助你。"

门衍暗地叫骂一声，本欲寻柳三娘撒撒气，不想自己反成了他人夹攻的目标。这柳三娘一人，尚还有把握应付，现又多上一人，就有些棘手了。

正在迟疑，却听柳三娘道："粉蝶花，我与门老儿的事，不消你管，你站边上看着就好。"

蒙面女人粉蝶花道："你不要我帮，那我就和门衍打你一个。"反身对准三娘。

门衍见此情景，疾身跃下道："粉蝶花，我也不要你好心，你还是哪里凉快哪里站着去，别在这里瞎掺和。"他自觉一人足可赢得柳三娘，故才不想别人帮忙，况且二打一，便是赢了，也不见得很光彩。

粉蝶花左右都讨了没趣，拧身一转，与二人成三角对峙道："这样更好，本身老娘也不喜欢门老头，那我索性两个一起来，谁也不帮。"

便到此时，局势已不可收拾，一触即发。管家福伯识趣地避开远远的。

曾老头厉喝一声，道："你们这是要做什么？都给我住手。"

三人俱是一愣，虽给曾老头的喝声震住，不会立马动手，但谁都不曾懈怠，俱还是不斗上一斗，便不罢手的架势。

曾老头缓步下到院中，看一看三人，道："各位今来俱都为了什么？莫非是来打斗的不成？如真是那般，都冲着老夫来好了。"

三人互相觑望，谁也没有开口，但也不曾松懈。这时，司马天南道："还有我。"人随声至，果极快捷。

第九章　号令十八

眼瞅局势越发僵持，欧阳逍遥咳嗽几声，起身道："好了好了，众位不要再行意气，三娘虽不是山上的人，却也算不得是外人，她即有意相助，多一人多得一分气力，不是更好。"

活眼神算接道："此确极好，当初在断崖顶，倘不是有三娘帮手，我和曾兄怕已凶多吉少，再说三娘与佘道兄乃是姨兄妹，妹继兄业，也未尝不可。"

柳三娘收起双刀，道："我正是要了却表哥的心愿，不然谁愿意和你们这帮老鬼混在一道。"

门衍观三娘已收了刀，便顺势道："佘道兄与我也算得一场深交，这架——我不打了。"

曾老头笑了笑，道："门兄所言极是，我等原就是患难友谊，岂有相斗的道理，既然神算和欧阳兄都赞成三娘加入，我也断无什么异议。司马兄，你瞧如何？"

司马天南道："我跟着就是，别无他意。"

曾老头愣了一下，拍板道："好，那此事就这般定下，三娘往后就和我等是一家人了。"

数言之后，紧张的气氛顿渐轻缓，曾老头方要领着大家走时，忽见府中一家丁一路踉跄跌至。离门最近的管家福伯当即面色一紧，心道："这又出了什么事？"速迎上去，抓住家丁盘道，"要你给盯住门口，你慌慌张张地跑进来做什么？"

家丁惊惶未定道："有五人闯府，小的们拦不住。"

福伯低声叱道："谁这么大胆子，青天白日的敢擅闯他人府中。"

家丁道："一个女人，四个男的，他们抬着一副架子，架面用白布蒙着，好像躺着的是个人，非要进府，小的不许，他们还打了人。这几人以前都没见过，不知道是哪来的。"

这时，站在远处的曾老头不禁问道："福伯，出了什么事？"

福伯跑上去，急忙讲了因由，然后道："老爷，让我出去瞧瞧来的是谁。"

曾老头道："那好……"话即未完，倏又见一家丁滚爬着进来，身后紧随着五人。先头是两个木无表情的大汉，齐肩大步踏来，再后是一名身材很好，轻纱掩面的女人，最后又是两个壮汉，前后担着一副架子。

众人的目光齐刷刷都给吸引了过去，欧阳逍遥首先面色倏变，暗忖一声："她来做什么？"

这五人来到院心，将架子放在地上，先头两个大汉紧忙让开一道，中间的女人走上来，看了看柳三娘等人，道："谁是习娇娇？"

众人心异，曾老头打量了她，道："阁下是谁？"

那女人看着曾老头，显有诧异道："你认不出我？"缓缓抬起纤手揭开面部轻纱，露出相貌。

曾老头暗地一震，道："辛家大夫人，沈珂雪？"

院中先不曾见过沈珂雪的人，此都无不啧叹她的容貌，怎的这般美艳脱俗，甚至连柳三娘这样的女人，不禁也多瞧了两眼。

张大胆倒是早已见过，并还领教了她的本事，他深知沈珂雪虽是个美艳的女子，但以她在辛府的地位，及当日所见所闻，料猜这个极不简单的女人突然到来这里，必定不是来凑热闹的。他不免瞧了瞧地上的架子，当日习老板出来辛府时，好似也是这般给抬出来的。

沈珂雪继续问道："习老板可在这里？"

曾老头道："不知大夫人找习老板有什么要事？"

沈珂雪回过身，道："习老板既不在，那就算了，麻烦你们把这个交给她。"看了眼地上的架子，遮上轻纱，就欲离去。

曾老头道："等等——"

几乎同时，另外也有人喊道："姑娘等一下。"

众人回首望去，习娇娇正被曾老夫人搀扶着走来。原来，先前柳三娘和门衍吵闹着要相斗时，曾老夫人闻见动静，便已过来，只是一直藏在暗处不曾现身。后来听说有人要寻习娇娇，便又急忙回房把她搀了过来，正巧赶上沈珂雪要走，于是情急之下出口相阻。

沈珂雪止步回身，怔看了习娇娇许久，心叹道："她果然是很美。唉，倘不是她年纪稍大，面有憔悴，应当还更要美上三分。"

要说男人欣赏女人，越漂亮冲动就越强烈，而女人看女人，妒忌之余，瞧的兴许比男人还要细致更多，何况还是美女看美女，那味道就更不同了。

习娇娇一路走得缓慢，目光已不知瞟了地上的架子几眼，那白如雪的遮布下到底是什么？令她不禁心慌意乱，但还是强镇静道："姑娘找我有事么?"

沈珂雪道:"你就是习娇娇?"话刚出口,便已知自己问得太多余了,于是又道,"这是朱老板的遗体,你看一下吧!"

在场所有人俱都一惊。

习娇娇呆了一下,心中最不愿不敢想的事情,还是发生了。她颤巍巍蹲下身子,抖晃着手轻轻揭起白布一角。果然,一张再熟悉不过的面容出现在眼前,她一下瘫在地上,眼泪跟着不住簌簌滚落。

曾老夫人忙躬身扶住她。

老朱双目紧闭,容貌发黑,极似中毒所致。

活眼神算大喝一声:"妖女,还我兄弟命来。"袖衣一拂,三支命签接连射出。

沈珂雪声色不动,却见她身旁一条大汉脚下一移,右手挥处,三支命签,竟给掌缘切落,纷纷掉在地上。

在场人俱是一惊,不想这汉子以掌作刀使出,竟毫不逊于刀锋的快狠准。柳三娘当即抽开双刀,挺身上前,其余人也尽都围将上去。

沈珂雪面无惧色,冷冷观看着众人。

习娇娇微微抬头,道:"朱老板是怎么死的?你快告诉我,是不是你杀了他?"

沈珂雪道:"朱老板昨夜擅闯辛府,杀了几名家奴,被府中的铁甲卫队擒捉后,突地便昏倒了,到了今日早晨,他就死了。"

习娇娇呆滞半晌,不想她对一条性命竟解说得如此轻描淡写,不禁情绪一下失控道:"那你为什么不救他?为什么不昨夜就把他送过来?"说完这句话,忍不住眼泪又是泉涌而落。

沈珂雪平静道:"他杀了人,我放他回来,就没法子和辛家的人交代。"

门衍暴喝一声,道:"杀人偿命,那我也该向你讨要了。"一掌劈向近前的一条汉子。

那汉子身子一挪,滑开三丈,避了开。

紧接这时,柳三娘也双刀一横,刷刷两刀迎头砍去。

沈珂雪不避不让,便如就此束手一般,两把利刃,眼见就要削坏这样的美人胚子。

哪知，习娇娇却喝道："三娘住手。"声音虽轻，还显得无力，但足以让在场的所有人都听得一清二楚。柳三娘硬生生收刀于半空，茫然道："你不要报仇了？"

习娇娇道："仇当然要报，但不是现在，老朱刚去，我不愿让他再见血腥，待处理完丧事，再寻她复仇亦也不晚。"

柳三娘愣了一愣，活眼神算大喝道："不行，今天绝不能让她走，否则，我等如何对得住冤去的朱老板。"

司马天南也道："这事习老板就别管了，这笔账今天非算不可，纵虎归山，岂不养来为患！"

门衍当即附和道："对，绝不能就此算了，干净利落，杀了干脆！"

沈珂雪冷冷一笑，看向他道："那你还不赶快动手。"四条大汉立即上前挡护。沈珂雪道，"你们都给我让开。"四人只得极不情愿地让出一道，但俱不敢离得太远。

这等时候，沈珂雪还这般冷静不惧，倒使得众人一时真不知所措。

习娇娇再次看了看老朱，含泪起来道："你走吧，这笔血债，我自会向你讨要。"

沈珂雪瞧着她道："我等着。"撤身要走。

忽听活眼神算喝道："慢着。"

沈珂雪冷声道："还有什么事？"

活眼神算指间一弹，把一只小虫子弹在她脚下，道："你可瞧清楚了，那是什么？"

沈珂雪轻瞟一眼，道："这是我们苗族的蛊虫，你是从何得来的？"

原来，在清理过老大和小马的尸体时，活眼神算便就拿了一只血骷髅。他道："你心里应当清楚得很，那是你们苗人的毒虫，却还要来问我。"

沈珂雪道："是我们苗族的虫子，那又怎样？"

活眼神算道："果都是你做的好事，哼——老朱刚去，瞎子也不想开杀戒，今天且就饶过你，等得日后，统统再来问你讨要，你赶快走。"

沈珂雪冷冷道："我在辛府静候奉陪。"大步而去，一直出了门口，身边的一条汉子终究忍不住道："小姐，这事分明就是有人栽赃陷害，我们为什么不跟他们说清楚？"

沈珂雪道："既是有人存心嫁祸，越解释他们就越觉得我们心里有鬼。况且，就算我们想解释，也没人会信我们。"

那汉子道："那我们该怎么办？"

沈珂雪停了一下，道："我现在最担心的还是老爷，这么多天，居然连一点消息都没。"

那汉子道："小姐是担心……"

沈珂雪道："苗战，你马上派人出去，一定要找到老爷。"

苗战道："是，小姐。"

一干众人眼睁睁看着沈珂雪大步离去，门衍心有不甘道："司马兄，咱就这么让她走了？"

司马天南道："走就走罢，还待如何？"

门衍愣了一下，忖思："司马兄到底是什么意思？"正不解着，曾老头道："夫人，你先送习老板回屋去吧！"

曾老夫人扶住悲痛万分的习娇娇，静静走了。

曾老头看她们走后，接又道："张兄弟，你和福伯抬着朱老板。司马兄，咱们走吧！"

司马天南道："曾兄弟先请。"

曾老头看一眼大伙，面色极为沉重，领头走去，余等陆续跟随，张大胆和管家福伯则抬着老朱，跟在最后。

离开厅院，沿廊檐一直走，越过十数间房，穿过两座石门，又走了片刻，来到最靠宅后的一间房前。张大胆小时在曾府生活过数年，记得这间房屋长年都是挂着锁，他从未进去过。以前听府中下人讲，此屋乃是一间祭堂，里头奉着曾家的列位先祖，府中上下，除了曾兄和老夫人，别人断不得进入，便就是管家福伯，也是一样。如今曾兄把众人带来这里，不知是要做什么？

曾老头打开大锁，领着众人来到屋中。

张大胆看见，屋内有一巨大石造供台，上头奉着十数面牌位，以梯形上下排列，当中最前的两块，左边牌位上写：曾父宇检之灵位。右边则是：曾母宋璺氏之灵位。

曾老头上前，跪在蒲团上，咚咚咚连磕三个响头，起身道："曾家列位先祖，不孝后人曾天寿如有得罪之处，请列为先祖莫生怪罪。"说着，大吼一声，双掌猛推击向供座，看似坚硬无比、巨石砌做的供座，猛地发出一阵闷响，上面十数个灵位，哗哗啦啦往前倒下，无一完整。

张大胆心中诧异，灵位俱摆得好好的，曾兄为什么要都将其推倒。不过，片刻之后，他心中便已有些分晓。

只听见一阵咯咯咯响动从供座肚内生出，听来似是机括转动时所发出的声响。又过片刻，咯咯声变成喀喀音，供座也开始颤动，其实不光供座，甚连整座房屋都在颤抖，如地震了一样。

很快，但听见长长的一声"嗯"响，供座一分为二，中央露出一条石阶暗道，抖动也随之消失了。

张大胆暗为钦佩，方才虽已猜测出这供座下必藏有玄机，但观之还是大为惊讶，此机关竟设得如此巧妙。

原来，此机关之原理是内括与十数个灵位相连，要想开启此暗门，须同时转动所有的灵位，少一不行，迟一也不可，唯有同一时间默契进行，方能启动。而曾老头以内力震塌所有灵位，就如同时有十数人一起转动灵位一般，当真巧中见智，智中见奇，无不让人咋舌。但更让人惊叹的是，研设此机关的人，居然把灵位做开启门道，确过隐秘十分，人鬼难料，加则要十数灵位同时进行才可，方更是妙之惊绝。

暗道石阶长不见底，每隔四五丈间距，壁左便有一盏灯火，故此暗道当中，比得外面还要亮堂些。

曾老头先走进去，司马天南随后，接下是门衍、粉蝶花、咬舌媒婆、欧阳逍遥、活眼神算、房掌柜、柳三娘，张大胆和管家福伯则仍走最后。

青色的阶梯，左三拐右三拐，进到底时，是一条深长的石道，道壁左右，均用花岗巨石打造。再行片刻，眼前出现了一道金刚石门，厚重的石门上，雕琢着一只烈火飞鹰，鹰眼右下前方则是一个似字非字的怪图案。

曾老头忽道："张兄弟，你可知道这些图刻是何意思么？"

张大胆放下架子，上前看了下道："小弟看不出来。"

曾老头手指烈火飞鹰，道："到了此刻，我就告诉你也无妨，这飞鹰乃是我们兄弟当年的旗号，烈火腾燃，便是要向他人复仇的意思。而我们的仇人，也是张兄弟的仇人。"又一指那个似字非字的图，接着道，"张兄弟，你觉得这个图像什么？"

张大胆细致瞧了瞧，道："乍一看，倒似一个囚字，只是囚乃口中人，但这个字……口中则是八,曾兄莫怪兄弟才疏学浅,这字我倒真不识得。"

曾老头道:"兄弟讲得没错,其实这正是一个囚字,只因我等把它改了模样而已。"

张大胆不解道:"既是囚字,为何要改?"

曾老头道:"囚乃困的是人,而我等要的却是一座江山,张兄弟,这你明白么?"

张大胆更不解道:"江山何以困得?"

曾老头道:"江山不可困,因的是坐江山的人。"

张大胆仍是糊涂道:"坐江山的人?莫非是——"

曾老头道:"满清鞑子入主中原后,皆分八旗治理天下,囚八而非囚人,正是要把满八旗俱赶回东北老家,复还我汉室山河。"

活眼神算插口道:"张兄弟,这烈火飞鹰实还存着另层意思。火在五行中正为明,明火复燃,寓意要重建我大明王朝。"

张大胆奇忖道:"不想这区区两个图刻,当中竟包藏有这许多的内意。"不免又观看了一下。忽地,似想起什么,喃喃道,"明为火,依得五行推算,满、清皆属水,水乃火之克星,火又焉能驱赶得了水。"

喃语虽轻,活眼神算却听得一清二楚,当即不悦道:"张兄弟休要长他人本事,难道你不曾听过杯水车薪么?倘若这场火烧得够大够猛,岂又怕他杯中之水。"

张大胆挠挠头,傻傻笑道:"神算莫怪,我只是随口讲讲罢了。"

活眼神算道:"瞎子不怪。曾兄,咱们进去吧。"

曾老头摸着厚重的石门,在那个囚八的图刻上用力一按,里头的八字顿陷进去,闻得一阵骨碌碌声音,石门由里半转向外打开。

这座石门开启得竟这般简单,想必入口设得精巧,里面便是不设任何门道,该也安全得很。

众人随之都走了进去。

石门里面是一间很大的石室,各个角落及显要位置都打着灯火。当中有两排雕做精细的梨木椅子,椅背尽竖立着一面旌旗,旗面俱都只有一个字,张大胆看了下,由后往前,左侧依是:刀、面、白、花、青、行、五,右边则是:魂、剑、三、血、冷、鬼、病。再前是八级石阶,阶面俱用软玉铺就,有数种颜色,阶顶又是四张更显精致的大梨木椅子,面向正道，每张椅后也有着一面旌旗，从左至右依序：紫、木、金、铁。四张椅子后约过丈许，是一排长长的苏绣屏风，挡住了往后的事物。

众人从中央正道往前走去，各自挑了座位坐下，最后只剩得张大胆和管家福伯，亦还抬着老朱的尸体，站立在中央，不知怎么办是好。

张大胆看着他们，见曾兄坐在左侧下来第二张，椅背写着行字旗的位上，门衍坐在他前面第一张，粉蝶花下来第四，咬舌媒婆坐第六，欧阳道遥则是在右头首位，活眼神算居第五，房掌柜居然坐最尾，司马天南却独自上了软阶，坐到金字旌旗下。

而柳三娘爬上四级阶梯，一屁股坐在了地上。

众人皆奇，曾老头问道："三娘何故坐地上？"

柳三娘道："十八张椅子，我瞧着无一有我名号，你叫我坐向哪里？"

曾老头道："三娘既是为兄而来，那长兄的椅位，不就是三娘可坐的么？"

柳三娘道："表哥的位子，我确该坐得，也实不该坐得，三娘不知怎么办才好，只得边上阶时边想，就索性坐在了这里。"

曾老头道："三娘是否有什么顾虑，可讲来听听。"

柳三娘叹了一叹，道："我与表哥青梅竹马，表哥的东西，也就是三娘的，三娘的东西，也是表哥的。倘依三娘的心，确该坐得，可三娘自知不及表哥，若坐上此位，怕辱了那面木字旌旗。曾老板，你说我是该坐还是不该坐？"

一席话下，曾老头竟也开始犯了难，要知"紫木金铁，五行青花白面刀，病鬼冷血三剑魂"这十八个字，江湖中谁也替代不了。柳三娘虽是佘楠子的妹亲，纵也不可，但如叫她一直居在地上，也显得不好。

忽听张大胆道："曾兄，朱老板的尸体可是怎么办？"

曾老头脑中一激灵，立想出了办法，道："有了，三娘就跟着张兄弟好了，这样既能了佘道兄的遗愿，还能让三娘不失身份。"

柳三娘瞥一眼张大胆，道："要我和这傻小子一起？"

曾老头似没听见她语声中的不愿，自赞道："此真甚好，福伯，你先放下架子，与三娘一道把那屏风给撤去。"

管家福伯答应一声，快步冲上石阶，柳三娘也跟着懒懒起身。二人由右向左，将屏风一一收掉。但见屏风后头，原是一座龙案玉椅，玉呈碧青色，似像新疆的和田青玉。不过新疆远隔云南万里，许是来自邻邦缅甸的缅玉，缅玉是硬玉，和田玉乃是软玉，不过不是行家，极难分辨得清。玉座的扶手靠背之上，还镶嵌了许多红眼翡翠，经得灯火照耀，令人目眩。

玉椅座上，整齐摆放着一大一小两只钿盒。再往后面，便就是光滑的室壁，壁上显眼画着八个龙纹大字：光我河山，归一汉室。

曾老头道："福伯，快扶张兄弟上玉椅落座。"

张大胆惊愕道："要我坐上玉椅，这……怎么可以，我不要坐。"

管家福伯蹭蹭蹭跑下来，拉住了他，道："张少爷，去吧！"

张大胆推就道："我不上去，那椅子看着太过舒适，我不习惯，还是你老人家坐好了，我年轻坐地上一样。"便真要往地上坐下，哪知手腕处一紧，被福伯拽着往阶顶拖去。张大胆有心推辞，使上了很大的力气牵就，怎料福伯一个驼背老人，力气却大得很，他一个年轻小伙，平常拿捏一头活猪亦不在话下，此时竟是丝毫反抗不得。

福伯拽着张大胆一直上了阶顶，来到玉座前，方才松手，捧起座面那只稍大的钿盒，柳三娘则拿上小的那只。福伯道："张少爷，快快坐下吧！"

张大胆迟疑着扫看了下众人，便就是再笨再傻，当也明白此中的内意了。日前便就听曾老头和活眼神算讲了他的身世，今又遭见这样的场面，看着玉椅子后面室壁上的那八个龙纹大字，想来一切都如他们所讲。只是自己倘真是朱家子孙，光复祖宗基业，理应是该要承担的责任，但他实不愿曾兄、神算等一干人因他而丧命，故此他一先就不要也不想坐上这玉座。

只听柳三娘催道："傻小子，还愣着做什么？还不快点坐下。"

张大胆道："我不坐，你们谁愿意谁坐，反正我是不会坐的。"

众人皆愕，活眼神算当先叱道："自为朱家子孙，却这般胆怯怕事，活着还有甚脸面，实不如死了的干脆。"看张大胆不愿坐下，还以为他是因为害怕导致。

曾老头喝道："瞎子，你怎能这样讲话。"

活眼神算嗤鼻道："哼，阿斗难扶。"

张大胆脸一红，经得近日所历所闻，他实已胆大了许多，不再是以往那个胆小怕事的人了。他大喝一声，道："我不是阿斗，我是张大胆，父亲张依凤,母亲……"想起母亲,不禁心里一酸,父亲从来都不曾见过,可母亲却一直陪到他十岁。忍住悲痛,接着道,"我不是你们所说的什么朱家子孙,我要走了,回去还有好多生意等着我做。"跨开大步,向阶下走去。

活眼神算道:"慢着,今日倘若敢踏出石室半步,我便要替朱家先祖教训教训你。"

曾老头一惊,道:"瞎子,不可放肆。"

张大胆呆了一呆,似真给吓住了,曾老头看着他,起身道:"张兄弟,你莫要怪瞎子言重。当年瞎子随我等迢迢千里去往昆明劫你父亲的身首,瞎子为护佑我等,身受重伤,险些命丧不归,这番恩情,你要永记心里才是。"

张大胆心中一顿,道:"神算,我……"一时不知怎样讲好。

曾老头道:"你父亲永历皇帝朱由榔在昆明给吴三桂残害后,我等知悉,连夜疾奔下山,终在小庙内偷出尸体,带回到了山上。据说当年有汉人百姓在北门偷偷捡了几断烧骨,下葬于太华山上。其实真身在何,当年也就只有吴三桂知悉。"

张大胆道:"那我母亲她……"他现在已然默认自己是永历和楚嫔妃的儿子了。

曾老头惋叹道:"你母亲终究没能挺住,未等我们接你父亲上山,便含恨去了。临死,她说:'为人臣子,我不如秦良玉,为人妻子,我难及吴皇后(南宋高宗赵构之妻)。希望你等好好抚养我儿,光复祖业。'你母亲说完这句话,方就走了。而你的真名实叫朱慈烨,你如今的名号张大胆,是我等为了盖掩你的身份,后所改称,但其意却是你母亲的提点,她说:'大字多一笔,便就是天,胆字少一笔,便成日和月,日月天,正是天子的意思。'"

张大胆愣愣道:"一直以为,我的姓名是母亲见我胆小,方才取就。怎也料想不到,当中会是这样的意思。曾兄,母亲去后,冢立于何处?"

曾老头道:"你母虽是汉人,但长久混居在彝族、哈尼族等少数民族当中,受了不少的影响,那些少数民族大多崇拜自然和祖先,但凡族人死后,皆以火葬。你母去后,依她遗言,便在凤凰落断崖顶进行了火焚,骨灰由天王收殓,埋葬在了埋尸谷,不过,这也是我们近前才知晓的。"

— 73 —

张大胆道:"抽得时日,曾兄带我去祭奠一下她。"自从知悉了身世,口中多提及母亲,少谈论起父亲朱由榔,这想必与他小时的生长环境有关,便似他尊奉曾老夫人干娘,却从未称呼曾老头是干爹一样。

曾老头道:"兄弟心既认下楚嫔妃做母亲,那就承认了是朱家子孙,兄长不愿逼迫你,龙延玉座,兄弟自行掂量坐还是不坐吧!"

当得这时,张大胆欲要辞推,实已没了借口,否则真如神算所讲,别人都会误认他是胆怯怕死之徒。暗叹一声,心道:"曾兄太过了解我了。"只得道,"我坐就是。"无奈回身,果真坐下。

曾老头一见大喜道:"福伯,把钿盒给张……唉,该改口叫朱明王了,把钿盒交给后主明王。"

张大胆不适应道:"朱明王,这名号听来好不习惯,曾兄还是依旧叫我张兄弟好了。"

曾老头道:"这怎么可以,只要坐上了这玉座,你就再也不是什么张大胆,应改正名号朱……"忽然想起,皇室子孙岂能直唤名讳,顿了下道,"当今天下,朱家直系子孙已经寥寥无几,但凡有真龙登声一呼,天下烽烟必将四处燃起。明王后主,朱室复兴,兄弟以后当也要改变自称,便作明王才是。"

张大胆道:"明王称谓,兄弟更加不习惯,我看这样好了,人前还叫我张兄弟,人后你们爱怎般称唤便就怎般称唤,至于我自身,之后就称慈烨。慈烨一名,想必除去你们,也就无人知晓我是朱家的子孙,自也无不妥之理。"但坐上了这玉椅子,知道不做些表示,定也是不可的。

曾老头道:"也好,事刚开头,不习惯也在情理之中,以后慢慢适应,逐渐改正过来就是。"

便在这时,管家福伯已将那钿盒打开,递过道:"张……朱明王,祭牌是否可以开始了。"

朱慈烨道:"祭牌,怎样个祭法?"接过钿盒,见里头整齐码排着十三面飞鹰银牌,鹰翅振展,喙头向左,目眼熠熠生辉,甚是雄伟。

福伯道:"明王只需把牌子分发众人,祭牌便就是开始。"

朱慈烨想:"原来祭牌是这样地简单。"当下取出第一面银牌,见上面有"五门善人"四字,不禁读将出口:"五门善人。"

"在。"门衍赶紧起身出来,毕恭毕敬地跪在了地下,双掌平托。

朱慈烨一愣，道："门老板，你为何要行这般大礼？"

门衍一声不吭，福伯道："明王，请把牌子交给老奴，让老奴给门老板送下去。"

朱慈烨只好将牌给了他，门衍接过飞鹰银牌，叩一叩头，道："门衍领受，赴汤蹈火，誓要重振江山。"默默起来退回座位。

朱慈烨接着拿来一面银牌，牌上镌着"竹青娘子"四字，便就念将出口。谁知石室内半响都无声动，静悄悄的，不见有人出来。

福伯低声道："'竹青娘子'孙小妹没来。"

朱慈烨只好轻放回银牌，换了一面，读道："粉蝶花。"翻转了下牌面，见背上还有几个字：叶莹莹。

蒙面女粉蝶花叶莹莹见叫到自己，也出来领牌回身。

片刻工夫，十三面飞鹰银牌已分发完毕。咬舌媒婆本名雷鹤娘，号"煞面婆婆"；欧阳逍遥长年卧病，却意外叫得"病大夫"欧阳游；"三界阎罗"活眼神算；"引魂钩"房雄……俱都领了牌子。

阶下众人当中，却不见有曾老头的号牌。

朱慈烨异道："曾兄，这里怎么没有为兄的牌子？"

曾老头从怀里取出一面与众人同样的银牌，道："我的在这儿，当年经得天王同意，也为方便保护你，此牌就一直未离过身上。"

朱慈烨一阵心暖，恍然道："哦，我想起来了，早晨你给刀疤鬼见愁瞧的就是此牌？"

曾老头道："正是此牌。"

朱慈烨道："想不到曾兄亮一下名号，就把那京城第一捕快给吓跑了。"忽然好奇道，"不知曾兄的响名可是什么？"

曾老头道："我本名曾天寿，年轻在江湖闯荡时，道上朋友瞧得起，送了个'行衣寿人'的名号。后来为了隐匿身份，和众兄弟一样，姓名差不多都给忘却了。"

朱慈烨察看了钿盒内余剩的银牌，忽然发现当中有一个姓名很是熟悉，拿起看时，正是他"父亲"张依风，正面镌着"迎风剑客"，轻轻抚摸了下，这面牌子以前他"父亲"该一直带在身边，如今牌子还这般光鲜，"父亲"却早已不在了，鼻酸之下，恭敬地放了回去。

又察看了另外几面牌子，看见早前闻曾兄他们谈论起的严刚、梁四等

第九章 号令十八

— 75 —

人亦在其列，当下便就猜测到了三四分。"飞艳刀"严刚应当是严胖子，"索命鬼"梁四有可能是酒老鬼，而那"白笔妙手"张一书即是张画师，"冷湘笛"辛锋该就是辛家老爷辛铁风无疑了，至于老朱，管家福伯提点正是他一直猜测不透的"血衫人"楚文臣。

这时，柳三娘启开了那只稍小的钿盒，朱慈烨瞥上一眼，看到那里装着四面金光灿灿的飞鹰金牌，料猜定是纯金打造。她奉递道："朱……呸，怎么这么别扭，傻小子，快点拿去。"一把推进他手里。

活眼神算大喝道："柳三娘，你太放肆了。"

曾老头提醒道："三娘，你怎还叫他傻小子，以前碍于情势，也便罢了，往后要注意着，可不能再那样称叫了。"

柳三娘道："我从小看着他长大，傻小子都叫着习惯了，突然要我改口叫什么朱明王，你们叫得顺溜，老娘可叫着不习惯，我倒是觉得傻小子没哪里不好的。"

朱慈烨嘻嘻一笑，道："我也觉得这名挺好。"

活眼神算面色一僵，侧首不再开口。

曾老头道："明王，万万不可，倘还似以前，那该如何号动天下豪杰伏魔效力，又该何时才能光复祖业。"

朱慈烨只得无奈道："我知道了，曾兄。"在他心中，从一个平头小子摇身一变，一夜成了前朝皇室子孙，是极其地不适应的。但现实就是这样，纵有千万个不开心，也只得去忍受，否则，会辜负了很多人。

曾老头道："明王以后别再称作我曾兄，改直呼姓名的好。"

朱慈烨低落道："恩，曾……天寿。"立即侧下眼去。

管家福伯提点道："明王，司马庄主还等着呢！"

朱慈烨一抿嘴，迅速拿起一面飞鹰金牌，大声道："啸阴天王。"

第十章
生死虫影

　　四面飞鹰金牌，唯有"金一神捕"司马天南一人领受，皆余三面牌子，听福伯道言："紫衣人"啸阴天王二十年前一夜间下落无踪，如今亦都不知是生是死，"黑木道人"佘楠子却在那晚真死了，"铁手算盘"王涟，便是王铁匠，上月则丧在了藏尸洞。

　　朱慈烨暗叹一声，这些人自不全是尽因他而遭难，但却很难讲，与他丝毫没有联系。逝者虽逝，而活着的人，就该要好好活着。此时，不禁有些后悔，这玉椅子实是不该贸然落座。

　　忽听"啊"地一声惊叫，只见柳三娘一张脸惊讶不已，双目怔怔瞪着阶下。

　　朱慈烨齐看过去，顿也惊愕不已。门衍、曾老头等人正将银牌鹰翅割向左手腕，鹰翅扁平，虽比不得刀锋刃利，但割在手上，也是极其厉害，鲜血立时迸出，滴在地下。不消片刻，众人身前地面俱都染红了大片，血还仍不断从体内流出，他们仍就无事一般，好似流出的并不是血，抑或就是血，那也不是他们的，都靠在梨木椅上，不加止歇。再一瞧司马天南，脚下也是鲜血淋淋。

　　柳三娘喃道："这些人是不是疯了？"

　　她一开口，朱慈烨忙想起阻止道："你们这是做什么？好端端的为什么要割开手，任血白流？"

曾老头回应道:"明王有所不知,这才是我们真正的祭牌大典,放掉身体里的旧血,生出新鲜的血,以此昭示我们对你的衷心。"

朱慈烨忙摆手道:"不要了不要了,我知道你们都对我很好,你们还是赶紧把血止了,流了那么多血,不害身子才怪。"

曾老头道:"流得越多,就显出我们越是忠诚,这是我们凤凰落历来的规矩。"

朱慈烨道:"这是什么规矩,你们怎会有这样害己的规矩?"

司马天南忽道:"明王这样劝诫,难道是不相信我们?"

朱慈烨道:"不……没有,我只是担心你们的身子,断无其他的意思。"

司马天南道:"不用担心,我等还要辅佐明王建功立业,自当有数。"

朱慈烨道:"哦。"生怕他们真的误会,也就不好再劝。

约摸过去半刻时间,曾老头等人手腕处的血终不再流出,显是伤口时间一长,血痂凝合的缘故。他们各拿出一块相同颜色的红长巾,随便往上一裹,打了一个结,算已包扎过了。

忽闻得一阵快疾的脚步声,众人一惊,遂目转向石室那边的石门,这般隐秘之地,会是谁私闯了进来?

脚步声来到石门前面,突然停了下来,曾老头喝问道:"谁,这般鬼鬼祟祟,来了就给我出来。"

喝声方歇,一个素衣老太太身影一现,竟是曾老夫人。

曾老头一愕,道:"夫人,你来做什么?"

曾老夫人走上来几步,待要开口,背后又闪出来一人,曾老头又是一愕,道:"习老板,你怎也来了?"

习娇娇镇定慌色,道:"我来看看老朱。"

曾老夫人回首轻声道:"要你回头,你还出来做什么?有我在,不会有事的。"

习娇娇声音也很轻道:"我始终放心不下,还是陪着你的好。"

曾老夫人道:"那你跟着我,不要乱讲话。"回眼看向曾老头道,"你们都准备好了?下一步要做什么?"

曾老头道:"夫人来了也好,张兄弟现已是明王,不日之下,这里可能就要废弃了。不过夫人不用担心,我已叫人在江南给你和习老板寻得一处好地方，你们……明天就走吧！"

曾老夫人道："这么急？"转望向朱慈烨，道，"胆儿，你真要和朝廷造反？"

活眼神算厉声一叱，道："什么造反，江山本来就是朱家的。"

曾老夫人道："可现在的江山是康熙满鞑子的，如今天下安定，四方太平，满廷的根已扎深扎稳。此时要想撼动，无疑是要把我的胆儿往绝路上推，断送朱家仅剩的一条血脉，这个我老太婆决计不会同意。"

此言出来，全场皆愕，曾老头不解道："夫人，你不是一直都不曾反对，如今怎却要相阻？"

曾老夫人道："情非往昔，以前我赞成，是因我也想成就小姐的遗志，要胆儿给他父母报仇。而今我只要胆儿平平安安，和普通人一样，快快乐乐地生活，做自己喜欢做的事情才好。"

活眼神算冷哼一声，道："你以为你是谁？此等事情岂是你能管得了的。"

曾老夫人道："不错，我确只是乳他母亲成长，楚家一名低贱的下人。但在楚家时，我从没感觉自己就是一个下人，楚家待我胜过亲人，为了报答他们，我就应当要出来阻止。"

曾老头脸色极其难看道："夫人，你知道你在说什么？"

曾老夫人凛凛道："我不是你夫人，二十年来，我知道你这人挺好，待我也不错，但我们终究不是夫妻，话既讲开了，也无需再行遮隐。"

曾老头沉默，虽说他们确不是夫妻，可二十年来，他已习惯了叫她夫人，这便挑破了，反觉甚有失落。

习娇娇侧过脑袋，喊道："张兄弟，你还坐那做什么？还不赶快下来。"

朱慈烨忽听说干娘和曾兄实不是夫妻，顿然惊措，心中感慨万千，对于习娇娇喊话，一时没听清楚，只好像她似在叫自己，便回神问道："习老板叫我什么？"

习娇娇正将开口，不觉曾老夫人暗扯了扯她一角襟衣，当即心下会意，封口不言。

朱慈烨追问："习老板刚才说的什么？"

曾老夫人接上道："她是说——胆儿你已经大了，很多事情可以自己做主，干娘极力不赞成你们这样做，是不愿亲眼看见你有事，可能你还不清楚，朱家最大的一支力量——台湾郑家自郑克塽剃发降清后，遍布各地的天地会，及福建、台湾等东南沿海一带不愿投降的郑家军余烈，均已给朝廷屠杀得廖剩无几了。此时清廷余威尚盛，这时反清，不等于引火自焚么？"

　　朱慈烨小时就常听说，郑王爷一族当年在台湾是何其威武，又距隔有海峡天险，但最终还不是给康熙打败了。当然，此也因国姓爷的子孙不甚争气，为争权夺位，不惜手足相残，才给了清廷以可乘之机。但干娘的担忧也不是全无道理，若凭着他们这几人，确无疑是以卵击石。

　　正不知所答，只听活眼神算道："你们两个来就是要蛊惑人心，乱明王生怯的么？倘真那样，就莫怪得瞎子不念往日情分。"

　　曾老夫人不惧道："要说神算也算得一世英雄，怎就这般地不讲道理，你这样的人，我不和你说。曾天寿，你想着怎样？"

　　曾老头当然也知道，此事确有商榷之处。想当年吴三桂精兵数万，俱不可敌康熙，便这区区几人，就算打开了紫檀木匣，联络起了所有人，怕也难敌朝廷之锋芒一二。可是当初他们曾有先言，祭牌之日，反清之始，虽此次祭牌多半是迫于无奈，可反清之志焉能却去，但——

　　忽然，他似想起了什么来，心一宽，道："明王，祭牌之后，该是把月前交于你的紫檀木匣拿出来了，里头有一封信，当此正是拆阅之时。"

　　朱慈烨暗呼一声不好，这几日搞来搞去，竟把这事都给忘了，歉色道："曾……天寿，那日你交我的木匣子，我……不小心给弄掉了。"

　　"什么？"曾老头惊讶道，"这么重要东西，明王怎就这般不小心。"

　　朱慈烨道："我……"

　　司马天南道："如今紫檀木匣已是不见，就是我等祭了鹰牌，又做何用？"

　　习娇娇偷扫一眼大家，暗自庆幸那日多亏了她把匣子从张大胆身上巧手盗走。看来今日一趟，她和曾老夫人原可以不必来的，因为没了紫檀木匣，他们也做不了什么。

　　忽听活眼神算厉叱一声，道："习老板，你还不快将木匣交出，难道还要瞎子向你讨要不成？"

　　习娇娇一惊，心道："他怎么知道木匣在我这里，莫非想唬我？"思考时，凛然道："什么木匣，我见都没见过，叫我怎么给你？"

活眼神算道："别以为我不知道，当日你在凤凰落遭袭，我就已经猜到，好好的你上那做什么？"

习娇娇道："那天我……我想小姐了，去看看她不行么？"

活眼神算喝道："休要狡辩，别以为我们都是傻子，我问你，你把匣子藏于何处了？"

习娇娇不甘示弱道："你怎知道我上凤凰落是去匿藏匣子，莫不是你一直跟着我看见了不成？哦，你是瞎子，该是看不见的噢！难不成是你叫人跟着我看到了？"

活眼神算一怔，道："我叫人跟你干什么？我当然是猜的。"

习娇娇淡淡一笑，道："神算既是猜测，那还敢这般断言。"

活眼神算暗中气极，心道："这女人……"

忽听得"五门善人"门衍惊疑一声，诧道："朱老板动了。"

门衍这一声言，犹如千钧之力，洪如巨雷，引得众眼都刷刷落向老朱身上。

曾老头道："门兄，你刚才说什么？"

门衍直勾勾着双目，眨也不眨道："我方看见朱老板的手指动了。"

曾老头疑惑着看过去，见老朱半只左掌裸在布外，想是福伯和朱慈烨抬时不小心晃移出来所致。他看了一会儿，哪见手指有动，便道："门兄，你定是瞧花了眼，人都死了，哪还有再动的道理？"

门衍却一番肯定道："我不会眼花，我的眼力，你们还不相信？"

曾老头正色道："那我上前瞧瞧。"起身走去，蹲在尸人头顶小心掀开布头。

老朱仍合双目，皮面僵硬泛黑，不见半点活过来的迹象，与沈珂雪早晨送来时一般无异。曾老头回望向门衍，道："门兄眼力是佳，但这次定是漏眼，呵呵……"

门衍坐着仍瞧不停，确无活转的迹样，不觉暗道："果是我眼花了？"

曾老头回首垂目，再看了看老朱，喃叹道："朱兄，本来你不该去的，要死的人应当是我，而你却要代我一走，这让兄弟心中至生都留下了歉憾。不过朱兄放心，你那未了的志愿，就让兄弟来替你完了。"又是一叹，才缓轻重新将布遮上。

待要起身，却听活眼神算道："等等。"

曾老头道："瞎子有甚事情？"

活眼神算侧过耳道："大家都别动，也别出声。"片刻之后，问道，"曾兄有没听到什么？"

曾老头秉耳听了下，道："未有闻见。"

活眼神算道："不对。"忽脸一变，大声道，"不好，曾兄快走。"未落音话，听得"噗"的一声，老朱直挺挺竖了起来，如竹竿一样，遮盖身上的白布亦滑落到脚下。

众皆脸变，朱慈烨惊声道："呀，又尸变了。"

老朱立身起来，双目已是睁开着，赤红赤红的，眼珠骨碌转了一转，不晓是看得见看不见，回身一跳，逮上近前的曾老头，俯腰一指戳向过去。

曾老头本已惊愕，见老朱戳来，一时反应不及，情急下只得脖子一缩，斜地一滚，如瓜一样撞在梨木椅脚上，也不见疼痛，立弹身跳起，虽模样不甚雅观，幸是避开了。

老朱却不追赶，身子向后一仰，蹦跳着往石阶上去。

朱慈烨一惊，道："朱老板，你可不要上来，我可常去你那喝茶的。"

老朱一蹦丈高丈远，一跳就上三台阶，着实厉害，三下就到了阶顶。

朱慈烨哪还坐得住，近来老遇上这等事，慌忙起身躲避。

身旁柳三娘抽开双刀，道："傻小子怕什么？有我呢！"趟地一滚，双刀直砍老朱小腿。

刀锋寒利，三娘身手迅敏，蓦然一击，竟实实中的，哪知心喜未盛，却发现双刀于老朱竟拿捏不下。她不禁呆了一呆，要知手上双刀虽不至削铁如泥，可砍瓜剁骨尚还是小菜一碟，但此刻却只砍破老朱两只裤管，皮肉仍完好无损。

老朱不理会三娘，直鼓鼓的双眼直盯向朱慈烨，纵起一跳，脚掌踢上了三娘尚未及时撤回的刀面，三娘本自愕神，一不留心，手中双刀竟一时把持不住，脱飞了出去。

只见两柄双刀在空中翻打了几滚，齐齐撞向不远的石壁上，竟反弹了回来，一柄"叮"地一下，回打在玉座背面，掉了下去，另柄则连旋几个跟头，一头栽在朱慈烨脚前地下，火星飞溅，在石玉地上抠出一道深裂的印痕。

这时，老朱已跳到朱慈烨面前。朱慈烨暗呼一声不好，这几日尽遭这样的事情，先是过老大，后是历家四小姐，现在老朱又来了，怎么就没个完了。虽说经历这段时期的磨练，胆量确长上不少，但想起昨晚给历小姐摔打过的身体，到今还疼痛非常，眼下，未免胆就怯了些许，再则已领教过僵尸的厉害，常人实难与之对付。便就要躲闪，却已是不及。

老朱双臂戳来，抓起朱慈烨左肩右膀，生生提起，如沙包般狠狠摔向地上。

管家福伯嘶嚷一声，猛扑上去，老朱臂膀一挥，福伯便如瓜一样直滚下阶底，嘤嘤哼哼着半响爬动不起。

朱慈烨看见，怒从心生，也就顾不得怯与不怯，只觉胸中气火升腾，大叫一声："我和你拼了。"抓起身边的刀，骨碌爬起，挥舞翻飞，在老朱脸上猛是一阵狂砍。

可又哪里砍得进去，老朱一把将其捉住，俯嘴咬来。

朱慈烨双臂被抓牢，手抬动不起，掌一松，刀"咣当"掉在了地上。情急当中，只好用脚乱踢。

老朱连刀都不惧，哪会理你几下踢打。眼看这一咬下去，保不准小命要报销。

恰这时刻，柳三娘临危飞身，扑到老朱背上，双腿一夹，盘住其腰，右手顺脖斜插进其颔下，左手则扳住额头，用尽全力往上一拗。

老朱受到制约，昂叫一声，狠狠抛下朱慈烨，空出手来，对付三娘。

柳三娘眼见危急，朱慈烨急中生智，拦腿抱住老朱，使力向上一提。

老朱脚下失去平衡，背后又吊着一个柳三娘，顿仰翻摔倒下去。

柳三娘"嗯"地一下，直压得眼冒金星，双手顿然松开，直捂腰道："傻小子，你想摔死我呀！"

朱慈烨抱歉道："柳老板，压着你啦！我是想帮你一把，不是想压到你……""的"字未出，老朱蓦然起立，虎视眈眈地过来。

柳三娘提点道："傻小子还不赶快跑了，尸人刀枪不怕，太厉害了。"

朱慈烨暗道："跑，不跑也无妨，躲一躲就是。"忽想起石室里不是有人会伏鬼降妖吗？便就胆色一壮，也就不再很怕，边躲闪边道，"神算，该是你大显身手的时候啦！快些把朱老板给制服贴了。"

哪知，连呼数下，活眼神算不仅未显身手，连个屁也不曾吭得一声。朱慈烨大是惊讶，循目望去，只见活眼神算等人神色虽一片焦急，却是坐在椅子上，毫不动弹。正自奇怪，忽闻曾老夫人慌声道："胆儿小心。"

回眼一瞧，老朱已是在面前，正要对付他。

朱慈烨神情一变，慌乱下身子往右一斜，绕行了开去。

老朱一跳转身，十指削长。

朱慈烨脖颈一缩，用肩直顶向老朱胸口。

老朱一个仰身，倒退了两步，接又逼上。

朱慈烨躲避着道："朱老板，小弟与你无仇无冤，你这老盯着我不放，也让我喘口气好不好。"口上这样说着，脚下片刻不敢懈怠，瞅得时机，一溜滑向阶下奔去。

曾老夫人招呼道："胆儿快来，跟着干娘逃出石室去。"

习娇娇跟着也道："快点呀！千万别给朱老板捉了住。"

朱慈烨听见她二人叫喊，反却停了下来，思道："我不能下去，更不能和干娘自顾自逃了，那样曾兄他们怎么办，留下他们，不是白白给朱老板捡了个无力反抗？他们应是流的血太多，一时身子太过虚弱，说不定等下就好了。"想到这些，便有了与老朱周旋到底的心念，叫道："干娘你们先走，快离开这里，把进口给关闭了，可不能让尸人跑出外面害人。"话刚言毕，觉得后背一紧，老朱已是抓住了他。朱慈烨灵机一动，腹肚一收，身体前倾，屁股高高翘了起来，正好顶着老朱的肚子。这样，便就把脖子等脆弱处、尸人专爱撕咬的要害地方下倾得远远的。

殊料，老朱亦跟着俯身下来，幸好老朱是僵尸，身子骨没人这般灵韧，弯下小半，就再也下不去了。

朱慈烨把脑袋压得低低的，几乎就要碰到了脚板面，不忍自我暗道："我的腰既有这么软，从前怎么就没发觉，要早知道，就不做屠夫，改唱戏了。"他或许没想过，人在危急时刻，自我的潜能总是要比平时发挥得更好一些。

老朱一时咬不着朱慈烨，却又不肯罢休，只好拼命要弯下去，不想这样一来，双脚竟一下翘了起来，待到最后，整个人竟悬平了一线。

朱慈烨只觉背上越来越重，原本此举是要想躲避尸口，不料如此一举，竟驮起尸人于背，直压得他喘不过气来。而这样被咬到脖子，则就轻而易举了。正盘量下一步如何是好，突感臀侧给人狠狠踹了一脚，他和老朱一起，顿时斜斜飞跌出去。

转定目光一瞧，柳三娘正伫立在那儿，朱慈烨不觉怒道："柳老板为什么要踢我？"

柳三娘道："你刚刚压得老娘半死，如今踢还你一下，咱俩就算扯平了。"口上虽这样子说，实其是为了救他。老朱在上，跌过之后，滚得远去不少。

朱慈烨却未思出这般道理，道："扯平也好，以后可别再这样子踢我，跌得我骨头五脏都碎了。"

柳三娘扑哧一笑，道："好好好，那你快起来，去瞧瞧曾老板他们到底是怎般回事？这里我先应对着。"

朱慈烨爬起身，就走来到司马天南身边，关切地问道："司马庄主，你们这到底是怎么了？为何都一动不动的？"

司马天南动了动眼珠子，喉咙底下咯咯半晌，才断续挤出两个字："麻……牌……"

朱慈烨道："麻牌，什么麻牌？"转向柳三娘，见她正锁住了老朱手脚，限其行动，便大声问道，"柳老板，司马庄主讲什么麻牌，你可知道麻牌可是何物？"

柳三娘道："什么麻牌？是牌上有麻毒，你问问他怎样可以解毒，老娘快吃不消了。"

朱慈烨看了下司马天南手中那面飞鹰金牌，不见有异，道："司马庄主，柳老板问你怎样可以解毒？"

司马天南又咯咯了半晌，道："要……要……"就讲不出第二个字出来。

朱慈烨急道："司马庄主，你别老是'药药'的，到底是什么'药'能解毒啊！"

他这般问，司马天南显得更是急了，在这石室当中，就算知道哪种药可解麻毒，又该到哪去拿药来解，何况司马天南要说的也并不是药。他额上早全是汗，半天终多讲出了一字："要……要问……"

朱慈烨不解道："'药问'，'药问'可是哪种药？"他于中方草药，那是一窍不通，还以为司马天南拼口讲出的"要问"是一种药方子或者哪种草药。

想之不出，于是又问柳三娘道："柳老板，'药问'是什么药？"

柳三娘气极道："什么要问不问的，是要你去问下毒的人，才可解毒，这下可麻烦了，总不能老这样耗着。"稍不留神，老朱使劲一甩，把她甩开了去，重重摔在一张梨木椅子上，直痛得腰都弓了起来。

老朱摆脱开三娘，径直扑向朱慈烨。

朱慈烨手把着椅扶，见老朱扑至，来不及多想，赶忙往左一转，老朱撞在了椅背上，往右跳开。朱慈烨忙把椅子又向左一转，又挡住了老朱进攻。

老朱昂昂叫唤了几声，不再跳跃，双掌直插坐在椅子上的司马天南。

朱慈烨大吃一惊，抓起司马天南胸襟，往内一扯，司马天南顿弯倒下来。

老朱一插落空，昂叫一声，抓住椅背，要把它提将起来，万幸梨木椅子大且沉重，上面还坐着个司马天南，前方更是朱慈烨拼了全力把椅子向下压，固是僵尸力大不竭，却也一时提动不了。

朱慈烨边与之周旋边道："朱老板我不知你为什么一定要盯上我，但小弟皮厚血少，可不经你那一吃，我还有好多事情没做呢！你还是乖乖地躺回架子上，到时我请个法师给你超一超，包你上得了西天，比做僵尸要快活得多了。"

他罗里吧嗦，老朱却又哪里理得，提手一推，梨木大椅顿往前翻了过来。

朱慈烨压着扶椅，力道太大，不及收劲，直向前趔跌上去，重重撞在了椅背横顶上。司马天南坐着不稳，一头穿过他裤裆，来了个倒栽葱。

老朱不等二人有所喘息，戳指至来。

朱慈烨趴在那儿，痛得直捂胸，眼见老朱又来，一时躲避不开，只好把脑袋用力向前一顶，猛地撞上对方下颌。

老朱仰脸朝天，噔噔噔连退去三步，方才稳住。

瞅到这片刻时机，朱慈烨挺身起来，叉起司马天南双臂，向阶下拖行。可司马天南此时已跟死人没有分别，谁都知道，死人只会下坠，比活人那是要沉得多了，没拖行两步，老朱又已扑来。

朱慈烨此时已管不了那么多，老朱不是一直都围着他么？故而他一定要把司马天南送到阶下，尔后自己上来与老朱周旋。便在这时，已经爬起来了的管家福伯如饿虎一样扑到老朱身上，掐着他的脖颈，疯狂至极。

老朱手不能弯转，在那里左甩右摆，想要把福伯挣脱开去。

朱慈烨从未见福伯这样疯狂，心知他坚持不了太久，忙使出浑身全力拖行。忽闻得呼呼几声，福伯已被老朱甩出直滚到阶下。

便这时刻，朱慈烨拖着司马天南也下了玉阶，忙放下手，过去扶起了福伯。曾老夫人和习娇娇亦也赶将上来，拉起朱慈烨道："胆儿，随干娘走。"

朱慈烨道："我不走，除非曾兄他们都没事了。"

曾老夫人心疼道："你这孩子，怎么这样固执，你就算留在了这里，又敌得了那僵尸吗？"

朱慈烨面容坚定道："那我也不走，敌不过也要敌。干娘，你就先走了，不要管我。"推开了她的手。

曾老夫人叹道："那好吧！胆儿不走，干娘也就留下来陪你，要死我们也要死在一起。"

习娇娇惊色道："老夫人，你——"

曾老夫人道："习妹子你先离开这里，不要管我们。"

只听上面有人叱声道："你们还愣着做什么？还不快把他们都移到石室外面，我们把朱老板困在这里不就行了。"

朱慈烨一拍脑门，道："我怎么就没有想到。柳老板，亏了你的提醒。"

柳三娘边与僵尸缠斗，边没好气道："废那话做什么，这样下去，咱们谁都活不了，还不快动手。"

"哦——"朱慈烨和管家福伯一道，背上司马天南往室外奔去。曾老夫人微顿了下，也和习娇娇一起去搬移"煞面婆婆"雷鹤娘，但二人毕竟是女人，且一老一弱，手下无力，待得朱慈烨返回来时，还尚未抬动起来。

朱慈烨道："干娘和习老板你们先出去，这里交给我们了。"转身去搬抬门衍。

曾老夫人咬了咬牙，与习娇娇一道各托挽着雷鹤娘一条胳膊，艰难拖去。

好不容易，二人终把雷鹤娘拖到了室外。同时，朱慈烨和管家福伯亦背出了曾老头、房雄、活眼神算，一一靠在室道的大理石壁上，四人不及喘休，匆匆折返，待移出了"粉蝶花"叶莹莹、"病大夫"欧阳游，才方算得一喘息。

却到室中，巧见柳三娘正给老朱抛下阶来，朱慈烨等人赶忙上前搀扶，但见三娘身上已是多处青伤，曾老夫人切问道："柳老板不见碍吧？"

柳三娘道："谢过老夫人关心。这朱僵尸确过厉害，幸而我身轻敏巧，手脚还不算太拙，方才能与之周旋甚久，我们还是赶快抬了他二人出去，我可不想在这待下去了。"

五人顿分开两片，三名女人去向叶莹莹那边，两个男人则奔去欧阳游，恰这时刻，老朱三跳两跳，已将走近。

管家福伯见着不妙，忙把欧阳游一推到朱慈烨背上，道："明王快走，我去顶他一顶。"

朱慈烨道："你不是他的对手，还是我去的好。"要放下欧阳游。

管家福伯道："你去，那欧阳掌柜怎么着？"

朱慈烨一愣，想道："是呀！福伯是个驼子，驼子可驮不了人，我还是先背出欧阳掌柜再回头吧！"暗叹了下，向室门奔去。

这边曾老夫人抬起叶莹莹，因多加了一人，力气自是增上一分，比之刚才是要轻快多了，况之叶莹莹相比雷鹤娘稍显轻苗，她和习娇娇各揽一条胳膊，柳三娘抓着两只脚，落后朱慈烨一步，亦出了室门。

朱慈烨放下欧阳游，赶紧返身欲接应福伯，却不料曾老夫人一把抓紧了他，道："胆儿要做什么？尸人可一直盯向你，你这般进去了，还有命活么？"

朱慈烨焦急道："可是福伯还在里头，我要进去帮他。"

曾老夫人道："那不成，你的命比什么都重要，福伯跟了我二十余年，我们又哪舍得，但今天也只好这样了。"滚出数点泪花，要去按关闭石门的机钮。

朱慈烨紧忙相阻道："不可！干娘，我们再等等，福伯马上就出来了。"

只听得石室内砰砰声连，曾老夫人再也等不及，欲再行关闭石门。

朱慈烨又拦阻下来，道："再等一等，干娘再等一等——"

曾老夫人质道："倘尸人出来了怎么办才好？胆儿你要出个什么事，叫我老婆子有什么脸去见小姐，福伯忠义，我们当会记在心里。"伸手又去按机钮。

朱慈烨眼疾手快抓住干娘的手，哀声道："我不能只为己苟活，去牺牲他人，干娘小时不是常教导我，做人要有情有义，不要违天悖人，胆儿求求干娘，再等一下好么？"

曾老夫人瞧见朱慈烨这般忠实，心里不知是该喜还是该忧，要知人心险恶，对他人太过仁慈，便是对己残忍。想起他今后的路子，是何等艰辛和危险，不禁忧更胜些，但她毕竟不是那种心硬无情之人，此番做法，实是要保护朱慈烨，见他这般哀求自己，心顿时软了，默默收下了手。

断这时刻，石室内福伯的声音切急道："老夫人快关闭了石门，朱老板要跑出来了，快快……"

曾老夫人一呆，急地一按机钮，朱慈烨想要阻止，却已不及，一阵"喳喳"大作之后，石门缓缓闭合了起来。

朱慈烨望着严密无缝的石门，呆立半晌，忽地呜呜哭了起来，匍着石门，悲嘶道："福伯福伯……"

石室内一寂沉静，任何声音都不再听到，便如福伯真的死了一般。朱慈烨站起来，伸手要去按石门机钮，要打开来瞧瞧究竟。

曾老夫人却拦住他道："福伯显是已经走了，此时打开石门，只会把朱老板放出来，那样，便就会要死更多的人。"

朱慈烨当然清楚得很，朱老板若跑跳出来，后果实不堪设想，无奈之余，只好忍痛作罢。

众人方从一场生死浩劫中侥生，心还余悸难消，在室道中休息片刻，经得众人同意，朱慈烨出外叫来六七名曾家奴仆，带着三副木板架子，来到室道，把一干不能动弹的人，一一抬到了奠屋外边，那里早已有人摆好了椅子。

待得所有人都出了地室，曾老夫人关闭了进口，奠堂又恢复了寻往样貌。曾老夫人接着吩咐厨房下去熬一锅姜汤，泡一大壶五花茶上来。所谓五花茶，就是合茉莉、山菊、金银花、苦莲、槐花泡制的茶水，最后告诫说："今日的事情，谁也不许出外讲说，否则家法不轻饶。"

众奴仆俱点头记心。

不一会儿，姜汤和五花茶都送了上来，曾老夫人屏退所有下人，亲自酌一碗姜汤，斟一碗花茶，一一送去曾老头等人面前，拿匙一口一口喂他们喝下。

此时正好中午，太阳已从头顶偏西移去三分，虽过了一天中最烈的阳光，却也是干热无比。曾老夫人累得汗流满额，不让他人染指搭手。

只见众人喝下姜汤花茶，不久身上出了许多汗，不消片刻，众人瘫麻的手脚可以微轻动弹。原来姜汤性热，五花茶性凉，一热一寒在体内交汇，顿激出汗珠粒粒。

又过些许，舌头也不麻了，能够开口讲话。

曾老头先道："夫人，你是怎么知道解这麻毒的？"

曾老夫人未答，那边活眼神算却叱道："都是她做的大好事，哼，福伯就是给她白白送了性命。"

曾老夫人眼眶一红，"扑通"一声跪倒在地上，落泪道："不错，都是我做的，是我事先偷偷在鹰牌上做下手脚，才使你们身体麻木不能动弹，但我想不到会发生这样的事情，你们……就杀了我给福伯报仇吧！"闭上了眼睛。

曾老头惊愕一叹，他实也早已想到，地室只有他和夫人可以进去，只是他不肯相信罢了。哪怕是问她一句，那也是不愿，就是明知事由却还要装作不知道一般。

朱慈烨亦跟着"扑通"跪了下去，抱住干娘双肩，泪光盈盈向众人道："你们不要怪干娘，一切都是因我而起，就让我代干娘受罚。神算、曾兄，求你们放过干娘。"情急当中，想亦不想，脱口便是往日的称谓。

曾老头暗地甚慰，朱慈烨见众人均不答话，不免又道："干娘讲得不错，我实心不愿做什么明王，这样安安生生过日子挺舒快的。我也不想叫什么朱慈烨了，我还是习惯以前的称叫。你们答应也罢，不答应也罢，我就是不做明王，我只想好好侍奉干娘老去，你们……要怪要责，就都记在我身上好了。"

曾老头惊讶道："明王，你说的……"

但听"啪"地一记耳光，朱慈烨捂住发烫的脸颊，吃惊万分，打他的正是曾老夫人，只见她气极发颤着道："你怎的这般地不孝，我……我实看错了你，你……给我走，以后我不愿再看见你。"

朱慈烨呆了半晌，不知自己哪里说错了话，竟惹得干娘如此生气，斜眼瞟向曾老头，向其暗询。

曾老头也是一头雾水，他十分明白，夫人对胆儿那是爱胜自己，别说打他，便是大口呵斥一声，以往也是从没有过的。要不是亲眼看见，他怎也不会相信夫人会抽胆儿这般大的一个耳刮子。

曾老夫人打了朱慈烨，忙紧手掩面，悲伤哭了起来。

朱慈烨看着干娘越哭越是伤心，更加地惊慌踌躇，去扶干娘双肩，想要慰讨几句。

曾老夫人右臂一甩，弹开他的手，道："你走，我不想再看到你。"

朱慈烨双手定滞在半空，不知是该继前，抑或往回收起，愣愣在那儿，目中又是泪花，又是悲酸，又是迷惑。

习娇娇看着心疼，屈身讲情道："老夫人就饶了他吧，看着他这样，难道就忍心么？"

曾老夫人不答，只自流泪。

习娇娇揉一下朱慈烨，暗示你还愣着做什么？

朱慈烨会意，跪在曾老夫人面前，连磕三个响头，道："干娘别要孩儿走，孩儿知道错了，干娘要责要罚都可以，孩儿以后都不敢了。"匍在那儿头都不敢抬。

曾老夫人见心爱的胆儿这般，一阵心疼，心早就软下不少。她也知道责任不在他，多半还是自己的原因占多，想到这，怒气消了不少，道："烨儿，你起来吧！"

朱慈烨一愣，以往听惯干娘叫他胆儿，突然改口称呼，半晌方才反应过来，道："干娘不原谅，我就不起来。"

习娇娇暗叹一声："真是笨。"伸过手去拉他，边低声道，"夫人要你起来，便就是已原谅了你，还跪着做什么？"

朱慈烨却倔道："干娘不亲口原谅，我就一直跪着不起。"

习娇娇拉他不动，又气又怜道："真是个傻小子。老夫人你就亲口饶恕他一声，免得跪坏了身子。"

曾老夫人本已很心疼，又见他这般拗，更是疼进心底。此就好比是母亲打孩子，机灵的小孩见母亲打来，一溜烟就逃了，母亲的怒气也就可以慢慢地消下。但若赶上那种耿直老实的孩子，你要打便打，我就杵着不动，由你打够打没力气才好，实哪知道，这是在往母亲的胸口扎刀子。曾老夫人此时便是同等心境，当更生气道："那你就跪着好了，最好永远都不要起来。"

朱慈烨果真一声不再吭，匍着身子一动不再动。

曾老夫人眼眶又是一红，放声大哭道："小姐，老仆对不起你……"

习娇娇急得直跺脚，却又不知怎般劝解的好，一边向曾老夫人道："老夫人，你快叫他起来，这样子都不好。"曾老夫人只是哭泣，不言其它。

一边又转对朱慈烨道："傻小子，别拗下去了，跟我起来。"拉了几下，仍拽不起他。

朱慈烨道："习老板就别管了，干娘不原谅我，我死都不会起来。"

突听活眼神算大怒道："堂堂明王朱孙，长跪于一老仆面前，成何体统，还不快快起来。"

朱慈烨抬首道："神算说得差矣，我下跪养我爱我的干娘，有什么不可？莫说此时我还不是什么，便就哪天做了皇帝，此又有什么不妥之处的？"

活眼神算一时哑语，脸上表情，却是极其难看。

曾老夫人忽停了哭声，去搀扶朱慈烨，道："烨儿，快快起来，神算讲得不错，你上跪天下拜地，除了父母君师，皆不能再行跪他人。干娘以前是带你母亲的奶妈，楚家的一名下人，你怎好向我下跪，这是万万不能乱的规矩。"

朱慈烨跟着起来，抓住曾老夫人双手，激动道："干娘先哺乳了母亲，后再抚养了孩儿，此番恩情，足可与天地并齐，便就是孩儿跪行一百次一千次，也无以报答一二，如是干娘愿意，往后干娘就是我的亲娘亲，孩儿将侍奉着你颐养天年。"

曾老夫人心里一酸，泪夺眶而出，漱漱下来。这样的泪，不再是伤心悲痛，是充满幸福，幸福的泪水，总希望来得越多越好。两人相互拥着，顾自抽泣。

曾老头会然笑道："好了好了，云雾拨开见天晴，你们该高兴点才是。"

朱慈烨撑开身子道："娘亲，曾兄说得对，我们该高兴才是。"擦了把泪，又帮曾老夫人抹了抹眼角，天真一笑。

曾老夫人也笑了下，道："恩，我们是要高兴。"摸着他的脸蛋，爱怜无比。

正当二人幸福之时，活眼神算忽道："好了老夫人，你与明王既已无事，那我等中毒之事，是否可以说一说了。"

朱慈烨抢先道："说什么？神算一定不肯罢休么？"

活眼神算道："明王言重，老夫人既已成高堂，瞎子又能于她怎样。只是今日若不是福伯忠烈，那后果实不堪设想，福伯既因我等而死，我想不需瞎子开口，老夫人自也会给予我等一个交代。老夫人，瞎子所言对否？"

朱慈烨急道："人既已去，却还要娘亲讲什么？福伯去了，我和娘亲又何尝……"

"烨儿。"曾老夫人叫断道，"不需神算操言，我也早已想好，此事过在我身，倘不是我暗中作梗，老管家福伯亦也不会……"哽塞了下，接着道，"你们放心，我一定会给大伙一个满意的交代。"

朱慈烨呼道："娘亲，你——"

曾老头惊色道："夫人，这怎能怨你？瞎子，此事应当怪在害死老朱那人身上，怎能尽怪在夫人头上？"

活眼神算道："曾兄毋急，瞎子已经说过，我何尝想要老夫人怎样？只是众口悠悠，老夫人若无甚表示，怕于明王大业有损，到时……"

朱慈烨道："我已讲过，我不想做什么明王，我只想今后能侍奉娘亲左右，直至终寝，那什么大业不大业，岂来损害的道理。"

活眼神算道："我等知道明王心孝，方前言语，定必冲动出口，我等自不会当数。"

朱慈烨涨红着脸急辩道："我讲的句句是出自肺腑，绝不是一时冲动所言，神算要相信我才是。"

活眼神算道："明王又说笑了。"

朱慈烨道："我……"

"烨儿。"曾老夫人再次打断了他，道，"你上来，我有话对你讲。"

朱慈烨附身上前，曾老夫人在他耳畔轻声嘀咕着。

众人俱都看着他们二人，闻不得只言片语，唯独活眼神算是个瞎子，坐在那里动也未动一下。

半响，只听朱慈烨道："娘亲，孩儿知道了，你就放心吧！"

曾老夫人慈爱一笑，道："干娘当然放心了，烨儿，我有些口渴，帮干娘拿碗水来如何。"

朱慈烨道："孩儿这就去。"转身才走了五六步，忽就听背后"砰"地一声，他一惊觉，迅速回身。

曾老夫人已倒在地上，额头上有一大块血印，在她身旁不远，一株老树的树干上有块血痕格外醒目。朱慈烨立时明白，娘亲是撞树自杀了，立刻疯一般扑将上去，抱起老夫人身子，大声呼喊着："娘亲娘亲……你快醒醒，我是烨儿啊！……"

所有人都从椅子上立了起来，习娇娇、曾老头、柳三娘围了上去。

习娇娇掩面落泪道："老夫人，你这又是何苦？"

曾老头一脸霎白，紧忙抓住夫人的手，无措道："夫人夫人……"

曾老夫人终于半响睁开了眼，其余人也都围将上来，看了一眼众人，道："我对不住大家，是我害死了福伯，我只好……只好以死来……"话未说完，气续不接。

朱慈烨伤心欲绝道："娘亲不要说了，不要说了……"

活眼神算叹道："老夫人，你这……不是置瞎子于无地自容的处境吗？"

曾老夫人道："神算莫要自责，这怪不得你。"又看了看众人，"烨儿今后就托付给众位了。"

活眼神算道："老夫人放心，我们一定会尽心辅佐好明王。"

司马天南等人道："是啊！老夫人放心就是。"

朱慈烨大嚷道："我不要你们假惺惺的好，娘亲就是给你们逼死的。"呜呜哭了一阵，狠狠瞪了一眼活眼神算。

活眼神算自己却是无法见到。

曾老夫人道："烨儿别这样，不要去责怪大家，这都是……都是我自愿的，与他人无关，听见了吗？"

朱慈烨痛声道："不，娘亲这么好的人，孩儿是不会让你离开我的。"想起他刚出生，亲娘便抛下了他，自尽而去，后来到了张氏夫妇家，过了十岁他又成了孤儿，只有在曾老夫人这里，才亲身感受到了母爱的温暖。

可是在他心里，曾老夫人毕竟不是他真的母亲，他的母亲早就死了。直到今时，当他知道了身世真相，才知张氏亦不是自己的亲生母亲，这时，他方才明白，母亲并非一定要生养过自己，于自己好的便就可是母亲。当明白这个道理，方把干娘的干字去掉时，不想竟成了诀别。他呜呜泪涌，莫非自己一辈子都得是孤儿么？

曾老夫人微微一笑，抬手抚弄着爱儿的头发，道："烨儿，干娘去后，你可要遵习妹子、老爷……和大家的话，把我的身子送到凤凰落断崖上，纵火给……给烧了。"说完这话，缓缓闭起眼，喃声道，"小姐，老仆终于要来侍奉……你了。"话刚落定，身子一松，手掌翻开，即从朱慈烨发上急地滑落。

朱慈烨大喊一声，眼泪扑扑下来，湿了面容，他紧紧把曾老夫人搂进怀中，悲嘶如吼："娘亲娘亲……"

曾老头老泪纵横，抓住夫人的手，久久不愿松开，呆呆着道："夫人，你怎的这样狠心，抛下我先走了，夫人……"

习娇娇、柳三娘、叶莹莹、雷鹤娘这些女人，都不禁掩面拭泪，便就是其余的男人，亦是眼眶红红的。

活眼神算叹得一声，道："老夫人性格刚毅，实不愧是楚嫔妃家出来的人，明王就不要过于伤心了，还是想下怎为老夫人着一个体体面面的后事吧！"

朱慈烨一口回道："娘亲还好好的，我还未好生侍奉过她，你怎可以要我为娘亲着办后事。"

活眼神算又是一叹，不行再言。

习娇娇含泪弯腰去搀朱慈烨，说："张兄弟，夫人确已过世，你就不要太伤心了。"

朱慈烨理也不理，反把曾老夫人的尸体搂得更紧，死活也不肯放开，他道："你说谎，娘亲好好的，娘亲是不会死的，你们都在说谎——"

习娇娇拭了拭泪水，哽咽道："张兄弟别这样，先起来再说。"拉了两下，突脑袋一晕，晃了两晃，瘫了下去。

众人大惊，朱慈烨见习娇娇昏倒地上，也感脑中一下空白，亦跟着昏倒过去。朦朦胧胧间，只觉周围乱作一团，听得许多人都在呼叫着自己的姓名，过了片刻，突感脑中一紧，便就什么都不知道了。

不知昏睡了多久，忽听得身旁有人讲话，他想睁开眼，使上全身力气，眼皮却似有万斤重量，怎都张不开。

只听有人道："大夫，他怎么样？怎么昏迷了这么久还不见醒？"

"张公子这是气血上心，伤心过度所致，我先给他开一服方子，待人醒来时，吃了就该没事了。"想是那大夫的声音。

那人又道："大夫，那人何时才能够醒来？"

大夫道："老爷不要着急，张公子无事，该是快了。"

那人道："恩，那谢谢大夫。绿环，送大夫出去。"

朱慈烨听到这里，再也躺着不住，暗使劲力要起身，哪知他身子尚虚，方一较劲，竟又昏迷了过去。

待得再次有所知觉，睁开眼时，一眼看见曾老夫人慈祥地坐在床沿，那双温暖的手正在抚摸着他的脸，见他醒转，就笑道："烨儿，你睡醒了？"

朱慈烨又惊又喜，不相信似的揉揉眼睛，道："娘亲，你……"一想，我就知道娘亲没事，顿间欢喜道，"我就说娘亲好好的，娘亲怎会舍得抛下孩儿！"想要坐起。

曾老夫人轻手按住了他，道："烨儿，你好好躺着，干娘知道你没事就放心了，干娘走后，你可要自己照顾好自己，要记得答应过干娘的话，好吗？"

朱慈烨一脸疑惑道："娘亲要走，要去向哪里？带不带着孩儿一起？"

曾老夫人笑了笑道："傻孩子，干娘老了，该是去侍奉小姐的时候了，我家的烨儿现在已是大人，不再需要干娘了。"说着，起身向门外走去。

朱慈烨伸手去抓，想要抓住曾老夫人，却没有抓住，眼见她就要出门，心中焦急，不觉大声喊道："娘亲，不要走……"

"张兄弟，你终于醒了。"身边有个女人喜悦道。

朱慈烨一愣，坐起四下一瞧，房内空落落的，只有习娇娇一人守在边上，他不住凝望向房门，门户紧闭，心中顿涌上一阵失落。

习娇娇关心道："是不是做噩梦了？"

朱慈烨看了看她，终于忍耐不禁，放声大哭起来。

习娇娇用袖衣给他点拭着眼泪，道："兄弟莫要哭，我知道你想老夫人，我……又何尝不是。"劝着别人，自己反也跟着落下了泪。

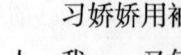

— 96 —

朱慈烨喃喃着道："娘亲，我要去寻娘亲……"挣扎着下了床，鞋也不顾穿，光着脚就走。

习娇娇赶紧上去挽住他，道："张兄弟刚醒转，还是多多休息，迟一些去看老夫人的好。"看见他这般激动，生怕又要急火攻心。

朱慈烨哪会理会，身子直往前蹿，但手臂给习娇娇制住，半步也是前行不得，心中一急，反身猛推了习娇娇一把，手臂松开，转身便走。

习娇娇不加防备，"哎哟"一声，一跤摔倒在地上。她先前身受重创，精元俱给他人吸走，便就是活了性命，也是一刻半时难以恢复如初，此给朱慈烨情急下使力一搡，自是跌得苦不堪言。朱慈烨抢去开门，方要夺出，忽听见身后"哎哟"一声入耳，一呆之下，才发现习娇娇倒在地上，模样痛苦。遂回转去，忙挽扶起习娇娇于床沿坐下，看着习娇娇摔得不轻，既歉疚且自责，抬手"啪啪"重重地连打自己两记嘴巴，骂道："我真没用，我真没用。"

习娇娇心中疼惜，一把抓紧他的手，不让其再打，道："张兄弟，我有话对你讲。"

经得习娇娇中插一跌，朱慈烨已平静了许多，道："习老板有什么话，讲来就是。"

习娇娇道："张兄弟，你可清楚我的身份？"

朱慈烨一脸迷惑，实不清楚，但听她这样问自己，心想当中必有文章，想起曾老夫人是他生母带小的奶娘，当下大胆猜道："你也是……我母亲身边的人？"

习娇娇点了点头，道："张兄弟真是聪明，我父亲原是你母亲楚家的一名护教，我从小就在楚家长大，和小姐一起吃，一起睡，一起练武，一起闯祸，我虽是一名下人的女儿，可小姐一直待我如亲姐妹一般，我们整日形影不离，那时……"眼中掠过一丝幸福，显然是已陷入往日憧憬，但只过了一下，便就一叹，接下道："不说了。后来你父亲到了云南，楚家也就跟着发生了变故。"

朱慈烨心里清楚，那变故是什么。

习娇娇跟着说："楚家父子自要收留你父亲的那天起，我和父亲便就一直追随着他们东征西战，直到后来楚老爷和我父亲都战死沙场，楚公子失踪，我才和小姐护着你父亲逃到了缅甸。在那里，小姐嫁给了你父亲，但没过多久，吴三桂那奸贼为了讨好满清皇帝，设计抓了你父亲。这时，我已和小姐来到了凤凰落，当小姐知道你父亲被抓后，欲引身自焚，追随你父亲同去……"说着说着，再也讲不下去，泪如珠帘。

平静了下，她跟着说："小姐去后，我欲追着一同随去，可那时你太小，我心中不忍，要替小姐看护你，方一直活到了今日。"说着从身上拿来一本书，递过道，"这是你娘舅要我交给你的，你好生收着。"

朱慈烨诧异道："我舅舅？"

习娇娇道："哦，我忘记告诉你，朱老板正是楚公子，你母亲的哥哥，这也是我到了山上才知道的。后来听公子说，他那日掩护我和小姐突围后，自己也带着十数人杀出一条血路，冲了出来，可是清兵很快又追上了他。后来，公子手下的人都战死了，他自己也受了很重的伤，正在公子无奈要以死明志的时候，突然来了个紫衣人救了他，把他带到了凤凰落，公子此后就在山上待了下来，一直到我和小姐上山，我们才知道公子原来还活着。"

朱慈烨道："那紫衣人一定就是啸阴天王了。"

习娇娇道："不错，正是他。"

朱慈烨接下书，见是一本《紫墓清斋》，便道："朱老板……噢，舅舅他为什么这么久都不和我相认？"

习娇娇道："那不是便于隐藏你的身份么？"轻叹了下，接道，"本来你和公子已可以……可公子他又……"掩面哭泣。

朱慈烨也是一阵惋惜，心中五味杂陈，亦不知是什么样滋味。为了他一个人，周围不知有多少人每天都要过着戴面具一样的日子，什么亲情、朋友、仇恨、身份亦都要一件一件隐匿起来，有些甚至到死也无法说出。

他翻弄着手上的那本书，道："舅舅要你把这本书给我，不知是何原因，他有没说什么？"

习娇娇道："公子他说，他此去辛府，倘出了意外，就要我把书交给你，若无事，便就不用了。"

朱慈烨道："他就只说了这些吗？"

习娇娇道："公子还说，书给了你之后，要你亲自交于你母亲。"

"交于我母亲。"朱慈烨张大了嘴巴，很是惊讶，道，"我母亲不是已经过世了，莫非是要我给干娘？可是，娘亲她现在……"

习娇娇也一脸疑惑道："我也很是奇怪，但我听公子言语，不应当是给老夫人，要不然叫我直接给她不就行了，何故还要这般麻烦？这书应该是给小姐的，可是小姐在二十多年前就已经……"

朱慈烨眼睛一亮，兴奋道："难道母亲还没死，故舅舅才要我把书亲自交给她？"

习娇娇摇摇头道："不可能，我亲眼看着小姐被焚化，怎么可能还会活着？"

朱慈烨一阵失落，要知道习娇娇和他母亲既是从小一起长大，当该不会有错，但不解道："那舅舅要我把书交给母亲，这……"

忽听得"咚咚咚"有人敲门，习娇娇向他一使眼色，示意他把书收起来，一边应道："谁呀？"

"习老板，明王可有醒来？"正是曾老头的声音。

"醒来了。"习娇娇见朱慈烨已将书藏住，才起身去开门。

屋外除了曾老头，还站着一名丫婢，习娇娇认得，她是老夫人生前的贴婢玉环。玉环手上端着一碗汤药，那药尚温温冒着热气，显是刚煎好不久。

曾老头道："明王醒来，药也刚巧煎起，大夫说吃了这药后，就没事了。"

习娇娇侧开门，曾老头走了进来。

朱慈烨看见曾老头来，迎上道："曾兄——"

曾老头未等他说下去，忽向前一躬："明王可好？"

朱慈烨一呆，曾兄看来真是把他当作明王对待了，居然要这般多的礼节。

曾老头反身从丫婢玉环手上接来药碗，亲自奉上道："明王刚醒转，怎就起来了，请快快坐下，趁热把这药喝了。"

朱慈烨见曾老头面显憔悴，想来娘亲的死，于他的触动很大。自责之余，接过汤药，朦胧当中，未行多想，张口就往嘴里灌下一大口。这下可好，汤药虽不见烫口，但这般大口吃进，是苦是甜亦都不及尝出，倒呛得咳嗽不止，一张口，满口药汁都喷向了曾老头。

曾老头不及防备，给弄得满身满脸都是。

朱慈烨措惊之下，一脸尴尬，忙搁下药碗，要上前帮忙擦拭。

曾老头却退了一步，道："明王稍安，我自己来。"

丫婢玉环见到这般情景，自掏出袖内香帕，给老爷拭药水。

朱慈烨瞧曾老头于自己这般恭敬，心中甚觉别扭，道："曾兄，你知道我不喜欢这样，我等还像从前那样，我称你做兄长，你呼我为兄弟，这样岂不是很好。"

曾老头沉默了下，道："张兄弟已不再是口中的张兄弟，礼数断不能少了。"话中之意，是说我口上虽称你做明王，但心里实一直是把你当兄弟来看待的。

朱慈烨亦不知有无明了曾老头话中的内意，当下也不再说什么，重端起药碗，喝下一口，眉间顿皱道："哇，这药好苦。"

丫婢玉环掩口笑了一笑。曾老头道："良药苦口，不苦又怎能被称上良药。"

朱慈烨低头瞧了瞧碗中药水，见汤深暗微红，也不晓是什么草药煎制，当下眼睛一闭，一口喝到了底。忽然，他觉感喉间发涩，一口药水未行下腹，便从喉间反呕了上来，口里顿是苦涩难当，脑袋也如给人击了一棒，昏昏沉沉下觉得甚是转晕。

习娇娇惊色道："药中有毒。"

曾老头上身一把接住朱慈烨要倒地的身子，叱声道："玉环，快……快去叫大夫。"

丫婢玉环早给吓傻了，呆呆一愣，道："噢——"夺门飞奔出去。

曾老头抱着朱慈烨上床，喃喃道："药里怎么会有毒，这可是我亲手熬的呀！"

只见片刻，朱慈烨的脸渐白转黑，乍看之下，确有中毒的迹象，曾老头不觉一惊，道："莫非药里真是有毒，这怎么可能？这药可从无外人碰过，怎会有毒。玉环，玉环怎还未回来？"一脸焦急。

习娇娇道："没事的没事的，张兄弟没有事的。"

正自这时，忽听外面脚步声大作，丫婢玉环领着一个青衫老头抢进门来，那老头背着一个药箱，进屋后向曾老头行了礼数。

曾老头催促道："快，快去瞧我家兄弟。"

青衫老头疾步来到床前，解下药箱，翻了翻朱慈烨的眼皮，捏开嘴巴瞧了瞧舌苔，最后搭了腕脉。

这时，房外又出现几人，为首的是司马天南，前脚刚进来，就大声道："明王，可是明……"看见了那大夫，即一改口道，"可是我那张兄弟醒来了？"

曾老头一摆手，示意小声点，道："司马庄主，门兄，瞎子，你们怎都来了？"

活眼神算道："曾兄，我等一心挂记着张兄弟，本就要一道过来瞧瞧，刚巧见着玉环领着大夫匆急进府，也就急着赶来了。到底生了何事？"

曾老头道："我也不见清楚，张兄弟醒来时，只喝下一碗汤药，就……"

活眼神算道："汤药，药碗可在否？拿来我瞧瞧。"很是着急。

曾老头道："在，药碗还在。"拿过给他。

活眼神算拿碗在鼻下闻了闻，伸出舌尖舔上一舔，忽脸色一变道："龙骨。"

曾老头道："汤药是我亲手煎熬，里面确有龙骨一药。"

活眼神算道："是我太大意了，我怎把这给忘了，我早该想到的。"

这个时候，青衫大夫把完脉象，摇头晃脑道："奇怪奇怪。"

习娇娇问道："大夫，有什么奇怪的，他是不是中了毒？"

青衫大夫捋一捋颔须，道："观张相公面色，确是中毒的模样，但相公的脉色沉稳，又决不像是中了毒。可能要借银针试过，方能断言。"

"银针？"活眼神算道，"大夫这里可有银针？"

青衫大夫道："有，有。"说着提过药箱，拿出一卷布囊，摊开来，里头排满长短粗细不一的各种银针。

活眼神算道："有劳大夫了，银针可否借瞎子一用？"

青衫大夫道："老爷但用无妨。"

活眼神算道："那麻烦大夫去客厅稍坐，瞎子用毕即刻奉还。"

青衫大夫愣了一下。

曾老头道："玉环，送大夫去客厅安坐，好生招待。"

丫婢玉环应过，迎领大夫出屋。

活眼神算道："习老板也暂请回房休息。"

习娇娇看了看朱慈烨，转身离开。

活眼神算又道："曾兄，你赶快吩咐下人要两只大木桶，一桶装满热水，一捅装满糯米水，送到房里来，而且要快，晚了只怕来不及。"

曾老头脸色瞬变，道："好好——"赶忙下去。

活眼神算接着道："司马兄，劳烦你帮个忙。"

司马天南道："神算吩咐就是。"

活眼神算道："不敢。司马兄能否帮瞎子把明王的衣衫褪了。"

司马天南道："举手之劳。"正要上去，门衍抢先道："司马庄主稍候，这事就交小弟来好了。"上前，解起了朱慈烨的衣裳。

不一会儿，上身衣物尽褪。

活眼神算道："门兄，劳烦把下衣也一齐尽除了。"

门衍呆了一下，道："尽除？"

活眼神算道："一件不留。"

门衍只好又把朱慈烨的裤子也给脱了，退至一旁。

活眼神算走上去，手上捏着一支银针，在朱慈烨身上摸行游离，从颈下先起，停下时，便将针插进肉中。

司马天南等俱都是习武之人，于人身穴道机要明白至极，活眼神算每下一针，他们口中就不约道："天突、关元、昆仑……"

活眼神算一连下了四针，最后捏起一针，迟疑了下，下在了阴部的会阴处。起身放落帷帐。

便在这时，曾府的下人抬来两只大木桶，跟着，陆续提来数桶热水，悉数倒进其中一只大木桶里，完后都退了出去，关上门窗。

活眼神算过去一探水温，眉梢一扬，喝道："水太凉，来人。"

喝声方落，房外便见一人启门进来，躬身道："老爷有何吩咐？"

活眼神算脸色一沉，道："谁要你兑了冷水？"

那人见神算这般生气，一时慌里慌张道："是……是我……哦，不是我……"

活眼神算不耐地打断道："什么你的我的，好了好了，你马上把这水换了，千万不能兑冷水，越滚越好，快去。"

那人赶紧招呼来三四名下人，吩咐将水舀出，自己则如兔子一般逃了。过得一会儿，曾老头急忙过来，道："瞎子，这水怎么了？"

活眼神算道："水不易。曾兄，糯米水准备得怎样？"

曾老头道："快了快了，我已用上府内所有的磨盘，一刻都未有停下。"

活眼神算道："那就好。"

过了半响，方才那名下人折身回来，身后尾随十数人，手中俱提着热水和糯米水，进得房来，各自注入两只大木桶里。顿时，房内蒸气缠绕，氤氲朦胧，如临仙境。

活眼神算挥退下人，正色道："曾兄，司马兄，有劳两位把明王抬到热桶里。"

曾老头、司马天南均都一愕。要知这水十分滚烫，活人这般坐下去，便是不熟，也非脱层皮不可。但瞧活眼神算一本正经，绝又不像在开玩笑，故也就踌躇着抬过了朱慈烨。

这次门衍倒不再为司马天南抢头，想必他也觉得此事不可思议，多一事不如少一事。

曾老头、司马天南抬起朱慈烨光溜的身子放入大木桶内，使其坐了下去，水刚好至颈。

朱慈烨刚坐着不久，身上就给烫得遍体通红，便真如熟了一般。此若非死人，断是难以承受，但他确实不是死人。

曾老头额上直冒冷汗，伴身左右，一脸焦急。

约摸过了盅茶时候，活眼神算终道："可把明王抬起，置往装糯米水的桶内。"

门衍抢上一步，和曾老头一道把朱慈烨转至另一只桶内。

活眼神算踱将上去，捋起右臂袖衣，探入桶里。不一会儿，桶里奶白的糯米水竟逐渐变了颜色，亦不知神算使了何样手段，水竟逐渐生得发黑。

朱慈烨一阵抽搐，慢慢醒了过来。

众人皆喜，曾老头最过高兴，道："醒了醒了，你看——明王可算醒了。"

朱慈烨张眼看到自己居然坐在一只大木桶里，先是一惊，后见自身赤裸，无半片衣物，更是脸红耳赤，但见桶中水黑如墨，望不透明，方才好受一点。

活眼神算问道："明王可觉身子怎样？"

朱慈烨深吸下一口气，活了活动手臂，道："挺好的。"忽然想起来，"你们怎把我放在这个大桶里，这水黑糊糊的，里头可是放了什么？"一边问着，一边居然用黑水擦着身子。

众人都看向活眼神算，他却未答话，曾老头只好将他如何喝药晕倒，神算如何施法救他，一一说了。

朱慈烨听后道："小侄谢过神算搭救之恩。曾兄，我现既已经没事，你们……是不是就先出去，让我穿了衣服起来，我可不喜欢老这样泡着。"

曾老头道："哦，是是是……司马兄，门兄，瞎子，我们就暂先出去，让明王穿了衣服再来。"

司马天南道："那我们就出去吧。"却见活眼神算仍是不动，不觉道，"神算，我等出屋了。"

活眼神算却道："你们出去吧！瞎子什么都瞧不见，就不必了。"

朱慈烨道："神算还是一道走了，有神算在，我这心里还是别别扭扭的。"

活眼神算道："明王就当瞎子不存在是了，你只顾起身穿衣，瞎子只站着不说话就是。"

朱慈烨道："那……好吧！不过神算要离得远远的，还要背过身子，不然……我就不起来了。"

活眼神算道："那是自然。"

朱慈烨道："好了，那曾兄你们就先出去吧，我不喊可都不要进来。"

曾老头道："明王放心就是，没有你的吩咐，我等绝不进来。"看了眼活眼神算，和其余二人出了房。只听屋内朱慈烨不住道："远点，神算还要站得远点……"不觉一笑。

活眼神算道："这里可以了吗?"

朱慈烨道："那里就那里吧！神算可不许偷看。"

活眼神算道："瞎子便就是想看也看不见，明王自便就是。"背过身子，掌中却不知何时，已多了根细线，正是那"锁魂钱"。

朱慈烨"哗啦"一声，光着个屁股爬出木桶，去向床间，拿取衣物。活眼神算始终背身未动。朱慈烨一边拿来衣物穿着，边还不忘惦记道："神算讲话不许虚，我喊你了，你才好过来。"

活眼神算道："明王自当宽心，瞎子断不敢违逆。"

朱慈烨道："这才是好。"刚穿上一条裤子，就听见屋外似有声动，心中好奇，便要凑上窗户，一探究竟。

只听活眼神算道："房掌柜、欧阳掌柜、柳三娘、雷鹤娘四人来到，明王自管穿齐衣服，稍刻再见。"

朱慈烨哦了一声，回去又套起两件衣裤。忽地，他奇怪地"咦"了一声。

活眼神算道："什么事？"

朱慈烨惊骇道："房顶房顶……有好多虫子。"

活眼神算咕哝道："虫子？"话音尚绕，便闻一下下埙声飘来，闻此音乐，听着与前晚似极，不禁惊叫一声，"不好。"

屋外众人皆也闻见了埙声，但除得曾老头，其人事先都不得闻，故也不晓此声的来历，只是听到了里面似有异动，才问道："里面出了什么事？"

活眼神算道："你等都不要进来，赶紧准备几桶火油，听我命令。"

众人诧异，好端端的要那火油做什么？亦不知神算在搞什么名堂，却见曾老头脸色一变，赶忙去备油。

朱慈烨仰歪个脑袋，愣住半晌。初时，屋梁上见不得几只虫子，但自埙声起作，瓦缝里、梁木上尽皆涌出不绝的虫来，顺着四面墙壁、房柱如潮涌爬下，不一会儿，眼望处，虫数如蚁，许多拥挤不过，索性还跌了下来。朱慈烨简直都看呆了，尚还不知自身早已处在虫军当央，亦给虫子包围了起来。

活眼神算自叹一声，以他耳力，这许多虫子上了房顶，本应早该觉察，只是一心向在朱慈烨身上，竟给他人钻了空子。当下一声清啸，挥掷出掌中锁线，缠住了朱慈烨腰间，回手一拉。

朱慈烨尚未反应，突觉腰上一紧，凌空倒飞起来，便如风筝一般，已给神算收在了身边。

活眼神算问道："明王可有碍？"

朱慈烨惊魂未定道："还好还好。"望一眼，四面围拢起的虫军渐收完整，不免暗道，"好险。"

虫军扑了个空，速整会一道，掉头扑来。其实此刻，活眼神算这里也不见得好，周围亦是虫影潮动，这时两人站到了一起，屋内虫子更是头向一处，沙沙包抄过来。

便在这时，猛听外面有人嚷道："瞎子，火油我已备来，下来该怎样？"说话的正是曾老头。

活眼神算一喜，道："曾兄，你等速将火油漆上所有门窗，待我言令点火。"

曾老头吃了一惊，这不是要连房子也一道烧了。但又一想，事先要虚废这里尚还有些不舍，如今夫人都已不在，倒不失一把火烧了的干净，以后就跟随明王，安心左右。心念至此，就道："门兄、欧阳兄、房兄，烦你等都来帮忙一把，这边就劳烦你们了。"自己则带领数名府里下人，提上火油，向房屋两翼而去。

曾府的房产，分落相连，一排下来，隔厢着七八十间。朱慈烨养病的房属客房，早年他在曾府时，住的均是主房，只因曾老夫人刚过世，众人担忧住在主房于他养病不益，故才安排在了客房。

客房虽比不上主房宏大，倒也相连有六厢，中间用木板隔成，但木板终不是泥石，保不得虫子不会打穿板洞，越屋逃出。活眼神算要众人把整排房屋俱漆上火油，定也是想到了这番道理。

虫军行动迅捷，眨眼工夫就已将二人团团围住，朱慈烨着急道："神……算，我们逃不出去啦。"

活眼神算道："明王莫慌，有瞎子在，绝不会给她得逞的。"

朱慈烨道："神算的本领，那自是高明的，可是这满屋子的血骷髅，神算可是有了十分的把握？"说得兴处，忽地"哎哟"一声叫出。

活眼神算惊道："怎么了？"

朱慈烨道："有虫子咬上了。"一巴掌拍下去，打死屁股上的一只虫子，扔了出去。

原来，这些血骷髅近到人前，便如跳蚤一样，一蹦一跳，上了人身体，开口就咬。朱慈烨刚拍死一只，却又跳上来两只，到得后来，反是越拍越多，直急得他哇哇大叫。

活眼神算道："快，赶快把衣服脱了。"

朱慈烨想也未想，神算的话总是不错的，忙一阵惊慌解了衣服。虫子跳上身体，原就附在衣物之上，衣物一除，附在衣物上的虫子自也给除下了，此比拍打更来得干脆，但此举治标不治本，便就一眨眼，又有无数的虫子反扑上来。

朱慈烨直急得挠腮抓耳，不知所措，但眼一瞧，身旁的活眼神算身上爬满了虫子，整个脸面皆覆，动都不动，凭那虫爬上爬下，不觉惊道：

"这下糟糕,神算都给虫子咬死了。"

话音甫落,听得活眼神算道:"瞎子皮老,给它咬几下还不碍性命。"

朱慈烨惊得一呆,原来神算还活着,心神宽处,道:"虫子这般凶猛,神算可想到了应对计谋?"

活眼神算道:"脱身之计瞎子早已想出。"

埙声依旧,听来似远且又近,倒叫人实难分辨那吹埙人的方向。只闻得"砰"地一声,活眼神算整个人竟突燃了起来,腾腾的火焰,噼里啪啦的连珠爆响,虫军猝不及防,一时死伤无数,焦煳味更冲于鼻。

朱慈烨"呀"地一惊:"着火了着火了。"但瞧四下,断无称手的灭火之物,便是有,也给虫子覆着,他可不愿去翻那些虫子找寻。灵机一动,就脱下衣服,用衣服去拍打神算身上的火。

这可算不得好招儿,他方已解下一件外衣,现又去了内衣,整个就是光膀子上阵了。那些虫子瞧出便宜,个个蹬腿磨钳,一蹦就上了身子,一口咬下,既狠且用力。

朱慈烨直痛得哇哇乱叫,原本打算帮神算灭火,这下可好,反倒自受其害,忙舞衣回抡驱虫。

屋外众人听见里面叫痛不绝,深知情况不妙,那时,他们业已从窗纸上窥见屋内虫影憧憧,便甚焦急,当下柳三娘就沉不住气了,要往屋里冲进。

煞面婆婆雷鹤娘拦下她道:"神算未言,我等切不可妄动。"

柳三娘焦道:"难道你要我看着他在里头受罪不成?"

雷鹤娘道:"柳妹子莫急,我相信神算此举自有他的道理,我等遵照就是。"

柳三娘急得一跺足,大叹一声。

曾老头突从墙角拐将出来,边跑边喊:"火油已妥,火油已妥……"

这边门衍数人亦早就漆成,正等着他了。司马天南向屋里喊话道:"神算,我等俱已办妥,听候吩咐。"

只听屋里传出话道:"司马兄,你等把火备稳了,见我二人出来,立就点上。"司马天南道:"神算断可放心,我早已准备妥当。"只见一排六间厢房,窗门前俱立着一名持火把之人,但待一声令下,整座房子便就得烧了。

第十一章
落日谜重

活眼神算引火烧身，倚的乃火符灵妙。道家喜炼丹生符，前者求的是长生，后者行的是正义，但凡三神六界，论尸鬼僵妖，道家均有与其相克制的符咒。于鬼有驱鬼符，于僵有镇尸符，于尸有赶尸符，于妖则有降妖符，千变万化的形色符咒，实不胜枚举。

更传道术高明的人，火符烧身，只损毛发，水符含口，可三日三夜沉于水底不出，皆还能生还。此在道家言来，属水不浸，火不侵，俨然与神人无异。

活眼神算研道习术，无宗无宇，当自是一名术人。在他人看来，术人是最神秘不过的一派，方得此时，江湖上自也不晓活眼神算的真实名号，此就可见一斑。

道术道术，道与术本就一家，源的乃同一老祖，只是后世当中有些道人定力不够，不愿每日道规约束，犯了规矩，给逐出了道门，自此后流离江湖，时日久了，便以术人自居。

术人本就非正面人物，行走江湖时，自不被正派所看待，故此人们总是说，术乃是道中败类，满腹邪念的人。不过，术自历经数百年的波折存亡，已逐被道家所接受，当中也出了不少名噪一时的术中能人，活眼神算可纵火自燃，当也算得当中之一了。

朱慈烨初见神算身上着了火，心想这下完了，神算不被虫子咬死，也要给烧成灰了。意在扼叹,竟听见了神算和屋外众人对上了话,心下一奇,很是佩服道:"神算确过高明。"

朱慈烨说着,自也哎哟哎哟叫了起来:"咬死我了,咬死我了……"衣影翻飞,左拍右打,身上的虫子始终不见少去。

活眼神算转首道:"明王休躁,瞎子替你驱了这些虫子。"

朱慈烨道:"那就劳烦神算快些,我可……受不住了。"

但见活眼神算腾地举起一只手,身上烧着的火焰竟都给那只手吸了过去,由脚下上来,盘蜒着流蔓进那只手的拳心。

朱慈烨看得口呆目瞪,见神算周身丝丝冒着黑烟,衣尽烧烂,眉发皆无,脸上黑一块乌一块,模样甚有些可怖,但身上却已无半点火星。

活眼神算缓缓松开五指,拳中握着的居然是一件红衣肚兜。朱慈烨认得,那正是当日娘亲给他的,不觉想起来,方才穿衣时未见着此肚兜,当时未曾发觉,现下奇道:"这肚兜怎会在神算手上?"他哪知晓,在风歇园不省人事时,就已给神算收去了。

活眼神算道:"此事日后再详述,先请明王速将这件肚兜穿上。"

朱慈烨想也未想,伸过手去,刚触及到那肚兜,不禁马上就缩了回来,诧惊道:"这……这肚兜怎的这样烫手?"

活眼神算亦不作解释,只道:"明王速给穿了。"

朱慈烨略一迟疑,心想神算既要他穿上,当中自有一定的道理,便就接了过来。但红衣肚兜实过灼烫,穿时丑态尽出,好不容易穿上了,顿觉整个身体如着了火一般。

虫子不经热,纷纷自行逃命,朱慈烨顿觉轻松了不少。不过衣服这般灼烫,时间一长,比之虫咬也不见得好受过多少,于是就想把它褪下。

活眼神算似洞穿了他的心思,忙言阻道:"明王切不可动手,我给你吃个药珠,就慢慢消烫了。"说着探怀取来一只青花小瓶,拔出塞子,将两粒发白的圆溜溜的小球倒在掌心。

朱慈烨早给热得难受至极,感觉全身都是湿漉漉的,当下只想着早些解脱,顾不上想太多,迫道:"神算既有良药,还不快些给我吃了。"伸手就要去取。

活眼神算手一缩,朱慈烨诧异道:"这……"活眼神算道:"请明王张口。"

朱慈烨斜睨了那两粒药珠，张开了口。

活眼神算大指甲盖连着一弹，嗖嗖两下，两粒药珠先后飞进朱慈烨口中。

朱慈烨嘴巴一合，喉咙底一咽，尚未及尝出这药珠是苦是甜，便已进到了肚子。吃下片刻，感觉人果是舒服了不少，不再那么滚热，摸了摸身上、肚兜，也不再那般发烫，不觉乐起来道："神算的药确真妙验，刚吃下就降了不少火。"

活眼神算道："有用便就好，我们赶紧出去吧。"

朱慈烨道："出去？"望一望满屋满地的血骷髅，暗吸一口气道，"神算请先。"

活眼神算虽已烧得衣衫褴褛，不成模样，但只见他右手往衣内一掏，拿出一沓黄符，口默咒语，挥手掷去，只见一沓黄符以直线飞出，竟到门后。忽地，符线腾一下都燃了起来。

血骷髅最是惧火，纷纷退避，不觉之下，竟给神算两人让出了一条细道来。

朱慈烨暗为吃惊，神算衣衫都烧成了那样，身上怎还能藏住那许多的物事呢？正自纳闷，忽觉肩头一紧，吃痛起来。

活眼神算一把抓住朱慈烨，提将起来，踏着符火疾奔而行。火符自妙，火却盛不久时，火势但一下来，虫子又慢慢靠拢过来，但神算乃非等闲，便就这一刻，已提着朱慈烨到了门后，喊道："曾兄，司马兄，快快点火。"一掌拍飞半扇门，径掠出去。

两人刚掠出，数十只火把就扔了上来，这边是主门，故此要多做些防备。油火相遇，眨眼火舌就已窜起半人多高，屋里的血骷髅遥见火光，乱成了一团，发着吱吱吱的叫声，三两只试图蹦过火墙，竟都给烧死。

活眼神算抓着朱慈烨出了屋子，才放松手。

屋外众人见二人无恙出来，均喜悦色，但一见神算那般模样，又不觉大为惊诧。柳三娘忍不住护嘴笑道："神算的白眉白发……我瞧着以后该改一改名号了，活眼神算——该改成活眼和尚才差得不离。"自笑不止。

司马天南呵斥道："休要放肆。"见她调笑活眼神算，心中怒气渐盛。说到底他和神算等十八人齐名，柳三娘的师兄黑木道人固也是当中一员，可她却不是，此番嘲弄了神算，和嘲弄他们十八人没有区别，心下便极为

不悦。

柳三娘本就是在开玩笑,当也不跟司马天南计较,管他悦还是不悦,自顾来到朱慈烨身边道:"傻小子,你感觉怎样?"

朱慈烨不住揉着发痛的肩头,苦色道:"神算好大力气,痛死我了。"

柳三娘拍了拍他的肩,苦笑着摇了摇头。

活眼神算道:"瞎子一时情急力用重了,还请明王见谅。"躬身拜罪。

朱慈烨摆摆手道:"算了算了,我知道你不是故意的,你也成了这副模样,还是赶紧下去休息的好。"

活眼神算道:"事情尚未完结,瞎子还不能走。"

朱慈烨道:"我们都已逃了出来,虫子也尽都困住在火里,不久都要烧死了,这里还能有什么大事情?"

活眼神算道:"瞎子未亲身待等猛火熄灭,终是有些不放心。"

朱慈烨道:"那……随你吧。"忽闻一阵叮叮咚咚的响动,众人转目一看,见是曾府里的一大帮下人各拿着盆桶锅勺,焦急地跑来。曾老头一见不好,定是府中那些尚不知情的下人,看见这里有火光,以为是着了火,都赶着过来扑火来了。忙上前阻拦下众人,喝令他们回去,该干什么还干什么,这里的火不要你等来救。

下人们均是一脸诧异,心想:"莫非我们家老爷疯了?火都烧得这般大,眼见着一排上好的红瓦客房白白就给烧了。烧就烧吧,反正烧的也是他家的房屋。"疑惑之下,都拿着家什退身回去。

曾老头赶走众人,复回到火屋前,这时整排房子都已烧着,火势甚旺,不时能听见火里噼里啪啦的爆裂声。径直走到朱慈烨跟前,道:"明王可真无事?"要在往时,不定早已上去查验个遍,只今既以王臣相称,倒先要以规矩视重,可不问得一下,实又不甚放心。

朱慈烨道:"我没事,这不很好的。"挺了挺腰杆。

曾老头看看也是,这才放心地笑了笑,突然,他的笑容顿僵在了脸上,眼睛直勾勾盯着朱慈烨,道:"张兄弟,你不疼么?"一时情急,竟直呼昔名。

朱慈烨愣了半响,道:"就刚才神算抓得我好生痛楚,不过现在已是好多了,已不再觉得难受。"

众人皆闻曾老头口误,纷纷转目向朱慈烨,这一瞧不打紧,仔细看下均是大惊失色。柳三娘抢言道："傻小子，你真不觉异样么？"

朱慈烨搔搔头，道："你们怎都是怪怪的？我感觉从没这样好过。"

柳三娘连退数步，偷偷拽了下活眼神算的襟衣，小声道："瞎子，傻小子有问题。"

活眼神算也轻声道："瞎子早已知道。"

柳三娘道："那你还不动手？"

活眼神算道："柳老板想要瞎子做什么？"

柳三娘急得一跺脚，道："你该想法子帮帮傻小子，你没见到那虫子……"

活眼神算悠悠道："瞎子没有办法，他体内的尸毒已然侵入心腑，你们都已瞧见，有只血骷髅已从背后的伤口钻入进身体，而他却一点也感觉不出，唉——"轻叹了一声，"瞎子也是无能为力。"

柳三娘恍惊道："这……那虫子是你故意留下的？"忽然又想起什么来，说道，"不对，刚才傻小子还一直说你抓得他肩头吃痛，说明他还是有知觉的。"

活眼神算闭口不答，展出那只抓过朱慈烨的手给她瞧。柳三娘一见便明，原来活眼神算在屋中取火符时，不经意间，手上沾了朱砂，因此朱慈烨才会感到不舒服。

柳三娘道："那怎么办才好，傻小子真就没得救了？"

活眼神算沉默未言。朱慈烨看向二人道："神算和柳老板在细聊些什么？能不能讲来于我也听听？"

柳三娘慌道："没……我们没聊什么。"

朱慈烨一脸狐疑，道："真的？"

柳三娘眉眼一笑，道："骗你作甚。"

朱慈烨道："既然你们没聊什么，那柳老板可否过来帮我个忙？"

柳三娘道："什么忙？"

朱慈烨耸耸肩，道："我这后面老觉痒痒，借柳老板的手来给我挠挠，不知可否？"

柳三娘瞧向过去，见他背后的肉一起一伏，显是虫子正来回游动，不禁寒毛倒竖，小声询问活眼神算道："瞎子，他知道自己如今是人是尸么？"

活眼神算道:"兴许知道,兴许不知道,这个瞎子断不敢拿保。"

柳三娘嘀咕道:"说跟没说一样。"又问道,"那你说我过去还是不过去?"

活眼神算道:"过去,有瞎子在,柳老板怕得什么?"

柳三娘道:"我倒不是害怕,我只觉得心里很是不舒服。"说着,缓步走了过去。

曾老头看看柳三娘,转目瞧瞧朱慈烨,道:"柳老板到底是女人,明王这样恐不见雅观,还是让我来得妥。"

朱慈烨一言拒绝道:"不,我就想要柳老板援手。"

曾老头只好作罢,偷着给柳三娘使了个眼色,意思是说,有我在边上,三娘放心便是。

柳三娘当得会意,脚步自也迈得大方了,三两下到了朱慈烨背面,看着虫子钻去哪里,指尖便挠向那里。

朱慈烨半眯着眼,显是舒服至极。

柳三娘右臂酸了,便换得左臂,这样过去些时,只觉两臂都如千斤石坠,又重又累。朱慈烨却仍一副意犹未尽的模样,道:"曾兄,麻烦帮兄弟抬两张椅子来,我和柳老板都站着累了。"

曾老头一愣,道:"好,我马上去。"

朱慈烨斜眼见曾老头走开,道:"柳老板也是累了,咱先停手一会儿,待曾兄抬来椅子再抓。"他倒是丝毫不见客气。

柳三娘双臂早已生痛麻酸,得一赦言,当停手自行敲打揉捏起来。

朱慈烨回身见她这般,忙道:"柳老板不辞劳累于我解痒,我也回过来替柳老板抓抓。"伸出手去。

柳三娘急地一退,道:"不必了。"

朱慈烨愣了下,笑道:"看我真是糊涂,女人的手怎好随便碰的,那……那我给柳老板捶捶肩好了,以前我也经常帮娘亲捶来着。"

柳三娘心下奇怪,傻小子一会儿要我给他挠痒,一会儿又这般热情对我,葫芦里到底卖的是什么药?正百思不解,朱慈烨却已来到背后,拿捏起了肩颈,一面还道:"柳老板,觉得如何?"

柳三娘心道:"傻小子还真有两手,经这般一捏一揉,真觉要舒坦不少。"渐是放松下来,微合双眼。

忽觉肩上一松，听得朱慈烨叫道："曾兄来啦！"

柳三娘霍地张开眼，顿觉自己直往前扑去，未等反应，又觉什么东西缠住腰间，整个人都被掀飞了起来。幸好她轻功不错，凌空一个翻滚，险未跌倒。这一事变实出乎众人预料，尚未及反应到底是出了什么事，就听"砰"地一声，有人冲入了屋中。

只见众人很是惊慌，乱糟糟道："不好，明王跌到火里去了，快……快去端水来扑火……"

柳三娘顿了下，方才回过神来，便就这时，只见活眼神算手上提着条怪异的绳子，亦跟着扑向屋子。

众人皆是大惊，脱口道："神算不可。"却已晚矣，活眼神算的身影已是淹没在大火里。

曾老头刚提了两把椅子过来，便见到朱慈烨一把推了柳三娘，转身冲进了火屋，柳三娘往前扑来，遭瞎子锁线一提一甩，径飞摔去，瞎子亦跟着往火里扑进。曾老头连忙扔下椅子，一头疾扑上去。

当正这时，眼前人影一晃，左右各有人上来阻拦，曾老头定睛一瞧，见是司马天南和房雄二人，司马天南挡在左侧，道："曾老板要做什么？"

曾老头道："你等没见到明王在火里头么？"

司马天南道："火这般大，太危险了，当下紧要的事情，该是曾老板召集府中所有人同来救火，方为主要。"

房雄跟着道："司马庄主言的在理，曾老板可不好再进去了。"

曾老头望望熊熊火光，百感交集，觉得司马天南的话不无道理，当下即撤身离去。

活眼神算方觉异样，未就思索，手中锁线便已出了手，卷向朱慈烨。不觉柳三娘却迎线撞将上来，便就这一阻挡，却给朱慈烨逃走了。

他遂跟着扑入屋子，听到左侧响有异动，直冲过去。

此时这整排房屋已烧得是面目全非，断梁残壁，无一完好。房与房中间用来隔挡的木板子，原就轻薄，现大多已经烧穿，两厢俱可通连。响动正是从隔壁的房间传出，活眼神算掠身进去，便觉一股风迎面扑来，他身子一斜，脚步急向右一挪，巧避了开去。

只听"啪"地一声，那东西实实钉在墙上。忽地，活眼神算又听到方进来的那间房，似有东西撞破了屋顶，房瓦哗啦啦一大片掉了下来，他心下一惊，道："不好。"返身回撤，却觉右边有东西飞来，他连手一挥，喝道，"畜生，我不取你性命，你倒处处与我作对，休得怪我了。"一掌拍将过去，那物叫得一声，中的掉落地下，弹了几下腿脚，终就翻爬不起。

活眼神算哼了一声，道："赤焰金佛，亦不过如此。"掠身回头。

曾老头下去召起府中所有人等，要他们都拿来可盛水的器具，跟着自己一道去灭火。府里那些先前赶着要救火的下人，惊诧之下，均疑问道："老夫人这一去，给老爷的打击确过不小，连人都开始犯糊涂了，这好好的房子眼见白白烧没了，方才叫我们去扑救，这不是脑子……"忽想起人家毕竟是自家老爷，难听的话也就不想了，都暗暗摇头跟着去救火。

活眼神算返身回到进来的那间屋，心想："明王不会武功，没那般大能耐穿瓦逃走，定是给别人带走了。"想着，耳畔忽然埙声起作。方点火后，这埙声便就已自消，此时又作，看来她们还在附近，尚未离开。

便在这时，周围地上响起一阵沙沙的声音，如有许多虫子包将上来一般。活眼神算一怔，道："整座房子都已烧起来，却还哪来这么多的血骷髅？"心疑之下，前后左右俱有疾风袭来。不及深思，忙举臂抡出一圈"锁魂钱"的光影，护住周身。但闻噼里啪啦一阵响，几处疾风均给锁线弹了开去，这时地面的沙沙声已很是逼近，活眼神算锁线一回，绕起一截烧得正旺的圆木，沿周身虎虎耍了一圈火影，迟滞了虫子的进犯速度。

血骷髅很是惧火，此招确有阻虫之效，但活眼神算总不能这样一直抡着，只见虫子微作停顿，等火影过去，蜷身又至。

这时活眼神算身上的火符已于先前用尽，不然借得符火烧身，当可解困。但神算实也非等闲，手腕一抖，荡开圆木，洒出几束线晕，回手一抡，锁线一头便如灵蛇一般，绕在房梁上。心道："你等这些虫子，瞎子要走，也还不是轻而易举。"手臂一拉，足下跟着一弹一跃，冲撞向屋顶。

但听得琉瓦"哗啦"一声，破了一个大洞，碎瓦纷纷掉落下来，悉数砸在活眼神算身上。只见瓦洞上面，一只大虫的前爪探出，戳将下来，如螳螂的镰刀腿，凌厉至极，瞧那阵势，足可开脑裂骨。

活眼神算忽感觉头顶凉飕飕的一阵风，顿感异样，知屋顶早有埋伏，连使一个泰山压顶，重新回落到地面。

那爪子一戳落空，也不下来追赶，隐没在瓦洞边缘。

活眼神算怒道："看来你是非要置我于死地不可了。"站稳身子，觉得后心有一股更大的劲风撞来。原来就在他上瓦破身之际，屋里的"赤焰金佛"便召唤起血骷髅，聚成几个大虫球，跟当日在藏尸洞遭遇的一样，飞滚撞来。

活眼神算猝不及防，慌乱当中，举掌拍去。虫掌相交，虫球给掌力震飞数尺，活眼神算自身亦难消虫球的冲撞，连退数步。

脚下未稳，又一虫球飞来，此时活眼神算已不及还力，那虫球重重撞在心口，哇一声喷出一口鲜血，身子倒飞后去，撞在一根房柱上，胸口一闷，又一口鲜血激出。

忽地，那指挥着虫子攻击的埙声突就一转，变得十分哀怨凄凉。活眼神算脑袋一沉，晃晃悠悠地站直身子，步到屋间，立着不动一动。

就在这时，那几只大虫球抖着一跳，轰一下化整散开，群起攻伐。瞬间，已至活眼神算足下，争相攀足而上。这血骷髅虽见人就咬，善从伤口下钻进人的皮肉内，但它们最大的本领，还是从人的五官——眼、鼻、口、耳进入人体腹，食其内脏脑髓，凭你本事再大，也没得办法。

忽听得屋外有人焦声道："快快，他们从这里进去的，把这屋的火浇熄为先。"

"你们都往这边来，听司马庄主调遣，集中把这儿的火先扑了。"说话的正是曾老头。

活眼神算依立在屋间，似中了邪，表情安详，全然不知自身已陷危境。虫子自两足攀爬上去，到得臀部，上其腰身，速度奇快，眼见不一会儿就要触及五官。

忽然，一瓢凉飕飕的水从屋外泼入，正中脸上。活眼神算猛然一惊，醒来已然知悉个中因由。不及多想，凌空连翻十来个筋斗，甩开身上的虫子，跟着足下借势一弹，扑出了屋子，在地滚了几滚，方才一跃跳起，头上冷汗涔涔，始暗呼一声："鬼命凡音，好险。"

屋外众人突见里面有一人飞身疾出，俱是一惊，但一眼瞧去，见是活眼神算，身上还残存着几点火星，几名曾府下人忙端水过去，将其淋熄。忽见神算身上附着数只张爪舞钳的怪虫，这些下人都不曾见过，害怕得连惊退数步。

这时，司马天南、曾老头等也上来，看见有虫子，三两下同捉了去，掷到地下，用脚都踩了个稀巴烂。曾老头见活眼神算独自狼狈出来，不便相询,也已猜出个大概,当下便喝退府中所有下人,火自不必扑了。众些下人一下呆了,老爷一会儿不救火,一会儿要救火,此刻再变卦,心中大是存着迷团,但见神算滚将出来,更是不知发生了何事,有心疑问,却也不敢向老爷咨证。

柳三娘抢着道:"瞎子,傻小子人呢?怎么他没和你一道出来?"她终因朱慈烨投身火海而心存愧疚,暗责是自己没看好他。

活眼神算长叹一声,怔了半晌才道:"给她掳去了。"

众人大惊,均想:"定是有人借火起之时,从屋背悄摸上来,伺机得逞。"

活眼神算又是一叹,又道:"不过瞎子已清楚此人是谁。我等这便去向她要人。"

司马天南大喝道:"走,这人胆敢在我等眼皮子底下作歹,我司马天南第一个放她不得,交人便罢,倘不顺从,便就以武讨之。"

门衍即附会道:"这些人也太不把我等放眼里了,司马兄待会在边上休息,先让兄弟上前与之料理一二再说。"二人你一言我一语,便要起程。

曾老头拦道:"二位兄长稍安勿躁,我等还是先听瞎子道明,晓得这人到底是谁,计议一番,再行去讨教不迟。"

司马天南道:"曾老板言的有理,神算快快讲来,那贼人是何方来路,莫叫兄弟等得急了。"

活眼神算道:"此人你我都认得,正是辛家大夫人沈珂雪。"

说着顿了一顿,接着道:"早晨瞎子见她送来朱老板的尸首,便深觉有异,只一时却难猜透,不想她一计不成,连生二计,终叫她得逞。瞎子料猜,此举她只意在明王,当下我等要紧的,是立马上门去讨要,想迟缓片刻,恐悔之不及。"

曾老头道:"瞎子讲得极是,只是当中还有许多细节,老夫尚不曾明白,方不议她此举的目的是什么,且说朱老板诈尸后,偏就追着明王一人,莫不是她只想置人于死地,可是她为什么要这样做?明王自小在四平街一地长成,断不能和她结下深仇大怨。换句话说,假如她只想取人性命,为何还要将人掳走,这不显得多此一举了?"

活眼神算道:"曾兄所言也不无道理,当中确有许多不合情理之处,但瞎子敢断言,这事定是她做下的无疑。观眼四平一街,除了她,还有谁有这般本事？"

曾老头沉吟着。忽地，听得有人道："我知道朱老板为什么要追张兄弟。"只见丫婢玉环搀着体弱的习娇娇走来。

习娇娇脸色焦急，原来她一回房，躺在床间不知不觉就睡着了，醒来后听玉环讲府中已出事，待问清情由，好不把玉环一顿责备。过来时，刚巧听见神算和曾老头说话，便就插了一口。她急急走上前来，问道："张兄弟是不是出了事？"

曾老头道："习老板，你怎也过来了，你身子欠安，该多行休息。玉环，我不是吩咐过不要让习老板随便走动么？"

丫婢玉环嗫嚅道："我……习老板她……"

习娇娇大声道："你们到底告诉我，张兄弟是不是出了事？"

曾老头见瞒不过，点头道："是，明王遭人掳去了。"

习娇娇身子一颤，险就跌倒，呆了半晌，不免自责起来："老夫人刚去，便出现这样的事情，我……死了有怎样的脸面去见她老人家。"不禁泪流下来。

曾老头安慰道："这事怪不得习老板，要怪也只能怪我们。明王是在我等眼皮子底下遭人暗算的，倘我等不把人找回来，便就以死来谢罪，请习老板放心就是。"

活眼神算道："曾兄所言不差，习老板这般自责起来，倒叫我等无地自容了。习老板，瞎子有一事询知，方你讲知悉朱老板为什么只追明王，不晓这中间是何道理？"

习娇娇喟叹一声，道："朱老板其实是张兄弟的亲娘舅，楚嫔妃的亲大哥楚公子。这许久以来，当中只有我和老夫人清楚，他人概都不晓。"

活眼神算道："原是如此，僵尸有嗜杀亲血的习惯，瞎子当还以为是有人给朱老板下了什么样的妖法，才会非置明王于死地不可。此番看来，倒是瞎子冤枉了她。"

曾老头道："这样说来，她只志在夺人，而非取人性命，只不知她此举，又有什么样目的。"

活眼神算道："瞎子以为这应当和那叫荷心的女子有关，她们二人，本就是一丘之貉。瞎子还以为，此刻那荷心也定在辛府中，不知又要密谋何等妖事。"

司马天南问道:"荷心是何许人也?"

事既至此,当无意再做隐瞒,活眼神算俱把所知关于荷心的事尽数讲出,在场除去曾老头,人人皆脸上惊诧,均想:"当年那一夜,历家惨遭灭门,便只剩历老爷的小孙女未寻着尸首。但当年她年龄幼小,二十多年来,街上的人皆以为她在那夜便是幸存,也是活不长久,就是叫她活了下来,一个不知事的小儿,又岂能懂得当年恩怨,便就是往最坏的想,众人心中也是做好了她随时寻仇的准备。可不想神算讲来的这人,身份竟这般的出人意料。"

司马天南脸一沉,道:"南阳老儿怎的这般糊涂,收养一个鬼婴作徒。他此番做法,不是要她学上本事,回来害我么?我等要趁她手段尚欠,去辛府一并解决了,免生后患之忧。"

活眼神算道:"瞎子与司马兄一道想法,皆认为此祸根越快除去越好,倘叫她练就了七阴连心,便就是道祖再生,也不易降伏。待得那时,我等只得将性命奉于她手上了。"

司马天南道:"神算所言极是,我等这就过去,不除此害,概不罢休。"

病大夫欧阳游咳嗽了两下,插口道:"司马兄勿躁,我觉此事不像这般简单,我等去时,先以好言相询,免伤了你我和辛兄弟的情义。"

司马天南哼哼两声,不屑道:"听欧阳掌柜言来,似有袒护辛家之意。"

欧阳游道:"我绝无那般意思,司马兄毋要误会,我只是……"

门衍上来打岔道:"谁人不知,欧阳掌柜常得辛家的好处,便就是有所袒护,也是情理当中之事。"

欧阳游急道:"你等误会了,我断无那般意思,我……辛兄他……和辛府……"一时语不搭调,显是真急了。

不过这样一来,别人更觉他有二意。司马天南冷冷道:"欧阳掌柜不必再做解释,我等也是深明大义之人,不往心里去就是。"

欧阳游整张脸涨得通红,更是咳得厉害起来。煞面婆婆雷鹤娘心有不忍,帮其讲话道:"欧阳掌柜为人如何,这里谁不清楚,他哪会是那种情理不分的人?"

司马天南冷觑一眼,道:"我等又不曾责罪欧阳兄,雷婆婆何需这般焦急。"意思是说，看来你俩是一路的。

雷鹤娘当然不傻，能听不出他话中含意？心知再这样较劲下去，必伤众人和气，也就忍下不与辩解。

司马天南笑了笑，道："俗话说，蛇无头不行。我等既已祭了牌，明王又遭妖女掳去，当下紧要时刻，须得临时举出一位领头人才好，否则如一盘散沙，必遭歹人借机暗算，众位看如何？"

门衍附声道："司马兄威名慑日，黑白两道俱加佩服，而我等十八人中，亦司马兄之地位最高，我门衍功夫浅薄，甘愿追随司马兄，效犬马之劳。"此言一出，众人皆沉默，他虽未明言推崇司马天南，然话语间，亦也相差无二。

司马天南看着众人，未及出言表态。

曾老头道："门兄一言尽透。当日我们兄弟拜跟紫衣人，就已认准他手下的那面飞鹰紫字牌，照当年山上的规矩，紫字牌倘不在，便由黑木道人余兄承继，可惜今时他二人都已不在，自当司马兄接任，我曾天寿也甘愿追随，决无二心。"

接着，欧阳掌柜、煞面婆婆雷鹤娘、引魂钩房雄俱也表了态。柳三娘不是十八人中一员，更不是山上的人，于这等事情毫无兴趣，但她心系师兄遗志，愿跟随大伙，自无别意。习娇娇更不必相言，有心帮手，苦奈身子不济，有心无力，故一句未言。

活眼神算待众家言毕，始道："司马兄代日朝晖，瞎子自当十分赞同，唯不知兄之意何，我等俱洗耳恭听。"

司马天南哈哈一阵大笑，道："众家兄弟抬爱，鄙人十分荣幸，可这领头大任，确实不敢接纳，还须另择贤人才是。"

众人听罢均是一诧，料想司马天南提出这般事来，必有那般意思，以他的资历威望，场中自无人可与之相匹。委实难料，他会道来此番言语，加以拒绝。

门衍心想："司马兄年轻时在官场久居，难保不被熏陶，此番举止，定乃官场上所言：欲而不急，事而不躁。假意推托罢了。我要不行坚持，他必疑我不够忠。"想出道理，即道，"司马兄此言差矣，要说明人，司马兄居其二，其余人谁敢言居第一，倘论资排辈，那更是无人可与司马兄比较，愚兄若退却，恐已无人心往，众位说是不是？"

众人相继应和。

司马天南摆摆手道:"众兄弟的好意,我司马某领却了,只是我今日提及这事,实非只为自身名利,若大家真信得过我,那我司马天南斗胆举荐一人,不知众位意下如何?"

门衍诧道:"司马兄这是?"

曾老头道:"司马兄既有人选,讲来一听亦是无妨。"

司马天南道:"我深觉此事重大,自身难以胜任。方此时局,实不易再行庸俗之礼,得择一名上佳人选,在我司马天南心中,只觉此事神算再合适不过了。"

众人俱是一愕,活眼神算紧忙推道:"这可万万不行,司马庄主抬眼高估,教瞎子好不惭愧,此……瞎子断不敢使得,还望庄主另觅贤能。"

司马天南道:"神算过谦。方得一言,始深知那俩贼人不是身怀妖法,便是心肠毒辣,我等虽各个本领精通,不惧怕她,但骏马犁田,良药错症,恐反不及要害。神算百般精明,当不需我明迹,自悉知我的意思。"

活眼神算道:"瞎子懂得,可瞎子毕竟双目失明,到头恐怕反误大事,切实难以胜任。"

司马天南叹了一声,道:"神算既已说得如此,我也不便再多强行。"回过头,看着门衍,道,"要不门老弟意下如何?"

门衍整个人都不禁一颤,心道:"司马兄到底在搞什么?这副重担,我门衍岂有能力接受。"想了一下,回答道,"司马兄瞧得上兄弟,兄弟本该二话没有,欣然接受才是,只是此举关乎明王安危,兄弟深知自己有几分本领,断不敢拿之儿戏,还望兄长莫要责怪。"

司马天南听他讲罢,道:"门老弟言之真切,此确实不是你我所能胜任,唉……"转而向众人望去。

雷鹤娘、房雄、欧阳游均避目不及,当瞧到曾老头那时,他忽然开口道:"司马兄,觉得我来可否?"

司马天南微微一怔,要知他提出此事,实乃意深悠长。明王朱慈烨遭人掳走,随时出现差池,到得那时,他身负金字鹰牌,必首遭他人指责。再者,明王现在谁人手上,亦均不晓,便就果如神算所言,在沈珂雪和那叫荷心的妖女那里,这出头鸟儿,非聪明人愿就当得。但明王实又不得不设法搭救,他身为金字鹰牌,当要做出些表率,却又有意居身事外,方才想出这个招来。哪知门衍不明他的心境，再三予以拥戴，他一气恼，这才要他也难堪了一把。此曾老头毛遂自荐，正合心意，笑道："曾老板威名远在，前日便以一牌子吓退那京城第一名捕，实在让众人大开眼界，倘若老板愿意，那是再好不过了。"他也是捕头出身，说出这样的话，旁人听来亦都不知是抬举还是暗讽。

只听曾老头哈哈一笑，道："难得司马兄瞧得起我，我自当全力以赴，断不教众人操心。"

活眼神算喝彩道："好，曾兄只管手脚放开，瞎子任愚兄差遣，绝无二言。"

"引魂钩"房雄、"病大夫"欧阳游、"煞面婆婆"雷鹤娘、柳三娘均亦表明心迹。

门衍瞧了瞧司马天南，不见他说话，自也不好贸然开口。

司马天南见众人言来语往，甚觉失落，强颜欢笑道："今后曾老板有什么事情，吩咐就是，我司马天南随时效命。"

曾老头抱拳道："不敢，司马兄言重了。现有一事，不知兄意如何？"

司马天南道："曾老板有事请讲，我必定悉听吩咐。"

曾老头道："司马兄客气。"沉顿了下，抬头望一望天色，接着道，"已近申时，我想只身走一遭辛府，一为探询明王是否在那里，二则查问一下朱老板的死因，这里暂交由司马兄主持，倘日落还不见我回来，一切听凭司马兄掌握，否然，切勿轻举妄动，等我的消息。"

话音甫落，活眼神算当先反对道："不行，你一人去太危险，朱老板已丧命那头，我怎也不答应看你也白白去送死。"

房雄等人亦都跟着出言阻劝。

曾老头断都不理会，只看着司马天南，问道："司马兄意下如何？"

司马天南沉吟了下，道："曾老板此去要大加当心，速去速回，这里尽交给我好了，自不必挂心。"

曾老头道："有劳了。"看了看众人，转身就走。

活眼神算呵斥道："曾兄休走，瞎子与你一道前行。"

曾老头停也未停，道："不必，瞎子只管在此静候音讯，待我归回。"

活眼神算欲要前上追赶，却给司马天南拦下道："我等还是听从曾老板安排的好。"

时值申时，四平街算不得热闹，再过得一二个时辰，等那些小商贩睡饱，方才起来做生意。

曾老头出了府宅，直向辛家赶往，一路之上，逢人见到他，脸上的表情都甚是怪异，他心觉奇怪，便拉来一名熟悉的街坊，询问事由。

原来，是大伙遥见曾府内火光冲天，不知出了何事，故此交耳非议起来。

曾老头谢过那人，片刻，便到了辛家门口。只见三四名辛府下人在门里进进出出，煞是慌张，心疑辛府可是出了什么样事情？当下拦住一人，问道："你家府上可出了什么事？"

那名下人边摇着头，边急着要走。

曾老头只好拉住他，道："麻烦去通报一声你家大夫人，说我有要事求见她。"

那名下人还是照样摇头不说话，指了指外面。

曾老头回过头，见那里有个人正冷冷站着。

那名下人趁这时机，用力抽出手臂，一溜烟逃走了。

曾老头看着那人，依稀认出眼前这人虽一身素装，腰无兵刃，但正是沈珂雪手下的其中一名铁甲武士。当日在辛府，及两日前陪伴沈珂雪一道送老朱来府，挥掌凌空劈落瞎子三支竹签的正乃此人。

那人一脸严肃，道："你来找我家小姐可有什么事？"

曾老头道："自是有要事相商，劳烦阁下进去通报一声。"

那人道："辛府今日概不接外客，请改日再来。"

曾老头一怔，道："可我真的有要事要见你家小姐，有劳了。"

那人道："我说了，今日辛府不接外客。"

曾老头道："倘我非要见不可呢？"

那人正色道："那除非你能打得过我，从我身上跨过去。"

曾老头暗忖："此人的功夫不错，一时半刻极难将他打败，若日落之前还见不到沈珂雪，那我等和辛家必要有一场恶战，此于搭救明王极为不利。"想到此处，禁不住道："今日我来不是要寻你打架，更不是来找辛府的麻烦，我只求见你家小姐一面，还望通告一声。"

那人道："我说过，要见我家小姐，除非你把我打倒，从我身上跨过去，否则断然不行。"

曾老头道："非这样不可么？"

那人不答，实则已是默认。

曾老头暗叹一声，心下盘算，深知和他越纠缠下去，于己越显不利，当下唯一的办法，只得硬闯了。他斜睨一眼身后，五步开外便就是辛府的家门，而眼前那人却一直立于街心，于己间有十数丈距离，倘自己展开轻功，量他一下也拦不住自己，待我进了府后，搅出它一些动静，那沈珂雪必亲来查探。那时，自也能见到她了。

心意已定，向那人道："既是如此，那我只得改日再行拜访。"

那人道："不送。"

曾老头佯装是要离开的样子，微微侧头，瞄了一眼身后，见门里门外俱无一人，突身影一展，向辛家大门掠进。

那人一愕，已知上当，大喝一声："休走。"

曾老头连展身影，已至院中，但眼一瞥，见左旁地面有一个人影鹰扑下来，当下一惊道："来得真快。"往右一闪，回手一拳打了过去。

但觉拳下空空荡荡的，甚觉不吃力，定睛一瞧，方看清扑来的竟是一件衣服，心下大怒，已知受骗。就在这时，忽觉面门劲风呼呼，他忙身子一矮，一拳击向对方小腹。

那人掌风一收，右脚向上一踢，踢他右腕脉门。曾老头心念微动，拳指一勾，戳对方足踝商丘穴。那人足亦不闪，挥掌横切曾老头面门。

曾老头心一惊，这是哪门子掌法，专打人面门的，我要被一戳下去，自己这张老脸非报销了不行。

当即右臂向上挡，左手跟着拳风击去对方足底。曾老头原就无恋战之心，当下心念一动，生出计来。但听"砰"地一声，拳足相交，那人单足鼎立，一时站立不住，向后飞掠而去。

曾老头亦就借着对方力道，倒飞起来，此厢一退一走，两人忽已距开有十数丈远。但见曾老头身影未歇，便拔头朝府里冲去，口中还大喊："沈珂雪，沈夫人，请快快出来见我。"喊得两下，见四周无人，便一掠出院，穿过一座拱门，进到内院当中。

只听身后劲风渐近，那人紧追上来道："你休走，停下咱等再斗他一斗。"

曾老头心道："等改日再和你纠缠较量，今日有事，恕不多奉陪。"顿使上十二分轻功，又和那人拉开了一段距离。

来到内院，曾老头看见这里到处都挂满了白布横绫，一派肃穆的景象。他心中一动，道："遮莫辛府出了变故，到底是谁亡故了，难道难道……"不及多想，来到一排屋前，见其中有一扇门开着，正中横卧着一副新鲜的棺木，便径直掠了进去。

哪知他前脚刚进去，便觉一股寒气自上而下，他心一惊，知道屋内有埋伏，不及看清，后足脚跟连地一点，倒飞出屋子。跟着看见里面奔出来两人，一身铁甲装束，手持弯刀，恶狠狠道："你是何人？胆敢擅闯辛家灵堂。"

曾老头道："辛家灵堂。到底辛家是谁过世了？"

其中一名铁甲卫士道："不关你事。"往前一扑，挥刀砍来。

曾老头身子一侧，避了开去。跟着另一名铁甲卫士亦砍过来。曾老头不慌不忙，右手斜地插进，反手一抓，扣住那人使刀的脉门。先前那名铁甲卫士投鼠忌器，不敢妄动。曾老头问手下那卫士道："你告诉我，辛家可是出了什么大事？"

那名铁甲卫士怒目圆睁道："不关你……"话未讲完，突身子一软，倒在地上。

先前那名铁甲卫士见同伴倒地，面色微怔，大喝一声，挥刀劈头削来。曾老头愣了一愣，也不知是出了何事，忽听耳畔风声稍急，随手一掌拍出，正中那人胸口。

那名铁甲卫士"噗"地喷出一口鲜血，倒下即亡。

曾老头呆呆看着自己的手掌，这一掌实随便出手，用了不过二成力道，便是不懂武功的普通人，也不致一掌毙命，这到底是怎么一回事？他瞧了瞧四下，除了院中树枝上有几只黑羽毛的鸟儿，断无半个人影。

忽听背后一声大喝："休得再逃，待打倒了我再说。"

先前门口那人追了上来，瞧见地面躺着两名铁甲卫士，即脸一变，上前抓起一人，叫道："苗英、苗英……"见他不答，又奔向另一人，"苗蒙、苗蒙……"摇了两摇，仍不见应。

曾老头道："他二人想必都已经死了。"

那人站起来，提起苗蒙手中的弯刀，厉目怒视道："是你杀了他们二人？"

曾老头道："不是我杀的。"

那人道："这里除了你，还会有谁？难道你欺我是三岁小孩不成？"

曾老头道："不论你信与不信，我说他们不是我杀的，便就不会骗你。"

那人道："那你说，他们二人到底是如何死的？"

曾老头道："我不知道，我与你一样，也想知道他们究竟为什么会突然就死了。"

那人"哼"了一声，道："不管你如何狡辩，擅闯辛府，便就是死罪。"说罢，持刀砍来。

曾老头纵身一跃，跳开三尺，道："你听我说，我想凶手应当还在附近，当下你应把你家小姐叫出来，我们一同商议个究竟。"

那人一刀扑空，追踵不舍，口里嚷道："废话少说，亮出你的兵器，打倒了我，自可见到我家小姐。"

曾老头斜身闪躲，避开道："我没带兵器，我来只想求见你家小姐，不是要来打架的。"

那人身影一顿，看了看曾老头，把手上的弯刀抛至他脚下，回身走到苗英身旁，扳开他手中的刀拿起，回头道："捡起来，我们好好打一场。"

曾老头愣了一愣，道："你真要我和你打？"

那人道："苗战的职责，是随时只听小姐的命令，小姐说今日不能放任何人进府，我便只能以死遵守。拿起刀，相信我一死，这府中也无人是你的对手了，到时你想见谁，自是不难。"

曾老头看着眼前这人，心中已增了三分钦佩，这般忠心的手下，确实不多见。他弯腰拾起刀，道："那我就得罪了。"

苗战右手紧握刀柄，一抱胸道："请。"话刚出口，便见寒光一闪，一招"白虹贯日"劈向过去。

曾老头号称"行衣寿人"，惯使一双戒尺作兵器，专打人身四十八处穴位，但于刀枪棍棒，自也不俗。暗暗喝彩一声："好刀法。"刀锋一起，一招"横断昆仑"迎将出手。

苗战轻叫一声好，招法一变，斜砍腰际。

曾老头回刀护腰，左手中食二指以戒尺的手法，点向苗战的肩井穴。

苗战侧肩一耸，顺手一招"回风舞柳"削其二指。

曾老头手臂一沉，顺势解开。

不消片刻，二人已拆了十二三招。突地，苗战刀身一挑，凌削面门。

曾老头迫于和人相斗，心情本就有些浮躁，急欲取胜，眼见对方一刀削来，胸前空门大露，沉捺不住，未加细琢，弯刀向前一递，刺了过去。左手接着点去。

哪知苗战轻笑一声，刀锋连打一圈半弧，齐劈手臂。

曾老头一瞧，心中大慌，原来他这一刀刺来，乃是佯攻，他算定胸口要害，对方必要回刀相护，故这一刀出手，实已用实。待得那时，他左手便可捺了对方的兵器。

可是对方似已看破他的用意，竟不避不让，以两败俱伤的手法，削其左手。曾老头见事已至此，不觉一声自叹，深知左手见是不保了。

其实苗战并未瞧出他的用意，只是见曾老头一刀刺来，心中略动，失小换大，才想出此下策。要知弯刀非比利剑，砍固然力狠，但若是拿来刺，弯刀刃圆，虽也可伤人分毫，却无甚大隐忧，断难要了性命。而他这一刀下去，对方非断去一条臂膀不可，两厢比较，自己还是不觉吃亏。

眼看这样一来，苗战胸前恐要受伤，曾老头则必臂断不行。此时两人招法俱已用实，已无法变更。忽地，只听得呼呼两声，不知哪里飞来两样物事，一件打正曾老头手中的刀面，一件打在苗战的手背上。但听得"咣当"几声，苗、曾二人均是一愣，过了半晌，才缓过神来，转目向物事飞来处望去。

只见丫婢怜儿搀来大夫人沈珂雪。沈珂雪一身白衣孝服，左鬓发间还插着一朵白菊，面容憔悴地望着二人。她的身后，七八名铁甲卫士护在左右，先前两人的腰间均空悬着。再一瞧地下，四把弯刀胡乱躺着，当中有两把尚还未出鞘。

沈珂雪走了过来，不曾开口，苗战先道："小姐，此人擅闯府门，还杀了两名弟兄。"

沈珂雪看了看地上死去的二人，柳眉一拧，转首向曾老头道："手下人若有得罪之处，我自会调教，曾老板何必要杀了他们？"

曾老头道："大夫人误会了，人绝不是老夫所杀。"

沈珂雪道："那是谁杀的？"

曾老头道："我也不知，但我相信大夫人聪慧绝顶，一定可以查验出真相，还老夫一个清白。"

沈珂雪顿了下，道："既是如此，那此事可暂先不做计较，我倒想知道，曾老板如此来到辛府，可为何事？"

曾老头看了看左右，道："我家张兄弟遭人劫去了。"

沈珂雪道："这关辛府何事？"

曾老头道："可有人说这事是夫人所做。"

沈珂雪面不改色道："他人胡言乱语，不屑我来理会，全凭曾老板自我斟酌。"

曾老头道："大夫人所言甚是。只是我想请夫人帮个忙，否则便是老夫信你，也难免他人不作口舌。"

沈珂雪道："别人该怎想就怎想，关我什么事？"

曾老头道："此言差矣。夫人端庄淑贤，四邻皆知，我那张兄弟虽才貌平庸，倒也是堂堂的大男人，倘别人一径误会是夫人劫了我家兄弟，我想于夫人的好名声定是损害不小，还请夫人斟酌而行。"这话听来似在奉承和阐明利害关系，但其实是在告诫沈珂雪，你乃丧夫之寡妇，别人要是怀疑你与一个单身男子纠缠不清，恐你的贞节好名声便就不保。

沈珂雪焉不知道理，冷"哼"一声，道："本夫人行得正坐得直，岂会在乎他人胡说八道。"

曾老头叹道："既然如此，那老夫也无话可讲了。"瞧一眼灵堂，微一抱拳道，"今日府中既有丧事，我就不便再行打扰，就此告辞。"拱了拱手，便就要走。

沈珂雪喝止道："慢走。"

曾老头道："大夫人可还有什么吩咐？"

沈珂雪道："曾老板既进了府门，我岂能就这般放你回去了，未尽地主之谊，岂非要别人笑话我辛府无待客之道？我看曾老板就暂且在我府中吃了晚宴，顺便也帮忙瞧瞧我这两名手下是怎般死的，再走也不迟。"

曾老头心道："沈家大夫人果是厉害，她这是不想让我走了。以我的身手，硬要冲杀出去自也不难，只是若这般做法，必要叫人疑我杀人心虚，可我倘在日落之时还未回去，司马庄主和瞎子等必要前来辛府要人，到了那时，免不了又是一场厮杀。"睨了一眼天色，估计离太阳下山尚有一个时辰，于是道："好，为了表明老夫清白，老夫愿意先留下不走。"

沈珂雪道："曾老板果然是爽快人。怜儿，引曾老板去落日楼奉茶，我稍后就来。"

怜儿应道："是。"

曾老头看了下沈珂雪，跟着丫婢怜儿下去。

怜儿带领曾老头穿过一条长廊，走小径，过拱门……辛府乃是十里富户，家府里的楼阁亭台自是不少。不一会儿，二人来到一座小楼前。

曾老头见小楼檐下一块匾额，写着"落日楼"三个黑绿篆字，小楼东南北三面均是树阴蔽檐，甚是茂盛，唯独西边，不见任何高干大树，栽种着几盘山茶。

怜儿将曾老头引上楼来，请他坐下，便下去备茶点。

曾老头坐了一会儿，起身远眺西边，只见一眼望去，视野开阔，的确是观赏日落的好地儿。想必此楼便也因此得名。

不一会儿，闻得一阵脚步声来。怜儿带着两名小丫鬟，手奉香茶点心上得落日楼，摆食上桌，沏茶入盏。

曾老头闻见缭缭茶香，深吸了口，道："上等普洱。"

谈论起茶来，逢人均晓江南等地出的西湖龙井、洞庭碧螺春、黄山、庐山等的毛尖、云雾等，殊不晓云南地处偏隅，民间自古也有茗茶之风，当地人喜爱之极的，自也是产于本地的普洱香茶。不过普洱茶虽出产本地，但这上等茶膏，实也不是寻常人家所能享用得到，如非辛府这等富甲一方的大户，待客往往均是三四等的茶膏，便是曾老头府上，那也只能吃得起二等货品。

两名小丫鬟摆弄好茶点，隐身退下。怜儿请曾老头坐下品尝，自己则侍立一旁。

茶水是佳，无奈这时曾老头确无心品茗，但瞧各样点心，做得甚是别致精美，显然出自大师傅手笔。看着这般点心，突觉心口一阵激动，想起刚逝世的夫人，平常府上来有客人，都是她亲手制作糕点招待，虽说不及眼前的细致，实感觉风味更浓，如今……

怜儿见曾老头持久未动，还以是自己有哪里招待不周，稍会儿夫人上来见了，恐要受责，赶忙道："曾老板，请用茶。"

曾老头道："你家夫人何时过来？"

怜儿道："小婢不知，曾老板只管吃点茶水，相信夫人一会儿就来了。"

曾老头心道:"我要有那个闲心,才上你这吃茶来,不过有些事情,跟你一个小丫头说了你也不知。"当下又站起来,望向西方。此时夕阳已渐入天际,远方的天空铺洒着万丈霞光,眼见楼下的那几盘山茶花,看去似更增添数倍娇艳。

他微一叹,出神道:"夕阳无限好,只是近黄昏。"

怜儿用银盘托起茶来,走到曾老头旁边,道:"曾老板,茶都凉了。"

曾老头看了看她,端过茶盏,喝了一口,问道:"小姑娘,你叫什么名字?"

怜儿一怔,显得有些惊讶,像她们这些下人,姓名是很少有人会关心询问的。她道:"小人名叫冯小怜,府里人都唤我作怜儿。"

曾老头道:"冯小怜。你父母怎会给你取这么一个名字?你可知魏后,北齐也有一个人和你有相同的名唤。"

怜儿道:"我知道,父母当初就是因此才给我取的名。"

曾老头道:"那是为什么?你可知那个冯小怜可不见得很好。"

怜儿道:"父母家里太穷,我这辈子注定是要给别人作下人使唤,父母说别人也是做丫鬟,你也是做丫鬟,不定哪日还能沾沾我的光彩。但我的本事比起她来,却是大大地不及。"

曾老头道:"小怜姑娘这样说,可是大为不妥了,古人言:'先忠而后孝,乃是做人的根本。'姑娘倘若不以前车为鉴,非得逆水行舟,恐到时追悔莫及,为时晚矣。"

怜儿睁着一对乌溜溜的大眼珠,道:"什么逆水行舟?又什么追悔莫及?曾老板的话,我怎么听着不懂?"

曾老头叹息一声,以为她是知道却装成不懂,暗道:"此女无救矣。"

原来北齐时的那个冯小怜,是当时穆皇后的贴身侍女,很受主子的喜欢。当时北齐的皇帝高纬,荒诞淫乱,正宠爱着新欢曹昭仪,穆皇后为了抵制她,便把自己的贴身侍女推到了皇帝高纬的身边。冯小怜聪明伶俐,能歌善舞,还很有一套讨男人欢心的手段,很快就博得了皇帝高纬的喜爱,果真赶走了曹昭仪。可是皇帝高纬打自有了冯小怜后,就更冷落皇后穆黄花了。中国自孔孟以来,儒家思想便一直深植人心,冯小怜此举遗主忘本,当算得大大的不忠。晚唐诗人李商隐有一首诗云:"一笑相倾国便亡,何劳荆棘始堪伤?小怜玉体横陈夜,已报周师入晋阳。"俗话说:"身体发肤,受之父母。"可人家却是玉体横陈,当真是不孝中的大不孝。此不忠不孝的人,怜儿竟不引以为戒,还要树榜样学习,方此曾老头才会叹说:"此女无救矣。"

但他又哪里晓得,怜儿自小父母灌输给她的,尽是些别人怎么怎么地为主分忧,如何如何地飞黄腾达,于那些不好的事情,能隐则隐,能带则带,隐带不过的,就添油加醋,不好的也尽说成是好的。后来到了辛府这样的大户人家,别人于那些荒唐的事情避之唯恐不及,又有谁敢胆大与她讲起,如今她只知道那个冯小怜是多少多少的好,却不知道她到底有多失体统。先前她说没人家那般的本事,其实是责自己不能为主尽心分忧罢了。

曾老头自认定怜儿心地不好,便不再和她说话了。怜儿是个丫婢,客人不再讲话,当也不好主动起来搭讪,二人就这么沉默站着。不一会儿,曾老头从南边茂密的树隙中望过去,似见有人向这边过来。

这时,怜儿也看见了,喜道:"夫人过来了。"

只见沈珂雪一路款款行来,身后随着两名小丫鬟,似手上还捧着东西,却不见一名铁甲卫士。三人走近,登上了落日楼。这时楼上两人看见,那两名丫鬟手上各捧着一盘花生米和一碟金黄色的谷子。

曾老头早等得急不可耐,未及沈珂雪开口,先急道:"夫人可算是来了,可查出那两名弟兄是如何死的了么?"

沈珂雪道:"还未及查验,尚不得确认。"

曾老头一愣,心中着实不愉快,道:"那夫人要我等了这般长时间,可是在做什么?"

沈珂雪道:"曾老板是在盘问我?"

曾老头道:"老夫不敢。"心想:"现在还不是和她生气的时候,正事紧要。"便道,"夫人既已忙妥正事,可否闲下听老夫讲几句?"

沈珂雪道:"想讲就讲来吧。"一面转而招呼起那名端花生米的丫鬟,说,"玲儿,瞧这些树长得这等茂盛,你说里头该不该藏有鸟儿?"

那叫玲儿的丫鬟道:"夫人,该有的,要不咱引引看?"

沈珂雪笑笑,道:"那好,你把花生米撒到那几株树下,数数哪边吃食的鸟儿来得多。"

玲儿咚咚咚一溜烟下了楼，在东南北各选了一株树，每边均撒了两把花生米在那里，后又急急忙忙跑上来，趴在一边歪着头等着鸟儿落下啄食。

曾老头刚允得讲话的时机，还未及开口，见沈珂雪主仆居然引上了小鸟，根本就没打算认真听他讲上一讲，当下怒及心胸，不知讲好还是不讲好。

只听沈珂雪小声询问："玲儿，有鸟儿下来没有？"

玲儿这边窜窜，那边看看，三面都瞧了下，小声欢喜道："有了有了，南边最多，来了六只，东边也不差，有五只，北边可就不大好了，才一只。"

沈珂雪道："你继续数着，可别看少了。"回过头，向曾老头道，"曾老板不是有话要讲？怎么又不说了？"

曾老头喉间缓咳了两下，正要开口，那叫玲儿的丫鬟赶紧回过头来，眨了眨眼睛，右手食指往唇边一竖，嘘了一声，道："小——声——点，小鸟——都要吓——跑了。"

沈珂雪凑将上去，道："我看看，我看看。"

这主仆一来二去的，浑然就是孩子一般。其实沈珂雪虽贵为辛家大夫人，但年龄比得身边这几名丫鬟来，上下实就相仿，倘不是她的身份使然，若此时论谁见了，当也会认为她还是哪家待阁未嫁、淘气顽皮的千金大小姐呢，全无平常那般威严冷静的模样。

曾老头心急如焚，瞧着她们胡闹，似也无更多的主意。但他毕竟久历江湖，心下焦躁却不表露，当下向沈珂雪后背一抱拳，道："大夫人，可否一边听老夫讲说几句。"

沈珂雪未加回头："曾老板讲来就是。咯咯咯……怜儿，珑儿，你们也过来瞧瞧，这里来了一只很好看的鸟儿，快来快来……"她手向后招了招，要另两名丫鬟同去观看。

怜儿原心在嘀咕："我家夫人今日是怎么了，家中有丧事，刚刚还死了人，又在外人面前，怎还有这般闲心引鸟儿玩。"心中奇怪，却一时也想不明白。正在匪夷所思，见夫人招呼自己去观鸟，还说有一只很好看的鸟儿，当下想也不想，小女孩的活泼天性顿起，赶忙挤了上去同观。

曾老头见这样下去不是办法，眼见太阳就要下山，只好再次硬着头皮道："大夫人……"

沈珂雪忽回首道："曾老板，你也一起上来看鸟么？"

曾老头自踏进辛府大门起，先是和苗战大斗了番，再遭杀人嫌疑，尔后又被带到落日楼大受冷落，等待半晌，好不容易克怒见得沈珂雪到来，人家却只顾引鸟逗乐，丝毫不静心听他认真一言。当得这时，实已是忍无可忍，中气一提，大喝一声道："大夫人，老夫有话要讲。"

但听得"呼啦"一声，那树下本在啄食的鸟儿，竟都给惊了起来，飞到树枝上不再下来。

那叫玲儿的小丫鬟回过头来，大急道："你大嗓门吓走所有的鸟啦，让我们夫人都没得看了。"

曾老头那样一喝，实就是要惊走群鸟，这样沈珂雪便就可以听他讲话了。当下也无视玲儿的指责，就当没听见一般。

沈珂雪缓缓站起身，竟斥起玲儿道："你不要多嘴，鸟儿惊走便惊走罢，我们再引它回来就是了，干吗要怪别人。珑儿，你下去把谷子撒出去，那些鸟儿见到谷子，很快就又回来了。"

珑儿得应一声，欢喜雀跃地下了楼。

曾老头见好不容易吓飞了群鸟，沈珂雪竟要丫鬟再去招引，当下怒不可遏。眼见太阳已要完全隐没山头，与其在这儿被别人爱答不理，倒不如先回去和司马天南等人商议商议再行定夺。

那叫珑儿的丫鬟撒光谷子，拿着个空碟子跑上楼来。

沈珂雪招呼道："曾老板，这次你也来看看怎样，肯定比得刚才要好看得多了。"

曾老头迟疑了下，道："大夫人有这般的闲情雅致，老夫佩服至极，但我可没那般的时间，这就告辞。"拱了拱手，就要下楼。

沈珂雪道："曾老板怎说走就走，你不是找我有事相谈么？"

曾老头"哼"了一声，道："我来确是有事，可现下老夫却改变了主意，不想再说了，就此告辞。"

沈珂雪淡淡一笑，道："曾老板既要走我也无意强留，不过……"正说着，玲儿忽拍手惊叫道："夫人夫人，鸟儿果真都飞回来了。"

沈珂雪瞪了她一眼，轻责道："死丫头，谁要你喊得这般大声的，吓走了鸟儿，看我怎样来罚你。"

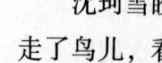

— 134 —

玲儿忙用手包住了嘴巴，不敢再说话，一对眼珠子乌溜乌溜地转着。

沈珂雪暗地一笑，回首道："曾老板待吃了晚宴再走不迟，我有……"忽听得又是一声惊叫，这次却是珑儿，只听她道："夫人，鸟儿们争食都打起来啦。"

三番两次，沈珂雪被手下的丫鬟打断说话，按说该要大加责备一通才是，可是出乎意料，她竟一下抓起曾老头的手，拉近楼前道："曾老板，随我一起来瞧瞧。"

曾老头手叫她抓住，顿觉耳赤心跳，虽说自己已是一大把的年纪，但还是有些不好意思，人也自然跟着走了过去，还好沈珂雪很快就松开了手。

来到檐前，一眼望下，只见那树底有一只黑鸟正和两只黄嘴乌羽的百舌鸟相斗，黑鸟恃大骄横，百舌鸟小巧灵活，三只鸟儿都窥着地面的谷子，谁也不肯就此离去，好不热闹。三只鸟儿扑腾跳跃，喙啄翅打，不消片刻，黑鸟渐占上风，正在此时，又有一只黑鸟从树梢飞落，加入了战局。

素闻百舌鸟好斗，但瞧那黑鸟更凭地了得，一只已是厉害，此时又飞来一只，以二对二，百舌鸟很快便斗得头破血流，毛羽不全。

曾老头本欲要走，但看了这场鸟斗，竟也一时失了神。他道："这黑鸟这般暴戾，每一下都啄对方的软要之处，这种黑鸟，不知可是乌鸦？"其实那黑鸟正是乌鸦，只是都没见过这般厉害的乌鸦，才觉惊异。他睨一眼沈珂雪，见她正聚精会神观看四鸟斗架，显是没听见他的话，心顿生触道："此女虽十分聪明，却还是童心未泯，要说是她掳走了张兄弟，我还是有些怀疑。"

忽听得"啊"地一声惊呼，接着又是两声，曾老头微一怔，但见怜、玲、珑三个丫头俱都双手遮住脸，不敢正视楼下。再一瞧那下面，两只百舌鸟已给黑乌鸦啄穿脑袋，躺在了那里，一动不动，怕是已死。

两只乌鸦得了胜利，却不及享食地面的谷子，兀自在周围徘徊，好似在向别的鸟儿示威一般。见得树头鸟影蹦跳，叽叽喳喳声大作，却无一鸟敢下地和黑乌鸦再一争长短，眼睁睁望着谷子兴叹。两只黑乌鸦四下巡耀了一圈，见再无对手，才拍了拍翅膀，双爪踏在谷子上，啄食起来。

怜儿等三名丫婢见黑乌鸦如此霸道凶狠，均愤愤不平道："我们下去

把那怪鸟给驱赶了，谷子绝不给它们吃。""我们把它抓了，杀死给别的鸟儿报仇。""对，它们实在是太可恶了，杀了才好。"三人你一言我一语，大有要替天行道的意思。

沈珂雪喝令道："胜者为王，这是它们应得的。怜儿，你去看看另两处怎样？"

怜儿挠了挠头，显然对夫人刚才的话甚有不赞成，但人家毕竟是主子，自己也不好说什么。四下观看了一周，回来禀告道："另两处也是一样，均给四只怪鸟霸占着，也……也是有好几只鸟儿给啄死了。"

沈珂雪道："这种黑乌鸦果是厉害。"轻笑了下，向曾老头道，"曾老板之前可见过此种怪鸟？"既知是乌鸦，还怎称是怪鸟？

曾老头道："当是见过了，乌鸦又不是什么珍稀名种，倒是这般凶狠的乌鸦，却属首次眼见，要不是今日幸得在大夫人府上，怕是很难开得眼界了。"他这话说得似褒非褒，似贬非贬，叫人听来很容易产生误会。

只见沈珂雪微微一笑，道："曾老板过谦了，能让你陪我一道赏鸟，实是我的荣幸。"话锋一转，"曾老板今日来府，想是有要事告商，不妨讲来一详。"

曾老头暗道："先前我多次催促，你都不愿睬我，如今待你玩弄够了，才想起我的事来，你把我曾天寿当做什么了，我便是有天大的事情，凭你这般推来阻去，也是不愿讲的了。"当下道，"天色已是不早，我还是不该打扰了大夫人玩乐，曾某这就告辞。"

沈珂雪莞尔一笑，道："小女子待客欠周，惹曾老板好生气，在此给你赔礼了。"微身作揖。她这几句话讲得大方得体，想她堂堂辛家大夫人，此时却自称小女子，显是有意要放低身份。

曾老头便是再有不快，人家都已这般赏你脸面，也不该枉自愤恨，再者瞧她神情举止，似也诚恳至极，当下也抱拳道："大夫人言之过重，小老儿受之不起。"人家称自小女子，他却叫己小老儿。

沈珂雪道："曾老板今日来府，可是为张兄弟而来？不知有什么要我效劳之处？"

曾老头道："大夫人已知我的心意？"

沈珂雪柔笑了下，道："先前听曾老板讲起张兄弟的遭遇，我猜曾老板此来，必当与此有关，不知我辛府能为此做些什么？"她绝口不提人家怀疑她的事，一开口便将礼数占尽了先。

曾老头道："夫人明鉴，我来确是为了此事，我自知夫人为人善良，尽大伙要求，要我来贵府拜访，倘有冒犯之处，还望夫人莫要见怪。"这话说得极其高明，一上来就把自己推得一干二净，意思是说，其实我是相信你的，但外面却有人怀疑你，我来只是受众人所托，而并非是我自己不信任你。

沈珂雪行了一礼，道："小女子承蒙曾老板信任，不胜感激，然张兄弟并不在我处，想我一孤寡妇孺，藏着个男人在府中，岂不叫外人借机玷损辛家的大好声名。"

曾老头道："夫人所言无可厚非，你既说与此事无关，那便是无关了。只是，老夫现下还有一件事不明，还需求夫人详述一二。"

沈珂雪道："是关于辛府到底出了什么事，为什么要置间奠堂，是么？"

曾老头一惊，暗忖这女子好生了得。自己来辛府之前，本欲一探张兄弟的下落，二查老朱的死因。但到得辛府，见府中奠堂棺横，惊异之下，便临时改了主意，欲先一访辛家到底有谁过世了，哪知话未出口，竟给沈珂雪洞悉了先。

沈珂雪不及曾老头应实，喟叹一声，目中似已有了泪光泛动。曾老头一怔，心道："莫非真中我猜测，是辛铁风出了什么变故？"

只见她自接说道："家公别门之时，悉将府中大小事务托我来打理，我自知无德无能，只管尽力遵循，不想公公去了数月，府中连遭变故，想我一个妇小女子，何来本事——料理……"

曾老头暗叹道："辛铁风眼光确实了得，他把家权交媳不交子，便就是大大的高明，倘是他那宝贝儿子掌持，只怕辛家早已乱得糟糕之极了。"

想着这些，听沈珂雪接下去说："自打府中出了一桩大变故，我便更加地束手无策，急需老爷回府主持大局，但我左等右盼，飞鸽传书已发出二十数日之久，老爷终是毫不见音讯。我心中焦急，策令府中卫士出去找寻，但派出的人一批紧着一批，就是不见消息回来，直至昨晚……"

曾老头想道："原来不只我们催传辛铁风归来，辛府上下更亦一般，亦不知她所提的府中出了一桩大变故，却又是何事？"

沈珂雪顿住一叹，跟着道："直至昨夜，消息突然回府，讲十日前左

右在澜沧江上发生了一件怪事。当时我就想,老爷若要回来,一是走海路,二则沿澜沧江上行,因为老爷每次下南洋都会带许多货物回头,所以走陆路是最不可能的。只见回来的人讲,他们听说有艘船刚从缅甸进入云南境内,就在当日夜晚翻船沉了,人货净都喂了江鱼。原本开始他们也没在意,这种船倾江底的事情原就平常得很,也更从未想到那会是辛府的船,只是多日遍寻老爷不着,就跟当地的渔农随口打听了一番。岂知一经打探,是也未见有什么线索,正要离开时,忽听人群当中有一个老渔夫讲,船覆那夜,万碧星光,江风轻徐,当时他的小舟正在江面撒网夜捕,一把网刚下去,忽听得江面鬼声嚎嚎,翻声倒腾,但因天色太黑,也瞧不见前面到底是出了何事,故也没敢再往前行,草草收网回家了。到了第二天,他叫了几个伙伴去昨夜撒网的江边查看,看见江面河岸漂浮着许多船货,却没见着半个人尸。当时有人就议论,这肯定是水鬼上船索命借魂,拉人垫背来了,要说一无大风,二无暗礁,好好的大船怎就说翻就翻沉了。"

曾老头惊奇道:"会有这等事,那可清楚那艘大船是不是辛老爷的?"

沈珂雪道:"当地人都讲是水鬼作祟,故此满江的船货都没人敢捡拾。我的手下人听说后,亲去江边查探,和那老渔夫描绘的一样,一眼望去,江面上净是船货,却不见船,显是已沉到了江底。也未见着半条尸身,手下人当也不好枉自判断,就拣挑了江岸上的几样船货,催人快马加鞭带了回来。"

曾老头道:"都带回了什么?"

沈珂雪道:"一盒珍珠粉,两对象牙,几串翡翠珍珠链,还有几样名贵的南药。这些事物,我家老爷确是每趟下南洋,必都要采购一些,可若凭着几样船货就断定那船是我们老爷的,未免也太欠周全。但当中却有一样物事,不得不要我见了忧愁心恸。"

曾老头脸色一变,想起辛府内的奠堂横棺,道:"一件什么物事?"

沈珂雪右手伸进左衣袖口,取出来一面黝黑的铁牌,交给他查看。

曾老头接过手,见牌面有一高台,一名貌相老丑的女人盘膝坐在上面,左掌心托着一只钵罐,右指伸在钵里,不知道在做什么,老女的头顶,是日月的图案。铁牌反面则是一些稀奇古怪的符画,像是某种文字。他狐疑道:"这是……"

沈珂雪道："这是我们苗族的上等信物，一般要很有身份的人才可佩带，当初我嫁进辛家的时候，母亲给了我两面，一面我留在了身边，一面给了夫君。夫君去后，牌子亦跟随他一起被埋进了墓里，此乃是我亲手所置。可这面牌子怎会在澜沧江出现？起初我以为是府中有下人偷偷在夫君敛棺时拿了去，后跟随老爷下南洋时遗漏了出来，但很快我就否决了这个假设。此牌在我们苗族虽说稀贵，但在外人手上却是不值一文，夫君的身上有的是金银珠宝，随便哪件都比这金贵得多，故此绝不是有人从夫君身上刻意盗取的。后来我又想会否是我们苗族有哪个重要的人去了那里而无意间所遗漏，想到此间，我便连夜飞鸽手书，要姥姥帮我一查真相。姥姥是苗族的长尊，只要一一校验，原委不难明朗。今中时，我便就收到了姥姥的回讯，经仔细查验，苗族近半月都无重要人物出过寨门。"

曾老头更加奇道："听夫人一说，这事还真叫人匪夷不解，夫人可曾验查，你自己身边的那面铁牌可在否？"

沈珂雪知他想要说什么，铁牌会在澜沧江岸上出现，绝不会是一个巧合。当下手往袖口一掏，摸出一面与曾老头手上厚形色样均一样的牌子，道："这面牌子一直伴随我左右，当中从未丢失过。"

曾老头道："能否于我一观。"

沈珂雪双手递上。

曾老头拿过，两厢一起做了比较，确是一模一样，毫厘不差。正待交还铁牌给沈珂雪，忽听旁边一声惊呼："啊呀，不好，鸟儿都蹬腿了。"慌疑的正是玲儿。

沈珂雪镇色道："都倒了，那可好得紧。怜儿、玲儿、珑儿，你们一起下楼把死鸟都给我捡上楼来，拿与曾老板一观。"

三个小丫头迟疑不动，要她们去拾死鸟，颇有些不愿意。怜儿是丫头当中的小头头，平时和夫人也最为亲近，便就壮起胆量道："夫人，死鸟有什么好看的，待会儿我叫阿满过来清理，埋到花圃下壮土也就了了。"

阿满是辛府里的一名花匠，平常就爱拿一些狗粪、死鸡、老鼠什么的给花草做肥料，府里所有的花草，均给他照料得欣欣向荣，一派繁茂。

沈珂雪看着三人，目中虽不见怒意，倒也不失威严。三人都害怕地低着头，连吭也不敢再吭得一声，可也没下楼去，只盼夫人突然说："好，那就算了吧，叫阿满收拾了一样。"沈珂雪暗地一笑，故意道，"你们都站着好了，我亲自下去。"

三人面上陡地一慌，口不择言道："夫人别去，我们一个人……哦，是三个人……不，我马上就去。"怜儿带头跑下了楼。

沈珂雪瞧着三人略是慌乱的模样，不禁莞尔失笑。

曾老头道："大夫人叫下人拾来死鸟，不知是要作什么用处？"沈珂雪虽说是拿来给他一观，可他却并不那般想。

沈珂雪道："用处倒无，我只想和曾老板讲讲，这当中的乐趣。"

曾老头糊涂道："乐趣？"他实不解，眼前的这个女人到底在想什么，有紧要事情不顾，却要和他谈什么乐趣。不过他又想，沈大夫人做事还不该那般胡闹透顶，可能当中另有玄机也不一定。

不一会儿，怜儿等三个小丫头拾来一大堆死鸟上楼，什么黑乌鸦、百舌鸟、小家雀共有二十只之多，沈珂雪命她们把死鸟分成两拨放于桌上，一拨为黑乌鸦，一拨为其它的鸟儿。

曾老头看着死鸟，又看了看沈珂雪，当下亦不作言，心想倒要瞧瞧，你怎般与我讲这当中的乐趣。

三名丫鬟分拨完毕，退开一旁。沈珂雪轻笑了下，突就问道："曾老板可曾清楚世间有哪几种鸟儿学得舌语？又有哪些鸟儿懂得杀人？"

曾老头暗自惊诧，要说鸟学舌语，八哥、乌鸦、喜鹊不下好几种，但若说起鸟儿会杀人，却可是闻所未闻，莫不是我孤陋寡闻不成？当下亦不作声，索性当就什么也不知道，说："老夫年事已高，于这般闲雅之事素不过心，还向夫人讨教一二。"他这话讲得调皮至极，意说我老了，以前可能是听过不少这些事情，可惜老了记性不好，都不记得了，但这并非是老夫孤陋寡闻，而是年纪大的缘故。其实他今年方才五十四五，且是练武之人，瞧着那身板也是十分硬朗，可他却说自己年事已高，当是谦虚至极，此和开眼说瞎话更无甚分别。

沈珂雪是何等样人，但凡话一进到她的耳中，是何道理便就能立马猜出个大概。她笑了下，道："瞧着曾老板这一头银发，庚年确是不轻了。"说着不觉又是扑哧一笑。

曾老头脸上微微一红，这满头白发是在藏尸洞中与神算一道得的，虽说人过五十五，白发缠鬓也不是什么奇事，可在那日之前，自己可要着实精神不少，现下……不禁打了个哈哈，掩饰尴尬。

沈珂雪回一轻笑，她虽测明曾老头的心境，但大体还是识的，别人既重及身份，当下也不好纠缠，纤指一指桌面那拨杂鸟的尸身，道："它们遭得同类杀戮，遭遇虽惨，倒也无什么大趣可言，却是这些黑鸦，实有很大的趣味可谈。"说着右手食指大指轻轻捏住一只乌鸦爪趾，提将起来，晃着道，"这些黑鸦不仅深得人语，懂得杀戮，且很是聪明了得，只可惜畜生再过灵活，倘一动了贪念，便和人一样，怕是也不愿活了。"

曾老头原就在诧异，这些乌鸦抢食杀退了百舌鸟、小山雀，凭什么自己也死了。当下听得沈珂雪如是讲，心下已然猜出定是给她下毒所害，但他却不明，沈大夫人为何处心积虑要与一班畜生过不去？

沈珂雪见曾老头脸有疑惑，即已明了，道："两条人命换得六只畜生，着实吃了不少亏，但好在是还了曾老板一个清白，未着了坏人的阴谋，此也是不幸中的万幸。"

曾老头不解道："什么两条人命换六只畜生？老夫的清白？莫非是……"想起先前死的两名铁甲卫士，不禁愕然。

沈珂雪道："曾老板猜测的极是，我那两名手下，正是给这六只畜生所杀，不然杀人偿命，论曾老板有何理由，我自也要向其讨一个公道。"

曾老头似还有些不敢相信道："夫人的手下俱都非寻常人，几只小掌畜生焉能杀之？况他二人死时，我亦在身旁，丝毫未见有任何征迹，此实叫人匪夷难解。"

沈珂雪清淡一笑，随手扳开一只乌鸦的喙齿，交于曾老头细看。

曾老头观详一阵，不见有大异，只是这鸟舌倒似给人修理过，想必要如此，才讲得准人话，其余均无大发现。

沈珂雪道："曾老板可瞧出些端倪？"

曾老头眉间深锁，摇头不知。

沈珂雪不言，又抓来一只黑鸦，左手握紧鸟身，右手扣住鸟头，一个往左使劲，一个往右使劲，只听喀嚓一声，竟将鸟头生生给拧了下来。怜儿等三名丫鬟尽皆花容失色，不禁惊呼出声。沈珂雪将断鸟置到曾老头桌前，要他再验。

曾老头出身江湖，什么血腥之举没见过，只是突见一个如此美貌的女子出此举动，不免心下有些诧异，但他随即便想到当中定是藏着内因，于是拿起鸟身，想隔近些看个究竟，不料刚提起，鸟头居也一起吊了上来，跟着缓缓又掉在了桌上。他一怔，只见鸟颈中似有一支如雀毛羽管粗细的金属管子，连着鸟颈至腹内，不知作何用处。抛下断鸟，拿起另一只死乌鸦，双手一拉一扯，扯断鸟脖，果真颈中还是有这么一支管子。他不知所解，问道："夫人，这鸟体之中插着这样一支管子，可是作什么用处？"

沈珂雪道："此法实过精妙，不作他用，专是拿来杀人之用。倘不是幼时听姥姥讲起过这等妖法，今日实非要冤枉了好人不可。"

曾老头还是不解道："单就一支管子，却又怎样能够杀得了人？"

沈珂雪道："以前听姥姥说，百十年前湘西武陵山一带有一伙赶尸人，名曰是赶尸，行的却是龌龊奸恶之事，假借掩饰而已。有一年官府查究起来，逼得他们无路可走，便都逃进了深山，官府也只得暂罢。一晃过去了许多年，这伙赶尸人都没再出现于江湖为害，人们均已要将他们逐渐忘却。不料这时凭空突然出现了一伙手段极其歹毒的妖人，这伙人烧官府，劫民宅，奸淫掳掠，一次便绑去了不少的年轻妇女。官府集人前往缉拿，竟连个鬼影子也没见着，这伙妖人就像是从人间蒸发了一般，毫无音迹可寻。"

曾老头插上一口道："这伙人连官府也敢烧杀，料来人数定也不少，怎地就寻觅不着？"

沈珂雪道："事情便就这般奇怪，官府也感意外，四处发告示觅其踪迹，均也是了无回音。之后每隔一段时候，妖人便就出来作恶一次，每遭必要掳上一批年轻的妇女，不知带往何处，官府却怎也奈他们不得，搞得当地人心惶惶，民怨激愤，许多人只得背井离乡，迁徙别处，谋一安宁。"

曾老头不禁义愤填膺，这般奸淫掳掠的行当，江湖上最视为不耻，当下愤慨道："不管这伙妖人如何了得，死活也拿住他们。"

沈珂雪道："事非尽然，官府见妖人如此厉害，多次剿灭不着，便大力悬赏，求召天下能人共诛妖祸，一时之间湘川鄂等地的英雄豪杰纷至沓来，谁听了这等恶事，便就是没悬赏，当也是义不容辞。"

曾老头暗道："这话倒也确实，如我所遇，必也要前往会他一会。"

只听沈珂雪接着道："英雄豪士去的固然是不少，但谁也摸不清妖人的来路，几番交锋下来，反而死伤不少，却连妖人的巢身皆无法得证。"曾老头暗暗握紧了拳头。沈珂雪说道，"就在众英雄灰心丧志之时，乾州府衙突来了三名道人，两名小道，一名中年道人，此中年道人看去清风素袍，面削眼邃，颔下一撮黑须，显增不少神气。三名道人到得府衙，自告有擒贼法门，此时衙门正愁无良策妙计，见有一位这般道骨仙风之人，便就初加一眼，也就十分信得三分了。很快衙门便点上兵差，任由道人差遣，哪知道人不要一兵一卒，只道待太阳落山，衙门自管带足粗绳狗血上山拿人就是了。官衙见道人如是说，均觉不信，妖人数众狡诈，屡剿不灭，单凭你区区三人，如何能降得那般多人。但此时已更无其它妙法，权当死马作那活马医，且试他一试，也是无妨，便就应承了下来，依言行事。

"道人去后，乾州衙门越想越觉此事甚可疑，便就遣派了两名机灵胆大的衙役，一路偷偷跟随而去。只见那道人带着两道童，三人出了衙门，转向西南，到了武陵山脚下，复又改往南去五六里，绕过武陵山，方进入山中。两衙役心中奇怪，要入深山，此处并非佳处，这边山口看似平坦，然则里面的山道十分崎岖，许久都难得有一人进出，那前面更不可能会有妖人匿藏。因此地进去十余里，有一方峡谷名无骸谷，谷内泽沼气瘴，终年不消，别说是人，就是那山中的野兽也是难以忍受。而更要人胆怯的却不是那瘴毒沼气，是那谷中有许多年老的孤坟，往日有些贪婪之徒曾壮胆前去寻宝，尽都是有去便无回，害了不下百十条性命，故相传，说那谷地闹有鬼怪妖狐，往下很少有人敢近之。二名衙役均想：'显是道人远来不知地形，且先跟上再说。'

"道人进山后一直径行，身后两名衙役远远跟着，隔了约摸半里地远，生怕过近叫人家给发现了。五人披荆挂棘，走了大概三个多时辰，眼前恍然出现一片丝丝白雾缭绕的境地，但闻阵阵臭气自雾里飘散出来。两名衙役暗忖：'莫非前面就是无骸谷了。'放眼望去，见三个道士来到谷前，停也未停，径直闯了进去。二人有心拦阻，无奈两厢距得过远，显然是来不及。

"三个道人进入谷内，片刻便叫白雾湮没。两名衙役赶到谷前，徘徊着不知该如何是好，踟蹰了一阵，亦也跟了上去。进得谷中，却不见三个道人的身影，二人只得又向前行了一阵，发现越是里面，雾气越厚，朦胧当中，依稀见得四周果有不少古坟。二人方觉害怕，亦也无心再搜寻三个道人，均觉此地寒气森森，实过可怖，越早离开越是好，但瞧四下白雾茫茫，哪还有方向可辨，于是心急如焚。

"忽听得一阵哀鸣似哭非哭的声音缭缭飘来,二人当中,不知谁喊了一声:'鬼啊。'跟着便见一人惊恐不住,撒腿狂奔出去,待得另一人醒悟,发现同伴早已隐没在雾气当中。这人也很是害怕,向着同伴奔离的方向,追将上去,一边口中还大喊:'蒋大哥,等等我。'不觉追行了很远,那叫蒋大哥的身影哪还觅得。而这时,他突觉一阵头晕眼花,耳中更断断续续有各种声音传来,那些声音听着,一时似悲怨哀哭,一时又成了气嗷嘶叫,声声入心,叫人不安。恍恍惚惚下,他自更是不能辨明方向,只一个劲儿往前走着。

"忽然,昏迷迷的他见前方不远的地方出现了一座大坟,那坟角似还蹲着一个人,躬着背,顶着腰,衣上净是泥土,但一时看不见他的脸,叫坟土给遮挡了。那名衙役走过去,见到坟角居然有一个大洞,那人的脑袋正探往洞口,一双手伸在洞内。不一会儿,那人的双手抽出,竟拉出一双脚来。"

第十二章
阴阳相残

"此时那名衙役已近崩溃，忽地见到这般景象，便就一时惊骇不住，口中喋喋着道：'鬼，鬼……'叫了两声，竟嘿嘿傻笑了起来。那人听到笑声，扭脖来看，猛地发现后面站着一个痴痴讷讷身着官衣的人，不禁吓了一跳，方要询问，忽地觉得手下一紧，尚未及反应，便听洞内有人惊慌焦急道：'不好啦，里面有鬼要拉我，水……水镜，快……快拉我出去。'呼叫的当儿，本是探在洞外的一双小腿，又直挺挺给缩了进去。那蹲在外头，名叫水镜的人一双手掌一直牢牢抓住那双脚踝，稍未加留神，竟也一起给拉了过去。但他在外头，自然不可能被拉到洞内，他的身子往前一倾，整个头都撞在坟头上，鼻门当即磕出了血。

"水镜这一撞一磕，虽是吃痛不小，却也阻消了洞内的拉力。只听方才那人又道：'水镜，你快快拉我出去，我好害怕。'水镜一下醒悟，奋起往外一扯，竟是怎都拉不动同伴半分，自身手臂反还给对方拉进去半截。"

沈珂雪讲至此处，曾老头不禁打断道："莫不是那墓洞内真有鬼不成？"

沈珂雪未直接回答，自顾续道："水镜这时也惊措起来，向洞内喊道：'水明，拉住你的到底是什么？力气忒大了，我拗不过他。'水明道：'我也不清楚，这里头黑咕隆咚的，我看不见，哎呀不好，那东西往我身上爬来了，好像是个人，不会……不会是僵尸吧？水镜，赶……赶快去找师父救我。'"

曾老头心想:"这二人遮莫是那道人身边的两道童,可是他们钻到墓洞里去做什么?他们师父又去了哪里?先前那名衙役见到他们,该大是欣喜才是,却为何反而更加失常了?"

沈珂雪接道:"水镜哭了起来:'我不走,我走了,他把你拉到里面去怎么办?我要拉你出来。'当下双手抓得更牢,咬牙一用劲,竟还真给他拉回来数分,便就这几分,已使得他的双脚可支撑在墓坟上借力。如此一来,竟和里面的人对峙了下来,对方拽他不去,他亦救不出同伴,可此番却是害苦了水明,他身居二人中间,一边死命把他往里拽,一方则拼着性命要救他。他人又在狭小的墓洞里,翻一翻动一动都不得,简直可以说是难受到了极致。

"这般僵持了半响,水镜渐觉手臂酸麻,乏软力困,但想起同伴犹在里头受险,就不敢有片刻的松懈,牙关紧咬,勉强支撑。忽地,他觉得手下一轻,力不收止,仰翻倒栽了个跟头,水明亦也一下给他拽出来大半个身子。水镜一骨碌爬将起来,寻思:'想来里头的家伙拗不过我,不得不松手了,我得尽快把水明拉出来,等那家伙缓过劲来,可是不妙。'他抓起水明的一双脚,用尽浑身的力气,方始把人拖将出来。

"水明被拖出了洞口,趴在地下一动不动,不晓是昏迷了还是死了。水镜一阵害怕,扳转过同伴的身子,见他双眼闭着,面上已无血色,当下伸出发颤的手探了探鼻息,还好,尚存着微气,一颗扑扑蹦跳的心才放下。他想要将同伴抱起,去寻师父救治,可是试了多次,终究力气不济,难以搬动。便在这时,只听旁边那痴痴癫癫的衙役惊怕道:'鬼,鬼啊,有鬼啊……'水镜吓了一跳,刚才一直专心在同伴身上,不觉墓洞内此时竟爬出来一个人,要不是那衙役呼起,倒还真不察。

"但瞧此人貌相可憎,脸白如纸,年纪应该不是很大。他爬出洞后站起身子,却是摇摇晃晃地,似喝醉酒一般。他向水镜望了一眼,便跌跌扑扑地向白雾深处逃去。不一会儿,墓洞口又出现了动静,跟着陆续爬出来四五人,这些人的神情装扮与先前那人极似,却不及那人那般活络,起身摇晃了没几下,竟都倒在地面,双双怒目瞪视着水镜,似就要喷出火来,但都没开口。

"水镜骇得目瞪口呆,怎也不敢猜这墓洞下居然窝有这么多号人,先前师傅吩咐他们二人将一种烟香往洞内烧一烧，只嘱他们莫要开口讲话，其余均未告知，岂料竟是这般原因。正不知所措，茫茫雾气下，见有一个朦胧的身影靠来，水镜暗地一惊，难道是刚才离去的那人回头救同伙来了？眼见身影渐近，水镜目不转睛地直视着。那人在白雾下一闪，走了出来，水镜见到后大喜，叫了声：'师父。'来的正是那中年道人，他走过来见到那名痴癫的衙役和昏迷不醒的徒儿水明，不觉呆立一怔，询道：'水镜，水明可是怎么了？他又怎么回事？'

"水镜便把方才发生的事件详细禀于师傅。那中年道人听罢徒儿的诉说，沉闷了一会，道：'终究还是逃掉了一个。唉，一场劫难已是不可避免。'水镜不明就里，道：'什么劫难，师父？'中年道人道：'没有什么，事已至此，我们方已是尽了力了。水镜，将水明挽起来，拿师傅给你们的烟香于他熏上一熏，他便就可醒转。'

"水镜依言拿出烟香来在水明鼻下一熏，果真如此奏效，水明很快就醒了过来，但身体好像还是疲软无力。那中年道人见水明醒来，便道：'徒儿，我们走吧，去山顶接人过来。'水镜搀扶着水明，瞧着那名衙役道：'那他怎么办，师父？'中年道人道：'他显是衙门中人，瞧他模样，可能是中了瘴毒，加上神智过于紧张所致。水镜，你扶着水明前面走，为师在后照顾他。'

"四人相互搀扶着出了无骸谷，往来路行回数里，转左进入一片密林，过不多时，前面现出一条非常隐秘的山道小径，沿着小径一直向前，约摸走了两炷香的时间，来到一片山头上，中年道人叫大家停下休息，他向西瞧了瞧，估约差不多时候，衙门该也来人了。果然，四人在山头坐不片刻，便听到远方山脚下嘈杂声响，好像有一大帮人。又过去一会儿，已隐约可听见那帮人的说话声，只听一人道：'那道士叫我们只管上山拿人，却未说具体在哪片山上，他不会在戏言我们吧？'但听另一个沉稳的声音道：'那道人既然没说在哪片山头，我想这附近最是出名的该只有武陵山一座，咱等姑且去那武陵山瞧瞧再说。'先前那人道：'大人说的是，倘若那道人真能降伏那伙妖人，也是给我等地方除去了一大祸患，大人届时该好好奖赏他们才是。'后一人道：'那是自然，府衙既已张出榜文，岂有不遵的道理。'那帮人一边往山上赶来，一面大声地交谈。那中年道人听见他们讲话，猜已离得不远，就嘱一声徒儿水镜道：'你下去接应接应他们，把人带到这里来。'水镜受命下山,中年道人随后又查看了那名衙役,见他兀自神情惊恐,目光呆滞,身子还不住地发着抖。

"水明上前道:'师父,他可还有的救治?'那中年道人叹得一声,道:'为师尽量试试,至少也得保其一条性命。'水明道:'他能得师父救治,可是他的福气了。'中年道人道:'他入瘴已深,师父也只有三四分把握。成不成,只有看他的造化了。'师徒二人正对着话,水镜已领了人上来。那帮人到了山头,便有几人往四下的草间树丛里探察。中年道人知悉他们要找寻什么,当即迎向一个大官模样的人道:'大人能亲自前来,实是百姓之福,人前典范。'那大官道:'道长只身犯险,拯救一方百姓,我身为地方父母,拿着朝廷的俸禄,岂可待在衙中置身事外。'中年道人道:'大人英武爱民,实乃是地方百姓之福,社稷之重。'那大官道:'道长过奖了,此些都是为官者应当的。'二人客套了一番,那大官道,'道长要我们来这里,可是……'忽地看见那名痴呆的衙役,不禁动容道,'道长,他这……'中年道人道:'我正要和大人讲这事,这位兄弟吸进过多的瘴气,应当立时派人把他送回去调治,其余人等再随我去那无骸谷下,将妖人扭绑回衙门治罪。'众人听说此是去无骸谷,皆都变了脸色。

"当下便有人疑声道:'莫非这道人与那些妖人是一伙的,想将我们通通诱到那无骸谷中,好来个一网打尽,要我们死无葬身之地?''是呀,瞧马兄弟一脸的痴呆模样,显是给他们施了什么妖法才致如此。还有那蒋兄弟,他不是和马兄弟一起的?怎都不见个人影?''我看蒋兄弟多半是凶多吉少,干脆先将这三个道人绑了了事,押回衙门往那老虎凳上一坐,不怕他不说实话。'这些人你一言我一语,话声越来越响,到得后来,已全然不顾别人是否能听得见。"

曾老头气愤道:"别人好心好意过来帮忙除恶,这帮人怎好这般怀疑人家,这岂非叫人心寒得很。"

沈珂雪道:"其实这也怪不得他们,当地人都把那无骸谷传得甚是可怖,显是畏惧万分,如今要他们下谷去擒拿妖人,岂有不怀疑的道理。再说蒋、马二人奉命跟踪三个道人,到头竟落得这般景象,能不让人生疑么?那大官听人讲起蒋兄弟,当下也想了起来,询问道:'道长,我命他们二人一路跟随,实无别意,不知我那另一个手下,道长可否告知他现在哪里?'中年道人如何能回答他,望向徒儿水镜道:'你们可瞧见还有一位官人？可知道他在哪？'水镜道：'徒儿未曾发现，师父。'中年道人心知徒儿既说没见过，就定是不会有假。观一眼天边，知再过三两个时辰，烟香效力便将逐步消散，那些妖人就可缓复过来，待得此遭良机错失，往后再要另行对付，可就大大的不易了。想到此事，不免焦虑陡现道：'大人，我猜那蒋官人可能已迷在无骸谷中，事不宜迟，我们快速前去，一为尽早缉拿妖人，二来再寻找蒋兄弟，此事实已不可再拖，否则将后患无穷。'那大官瞧到道人脸上陡生异样，突生怀疑，反大加延词道：'那无骸谷终年瘴气不消，我等贸然闯进，绝非良策妙举，此事还需从长计议，方行定夺。'到了这个时候，还说什么从长计议，方行定夺，那中年道人当即一声大喝：'拿绳索来。'随大官同来的那帮人，肩上或多或少都搭着一两捆大麻绳，但却无一人上去交给他。

"中年道人见众人不为所动，又是一声怒喝：'绳索拿来，把我等师徒三人都绑上。'众人齐集一愕。中年道人的两个徒弟惊惶道：'师父，咱们快走，他们不信我们，那就罢了，我们哪里来还是回哪里去，就别管这茬闲事了。'中年道人怒目相视，道：'徒儿住嘴。大人，烦叫手下将我们师徒三人都绑了，带我等一道去那无骸谷前，大人可叫几名手下先进到谷中探虚，倘里头有半分异样，大人只管砍了我们师徒的脑袋，我绝无半分怨言。'

"那大官沉吟半响，实难定夺，心疑要真如道人所说，千载良机岂可白白错过，但不是那般，此去必是凶险万分。细作权衡，生觉此道人生死不畏，甚有坦荡，多半所讲还是真言，然事关生死，又不得不防。当下命手下把三个道人均给绑结实了，一同往那无骸谷而去，而那马姓官人，则另外遣人送回了衙门暂做医疗。一帮子人朝小径下去，不一会儿，便到了谷口。只见那前面白雾烟封，恶臭扑鼻，众人心中都是一阵打鼓，心想便是道人所言不虚，要他们进去这种烟瘴之地，也是后怕得紧。于是立时便有人因怯萌退，危言耸听起来。那大官本就踟蹰，经得手下三言两语一通鼓捣，退意渐盛。便就这时，听得那中年道人厉喝一声：'大人既已到此，为什么不派人进谷瞧瞧，莫不是都害怕了么？'那大官道：'道长何出此言，我等既来，岂可有惧怕的道理。肖捕头，你带几个人马上进去瞧瞧便是，可不能叫他人看轻了。'他说得倒是轻巧，瞧瞧便是，无奈肖捕头双腿已是在发抖，迟迟不敢答话。

"那中年道人见此情形，不免哼了一声，道：'大人，不妨要我的徒儿水镜随同捕头一道进去，他先前已进过谷中，于形势稍有熟悉，要其给捕头领个路，倒也可免去毒雾迷眼，失了方向。'那大官道：'此法甚好，就依道长所言，劳您爱徒在前引路，我等早拿了妖人伏案，以泄民怨。'说着，便命人解下水镜身上绑着的绳索，要其带路。

"水镜毕竟还是个孩子，见着这般阵势，心中害怕，踌躇不愿进谷。但一瞧师父及同门水明性命攸关，也就壮起了胆量，一步一蹲地向那谷中走去。那姓肖的捕头瞧了眼那大官，满脸忧惧，正要跟上，却听中年道人喝道：'等等，谷中瘴毒犹盛，这样进入，难恐毒气不伤身体，我怀内有一只药瓶，你们可取将出来，每人服上一粒，待进入谷后，务必都要跟随我徒儿左右，切不可乱行分离，不然失却了路径，要想出来，可为大大不易。'那大官道：'你们听见了没有，还不照着道长的吩咐去做，都不可离开小道长的身后半分，稍一见动静，要先护住小道长，明白了吗？'肖捕头点头称是，取了中年道人怀里的一瓶药丸，人人服用一粒，方才进谷。小道童水镜正等在两丈外的地方，一行八人，径向里走去。

"时间一点点地过去，谷口外面，鸦雀无声，众人俱是望向幽谷，气氛已是万分凝重，当中自也不乏为中年道人暗捏一把冷汗的。眼见半个时辰已过，谷中丝毫不见动静，再过了一刻，仍还是一样。忽地，只听见'刷'地一声钢刀出鞘的声音，便瞧一名虬髯黑面的家伙跳将出来，手中刀头直指中年道人，怒目道：'牛鼻子，你到底在谷中设了什么陷阱，怎么我兄弟一进去就不出来了。老老实实地讲来，不然老子就一刀劈了你。'中年道人泰然自若，斜睨一眼他手上明晃晃的钢刀，道：'你是何人？瞧你的衣裳装束，不像是官家的人，你兄弟又是哪一个？'那虬髯黑面的家伙道：'我兄弟就是肖捕头，他于我有恩情，我虽身在江湖，不食官粮，却也不齿妖人作恶，特来相助报恩的。'中年道人道：'知恩善报，是条汉子，贫道佩服之至。但此时尚还早了些，倘若再过一刻时辰，还不见你兄弟回头，壮士自管拿了我的头便是。'虬髯黑面人道：'好，就依你言，倘若那时未见我兄弟，就休怪我。'"

沈珂雪顿了一顿，接着说道："此人话音未落，就见谷中奔出一人来，定睛一瞧，见是先前进谷去的小道童水镜。水镜一面奔出，一面嘴中喊着师父师父，模样甚是欢跃。那虬髯黑面人见只有水镜一人出来，脸陡一黑，钢刀横亘在水镜面前，喝问道：'怎么只有你一人出来，他们人呢？可是都给你作害了？'水镜把头一歪，嗖一下从钢刀下面钻了过去，来到师父身边，回头道：'你自己看好了。'虬髯黑面人愣了一下，望向谷口。不多时，隐隐约约见得浓雾下有人影走来，过了片刻，当头一人出来，正是那肖捕头。但瞧他的背上，却还驮着一个人，待得他把那人放下，有人就呼道：'蒋捕头，是蒋捕头。'

"又过少时，后面陆续走出来六个人，他们的背上亦同样驮着一个人，此些人的模样不仅难寻常态，衣着也很怪异，但在场人可都识得，这些可不就是那歹事做尽的妖人么。肖捕头放下蒋捕头，便向那大官禀报：'大人，经手下核查，道长所言句句属实，谷中确藏着不少妖人，且俱都横躺在地，毫无反抗之力，就是那三岁的小孩，亦都可轻易擒出。'那大官听此一言，喜不自禁，亲自动手松了中年道人身上的绳索，大是明歉许诺了一番，尔后恭敬地道：'这些人受了道长的神法，果然便可手到擒来，敢问道长，下一步该如何处置的好？'中年道人拍了拍左肩右膀，活动活动筋骨，方道：'早前走时，我嘱咐大人要备绳索和狗血，不知狗血大人可有备而来？'

"那大官道：'道长的嘱托，本官岂敢忘却，狗血我都叫人备好了，便于方便携带，净都装在皮囊里，请道长过目。'说罢从身旁一人腰间摘下一只鼓鼓的囊袋，交于中年道人手上。道人接在手中，先前他还以为他们腰间悬挂着的是水，不想竟都是狗血。拔开囊嘴上的塞子，一股腥臭气味扑鼻而来。他手拿囊袋，走到一名妖人面前，左手捏开他的嘴，右手将囊中的狗血灌入一大口，那名妖人虽身子不能动弹，眼睛却一直睁大着怒视着中年道人，死活不肯就范。无奈他再不愿意，此时已无反抗能力，几口狗血喝进，整个身子不住抖了几抖，神情顿就蔫了下来。中年道人跟着向众人道：'你们都将他们用绳索绑结实了，用狗血破了他们的法术，便就可不惧。肖捕头，你留下少人在这里看着他们和保护大人，其余的都随我一道进谷，带齐狗血和绳索，断不可让他们有所喘息。'那肖捕头看了看那大官，不知该如何是好。那大官脸一横，道：'道长的话你没听见么？还不快去。'肖捕头唯唯应道：'是是——'点了三百余人，跟随中年道人再赴幽谷。

"这次一去就是三个多时辰，直至天色大黑，月挂枝梢，众人方才出谷,只见此次不但俘获了百十余妖人,更有不少衣衫不齐的良家妇女得到解救,显是给妖人强抢所去。众人出了谷,外面已是火光冲天,那大官瞧今日收获这般丰盛,想必升官那是铁定了,故此脸上甚有喜色。众人在谷外稍作休整,便浩浩荡荡打道回府。回到府衙,已天色微明。以往众人恨透了妖人,如今正是出气的时候,刚到衙中,便要那大官下令斩了那些人。那大官瞧瞧众人,说:'这些妖人的确害人匪浅,如今尽数逮得,可喜可贺。不过还是应当待得天亮,由官府发一通告,来个大公审才好,此也可以让老百姓好好拿其出一出恶气。'众人听了也是,便只得暂且作罢。那大官赶紧下令把妖人俱关进大牢,待天明公审后一一斩决,那些受解救的女人也妥善作了安置,亦待天明通知各家人前来接领。"

沈珂雪讲至此处,深作一叹。曾老头已完全给这故事所吸引,虽不知这事与今日他们的事有何关联,但此种锄恶惩奸,仗义扬善之举,他一听便就极为佩服,乃至日落西山,仍浑然不觉。他甚为不解,此刚讲至大快人心之处,沈大夫人为何会叹息,便问:"后来公审得如何?那些妖人可都是真给斩了?"

沈珂雪道:"的确,他们都被杀了。"

曾老头击掌道:"俗话说善有善报,恶有恶报。杀得好杀得好,想必在场的百姓都可大加宽慰了。"

沈珂雪道:"开始确是如此,但是到了后来,人愈杀愈多,公审也不必了,从早上一直杀到下午,刑台四周都给血染得通红,头颅滚得到处都是,刑刀也换了好几把,却还在杀。此时,已无人再呼大快人心,都想尽快结束了才好,有人甚至还为妖人流起了泪来。曾老板,要是当时你在场,你还会这般开心么?"

曾老头沉寂了半晌,心道:"恶人伏诛固该庆贺,但杀人太多是也不好,此事想想,确实有些矛盾。"他一时不知该如何回答,毕竟当时自己不在场,于那时的心情亦难体会一二,于是就道,"老百姓淳朴善良,虽说平日已早恨透了妖人,但眼看着他们受刑,便是有再大的仇恨,偶尔起了恻隐也是情理当中的事,无甚大异。"

沈珂雪顿了一顿,忽而笑了笑,道:"曾老板急切切来到辛府,所负之事必重,可曾老板却还能耐心听我讲罢这个故事,想来你对这也颇见兴趣,不知你心下可存有什么谜团,不妨讲了出来,我自为你作答。"

曾老头确有众多问题要解，他知沈珂雪讲出这么个事来，当中必不会是胡言瞎语，于是就道："大夫人闲心逮了这几只怪异的黑鸦，方才牵出这个故事，想必两者定有莫大的关联，不知夫人可否道知明白。"

沈珂雪道："曾老板果然聪明得很，想来你还记得故事中无骸谷内逃了的那个妖人？"

曾老头诧道："难道竟和他有关？"

沈珂雪道："不说有关，却也不是毫无干系。那年之后，此人便一直隐匿深山，潜心修法炼术，自此再也没有亲身出来害过人。可是没亲自出来，却也不是改恶从善的道理，他收了一个徒弟，什么坏事都让这个徒弟去做。他这个徒弟可是大名鼎鼎得紧，学了师父一身的本事，甚至有过之而无不及，经常找他人来斗法，谁输在他手下，都是连命也都给了他。听说有一次他实在找不到人相斗，就寻自己的师父来比试，结果连他师父都败在了他手上，下场自也是和他人无异。相传那年他才十九岁，据说自那以后，他还学会了一门奇功，可永驻青春而不老却。到了今日算算，他也该是六十余的老人了，曾老板若有幸见着他，说不定他还是个二十上下的青年男子。但这还不是他最大的本事，他最大的本领是不论他自己在哪，只要他想知道的事情，尽都逃不过他的眼睛，而他还有一个好搭档，两人合起手来，可以说是从未遇见过敌手。这二人，一人擅蛊，一人好尸，江湖上都合称他二人为'阴阳双尸'。"

"阴阳双尸，二十年前和我等十八个人一道齐名的阴阳双尸？"曾老头想着，道："这两个妖人不是一直都身匿湘西，怎地跑来云南了？"

沈珂雪道："这我也不清楚，我只知道江湖上很少有人见过他们的真面貌，便就是见过，也差不多都已经死了。此二尸极为懂得隐藏，女尸有一手本领叫剥皮移面，此乃苗蛊中最为厉害的手段，可以把死人的脸皮整块地剥下来，贴到自己的面上，以对方的身份活动，便是死者的亲人朋友，一时也不易觉察出来。相较起来，男尸就更是了得，此尸长久居在墓穴，睡的是死棺，饮的是活血，为了补阴聚气，也不知吸尽多少女子的精元，而他的手段却是身子如面团一样，想捏成何人的模样便就是何人的模样，比之女尸更不易应付。"

曾老头听到这里，忽恍然想起道："大夫人的意思，我张兄弟是给阴阳双尸挟去了，而说不准他们就匿在我们所结识的人当中，是不是？"

沈珂雪道："是否是二尸所为，我也不好说，一来是这件事的始末我俱不清楚，二来单凭这几只黑鸦，我只够猜测他们极可能已经来到了这里，断不能说这当中是否有别种蹊跷。只是二尸精于变脸，却是不得不防。"

曾老头道："不管怎么说，夫人所言确为老夫解开了不少疑惑，且不管我张兄弟乃遭了谁的敌手，倘若这几只黑鸟确是二尸的手笔，那我想这事他们二人也自逃不开干系，只要找着了他们，说不定我张兄弟也就有了着落。"

沈珂雪道："曾老板所言正如我意。当日据姥姥说，男尸手下有一只怪鸟，系用人的三魂所化，这些黑鸟飞鸦，乃正是受怪鸟驱策而来，故我才敢猜说二尸应当已到了四平街，还极可能就在你我的附近。"

曾老头疑色道："便是如此，想我张兄弟老实，寻常与人不曾结怨，更不可能有得罪二尸的道理，不知谁这般歹毒，要如此害他。"

沈珂雪沉吟了下，道："倘若这事果与二尸有关，那或许与你家兄弟并无甚瓜葛，当中倒可能还是我们苗人的族规累了他。"

曾老头不解道："此话怎讲？"

沈珂雪顾盼一下左右，道："你们都下去吧。"

怜儿等三名丫鬟虽心下也甚是好奇，但夫人的话，岂敢去违逆。沈珂雪待她们都退下，方叹了一声，道："曾老板不知，我们苗族的规矩一向甚严，不论身份高低贵贱，亦都同等。"又叹了一叹，接道，"二十多年前，我们苗族出了一件丑事，有人瞒着族人偷偷和外人互习法术，将族里众多的禁术传教于外人，又习得那人不少的歪门邪术。有一日，此事终被姥姥知晓，她很气恼，按我们苗族的规矩，偷习外族他术，虽不致死，惩罚却是极其地严厉，许多人受罚不过，最终也是难逃一死。而若把本族的法术传授于外人，便要终身受金蚕之苦，比之死更加可怖，之后还要被逐出族群，今后在外都不可以苗人自居，凭他做的任何事情，乃至生死祸福，皆与族人全无相干。"

曾老头闻罢，一惊道："莫非夫人口中的那人，乃正是双尸之一的女尸？"

沈珂雪道："不瞒曾老板，那人正是。她也是我的姨娘，我母亲的亲姊姊。"

曾老头叹了一声，道："原是如此。既然是夫人的长辈亲人，理当多加关爱才是，怎的还要多番陷害，所使的手段还这般阴狠。"

沈珂雪叹道："倘若这许多事情都是她做下的，我也不会怪她。在我们苗人看来，逐出族群比之死还要来得残忍，姨娘虽说是犯了不可饶恕的罪过，但姥姥实不该将她如此惩罚。这么多年，我想她一个人在外面肯定不好过，既要日日夜夜饱受金蚕之苦，还要被江湖上的人所瞧不起，能活到现在，实已是大大地不易。"

曾老头道："不管如何，你们毕竟是亲人，她这么做，想必是把对你姥姥的仇恨尽转嫁于夫人身上了。"

沈珂雪道："她恨的不是姥姥，是每一个苗族里的人，她这般地处心积虑，乃是想要曾老板和我们苗族之间产出误解，届时拼斗个你死我活，两败俱伤。"

曾老头怒斥道："好一个借刀杀人，栽赃陷害的手段。阴阳双尸，不愧是阴毒得紧。"

沈珂雪凝思道："姨娘要真与这事有牵连，倒是为我解开了一个谜团，那澜沧江畔拾到的苗家信牌，极有可能是姨娘遗下的了。但是她为什么要害老爷，我实一时还想不明白，还有辛竹不知是不是也……"

忽听见一阵脚步声，有人到来。

沈珂雪倏地住口，向来人望去，见是手下的两名铁甲卫士，样子略显慌张，显是府中又出了什么变故。

那二名卫士一路慌急，到了楼下，向沈珂雪禀报："夫人，有六七个强人来府中闹事，伤了府里十几个弟兄。头领也负了轻伤，与强人犹在内院缠斗，他命小人前来护夫人暂避，待头领击退了强人，再亲自恭迎夫人回来。"一般的富宅大户，府第很少没有密室暗道等逃生避难用所的，辛家富甲一方，府下必也不可少。这两名铁甲卫士匆匆赶来要沈珂雪隐躲，想必来者不善，对头当是棘手得很，无甚大把握击退对方，方才会出此下策。

二人方一禀告，曾老头便心下略是慌起，忖道："不好，我已误了时辰。"他猜知来者定是活眼神算他们。

只见沈珂雪柳眉一竖，怒道："来的可都是些什么人？凭地这般大胆？"

其中一名铁甲卫士顾了一眼曾老头,道:"他们……都是这位老爷的朋友。"这些铁甲卫士都是随沈珂雪从苗疆而来,平常待在府中,极少能出门,按理说他们该不识得司马天南、门衍等人,但巧的是此人当日陪沈珂雪去过曾府,抬老朱的二人当中,他便是其中一个,见过了众人,这才会说他们是曾老头的朋友。

沈珂雪看了看曾老头,似乎明白了什么,转目道:"走吧,领我去会一会他们。"

那两名铁甲卫士几近齐声道:"夫人,这几人手段颇强,夫人还是避一避的好。"

沈珂雪道:"为什么要避,我是辛家的主人。你们不要多舌,我猜他们也不能把我怎样。"

那二人道:"可是……头领吩咐我们……"

沈珂雪怒起道:"难道你们只听头领的吩咐,就不听我的话了?"

那两名卫士欲再劝解,怎奈夫人已经发怒,倘再坚持,必要受罚,一时两人都扑通一声跪在了地上,齐道:"夫人,手下不敢。"

沈珂雪怒气渐收,叹了一叹,道:"你们起来吧,我们这就过去。"急急地下了楼,也未顾及招呼曾老头一声,到了楼下,方才听见背后有人喊:"夫人,请稍等一下。"

沈珂雪止足回首,微有歉意道:"曾老板……你……若有什么不便之处,我可叫下人领你从后门出去。"

曾老头赶上道:"老夫不是那意思,老夫是要随夫人一道前去,解释了误会,便就无事了,只是想求夫人去后稍行忍耐,不便……"

话未讲罢,沈珂雪却已是不及,道:"曾老板的意思我明白,那就劳曾老板与我们一起过去。"

一言甫毕,四人快步向内院赶去。行得一阵,已能听见兵器相斗的击撞声,再过少刻,听得一人厉声道:"你等逆徒,敢对我家小姐如此出言不逊,今日我们便都死在这里,也不会由你们再得往前一步。"跟着便听见一众喊声,声音震耳欲聋。

走在前头的一名铁甲卫士忽回头道:"夫人,头领显是已经受了重伤。"

话音刚落,就听另有一人幽冷道:"我重你是条汉子,不愿伤你,只要你把沈珂雪那妖女交出来,我们便可饶了你们。"

曾老头暗惊道:"果是瞎子的声音。"

只听先前那人道:"哼,废话少说,我家小姐神圣至极,岂是你想见就见?有胆量你就杀了我,我苗战能为小姐死,那是我的荣幸。"

沈珂雪心急如焚,猛然推开前面的两名卫士,从中穿了过去,拔足奔跑了起来。拐了一间房屋,眼见就要到内院,忽听见一阵呼呼呼的声响,如风穿竹梢,强风过耳,她猛地一怔,身形顿住道:"这是我们苗疆的驱蜂术。"

微一沉吟,听得有人惊声道:"你们看,那一大群飞来的可是什么?"

"雕虫小技,想必沈大夫人已经来了。"此人话声刚毕,就听见一阵噼里啪啦的响,如过年放鞭炮一般。

这时,曾老头和两名铁甲卫士已来到沈珂雪身后。倘论轻功身手,沈珂雪并不见得比曾老头高明,只她突然拔足狂奔,另三人都是始料未及,反还慢了她一步。

曾老头上来道:"夫人为什么不走了?"

沈珂雪喃喃道:"附近有我们苗族的蛊人。"正说间,忽听见一个女子的笑声。四人都不禁一呆,这女子的声音和沈珂雪实过相像,倘不是真人在侧,怕谁都难以辨出真伪。

四人惊异了下,向院门冲去。

还未到门里,听得那笑声突一顿,便学着沈珂雪的声音道:"老瞎子,手段不错,有本事就跟我来,为难这些下人算什么本事?"

"哼,堂堂辛家大夫人,站在房顶上成何体统,看老瞎子怎样把你揪下地来。"

二人正说斗着,沈珂雪等四人已来到了院中,只见一条人影以极快的速度掠到房上。上面那个女人见有人上来捉她,身影展开,足尖在一片瓦上一点,向前飘出一丈,再一点,又是一丈,三两下工夫,就到了另一幢屋子上。

沈珂雪很想瞧一瞧那女人到底是谁,但是天色已见昏暗,相隔又有一段距离,左瞧右看,总是瞧不清楚,只能依稀觉出她确是一个女人。

地面那人上去一径扑空,遂又施展起身手,狠追上去。

那女人见状,冷冷一笑,又跃将到另一处房顶上。后面那人仍是紧追不舍。二人你追我躲，逐渐便远离了众人的视线，向西南方向而去。

此时院中众人才发觉了沈珂雪四人，无不现出了惊疑的神色，但当中却有所迥异。苗战等人吃惊，乃是以为沈珂雪已经走了。至于司马天南一伙人，眼见那沈珂雪已经被活眼神算追着逃走，怎么又会冒出一个沈珂雪来。

苗战上来道："小姐，手下不是要你——"

沈珂雪道："你们都是跟着我从苗疆过来的，我一直把你们当亲人一般看待，要我抛下自己的亲人独自逃生，那岂是我能做的事？"

苗战激动不已，道："有小姐这句话，苗战便是战死，到了下辈子，还跟着小姐，给小姐当牛做马，也是不说二话。"

沈珂雪道："我们苗家人活要活得有志气，死要死得豪气，不到最后一刻，死字绝不可出口，要不然岂不把我苗人的脸都丢尽了。"

苗战恭聆道："小姐教训的是，手下愚昧，以后绝不会再说一个死字。"

突听一人冷冷地道："用调虎离山这种卑劣的手段，想爽爽快快地死，只怕也没那般容易。"说话的是一个女人，相貌很好看，只是脸上没有半丝表情，样子十分淡冷，不过此番倒也给她增添了数分冷俏之美。

曾老头上前一步，道："三娘，此事怕多有误会，我们可能都着了人家的道儿啦。"

柳三娘道："曾老板这话是什么意思？"忽而又道，"你来了辛府这许久，可是查到了什么？"

曾老头便把沈珂雪与他讲的话，简略和三娘一众说了一遍。众人听罢，似都半信半疑。柳三娘道："她是说这事都与她无关咯？可是凭什么要我们相信她？"这话虽对着曾老头讲，但无疑是讲给沈珂雪听的。

沈珂雪道："你信也好，不信也罢，我只把所知道的给说出来，你们要怎么着，全与我不相干。"

柳三娘道："既然你说得这么言辞凿凿，那我倒想知道，你既是心下无鬼，何必还要使调虎离山这种手段，你不觉得这样很不光彩么？"

沈珂雪道："什么调虎离山？我不明白你在说什么，各位来府之前，我一直和曾老板在一起，难道你们不相信我，还不相信曾老板？"

曾老头点头道："大夫人说的没错。三娘，此事尚有甚多疑点，我们不可贸然行动，给别人做了棋子。"

柳三娘似还不休道："就算这些事情不是她亲手做下，那么刚才那个人又是谁？她既能出来替她解围，想必也是认识的了。"她这话说得隐晦至极，既没说这事与沈珂雪有关，也未说与她无关，反正到时，正反都由她说了算。

沈珂雪聪明绝顶，又岂会不明白，道："天黑地暗，我哪里瞧得见那人的样貌如何，不然你们这里谁可以为我描述描述，兴许她还真是我认识的人也不一定。"

柳三娘冷哼一声，道："我们可没你那个闲工夫，只要傻小子一天没找着，你想撇开干系，就先问问我手上的刀答不答应。"双手一提，刀锋指向沈珂雪。

苗战大喝一声，挺刀拦在沈珂雪面前，怒道："你敢动我家小姐一根头发，我便杀了你。"四下的铁甲卫士，不论伤重与否，听此话语，俱精神紧绷，严阵以待。

柳三娘瞧也不瞧他，冷冷道："你觉得你有那个本事么？"

苗战厉目道："不信你可以试试看。"

柳三娘双刀一横，道："那我就来领教领教你们苗人的刀法，到底杀不杀得了人。"

苗战弯刀护胸，掷声道："怕你会后悔。"他刚与活眼神算、门衍等几大高手轮番激斗，早已重伤在身，实不可再行应战，但为了保护小姐，俨然不加退缩，此般忠心忠义的下属，叫在场的对手也暗增一分敬佩。

柳三娘不屑道："有什么本领使出来便是，废话少说。"

苗战握刀的手微微一颤，脸上的肌肉抽搐着。沈珂雪低声道："苗战，不可。"她心里非常清楚，苗家的武士都有一种视死如归的精神，在迫不得已之下，能用自己的鲜血染红手中的刀。这是苗族一种很古老的巫术，用刀割开掌心，抑或咬舌出血，借以提高自身的斗志。据说此时苗族的祖先蚩尤，会循着子孙鲜血的气味将灵魂附于流血者的身上，助其铲奸除恶。不过此举是一种玉石俱焚的手法，流血者往往在杀了对手后，自身也难免力竭而亡。

沈珂雪既知道这个道理，当也明白苗战已抱了这样的心情，她有心制止，然苗族是一个极具不屈不挠精神的民族，能不屈而死，是一种极大的荣耀，她应该为其高兴才是。只是苗战跟了她许久，如今要自己看着他死，岂能无动于衷。

苗战转身望了沈珂雪半晌，道："小姐，你说我们苗人活要活得有志气，死要死得豪气，苗战一定不会给咱们苗人丢脸。"

话音刚落，周遭的铁甲卫士俱吼声道："头领，我们也不会给夫人丢脸，头领到哪儿，我们便跟随到哪儿。"

苗战扫了一眼众手下，道："你们都跟着我，谁来保护小姐？"众铁甲卫士一时默然。他转而看向柳三娘，道："请出招吧。"

柳三娘轻蔑一笑，道："你已身受重伤，老娘不占这个便宜，老娘让你一把刀。"说罢将左手刀收进腰间。要知道惯使双手兵刃的人，须要左右兵刃在手，方才能配合得天衣无缝，此般一来，正如常人自断去一臂一般，倒也公平得很。

苗战怒目而视，在他看来，柳三娘此举无疑是把他轻视到了极点，当下左手掌心握住右手刀刃的锋口，道："请速出招。"待只轻轻一划，即可破血。

柳三娘面色一正，单刀一挺，迎面刺了过去。苗战动亦不动，双目直凛凛盯住刺来的刀尖。便就这时，听得当的一声，柳三娘只感手下一震，单刀往右一偏，从苗战左侧刺了个空。她不觉一怔，只见曾老头右手捏着一面牌子，显然他是以牌叩击刀面，才致刀锋偏移，不禁怒道："曾老头子，你疯了么？"

曾老头道："三娘不可动真，这事得待瞎子追回了那人再说，不然铸出错事，悔之不及。"

柳三娘道："我管它那么多，神算不是说，四平街除了她，再也无人会得那些妖魔邪术。就算她说有那什么阴阳双尸，我们都不曾见过，凭她一人之口，仅有你才信得。我是女人，想借此欺我，断没那般简单。"

苗战厉喝一声，道："住口，便是你方才所言，就足以该死。"轻轻拉动刀身，掌心割开，鲜血沿着刃锋急淌而下，从右手掌间一滴一滴溅向地面。他咬了咬牙，续道，"我若杀了你，却对不起小姐，若不杀你，也难解我心头之怒。啊……"急呼一声，向右疾奔过去，挥臂一刀砍在一株腰圆般粗的树干上，但听得喀喇喇声响，大树斜腰裂开，弯刀入进木中，直至刀背没入。

沈珂雪急呼一声："不要。"想要阻拦，却已不及。众铁甲卫士无不耸然而上，嘴中俱不停呼着头领头领……

柳三娘等人亦是吃惊不小，心想此人身负重伤，竟还能有如此的功力，先前倒实有些小看了他。

天黑蒙蒙，不易瞧清，沈珂雪上前呼喊道："快快，照一支火把来。"

旁边有一名铁甲卫士四面望望，见不远处的拱门外似有火光，忙奔将过去。原来是怜儿等几名丫婢知道夫人来了这里，便提了灯笼过来，到了外面，却见院内有不少的人，个个剑拔弩张的模样，一时害怕，未敢进里，只好尽都缩在外头，观察动向。

那名铁甲卫士拿了灯笼，回到苗战身边。

沈珂雪道："大家都不要碰他。"火光照处，只见苗战怒目圆睁，嘴角有鲜血流出，右手紧紧拿住刀柄。沈珂雪颤巍巍地用手指在他鼻下一试，竟已无呼吸，显然这一击乃是他竭力所发，此时已是气绝身亡。

众铁甲卫士当即哗啦啦挺起弯刀，嚷嚷着要与柳三娘等一干人拼命，为头领报仇。

沈珂雪眉梢一拧，呵斥道："谁都不许动，否则……家法处置。"

众卫士心中一凉，怒火虽难消去，但夫人的话，谁也不敢违拗，只得愤愤目瞪着柳三娘等人。

沈珂雪回过身子，缓缓目视了柳三娘一干人，道："他已经死了。如今我要为他准备后事，按我们苗人的规矩，外人都需避嫌，如果各位非得寻我要你们的朋友，那就待明日一早，再来如何？"

柳三娘等人听说苗战已死，俱都一阵吃惊，虽然心中已猜测到了数分，但怎也想不出他为何要这样做。其实他们来辛府并不打算要取人性命，否则以他们的身手，只怕早已有几名铁甲卫士死于非命了。柳三娘怔怔看着沈珂雪许久，她知苗战乃是她最得力的手下，如今汝未杀庶人，庶人倒是因汝而死，一时竟无言开口。

曾老头咳嗽了下，道："大夫人，苗头领的死，老夫等也感到十分惭愧，还望夫人节哀，我们这便就走。"

司马天南向众人道："咱们走。"领头走出数丈，回头仍见柳三娘立着未动，不免叫道，"三娘，走了。"

柳三娘看了下沈珂雪，又望一望苗战，默默追将上去。

沈珂雪待他们出了内院，才轻轻地道："走好。"

一干人出了辛府，径直往曾老头府上而去。此时刚上夜市，街上好一片热闹，吃喝玩乐，样样俱有。众人一味前行，无暇有那般的心情来顾及。

忽地，只见柳三娘一顿足，喃声道："你们觉不觉得哪里有些奇怪？"

众人觑相看看，不解她话中的意思。曾老头便问："三娘为何有此一言，莫非三娘想到了什么？"

柳三娘凝思道："我总感觉那沈夫人有些奇怪，可又说不上到底奇怪在哪里。不知你们有无这般感觉？"

曾老头道："黄昏之时，我一直和她在一起，倒并未发觉她那里有不妥之处。不过……"顿了一下，接道，"有一件事我倒觉得奇异，先前我进府时，明明看见辛府内院挂满了白绫，当中还有一间屋中横卧着一口新棺。可是方才待我再来内院，一切竟都不见了。"

众人惊异。柳三娘道："我和司马庄主去时，可并未瞧见辛府内有什么白绫棺木，倒是那个叫苗战的人，一路与我们死命相搏，到头竟不惜自殒性命。"

司马天南道："柳老板所言正是。此人虽与我等多般为难，倒也忠心，武功亦也不差，与门老弟交了一百一十招，方显败相。不过倘不是他早已和曾老板大斗过一场，内劲有些不济，恐还不至这般早就败下。"

曾老头奇怪道："我与他确曾交过手，但两人也只交换了十余招，该不至于会令他内劲如此损耗。"

司马天南道："那就奇怪了，难道在曾老板之前，他还与他人交过手？"

曾老头道："这我也不甚清楚，权因当时一心系念张兄弟，且两人交手的时间又短，一时还真没有觉察。"

司马天南叹道："想不到四平街除了我们几个，当中还隐有如此的高手，只可惜他已经不在，不然倒可以向他询问一番，说不定此人和近日所发生的怪事也有着些联系。"

曾老头猜测道："莫不是刀疤鬼见愁？素闻此人刀法不差，方得享有京城第一名捕称号。"

司马天南道："刀疤鬼见愁确有那般的本事，但他自入住夕阳客栈以来，一举一动均在房掌柜的监视之下，当不会是他。"

曾老头忖道："既不是他，那还能有谁？难道是阴阳双尸？该也不会，这二人阴狠诡邪，苗战若遇上他们，怕早已凶多吉少，岂还有生还的道理。可不是他们，却还能有谁？四平街，当真极不太平了。"

当这时候，忽听柳三娘喃喃着道："我若杀了你，却对不起小姐，若不杀你，也难解我心头之怒。他在临死前为什么要说这句话，到底是什么意思？"

众人一凛，听得三娘一言，亦觉这话听来甚是别扭，可又讲不出别扭在何处。只听柳三娘自言着又道："我若杀了你，却对不起小姐。莫不是沈夫人早就猜测到我们要去，故此早嘱咐下属不可与我们为难么？可是沈夫人一直就在府中，她大可以有事再行制止就是，何必多此一举，难道这当中还有别的隐情？"

曾老头问道："三娘可是已经想出了什么疑点？"

柳三娘摇头道："没有，我只是觉得这事太过奇怪，那苗战为何要自竭而死，难不成真是因我出言对他的主子不敬，而羞愤自殒？倘若真是如此，他大可寻我拼命才是，何必要这般轻生？"

柳三娘一言，犹如晴天一个霹雳，黑夜一盏明灯。曾老头恍然道："老夫明白了。沈夫人绝对不会拿她最得力的手下的命来换三娘的命，苗战更不可能因三娘的几句话而自殒了生。我想他这样做，可能是想暗示我们什么。"

司马天南道："此事既有诸般疑点，我们还等着做什么？去辛府找沈大夫人问一问，不就清楚得很了。"

柳三娘道："司马庄主说的是。曾老板，我们这就回去找沈夫人。"

曾老头道："事不宜迟，我们这就走。"说罢七人原路返回，到了辛府门外，却见大门已是关闭，曾老头上前敲了半响，也不见有人出来应门。众人相望一眼，绕至辛府偏侧，飞身自墙头翻了进去。

但见府中一片寂静，不见半条人影。众人心知有异，来到方离开时的内院，见这里也是一样，独有苗战的弯刀还嵌在树中，尸身却已是不见。众人又四下找寻了一会儿，依旧不见人踪。

曾老头喃喃道："难道辛府里的人都凭空消失了不成？"

突地，只听西边有一间房屋中咯噔响了一声，接着，接连又响了两下。

众人心中一凛，疾身飞扑过去。曾老头当先一脚踢开大门，见里头黑乎乎的。柳三娘纵身一跃，飞身从屋檐下取下一只花灯，进里一照，发现屋中竟捆绑着二三十个下人，口中还均塞着棉花，都已给吓得面无血色。

柳三娘就近为一名小丫鬟取出嘴里的棉花，问道："谁把你们绑在了这里？你们夫人又在哪里？"

那小丫鬟惊魂未定，颤颤道："夫人带了苗头领的尸首从后门走了，我们都是被夫人下令给捆绑在这里的。"

柳三娘又问："你家夫人为什么要绑住你们？他们都去向了哪里？"

那小丫鬟道："奴婢不清楚。夫人，老爷，求你们行行好，救救我们吧！"所有被绑着的人也都看着柳三娘等人，眼中俱是期切和惧怕。

曾老头道："三娘所疑不错，辛家必定是出了什么事情，趁他们还未走远，我们追赶还来得及。"

司马天南道："那还等什么，我们立马去追，倒要瞧瞧沈大夫人在玩什么花样。"退出屋子，向门衍道，"门老弟，我们走。"

二人也不管别人，自顾先去了。但他们不知辛府的后门在何处，只得又翻墙出去，从外头绕屋子找寻。好不容易看见了后门，却见曾老头几个早已在那里等候。司马天南惊异道："你们……怎来得这般快？"

柳三娘向门内一指，道："我们找了个小丫头领路，当然快了。"

司马天南向那一瞧，见正是方才问话的那名丫鬟，当下道："我们快追。"

一行七人全朝前方赶去。柳三娘忽回首道："你回去帮同伴松了绳索，切记都要留在府中，不可外出，更不可与外人张扬起这事，等着我们回来。"

那小丫鬟掩着半边门，道："夫人放心，我们遵听夫人的就是。"

众人向前行了一段，突见一条极其隐秘的小道，这条小道藏于荒草乔灌之间，不仔细瞧，极难发现。顺小道行了一阵，见有一座小石桥，翻过去不远，前方又出现了两条大路，一条指向西南，一条直通往西，七人只得暂缓下身形。

曾老头道："这条向西南的路，应当可去西南山，而这边这条，想必是经凤凰落的。不知他们会往哪条路走？"

司马天南道："管她走哪条路，我们权且兵分两路，我和门老弟、房掌柜往西南追，曾老板、柳老板还有欧阳掌柜和煞面婆婆，你们四人就向西去，只要谁看见了他们的踪迹，就以麒麟火为号，待大伙都到齐时再行事，以免生出什么意外。"

曾老头道："好，就依司马庄主所言。三娘，欧阳兄，婆婆，我们走。"

黑云掩月，曾老头四人向西疾行，谁也不知晓，沈珂雪大晚上的是要把苗战的尸身带往哪儿，难道这就是苗人不愿为外人所观知的葬制么？突地，听得柳三娘轻声道："你们看，这是什么？"

另外三人靠上去，发现路旁的草丛里丢弃着许多的甲衣兵器，拾起一两件看查，竟都是沈珂雪手下的铁甲卫士所佩戴之物。四人微微一惊，柳三娘道："这是什么意思？沈夫人遭人伏击了？可是这四下并未见到什么血迹，也瞧不到尸身，更无打斗下的痕迹，沈大夫人到底在玩什么花样？"

曾老头手上拿着一把带鞘的弯刀，道："连刀都未曾出鞘，想必均是自愿扔下，只是不明白，他们为何要这么做？看来此事已越来越怪异。"

柳三娘道："我们赶快追，这班人行动这般古怪，说不定傻小子就在他们手上。"说着施展轻功，再行追赶。四人均觉沈珂雪就在前方不远，故而所展轻功都是平生所学之极，但愿能尽早将其赶上。

此番又奔行了一程，忽见前面的黑夜下有着四条人影，这四人都是一身白麻贴衣，背向站着，正好拦住一条大路。

曾老头四人身影一顿，相互望了一眼，且都不知前面四人到底是谁。柳三娘冲口道："喂，你们是干什么的？为什么要挡住我们的去路？还不快快让开。"

那四人不答，就连身子也未动得一下。

曾老头抱了抱拳道："四位兄弟，我们兼有要紧事情，劳烦四位给行个方便，恩情日后自当言谢。"

那四人依然不加理会。

柳三娘有些怒起，拔起双刀，嘴上自也没了客气："俗话说好狗不挡道，识相的就给老娘滚一边去，不然可就别怪老娘不客气了。"

那四人也真奇怪，实如吃了秤砣铁了心，于三娘的恶言恫吓丝毫不以为意。柳三娘更怒，正欲上前与之料理，一旁的煞面婆婆雷鹤娘拦着道：

"妹子休怒，待老身先上前瞧一瞧。"

来到四人背后，道："不知几位是何方人物，为何要在此与我等计较？"见半时四人仍不回答，煞面婆婆又道："既是如此，老身只好得罪了。"右手一伸，迅捷向最右边那人的肩膀上抓去。

只见那人不避不躲，一爪实实中的。煞面婆婆心下一惊，此人的身体竟如石头般坚硬，生怕对方有诈，急忙将手缩回。

哪知手掌刚撤，那人竟扑通一声扑面摔了下去。煞面婆婆心道："难道这四个竟都是死人？"心念转下，连着瞅准另外三人，分别朝其肩头拍了三拍。岂知这三人也是如此，触手坚硬，但一碰之，便即纷然倒下。

四人一片吃惊。柳三娘收起双刀，拢身上前，看察之下，可断此四人确系死人无疑。曾老头翻来一尸，瞧了道："这人我认得，乃沈珂雪身边的铁甲卫士，在辛府里我曾见到过他。"

柳三娘道："到底是谁杀了他们？莫非沈夫人也遭受了不测？"查看了四具尸身，均无明显的创伤，但瞧脸色，亦不像是中毒，实乃令人更添疑窦。

曾老头道："此事十分怪异，有人故意留下四具死尸，不知是要警示我们不可再往前行，还是另有目的？老夫偏就这个脾气，他人愈不想我往前，我却非要前往一探究竟不可。"

柳三娘赞声道："曾老板与我一道想法。事不宜迟，这便疾速动身追赶。"说罢四人不再理会这几具死尸。

哪知便就这时，见得死尸身手一动，煞面婆婆惊道："不好，死尸抓住了我的脚。"

话音刚落，就听扑通一下，煞面婆婆猝不及防，已给死尸拉翻在地，跟着曾老头等三人也给死尸缠住双足，脱行不得。此番四人方觉醒悟，有人留下这四具死尸，实不在警示，意是要挡阻他们一下。那人还当清楚，一路跟随他的是四个人，故才只留下四具死尸。

曾老头双足给一具死尸羁住，无法动行，瞥一眼间，见到煞面婆婆雷鹤娘一跤跌倒，在地上连打数个滚，竟摆脱了尸人。疾地一个翻身，抽开腰间的九节软鞭，此乃她的成名兵器，一鞭打出，缠向自己足下的这个尸人，急一拉扯，却无法将其拖离。

便在这时，刚刚被煞面婆婆甩开的那具尸人，竟直挺挺一立，蹦蹦跳跳地朝她过去。

煞面婆婆心一惊，抽鞭回援，卷住那尸人的腰身，猛地向左一提。尸人扭动不停，力大无比，只荡开丈把，三两跳下又已至面前。

这边曾老头遭煞面婆婆帮救无果，心念动下，真气沉足，力起一个后腾翻飞，意欲摆脱拘束。尸人的双臂就如两根棍子，僵直而没有弹性，听得骨骼咯咯作响，弯起少许，前身一翘，接又"啪"地一声重摔下去，但手掌依旧抓得牢牢的。

曾老头一下飞脱不去，只得又悬着落了下来，正好一屁股坐在尸人的背上。他灵机一动，双手向前箍住尸人的头，两手食中二指摸准尸人的眼睛，猛地插了进去。眼睛乃尸人身上最薄弱的部位，他虽觉不出疼痛，却能顿知受到了攻击，当下手底一松，去抓曾老头的双手。

良机稍逝，曾老头岂容被他抓着，双足蹬地一纵，已跳开半尺，飞起一脚，将尸人踢开数丈。再瞧柳三娘他们，也已脱出尸人的双爪。三娘纷舞双刀，一刀砍在尸人的脑瓜上，但听得"当"地一声，声音响亮清脆，便如砍杀老铁一般。

曾老头大叫道："尸人一旦成僵，寻常刀剑便于他无用，得用法器才行。三娘不可与其近斗，我们趁得时机冲了过去便是。"

柳三娘腾身一闪，躲避开一只尸爪，反手砍出一刀，斩在尸人的脖颈上。那尸人双臂横向一扫，甩开刀锋，猛地往前一跳，一双尸手卡住了三娘的脖子，柳三娘顿觉喉咙一紧，呼吸困难。

曾老头见柳三娘吃紧，欲前往救援，不料那具给他插没双眼的尸人已跳将过来，拦在面前。眼睛于一般的尸人本就无多大的用处，除非是那种陈年老僵，已炼得可用尸眼观物，如这等新尸，其只能靠人气来辨别方位。曾老头不及多想，一拳砸将过去。

那尸人面门吃了一记实的，晃了两晃，嗷嗷着扑了上来。

曾老头脚底一滑，闪到尸人的右侧，凌起一脚，扫在尸人的腰眼上。

那尸人一个不稳，噔噔噔往前冲了过去，刚好撞在煞面婆婆的软鞭上。此时煞面婆婆正与一具尸人以软鞭较着劲，鞭子给拉得紧紧的，便如一张紧绷着弦的弓。那具尸人一头栽向软鞭，给弹了个人仰马翻。煞面婆婆受到这一下冲击，力劲不抵，软鞭从中一合，与正面相持的那具尸人碰了个结实。

曾老头歉意道："婆婆，老夫……"忽听得风声呼呼，一道劲疾的黑影自不远的一棵树上急射过来，"噗"地一声，直接插进了柳三娘面前的那具尸人的背心。只见那尸人嗷嗷一通怪叫，全身似如筛糠一般抖了几下，尸手松开，直挺挺倒了下去。

柳三娘原已在生死边缘，脸紫身软，双刀都已从手间脱落，好在这一道黑影来得及时，方才解救了她的性命。她猛地咳嗽了一阵，踢了一脚那尸人，见已不动，再看那尸人的胸口，发现那一道黑影，竟是一把模样古怪的刀。此刀幽黑发亮，长约二尺，刃长柄短，刀头从尸人的后心进入，前胸穿出。她拔将出来，见这刀乃系平生见所未见，略是端详了一下，发现刀身有一个怪里怪气的鬼字，心想此刀一下就杀了这具尸人，显是一件极其厉害的兵器。

忽见与曾老头搏斗的那具瞎眼尸人正背向自己，心中一凛，手起刀落，一个尸头应即被削下，骨碌碌在地连滚了三四米。

此具尸人也确是晦气，先给曾老头插没双眼，现竟连头都丢了，顶着一个光秃秃的脖子，摇来摇去，摸不着了方向，半晌才倒地身亡。

柳三娘一击得手，已深知此刀的厉害，心中喜下，看准最近的一具尸人，一招力劈山河，将其从中劈成两半。再一个腾跃，双膝一屈，一招横断昆仑，又解了欧阳掌柜的围。

但见那尸人齐腰断开，上半身落了地后，下半身亦还在那瞎蹦了几蹦，方才倒着不动。

眨眼间，柳三娘一气下连毙三尸，这便是她自己也始料未及，不想这刀看似样子怪异，却凭地这般好使，锋刃无比，削尸如泥。

四人侥幸得胜，均觉危难之时，此刀凭地出现，定是暗中有高人相助。但四人琢磨了下，怎也猜不出此人到底会是谁。不过此人既能出手相帮，料也不会是敌人。当下另外三人手传怪刀观看，照旧亦是不识得。曾老头叹了一口气道："想我四人在江湖上也算得颇见威名，怎竟奈几具尸人不得，倘若今日不是有高人相助，实是难以脱身的。"

柳三娘拾起脱落在地的双刀，挂悬腰间，道："如今我们手上有了这件法器，就不惧有人再给我们使什么妖法了。真想瞧瞧，这前方到底是什么妖孽在作怪。"

四人稍歇了下，才继续起身赶路。此时三娘手握鬼字怪刀，自是冲身在前。这番又前行了六七里，忽地看见道路中央竟卧着一副棺材。四人停下，曾老头道："这棺木我见过，正是傍晚时在辛府里看见的那口新棺。"

柳三娘道："不知他人又在玩什么花样，我们可都要小心了。"提起鬼刀，向棺木走去。此时她手上有了这般神兵利器，自是不怕棺中藏着尸人。

行得几步，果听得棺内咯吱咯吱响了几声，似里面有东西要出来，在顶棺盖一般，但柳三娘瞧得清楚，那棺盖可是丝毫没有异动。

她不禁放缓了脚步，等得后面三人跟将上来，才道："那棺材下好似有声音。"

曾老头道："当心里头有诈。三娘，可否借你的双刀一用？"

柳三娘解下给他。

曾老头持着双刀，向前走了几步。三人均不知他这是要做什么。正当诧异，却见他左手一挥，跟着右臂一甩，两把双刀急脱出手，竟从棺盖下的缝隙里插了进去。三人无不喝彩一声，此般手法之巧妙、精准，大是让人开了眼界。

双刀自棺木的边缘插进，此可避免伤及棺中之物。曾老头掷出双刀，回头道："婆婆，下来就看你的了。"

煞面婆婆已知他的用意，抖开九节软鞭，道："曾老板，瞧我的就是。"

走上几步，微微甩动了下手臂，软鞭便发出啪啪的声音，如车夫在赶车一般。忽地，只见那鞭头一扬，似灵蛇般缠住了左手的刀，跟着鞭身一兜，又绕上了右边的刀，如此双刀俱给软鞭缠绕紧了。

便在这时，煞面婆婆轻喝一声，软软的鞭子忽就成了一根长长的棍棒一样，往上一挑，带动刀身翘起，只听得棺盖咯吱一下响，那插在右首的刀竟然一翻，立了起来。接着鞭子松开右手的刀，只缠了左手的刀，以同等的手法，把左手的刀也立了起来，这样一来，棺盖虽尚未完全掀开，却已是给三娘的双刀垫高了数分，约摸有三个手指上下的空隙。

曾老头忍不住大赞一声："婆婆使得好鞭法。看来婆婆赋闲了二十数年，手下的功夫可丝毫没见懈下。"

煞面婆婆雷鹤娘道："曾老板笑话老身了，方你那一手本事，才叫老身佩服得不得了。"说着把软鞭收了回来。

第十二章　阴阳相残

柳三娘早已是忍耐不住想上去瞧一瞧那棺中隐藏的是什么，见棺盖被顶开，等了下也不见有什么动静，便持刀欲上前。

　　煞面婆婆拦了道："三娘再等一等。"罢了把鞭子一圈一圈地收在手心，目光却不离那口新棺，脸上镇定。

　　柳三娘瞧了她的模样，只得止身再等得一等。

　　煞面婆婆将卷起的鞭子捏在手心，紧紧握着。余外三人皆是屏气静心，等着看雷鹤娘的成名绝技——连环三鞭。

　　只见煞面婆婆顿了下，忽地左脚向前侧一挪，身子微微斜起，紧跟着右臂朝前一递，鞭子送出，却不是击向棺木，而是打在了前方的地面上。石屑纷飞，尘土飞扬，地面留下一道既清且深的鞭痕。

　　三人连叫几声好，余劲犹存，已见煞面婆婆身子一旋，整个人腾空飞冲了起来，当要落下时，挥手又是一鞭，这一鞭打的却是半空，声音之响劲，直嗡嗡入耳。三人又叫好了一声，放眼再看，煞面婆婆业已从半空落下，但她的脚刚着地，便如陀螺一般在地打了一个圈。亦在此时，闻听得风声劲急，"啪"地一声鞭子击在了棺盖的正沿上，只见呼啦一下，整个棺盖借助鞭劲，势如奔腾，飞一般地滑落出去，"砰"地一声，重重地砸在了地上，棺口自也全然暴露无遗。

　　四人等候半晌，未见棺中有什么动静，便要近前探一究竟。突然，听得黑夜中有个半阴半阳，似远还近，妖里鬼气的声音随风飘荡道："死老头，你们也太是小心了，本神若有意要你等的小命，还不是轻而易举。本神今日心情不差，且饶你等一马，早早将人带走滚了，下回倘再和本神作对，就休怪本神遣那黑白无常，勾了你等的贱命。哈哈哈……"

　　柳三娘性子最急，鬼字刀一挥，骂道："好一个缩头乌龟，有胆量的就给老娘滚出来，装神弄鬼又算得什么本事。"

　　那人一阵淫笑，道："啧啧啧……这是哪来的小辣椒儿，叫得人心里都痒痒了，本神好是喜欢。"说完又是淫笑一阵。

　　柳三娘怒道："呸，无耻淫贼，还不快快出来吃我一刀。"

　　那人道："吆吆吆，就小美人手上这把刀，本神看着用来杀鸡还凑合，本神劝小美人还是省些力气，回去把身子搓洗干净，等着伺候本神，岂不更是过瘾？"

　　柳三娘气得脸色发白。此人言语之轻薄，实是万分可恶，什么小辣椒、小美人，要三娘这等快四十的人，被人这般戏侮，怒气更是难抑，直恨不得立时便要砍他几刀，方可解恨。

其实不只三娘，遇听这等无耻之言，曾老头等亦是不可忍耐。曾老头大声道："阁下既有真本事，就出来与我等明刀明枪大战几百个回合，何必这般龌龊，躲躲藏藏地逞一时口舌之快，叫人好生地瞧不起。"

那人道："老头，本神和小美人欢骂，又干着你何事？识趣的就滚开一边，便可多活得几日，否则要你后悔不及。"

曾老头大笑一声，道："都不敢以面目示人的宵小鼠辈，也敢在老夫面前口出狂言，可笑可笑——"

那人嘿一声，道："老头，首级暂寄于你颈上，他日必来取之。哈哈……"笑声突一顿，听闻一惊道，"你是谁？"

"告诉我，你身后那人是谁？便可饶你一条性命。"一个苍老的声音回答。

曾老头等人亦是一惊，显是有人欺近了那人。只听那妖里鬼气的人道："想知道他是谁？就看你有没那个本事了。"

那人说出这句话，就再也没了声音，四下里顿变得万籁无声。过了片刻，忽听得那人惊慌道："你……你是南阳老儿？不可能，他……不是早已经死了？"

那个苍老的声音道："废话少说，他是谁？"但闻得咔嚓一声，似是树枝折裂的声音，便又听见那苍老的声音大吼道，"贼子使诈，休走。"尔后又是一片沉寂。

曾老头等四人候了片刻，均不见再有声响，显然他们二人都已经走了。只听柳三娘愤愤道："下次让老娘再碰到这淫贼，我非杀了他不可。"

煞面婆婆扑哧笑道："谁叫妹子生得这般水灵，要是和婆婆一样，也就不必多受那个气了。"

柳三娘道："如果师兄在，师兄一定会替三娘先挖了这淫贼的双眼，再割了他的舌头，那才方令我解气。"

欧阳游咳嗽着接茬道："黑木道人宅心仁厚，怕是决计不会那样做的，最多也是替三娘把人打发了。"

柳三娘黯然道："便是如此，也是好的，师兄若在，已比什么都要好。"一想起师兄离她早逝，不禁呆了起来。

突听得曾老头道："你们可有想过，那个苍老的声音可是谁？"

欧阳游道："听那人说他是南阳老儿，莫非他是南阳仙人？"

曾老头道："南阳仙人已消匿了二十年，倘真是他，那他此番现身，却又是为何？这事可是愈来愈奇怪了。"

欧阳游道："且不管他为什么出现，我想先前在暗中援手，赠刀助我等脱困的人，定是他无疑。"

曾老头道："老夫亦是这般认为。"正说着，忽听得黑夜中咯吱一声响。

四人一愣，柳三娘惊异道："声音是从棺内传出来的。"一时众人只顾讨论说话，倒是忽略了眼前这口新棺。

曾老头道："那人先前不是要我们早早将人带上走了。"他故意把滚字改成了走，显然是前面有个我们的缘故，接道，"看来棺中躺着的极可能是一个活人，我们这便一起上前瞧个清楚。"

四人相望一眼，小心来到棺前，向里一瞧，脸上无不略现惊讶。柳三娘鬼字刀一扬，道："怎么会是苗战，他现在可是死尸还是活尸？"

观得一阵，见苗战并未如其他尸人一样起来伤人，他躺在那里，与死前并无差异，这才放下了心。

曾老头疑惑道："那人叫我们带了人走，难道就是一具死尸？不对，沈夫人又去了哪里？"

柳三娘放下刀，道："我想沈夫人早已给那淫贼藏了起来，沈夫人的脸蛋儿生得这般俊俏，淫贼岂会轻易放了她。我想我们还要再往前看看，说不定还能追上那淫贼，叫他好好吃老娘一刀。"

曾老头道："三娘或许说得有些道理，只是有一件事我始终未明，苗战可是沈夫人领着一干手下带出来，为什么中途会冒出一个这般淫恶之人，他是一直藏在沈夫人身边，还是半路杀将出来拦截了他们？沈夫人不见，则连她手下一干好几十个人，也是活不见人死不见尸，难道他们都已经弃棺逃走？"

便在这时，又听得棺中咯吱一声，只见煞面婆婆脸色一变，惊道："动了，尸体动了。"

曾老头三人齐向棺内瞧去，见死尸仍那般躺着，无甚异样。柳三娘道："婆婆是不是瞧花了眼，他这不是好好的，哪里有动？"

煞面婆婆雷鹤娘道:"老身明明看见死尸的脑袋抬了一下,难道真是我人老眼花了不成?"

柳三娘道:"昏黑之下,婆婆瞧花眼亦属正常,便是我等,也是常有的事。我们不要再浪费时间,尽早赶路才是,不可由着此事就这般算了。"话音刚落,人已掠了出去。

只听曾老头喝道:"三娘留步。"

柳三娘停住道:"怎么,你们都不追了?"

曾老头道:"不是,老夫是瞧着这口棺材有些奇怪。你们可仔细瞧一瞧,这棺的高度和棺内的深度是否有些不妥?"

柳三娘等人仔细瞧了下,方觉此棺的内与外的确有些不协调,棺深似乎要浅了不少。欧阳游道:"莫非此棺还另有乾坤。"

曾老头道:"倘若老夫猜得不错,此棺应当还有一个暗隔,须得搬出死尸方才可打开。"

柳三娘性急道:"那还等什么,我们将尸体移出来便是。"

曾老头拦着道:"不可,不可用手触之,此事没这般简单,恐防尸体上有诈。"

柳三娘急道:"这样也不是,那样也不可,那依曾老板的意思,该如何才好?要不让我一刀将这死棺给劈了,省得这般地麻烦。"举起刀来,作势要砍。

曾老头慌色道:"三娘不可急躁,老夫已有了法子。"

柳三娘落下刀,道:"什么法子,还不快快使将出来,要急死人了。"

曾老头道:"这还得仰仗婆婆才是。"看着煞面婆婆。

煞面婆婆道:"有用得着老身的,曾老板自管吩咐,老身一定尽其所能。"

曾老头道:"婆婆使得一手好鞭子,老夫是想要婆婆用鞭子把死尸从棺中拖出来。"

煞面婆婆面露难色道:"要拖出死尸不难,只是死尸平躺在棺中,鞭子根本无法将其缠住,鞭子吃不了力,便是老身使得再好,怕也是无能为力,除非死尸能坐起来,那老身就有十足的把握。"

曾老头道:"婆婆不用担心,老夫有法子要他坐起来,婆婆只管把准好时机,便可成了。"

煞面婆婆手握软鞭，立在棺木右侧，道："老身再不济，这点能耐还是有的，曾老板大可放心就是。"

曾老头点了下头，顾瞧左右道："三娘和欧阳兄暂往后退退。婆婆也走开一些，只消鞭子够得着就行。"拉起裤管，露出两柄漆乌乌的戒尺，这是他惯使的兵器，较奇怪的是，寻常都藏于裤管之中。

煞面婆婆三人俱向后退了几步，曾老头反则上前，于棺内一看，道："苗兄弟，我十分敬重你是条汉子，但今日，怕是非要得罪不可了，还望苗兄弟能够理解。"身影动处，在棺前舞开了二九一十八式成名绝活行戒八尺，当打到第十八式双目还珠，突地双臂一沉，猛间一递，两柄戒尺竟从棺木中穿了进去，几近没尽。

只听得喀嚓嚓一通响，棺内的死尸便如忽然活了起来，腾一下坐起身子，尸口一开，三支莹亮亮的飞针直朝曾老头疾射过去。

众人见了一惊，好在曾老头早有准备，凌起一掌，震飞当先的两枚飞针，脑袋微微一侧，第三支飞针擦着右耳飞掠过去，钉在了黑暗之中。

煞面婆婆早就静心待动，尸人飞针刚激射出，她手上的鞭子业已卷住了死尸脖子，生怕再有暗算，不敢滞停，手劲一使，将死尸卷了出去。远远听着"砰"地一声，摸测有十数丈之遥。

柳三娘等见死尸已给提出，围将上来，询问曾老头可有伤到。

曾老头道："小小伎俩，岂能伤害得了我。"嘴上这么说，心中却清楚得很，倘若不是识破了奸人的计谋，贸然上去搬弄尸体，那避不避得开，实不好说了。况之尸身上还有无别样暗算，亦是不知。

柳三娘看曾老头确实无恙，好奇道："曾老板是如何清楚尸身上定有奸诈？又是怎般能让死尸自己坐了起来？"

曾老头道："三娘可还记得那出言不逊的淫贼，便就是他和三娘合伙告诉老夫这尸身上定藏着不简单。"

柳三娘疑惑道："此话可怎讲？"

曾老头哈哈一笑，道："三娘想一想，那淫贼既说要我们带了人快走，为何还要故弄这般玄虚，老夫一直以为开棺时会遭暗算，不想却是正常得很，后听了三娘的一句话，才知玄机应当在死尸身上。"

柳三娘道："我的一句什么话？"

曾老头道："你说沈夫人的脸蛋儿生得那般俊俏，淫贼岂会轻易放了她。"

柳三娘且仍不明道："这乃实情，我不明白当中有什么不妥？"

曾老头道："此话无甚不妥，老夫便就是听了三娘这句话，心下才更断言贼人绝不会这般轻易让我等将人带走，开棺时既无特别，那暗招定然是落在尸身上无疑。这便是老夫说是三娘告知了老夫，三娘说对是不对？"

柳三娘轻笑一声，道："就随你说了吧。我们且先看看棺内如何。"

四人跟着走向棺前，见得棺壁上隐有刮痕，一面严丝合缝的柳木板子，叫四枚铁钉压固了起来，倘若要起开柳木板，需得先拔除铁钉方可。可是这四枚钉子实钉得恰到好处，均在棺内的折角内，且只留出一个头，要想轻松拔除，实属不易。

曾老头思筹了一下，道："让老夫试试看。"撕下身上的一块衣布，将其搓成绳状，从一枚铁钉下小心穿过，再打上一个死结，余下的布绳尽缠绕在右手中食二指上，握住拳头，五指紧扣，用劲向外一拉，只听得咯吱咯吱一阵刺耳的声音，铁钉居然一点点给拉了出来。

不一会儿，用同等的法子，四枚铁钉尽数拔除。铁钉一除，柳木板自然往上一弹，板边露出了缝隙。柳三娘早已经不耐烦，也管不了板下是不是还藏着暗器，刀尖插进板缝挑起一点，见板下竟有一个人。

另外三人见此情形，亦都跟着搭手，将木板从棺内取了出来。当见着板下的人时，齐惊道："沈夫人。"

沈珂雪躺在棺底，手脚都给绳子缚了个结实，嘴里塞着棉花，双目紧闭，脸色发青，像是窒息所致。柳三娘道："沈夫人不会已给憋死了吧？"掐其人中，看还有无效果。

掐了一会儿，不见醒转。只听曾老头道："压她的胸口，解开她的腰带。"他是男人，自不好亲自动手，只能出口提醒。

柳三娘听了忙改按胸口，煞面婆婆则搭手帮忙解衣服。曾老头和欧阳游不便观看，远远地退开了。不一会儿，二人忽闻得棺中一阵猛咳，心知沈夫人的命算是捡了回来，但二人尚还不知棺内的情况，当还不便急于上前探望。

又过得一阵，柳三娘和煞面婆婆扔了几段绳子在地面，只听得一个微弱的声音道："是你们救了我？谢谢你们。"

柳三娘道："谢就不必，我们倒想知道你这到底是发生了什么事？"

沈珂雪道："这事……咳……"一阵咳嗽，打断了她下面要说的话。

煞面婆婆道："你先不要着急，我看这事还是等回去了再说不迟。"

曾老头道："婆婆说得对，此地不宜久留，先回去后再说。"

柳三娘和煞面婆婆帮忙把沈珂雪搀扶出棺材，但她身子实过虚弱，二人只得一直手挽着。

刚走得几步，煞面婆婆忽想起什么来，道："我们怎么把这事给忘了？"

曾老头道："婆婆所指何事？"

煞面婆婆道："司马庄主三人不见我等的号火，不知要追向哪里去了。"

曾老头手一叩头，恍然想起道："是呀，婆婆不提醒，我倒是真把这事给忘了。我这就发出麒麟火，告诉他们我们已往回撤，他们看到烟火，定会在路口等我们。"言毕在怀内摸出两粒溜溜黑的球来，察也未察，随手便向空中抛去。

他这抛球的手法实过巧妙，看似轻描淡写，实乃是手法纯熟所至。当两粒球被抛至一定的高度，上面的球开始往下坠，而下面的球则还依势上蹿，如此一坠一上，顿时相撞一起，火光四射，犹如过节时燃放的烟花，映亮了大半片的天空。

一只黑洞洞的乌鸦，不知是否给烟火所惊吓，拍拍翅膀，振起向西飞去。往西有一片茂密的树林，遮天蔽月，人迹罕至，何况还是这般的夜晚。

乌鸦一径入林，便停在一株树梢上，抖了抖羽毛，不再动作。

树影遮蔽，月不见地，却听得有个男人的声音道："我早知道是你背叛了我，当日在藏尸洞，我就知道一切都是你的安排，你说我讲的是不是？"

只听一个女音道："既然你早已经知道，为什么不杀了我？"

那男人道："我不杀你，是想给你一个将功补过的机会，只要你告诉我，荷心在哪里，我便可以放了你。"

那女音道："是么？我看是我对你还有用处，你方才不杀我。我想问你，你把一切都推在沈夫人身上，到底是要作何？你要怎样处置她？"

那男人道："我知你和姓沈的有渊源，但我这样做，也都是为了你好，你想想只要他们认定这一切尽是姓沈的做下，就永远也不会查到你的头上。"

那女音冷笑一声，道："这么多年，你怎么想，别以为我不知道，我知你近来又弄来两颗阴辰心，这七阴连心应当还差一颗，当年为了这个，你连自己的结拜兄弟都不放过，又岂会在乎我的生死？"

那男人道："他们算什么，也配和我称兄道弟？我隐藏这么多年，为的是要重振我大明江山，便就是他们都死了，也是应当的，这是他们的荣幸，他们应该还要感谢我才是。"

那女音道："哼，别人都说我们阴阳双尸是天下最毒最恶的人，但要和你比较起来，却是远远地不及。呵呵……这活人都做不成的事，你却要靠死人来完成，我劝你还是尽早醒悟，趁早收手的好，免得到时和我一般身败名裂，后悔不及。"

那男人朗朗一笑，道："凭你也敢和我这样说话。今日你若交出荷心和张大胆，我看在往日的情分上，对你做下的事可以不做计较，否则，莫要怪我情分不念，取了你的性命。"

那女音微地一顿，半晌才道："好吧，倘若主人真可以不计前嫌，我可以告诉主人他们在哪。"

那男人道："就听你重新叫我一声主人，我便可以饶了你。你说，他们现在哪？"

那女音道："他们如今在……等等，还是请主人上来一步，我再告诉你。"

那男人道："你但说就是，何需还要我近前。"

那女音道："这里虽够隐僻，却是阴尸最喜欢藏身的地方，阴尸的耳目众多，我若讲得大声，怕就要被他听见了。"

那男人道："你与阴尸系几十年的好搭档，且都是我最得力的朋友，就算他知道了，那又何妨？"

那女音道："话是如此，可我这全是为主人着想。"

那男人道："此话怎讲？"

那女音道："我们当年愿意跟随主人，图的是什么？一是共同铲除南阳老道，杀光南阳观所有的道士，为阴尸的师父报仇。二则主人答应我们，若得到《道陵尸经》，便赏赐给我们。如今南阳观早已被我们铲除，剩下的，便就是那本经书，听说那叫荷心的女子乃正是南阳老道未过山门的徒弟，身上藏着半部手抄本《道陵尸经》，倘若给阴尸得到此书，主人岂不就要失去一个非常得力的手下？"

那男人道："照你这样说来，倒还真似为我着想。那好吧，我且相信了你，你上来就是。"

便就这时，突听得那女人惨叫一声，喉底咯咯响了几下，极其惊异道："你……你居然会对我这……么狠？"

只听得身后又一个男人的声音大笑了三声，道："你欺得了主人，却骗不了我，你想要主人到你身边，再加害他，那我只能先杀了你。"

那女人低头看了看自己的胸前，见一只枯白的骷髅手，从后背穿胸而出。这一手阴骨穿胸，她不知看他在多少人身上试过，如今他却用在了自己身上。她的脸扭曲着，惨笑了笑，道："难道几十年的情谊，你都一点不念么？"

后面的男人又是一笑，道："别人都赞我阴尸杀人无情，连自己的师父都能杀，为什么杀你不行？"

那女人嘴角一笑，只觉整个身体都在发冷，抬起头来，道："悔我当初舍弃苗亲而跟了你，不想你竟这般地无情。算了，事到如今我既不怨也不怪你，在死之前，我只想求你一件事，待我死后，希望你能以苗族的葬制来处置我。"

后面的男人道："看在这么多年你我的情分，我答应你。"左手一递，好好的手臂竟幻成了一只白骷髅穿透胸腔，跟着双臂一收，同时抓向那女人的脑袋，瞬间女人便脑浆迸裂，血肉横飞，闷哼一声，瘫在了地上。

先前那人吃惊道："你怎真把她给杀了？"

后来的男人道："阳尸死不足惜，胆敢冒犯主人，我阴尸自当要替主人将其处置了。"

先前那男人微怒道："要杀她，我自己不会动手么？她还未讲出荷心二人藏在哪里，你就这样把她杀了，难道你有什么事瞒着我？"

后来的那男人阴尸略是慌张道："主人，手下绝对不敢，就是手下再有胆子，也不会背着主人做不该做的事。"双臂一抖，陡见一股黑气，骷髅手又恢复了正常。原来他的双臂只有一层外皮包裹，无血无肉，只稍一用力，白骨就从皮内穿出，略是缩收，便成了人样，跟常人的手臂断无异处，依样饱满充实。

阴尸蹲下身子，扳开那女人的手，一条金灿灿的虫子在她掌中蠕动。用手捏起来，放在自己的掌上，道："谁要是给这金蚕咬上一口，就可大大地不妙了。"

先前那男人道："你手上的可就是苗人常说的最厉害的蛊虫——饮血金蚕？"

阴尸道："正是此虫，养这种虫子需得每日以自己的鲜血喂养，否则它便不会听命于你，故此每个苗人蛊师一次只可养一只。今日阳尸既连宝贝都拿了出来，想必就是要用来对付主人的。"

先前那男人道："我只知她多次违逆于我，却不想连我的性命她都想要，真是令人寒心呐！"

阴尸道："自取灭亡之举，主人不必为其痛心，她以为伤了主人，便可保得沈美人一命。嘿，倘不是今晚那几个老不死的阴魂不散，怕沈美人早已是我的人了。"

先前那男人惊疑了一声，道："你今天去了辛府？他们几个，你可伤了他们？"

阴尸道："我心知主人仁慈，无意去为难他们，但他们几个一路追着我来，意往鬼门关里闯，就也怪不得我了。我在那死尸的身上施了暗器阴毒，只要他们一沾上，就是神仙也难活。"

先前那男人道："他们几个对我还有用处，没有我开口，你们都不可擅自动他们。"

阴尸道："这几个老不死的总是碍手碍脚，留着只会坏事，要真自己找死岂非更好？"

先前那男人斥道："你懂什么？你今天去辛府，为何不先通告我一声？"

阴尸道："主人不是要将一切都栽赃于辛家，以便转移他们的注意么？我只想前去助主人一臂之力，故没及时相告。"

先前那男人道："可是如今沈珂雪若被他们救得，一切尽会变成适得其反，你可要坏了我的计划了。"

阴尸谦道："这个，我倒没想那么多，不然我再怎么也不会将人留给他们，还不如将其杀了，养成尸人，整天跟着我。哼，我怎就没想到这个法子。"

　　先前那男人叹道："也罢，事既如此，我得马上回去，时间过久，难免他们会起疑心。"显是大事未成，阴尸于他还有用处，故其对他背着私心，一时也不予追究。

　　阴尸见主人不再提起沈珂雪这事，自更不再相提，便转话题道："主人，她可怎么处置？"

　　先前那男人道："你既答应了她，就由你做主好了，何需问我？"

　　阴尸道："恩，还有一事，我想是否该提醒一下主人。"

　　先前那男人道："什么事？"

　　阴尸道："回途之时，我遇上了一个人。"

　　先前那男人道："什么人？"

　　阴尸道："不清楚，此人一直蒙着脑袋，逼问我背后的人是谁，我怀疑他是南阳老儿。"

　　先前那男人略是惊讶道："不可能，南阳老儿都已死了这么久，当年你我均是亲眼看见，怎会是他？"

　　阴尸道："可是此人不仅会得尸经上的本事，便连音声身貌也是十分地相像。"

　　先前那男人道："那又怎样，便果真是南阳老儿阴魂不散，亦无可惧。当务之急，是要寻到最后一颗阴辰心，只要此事一成，那天下就是你我的了。"

　　阴尸道："可是……"

　　先前那男人似已不耐烦，道："好了好了，这几日你且待在地下，没我的消息，暂不要出来。我先去了。"

　　阴尸恭送道："主人慢走。"看着他隐没在林中，嘴角一笑，道，"他已走，你就不要再装了。"

　　深林之内，风声瑟瑟，没有人回答。但见那地上刚死的女人的手指竟动了一下，脑袋微微一抬，爬了起来。

　　她先四下看了看，知他确已离去，才道："想不到你还念着旧情，没将我的秘密讲出来。"

　　阴尸将手上的金蚕放进一口瓷花小瓶中，幽笑道："我没想过要杀你，也没想过要救你。"

那女人阳尸道："那你——"

阴尸道："都说猫有九条命，你看这是什么？"身子一让，现出身后的一株大树来。

阳尸向那一看，倏地变色道："你……快……快把它放下来。"但见那株树上，竟吊着一只碧眼白雪猫。

那只猫不知怎了，被吊在半空挣也不挣一下，一对碧绿的猫眼无神地看着阳尸，满是乞怜和哀求。

阳尸直惊得连退数步，指着白猫嘶喊道："你好狠，你究竟把它怎么了？"

阴尸道："我一时不小心，抽了它八条猫筋，怎么你一点都感觉不到？我以为你与它共命，该早知道才是。"

阳尸全身一颤，险些站立不住，摔倒下去，扶住身旁的一棵树，道："你为什么要这么做？我哪里对你不起了？"

阴尸道："沈珂雪可是你的亲外甥女，你能帮我得到她么？"

阳尸脸如白纸，道："不行，你绝不能碰她，就算我求你看在这么多年我死心塌地跟着你的份上，别的什么事我都可以听任你，就是这个我求你放了她。"

阴尸冷笑一声道："我就知道你不会答应，可我偏就看上她了，以后有她陪我，你可以安心走了。"右手一挥，一枚银针射出，正好击断了缚住猫脖上的丝绳。但听白猫惨叫一声，砰一声掉在了地上，不断地扭曲发抖，便如癫痫病人发作一般。

阳尸怒吼一声，欲扑上去，却只感脖子处一紧，似被人一下扼了住，呼吸不能自已。片刻，就连整个人都似在收紧，手上的皮肉亦都在一点一点地发蔫干枯，身体似都在被蒸发着一样，最后只剩下一张黄皮紧贴着骨头，眼珠都凸了出来。

阴尸飞起一脚，将脚边的白猫踢向阳尸。猫身撞在胸口，人猫都跌到地上。阳尸伸过枯手，把白猫揽向怀里，此时她的脸上已看不出任何表情，高高的颧骨，扁扁的双颊，牙齿净都露在了嘴外，收缩的双唇已无法将其裹住。

阳尸一双眼直视着阴尸，喉底咯咯讲不出话来。

阴尸轻笑着走过去，看着她道："忘了告诉你，那最后一条猫筋已被我施了法，只要猫一掉下树，猫筋自会被拉出来。唉，本来念及旧情，我还想给你多活个一时半刻，可你非要我快快把它放下来，那我只能应了你。"

阳尸讲不出话，手脚却还能动，伸手扫开一片地面的叶子，用手指写着："我不该……"她力气不够，每个字都写得异常缓慢，当写到第三个字时，阴尸却早已不耐烦，一脚踏向她的脸面，只听得喀嚓一声，鼻梁骨裂，左眼眶里的眼珠都给踩了出来。

阴尸看着不再动弹的阳尸，阴笑道："你是不该把你所有的秘密都告诉我。"罢了嗤笑三声，扬长而去。

便在这时，忽然一阵大风起来，刮得树叶沙沙乱响，又过了一阵，闷听得天上一声惊雷，数道闪电呼啦啦刺过。不消片刻，豆大的雨滴便哗啦啦落了下来。

阴尸早已离开许久，深沉的密林内，但只闻雷电雨声。这场雨着实来得大方，顷刻就将天地淋了个湿漉。墓地里又见一道闪电划过，阳尸动了一动，片刻，她居然缓缓爬了起来。只见她跪在地上，左手抱住白猫，右手在地面不断地摸索。忽地，她似寻到了什么，猛地一把抓紧，摇摇起身向前冲去。

骤雨狂风，昏天黑地，阳尸一路出了密林，不作歇停。猛然间，前面忽地现出了一粒幽火，在雨前飘来飘去，极似鬼火一般。

靠得近些，那鬼火忽地一灭。只见前面乃是一座破庙，庙下供的乃是关二爷，阳尸奔到庙前，停也未停，一头扎了进去。

哪知她前脚刚踏进庙门，迎面就扑来一股阴风，但见庙前那威武的关二爷突地双目一亮，缓缓射出两团小火来。

阳尸一下顿在那里，嘴中不停发着咯咯的焦躁声。那两团小火在神像前盘绕了一圈，便缓缓向阳尸追去。

眼见这两团小火就要贴到她身上，却忽地一灭，紧接就听见一个声音惊道："你怎么会变成了这样？"话音刚落，一个少女从神像后跳出，当即点上一支蜡烛，奔了上去。

阳尸见到那少女，声音一顿，蹲下身子，在地面用手写着："先下去再说。"破庙长久无人打理，地面积着一层厚厚的灰尘，写字很是方便清晰。

少女看了眼阳尸怀抱的碧眼白雪猫，点了下头，转身重回到神像后面。过了一会儿，只听得一阵扎扎的声音，关帝座下竟一开，现出一条石阶暗道来。两人赶忙钻了进去。

暗道里阴凉透骨，石阶尽是黑石打造，踏着居然发不出丝毫声响。那少女手持蜡烛在前引路，阳尸紧随其后。

二人一路下行，不久便到了阶底。少女欲再往里走，阳尸却紧紧拉住了她。

那少女奇怪道："为何不走了？"

暗道的地面也尽有尘土，阳尸松开她，在地写道："不要惊着了他。"

那少女沉吟了下，转身望去，不远处，隐隐见得有一道石门，回首道："到底发生了什么？你怎会变成了这个样子？"

阳尸把白猫放在地上，干枯的手指在地面写了起来。她一边写一边往后退，把与阴尸的事简要写下。那少女静默看着，阳尸退一步，她便进一程，不知不觉间，两人竟已到了石门之前。只见阳尸下来写道："我命已不长久，待我死后，请帮我救活它。"摊开手心，一粒发白的小圆球滚了出来。

那少女惊道："这可是你的眼珠子？你与白猫本就同命相连，你死后，它也很难活了，便就是我尽得全力，也只能保住它半条命。"

阳尸点了下头，写道："我明白。记住你以前答应过我什么，阴尸一定不会放过她，还有……"正待往下写，忽听得轰隆一声，身后的石门一开，走出来一个男子。见到阳尸的模样，即脸一变，拉过那少女，惶惊道："这……这是哪来的怪物？荷心妹子你快走，我来挡着她。"直要把荷心往石门内推进。

荷心反手拉住那男子，眼眶一红，落下两滴泪来。她紧紧拽住那男子，道："不要怕，张大哥，她不是什么怪物，她救过大哥，救过妹子，她可是我们的救命恩人。"当听朱慈烨误会阳尸是怪物，一时想起了自己，触语生情，加其悯怜恩人，故才落泪。

朱慈烨道："她救过我？难道……她是孙寡妇？她怎么会成了这副模样？"那日朱慈烨在曾府尸毒发作，失了人性，阳尸受荷心所托，以孙寡妇的面貌将其劫出，后经二人好一番携手应对，才算制住了朱慈烨体内的尸性，保全了一条人命，荷心说的阳尸救过朱慈烨的性命，便就是如此。

荷心道："她是孙寡妇，也不是孙寡妇，其实真正的孙寡妇早已经死了，她是阴阳双尸之一的阳尸，一直扮做成孙寡妇的模样，救大哥和妹子的，便就是这假扮的孙寡妇。"

朱慈烨道："我一直听说阴阳双尸是如何地无恶不作，没想到传言也未必属实。"向前几步，于刚才的冒昧言语鞠躬道歉，并向其谢了救命之恩。

阳尸抬了抬头，提手写道："你不必跟我歉谢，倘若我告诉你一件事，怕你只要听了，便就想亲手杀我而后快。"

朱慈烨一愕，笑道："你是我的救命恩人，以往的事情，都可不再计较，但须以后你不可再害人。"

阳尸呆了一呆，写道："张依风，你可清楚他是怎么死的？"

朱慈烨敛起笑容，他不知为何她突然会问这个。张依风是他始终未曾谋过面的父亲，据说他还在母亲的肚中，他就给一只白猫吓死了。不过如今他既已知晓自己并不是张依风亲生，那在母亲肚中，便也是假的了。但自打父亲死后，四下邻里均一直嘲笑他家有一个脓包胆小鬼的父亲，是男人怎会给一只猫儿吓死，他为此反复困扰过许久，直至后来听知父亲原是凤凰落叫人闻风丧胆的百步十八蛇之一，心下便知父亲的死，必藏着隐情。如今听得阳尸提揪此事，一时倒真不知该怎样回答好。

阳尸见朱慈烨闷声不吭，又写道："张依风号称迎风剑客，怎会给一只猫儿吓死，他其实是死在我和阴尸的手下。"

"他其实是死在我和阴尸的手下"，朱慈烨见了这几个字，脑袋轰然一阵眩晕，不想眼前的救命恩人，竟就是他的大仇人。

阳尸接着写："你快杀了我，替你的父亲报仇，快杀我，快杀我……"喉底又响起那种焦躁的咯咯声。

朱慈烨举过双手，要去掐她的脖子。突听荷心惊声道："不要！张大哥，她可是你我的救命恩人，杀了她，大哥不就成了个忘恩负义的小人了？"

阳尸仍在地面写着："杀了我，快杀了我……"

朱慈烨愣在那儿，双手迟滞在半空，不知如何才好，只觉脑中晕眩更甚，隐隐还在生痛，眼睛也变得模糊起来。忽地，只见一只手搭在手腕上，血淋淋地，死死抓着他。

朱慈烨心中一慌，本能地一甩，但听得哎哟一声，听见一个声音道："张大哥你怎么了？"朱慈烨侧首一看，发现墙角正躺着一只十分恐怖的血尸。

那血尸瞪着一双大眼，龇牙咧嘴，意欲起来。

朱慈烨再也顾不得其他，亦不知哪来的勇气，扑将上去，双手狠狠扼住了血尸的脖子，口中急道："荷心妹子快躲到石门里去，我来应付这个怪物。"

血尸脖子遭制，一时更加地张牙舞爪，样子且变得更是可怕。

朱慈烨使尽全身力气，心知稍有松懈，血尸便有可能挣开去伤害荷心妹子。自己死也就罢了，荷心妹子是如何也不能叫这血尸所残害，故此不管血尸的双爪如何来对付自己，下手是丝毫不能留情。

血尸挣扎了一会儿，四肢逐渐开始疲软，拍打在朱慈烨身上亦不见得那么有力。朱慈烨知晓眼前的怪物已有所不济，稍再坚持片刻，功德足以圆满。

正自暗喜，忽觉后颈上一麻，如被蚊虫叮咬了一下。尚未明白个所以然，顿时双眼一黑，双臂一瘫，晕了过去。

亦不知过了多久，朱慈烨只见那血尸忽地爬了起来，它先吃了孙寡妇，再追赶荷心。荷心边逃边呼："张大哥救我，张大哥救我……"

他想起身去帮忙，却怎也提不起力气，四肢百骸俱是软软的，只得眼睁睁看着荷心被血尸捉住，先被吃了左手，再吃右手，跟着是左脚右脚，最后吃得只剩下一个头。

朱慈烨看着焦急，无奈身子疲软站不起来，只得一寸一寸匍匐地爬将过去。眼见血尸抓起荷心的头，欲要吃下，不禁急道："你不要吃荷心妹子，你不要吃荷心妹子……"猛地一使劲，却见荷心就在眼前，脸红如潮，样子好好的。

荷心见朱慈烨看着自己，低下头道："张大哥，我的手都给你抓疼了。"

朱慈烨低头一看，自己果真抓着荷心，赶紧松开。

荷心抽回手，道："张大哥，是不是做噩梦了？"

朱慈烨一激灵，忽想起那具血尸，忙跳起来，警惕地向四周看了看，发现自己原是躺在石室中的一张石桌上，荷心坐在旁边，阳尸孙寡妇则靠在远处的石门上，血尸却早已不知去向。他不禁问："荷心妹子，血尸哪里去了？"忽想起荷心的本事，又道，"一定是妹子把它给制服了吧？"

荷心一脸诧异，道："血尸，这里没有血尸呀！"

朱慈烨奇怪道："怎么会没有血尸，它刚才……我……"跳下石桌，想要到石门外一探究竟，却见地上写着一行字："他体内的尸毒可能尚未清，妹子以后可要当心了，这次若不是有我在，只怕你就要被他……"

正看到此处，荷心突然过来，用手把后面的字都给抹了，起来道："张大哥肚子饿不饿，妹子出去给你弄点吃的。"

朱慈烨只觉全身一震，道："等下。"拉住她，生怕她借机逃离。

荷心低着头，道："哥哥有什么事吗？"

朱慈烨道："请妹子抬起头来。"

荷心迟疑了下，缓缓抬起了头。

目光望处，朱慈烨不禁一怔，忙不迭地后退好几步。但见荷心的脖子上，数个殷红的手指印，清晰可见。

朱慈烨一下明白，全身都不住颤抖了起来，想起那血尸挣扎时的情景，几乎不敢相信，荷心险些就死在自己的手上。

他一连后退，生怕自己尸毒再一发作，又伤害荷心，一直退到石室壁下，方才停住。突然，朱慈烨脑中一闪，心想孙寡妇说的极是，倘若这次不是有她，那便要酿出了大祸。眼见石门开着，拔足便冲了过去，只想离得荷心越远越好。

岂知刚要出门，阳尸孙寡妇右足一挺，绊了他一跤。

朱慈烨一头栽在石道里，鼻子额角都出了血。

荷心见状，大吃一惊，奔了过来，斥问阳尸道："你这是做什么？"

阳尸抱起一旁的碧眼白雪猫，放在大腿上轻轻抚摩着。她和这只白猫同命相连，断只她还活着，白猫便能存下一口气，只是白猫已遭阴尸抽了九条命筋，九条天命，早已去了八条半，所幸当初未曾把抽去命筋必斩其首这最后的罩门告知他，否则她如今只怕早已死在了林子里。但猫筋被抽，还是使得她肌肉收缩，舌头再也不可讲话。

她抬头看了眼荷心，亦没在地面解释什么。

荷心哪会等得她回答，况且那句话全系情急所发，见朱慈烨扑倒在地，人早冲了过去。

此时朱慈烨已经从地上爬起，见荷心冲来，忙后退好几步。

荷心见朱慈烨似极惊慌，不明原因，方以为他尸毒又已发作，恐伤害自己，才会如此，忙停下道："张大哥，不要害怕，妹子有法子帮你解清尸毒，大哥一定要相信妹子，万不可轻生。"

朱慈烨一面拒绝荷心靠近，一面心道："我不可再与荷心妹子在一起，这样一定会害了她。"想到此处，咬牙拔头便向黑石阶上跑去。岂知刚跨了两步，忽觉头痛欲裂，身体内生出一股无名的力量，控制得他动弹不得。

荷心慢慢靠近，快到朱慈烨身前，突一闪身，拦在了石阶上，道："张大哥别走，妹子死也不让你走。"当看见朱慈烨面色十分痛苦，不似尸毒发作时的模样，不觉惊道，"大哥怎么了？"

朱慈烨双手抱着头，痛苦难忍，哪里能够回答。荷心见此，亦也不敢轻举妄动。

过得片刻，只见朱慈烨面色一转，望向荷心道："姐姐，我是小文啊，姐姐不要小文了吗？"

荷心微微一震，当日在风歇园，便就是这只小鬼上了张大哥身子，一直叫着她姐姐，还自称是小文，难道当日那只小鬼就一直待在张大哥身上，没有走么？心中一动，道："你到底是哪来的孤魂野鬼，为什么一直附在张大哥身上不走，你到底要做什么？"

朱慈烨听荷心斥问，竟呜呜哭了起来，道："姐姐不要小文了，姐姐要小文等着，答应小文一定会回来，姐姐骗人，姐姐是个大骗子，小文恨姐姐，恨死了姐姐。"

荷心一时呆立那儿，不知所措，上回这只小鬼就一直说自己骗了他，恨死了自己，可是自己出生不久就被师父南阳仙人拾养，一直居住在深山，哪有见过外人，更不用说去欺骗一个小孩。正自凝思，忽见朱慈烨叉起双手朝自己的脖子掐来。惊骇当中，未及多想，抬手一把推了出去。

朱慈烨躲也不躲，直被荷心推得后退了好几步，力不收止，一屁股坐在地上。

荷心心下一慌，道："张大哥，荷心不是有意的。"上前欲搀扶起他。

朱慈烨一下甩开她的手，双足在地上胡踢乱蹬，呜呜哭得更凶，道："姐姐不来陪小文一起玩，姐姐不要小文了。"哭声愈来愈大，似极真的很伤心。

荷心措手无语,心想这只小鬼怎的这般难缠,看来不管如何,先稳住他再说,免得他伤害了张大哥,以后等查知清楚,渡他超生。不然冒失出手,他必魂飞魄散,小小年纪死去便已是很残忍,我怎好再行欺骗,于是道:"小文,你说我是你姐姐,那你可知道我叫什么名字?"

朱慈烨道:"姐姐的名字叫阎采儿,我的名字叫阎小文,姐姐是小文的亲姐姐。姐姐那天走了后,小文就一直在找姐姐,找了好久好久。可是姐姐却不要小文了,不愿意和小文一起玩,小文的家好黑好黑,小文害怕,小文要姐姐过来一起陪着小文,小文就不会害怕了。"

荷心心中一动,忽觉这只小鬼倒实有些可怜,或许他一直找他姐姐不着,就把自己误认是他亲姐姐。她原就心地善良,不免恻隐心起,好生问道:"小文乖,要姐姐陪你也可以,但小文必须先离开大哥哥的身体,姐姐才陪你好吗?"

朱慈烨垂下头,道:"小文不相信姐姐,姐姐骗过小文,小文要姐姐先到小文的家里,小文才可以答应姐姐。"

荷心道:"可是姐姐又不认识小文的家在哪里,要姐姐怎么去呢?"

朱慈烨道:"只要姐姐闭上眼睛,把手给我,小文就告诉姐姐。"

荷心踌躇了下,心想为了张大哥,还是先依了再说,但这只小鬼多次暗袭过自己,似非要置自己于死地不可。想到此处,便留了个心眼,双目假装闭上,左眼却眯着一条缝隙,只要一觉不对,就可出手反击。她伸出右手,掌心朝上,等着看他玩什么花样。

只见朱慈烨也伸出手,掌心向下,平贴了下来。荷心顿感周身一震,这倒不是有何不妥,只是那只手毕竟是张大哥的手,张大哥可从未这般主动地来握自己,一时意迷心乱,脸都红了起来。

岂知朱慈烨的手刚贴上,遂又马上收了回去,极其生气道:"姐姐又骗了小文,姐姐又骗了小文,姐姐是个大骗子,姐姐一定是看上了这个男人,不愿到小文的家里,小文恨姐姐,小文恨这个男人。"抱怨之余,直把头往石壁上猛撞,只三两下工夫,血就已磕了出来。

荷心骇得一惊,睁开眼忙阻道:"小文乖,姐姐哪里骗小文了,姐姐不是都依着小文说的做么?"

朱慈烨道:"姐姐没有把眼睛闭好,小文感应不到姐姐的元魂,就带不了姐姐去小文的家里。"

　　荷心心道:"原来他是想进入我的元魂,引着我去他的家里,以我的修为和定力,量他也难奈我何,且先照了他办便是。"元魂出窍乃修行者的一大禁忌,非不得已时,谁也不会有此下举,倘若修行浅薄,出窍的元魂有可能飘离阴界,无法再与肉身相合。荷心闭起双目,再次展出手,道,"小文,这回姐姐一定不再骗你,你就带姐姐去你家好了。"

　　朱慈烨似还不信,道:"姐姐真就不骗小文了吗?"

　　荷心道:"姐姐讲的是真话是假话,小文一试不就知道了?"

　　朱慈烨顿了一顿,缓慢伸出手。两手相触,荷心只感身子一轻,她虽闭着眼睛,但脑子里却已看见一个八九岁大的小孩,蹦蹦跳跳着从黑暗中显现,那小孩来到荷心面前,拉住她的手,道:"姐姐,我们走,小文带你去小文的家里。"

　　荷心心中清楚,只要跟着他走了,元魂便就离开了身体,幸好此时身在隐秘的暗道中,旁边还有阳尸在此,相信肉身该不会遭到外人破坏,当下道:"好吧,姐姐跟你走,可是小文的家到底在哪里呢?"

　　小文道:"姐姐跟着来就是了。"拉紧荷心,领着她往黑暗中走去。

第十二章 阴阳相残

第十三章
群尸乱舞

    人的元魂一旦离开躯身，与那游魂野鬼无异，都只得行走于阴间路，但凡阳间的任何障碍，均如空气一般，行通无阻。

    小文牵着荷心，一路都不停歇。忽地，突见前方的黑暗里闪现出几丝金光，小文停下来，指着金光道："姐姐，小文的家就在那里，姐姐就一个人进去吧。"

    荷心眼望金光，生觉此事甚有怪异，但看那金光耀灿，极似正道。小文只是一只普通的小鬼，鬼魂本无定，有家大多也是生前的殉难之所，难道小文的死，竟和修行之人有关？可便是如此，这些金光为何这般久了都没散去？莫不是小文讲的净是假话，前面根本就不是他的家，乃是一个陷阱，说不定哪里正藏着一件厉害的事物，等候自己踏前。荷心一阵心虚，不知是去抑或不去的好。

    正自难抉择，小文催道："姐姐为什么不走了，姐姐又要骗小文吗？"

    荷心心中一动，道："没……没有，姐姐没有骗小文，姐姐这就过去。"缓步上前，边走边想，"我且先上去看看再说，便是真的有诈，量一只小鬼也难奈我何。"

    走得近些，见面前原是一座质朴的土屋，那金光正是从土屋的茅草屋顶的缝隙下透出。荷心稍一停留，便推门走了进去。

    土屋共分三间，荷心进来的这间乃是堂前，里有几样陈旧的桌椅板凳，一摸桌面，顿是一层厚厚的灰尘，显是此屋好久没人住了。

荷心四下察看了一番，不见金光生发之所，就往左侧的房间走去。掀起兽皮制作的门帘，进内观探了一圈，亦还是未见着金光的所在，不免嘀咕："这金光真是奇怪之极，分明是从屋里射出，怎就找寻不见光源所在？"心想还有一间屋子没瞧过，那里应极可能是厨房，于是出了房间，走向剩下的那间屋子。

不想刚走进去，荷心就吃了一惊。这间屋子确系厨房无疑，只是这间厨房却大不相同，细想寻常百姓家的厨房均是简陋狭小，可是这里的厨房，却是比正屋还要宽敞不少。

再细一看，里面除却做饭用的灶台锅具，还有一两样铡刀石臼，一排铁钩，墙角有药锄，墙面则挂着十来张兽皮，几柄模样不寻常的刀具。但观那几张兽皮，俱是獐子、狐狸等寻常野兽的皮。荷心自幼在深山长大，一眼就能辨出。

她想："兴许小文生前就住在这里，死后才以此为家，只是他说他的家好黑好黑，倒像在撒大谎了。"

粗扫了一眼四周，一瞥眼间，见得灶台下的地面上靠墙擦着几口大黑坛子。说也奇怪，荷心竟觉这几只黑坛甚是亲近，不觉间就给吸引了过去。

她左右端倪，亦不见这些坛子有什么奇特，与平常百姓家用来盛酒腌菜的坛子无甚区别，可是，心中为什么会有一种似曾亲近的感觉，实也难知个所以然。

但见坛子共是八口，坛口俱叫坛塞堵着。荷心细观了一阵，于心下生出的那种亲近感，终难理得出一个头绪来。瞧着这几口普普通通的坛子，料来也没多大的文章，心下念及金光之事，无心再观，欲向别处看去。岂知刚一回身，就觉身后有金光闪动，光影反射在对面墙的刀具上，金灿可见。

荷心一怔，猛地回头一看，发现黑坛依旧是黑坛，别无特殊之处，不免嘀咕："奇怪，怎么什么都没有？"看见黑坛的坛口塞得结实，又道，"莫非玄机藏在坛内不成？"

刚想到此处，手已不及地伸了过去，五指张开，扣住最上头那口黑坛的坛塞，旋转着欲将拔起。哪想坛塞扣得甚是紧牢，花了好一番手脚，方才松起一些，露出缝隙，数缕金光从内挤射出来。

荷心一喜，心知金光当是从这口黑坛生出无疑了，只是不知里头到底装着什么东西，竟有这般的光彩。当下想也不想，把整个坛塞都拔了起来。

一道冲天金柱，瞬间从坛内冲出，直达房顶。荷心呆了一呆，过了片刻，金柱开始逐渐收小、隐没，直至后来只剩坛口金光盈盈，却不再射出。

荷心早就好奇不已，探首到坛口向内观望，哪料双目刚触及坛口，便有一道金光喷出，刺得眼睛一时难以睁开。就在此时，坛子里突然伸上来一只手，抓住了她的脸面。

这一突如其来的变故，实出乎荷心的预料，只觉一股极大的力量，把她拉了过去。待得睁开眼时，发现已居身在坛中。反应过来，见坛口还开着，顿使法术，但坛口似有一堵无形的墙，几番尝试，均都退了下来，便如孙悟空落入如来的掌心一般，再大的本事也无济。

突听得一阵咯咯的笑声，荷心仰起头，见坛口有一双眼睛向内张望道："姐姐以后都能在这里陪小文了，有姐姐在，小文就不再孤单了。"拿起坛塞，把坛口塞得紧紧的。

坛子里一下变得一片漆黑，荷心此时方才明白，小文说他的家好黑好黑，原不是指这里的房子，而是指这口黑坛子。但她不明白，小文千方百计要自己过来陪他，可他自己为什么不进来，难道他还要回头去加害张大哥？想到此，不免大急，仰身喊道："小文，快放我出去，快放我出去……"可外面已无半点声息。

喊了一阵，荷心暗自后悔太高估了自己，太低瞧了这只小鬼，如今身陷囹圄，可如何是好。正自烦恼，忽听得耳畔有人道："姐姐，是姐姐来了吗？"

荷心怔了一怔，这声音正是那只小鬼小文的没错，当即怒道："你快放我出去，谁是你姐姐，不然我可对你不客气了。"盛怒之下，不愿再想讨好他，当也不必再作姐姐自称了。

小文叹道："姐姐进来就出不去了，小文也没有办法，姐姐就不要生小文的气好不好。"

荷心道："少来欺瞒我，既是你可以自由出入，为何我就不可以？你欲这样把我困在这里，却也休想，我一定会想到办法出去的。"

小文道："小文不敢欺瞒姐姐，小文自进来这里，就再也没能离开过，姐姐若有那个本领离开，就带上小文一起好么？"

荷心一愣，心道："他这是在玩什么花样，明明是他引我来了这里，现在却说从未离开过，那一直附在张大哥身上的又是谁？当我还是十来岁的孩童那么好欺骗么？"心中一凛，道，"你不要再想撒谎骗我，如你不赶快放我出去，我便要以手段来对付你了，要你做鬼也不得安宁。"

小文道："姐姐为什么就不相信小文？小文真的没有撒谎，小文被关在此处都已算不清有多少时日了，这般黑漆漆的地方，小文要能出去，还回来做什么？"

荷心心道："还在演戏，叫我拆穿了你，看你还有什么话可说。"当下便质问他如何三番四次要杀自己，如何附在张大哥身上，又如何把自己领来这里，使自己受困于此。

小文听后，长吁一叹道："姐姐说的是，那些确是小文所为，但并不是我做下的。"

荷心甚感糊涂，怎么一下说是小文又说不是你，你不就一直自称是小文么？

小文似已觉出此话也些矛盾，又道："姐姐不知，其实这世上有两个小文，一个是姐姐在外面看到的那个，还有一个就是我，我们两人的声音都是一模一样，也难怪姐姐会误会了。"

荷心半信半疑道："莫非你们是双胞兄弟？可是为什么连名字也要起得一致？还有你为什么会被困在这里？你们又为何都叫我姐姐？他干吗要把我带来此地？你们……好了，你就先回答我这些问题。"疑问实过太多，一时也不知该问多少。

小文道："你本身就是我的亲姐姐，我和姐姐在外面见到的那个小文也不是什么亲兄弟，我们是同一个人，当年我被困在这时，是有人特意把我们分开的。"

一下子说两个人，一下又是一个人，荷心只听得更加糊涂，道："这到底是怎么回事，我怎么愈听愈是不解了。"

小文道："姐姐，这话说来太长，如今姐姐被困在这里，还是想想如何能够出去吧。"

荷心寻思也是，首要还不是讨论这些，先想法子出去了再说，但想起该怎样出去时，不免又担心道："你刚才不是说，我进来了这里，就难以出去了？"

小文道："那瞎子给这坛子施了法，姐姐要想从里面出去，确实不易，但姐姐若有法子叫得人来，把黑坛子敲碎了，我们就可以脱困。"

荷心心道："此事说来容易，做起却是万难之难，我连元魂都出不去，又如何叫得人来，想必那瞎子也早就想到了这点，故才骗我元魂出窍来此。"当下一叹，道，"除了这个，还有别的法子没有？"

小文道："那就看姐姐能不能破了这个法，若破不开，那我们只能看运气了，兴许过个十年八年，或也能够出去。"

荷心不明白道："这话是什么意思？"

小文道："倘若哪天有人误闯进这屋子，打破了这只坛子，那姐姐和我不是有救了？不过小文在此受困这么久，一直没听见有人来过这里，小文刚刚说十年八年，可能还太短了些。"

荷心焦道："莫说十年八年，便是十天八天我也等不及了，张大哥还在外面等着我，我一定要出去。"纵身跃起，撞在那堵无形的墙上，给坠了下来。

小文劝道："姐姐不要撞了，没有用的。"

荷心道："没用我也要试试，我一定要出去。"接连又冲撞了多次，均是无果。盘膝坐了下来，口中默念着咒语，双臂缓缓向上平举，一股无形的劲力从掌心源源冲撞出去。然此堵无形的墙实过厉害，荷心使出了毕生法力，仍是无法破开，她誓不死心，依旧与其苦苦相持。

小文慌道："姐姐快快住手，我们另想办法，一定能够有法子出去。"

荷心咬牙道："你在这被关了这么久，都未能够离开，此一时半刻，又有什么办法可想。"

小文道："可是姐姐若敌不过坛子的法力，到时自身的劲力给逼退回来，势必伤了姐姐自己，那时可就……"话未说完，再也接不下去，呜呜大哭起来。

荷心动容道："你先不要哭，小小的坛子，伤不了我，你大可不必替我担忧。"嘴上虽这么说，心下却想，"那瞎子的法力果然不容小觑，只可惜所有的法器都在肉身上，不然胜算就大了不少，如今只好与其相持到底，为了张大哥，便是魂飞魄散我也愿意。"思考之时，掌间又加推了几分劲力。正当这时，只听得"砰"地一声，荷心一惊，道，"你干什么？"

刚落话音，又是一声砰响。原来小文见荷心相持不下，暗自焦急，先见荷心用身体去撞坛子，得以启示，便也学着撞击。但他与荷心不同，荷心乃修道之人，其是元魂出窍被困在此，黑坛的法力虽一时不可破除，倒也不惧它何。

小文是只小鬼，任何道力法术原就是其克星，他此番做法无疑是飞蛾扑火，与自残无异。

黑暗之中，荷心听得这几下声音，心中明白，但她却腾不开手来拦止，一时急道："你不要这样傻了，你和姐姐不同，再要撞下去，你会魂销魄散的。"情急之下，不觉亦竟以姐姐自称。

小文道："姐姐这般艰苦，若生出个三长两短，小文在这里还有什么意思，小文在这坛中困了这许久，等的就是要和姐姐有相聚的一日，小文说什么也不要再和姐姐分开了。"砰砰砰接连又撞了好几下。

荷心心恸道："我果是你的亲姐姐？"方得此时，心下才有些相信。

小文道："姐姐轮回再生，不认识小文自是情理当中，只要姐姐从今把小文看成亲兄弟，以往的事姐姐不记得，又有何妨？"

荷心道："倘若你我前世真是亲姊弟，那外面的小文说我当初骗了你，亦不是假的了？"

小文沉寂了半响，道："姐姐莫要听他瞎讲，姐姐爱我还不及，岂能够骗我，他诱姐姐来此，小文以后都不想再要他了。"

说话之间，荷心渐觉手上吃力，手臂似托着一座大山一般，愈来愈重。心知自己终是难敌黑坛的法力，再坚持，势必元魂受损，但此时若收回法力，不与相抗，怕已不行，自身的劲力反击回来，后果亦也不堪设想。当此危难之际，自不能顾暇和小文再作对话，当下乃是且撑得一时便算一时了。

小文不知事有变故，还以为自己没讲真话，给姐姐瞧了出来，当下头一低，踌躇道："姐姐，小文……小文无心瞒骗你，姐姐当年……"突觉得身体一晃，有如腾空起来的感觉，忙喜诧道："姐姐，有人过来搬起了坛子。"

荷心当然知道，只是一时不便分心开口讲话。小文又道："这人来得好生轻巧，怎么我竟连一点声响都未听到。"二人只感坛子被人抱起后，悬在半空不再动作。

小文急道："快把坛子砸碎，快把坛子砸碎。"正叨念着，黑坛果被那人砸向地上。但听"咚"地一声，坛子摔在地面，竟未碎裂。

荷心盘膝坐着，与黑坛较劲正急，哪知坛子突然翻滚不已，受此牵引，身子亦也跟着颠摇起来，重心不稳，手上力续接不了，自身的劲力尽俱给反弹了回来。

黑坛在地上翻滚数圈，停下来时，坛身横躺。也幸得如此，荷心方从坛底滚落至坛肚中，此时坛中的劲力反弹回来，自不会再转弯击到她，统统直打在了坛底。但听得喀嚓一声，坛底竟给击破了一个大窟窿。

这真是无巧不成书，荷心万万没想到，自身劲力方竭，晚一刻，反弹回来的劲力势必伤到自己，早一刻，方与坛法相持，便是击在坛底，怕只力道甚微，无法将其击穿。想必在此黑坛布法之人，亦也未想到，他的坛法尽会给人这样子破除掉。

荷心从洞口爬将出来，正要瞧一瞧外面搭救的人是谁，哪知目光落处，眼前的竟是一只雪白的碧眼猫儿。这时小文跟着从破洞内钻出，未及起身，先道："姐姐，到底是谁救了我们？"

荷心微微一笑，道："当然是它了。"侧过头来，蓦地脸色一变道，"小文，你……你的身子，怎……"

小文本欲站起，突听荷心如此惊色，赶紧缩起身子，佝偻在地，道："姐姐不要怪小文，小文一时忘记，小文不是有意要惊吓到姐姐。"

荷心看到小文的模样，当即心下一亮，道："我明白了，为何会有两个声音一模一样的小文，一个在外面，一个则被困在黑坛，一个满带怨恨，一个心地善良，原是如此。"

小文道："姐姐你走吧！小文……小文不跟姐姐去了，姐姐早去救了张大哥，再晚，怕是要遭了毒手。"

荷心确是心系朱慈烨，但她怎能弃小文不理，且不论他是否是自己的亲兄弟，便就算不是，又何尝狠得下那心。她道："小文跟着姐姐一起走，姐姐一定要想办法替小文恢复原形，助小文早日转世投胎。"

小文道："小文不愿去投胎，小文要一直伴随姐姐身边，永远不再离开。"

荷心上前，扶起他，但见小文整个人俱是血肉殷红，血水淋漓。原来，小文的皮已给人扒去，只剩下一具没皮没脸的身子，想必附在朱慈烨身上的那个小文，应就是小文的那张人皮，难怪之前小文在坛中会说，他以后都不想再要那个小文了。

小文站起身子，想起自身的模样，仍满存顾忌。其实讲他是只鬼，方不尽然，鬼能遁行飘忽，他却不能，若说他是具尸，更似不恰，一般的僵尸都是行跳走路，不会开口讲话，倘就有那陈年老尸，练就了双脚走路和以眼视物，却怎也练不出开口讲话的道理。

故此，小文既是鬼且是尸，但又无鬼的那般神来没隐的本领，亦不像僵尸那样直挺生硬，倘要跟随荷心一起，必得要真身现于人前，可他的模样，着实不能如此，叫人好生为难。

小文道："姐姐，小文还是不走了，姐姐自行去吧。"

荷心心下一动，忽地一笑道："你等等，我马上就来。"奔出厨房。过得一会儿，回来手上已多了一张兽皮。

这张兽皮颜色多样，不甚规整，仔细一看，才知是由数块较小的兽皮缝合而成，显然正是房间门口的那张兽皮门帘。荷心将这张奇异的兽皮作衣披到小文身上。小文原就是个孩童，兽皮往身上一裹，直遮掩没脚跟。荷心接着从墙上摘下一块白狐的皮，经她手上翻来折去，片刻竟成一顶精致的狐皮小帽，戴在小文的头上，刚好称头。

小文一阵欢喜，连拍小手称赞。

荷心道："待回去后，姐姐再想法子给小文制一块面罩，这样小文以后就可以相伴姐姐四处行走了。"

小文开心不已："是不是姐姐到了哪里，小文也可以跟着到哪里？"

荷心道："那是当然，姐姐走到哪，就带小文去哪。"

小文重重点了下头："嗯，小文永远再不和姐姐分开了。"正自欢快，碧眼白雪猫"喵"地叫了一声，蹿到了厨房的门口，回过头瞧了一瞧荷心，晃着尾巴蹿了出去。

荷心拉起小文的手，道："我们要走了。"

小文四下看了看，脸上无一片皮肤，瞧不出表情留恋抑或不舍，紧紧抓住荷心的手，点了点头。

二人出了屋子，碧眼白雪猫已身在十数丈外，赶快追了上去。白猫等他们快近到身后，方才起来向前蹿行，一直不停，直至关帝庙前。

小文犹有鬼气，却无法穿墙如无物，还须得荷心开了地道机关，方可进入。二人下得黑石阶，眼前竟无一人，来到室中，亦同是空空如也，只见独在石桌上卧着一只白猫。荷心明白，这是白猫的肉身，然自身的肉身，张大哥，阳尸都不知所踪。

白猫蹿上石桌，回魂返身，喵儿一声，跳下桌面，箭一般奔至一面墙下，连着叫唤。

荷心跟将过去，见得白猫身旁的地上写着一行断断续续的字迹："墙上有门，机关字下，肉身遭劫，速险。"

但瞧字体歪扭不齐，显是在极匆忙中所作。荷心心想："这地道隐秘之极，谁会来此，劫掠去我的肉身又要做什么，莫不是阴尸来了此地？"阳尸曾与她讲过，这地道是当年他们的主人带她进入，当时阴尸亦在一起。

匆匆一想，深觉阳尸既留下"速险"二字，想必情况当是十分急迫，既写了"机关字下"，便就检查起那几块写有尘字的石砖来。蹲下身子，用手在那四块有字的石砖上左敲敲，右按按，发觉它们生得甚是牢固，底下断不可能会是空心，更不用说可藏机括按钮。

荷心心道："不会是阳尸走得匆忙，开启机关之处告知有误？"想处，查验起四块字砖周边的石砖来，一番细致打敲，然均无果。突地，听得小文道："姐姐，上面有四块石头亮亮的。"

荷心一怔，抬头仔细看了看，果不其然。环顾了下石室四面室顶，发现相隔数丈便有四块相同发亮的石头镶嵌在上面，但这些亮石光微如萤，先前和张大哥居此多日，竟未有发觉。看来是每在室中，必燃灯油，灯油的光亮都把石光给遮没了。

此刻虽未燃灯油，但此间荷心是魂非人，魂鬼行于夜间，黑暗便是白昼，倘若这里如白昼一般亮堂，常人来到此中，量也不会在意到亮石的微光。然小文不同，长久被困在极黑的黑坛中，对于一丁点的光亮，亦是敏感至极。

荷心道："这些亮石怕只是石室内的装点，没什么好奇特。"

小文道："可是小文觉得这地上的字，比之旁边的石砖都要明亮不少。"

荷心道:"是么?"看了一下,摇头道,"姐姐怎么没有瞧出来?"

小文慌道:"那可能是小文长久接触黑暗,眼睛坏掉了。"

荷心笑道:"小文的眼睛怎么会坏掉,要是坏了,怎么还能够看得清姐姐。"正自说着,见得白猫正拿前爪在抓地面的字迹。不一会儿,"墙上有门"四字已给抓成一痕一痕,石砖当还完好,痕迹只是砖面上的尘印而已。荷心忽觉眼前一亮,顿然醒悟道:"我明白了,'机关字下',我怎就没有想到。"赶紧用袖衣把其余的字迹给抹了去。

四块石砖上的字迹一除,立现明亮如镜的砖表。原来阳尸指的"机关字下",正是要荷心把砖面的灰尘去除。但此中到底隐藏着什么样的玄机,荷心一时亦也想不出来。

但听得小文叫道:"姐姐,看那墙上。"

荷心起来观看,见得正墙上有一块四四方方的光影,再做细瞧,方知墙上光影正是亮石的光射在四块石砖且反射所投。

这机关委实精妙巧极,石室内黑暗无光,来者定需点上灯火,灯火一燃,必将掩盖亮石的微光,便就是没有灯光,石砖积着灰尘,照旧难以觅见,倘不是阳尸留下尘字提点,荷心断难解析此中的奥秘。

静观一会儿,见墙上所投砖影比之常人举起手时还要高出半臂,显然这也是其精妙所在,严防有人瞎敲误触之险。荷心上前按动砖影,闻得一阵喀嚓嚓、咕隆隆之声大作,看似完璧无瑕的墙上,顿启出来一道大门,白猫身影一晃,当先窜了进去。

门后是一条狭小的地道,较石室比来,倒是简单得紧,潮湿不整,左右不时有大石凹进凸出,显是匆急所挖。荷心跟随白猫,一路前行,听得小文道:"姐姐刚才为什么不直接穿墙过来,尽速追上他们。"

荷心道:"我先走了,那你和猫儿该如何,况之白猫与阳尸心意相连,有它领路,我们更能容易找到他们。"

小文道:"我知姐姐是舍不得小文,嘻嘻……"欢喜不已。

地道甚是幽长,殊不知通向到哪里,走了许久,荷心忽觉狭小的地道逐渐宽松了不少,两壁亦也少了凹凸的大石。又赶了一程,白猫忽地停了下来,喵喵喵叫着。荷心心道:"想是已到了出口。"紧加了两步脚,隐隐听得前方似有嘈杂不清的声音。

荷心钻出地道,见外面竟是一间房,窗外火光颤动,不知是出了什么事？荷心和小文悄然隐将过去，扒着门缝向外细瞧，外面围了好大一帮子人，当中有男有女，刀光晃晃。

但听得一个男人道："以往净说鬼屋如何闹鬼，今日我倒要瞧瞧这个怪物怎般从我手上逃脱。来人，把那火油都拿来，今天我要火烧丑八怪。"

男人话音甫毕，又听得一个女子娇唤道："张大哥，荷心，张大哥……你们都怎么了？"

屋内的荷心听见这声音，心道："是飘红姐姐，难道此处是飘飘院？"正自吟想，一个微弱的声音道："飘……飘红姑娘，这个怪物要吃了我们，荷心妹子已给她害死啦。"

飘红声音一颤，道："什么……什么？荷心她死了？"

朱慈烨道："是……是的，荷心妹子已给她害死了，飘红姑娘一定要给荷心妹子报仇，不要轻易饶了这个怪物。"

飘红未答。先前那男人道："姑娘放心，有我杜三刀在，担保一定给姑娘的朋友报了这仇。你们都给我围实了，这怪物怕火，火把向内，她就逃不掉啦！火油快快地拿来，都落出准头，往怪物的身上泼。"

荷心听那杜三刀吆喝催促，方又听了朱慈烨和飘红的对话，心知这些人口中的怪物，定是阳尸无疑了。阳尸如今的模样，叫人见了害怕，指其是妖怪，亦不为奇，当下是想法怎样来搭救她，免叫这些人真把她给当怪物烧了。正自犹豫，听得耳畔"噗"地一声，碧眼白雪猫已穿破窗纸蹿了出去，荷心欲阻，已是不及。

白猫冲进人群，停离飘红丈前，喵喵喵地叫唤不歇。飘红旁边有个丫婢惊讶道："小姐，是从前那只白猫儿。"

飘红道："确是它。翠梅，你去将它抱过来，小心别伤着它。"

翠梅答应一声，却听朱慈烨道："翠梅姑娘，这只怪猫与那怪物是一道的，姑娘千万不可近前，速叫人将它擒了与那怪物一起烧了。"

翠梅听朱慈烨如是说，一时踌躇在那，不知如何。

飘红疑道："怎么会？这只猫儿这般可爱，我一见着它心中便起一阵亲近，它怎会和那怪物是一起的？"

朱慈烨道："姑娘一定要相信在下，它确是一只怪猫，想来姑娘应当知晓，我父亲是怎般死去的，便就是这只怪猫作下的孽。"

杜三刀见突跑来一只白猫，更听说它是这怪物的同党，有心在飘红面前表现一番，急命两名打手上前擒捉。

两名打手一左一右，包抄上去，但未近猫身，白猫忽一转，向围拢阳尸的人群冲将过去，右突左闪，矫捷灵活，专拣众人的跨下钻行。

有一黑面打手见白猫欲从其下面冲出，有心拦阻，无奈双手俱端握有火把火油，难以腾开手来。见身旁的伙伴相近，忙向其招呼。

那人手持火把钢刀，亦无法向其同伙援手，灵机一动，抬脚踹去。此时白猫正好跃起，身子贴着黑面打手的裤裆冲去。那人瞧了准头，憋足劲一脚。哪知白猫实过机灵，尾巴一翘一摆，贴着黑面打手的右大腿斜斜滑了过去。那人一惊，收脚已是不及，这凌空一记飞腿，的确又准又狠，劲道十足。

但听见砰啷、当当之声，黑面打手已丢了火把火油，捂着裤裆，疼得直跳脚："哎哟！我的娘唉！老子的宝贝呦！哎哟，这一下可姥姥的不顶唠！"叫痛一阵，红起双眼向那人直骂，"你奶奶的龟你妈祖宗十八代个熊，老子要你对付死猫，你往我宝贝上招呼做什么？他妈的，老子和你拼了。"拾起地上的火把，意欲扑上。

那人心中理亏，边躲边道："祁大哥，都是误会，都是误会。"

黑面打手吃此大亏，岂肯罢休，非要讨回点便宜不可。

陡闻得一声呵斥："你们两个在做什么？他妈的，都是些光吃饭的料子，连只畜生都对付不了。"发话的正是杜三刀。前些日子飘飘院四朵金花之一的飘桃，惨遭他人挖心而死，他这个护院教头因此受了花老鸨老大一顿责骂。如今正是捞回颜面，大力表现的时候，岂料事与愿违，面子未增，洋相倒是博得了不少，哪有不怒的道理。

杜教头既已发了话，众打手不论吃亏占便宜，焉还敢再行讨要，稍加整顿，直把阳尸围了个水泄不通。

此时碧眼白雪猫已突入重围，挡在阳尸身面，频做狠态。

杜三刀哼了一声，道："不怕死的畜生。来人，上火油，连同一块烧了。"

众打手早已跃跃欲试，有些人正要借此来撒撒气，杜三刀话落，数盆火油已是泼了出去。

阳尸喉间格格地讲不出话语，虽左右闪躲，仍有三两盆火油倾到了身上，碧眼白雪猫亦也跟着成了碧眼黑油猫了。见此情景，荷心倍感焦急，唯今之计，只有自己回魂返身，施法相救，但若那样，势必免不了要殃及无辜。便正踌难之际，忽见得东南角走来三人，开头两人丫鬟模样，手提灯笼，后面那人则黑纱罩面。荷心一见此人，心下顿起一阵警觉。

小文也看见了那人，低声道："姐姐，那人身上的尸气好重。"

荷心道："她多半不是常人。"

只见那人尚未近前，声先至道："你们都给我住手。"

杜三刀一惊，待见到那人到来，立现恭敬道："花嬷嬷，惊扰了你，是小人的失职，望嬷嬷莫责。"

来者正是花老鸨，她道："你们这要做什么？"

杜三刀道："府中出了怪物，小人正领下人进行处置。"

花老鸨道："你这般大行干戈，是不是要连我的飘飘院也一齐烧了。"

杜三刀慌色道："小人不敢，只是不用火，恐这怪物不易对付。"

花老鸨道："连这点小事都办不了，我养你们还有什么用？好了，这里你们都不用管了，都给我退下。"

杜三刀踟躇道："可是……"

花老鸨道："可是什么？我的话你没听见么？"

杜三刀满腹狐疑，但主子的话，终不敢违背，只得命打手退到一旁。

花老鸨上前一步，向阳尸走去。忽地，听见身后有一人惊呼道："不好啦！花嬷嬷给妖怪摄魂啦！大家快一齐上去杀了妖怪，搭救嬷嬷紧要啊！"

众打手平地听见这一声呼喝，纷纷火油钢刀又围了上来，人人俱存一个念头，救了花嬷嬷，那可是一件极了不起的功劳。故而一有人动，其余的人自也不甘落后，具体花嬷嬷是否真被妖怪摄了魂，谁也管不了了。

花老鸨先是一怔，回身看去，见喊话的正是朱慈烨，不禁大吃一惊，方来时，并未留意他也在这里，一时竟愣得不知该如何开口。

朱慈烨跟着又喊道："大家还不尽快把花嬷嬷请至安全之所，伤了嬷嬷，你们谁担当得起。"他这一连发话，原没人会理会，只是花嬷嬷一上来，便就命众人退下，眼见一只如此怪模怪样的妖物，不行擒诛，委实叫人奇怪得紧。众人心中既已存疑，再听得朱慈烨一番瞎喊乱叫，十分也就听进了八九分，但众打手投鼠忌器，还无胆量就此冒犯主子，人人左顾右盼，均想："此事如实便罢，不然得罪了嬷嬷，丢了饭碗事小，怕只今后再要在四平街混事，亦是难上加难了。"

花老鸨见众打手畏首欲动，厉喝一声道："你们想要做什么？"

众打手战战兢兢，不约而同都看向了杜三刀，人人心中各怀心思，但一同在想："杜教头见多识广，嬷嬷到底有无被妖怪迷惑魂魄，相信他一眼便知，还是由他定夺的好。""有杜三刀扛挑子，咱们听他的就是啦！""杜三刀啊杜三刀，这次是福是祸，只能你自己掂量啦！""他奶奶的，管她是不是被妖怪迷摄了，嬷嬷既叫我们退下，那就少管闲事就是了，安安全全的，等下真干起来，还不知妖怪会使出什么手段。妈的，刚才也不知是哪个王八羔子把我推到最前面来的，看来也只能硬撑了。"

杜三刀走上前去，脸无表情。

花老鸨道："杜教头，还不叫他们都退下，这里不需要你们打理。"

杜三刀低头道："小人知道。"微微抬眼，突地一下抱住了花老鸨，嘴中连喊，"你们还不快快上来，护送嬷嬷回房？"

话方出口，就有五六名打手扑了上来，按脚的按脚，捺手的捺手，口中还道："嬷嬷莫怪我们，待处决了此间怪物，届时嬷嬷恢复正常，我们再给嬷嬷赔罪认错，但凭嬷嬷处置。"

荷心身在屋中，对眼前的一切看得清楚至极，见众打手正忙于治服花老鸨，此时正是阳尸逃离的上佳时候，可她斜斜靠在地上，动也不动，不禁心道："莫非她的半条命，已尽枯竭？"

忽而又想："先前猫魂出窍前来搭救我，莫非与此有关？"习道练法之人均知，元魂出窍乃一项极其高深的法术，非道浅之人所能自由发制，更莫说是一只畜生，料来阳尸定使了不少手段，亦自招得身软力竭，连逃生反抗均都不行。

只见花老鸨遭得数名打手钳制，反抗不得，勃然怒道："你们是要造反吗？还不快把我放开，可是今后谁都不想在飘飘院干了？"这话果甚有些威力，几名打手俱都一怔，瞧向杜三刀，内心已显动摇。

飘红见此情景，亦呵道："你们怎可对嬷嬷如此无礼，还不快些放开嬷嬷，求嬷嬷原谅？"欲上前劝开，不禁被朱慈烨紧紧拽了住。飘红诧惊道，"张大哥，你这是要做什么？"

朱慈烨道："我瞧花嬷嬷身上妖气犹盛，便就不是被妖物所摄，定也有邪气侵体，飘红姑娘，断不可靠近。"

飘红道："张大哥可知自己在说些什么？嬷嬷身上怎会有妖气？"

杜三刀却道："我倒认为这张兄弟讲得甚有道理。飘红姑娘可想一想，这几日花嬷嬷整日以黑纱罩面，不以面貌示人，飘飘院也不见开张做生意，下面的人早已有了甚多猜疑。小人斗胆妄测，眼前的花嬷嬷若不像张兄弟所言被妖物摄迷，那便极是假冒的，为释众疑，小人恳请嬷嬷自揭了面罩让大家都瞧一个清楚，大伙方才可安心。"

花老鸨听得杜三刀要自己揭了面罩，顿慌道："不可以，不可以，我不可以揭开面罩，不可以……"

杜三刀紧逼道："倘若你真是花嬷嬷，何故不敢以真面目示我等，看来你定是假冒无疑。"

花老鸨道："不是，我……"言语惊慌，显很是害怕面罩被揭开。

岂知她愈如此，杜三刀更加不会轻易饶过，道："既是如此，那小人只好得罪了。你们快把花……她的面罩给摘了。"

两名架着花嬷嬷胳臂的打手，遂腾出一只手来，稍加迟疑，便欲掀之。

花嬷嬷不住挣扎，怎奈手脚受制，后还有一条大汉将其箍得紧牢。众打手听说花嬷嬷遭妖物摄迷，恐其不好应付，故四五个人一起同制，下手皆不见留情。

正当此时，一阵凉飕飕的阴风忽飘过来，众打手不禁都是身子一颤，这股阴风来得好是霸道阴冷，直彻心骨，亦乎同时，便听得一人惊骇道："你们瞧那鬼屋，鬼屋……"一直"鬼屋"了半天，下面的话始终讲不出来。

但他这一声呼叫，倒把所有的目光都吸引向了鬼屋那边。

此时天色已将近黎明，东方已有鱼肚白显现，但外面终还是有些灰暗，屋中更该是黑漆漆的一片。然此时鬼屋之中，竟是明如白昼，烟雾腾腾，似着了火一般，却又见不得半点火星。

众打手直骇得面如土色，头皮发麻，正这当时，屋内的亮堂突地一暗，跟着便听见吱吱嘎嘎的声音自里面传将出来。

有几个胆量粗壮些的打手，挑着火把家伙蹑身上前探个究竟。靠得几步，隐隐见得门上似有一张人脸显现，众人一惊，凝神注视，人脸却已不见，不免心俱嘀咕："莫是花了眼不成？"

到得屋前，众人不敢直接推开门察看，透着门缝向内瞧去。屋子里黑咕隆咚的，哪里瞧得见物事。众人正自疑惑，不知接下来该如何，只见屋子一亮，一支蜡烛竟悬空自燃了起来。众人骇异，一人眼尖，细声询同伴道："你们瞧那地上可是什么鸟东西？"

　　其余人等齐目瞧去，见得蜡烛之下似卧着一只畜生。但仔细瞧来，却又不像，众打手可从未见过如此斑斓怪样的畜生，亦不知是狐还是狼，有人禁不住害怕，失喊道："妖怪妖怪……"

　　此人的惊吓声，显惊动了那只畜生，它轻轻挪了挪身子，缓缓抬起脸来。众打手平心静气，当一见到那张脸时，顿觉手脚一凉，忍不住筛打了起来，当中有两人，几近晕厥。

　　但见那张脸俨然是个人，有肉无皮，森牙外露，要说蜡烛悬空自燃已是十分可怖，再加上如此一张恶面，刹那间，只听得叮咚咣当，刀棍遂之弃了一地。众打手哪还敢作片刻逗留，转身便逃。

　　后面原有些正提着心吊着胆的打手丫鬟，见这些人奔逃出来，虽不明缘故，亦都稀里糊涂四散奔离，场景混乱。

　　杜三刀横眉微竖，大喝一声道："都给我站住！"

　　众人虽说很是害怕，可也还惧于杜三刀，只见他道："你等到底看到了什么？竟都吓成了这样。"

　　当中一名打手惊魂未定，舌间仍在发颤道："我们……我们……那屋里有……有……"

　　杜三刀等耐不及，哼了一声道："一群没用的东西，我亲自过去瞧一瞧，你等都给我站好了。"嘴上这么说着，心中却想，"究竟是何方妖物，居然把他们吓得如此狼狈，难道这妖物还有同党？"看了眼阳尸，伸手道，"火炬拿来。"

　　身旁就近一名打手将手上火把交于他。

　　杜三刀挺了挺胸，尽量增添几分威严。突地，从前方屋窗里飞出一样物事，"砰"地一声，落在脚前地上，哗啦击了个粉碎。杜三刀一怔道："操你奶奶的，少拿这套来唬人，老子偏要过来瞧一瞧你是何方妖孽。"话音甫歇，窗口噼里啪啦不停又飞出十数件物事，尽是花瓶、瓷枕、书画，迎面砸来。

　　杜三刀左挪右腾，通通避过。忽听得身后一阵骚动，回身一看，见方才那些被自己叫住的打手，现又往外奔逃起来。

原来这些人均想，这下糟糕，屋外已有了一个妖物，现杜三刀又惹来一个妖物，一个妖物尚可应付，如今妖妖联合，不逃焉还有活命的道理。

杜三刀见众打手竟这般懦弱，已然难以喝止，有些脚底麻利的，已逃得不见踪影，不禁暗叹一声。哪知这时，一声极其凄恐的惨叫声嘶传了过来。

众人尚未及反应，已见那些才逃走的人竟又往回奔来，连滚带爬，狼狈之极，比之去时更甚难堪。这些人神情惊怖，上蹿下跳，慌不择路，杜三刀大吼一声，他们权当没听见一般，似害怕得非找一个躲避之所不可。有几人见确实无地可藏，索性一抱头，缩身在墙角屋落，瑟瑟发抖。

杜三刀等人大异，外面可是来了比此间怪物还要可怕的东西？抓住一人，问道："你们倒是撞见鬼还是遇到妖，有甚害怕的？"

那人全身抖了几抖，双眼一翻，已吓破胆而死。杜三刀一愕，神情骤变，听得耳畔一声惊叫："不好啦！僵尸来了，大家快跑啊！"

晨光微露，只见外院涌来不少神情僵硬的人，密密麻麻，不计其数。那些先前不曾逃奔的人，此时亦跟着一起惊慌起来，众人方知，刚才那些人怎会如此惊怕了。

僵尸数目众多，要想冲杀出去，基本不可能。忽听得花老鸨呼喝道："大家都不要慌乱，跟我一起暂进鬼屋再说。"僵尸刚出现，缚住她的那几名打手，早已自顾逃命去了，只是外面净都是僵尸，又能往哪里逃。

众人一怔，鬼屋内尚有一只不明怪物，进去躲避尚可，但这谁先进去，可是大有道理的，都瞧向了花老鸨。

花老鸨来到朱慈烨面前道："明王，跟我走。"一时情急，竟把朱慈烨的真实身份叫了出来。幸好此刻人心俱慌，脑中俱乱，想的均是如何逃命，无人注意。

朱慈烨冷冷一笑，道："谁要跟你走，他们可伤不了我。"却是孩童的声音。

花老鸨一愕，尚未行反应，见躺在地上的荷心，突地双目一张，活了过来。

翠梅惊道："不好了，诈尸了。"拉着飘红，连连后退。

花老鸨不加细想，举手一掌劈了下去。

荷心欲要坐起，见掌风扑来，干脆就地一滚，方跳起来，摆手道："花嬷嬷，我可不是诈尸，刚刚我只是昏了过去，现在好了。"

花老鸨将信将疑道："你果真是人？"

荷心道："当然是人了，难道尸人还会讲话不成？"她见事情有变，再不返魂归身，更待何时。

正说话的当儿，已有数具僵尸扑到身边，荷心道："你们快走。"左手急摇，右臂轻晃，僵尸听见她双手腕间的铃铛声，不住后退。但只退后了几步，撞上后面不断涌上的尸潮，便是惧于荷心的铃声，不敢靠前，亦也被强推了上来。

尸人步步逼近，荷心连连后退，陡然间铃声一消，右手翻处，已多出几张朱砂黄符。眼见迎头的僵尸只离几丈，荷心不敢有滞，口念轻咒，手中朱符脱掌而出，方得半空，"彭"一声俱燃烧起来，疾飞向尸群。但一沾着尸人，那具尸体亦就跟同烧起，别余僵尸畏惧符火，纷纷绕避开来。

荷心一怔，此地宽广尸多，单凭一己之力，根本难以阻挡。回望一眼，见花老鸨正恭劝朱慈烨进屋躲避，朱慈烨一面嬉笑开心，一面坚决不肯，飘红近身相言，竟一下给推翻在地上。荷心急道："飘红姐姐。"忽觉肩膀上一紧，显已有僵尸欺近身来。

荷心反手一扬，眉目一轩道："给我退回去。"那具僵尸果然听话地连退数步。

原来荷心方那手一扬，已撒出一捧朱砂，朱砂乃克僵之物，方其才会如此听话。突然，荷心只觉眼前人影一晃，有人竟直冲进了尸群。

荷心一惊，道："不好，是张大哥。"正要追去，听得身后咣当一声，一个稚嫩的声音道："姐姐，小文来帮你。"便听有人惊呼道："呀，妖怪跑出屋来啦！屋里既已没了妖怪，我们就快快进去啊！"

荷心道："小文，不可……""可"字尚未及出口，已见到身披兽皮狐帽的小文冲进入尸群，一下隐没不见。荷心咬咬牙，连掷几张朱砂黄符，接着撒出一捧朱砂，暂阻得僵尸前进，返身跃到飘红身边。

飘红已在丫婢翠梅的搀扶下站了起来。

荷心道："飘红姐姐可有受伤？"

飘红一脸忧郁道："我不要紧，张大哥他？"

荷心道："张大哥身遭恶灵附身，不能自已，姐姐千万莫要怪他。"

飘红道："我不会怪他，只是我好担心——"

荷心道："姐姐不必担心，我相信小文一定可以保护好张大哥。"

飘红道："小文？可是刚刚冲进尸群的那个妖……"想想"妖怪"二字不妥，即改口道，"那个小孩？"

荷心道："恩，小文是妹子的……好朋友。"弟弟的身份，终究还是有些怀疑。

飘红道："可是那么多尸人，他……"丫婢翠梅忽一拉她，慌张道，"小姐，僵尸上来了，我们快躲到屋里去吧！"

飘红猛然一怔，推开翠梅道："你先进去，屋子的梳妆台下有一条密道，直通历府后院，你快带了大家一起从那里逃出去。"

翠梅恐道："那小姐你，不和翠梅一起走么？"

飘红道："我要在这里等着张大哥。你快走啊！还愣着做什么？"

翠梅得知小姐不和自己一同离开，即哭道："小姐不走，翠梅也不走，我留下来陪着小姐。"

荷心连使法术，击倒数具尸人，得一间隙，遂催二人道："飘红姐姐，你们怎还不快走，僵尸太多，妹子恐支持不久。"

飘红怔了一怔，放眼望去，皆是尸群，纵是荷心有三头六臂，也是难以抵御。正当愁忧，见得花老鸨及一班面色恐慌欲哭的小丫鬟匆匆过来。

飘红道："嬷嬷为什么还没进屋？"

花老鸨道："老身本就没打算过要逃避，只是这一班小丫头，要陪着老身一起，实是可惜了。"

飘红道："众姐妹重情重义，嬷嬷实该高兴才是。只是荷心妹子无法抵挡太久，嬷嬷应当带领大家暂进屋内躲避逃生，不可要众姐妹在此无罔地等死。"

花老鸨叹道："来不及了，杜三刀已将门窗俱都顶死，我们谁也进不去，故老身才会觉得很对不起她们。"

想到要至此死在尸口之下，众丫鬟虽忠于花老鸨，此时亦都不禁呜呜失声大哭。丫婢翠梅哭道："小姐，我们这下真的要死了。"

飘红怒道："他们怎么可以如此，我过去和他们说，要他们把门打开，放姐妹们进去。"

花老鸨道："无用的，此时为了保命，他们连我的话也不听，又岂会听你的。"

荷心听说屋子的门窗俱封，不免心下更忧起来，抬头一望天，此时离天亮尚需一个时辰，正色道："师父，能否救得大家的性命，就只能看你了。"随地拾来一把打手慌乱中丢弃的钢刀，在左手中指猛地一割，鲜血流出，延绵于刃口。荷心将刀交与花老鸨，道："我知嬷嬷本领不差，当日便是嬷嬷舍命救了张大哥，今日大家的性命，还得再仰仗嬷嬷。"

花老鸨一愕道："姑娘有什么吩咐，只管讲来就是，老身一定听言尽力。"

荷心道："我现在要开始作法，能否成功尚不可知，但犹有一线生机，我都要试上一试。此刀经我淬血，可斩僵灭尸，我法未成，嬷嬷就要袒护着我和大家的安危。僵尸众多，不知嬷嬷可否？"

花老鸨道："姑娘放心，老身便拼了这条老命，亦不负重托。"提刀一跃，迎头正与一具僵尸撞面，手起刀落，扑通一声，一颗尸头应声掉落在地。

眼见花老鸨刀法使起，虎虎生威，左砍右削，刀不见空，尸人竟一时奈她不得。荷心心里稍安，盘膝坐下，自身上掏出一面九方八卦镜，平托在双手掌心，静下心情，默念法咒。

这九方八卦镜纯乃道门上物，当年南阳仙人将此交于荷心手上，曾说此物是百年不可一遇的驱邪法宝，但使将起来，却不甚简单，须同聚得阴阳之髓，方能驱魔避邪。所谓阴阳之髓，是指那日月之精华，此时正值黎明时分，朝阳未出，阴月黯淡，如何能聚收阴阳之髓，荷心实甚心忧。

再者要收聚日月之髓，必要日月同天，既不同存，该如何同聚，这此间道理，荷心至今都尚未明白。她只记得师父授了她一套法咒，说"缘尽心清"时，此镜方才得显灵。

不一会儿，整套法咒已念至完毕，然九方八卦镜则丝毫不见反应。荷心急着又从头反复念了一遍，依是镜如止水。

那边花老鸨淬血钢刀在手，开头使将起来，确实顺手灵活，然僵尸实过众多，方砍杀下一具，紧接又跟上来两具，时候一长，顿觉体力不支，疲态渐显。尸群跟着又推进数丈。

忽地，只闻得两声惨呼，两名小丫鬟不及闪躲，给僵尸拉进了尸群，顿时血肉横飞，肢体不存。其余人等见了，无不胆战心惊，一面号啕大哭,一面小心翼翼后退。

花老鸨大吼一声,刷刷两刀斩下两颗尸头,刀头顶地,大口喘着粗气,只觉手麻脚重,疲累至极。

荷心斜睨一眼,心知此番下去,用不多时,花老鸨终将力竭无法斩杀尸人。此时飘红上来,询问应尸对策。荷心大叹一声,喃喃道:"师父常说邪不压正,如今恶尸当道,我竟无能为力,枉我修道多年,有何用处?"一时恨怒交加,抓起九方八卦镜,猛地抛了出去。

但见一条白影一晃,那碧眼白雪猫一纵跃起,在空中用嘴咬住八卦镜,叼回到阳尸面前。

方一抛出八卦镜,荷心心中便即一阵后悔,那毕竟是师父所留之物,欲想起身去接,显然已经来不及,幸得白猫机灵,八卦镜方可完好无损。荷心暗舒一口气,走过去欲拿回八卦镜,却见地上有几个字:我能帮你。

荷心一愣,阳尸连起身逃离的力气也无,怎还能帮自己?

正当疑惑时,身后惨呼声连,猛然瞧去,见又有数个小丫鬟遭得僵尸所害。再得回头,发现地上又多了两个字:蛊眼。

原来先前荷心元魂出窍随小文去时,阳尸已觉事情有异,但一来她无法开口提醒,碧眼白雪猫遭了阴尸毒手,她亦跟着受牵,仅余下半条命,后醒转又长时狂奔不歇,实半条命也已近将枯竭,更无能力上前阻止。

二则她知荷心固然入世不深,但修行颇得南阳仙人真传,料便有事,自保尚可。怎知过不多时,小文归来,荷心竟不见还魂。

小文归后,便欲破灭荷心肉身,阳尸见状,奋起阻止,岂料此时她竟不敌小文控制下的朱慈烨,二人纠缠了一阵,小文忽抱起荷心的肉身,打开石室里的密道,意欲逃离。

阳尸不及细索他如何得知此地的机关,心想荷心元魂未归,定是遇上了麻烦。她一人不可分身,只得施法引出白猫的魂魄,要其去寻回荷心的元魂,自己方顺着地道,一路追去。不一会儿,小文和阳尸前后出了地道,外面正是飘飘院,正赶上杜三刀带领一班手下巡夜至此。

前些日子飘飘院四朵金花之一的飘桃,惨受挖心而死,弄得飘飘院人心惶惶,众多下人私下胡猜乱测是那妖怪所为,便就有那极信之人当值夜时偷偷在身上披一些童子尿、佛前草、观音土、女经带、鸡血鸭血等等无理取闹之物。为了保命,谁还顾那什么腥臭肮脏。有一人更甚,居然在怀

第十三章 群尸乱舞

里窝了颗猪心，要遇妖邪前来挖心，便拿此孝敬。

阳尸刚出鬼屋房门，恰与杜三刀等人撞个正着，一时所谓的辟邪之物纷纷向其招呼。阳尸既非妖亦非鬼，大多数物事对其均无用处，见小文抱着荷心的肉身欲逃，心中一急，无暇顾及杜三刀等人，径直往前追赶。当这时，一人从腰间摘下一只竹筒子，拔出塞子，但闻一股腥臊之味，捂鼻直泼阳尸的背心。

阳尸只觉身子一颤，顿身一软，瘫痪在地。她知此人使的定是童子尿，炼蛊修术之人，于童子尿稍有顾忌，要搁往时，小小童子尿焉能伤人，只此时她已剩半条命，内定修为都不复从前，这才一时抵受不住，遭了暗算。

小文见阳尸已无力起来，一时反不急再逃离。少时飘红闻声过来，他索性谎称遭受阳尸掳劫至此，鼓动大家将阳尸用火油烧焚。

阳尸瘫于地上，口不能言，空自焦急，只待白猫出现，方猜荷心定已无事，才稍安心。

荷心轻轻地念："蛊眼？"她于蛊术不甚了解，见得这两字，实不知所谓何意。

阳尸缓缓举起手，在地写道："杀了我，取出我眼里的另一粒珠子，便可阻尸群一时。"

荷心闻间惊愕，方不说她还不知此中寓意，就是真如她所说，又岂能下手亲杀自己的救命恩人。师父经常教诲，知恩图报，舍身忘我，才是修行之根本，如今……一时呆愣不知所言。

阳尸见到荷心如此表情，心下已然清楚，要她依自己的话去做，断是不可能的。突然右手中食二指一勾，疾地插向自己的眼睛，眼珠受到双指的挤压，噗一下滑了出来，缓缓掉在地上。

荷心惊得一呆，还未行反应，就见碧眼白雪猫往前扑去，一口咬起地上的眼珠子，吞进了肚中。

阳尸二指仍插在眼中，动亦不动一下。荷心轻唤一声："苗姐姐。"相聚多日，早知阳尸来自苗族，此时唤她苗姐姐，乃是把她当做最为亲近的人了。见她仍无反应，便忐忑于心地伸手去摸，怎知看去应当已收缩干硬的身体，触手却是软软的，下手之处，似还感觉体内有什么物在蠕动一般。荷心吃了一惊，倏地一下缩回了手。

阳尸经得荷心这一触，竟身子一瘫，如烂泥般软贴在地。荷心怔了一怔，举起手掌凝看了看，似好像是刚刚自己的那一摸才把阳尸给软化去一般。阳尸横软在地，碧眼白雪猫蹲坐在一旁，看着不离。

荷心只感心下一酸，苗姐姐终还是死了。正自悲处，忽觉背后有人靠近，跟着连听惨叫一声，幡然一惊。回身瞧去，见满地俱是死人死尸，花老鸨独战尸群，左臂却已被僵尸生生撕了去，仍苦苦周旋，与大家亦退亦抵。

僵尸递进不穷，包围圈愈进愈窄，再要后退，就只能是进屋了，但屋门已给杜三刀等人堵死，要想硬生撞开，几不可能。为今之计，只有好言相求，冀希屋内的人能自行将门打开，大家同进同退，或可保生。

飘红跟随众人一连后退，不想竟与荷心背心相贴，转首道："荷心妹子，嬷嬷已是不支了，你可有想到了什么好法子？"

荷心道："姐姐不要惊慌，我们只需进入到屋中，便可从地道内脱身，只是……"

飘红道："我前去叫他们把门打开。"奔至门前，向杜三刀哀求。

杜三刀隔着门隙往外喊道："飘红姑娘不必再说，倘只有你一人，我杜某必当会怜香惜玉，让姑娘进来，但外头有这许多人，我若将门打开，不等你们全数进来，怕僵尸已早是进来了。与其大伙一同送命，不如就委屈下姑娘，待得僵尸尽数退去，杜某再行开门相迎，诚心给姑娘赔不是就是。"

飘红知杜三刀这几句话实已拒绝了她的请求，且还无耻之极。要在往时，怎般也不会容忍，但此时情况不允，不可同往论之，惟得强怒于心，亦勉笑道："小女子何德何能，竟得杜教头如此相待，倘若今日能有幸逃此劫，必当要重重报答，但望教头念在与众姐妹平日的情分上，困施援手，我必代众姐妹一辈子感激着教头，永念及恩情。"

杜三刀沉寂了下，道："杜某实话和姑娘说了吧，再过片刻，天就可大亮，届时尸群可不战自退，姑娘只需挨得住，性命自当无忧。可我若放你们一同进屋，僵尸必也要追将上来，此屋怕难抵御得住，那样杜某非但救不了姑娘，反其还要连害了屋子里的人，如此有悖良心之事，杜某实甚难做，还望姑娘能够体谅一二。"

闻听此言，飘红实甚愤怒。原来杜三刀有意把众姐妹关在屋外，乃是要我们这些女人给他做挡箭牌，眼睁睁看着我们惨死在僵尸之手，他们则只盼能够挨到天明，如此险恶的用心，实视众姐妹的性命为草芥。但便如此，飘红仍存着一线希望道："此教头无需担忧，屋中其实藏有一条密道，可直通向外面，教头只管将门打开，我们不及僵尸破门进来，就已顺着密道逃生了。"

杜三刀听说屋内还有一条密道，一阵心喜，遂叫身边的一名打手四处察寻。其实杜三刀等人自进得屋内，断未想过此屋中还存有玄机，故都未有四下看过，一群人只一味趴在门窗缝隙间向外窥探，盘算着众婢女能否替他们挨得到天明。密道在房间最里，身在外屋断是难以发现。惊喜之余，杜三刀似还不敢相信道："飘红姑娘刚刚说什么？可否再讲一遍？"

飘红心下甚是矛盾，屋内藏有密道一事，她本不愿讲告，是怕杜三刀知晓后，光顾自身逃命，更不会将房门打开。但她如今既讲出这个秘密，一则是奢望杜三刀尚还存着几分人性，放姐妹们进屋，一同逃生。二则密道在梳妆台下，相信没有自己的提点，他们一时亦很难发现，到时她再以此为借口，劝其把门打开。飘红正待答复，却听屋内有人惊悦道："杜老大，里面果然有一条密道。"

飘红怔了一怔，心想他们怎么这般容易就寻到了入口。其实，她哪里知晓，梳妆台下实有两条密道，按不同的方向开启，便可显出不同的道径。荷心与小文出密道后，并未把入口封闭，这才使得杜三刀等人这般易寻。

杜三刀欣喜若狂，哪里还愿多耽搁，随口道："多谢飘红姑娘提点，杜某这要先走一步啦！"

飘红大吃一惊，不想杜三刀果是无义小人，心中一急，怒拍窗门，恳求道："杜教头等一等，烦劳在走之前，给我们姐妹开一条生路，飘红在这里向你磕头了。"但觉屋子里一片乱哄哄的，显是众人都往内屋纷涌进去。便是如此，飘红还是跪到地上，连磕了三个响头。

杜三刀亦没再回话，屋子里很快就渐归平静。飘红心头一酸，珠泪难禁，回过头来，见荷心一人鏖战尸群，花老鸨被飘梅飘菊二花搀扶着，断臂处已给包裹了起来，众婢女围在身周，且哭且退，再有三两丈地，就要贴到屋前，到时欲退已是不能。

翠梅带着另两个小丫鬟恸哭着上来，一近身就道："小姐，飘兰姐姐已经给僵尸害死了。"

飘红瞠目道："什么？"再瞧和翠梅一同的那两个小丫鬟，认得她二人正是飘兰的贴身丫头。

那两个小丫鬟已是哭红了眼，向飘红道："飘红小姐，我们小姐她……"伤悲痛处，下去的话再难接续。

飘红起身道："你们先别伤心，姐姐既走，以后你们二人就跟着我吧！"

两小丫鬟扑通一声跪在了地上，磕头感谢。青楼的规矩，仆凭主贵，主子越是吃香，身边的奴婢就越能跟着沾福，但若主子不在，抑或失势，身边的丫婢不是贱卖给他人做填房，便是打发去干那些最是苦累的活，平常受到楼院里的男人欺凌轻薄，也只得忍声吞气，无处诉语。此时飘红肯收留她们，可说是天大的恩泽了。但值此情景，两个小丫头何尝还高兴得起来，主子刚去，险境未脱，一想到这些，不禁又恸泣不止。

翠梅道："小姐，我们是不是都要死在这里了？"

飘红道："不可胡说，我们不会死的，一定可以脱险。"嘴上虽这么说着，心里实清楚得很，这都是自欺欺人的话。

突地，从屋子里传出来一些响动。飘红一喜，心道："难道是杜三刀良心发觉，复返救我们来了？"声响逐渐清晰，只一下就已成汹涌之状。但听一人大声呼喊道："飘红姑娘，快……快把房门打开了。"这声音不是杜三刀又是谁。

飘红道："杜教头，果真是你，飘红先替众姊妹谢你了。"

杜三刀来到门后，沉顿了一下道："杜某惭愧。"

飘红一怔，道："教头何故如此讲？"

杜三刀道："姑娘不妨自己听吧！"

飘红只觉屋子里声紊如潮，一时也没太注意，现仔细凭听，当中似闻有人在喊："可不好啦，僵尸从密道里出来了。""他奶奶的杜三刀，你可把我们害惨了。""杜教头还不赶快把门打开，僵尸追上来了。""哎哟，老子被咬了。""娘的，我还不想死，啊……"惨号声连，杂乱无章。

杜三刀道："姑娘可听清楚了？"

飘红呆了一呆，忽然醒急道："那教头还不快将门打开，快逃了出来。"

杜三刀叹息一声道:"那又怎样,还不照样是死。飘红姑娘,杜某倾慕姑娘的琴声甚久,怎奈你我身份不同,一直无缘亲聆。唉,杜某只好先行一步了。"

飘红骤地一震,杜三刀确过可恶,可落得如此境地,难免不叫人为其心酸。但闻得屋子里咣当、乒乓一阵响,便听一人怒道:"杜三刀,你这是做什么?"

杜三刀道:"有我杜某在,谁也休想把门打开,这是老天爷给我们的报应,你我谁也逃不掉。何况,外头尽是僵尸,就算出去了,最终还是一死,何必还要飘红姑娘陪我们一道同死,杜某在黄泉路上无颜见她们,就让我等先走一步吧!"这几句话说得慷慨激昂,大有舍身忘我的精神,亦不知屋外倘没有僵尸,会否还能如此。

飘红心下甚酸,难以抑制,居然用身子去撞屋门,但她身弱躯娇,哪里能动分毫,反被其自身的反力所受,踉跄跌倒。

杜三刀身在屋门后面,与外头只几步相隔,飘红此举,他听得真切,不无动容道:"姑娘何必如此,杜某……"突听得一声惨叫,杜某如何,可没有了。

翠梅和另两个小丫鬟赶紧搀起飘红。飘红轻叹一声,叫道:"杜教头……"数声之下,无人接应。便正这时,突听得嘿嘿一声冷笑。

飘红一惊道:"是谁?"

那声音道:"姑娘别怕,我救你来啦。"

飘红听声音似从屋顶上传来,急忙出檐去看,此时天色已有五六分光亮,但见屋顶上无人,半空之中,倒是有一人平悬在那儿,脸腹向下,直挺挺飘在空中,犹似有一双无形的手将他托住一般。

此人正悬在飘红头顶,脸面虽朝下,但因天色缘故,又相距着一段距离,看去他的脸都在阴暗之中,具体相貌如何,瞧得不甚明白。那人道:"姑娘可还记得我?"

飘红尚未开口,便听有人道:"你到底是人是鬼?有胆量的就给我下来。"

那人嘿嘿笑道:"底下有这么多尸人,我可不敢。"

方那人咳嗽了几下,又道:"那你可是瞧热闹来了?"飘红瞧去,见说话的乃是花嬷嬷。

那人道:"我这是和飘红姑娘叙旧来了。啧啧啧,这么个大美人,就这么死了,实是太可惜了。不如,我就做一回善事,带了你走吧!"一阵大笑。

飘红怒色道:"我与你又不识,何来的旧情可叙,倘你有那本事,就把我这些姐妹救了出去,飘红自感激不尽。"她话方甫,那边荷心已急道:"姐姐不要听他胡说,他不是好人。"

荷心虽和尸人相斗正酣,但此人一来,她便已觉出他身上阴气甚重,方一转念间,忽然想起阴阳双尸之一的阴尸,素闻阴尸喜爱漂亮年轻的女人,见他出言轻薄飘红,心下更是猜证了数分。

的确,此人正是阴尸,只见他冷哼一声,道:"小妖女,识相的最好别来多管我的闲事。"

忽听得喵一声,阴尸脖子一转,瞧见了地上的碧眼白雪猫和阳尸的尸首,不禁咦了一声道:"你……怎么还没有死?"

碧眼白雪猫瞧着阴尸,又叫了一声。

阴尸道:"现在老子没空收拾你这只畜生。"脖子转回到飘红这边,阴阴一笑道,"当日美人一曲斗转心移,搅得我是日夜难寝,今我是续琴缘来了,飘红大美人,你就乖乖地随了我吧!"说着话,背后突地探出一只如巨蟒般的黑爪,径向飘红抓来。

飘红大吃一惊,道:"你就是挖去飘桃姊姊之心的那个江公子。"往后退去,一闪身躲进了屋檐之下。

可是那只黑爪似长了眼睛一般,一探一扬,紧逼不舍。飘红紧贴着房门,已是无路可退。

那双黑爪昂着个头,从屋檐下伸进,已将贴至飘红脸上。

方得这时,飘红始才看清,这所谓的黑爪,实是一对黑鸟的爪子,但见许多同样的黑鸟,一只接着一只,后面的抓着前面的羽毛,如此相连,宛如一条长长的鸟链,不经细看,还真不知这是一群黑鸟所连。

眼见飘红已难逃鸟爪,正得这时,突听得一声大喝,花老鸨手举钢刀,飞起向那鸟链斩去。哪知她刀锋一起,鸟链就中一断,待刀光落下,复又接在一起。鸟链前的爪子抓住了飘红胸口,把她提了起来,往半空拖上。

花老鸨一刀落空,欲再提刀相阻,已是不及。此时飘红已被提高至数丈，阴尸见一下子就把飘红抓了住，心下甚喜，身子亦跟着冉冉上升。

地面的翠梅等丫鬟急得大喊大跳，要伸手拉住飘红，怎奈都够之不及。

焦急之中，见得碧眼白雪猫起身一纵，跳上了翠梅的肩头，跟着借助翠梅的身子向上一跃，扑向了鸟链。

众黑鸟见白猫来势凶猛，遂忙化整为零，一条鸟链顿分成数十只黑羽大鸟，同向白猫啄攻。但此方一来，飘红失去牵力，直往地面落坠。

翠梅急得团团乱转，与众丫鬟齐地伸出双手，在地面左腾右挪地欲接住飘红。怎料知，阴尸背后疾又伸出一条如巨蟒般的鸟链，不及飘红身子落下，以迅雷之势抓住了她，向上提去。

此时碧眼白雪猫一扑之势渐尽，坠落地面。众鸟翅膀一紧，探出尖利的喙爪，借其俯冲威势，从四方杀下。

翠梅身旁有一个小丫鬟见白猫境窘，奋然上前驱鸟。群鸟见有人上来阻挡，竟毫不收势，纷纷转过矛头，向那小丫鬟啄去。

但闻一声凄叫，小丫鬟身子摇了两摇，轰然倒下，当场毙命。

众人大惊，向其看去，见她身上有数十个血窟窿，兀自汩汩往外冒出鲜血。她的一双眼珠亦也给黑鸟叼了去，脖颈处有一个稍大的血窟窿，极是致命所在。

花老鸨叹得一声："好霸道的畜生。"

但见群鸟杀下一人，亦不再和白猫相持，飞上高空，纷又接成一条鸟链，抓住飘红。

阴尸在天上桀桀怪笑，带着飘红，向飘飘院外冉冉飘去。

飘红拼力挣扎，心知此劫必难逃恶人蹂躏，与其那般，实不如挣开鸟爪摔下地死了更好，但怎奈两双鸟爪均如钢钳一般，死活也是挣脱不去。

便就这时，一道火光冲天而起，疾至阴尸前方，忽地一灭。但就瞬时，火光灭处竟出现了一道无边的符墙。

阴尸冷哼一声："小小的灵符，也要阻我。"双臂扬起，背后疾地伸出两条巨蟒鸟链，分左右向符墙撞去。

此符墙当然是出自荷心之手，她虽与僵尸抵挡，但于周围发生的事，无不了然于胸，眼见飘红被擒，焉能袖手不顾。

两条巨蟒鸟链直击符墙，每冲撞一次，符墙便小一圈，到得冲撞了十几下，符墙已成桌面大小。阴尸冷冷道："小妖女，这可是你自找的。"

话声方了，两条巨蟒鸟链居然相互缠绕在一起，恶狠狠地向符墙扑去。渐要近时，鸟链突地化作了一条巨体黑蛇，张开血盆大口，一口就把符墙吞了下去，跟着蛇头一转，向荷心俯冲下来。

荷心脸色一变，忙盘膝打坐，双手合十，指尖向地，口中念念有词。黑蛇霸气凶狠，转眼便至。但见这时，荷心脸上竟隐隐现出一些奇怪的字符，周身上下散出一层光晕，将其笼罩。黑蛇大口启张，自上而下一口咬下。

荷心声色不动，念咒不歇。众婢女大惊失色，惊吓当中，暗为其捏了一把冷汗。惶然之余，见群尸无荷心抵御，纷至沓来。众女只得一路后退，被逼檐下，挤在一起。

花老鸨独臂持刀，居后尽护，刀光闪处，两尸立毙。突地，只见她身子猛地一阵抖擞，欲将跌去。

众女齐呼："花嬷嬷，你这是怎了？"

花老鸨怔了一怔，咣啷一声将刀掷到地面。众女面色一怔，不知嬷嬷这是要做什么。花老鸨弃去钢刀，便自行摘去头顶面罩，转过身子，靠拢众婢女。

众婢女齐地大呼一声，几欲不敢相信自己的眼睛。花嬷嬷的脸简直比僵尸还要可怖千万倍，无一寸完肤，整张脸似被烙铁烙过一般，与平日所见的那张面容，几成天壤之别。

花老鸨五指戟张，龇牙目滞，瞧这神情举止，俨和僵尸无异，显已丧失了人性。

众婢女不解，嬷嬷好端端地怎会突就如此，经眼细瞧，忽见得她脖子上竟插着一支黑羽，顿时明白，此定是阴尸所为。

确实，阴尸的巨蟒黑蛇欲一口吞去荷心，怎奈荷心身体所生的光晕甚奇，蛇口大张，居然难以合拢。他早觉花老鸨身上阴气重极，遂施歹手加害，以乱荷心心神。

原来花老鸨正是当日在朱慈烨院中施手搭救朱慈烨的神秘女人。那日她身受尸毒，被荷心与朱慈烨转至凤歇园假山中的密道内，当日荷心固无法将其体内尸毒尽除，却已设法将其抑制，过后花老鸨醒转，知晓身居密道，便自行往另头回到了飘飘院。其实那日朱慈烨已是猜测到了。

阴尸此招果见成效，荷心耳闻众婢女惊惧声声，心下不免焦躁不定，周身的光晕亦从强逐弱。这一微变，正中阴尸下怀，当即猛催黑蛇，血口一合，光晕顿灭。

黑蛇昂起头，正欲回身，怎知蛇体竟裂起一条条缝隙，蛇口一张，荷心掉下地来。蛇体裂开之处，光芒四射，随之便断成了十数截，稀里哗啦都掉在了地下，转眼即消失不见。

阴尸恻恻一笑："连南阳老儿的护身符都保不了你，看你还拿什么与我斗。"

荷心不理睬他，飞身跃起，向众婢女扑去。急咬开双手食指，左搏右击，杀退一干尸人，跟着疾手拔除花老鸨颈间黑羽，右手一翻，掌心已渗出一滩浓血，捂向花老鸨颈间的伤口处。

花老鸨闷哼一声，软软瘫了下去，不省人事。

阴尸见状，怒道："如此精血，倒不如给我吸了。"伸手一指，背后即现出两条如巨蟒般的鸟链，缠缠绕绕，纠结而下，当将近时，鸟链合化成一条黑蛇，张口向荷心等一众女婢噬来。

荷心目光一凛，挡在众人前头，迅捷褪下双臂腕间的链铃，掷向黑蛇。链铃一路嘀呤嘀呤直响，声音清灵悦耳。

黑蛇昂首翘起，两串链铃正好落入它口中，嘴巴一闭，直吞入腹。

荷心怔怔道："这妖法确也厉害，想我自认已修行圆成，岂知今时连招架之力也无。"蓦听得身后一声惨叫，急回身看望。

见屋内有僵尸从窗户口伸出了双臂，刚好抓住一个小丫鬟，将其掐脖害死。

众婢女本已成惊弓之鸟，受此惊吓，纷地涌至荷心身后，哪还敢再接近门窗半步。

荷心长叹一声，眼见前有黑蛇，后无退路，顿感生是无望。

黑蛇一口食下链铃，顿了一顿，卷土重来。

荷心闭上双眼，口中默默念起咒语。这是念的道家重生咒，自己虽死而不足惜，然众婢女、飘红姐姐俱都无辜善良，死后应受道祖荫庇，他日重生再世，无苦无灾。

众女见荷心又念法咒，心疑她这又有什么高法出手。众人还记得，方才黑蛇杀气腾腾而来，荷心亦是一念念咒，轻巧退之。此次虽与方才有所不同，方才是盘膝坐着，现今却是站立，方一念咒，便有奇怪字符光晕显现，今则平淡无奇，但众女均想："道家仙法高深百变，岂容妖邪为非作歹？"所以众人心下也不觉异样，只道是荷心有新手段对付罢了。但众人心中哪里知晓，荷心方才所使的是其师父南阳仙人施于身体上的护身符咒，此符咒只得使用一次，乃是为最后保命之用。现如今的符咒，却是为她们超度来了。

荷心双目紧闭，忽觉面上一寒，森森阴气扑面拂来，心知黑蛇距己已是咫尺，嘴上的重生咒便念得更加急迫。

突地，荷心耳中闻见"咕"地一声，有东西急蹿上她的身上，又跳了出去。忙睁眼去看，见那只碧眼白雪猫此时正在黑蛇的蛇头，钢牙利爪，好一阵撕咬。

黑蛇身子曲腾，直起蛇头，欲一口吞去白猫，无奈嘴够不着，只得使出抖甩摇颠，万般绝技，要将白猫从头顶摆脱。

白猫三足紧扣，一足猛拍蛇头。黑蛇怒不可遏，突然身子一翻，脑袋朝下，向着地面倒拍下去。

荷心一惊，这一拍势头甚猛，若实实着地，碧眼白雪猫非成骨裂肉饼猫不可。正自担忧，只见白猫倒悬着的身子，四肢使劲向后一蹬，跳开蛇头，在空中打了个弧转，轻巧落到地面。

黑蛇摆脱掉白猫的纠缠，身子立跟着翻起，不由分说，俯嘴便咬。

猫蛇自古便是夙敌，荷心在深山之时，也常见二者大战生死的场景。白猫灵活敏捷，黑蛇霸道凶狠，两者若要分出胜负，必要一场恶斗不可。但此时的黑蛇乃是黑鸟所化，躯粗身长，白猫与其相较，如蝼蚁无异，岂能是它的对手。

黑蛇一口咬去。白猫肚中"咕"地一声，险险避过。黑蛇不加喘息，再发攻击。白猫依样画葫芦，腾挪跳跃，不与其正面交锋，每次看着俱是险中又险，却也不失精巧。此番又相斗了一阵，黑蛇突身子一挺，从嘴巴里喷出来一团黑雾。

荷心惊道："雾气有毒。"忙叫众女掩鼻退避，以免吸进毒气。

再观白猫，竟不闪不躲，任毒雾将其笼罩。过得片刻，毒雾消散，白猫仍屹着未动，精神抖擞。

突听得有人惊咦一声，道："这只畜生怎不惧我的毒雾？"质疑之声自是出自阴尸之口。

荷心也觉奇怪。

其实二人均不曾细想到，苗人的蛊毒不论繁复阴毒，无不世无匹敌，碧眼白雪猫既和它的主人阳尸同命相连，自也被阳尸训就了一套拒毒的本事。更传但凡蛊术高明的人，自身均要在体内放养一只蛊王，蛊王各有所异，但无不是拒毒高手。阳尸自愿身死，又不愿白猫陪同一起，就把藏有蛊王的眼珠子给白猫食下，这种同命相连，至死又不愿对方陪葬之举，在苗族的同命术中实是屡见不鲜。

阴尸见毒雾于白猫无用，怒从其背后又催出一条黑蛇。双蛇分左右前后夹攻，白猫屡占下风。

荷心心下甚焦，有心前行相助，却知自身道法不济，难解其困。二则猫蛇相斗之时，僵尸亦是步步紧逼，她要与僵尸周旋，佑护众女，分身乏术。

正焦灼万分，泛白的天空突闻一声破哨，不知从何处射来一支羽箭，羽箭快捷无比，正中其中一条黑蛇的蛇头。

只见那条黑蛇狂甩了几下，身子一软，威风顿失，瘫于地面，瞬间消失不见。

接着又闻嗖嗖嗖三声，又有三支羽箭转眼射到。

一支射向另一条黑蛇，其余两箭直向阴尸射去。

阴尸厉声道："你究竟是谁？"箭锋将至，不敢懈怠，两条鸟链自背部冲天而起，迎头朝羽箭撞去。

只听得嗤嗤两声，羽箭从鸟链的一头穿进，一路势如破竹，竟不可挡。

阴尸微一变色，举出双臂，左右开弓，意欲抓住来箭。但方一触及，顿觉掌心一阵灼热，火烧火燎的，当即松开了手。

羽箭穿透鸟链，直中阴尸背心之上。但闻一声尖利的怪叫声响落，阴尸在半空平悬的身子晃了几晃，欲要跌下。几近同时，抓住飘红的两条鸟链突地一松，消失不见。

飘红一声大叫，身子直向下坠。

荷心见状，暗叫一声不好。便在这时，她听得叮呤一声响，黑蛇遭羽箭射灭，她的一双链铃随之掉出。碧眼白雪猫上前咬起链铃，送回到她手上。

复得宝铃，荷心疾往尸群冲去。原来飘红所落之处，乃是尸群中央，这一下便就不至摔死，也必遭群尸噬咬而死。

但荷心这一离开，众女却失去了护佑之人，花老鸨仍昏躺地下，就是醒来，已不再是常人，众女大乱。

群尸惧怕荷心的铃声，绕其逼近众女。

众女无不惊慌失色，眼见退无可退，避无可避，一时哭喊惊叫声响成一片。正当一团慌乱，那碧眼白雪猫竟挡在了众人面前，肚腹中咕咕叫唤不绝。

众女大异，这只猫儿怎会如此聪颖。忽闻得耳中沙沙声响，众女齐目望向声源，不禁面色大变。只见那妖邪模样的女人，不经意间，竟已成了一堆白骨，在那褴衣白骨之下，不断涌现出许多黑甲怪虫，潮水般朝众女涌来。

众女大吃一惊，惧怕之余，均想："僵尸未去，转眼又来怪虫，看来此番生存已然无望。"想到今日必死无疑，心下反而镇静了不少，虽还闻得哭声，但已是由惊声骇叫变成了嘤嘤抽泣。

然众女绝未想到，黑甲怪虫来到身前，却未伤害她们，反而涌进尸群。虫军一齐来到尸前，纷顺尸足攀爬而上，到得五官处，即从七窍进入到尸人体内。

尸人虽已不知人间痛苦，但凡一遭黑甲怪虫攻击，要想再前进一步，却也万难，只一味地在原处兜转，不待片刻，便成一具枯骨碎尸。

众女哪见过这般场景，一时俱愣在当场，只见一具枯骨倒下，那身上的黑甲怪虫便又涌向另一具尸人，好似这些怪虫永食不饱腹一般。

荷心一心记挂着飘红，只身闯进群尸，但她前行的速度终不及飘红下坠之快，便没有僵尸阻碍，也是难及。

突地，只听得一声破空劲哨，荷心举目一望，见一支羽箭直向飘红疾射过去。羽箭来势甚急，方一转眼，已钉上飘红身子，劲道不歇，竟带着飘红一直前行。

荷心微微一怔，掉头追上。但闻"咚"地一声，箭头直插在屋檐之上。

飘红面色苍白，身上却无半点血迹。荷心近身一望，不禁宽心一笑。

原来乍看之下，羽箭似已穿透了飘红的身子，其实只是穿破了左腋下的衣衫。

荷心暗暗惊叹，此箭法之准，劲道拿捏之好处，实是精妙万分，倘若劲道过了一分，箭身势必提前穿衣而过，若弱一成，则无法救得飘红一命。只是射箭之人兴未曾想到，他把飘红钉在几米之高的屋檐上，要把她弄下来，倒也颇费一番手脚。

忽闻得阴尸道："南阳老儿，我知是你，三番两次坏我的好事，还不快给我现身了，偷偷摸摸，只会施放暗箭，算什么本事？"

晨曦微露，只听一人道："道法无边，回头是岸。阴尸，你修炼至今尚也不易，倘今后痛改前非，立誓归隐勤修，不再为恶，贫道可且不究往事，饶你一马，你可要好自为之。"

荷心一怔，喃喃道："师父，是师父他老人家。"举目四寻，见得东南角一处屋顶上，威立一身着裹衣，手持弓矢，头戴压檐笠帽之人。

阴尸冷冷道："你算得什么东西，老家伙，二十年前不死，算你命大，今日可没那般好运头了。"说着身子一抖，背部迟缓长出来八条鸟链，逼向裹衣人。

裹衣人道："不听贫道忠告，此后必将后悔。"

阴尸冷哼一声，但见八条鸟链疾驰即合，八合四，四成二，二行一，速度愈来愈快，到得裹衣人面前，已成一条非常巨大的黑体巨蛇。

裹衣人这次却未以箭相向，只是猛张弓弦，待黑蛇近尺，方一放手。"嘣"地一声，弦音回震不绝。黑蛇一挺头，回缩三尺。裹衣人又拉一下，黑蛇便亦退却一些。

阴尸愕了一愕，方觉奇怪，突觉脑袋一阵裂痛，忙用双手捂住，道："你这是使的什么妖法，为什么我听了会这般难受？"

裹衣人道："这是冤魂曲，都是那些被你害死的人的丧哭声，你当然会听着难受了。"

阴尸咬牙道："二十年前你胜不了我，今日我也不会输给你。"暗催阴术。黑蛇头一昂，恶狠狠向裹衣人扑下。

裹衣人不惧不闪，右手斜地里向上一举，扣住了巨蛇的下颚，这一擎之力实有如万千，黑蛇竟不可下倾。一记左旋翻身，整个人俱坐上了蛇颈，左手弓臂往蛇口一套，弓弦绷拉，黑蛇的脑袋被迫高高昂起，难以挣脱。

阴尸惊惧失色，二十年前他便是以同等的一条黑蛇，要了南阳老儿的性命，岂想二十年过后，老东西不但未死，反已研出对付他这条黑蛇的秘招。他那一扣一翻一套一拉，手法甚过巧妙，如今他身坐蛇脖之上，黑蛇口中的毒雾就喷他不着，于他无用了。

黑蛇受到钳制，岂肯甘愿，使出浑身解数，显然不把裹衣人摔脱不罢休。

裹衣人双腿紧夹住蛇身，左手弓弦愈绷愈紧。黑蛇嘴巴里咬着弓臂，弦丝愈紧，便愈难松出，到得后来，蛇头愈要自由摆动，亦都艰难。

阴尸暗收阴劲，黑蛇受制，暂先收回它再论，但连收数次，竟都不得法，心想："想来老东西手中的那张弓极是一件十分了得的法器，黑蛇给他套住，怕是极难收得回了。"心念至此，才知事情甚有不妙，原他这黑蛇结合法虽说可穷用不绝，然每次施法，至多只可同时间催生八条乌链，随意分合，当下八条乌链幻化成的黑蛇遭制，便就断了后援之力。

荷心在地下看得真切，啧啧称佩不已，禁不住呆了。突闻飘红在上头道："荷心妹子，上头风大露寒，妹子可有法子让我下去？"

荷心微微愣了下，一拍脑瓜子道："飘红姐姐，妹子倒把你给忘了，望姐姐莫生怪责。"瞥眼瞧见群尸在黑甲怪虫的吞噬下，已不足为患，暗暗忖思该如何施法搭救。

这时翠梅及一众丫鬟亦赶了过来，一起帮忙筹想对策。

蓦地听见一声威喝，荷心放下思想，循声望去，见得裹衣人已拔出一支利箭，斜倒身子，硬生生拽过蛇头，以蛇嘴之力固定住弓，右手搭箭拉弦，直指阴尸，蓄势待发。

阴尸的面皮本就水白白的，难觅血色，此刻更是惨白如纸，目现惊惧。黑蛇虽已难自拒，却怎肯轻易任摆布，整条蛇身顿如狂风巨浪般起舞翻腾。如此一来，裹衣人欲想瞄准目标，击中阴尸，实也非易。

眼见师父已陷入胶着，荷心拾来花老鸹方所使弃的钢刀，想着如何旁助才是。

岂知这时，西面的天上霹出一道白光，紧接着又是两道。荷心微地一愕，但见那几道光影过去，顿时一片金光显现，中间竟出了一个人来。

此人金光道袍披身，盘膝在座，面骨稍润，双目微合，青丝浓密，一支金柄拂尘斜搭在左臂肘处,俨是一派仙风道骨之貌。那人张了张口,道:"南阳,你可知我是谁?"

裹衣人向他望了望,诧惊道:"张道祖,这……你……怎般可能?"

荷心一怔,心道:"这便是道圣先祖张天师张道陵?可是天师已仙逝了一千五百年,怎会突现金身?莫不是先祖已知此地将有大难,临驾渡难来了?"

张道陵道:"放肆,道祖仙驾,岂容你心存片丝怀疑。南阳,本祖念你一生匡扬我道有功,特来领你随我一同登上仙界,你可愿意?"

裹衣人道:"修仙问道,乃我道门中人毕生心愿,我岂有不愿的道理。但值此妖邪正盛之际,天师既仙驾于此,何不法度一二,还一方地界之宁平,届时我跟随天师同往同随,亦就了无牵挂。"

张道陵道:"我已坐化登仙,于凡间之事不便干涉,此行我旨在点化于你,望你早日成就金身,你该抛弃一切俗念,随我去吧!"

裹衣人虽在和张天师的金身对语,手下却半分没见放松,且更关注着阴尸一举一动,免其趁机匿逃,看了张天师一眼,道:"世人皆知先祖张天师一生嫉恶如仇,善乐渡民于水火,颇受我辈代代引鉴自豪,以作镜照,视为榜样。不想恶邪在眼,天师竟如不见,难道往之传言,皆是自榜自谣所致?"

张道陵微一张眼,斥道:"本祖亲现金身,好心助你登仙,你却如此不识抬举,枉言我道门清誉,如此劣性,留你何用!"言罢双目一闭,口中喋喋念来一番语词。

荷心只觉脑袋一下昏沉无比,耳中不停传送进张天师的声音,突地一震道:"不好,鬼命凡音。"想要提醒众女掩塞双耳,却见众女早已不可自制,全跪在地上,给张天师的金身磕头。忽听得一阵噼里啪啦的声音,循声一看,见得那些黑甲怪虫纷都爆裂身死,群尸无了虫军相制,举步踏来。

荷心又觉头脑一阵昏胀,忖道:"这人的鬼命凡音好生厉害,连我都要抵受不住了。"盘下身子,静心诉念道法抗御。

裹衣人质道:"你说你是张天师,天师又岂会使这种阴邪迷魂慑魄之术,看来你定是妖邪无疑。"举过箭头,对准了道陵金身,突地一松手,羽箭如电,呼啸而出。

张道陵口词一顿,缓缓张起双目,道:"小儿伎术,焉还炫弄?"拿起那支金柄拂尘，随便在空挥了一挥，向前一送，呐道，"去吧。"

此刻羽箭已将近得面前，但不知怎地，经得天师手上拂尘一挥一送，箭速一缓一停，竟倒飞了回去。

裹衣人一愕，心道："好厉害的妖术。"眼看羽箭倒回时比去时更快，不敢轻怠，双足屈后微弯，脚心向内抵住蛇身，右掌在蛇头一撑，左臂往前旋起一拉，取出蛇嘴中的弓臂，脚下借力一蹬，背部微矮，整个人如那狸猫一般，往前直扑而去，轻声落在一处屋檐上。

这一繁复动作，均在眨眼的工夫，黑蛇突脱他制，尚不及反噬裹衣人一口，那倒飞过来的羽箭，已打进它的七寸内，穿身飞出。去势仍猛，钉向地下一具僵尸的前额，箭尾自尸人后脑露出，方使劲歇。

蛇之七寸，乃其致命之所，黑蛇虽是妖法化作，然此地亦是其要害门户。黑蛇庞大的身躯在空中连甩急扭了几下，即蔫软垂地不动，随后消失。阴尸遭此重创，张口喷出一口鲜血，悬于半空的身子摆了几摆，掉头摆尾，急急飘去。

裹衣人见状，大喝一声，道："想走，没那般容易。"从背部取来一支箭，搭弓即发。

张道陵道："南阳，本祖在临，休得杀生。"拂尘一指，却不是指向裹衣人射出的箭，而是阴尸。但见得一道白光闪出，闪电般击向了阴尸。

阴尸全身一震，厉叫一声，身体便直线地向下坠落，将要到地，阴暗处突蹿出一个人来，伸臂将其接了住。此人转头朝裹衣人这边望了一眼，面色僵硬。裹衣人不住一颤，喃喃一声道："我朝永历。"

那人抱住阴尸，一闪身重新隐没入黑暗，难以再觅。

裹衣人纵身一跃，飞身直落另一处屋顶，刚要再起，张道陵拂尘一回，道："南阳，你欲往何去？"

裹衣人身形一顿，举头道："你口口声声自称是张天师，天师岂能让妖人来去自如，此不是有悖正义之道？"

张道陵不嗔不怒，拂尘一指道："你瞧那是什么？"

裹衣人瞧去，见方阴尸坠地之处，有一只模样怪奇的黑鸟，扑棱着翅膀，欲站不起。他道："莫非这便是鸦王？"

张道陵道："你既明知，本祖就无需多解，那妖人虽说已去，全是念在上天有好生之德，暂且饶他一命。南阳，鸦王乃极阴物事，世所难得，当中妙处想你也是知晓，本祖现将它赠与你，你可愿受？"

裹衣人一愕，《道陵尸经》上记载，鸦王羽黑趾红，喙勾目斜，有通阴阳之眼，食鬼魂之魄，传言其是冤魂所化，真假难辨，其身有集阴还阳、驱邪避凶功用，系修道炼术之人必求之物。裹衣人心想："眼前的天师分明就是个假货，可他为何要把这等贵稀之物赠送于我？"不明其意，一时不敢应允。

张道陵道："怎么，你不受？也罢，那就让我将其毁了去，免落入他人之手，再生事端。"掌起拂尘，欲作消灭之势。

裹衣人忙道："等等。"暗道，"且不论他究有何意，倘随他将这等宝物就此毁去，实甚太过可惜，我暂接了来，瞧他下来还有什么话要说。"便道，"天师下馈，贫道岂敢不受。"

张道陵道："好好，既此，那本祖即去了。你既无意随同本祖一起，本祖亦不来强勉，期你日后修行降妖，应好自为之。"俯瞰地下群尸，道，"你等这些孽障，随本先祖去了吧。"拂尘轻摆，冉冉不见。

忽闻得天空传下一段道文经语，送入众耳，那些心魂遭迷的人，幡然一下清醒了过来，人人自感不解，顾盼左右道："我……怎会跪在地上？到底发生什么事了？"起身举目，见群尸均回散退去，心中不免更是吃惊。

裹衣人眼望张道陵遁去的方向呆了半响，心中疑惑，始未得解。眼见飘红仍悬于檐下，便随手拾起一片瓦来，嗖一声打了过去。瓦片击在箭尾，力道之大，竟使箭身喀嚓一声折了两截。

飘红方从鬼命凡音中醒来，突觉臂下一轻，随即身子直向下落。

翠梅及一干婢女就在下面，忽听见小姐一声大叫，掉了下来，纷纷伸出双臂去接。但闻一声"哎哟"，跟着"小姐，还好你身子不重，不然奴婢非给你砸死不可了"的声音。

飘红揉揉屁股，起身拉起翠梅道："你这丫头，算我平时没白疼你，这次就当是我欠你的了。"

裹衣人见此地已复安宁，意欲离去。

荷心一直盘坐在地，等待师父来相认，但见师父他老人家要走，终于忍耐不住，急冲而起，叫喊道："师父，你不认徒儿了么？"

裹衣人回身望了望她，道："你把鸦王收好，他日定有用处。"说罢展动身影，跃下屋顶，不知所去。

第十四章
地狱养尸

　　荷心痴痴望着裹衣人消去的方向良久，心道："师父此时不与我相认，定有着他老人家的道理，师父他既把如此金贵的鸦王交于我收藏，就可见一斑了。"当下不再做他想，走去拾来鸦王，揣在怀中。鸦王已死，直挺挺的，显是张天师那一下拂尘白光，正中其要害部位。

　　蓦闻得一阵悲悲戚戚的啕哭声，荷心一震，不知又是出了什么事情，待眼一瞧，才知是众女见花老鸨已成一堆枯白骨，悲从中来，情难以制之故，禁不住自心一酸，唏嘘暗叹。

　　天空逐明，黑昼已去，群尸退绝无一，荷心着眼地下一堆堆白骨血斑，一声轻叹，猛地想起什么来："张大哥……"急循朱慈烨去时的方向寻往。

　　花老鸨已不在，白骨岂能再露寒，飘红亲自把她和阳尸的骨身收起，以待他日择吉辰厚置。至于那些惨遭僵尸杀害的姐妹，尽给群尸及黑甲怪虫噬得不成模样，散落在群尸骨肢间，难以分辨，只得将其归拢起来，用火焚之。忙完这些，她亦想起了朱慈烨，见荷心急匆而去，心中一凛道："荷心妹子，等我一起。"赶忙追上。

　　两人一路从内院寻到外院，触眼皆是狼藉疮痍景象，然朱慈烨和小文的身影终始未见，二人禁不住焦急起来，这时翠梅带着两个小丫鬟前来道："小姐，我们帮忙一起找。"

飘红道:"也好,只是……"

翠梅明意道:"小姐放心,那里有飘梅、飘菊二位姐姐,我在那也是不晓做什么,倒不如过来帮小姐寻张公子的好。"

当下五人接着四处觅找了一番,仍不见影。荷心疑道:"飘红姐姐,张大哥莫不会是已出了飘飘院,我们到院外去瞧瞧。"

飘红道:"妹子讲得极是,我们这就出院寻寻看。"

清晨,往日繁闹的四平大街,此时却是死一般地寂静,五人来到大街上,见得整条街一径人影荒芜,无不扼腕一叹。荷心喃声道:"想来昨晚不光飘飘院,整条四平街俱遭了一场大浩劫,我……实有负师父,难怪他不肯认我。"说到最后,已是难过至极。

飘红道:"妹子,那人果真是南阳仙人?"

荷心道:"虽然我不曾见到他的面貌,但师父的声音,我是再熟悉不过了,那声音肯定就是师父。况之那人昨晚所使的弓箭名作骨厄巴乩罗,乃纯阳之意,专克阴尸的鸦王黑蛇。骨厄巴乩罗源出《道陵尸经》,连我亦不知其制法,试问这世间除了我师父南阳仙人,谁还能知悉尸经上的本事?"

飘红道:"但愿那人真是妹子的师父南阳仙人,要真如此,那……可真的太好了。"

荷心道:"只要有师父在,什么妖魔鬼怪均不敢为所欲为。"

两人虽都希望着那人就是南阳仙人,但各自心中的想法却有所不同。飘红想着那人若是南阳仙人,那一直压在她心里,始终不得释谜的家族惨案,及姑姑死前交于南阳仙人的那封信中的秘密,兴许就可解开了。而荷心所思却是,师父嘱于她抑邪扶正的重托,经得昨晚一劫,怕是自身力量单薄,修为尚浅,业难完成了。但若师父在临,情景就可大不相同,还有便是一直听传师父已经仙逝,虽说自己一直不信,然这般久来俱不曾打探到师父半毫一丝的消息,昨晚那人的面貌尚虽不可知,声音可像极得很,单凭这,已足可令她激动不已。

忽听身后传来一阵囊囊的脚步声,五人转身去看,见是一队官家差丁,约有二十人之多,领头的那人脸上一条刀疤格外显眼,模样凶恶。这伙人近到面前,从中出来一人,眼睛瞧着飘红转了转,道:"飘红姑娘,可知今这大街上怎这般地冷静?"

飘红打量了那人，却不认识。翠梅上前道："吆，这不是夕阳客栈的狗二么？啥时成了官家的跟差了？"

此人正是夕阳客栈的伙计狗二，听得翠梅话中酸意甚重，却不怒反笑道："能为京城第一神捕鞍马奔劳，那是我狗二的荣幸，再说，我本就是……"

话音未出，却见刀疤脸一示手，意其住口。只见他面无表情道："各位，鄙人曹格，今早这四平街怎的这般冷静，不知可是发生了什么事？"

翠梅一见着这刀疤脸，心中就极不舒服，现听他说街头冷清，便故意道："难道我们不是人吗？"

飘红拉一拉她的衣襟，轻责道："你又要多嘴。"

刀疤鬼见愁曹格道："几位姑娘当然是人了，我是说除了几位，为什么见不着别人？"

飘红道："这位差爷莫要怪责，回去我一定好好管束身边的人。想必各位差爷是刚回四平街，还有所不知，这里昨晚出大事了。"

刀疤鬼见愁目光一凛，道："难道有人造反？"

飘红道："不是人，是僵尸。"

"僵尸？"刀疤鬼见愁沉吟道，"姑娘能否讲得清楚点？"

飘红顿了一下，便把昨晚所发之事详加说了一遍。

刀疤鬼见愁听其述罢，面上一寒道："乾坤之下，哪来僵尸作怪，你们莫不是在戏耍于我？"

翠梅抢上道："谁有那闲心戏耍你，你要不信，可自己上飘飘院瞧瞧去，到底我家小姐所言是真是假。"

刀疤鬼见愁道："那好，就请姑娘给我带路。"

翠梅道："谁说要给你们带路了，飘飘院就在眼前，自己进去就是了，我们可没那个时间，还要找人呢！"

刀疤鬼见愁道："找人？"

翠梅道："不错，我们还要找人，所以没时间招呼你们。"

刀疤鬼见愁道："找谁？我们可否帮得上忙？"

翠梅道："我们要找张……"突听飘红干咳了一声，立即住口，看着小姐。

刀疤鬼见愁目光一收，道："你说要找的是谁？"

飘红微微一笑，道："我们有一个张姓的姊姊不见了，我们正四处找寻她。"方翠梅欲说出张大胆来时，飘红忽地想起当日在点花大会前，有人曾给她留下一口讯，说她只要拿到屠夫张大胆身上藏着的一只木匣子，就告诉她一直想知道的那件事情。当时也未曾细想其个中原因，更不知留讯之人要告知她哪件事情，但自己确有多样事情想知却难以探知，不过事后她并未在张大胆身上发现有什么匣子。当然她不知道，匣子早在事前被习娇娇取走了。后来在西南山脚下的关帝庙前，那双眼睛很熟悉的蒙面女人，就告诫她不可离张大胆太近，否则可遭杀身之祸。细想这些，飘红于这突然冒出的刀疤鬼见愁，心下多少便有了提防之意。

她顿了一顿，接着道："众位差爷要上飘飘院，小女子岂有不尽地主之谊的道理，翠梅，张姊姊的事就交于你和荷心妹子叮唠了，我陪差爷们进里瞧瞧。"

翠梅嘟嘟小嘴，有些不情愿道："噢，知道了。"

飘红看向刀疤鬼见愁，笑着道："差爷，请。"

刀疤鬼见愁迈开大步，先走了进去，飘红跟随，下来才是狗二及一众差丁。

翠梅看着一干人陆续进入，叹了叹道："荷心姐姐，我们还找张公子吗？"

荷心道："自然得找了，如果你不放心飘红姐姐，那你先回去吧，我一个人去找张大哥好了。"

翠梅扁扁嘴说："还是陪姐姐一起吧！不然又该惹小姐不高兴了。"

荷心微微一笑，道："姐姐有你这样的妹子，可真好。"

翠梅一笑，道："小姐确待我如亲姐妹，但在我心里，可不敢那样地想，小姐是小姐，翠梅是奴婢，就永远都是小姐的奴婢。翠梅只想一辈子服侍着小姐，便就心满意足了。"说着，忽然想起什么道，"荷心姐姐，你说张公子会在哪呢？"

荷心沉吟了下，道："这我也不知，但我知道就算找不到他，小文亦会来找我们的。"

当下四人直向街尾寻去。

飘红一路将刀疤鬼见愁引进内院，见众姐妹已是将满地枯骨归积一起，直如一座小山一般，正待放火焚烧。众女瞧见飘红领了一队差丁回来，遂都停了手头的活计，怔怔望着他们。

其实刀疤鬼见愁方一走进飘飘院，鼻中便嗅到一股腐尸气味，愈向里头，味道愈重，一路眼中所见俱也是一片乱糟糟的，尚未进到内院，心下已是于飘红述说信得几分了，待此刻见到这一摞如山白骨，禁不住寒面有变道："以往皆只听传闻，原来世间果其有这般怪物，莫不是南岭庄怪案，亦是僵尸所为？"

飘红好奇道："差爷去了南岭庄？"那里可是她幼时苦度之地。

刀疤鬼见愁道："实不相瞒，前几日南岭庄连发数起无头白骨案，凶手始终追查不到，四平府的薛捕头与我有数面之交，他知我人在四平街办公差，便邀我协其勘察，我是前日中午离得四平街，故错过了昨晚之事。姑娘既亲眼见过僵尸害人，可知僵尸有无食肉携首之举？"

飘红道："在此之前，小女子也只听人讲过僵尸嗜血不食人身，但听差爷这一说，倒让我想起一些事来。昨晚那些僵尸好似并未见得嗜血，只顾不断撕咬人身，有无食下人肉，却不可知，且这些尸人力大如熊，行如常人，传言似有所不实。小女子还疑惑，这一夜间，四平街可从哪聚来这般多僵尸？"

刀疤鬼见愁道："听姑娘刚说昨晚有一种黑体怪虫可制克尸人，这种怪虫，姑娘可知哪里有寻？"

飘红道："怪虫的主人在昨晚业已死了，我也不知它的来历。"涉及阳尸，忽想起那只碧眼白雪猫来，于是四下看了一看，却不见那白猫的影子，仔细一想，好似自僵尸退去后，它就已不见了踪迹。

刀疤鬼见愁道："那真是太可惜了。如今四平街不甚安宁，你等就早早收拾收拾，愈早离开这里愈好。"

飘红略是忧愁道："离了四平街，又叫我们上哪去？"扫了一眼憔悴不安的众女，又叹了一叹。

刀疤鬼见愁道："不论你们去哪，就是不可待在四平街。狗兄弟，你带几个人在此看着她们，如有不肯走的，依法处置。"

狗二嘿嘿一笑，道："请曹捕头放心，我必要她们走得服服帖帖，一个不留。"

刀疤鬼见愁道："那就好。"说完转身就走。

飘红不知此人竟说变就变，急道："慢着，你凭什么要我们走，我们又无犯法，你拿什么法来制我们？"

刀疤鬼见愁头未回，道："不走者，当场以造反罪论处。"大跨步而去。

飘红呆了一呆，道："你……"筹顿间，刀疤鬼见愁已出了内院，不见身影。飘红欲追将上去，与其好好理论一番，却见狗二已是笑嘻嘻地挡住了面前，他道："飘红姑娘要去哪里？"

飘红怒道："你管不着。"

狗二笑道："姑娘若要走，就把她们都带上，我亲自送姑娘们出街，下来你们想去哪就去哪，但姑娘要是一个人，那可不方便了，曹捕头有话，别到时真把姑娘当反贼论处，那就怪我不得了。"

飘红柳眉倒竖，一时却也是无可奈何，旁边有两个女人走了上来，向飘红忧心道："这下我们该怎么办才好？这里有好多姐妹不是给狗吃了良心的男人卖进来的，便打小就是孤儿，这一下子可叫大伙上哪去，这不是把我们往绝路上逼么？"

飘红拉住那两个女人道："二位姐姐，你们去告知大家不要担心，这里就是我们的家，我们哪也不去，看他们敢不敢把我们都杀了。"

"对，我们哪也不去，要死也死在这里。"音落即有人附和。

飘菊道："我们大家都听飘红的，该做什么还做什么，别管他们。"当下带头拾掇起院子来，其余人亦也跟着忙乎不迭。

这一下倒让狗二犯了难，他知刀疤鬼见愁要众女走，实是想要她们远避这是非之地，可是他哪里知晓，众女经得昨晚一番大劫，眼睁睁看着许多姐妹离去，心中早将生死瞧得轻了，与其离开四平街，四处漂泊，倒不如留在这里，有这许多姐妹陪伴，便真就是死了，亦都不至于做一个无处可容的孤魂野鬼。

狗二僵笑了下，道："你们真敢违拗曹捕头的命令，可莫怪我依法论置了。"

飘红盱其一眼道："倘你硬指我们这些柔弱的青楼女子是反贼，便就动手好了，我们既不能自主，更也不会抗拒，是死是活全在你一人喜恶。"

狗二脸阴沉沉的，心想这些女人真不知好歹，显是不见棺材不落泪，我且先拿了她们一人，看她们究竟走是不走。想着眼色一使，众差丁即刻会意，有两人抢出身子，上前拉了一名小丫鬟过来。狗二从一人腰间抽出寒光钢刀，跃跃作势道："我数到三，你们若还这么执迷不悟，我便一刀先结果了她。"

那小丫鬟早已吓得面如土色，口中直喊飘红小姐救我。

众女脸色大变，怎也不曾想狗二会突来这一手。

飘红眉目一轩道："你快放开她，有话可以好好说。"

狗二心下一喜，想这招果见其效，道："你们到底走还是不走？"

飘红叹了一叹，道："我知曹捕头此是一番好意，可奈天地茫茫，海空广阔，却无我们姐妹可去之处。你若要杀她，请就先杀了我吧！"挺胸上前，闭目受死。

狗二怔了一怔，一时竟被她这凛气所慑。待过半响，一改往日那嬉皮笑脸的神色，垂手放下钢刀，松了那个小丫鬟，吁叹道："姑娘心里既是清楚，何须还要叫我难做，况来昨晚之事绝非偶然，你们便真无处可去，也比留在此地的好，四平街往后怕只都不会太平了，到底是走是留，你们自己好好想一想，我在外面等着。"转身走去。

飘红心念转处，道："你究竟是何人？"

狗二停下道："京城。"说出这两个字，快步出了院门。

飘菊凑上来道："京城？妹子可知是何意思？"

飘红道："他是官家的人。"

飘菊道："真看不出来，他竟真是官家的人，他隐蔽于房掌柜手下这般年久，不知是何目的？"

飘红道："其实他不说，我也已猜测出他不简单，只是想不到我们离京城这么远，终究还是难逃皇家的双眼，看来这次真是非走不可了。"

飘菊不解道："我们为什么要走，不是说死也要死在这里？"

飘红叹道："事先我猜到曹捕头要我们走，确是出于一片好心，也料想他们并不至于真的会把我等处死，我想只要留下来，有荷心妹子和她师父南阳仙人二人在，便还有一线生机。但若狗二真是皇家的探子，他在此潜伏了这么多年，那事情就远没我想象得简单了，不然皇家怎肯如此大费周章，这必是一件大事。飘菊姐，你赶紧要大家收拾收拾，尽早离开这里，走得越远越好，最好永远都别再回来了。"

飘菊脸色一变道："那你呢？不与我们一起？"

飘红道："我不走，我尚有许多事情未做，就不随姐姐们一起了。"

飘菊甚觉疑惑，她哪里知晓，飘红乃是历家老爷的大孙女，未弄清历家惨案的真相，她岂肯就此离去。飘菊道："狗二虽说他来自京城，却又未说是皇家，便就是真来自皇家，那又如何，我们一没杀人，二未造反，怕他们做什么？"

飘红道："话是如此，可一旦和皇家牵上了干系，就不见得是什么好事情。"

飘菊道："四平街又不是什么大地儿，还能有什么事让他们操心的，难不成是……"偷笑了下，接着道，"当今皇帝看上了我家妹子，慕名来接咱们进宫去的。"

飘红淡笑道："皇宫内三宫六院，美女何止万千，再说声名，飘红又哪及得上飘飘院的四朵金……"念起飘飘院的四朵金花，不由想起桃、兰二女来，触动心情，不禁伤感。

飘菊见其忽住口不语，暗责了自己一句，显是在这样的时候，实不该开这等玩笑，勉作一笑，转口道："妹子，我们这次果是要走了？"

飘红道："飘飘院下的姐妹无不都是苦命中过来的人，能活到今日，已属不易，姐姐还是带着大家走的为好。"

飘菊道："妹子不走，我们亦跟着一起，假若你有心事未了，那便等你结了，我们再一道离开这儿。"

飘红怔了怔，忽道："姐姐为什么不问我有何心事，难道就不怕连累了你们？"

飘菊微微一笑，道："以往在院中，我们四人处处与妹子作对，那时我常想，我比妹子早来院中，做了许久才有了些地位，要论伺候男人，我自问手段绝不比妹子低，就妹子一个黄毛丫头，凭什么就只卖艺不卖身，做飘飘院的头牌，还要我们四人屈居你之下。我们四人心中当然很不服气，几番私下在嬷嬷那儿诋说你，可是嬷嬷就是护你不浅。有一日，我见你和张公子从鬼屋中偷着出去，心想你等可能要私奔，便想上嬷嬷处揭发你，可飘桃妹妹却说：'嬷嬷对她如此偏袒，至多也就责备她几句，她既愿和张屠户一起，那不更好，咱不妨就成全了她，只待她一走，飘飘院还不是我们四人的。'"

飘红想起道："所以你们便在风歇园的后门为我准备了一辆车马？"

飘菊道："这是飘兰妹子的主意，生怕你俩走得慢了，又给嬷嬷追了回来，于是就让丫鬟领了银子去置车马，只因时间仓促，丫鬟只能寻到一匹小母马，悄悄地停在那里。"

飘红笑道："想不到车马竟是姐姐们备下的，还有车上的衣物和那四句字言，是谁所写？"

飘菊怔怔道："妹子说的什么？什么衣物，我们并未替你们准备衣物呀。"

飘红脸上一诧，疑惑道："不是你们，那还有谁？"

飘菊道："我们当时只想着给你们准备车马，早走早好，别余的哪还想得到那般多。"说着，突一顿道，"难道是她？"

飘红道："她是谁？"顿了顿又道，"其实有句话，飘红一直想问，这鬼屋内的密道，姐姐是如何发现的？"

飘菊道："这件事，还得自当年飘飘院的花魁秋露说起。"

飘红道："秋露？"

飘菊道："她就是如今老朱茶楼的老板娘习娇娇，那时在飘飘院的花名叫秋露。我记得我刚进飘飘院时才十二岁，嬷嬷见我机巧灵活，便让我在其身边服侍，做她的贴身丫婢。她与妹子不同，妹子怎么瞧都不像是青楼里的女子，而她则是娇柔笑骂，无所不精。我一直服侍了她六年，这六年和她学了不少对付男人的手段，说起来要不是有她，也无我日后在飘飘院的地位。跟她的这六年，总的说她待我还是不错，我也尽心服侍，不过六年中始终有一件事叫我觉得奇怪，那便是每年的六月初三这日她断不接客，甚连房门亦不出。有一年深夜，我做了夜宵给她送去，正巧撞见她匆匆出房进了鬼屋，便一时好奇，跟了过去，我悄悄在门外候着，过了半晌还不见人出来，心觉有异，便大着胆子走了进去，可我找遍了整个屋子，就是不见人影。"

飘红接口道："她肯定是从密道出去了。"

飘菊笑了笑道："那时我还不知鬼屋中藏有密道，心中百般疑惑。当得这时，忽然从内屋的铜镜中看见身后立着一个女人，背向于我，身段颇有点似她，我心说这下坏了，小姐发现我跟踪她，定不饶我。心里惊慌，赶忙跪倒求饶，她回过身子，一言未发，我心中奇怪，不知她是何意，便偷偷抬起头去瞧，我怎想到，她的脸竟如此地可怖，我立时便给吓晕了过去。待我清醒过来，已是第二日早晨，我已躺在了床间，秋露也在身边，见我醒转，问我怎一个人晕倒在院中？我心中愧疚，不敢言明，随便寻了个借口搪塞了过去，此后不久，朱老板便替她赎了身。过了数年，我在院中小有了些地位，有一日夜里，身边的小丫鬟过来说在鬼屋的窗户下看到一个人，这一下让我想起了当年之事，便又去了一趟鬼屋，不想此次竟叫我发现了两条密道。"

飘红惊道："两条密道？不是只有一条么？"

飘菊道："一条在右边，通向历家后院，一条则在左边，却不知通往何处，我曾试着走了走，那头尽是一堵石墙，了无进路。"

飘红道："如此说，那墙下极可能有机关，姐姐有无尝试着寻过？"

飘菊道："我也是这般作想，然费了好大一番力气，也无寻出机关所在，显是姐姐太过愚钝，要换了妹子，定能将其破解。"

飘红道："姐姐过奖了，飘红哪及得上姐姐聪颖，这般长久，飘红竟不知当中另还有一条密道，要说愚钝，实是飘红才对。"

飘菊微微正了正脸，道："妹子怎能如此……"正欲还说，却见翠梅和另两丫婢从院门外匆匆赶来，到了面前，大气未及嘘喘，就道："小姐，飘菊姐姐，我们快快走吧！"

飘红一愣，变色道："看你慌慌张张，是不是张公子出了什么事情？"

翠梅道："我们还未找见张公子，是荷心姐姐要我回来叫大家赶快离开这里。"

飘红诧道："荷心妹子为什么要我们快走？到底发生了什么事？"

翠梅道："我与荷心姐姐一路找寻张公子，到了历家老宅，见到老宅的屋子里全是尸人，一动不动的。荷心姐姐说，此刻是白天，他们才会如此，一旦太阳落山，那便都要醒来了，荷心姐姐故才要我回来叫小姐快离开这里，走得越远越好。"

飘红柳眉紧蹙，不禁道："难道那些退去的尸人都去了历宅？"

飘菊忧心道："妹子，我们该如何是好？走是不走？"

翠梅急道："小姐，我们快走吧！整条四平街，如今都已无人了。"

飘红沉寂了下，忽然恍起道："对，你们快走，既连荷心妹子都要我们离开，那就非走不可了。"

翠梅听小姐说你们，不由呆了一呆。飘菊道："妹子，你还不和我们一道走？"

飘红道："我不走。"忙推了推飘菊，焦切道，"姐姐快去要大家别收拾了，快些离开这里。"回眼看到翠梅，又道，"翠梅以后跟着飘菊姐姐，可要多听姐姐的话，可勿太过刁嘴。"

翠梅眼眶一红，哭着道："小姐在哪，翠梅就跟在哪，翠梅不走了。"旁边另两个丫婢跟着哭道，"我们也陪着飘红小姐。"

飘菊上来拉起飘红道："妹子不和姐姐一道，那姐姐也留下来，让飘梅妹子带姐妹们走好了。"

翠梅一抹泪，上去拉住飘红另一只手，道："小姐，咱们听飘菊姐姐的，一起走了。你不走，飘菊姐姐不走，飘梅姐姐到时也不走，那大家不都……"哽咽难续。她虽不曾言完，却已不言自明。

飘红看了看她们二人，再望望一众姐妹，心想我若为了一己恩怨而连累了众好姐妹，如何忍心，银牙暗咬，道："好吧！我和大家一起离开这是非之地。"

飘菊笑了笑，翠梅一绽泣颜，二人几乎同时道："我去要大家过来，咱们立马就起身。"

二人说着，转身欲去告知，突听飘红唤了翠梅一声，道："荷心妹子现在哪里？"

翠梅回首道："她还在历宅。"

飘红道："走之前，我想去见她一面，你要大家暂且收拾，待我回来。"话音方落，人已向院门而去。

翠梅叫喊一声："小姐。"急忙追去。另两名丫婢亦慌急跟着。

才出院门，飘红就听身后有人道："去哪？"

飘红身形一顿，回眼一看，见狗二站在院门墙畔的阴影下，双目直睁了无表情地看着她，其余数名差丁亦是同般表情，侧立左右。稍微一滞，翠梅等三人已是到得面前，翠梅道："小姐，我与你一道去。"

狗二又道："这种时候出去，很邪气的。"

翠梅一震，回身见到狗二等人，喝质道："你们站在这里做什么？我们去哪，关你何事？"

狗二道："天要阴了，没事还是待在屋里的好，别乱跑。"

飘红眉头一皱，觉着狗二说起话来怎会如此怪异，便道："狗兄弟，你没事吧？"

狗二道："天要阴了，没事还是待在屋里的好，别乱跑。"

翠梅抬头望了望天，灼辣的太阳正悬于天空，半片云都不见，怎也不像是要阴天的样子，气道："我们就乱跑了，哼，小姐，我们走。"挽起飘红，欲就离去。

狗二道："不听死人言，后悔可就晚了。"

翠梅和飘红均都怔了一怔，忽听翠梅咯咯笑道："你说什么？什么死人言，你这不都活得好好的，应当是不听狗二言才是。"

狗二未再支言，翠梅又道："喂，你赶紧回去做你的小二，别站我们这里，怪吓人的。"见他仍不作声，气得一撇嘴道，"小姐，甭与他理会，我们走。"

飘红心念略转，道："等一下，我觉得他们有些奇怪，我上近瞧一瞧。"

翠梅实也觉这些人甚有蹊跷，讲话阴里阴气的，生怕有异，赶忙道："小姐等着，让翠梅看看就行了。"亦不等飘红答应，早抢先来到狗二面前，端看了一阵，不禁惊慌着道，"小姐，他……好似真的死了。"

飘红脸色微变，惊道："怎么可能，刚还不是和我们说着话么？"走了上去，连叫了数声狗兄弟，狗二依是无动于衷，飘红壮起胆，伸手一探，对方果已气绝多时，一时二人直吓得连退数步。

翠梅惧怕道："小姐，死人怎还会开口讲话？"

飘红道："这……我也不知道，这事实过太奇怪了。"

翠梅道："小姐，那我们还去找荷心姐姐吗？"

飘红思量了下，道："你留在这里，我一个人去，我有事要求荷心妹子相帮。"一语方甫，隐约听得一阵叮呤叮呤的响声，就听铃声之下，一人高声道："阴人赶尸，阳人勿近。阴人赶尸，阳人勿近……"

众人一怔，翠梅道："小姐，这大白天的，是有道人在赶尸么？"

飘红道："以往听人说起，赶尸人上路走的均是荒野僻径，昼伏夜出，很少会择人居之处行走，可这青天白日，街市之间，何以赶尸？"

两人说话间，又闻得一阵铃音和吆喝声，这次好似更近了些，清楚如在耳畔。

翠梅疑惑道："小姐，那这又是……"突然声音一颤，指着飘红身后道，"小姐，好……好多尸人。"

飘红陡然变色道："哪里？"嘴上问着，人已不觉向后看去，只见一个衣着怪异，相貌极丑的男人，手拿一个摄魂铃，身后跟着十数具尸人，一跳一跳地过来。那些尸人头上均蒙着一块黑布，直至脖子处，用一条白细绳系固了，不见其面貌，但观之众尸身穿的衣饰，当中应有男有女。

　　那赶尸人领着一众尸人到了飘红这边，二话没有，径直从身上掏出一把黄澄澄的不知何物，一一塞入狗二等众差丁口中，接着自怀中拿出黑布白绳，替死尸裹了头，绑了结，手中的摄魂铃摇一摇，道："醒……来，上路了。"

　　说来也是奇怪，狗二等人一闻铃声，果直起双臂，归入到众尸中去。原这大白天赶尸，就已稀奇之极，更不可思议的是这赶尸人竟带着尸人登门入院，问亦不问，收了人家院中的死人便走。

　　方得这时，飘红等人才似从惊异中恍醒过来，飘红道："你要将他们带往何处去？"

　　那赶尸人铃声一歇，道："这些都是上好的新尸，我看没人要，搁着也是搁着，倒不如给了我。"说罢摇摇铃，道，"阴人上路，阳人勿近……"他嘴上说着阳人勿近，却把这般多死尸带到人家院中，实过让人匪夷所思。

　　飘红愕了愕，听他所说，这人一死，便就成了货物一般了，只需新鲜，无人认领，就如他家菜地里的青菜，想采便采，禁不住道："你要这些死尸做什么？他们死得蹊跷，你不可将他们带走。"

　　那赶尸人顿了半晌，道："姑娘也要这些死尸？"飘红尚未及回答，便见他一叹，又道，"这些鲜尸死在了姑娘这里，我不问自取，实是不该，唉……"又是一叹，好似得不到这些新鲜的死尸，确实可惜得很，接着道，"姑娘有这许多鲜尸，能否化个几具给我？再不可以，便能有个一具也好。"

　　飘红简直不敢相信耳中所闻，从前只见和尚挨门化钱化粮，可从未听说有人上门化死尸的。见他答非所问，心下更疑道："素闻人家收钱赶尸，乃是积阴善德，帮其客死异地的孤魂引送回家，而你一言一行无不叫人生疑得很，他们既死于飘飘院，就不劳你处置，我们自会好生予以安葬。"

　　那赶尸人长叹一声，摇摇头道："多新鲜的死尸，偏偏就死在了这儿，真的是糟蹋了。"抬头望一望天，喃喃道，"天要阴了，我得寻个地方歇歇

第十四章　地狱养尸

脚才是。"摇起摄魂铃，叨念着"阴人赶尸，阳人勿近"渐出了院子，奇怪的是狗二他们并未跟随，直直杵在那里，双臂仍做着伸展的姿势，动亦不动。

过了一会儿，赶尸人的铃声逐渐轻微，显是已出了飘飘院，行去远了。

飘红等人杵了良久，这一切实过荒诞怪异，狗二是如何死的？为什么她们一直身在内院，半点声响都不曾听到？还有这死人怎还能开口讲话？那来了又去，神秘的赶尸人倒是从何而来？飘红心念微动，蓦地仰眼看了看天上，刺眼的太阳直射得人头脑发昏，不觉暗问道："这天，果真要阴了？"

翠梅开口道："小姐，那怪人走远了，我们还去历宅吗？"

飘红低低道："不去了，这些差丁死在了这儿，我们该得前去告知曹捕头一声，要他来处置。"

翠梅担忧道："小姐，我看还是将他们偷偷给埋了吧！要是别人怀疑是我们杀了他们，那可如何是好？"

飘红道："不必怕，没做过的事无需去担心。再说就算我们把他们给埋了，曹捕头过来不见人，反更要将我们怀疑，那时便是多几双口也难理得清。"

翠梅道："小姐说的是，不过那曹捕头现在何处，我们并不知道，该怎样通告他才是？"

飘红道："四平街不算大，我想他应当就在附近，待会儿我们分头去寻。"看了眼那些死尸，接着道，"我们先把他们头上的黑布给除了，待见了曹捕头，你们都勿要开口，由我一人来讲就是。"

翠梅应道："知道了，小姐。"说着招呼一声另外两名丫婢，自己抢先来到一具死尸面前，快手解了尸脖上的白细绳，揪住黑布，向上拉了去。

但见黑布方一动，便从布下掉出几条白肥肥的虫来，翠梅吓得惊叫一声，忙扔了黑布，再之一瞧，见得死尸整颗脑袋已成半骷髅之状，虫如蚁众，密密麻麻，大快朵颐。

旁边两丫婢尚在解绳，突闻得惊叫声，抬眼过来，一眼见着死尸这般模样，忙不迭地连退数步，离尸远远的，再也不敢靠近。

飘红柳眉一蹙，上来道："定是刚才那赶尸人搞的鬼，我们这便找他和曹捕头去。"

荷心定了定神，这已找了第二十一间屋子了，仍不见张大哥的消息，原本小文身上有尸气，要找他并不甚难，然这到处都是尸人，就难以分辨得清了，只是奇怪小文为什么不过来找她，难道他们已遭遇了险难？

忽闻见一阵铃音，荷心禁不住一怔，这声音她甚熟悉，不觉暗道："此地怎会有赶尸人路经？"侧耳细听，好似有人已进了历家大院，心中一动，遂从一堵破窗中进入，此间房屋正对历院右侧，荷心隐至房门后，看来的究是何人。

只见来人貌相寒酸，衣行怪异，赶着十数具死尸进到院子。荷心一见就道："阴人赶尸。"从前听师父讲过，世间有两种赶尸人，其一是收钱受托，引尸回归故地，其二则是阴人赶尸，与前者有所不同，这些人是在外边行路边收尸，不论荒郊市集，黑天白日，均可见其影踪，这些人将一路收集的死尸带回家中，割其肉来饲养鬼仔，故他们都为正道所不齿。别人遭难已是不幸，死后亦还要受割刀欺凌，肉充鬼腹，实过悲惨至极，所幸世间如此类人并不多见，但不想今日会在此见得一个。

荷心盘量着道："尚未找见张大哥，我还是别多管闲事的好，况且人都已是死的，暂由他去好了。"缩回脖子，欲悄离去。突听得一声呵斥，好像又有人进了历院。荷心暗道，"这又会是谁？"伸过眼睛，一瞧究竟。

见来的是一伙差丁，开头的那人脸上一道极长的刀疤，心道："原来是他。"过了一会儿，外面又进来四人，荷心脸色一变，道，"姐姐为何还未离开？"

只见刀疤鬼见愁曹格进到院中，指着那赶尸人道："姑娘，你说得怪人可就是他？"

飘红上前道："不错，就是他。"

原来飘红等四人一出飘飘院，迎面便撞见了刀疤鬼见愁曹格，他前几日一直宿在夕阳客栈，离时未曾收拾行囊，此时正从客栈里取了东西过来，当然，此时的夕阳客栈也已是空无一人。

飘红见到曹格，遂将经过一说，曹格急令众差丁向街尾追去，到了历宅门口，听得里头有声响，便冲了进来，不想这赶尸人恰好在此处。

那赶尸人望了望飘红，眼睛一亮道："姑娘是给老鬼送鲜尸来了？"

飘红问道："你是不是在死尸上做了手脚，怎么尸体上会突然生出那么些虫子来？"

那赶尸人神色一黯，道："虫子是我使下的，这上好的鲜尸拿来喂虫子，真叫人心疼。"

飘红一愕，以为他会抵赖一番，不想竟承认得如此干脆，还说得似很不得已的模样，当下看了刀疤鬼见愁曹格一眼，不再开口。经得这几句对话，她实已为自己及一班姐妹减轻了不少嫌疑。

刀疤鬼见愁冷冷道："人可是你杀的？毁尸灭迹，是也不是？"

那赶尸人翻了翻白眼，道："多好的鲜尸，老鬼这心里就是不舒服。"突地双目一亮，如拾了大元宝一般，抖起精神道："我看你们脸上黑气隐隐，这可好了，一、二、三……十二、十三。"他数着众人的脑袋，掰着手指头算了算，边嘀咕，"十三具鲜尸，刚才虫子吃了六具鲜尸，一下子反多出了七具鲜尸……"看了看刀疤鬼见愁，又喃喃道，"刚那六具鲜尸虽过新鲜，却也翘了两刻钟了，比较起你们来，还是差了不少，老鬼只需跟着你们，就不愁没热和的。"

刀疤鬼见愁面色僵硬，冷瞧着赶尸人一言一举。手下那一干差丁早已怒压不住，这气还顺着，就给人当死了的计算，心里能舒畅么？只是众人都知曹捕头的脾气，他未开口，自都不敢擅动一下。

飘红瞧了眼大家，轻笑道："我等将死之人，能否问你一个问题？"

那赶尸人道："老鬼从不喜和活人打交道，不过瞧你的面色，比他们要活得长一点，这样吧！只要你答应到时不与我争鲜尸，那就行。"

飘红看了看刀疤鬼见愁，道："方才你走时，为什么说天要阴了？我看今日天高气爽，怎么瞧也不似要转阴的迹象，可是你在信口胡讲？"

那赶尸人道："天有不测风云，你怎知有大太阳就不能生阴天了？"

飘红怔了一怔，道："那你说说，天阴了会如何？"

那赶尸人道："你只说问一个问题，这没完没了，老鬼不知道了。"

刀疤鬼见愁忽地道："可你还没回答我的问题，人可是你杀的？"声音又硬又冷。

那赶尸人瞧了瞧他，摇摇头，叹道："这里就属你性命短，不如舒舒服服地自己抹了脖子，你看如何？"

刀疤鬼见愁嘴角一笑，道："我看便不是你杀了他们，也定知其中缘由，或许昨夜之事便就是出自你手。来人，先将他拿了。"喝声一出，众差丁一拥上去，将其围了个结实。

那赶尸人脸无惧色，依然平静如常，好似并未把此些人放在眼里。其中一差丁手搭带鞘钢刀，道："乖乖地束手就擒，免得刀没长眼，伤了你。"

荷心藏身屋内，于院中所发生的事瞧得一清二楚，此时见众差丁围了赶尸人，暗说一声："不好。"正思索要不要前往阻止，却见两差丁已缚了那赶尸人的双臂。

荷心一急，夺门欲往，忽听身后一声轻响，惊诧之下回头一看，屋内尸人如林，但均无见到有醒起迹象。

便在这时，一个细细的声音飘来道："我在窗外等你。"

荷心微地一怔，从进来的窗户中跳了出去，果见十余丈外的墙角背着一人，一见此人，顿时喜道："师父，原是你老人家。"

那人虽背向站立，但衣着打扮与昨晚搭弓搏蛇之人无二，仍旧一身裹衣，脸罩黑巾，显就是同一人。他道："你要寻的人，我知在哪里，跟我来。"话方言落，急展身掠去。

那俩差丁刚缚起赶尸人，就觉掌心一麻，松开手掌一瞧，掌心赫然多了粒红点子，周围尚还有隐隐的黑丝。两人大怒，刷一声抽起钢刀，忽觉双手一颤，如抽风一般，一时拿捏不住，咣当当两声，两柄明晃晃的钢刀同时脱手在地。

刀疤鬼见愁微一皱眉，未见对方使用什么手段，两名手下便已落得如此狼狈，心中于这眼前的怪人更增了数分怀疑。

只见那赶尸人瞧一瞧两人，眼皮一翻道："这下可看错了，我刚说这刀疤脸性命最短，你两个怎么就挑了这时候发羊癫疯，看你两个毛病不轻，这遭鬼门关是逃也逃不掉了。"

那俩差丁直疼得浑身颤抖，掌心的黑丝已蔓开至手指，正向臂头上蹿，其中一个差丁忍住不止的牙颤，斥道："妖人，你到底给我们兄弟施了哪般手段，怎么……怎么我们全身直发麻发冷？"

那赶尸人直愣愣了一下，连摆双手道："没有没有，老鬼动都没动，可没使什么手段。"当正这时，突听"啪"地一声，从他的袖管中掉出一条大蜈蚣来。这条大蜈蚣着实不同，青头黑背，一对大触须长而鲜艳，一看就知是一条极为不寻常的毒物。那赶尸人目光一亮，"嘿"地一声，一

第十四章 地狱养尸

脚就把大蜈蚣踏了个扁，道："好你个黑头，老鬼身上又无烂肉供你吃，看你还藏得舒服。"看了看那两个被咬的差丁，又道，"昨天老鬼在乱坟岗躺了一夜，一定是这虫子趁我睡觉时爬到了身上，这才咬了两位，不过老鬼已经说过，从不喜和活人打交道，这是虫子咬的，可不关我的事。你们看，我已经替你们杀了虫子，看两位还有气在，不如和他们说说，等下闭了眼，就把身子送给老鬼如何？"

他这一番话讲来，众人听来无不啼笑皆非，然那俩差丁知自己要死，早已吓得面如土色，当中一人道："你说是这条大蜈蚣咬了我们，可是就这一条蜈蚣怎么能够同时咬我们两个人四只手，定是你搞的鬼，快把解……解药拿出来，不……不然我们就杀了你。"

那赶尸人听着道："你说的好似也有道理，我这身子又不是老棺材，可不好让他们住舒服了。"袖口甩了甩，抖上一抖身子，但听着噼里啪啦一阵响，什么蜈蚣、蝎子、蜘蛛及一些不知名的虫子全落了出来，最后还掉下来一条金丝小蛇，头首尖尖，跟那锥子一般。

众人无不骇然失色，这般多的毒虫，不论给哪一只咬上一下，均不是好受的，但此人竟连一点事都没有。

飘红容惊色惧，手指一地毒物道："你究是活人还是死人，身负着这许多毒虫，难道一点都不知道么？"

那赶尸人挠挠胳肢窝，一脸茫然道："老鬼身上虱子多，正愁痒得很，我说今早怎这般舒坦，原来是叫它们给吓跑了。"脚尖一点，挑起地上那条金丝小蛇，左手接住，塞往衣怀，咕嘟道，"你就留下替老鬼赶虱……"一句话还未完，突然间身子一阵痉挛。众人尚不清什么事，就见他双脚一挺，梆一声倒了下去，不动了。

飘红诧惊道："这……"看了看刀疤鬼见愁，见他亦是满面疑惑。

但刀疤鬼见愁毕竟久经江湖，经遇各色怪事无不甚众，只微一变色，即复常态道："我想他定是遭那金丝小蛇所咬，才致突然死去。"

飘红道："此人行为怪端，一切皆不为奇，只是连他都给毒死了，那二位差爷可如何是好？"

刀疤鬼见愁睨一眼两名手下，见那黑丝已延伸至脖颈。两人佝偻着身子，模样极为痛苦，口中不断轻喃："曹捕头，救救我们……"

刀疤鬼见愁额角紧蹙，轻轻拔起腰刀，道："二位兄弟，对不住了。"

飘红惊道："曹捕头，这是要做什么？"

刀疤鬼见愁双目微敛，道："你等去后，曹某定向朝廷章表，二位兄弟的家人，曹某也将极力照顾，你们还有什么要曹某做的，尽管讲来便是，曹某能力之下必帮你们完成。"

那俩差丁顿了半响，道："有曹捕头这句话，手下就放心了。""曹捕头，请动手吧！"

骄阳似火，刀疤鬼见愁脸上的那条刀疤显得分外格眼，他缓缓举起刀来，直视着二人。飘红等人俱都面色惨白，内心狂涌唏嘘。

便就这时，突听有人惊叫一声："你们看。"

众人齐地望去，见得东北方天空飘过来一大片黑云，这片云头来得好生快捷，片刻间便已罩向了四平街。飘红脸色一变，忽地想起狗二与这赶尸怪人讲的："天要阴了。"

众人尚在踟蹰，就听得一声声咯咯之响自四下响起。

刀疤鬼见愁手下一顿，疑问道："这是什么声响？"

翠梅目光流转，轻声向飘红道："小姐，这宅子里都是僵尸，我们快走吧！"

飘红轻扫一眼四下，黑云蔽日，昏暗不清。她略一皱眉，道："曹捕头，这赶尸怪人既已亡死，我们还是带着这二位差爷暂回飘飘院如何？小女子愚想，觉得那几位差爷不像是受他毒手，极似另有人所为，捕头该当亲查一遍才是。"

刀疤鬼见愁道："姑娘先行回去，鄙人生觉此地蹊跷甚浓，未探究竟，岂能安离？"

飘红道："可是……"她想告知他宅子里尽藏僵尸，但又怕曹格知晓后一把火将这宅子给点了，踌躇难定，犹豫不下。

翠梅急道："小姐，他走不走咱随他，我们快离开便是。"

飘红暗咬红唇，终于道："曹捕头，其实……"突闻一记咣当大响，紧接着如此声音便似潮涌一般，此起彼伏，不绝于耳。但见各间屋子里鱼贯扑出一具具尸人，面相僵怖，径直围来。

刀疤鬼见愁面容一变，道："姑娘还不快走！"

飘红道："寻常刀剑于僵尸无用，曹捕头何不先领着大家一齐出了四平街，下来如何，再做计较不迟？"

刀疤鬼见愁沉顿了下，道："那就依姑娘之言。"鞠身上前搀起一名中毒差丁，吩咐身边道，"带上他二人一起。"

哪知众人方要上去，那差丁便一把推开曹格，道："曹捕头不要管我们，我们兄弟已是将死之人，跟着只会连累大家，你们快走……"

众人直愣愣看向曹格，不知如何是好。刀疤鬼见愁曹格怔了一怔，狠狠道："我们走！"

飘红望一眼那二人，心中不胜感慨。

众人不敢再作逗留，急向宅门外行去。到了门口，无不惊颤失色，只见整条四平街满眼遍目是尸人，前后左右，哪还有去路？

群尸撕嚎着涌向历家老宅。

翠梅慌张道："小姐，我们走不了啦！"

飘红道："都是我不好，我若能听你和飘菊姐姐的话，早些带着众姐妹离开这里，便不会拖累你们了。"

翠梅道："小姐，这不怨你，我们在四平街住惯了，出去哪有容身之处，只要和小姐一起，不管怎样翠梅都无怨言。"

飘红鼻子一酸，道："翠梅，我的好妹子，往后我不再是小姐，你也不再是丫婢，我们就以亲姐妹相称，好不好？"

翠梅眼眶一红，难以控泪。突听刀疤鬼见愁道："大家快退回到宅子里。"

众人一下觉醒起来，赶忙又退进宅子。两名差丁赶紧将大门闭起，上死插销，一行人只得重回到了原地。

那俩差丁见众人面色慌张，去而复回，颇觉意外，一人道："曹捕头走了何故还要回头？"

刀疤鬼见愁道："门口已让尸人堵死，我等出不去了。"

其实当得众人一去一回间，屋子里的僵尸业已围到了院中，但听铮铮几响，有人已拔刀与僵尸砍杀了起来，怎奈刀锋固利，于尸却不及用。

便当这时，突见一具僵尸从左边朝飘红扑了上去，翠梅眼利，惊叫一声，忙把小姐一推，险险避过。一道光影疾地一闪，只见刀疤鬼见愁迅地挥起钢刀，一刀砍在尸人的脖子上。他这一刀力道甚大，又是情急之中所使，只觉虎口一麻，疼痛难忍。虽说僵尸身硬如铁，然这一刀却直入脖子半截，连试了试，刀刃卡在里头，竟半毫移动不出。

那僵尸身子一转，双臂向外一甩，刀疤鬼见愁双手当正拔刀，不及躲闪，顿觉左肩胛骨处一痛，如被一条大木棍狠击了一般，手心一脱，人向前趔趄跌去，忽觉得右脚底一软，似踩到了什么，俯眼一视，顿时愣呆，原来他这一脚正好踏在了那赶尸人的肚子上，虽是无心，然也不甚抱歉。

那赶尸人被这一脚狠踏，一时竟坐了起来，一双眸子冷冷盯视着曹格，忽然道："你踩我肚子做什么？"

刀疤鬼见愁微一愕道："你还未死？"

那赶尸人道："你才死了。"

刀疤鬼见愁道："那你刚刚是？"

那赶尸人道："等你死。"其时僵尸已将整个院子围了个结实，声响甚闹，但他似还茫然不知，接着道，"老鬼正做着好梦，你干吗来踩我肚子，地儿这么大，看你是成心的，这个亏老鬼可不能便宜你了。"说至此间，右手突地一扬，一条金丝小蛇疾向曹格飞去。

时值群尸恶向，刀疤鬼见愁早无心思与赶尸人纠缠，分心之余，见得一物向自己飞来，势头凶急，要躲避已是不行。

眼见鬼见愁见鬼在即，突听得一声口哨声响，那条身仍凌空的小蛇，尾巴一收一弹，擦着曹格的肩头往其身后蹿了过去。蓦地，只闻听一声大叫，刀疤鬼见愁一怔，向后望去，见那小蛇竟咬了一具尸人。

方在疑惑，但听得那赶尸人哈哈一笑，连拍了几下手，嘴里叽里嘟噜了几声，他手下的那些尸人竟颤颤地动了起来，围成一个大圈，将众人挡在了中间，俨成一圈死人墙，将群尸阻隔在了外面。

那赶尸人定定瞧着那被蛇咬的僵尸，突见他身形一展，疾掠而去。

众人心中大奇，看来那不是真的僵尸，乃系人为所装。

赶尸人见那人逃去，嘴角一笑，连吹数声口哨。群尸丛中，只见一条金丝小蛇缓缓游行到他脚下，此正是咬了那假僵尸的那条小蛇。

他轻轻捏起蛇来，看着手下的尸人道："我们快追，不可让他生逃了。"

飘红等人颇觉奇怪，不知他这是和谁讲话，一时自也无人出来应答。突然，尸人当中慢步行出两尸，面向那赶尸人。飘红等人一奇，见得这两尸竟伸出双手，自行解了细绳摘下黑布，可是这两人一直背面众人，无法见其面相。

但听其中一尸忽开口道:"那还等什么?"声音苍洪有力,中气显极充沛。

这时飘红等人方才明白,不光先前那僵尸,便是眼前这两尸,业都是假扮无疑。只听刀疤鬼见愁道:"你们究是何人?这般装神弄鬼到底有什么目的?"

那赶尸人道:"到时你们自会清楚。"

方那有一口苍洪有力的声音的人似很不耐烦,淡淡道:"少和他们废话,还不快走。"

那赶尸人看了刀疤鬼见愁曹格等人一眼,道:"不想死的,就别擅自走出尸圈,到时自会有人来替你们解围。"言罢便就去了。那假扮尸人的二人紧接跟随。

三人直往那人逃离的方向而去,群尸遇见他们,均很惧怕一般,纷然避让。

飘红喃喃道:"这赶尸人究是何来头?"

荷心一路追随着那人,不久便来到了历家后院,只见裹衣人突地脚步一停,指着花池间的假山道:"他们就在这里。"

荷心一怔,知道假山中隐藏有一条密道,小文把张大哥藏在此处,那是再好不过了。心中焦喜,想亦不曾多想,便跃了上去。

她来到洞内,连喊着张大哥和小文,却始不见人来应答。忽听得背后有声,原来裹衣人也进了来,只听他道:"你别喊了,他们在下面,这样是听不到的。"

荷心不觉愣了愣,师父以前俱称呼她心儿,怎么此时听他讲话,觉得这般生疏,他的声音虽与师父极似,昨晚还见他使出了《道陵尸经》中的术法,然而还是生疑道:"你是谁?究竟是不是我师父?"

裹衣人少刻沉寂,伸手回到后腰,取来一只木柄子,递上道:"南阳仙人走时,要我把这个交于你。"

荷心接过,只看了两眼,眼眶便就一热,落下泪来。她认得此物是师父经年随身的拂尘木柄,柄身之上还有极其熟悉的镂花篆刻,如今尘尾已不在,难道师父真已仙逝了?

裹衣人又道:"南阳仙人除了要我把此物交给你,还有四句话要我代传,他说:'竹子无心,实则有心。朽木有心,却是无心。'"

荷心道："竹子无心，实则有心。朽木有心，却是无心。不知师父这话可是什么意思？"

裹衣人道："南阳仙人既要我把这几句话带给你，其中必藏另意，能否参悟就只能看你自己了。"

荷心道："听前辈如是说，与我师父定十分熟悉，前辈可知我师父他老人家……"明知结果，但此人只说南阳仙人走时，并未直说仙逝，难免留存一丝遐想，禁不住再有一问。

裹衣人面蒙黑巾，表情不知，只听他道："二十年前，南阳仙人便已死了，临走之际，要我遵照他的遗嘱，将他的身子火化成灰，制成可克制阴尸巨鸟蛇的骨厄巴乩罗，如今仙人只留剩这支拂尘木柄，你可要好生保存，将来重树南阳一门。"

荷心紧握拂柄，道："前辈可知我师父是因何故逝？"

裹衣人道："此事说来话长，当年我受人暗算，险些丧命，幸得南阳仙人搭救。伤愈后，一日我听说湘西双尸欲寻仙人斗法，此二尸在江湖上臭名昭著，手段残辣，我生恐仙人受其暗算，连夜赶往南阳观报讯，想要仙人暂避一时。岂知你师傅热血傲骨，只是遣退了观中道人，自己怎也不肯躲离，本来我欲要留下陪他一道迎敌，可这时四平街不巧发生了件怪事，使我不得不脱身离开，待我回过头来，仙人已是遭了歹人毒手。"

荷心道："照此说来，前辈只知阴阳二尸要寻我师父斗法，却也不晓到底是死于谁之手上了？"

裹衣人道："我回来时，仙人尚还存在一丝气息，听他断告，我走之后，便有一个神秘人出现与他相斗，二人一直斗持了数个时辰，伯仲难分。过后不久，又来了两个男人，三人同向仙人施敌，仙人终究寡不胜众，受下重伤。"

荷心奇怪道："不说阴阳双尸么，怎会是三人？"

裹衣人道："听仙人言道，后来的二人当中，有一人擅使巨鸟蛇，他猜知这便是阴尸无疑，至于先来的那神秘人，仙人也已然知晓其身份，可不论我如何追问，他始就不肯言出，只说此人生性多疑，要我日后多加小心。"

荷心喃喃道："师父为何不肯道出此人的名讳，这当中到底有什么因由？"忽然心头一震，道，"难不成是他？"

裹衣人道："你知是谁？"

荷心道："我也只是猜测。"忽地想起到这之事，不免暗生愧疚，心想，"我来是要寻张大哥，怎么一见师父遗物，便把这事给忘了。"抹开眼泪，道，"前辈说张大哥他们在此处，烦请快快带我前去。"

裹衣人道："我潜心多日，终令我探得入口所在，只是进去地底的机门我还不曾发现，只知玄机就在这暗道口内，我曾前来寻过多遭，均是无果，你既深得南阳仙人衣钵，带你前来，便是要你同我一道找出机门，前去救人。"

荷心呆了一下，想起张大哥被困于此间地下，心中不免焦慌起来。旁观两边道壁，尽显陡峭不整，二人沿暗道口往内一路摸寻了三四米，几乎遍敲细探每一寸石壁，始未发现任何蹊跷之处。荷心有点沉耐不住，道："前辈……"只方说出两个字，只听裹衣人突嘘一声道："有人。"一把拉起荷心，往暗道深处掠躲。

荷心暗惊，当得这一下，就已知此人身手确十分了得。心神方定，隐约见得外面一人快身闪将进来。

此人一身污碎旧衣，昏天黑地，难觅其貌。二人半鞠地下，见来人慌张奔来，脚未站稳，身就猛地一阵狂抖。

荷心暗忖："鬼取三灯。"再之细瞧，见来人左手以迅捷之势抓去右肩，右手抓去左肩，双臂交叉，脖子后仰，长长呼出一口气。过得片刻，此人额角隐隐升出一点绿火，幽幽冉冉，但见他交回双臂，张开十指，双掌中间竟有一滴同等绿火，似如三点鬼火，在这阴昏之地，点点飘去壁顶，瞬间渗隐入石。便就这时，只听暗道外水声流转，此人顿了一顿，即狂奔出去。

荷心二人起来追出，见得花池中的水粼动不止，那人已无踪迹。

裹衣人道："走得好快。"

荷心道："前辈毋庸忧担，晚辈已知此入口的开启之道，要下去已是不难，只是……"欲言又止。

裹衣人道："说来便是。"

荷心道："只是此下有极大的风险，前辈可当听过，活人身上有三把火，各分左右双肩与额中，乃护身定神之用。然此下乃是地狱之门，养尸重地，阴气凌盛，要下此处，就得拿掉这三把火，定火一去，活人就不再是活人，能否全身回来，晚辈实不敢断言。"

裹衣人道："救人要紧，便就是十八层地狱，那也要闯它一闯，你快领我下去，其它休顾。"

荷心道："晚辈明令。"当下二人重折暗道，荷心自身取出一道火符，施法引起，此刻心下有底，再观暗道石壁，见得那些凹凸不齐的石面，连起细摩，竟已不再是章节全无，禁不住诧声道，"九芒星异归阴阵。"

裹衣人一惊道："九芒星异归阴阵？难道外面的花池就是月尊拜天明？这不可能，当年我听仙人提言，此二阵法相附相依，独一不可，九芒星异归阴阵布施阴棺，聚收阴气，较为简便，月尊拜天明却极为苛刻，须九面同一炉锻造出的黑月镜，用以吸取九月精光，日耀阴棺，养尸蓄气，可是……"

荷心紧接道："可是此处既无阴棺，更不可能有九面同一的黑月镜，要知锻造黑月镜就得有足够的天外飞石，师父早年遍走江湖，也只寻得锻制两面黑月镜的石料，要凑齐九面黑月镜，那是极其地不易，何况便是有了足多的石料，要铸成镜子，亦不是朝夕之功。师父曾诫，炼镜中途，功力稍浅，魂魄易给镜魂所摄迷，重则丢了性命，轻则走火入魔，唯有可解之道，便是用处子之血祭煞。当年师父他老人家遍寻飞石，就是不想其落入他人之手，免生灵枉残，邪长道消。"

裹衣人道："南阳仙人一生为正道律己，叫天下人敬服，如今邪魔盛起，你快带我下去，欲拖久时，恐之晚矣。"

荷心面色一正，道："晚辈明白。"身子站定，肘垂两翼，双掌平伸，轻轻道，"前辈跟晚辈一道，晚辈念一句，前辈跟着念一句。"

裹衣人点了点头。

荷心念道："三阴归心，罘守中矩。"

裹衣人跟道："三阴归心，罘守中矩。"

荷心接着念："地起明火，矢之胜起。"

裹衣人道："地起明火，矢之胜起。"

荷心道："鼎阳沸顶，汨泄……"边念左手抓向右肩。

裹衣人亦步步跟随，过得片刻，见得暗道中六滴绿火冉升壁上，外间听得水声淙淙。二人急出暗道，来到池水边，但见池水中竟出现了六个黑洞洞的入口，池水在入口旁不断翻滚，犹如潮头，愈收愈拢。

荷心一怔道："六个入口，怎么会有六个入口？看来当中的五个必是致命之地，进去就休得再能回来。"

裹衣人道："你可有何法子？"

荷心道："我乃人鬼共体，其心分裂，师父收养我后，教会我一段修心秘咒，方可免食死人心肉之苦，如今成不成，只能赌一赌了。"抬手拔下头上一根发丝，伸出舌尖，捻起头发在舌上横刮一下，舌裂血出，发身粘裹。

裹衣人颇觉讶异，人发圆而不利，稍轻轻用力便可扯断，何来能割破绵软的舌头，若非功力深厚，就极是有非一般的巧机。

只见荷心探怀摸出小半袋子朱砂，悉数倾在池边，捋成一堆，如小山一般，接着取来一道黄符，把带血的发丝裹在里头，捻符成一柱灯芯状，竖插朱砂之上，借火折子点燃。

符芯缭起丝丝青烟，烧燃甚促。裹衣人不知荷心此举何意，但想定和觅找入口有关，当也不再多问。眨眼间，符芯已烧见了底，灰白色的符灰不经风摧，自立而倒。

荷心着眼一看，手指一处入口道："如无出误，应当就是这里。"

裹衣人瞧了瞧，符灰倒倾之后，灰头正指此处，当下想也不想，纵身跳了下去。

荷心一怔，不想他这般心急。银牙一咬，自随一跃。

入口下黯然无光，荷心只感身子犹如一具无躯的灵魂，轻轻荡荡，飘飘缓坠。亦不知多久，眼前忽感有了一些微亮，心知再过片刻，就可到得养尸重地。

地狱养尸，自不是真处地狱，乃是指得世间最为阴寒之地。但凡养尸人觅得一处至尊养尸地，便会在地下修筑一座封尸台，此是整个尸地中最为阴邪所在，就因此台阴气甚重，似如地狱一般，故此称其作地狱门。

活人要进得养尸重地，断是万难之行，如此间直落无阶的入口，曰谓死人路，人一旦掉入，就即要给摔死，而阴人（未死，但已给取了三堆护身火的人，便就是阴人）、尸人却可如鸿毛般，轻而安落。

荷心二人落到地面，发现此处是一所无顶石间，周围竖着八口无盖大棺，里头各杵着一具尸人，每口大棺左侧，尚有一道石门。荷心道："看来此人极是精明，这八棺尸门阵，走错一门，八尸立便醒转，届时想脱身，可大是不易。"

— 254 —

裹衣人道："那可如何破解？"

荷心叹道："若是师父在临，必有十分的把握，可惜我道修尚浅，实无过多胜算。"

裹衣人恨叹道："不想此人这般厉害，你我刚下来，就给困了住。"

荷心道："我们已无退路可去，如今只得由我试它一试。"褪下腕间金铃，双掌合抱，直起左右手中的中食二指，将金铃套在四指上，指过头顶，轻摆微颤。

便就这时，突听得一人大呼一声："且慢，住手。"

荷心一怔，听声音是从头顶传下，仰首去看，见有三人一前二后如落叶般飘落下来，不禁暗道："怎是他们？"此三人正是那先前所见的赶尸人及其手下的两具死尸。

那赶尸人先落到地面，一看荷心，翻翻眼皮道："老鬼险些给你害死。"

荷心道："你究是何人？来这做什么？"

那赶尸人道："老鬼是谁，到哪都只管收尸，不过你不需担心，看你面色饱满，活得定比老鬼还长。"

荷心暗忖一声："这人语不搭调，看似没正经，实则身份断不寻常，能来到此地，可见修为自不在我之下。"

此时那两具死尸亦先后落来，二尸头上的黑布已去，一人白髯飞须，摸约六十上下，一人双目精光，稍显年轻。荷心见得二尸，已知他们绝非真是死尸，先前定是假扮无疑。

这二人脚方着地，均齐眼望了下裹衣人，那白须老人这才目光一转，向荷心道："你又是谁？"

荷心踌躇道："我……"却听身边的裹衣人道，"她是南阳仙人的高徒。"

"南阳老儿的徒弟？"白须老人自喃一声，看了荷心一眼，闭口不语。

裹衣人跟着道："你等喝阻我们，可是已有了破此尸阵的应策？"

那赶尸人阴恻恻道："他们没有，我有。"弯下腰，将左臂垂到地面，但见一条金丝小蛇缓悠悠地从他的袖管中游了出来。

裹衣人瞟上一眼，面有疑色。

赶尸人待那小蛇游出袖管，方才直起身子，拿鞋尖在蛇尾巴上推了推，令它前行。

那金丝小蛇摆了摆鲜红的信子，朝一处石门滑去。赶尸人懒懒跟上。

白须老人觑一眼精目老者，大踏步走去。

荷心观得他们三人去了，望了一望裹衣人，紧随在精目老者身后。

一行五人追着金丝小蛇，途中寂静无语，穿穿绕绕，直走了十数道石门，过去七八条大石廊，数间石室，方到得一堵石门前。

赶尸人捏起地面的金丝小蛇，好生放回袖管。但见这里是一条双向大回廊，正前的石门边侧各有一盏盘龙金灯，丝丝冒着青烟。

白须老人道："他们可就是在里头？"

那赶尸人回过头，看着他，却不开口。

白须老人不耐烦道："你先靠后，待我将这鸟门砸烂再说。"捋袖便要上前。

精目老者出手拦道："张兄还是这般脾气，我看这事还得听听这小姑娘的。"

白须老人诧道："听她，一个女人有什么本事？"

那赶尸人眼皮一翻，扭过了头。荷心见人家瞧自己不起，甚有不悦，大步上去，观详了一遭石门，道："此门看是石造，实则门心灌注着精钢铁水，纵你本领再大，怕也难动得分毫。"

白须老人道："那你可有本事将它打开？"

荷心道："我师父南阳仙人博渊广大，这天下的术法机巧，无不略通一二，晚辈虽非师父他老人家的正室弟子，然耳濡目染，自当也领会了些许皮毛。以晚辈所见，能有本事地狱养尸，修为自可不凡，但此道石门中的机巧，实不甚太高明，破之尚简。"

精目老者道："或许他根本未曾想过，有人能够到得此处，故就轻视了。"

裹衣人道："我瞧未必是这般简单，我们还是小心点的好。"

白须老人道："金克木，水淹土，管那般多做什么，先将石门打开了再说。小姑娘，你既说此门破之尚简，那还等它做什么？"

荷心扫一眼众人，道："此门叫七星门，是以北斗七星的方位作导引，我们只需捏准方位，石门即刻便能启开。"

裹衣人道："那你可知方位在何处？"

荷心道："这不难，你们看，门边的那两盏盘龙金灯，我们先从左边灯位左下一指处起，再改往右边灯位右下三指，左四右三，依循就可。"

裹衣人来到门前，道："那好，你指方位，我来启机。"

荷心看了他一眼，微一颔首。当下二人配合默契，待得裹衣人触下右手最后一个方位，石门即发出阵阵喀喀喀的声响。

众人大悦，未想真如荷心讲的这般容易。但见石门冉冉升上，当一至顶，却听得身后咣啷一声大作。众人一愕，速回身瞧去，见得石廊那头已给一堵大石门封了个死。

白须老人怒喝一声："看来有人是想把我们困在这里了。"

裹衣人道："不然，要是那样，这门决不会这般轻易就能打开。我想此二道门极是李子门，开启其中一面，另边就会马上关下。"正说着，荷心忽道："那门上好像有字。"

众人上前数步，隐隐见得两句话：一步三思，脚踏瑶池。

白须老人道："这是什么意思？"

裹衣人道："他是在劝我们，往前是那有去无回的地狱，要三思而行，倘若我们肯回头，他就决不会来为难我们。看来他已知我们来了。"

白须老人道："那更加好，我们也不必偷偷摸摸的，直接前去真刀实枪，拼他个你死我活方才痛快。"

荷心一笑道："这位老前辈可真是直耿之人，想来人家未必会随你所愿吧！"

白须老人愣了一愣，道："小姑娘什么都不懂，我不跟你一般见识。"

荷心轻轻一笑，见得那赶尸人已进入了石门内，便也跟了过去。石门过来又是一条大石廊，每过几步，墙上就烧着一盏盘龙金灯，再望尽头，是一道半瞌的大石门。众人躬身钻入，眼前是一间偌大的石室，凭空用大铁链拴吊着十数口黑漆漆的大木棺，走到中途，蓦听得咣啷一声，进来时那半阖的石门已砸了下来。

众人回眼一看，继续向前，再得几步，出现一面敞开着的小门，里头黑乎乎一片，难见分毫。众人稍一迟疑，却见黑门里突地步出来一人。

那赶尸人眼睛一亮，道："嘿，你老头溜得倒挺快。"

那人看了他一眼，转而向众人道："我家公子非常赏识各位的胆识才能，希望我来能和各位做个交易，不知你等可有兴趣？"

白须老人道："谁和你们这些邪魔歪道做交易，识相的快把我们兄弟都放了，不然老子就拆了你这鸟地方。"

那人轻蔑道："就凭你？哼，我们公子好心好意，看得上你等，那是各位的福气，别届时丢了吃饭家伙，悔之不及。"

白须老人暴喝一声："去你妈的，看我先宰了你再说。"说罢就要上去。

但听一旁的精目老者急忙阻拦道："兄弟勿躁。"跨将两步，向那人一抱拳道，"敢问阁下的公子，可否引我等见上一见。"

那人笑了一笑道："我家公子说了，只要你们答允不掺和此事，永不与我家公子为难，我们不但立即放了各位的朋友，而且他日我家公子还可重用各位，绝无食言。"

精目老者哈哈一笑，道："看来你家公子确是太瞧得起我们几个老头子，我们几个老不死的何德何能，岂敢与你家公子为难，这等事情传扬出去，未免也太降低了你家公子的身份。"

那人道："但须是人才，我家公子就无不倍惜如金。公子还说，倘各位有什么条件，尽提无妨，只需不坏公子的大事，就绝不吝啬。"

精目老者道："不敢当，你家公子既有如此诚意，却为什么不出来与我等见上一见，若就这样要我等仓莽应之，未免也太儿戏了吧！"

那人目光微敛，道："我好言好语了半天，想必各位是绝不领情的了，也罢，既是如此，那恕在下不再奉陪，告辞。"盯看着众人，向黑门小心翼翼退去。

白须老人右掌一翻，喝道："休走。"疾拍了过去。

那人嘴角一笑，急地一掠，一下隐没入黑暗中。

白须老人一掌落空，身形顿展，纵身而上。

精目老者生恐有异，出言阻道："穷徒莫追。"边说边疾身扑出。

白须老人冲入黑门，却已不见了那人的身影，当在犹疑，左右各有一道劲风扑来，彻骨阴寒。微微一愕，急使一招"渔荡双桨"，分翼扣去。

这两道劲风来势凶猛，白须老人只觉得双臂一麻，就如击在坚石上一般，暗知不妙，欲避显已不及。当正这时，只听得左侧"砰"地一声大响，右边咣当震耳。白须老人一震，想定是精目老者进来相助，当下足跟一捺，后掠而出。

只见裹衣人跟着退身出来，双手微颤，道："好硬的身子。"

精目老者看了看手中的兵器，见上面有一条极小的印痕，他这兵器长齐至肘，似棍非棍，四面头平，江湖上极少得见，只听他道："我这四面棍随我行走江湖大半生，到得今日，可还是第一回落下来伤疤，我倒要瞧一瞧，伤我兵器的究是何样人物。"

白须老人一抹额前冷汗，道："方才要不是你二人及时到来，我这把老骨头非给他们劈成两半不可。"

正诉间，黑门内慢腾腾出来两人，一身铠甲，手持精钢利斧。精目老者脸色一变，脱声道："黑甲武士。"

白须老人也变了变脸色。这二人正是辛家府上，沈珂雪从苗疆带来的人。

那赶尸人眼珠子一转，细细打量了二武士一遍，摇了摇头，道："两个臭瓜瓜，到这里来为虎作伥，看老鬼怎么收拾你。你们快走，这里交于我就是。"

裹衣人道："那好，我们先去救人，你可得当心了。"

那赶尸人道："他们碰见老鬼，还不是孙猴子撞上如来佛，让老鬼使点厉害的给这两个瓜瓜瞧瞧。"

那俩黑甲尸人走出黑门，微怔了下，往前逼近。

众人相互一觑，悄悄退开一边。那赶尸人杵在当中，亦步退后，引尸人过去。众人瞧尸人已离开黑门丈许，便欲从其后绕过，但见当中一尸突地身子一转，怔看着荷心等人。

那赶尸人呵斥一声："这里来。"随手一扬，一面罩死尸的黑布头落在了那死尸头顶。众人见此机会，一闪身进入了黑门。

白须老人殿后，顺手自墙上牵了盏盘龙金灯，快快隐去。

那赶尸人引得双尸迫向自己，见荷心等人已离开，遂停止后退，不慌不忙在褴衣下摸了摸，片刻掏出两条金灿灿的长虫，看着二尸道："依得我们苗人的规矩，老鬼应当带你们回去，可是老鬼尚未找到小姐，就只能如此了。"

说着话，二尸又近了一程。赶尸人面目一正，瞧一眼他们，慢慢举起了手。正当这时，蓦听得头顶仓啷啷一声响，赶尸人一抬头，见一口大木棺正朝自己压下。

他急一闪身,大木棺砰一声重重砸在了地面,响声未绝,室中悬吊的棺材三三两两竞相飞落了下来,一时间乒砰仓啷的响声不绝于耳,尘灰翻飞。

赶尸人一定神色,听见近前一口大木棺咯吱一响,盖子突地弹飞起来,一直冲上了室顶,"咣"地一声,落下时,砸在另一口棺面上。他微微一愕,就见那口棺中缓缓站起一个人来。

荷心四人自进了黑门,一路快行,发觉周围甚是平静,叫人颇觉奇怪。这样四人又走一会儿,忽见前面不远之地显现出一点灯火,四人心头一紧,加步上前。走了几步,裹衣人突地停下,直喘一口气道:"此事有诈。"

白须老人奇道:"怎的?"

裹衣人看了看他,道:"你等可有知觉,我等自进入黑门起已走了多少时辰?"

白须老人道:"顶多也不过两刻钟,怎了?"

裹衣人道:"难道你等就不觉,这两刻钟时间我等走的甚有些疲累?"

三人听他一说,似觉如此。白须老人喃道:"按说以我等的体质,不该会如此,此好似和人打了一场小架一般,脚下确实已有些疲乏。莫不是我等现下是阴人,方才致如此?"说着,看向荷心,到得这时,内心不得不承认在此地只她更懂此道了。

荷心正色道:"与其无关。其实前辈不提,我心中亦也生了疑窦,生想我等是否已着了他人的妖道。"

裹衣人道:"便是如此,此刻我等已然无退路。荷心姑娘,你是南阳仙人的高足,可有看出此间的端倪?"

荷心未语,此时她确实不知。白须老人插口道:"前面既有灯火,我等再加快几步脚,去那里瞧一瞧再说。"

精目老者道:"兄长莫急,当心落入人家的陷阱。"

白须老人道:"怕它做什么?便是龙潭虎穴,姓张的亦也要去看它一看。"说罢,当先快步迎了过去。

荷心一直在想,此究竟是有无阴障,一瞥眼间,见到白须老人手上提着的盘龙金灯,直面色一变道:"白须前辈,暂请等一等。"

白须老人一顿,回头道:"小姑娘你在叫我?"

荷心点了下头，道："恕晚辈不知前辈的尊号姓氏，只好就此称呼，还望前辈不要怪责。"

白须老人哈哈一笑道："什么前辈后辈，老头子姓张，大家都叫我张画师，你也这样叫我好了。"

荷心一愣，心想脾气如此粗急之人，居然还是个画师，要知道作画赋诗可不算轻事，最耐人心境，横瞧竖看，此人也不大像，但一想此人年纪这般大，应当不至于说什么假话，便道："张前辈，麻烦你把手上的灯给我瞧上一瞧如何？"

张画师道："你要瞧，上来拿去便是。"

荷心上前，接下金灯，这种盘龙金灯是早期明宫中常用的事物，灯高十多厘米，其身是一条金鳞蟠龙缠玉竹而上，龙口与盛灯油的灯皿相对，一双龙眼注视着燃烧着的灯芯。荷心上下前后仔细翻来覆去看了数回，眉间不觉皱了起来。

旁边三人不知她这是在瞧些什么，就这么一盏金灯，三两眼怎么也都看过来了，但见她的神情貌色，似乎此中极别有蹊跷。张画师瞧了一眼，耐不住道："小姑娘，你到底想瞧到什么？这灯有什么稀奇之处？我们还是前行救人紧要。"

精目老者道："兄长莫急，荷心姑娘定是发现了什么。我们且等等看再说。"

只见荷心观看了半晌金灯，手指突然伸去捏那正燃着的灯火。张画师急诧一声："小姑娘，你不要命了，小心灼伤了手。"

荷心看也不看他，右手大、食二指捏了捏灯芯，在灯油中划了划，似在找着什么东西。

这种盘龙金灯中的灯油系当年明宫特制，稠而紧密，便如冷却下的猪油一般，不易洒出，燃烧时间更比寻常灯油要长许多。荷心在灯油下来回划了数下，转手回到灯芯那里，捏起用力拔了拔。

荷心见灯芯被一点点地拔将起来，眉色更皱，待得灯芯完全取出，又把灯体倒了过来。只听见滴滴答答地响，一溜青色的液体从灯芯的窟口中流了出来。

裹衣人等不觉一惊，他们从未见过这种青色的液体，更不晓得到底是什么。

荷心倒光灯体内所有的青液，抬头看了看三人，拿过那还烧着的灯芯，道："你们何不摸摸这火。"

三人不知她这是何意，方看着她用手捏灯芯而不觉烫，就已是唏嘘不已，听她一说，当下三人面面相觑，都试着上来捏了捏。

但见灯芯上的火还燃正旺，触手下却是冰冰凉凉的，三人更显惊异。裹衣人道："荷心姑娘，这——究竟是怎般回事？这灯——"

荷心暗吁一口气，道："这灯，其实是一盏鬼灯。"

"鬼灯？"三人俱愕。

一阵风来，灯芯上的火头摇了两摇，扑地一下熄灭了。荷心往四下一看，不觉惊道："这是什么地方？"

但见头顶月缺星稀，周遭草深木盛，俨是荒山野岭之所。她一怔又道："难道我们已走出了养尸地狱？"

裹衣人道："这短时间，怎般可能？"

荷心道："要知也简单，倘若我们真出了养尸地狱，身上三堆护身明火便会归位，让我试试就知。"盘坐下来，默念起了咒语。不一会儿，她的双肩额角忽有三点火印隐现一隐，裹衣人等俱都看得清楚。荷心一叹起来道，"想必是不会有假了，极可能是鬼灯在制造幻象的同时，将我们从养尸地狱的近道带了出来。"

张画师听此一讲，直懊悔不已，当即身子一转，道："我们这就返原路回去。"

荷心道："恐怕已是不行，我们自何处出来的都不知晓，怎般又能原路回去。况之鬼灯把我们从此处引了出来，入口怕是已给人做了手脚，要寻起来，实属大海捞针无疑。"

张画师焦道："这可如何是好，那老鬼还在下头，他一个人岂非十分地危险。"

精目老者道："兄长莫要担心，此人虽脾性怪癖，但婆婆既叫他随我们一道同来，相信他定怀得非俗的本事，再说就两三具尸人，一时也奈他不何。"

裹衣人道："当下最为重要的，是怎样设法回去。荷心姑娘，你可有想到了什么法子？"

荷心沉吟道："晚辈愚钝，一时尚未想出来，惟今最可行的，是重回风歇园，从那里进下。"

裹衣人道："既是如此，那我等就快赶回风歇园。"话声未落，人已走出了数步。

荷心叫喊道："前辈莫急，此刻我们身在何处且不得知，这等荒山野岭之地，盲目前行，怕只是愈行愈远。"

裹衣人道："那要如何，难不成等天亮了再走？"

荷心正一正脸色，向四下望了望，星月无光，只依稀得见右前方似不远处有一座小山坡。她用手一指，道："要不我们上那座山头，瞧瞧这四下可有山野人家，待问清了此间地方，再行走路不迟。"

裹衣人道："那也好。"当下四人直向右前方行去。这座山头看似不远，走着倒也颇费脚力，越过一凹小山坳，便到了小山坡脚下。

四人爬上山顶，不及喘息几口，就见山背面的脚跟处正巧还真有一户人家，一粒昏黄的灯火直看得十分清晰。

张画师呵呵一笑道："小姑娘，还是你这主意好，不然我等满山遍野地乱闯，那可要费事得多。正好我这肚子也有些饿了，顺便还可向主人家讨一碗酒饭吃吃，有了力气，再行千儿八百的路程也是无妨。"说罢，拔腿向山下奔去。

精目老者一摇头道："兄长等我们一等。"四人疾奔狂行，不一会儿，已能见清灯光所在，这里原是一户蒿草木屋，显是住着一户猎人。

四人走了过去，果真见到大门口剥挂着数张尚未风干的貂子皮。张画师最为性急，一拂袖口，直接便要上前叩门。

精目老者赶忙拦着他道："这大晚上，咱们可别吓着了人家，还是让荷心姑娘来方妥。"

裹衣人接道："是该如此。"三人都往边上站了站，让出中间的位置，荷心近上方要举手，却听屋子里突然响起了咳嗽声，一个老翁的声音喘喘着道："我儿，可是我儿回来啦？"

声音未落，就听一阵拖拖拖的脚步声，一个妇人的声音道："父亲，你老毛病又犯了？"

那老翁道："媳妇，快上门外瞧瞧，是不是你丈夫回来了？"

那妇人道："铁牛今早出的门，最快也得明后天才能归来，父亲勿再生挂记了。"

突听得屋内笃笃之声大作,听那老翁道:"要你出门看看,你就出门去看看,我……"下面又是一阵咳嗽。

只觉那妇人似乎急了起来,道:"我去我去,父亲安坐,媳妇去就是了。"

听到此处,荷心知道屋子里极可能住着一家三人,儿子不知为何出了远门,只留下父亲和媳妇在家,可能刚刚她们在门口露出了声响,给老翁听了见,这才要媳妇开门观看,是不是儿子回来了。倘若那妇人开门见到的不是丈夫,却是四个不相熟悉的人,定必要受到惊吓,想到此间,即扣响了木门。

但听屋子里的脚步声一顿,跟着便听那妇人语声微颤地问:"屋外的是谁?铁牛,是你回来了吗?"

荷心道:"姐姐不要害怕,我们只是路人,因山道生疏,迷了方向,得见此间有一点光亮,才走向过来,只望能询知出山之道,不胜感激。"

那妇人沉寂了半响,才道:"夜色已降,山中行路十分危险,姑娘若不嫌弃,可到我家简宿一晚,待得日上天明,再走不迟。不过此事我还得去和父亲聆禀一声,一切主张,还得看父亲的意思。"

荷心道:"此举十分应当,那就有劳姐姐了。"

那妇人道:"那姑娘请稍候,我去去就来。"脚步声离去。过了片刻,脚步声再次走了回来,接着便听拔梢拉闩等琐碎的响动。

裹衣人、张画师、精目老者稍稍往后退了几步,以免人家妇人一下见了生惧。

只见木门吱呀一声打开,一张白皙俏丽的美脸出现在了面前。荷心微微一笑,道:"冒昧打扰姐姐,实属无奈,在这就先谢罪了。"深深鞠了一躬。

那美妇人看一看张画师等人,道:"山里人没这般客气,四位客人,都请进屋里讲话。"

第十五章
王者之风

美脸妇人引四人进得屋中,即道:"我家父亲身子不适,先回房歇息去了,四位客人随便坐,山中赶路,肚子想必也是饿得紧,我家厨房还煮有些獐子肉,若是不嫌,可给客人盛几碗来。"

张画师道:"不嫌不嫌,獐子肉我们以前也是不少吃,再说大家都是粗人,怎还能嫌弃?"

美脸妇人一笑道:"能吃就好,那各位稍坐,我去去就来。"说着欲离。

裹衣人急忙站了起来,道:"夫人莫急,我们有事想问一下,此山可叫得什么山?可有近道能够出去?"

美脸妇人看着他,怔了一怔道:"这位先生为何蒙着脸?可是受了什么怪病,来神仙山找神仙草来的?唉,我们在这山中住了几十年,都没见到过神仙草,怕是你们要白跑一遭了。"

裹衣人等均一愕,不约道:"神仙山?"要知在四平街生活了这般久,对周边的大小山河无不了知于胸,可是他们怎也想不起来四平街一带还有一座山叫神仙山,便是听也不曾听说过,不过转念又想,兴许此山名只是个别人自冠自说而已,故连外界也不得所知。

美脸妇人一脸吃惊,道:"难道你们不是来找神仙草的?"

裹衣人道:"哦,不是,我等确实是迷了山路,敢问夫人去四平街该往哪个方向走好？"

美脸妇人惊讶道："四平街，那是哪里，我怎么从来没听到过？"

裹衣人等万分迷惑，依他们判断，他们自风歇园下到养尸地狱，后被鬼灯稀里糊涂从另方出口带将出来，不论当中走了二刻钟，抑或是二个时辰，再怎么也应当还是在四平街的地界才是，怎么这个妇人竟说从未听说过，莫非是此人长居山中，不问外事所致？

精目老者干咳一声，道："那夫人可知这里可是哪个府衙的管所？"

美脸妇人道："永昌府。"

精目老者微疑，暗忖："那不就是四平街的地界。"便道，"刚刚夫人说此处叫神仙山，那可知它距得永昌府尚有多远，是在府城的东面还是西面？"

美脸妇人道："这我可不大清楚了。"突听得一阵咳嗽声，一个老人从房间走了出来，看了一看众人，道："你们说的话老朽正不巧听了见，媳妇，快去厨房给客人们准备酒菜，我要和这些客人好好吃一吃。"

但见这老人银发绕头，精须大眉，脸圆润，手头上挂着一支龙头拐，目光炯炯发亮。张画师一见此人，心中无不一声暗赞："好一个了不起的老头儿。"

此人走到堂前正座坐下，接着道："老朽姓未，老伴几十年前就已经过世，与儿子儿媳相依为命，方才老朽听各位说到四平街，不知众位去那里可有什么事？"

众人心下一动，张画师道："老哥听说过四平街？"

老头咳嗽一声道："老朽何止听过，老朽那糟妻便就住在那里。"

张画师怔了一怔，心想老头的儿媳方还讲未听说过四平街，难不成她连自己婆婆在哪都不知道？转念再想，觉得这老头的话也甚有不妥之处，他刚说老婆已死了几十年，怎么还能住在四平街，这真叫人奇怪得很。

况且他自身在四平街住了大半辈子，自认没哪一个人不识得，便要询问一下老头他那老婆的名讳，正好美脸妇人端来了一大锅的獐子肉，一壶酒及碗筷等物走了来。

老头急忙站起，将一面桌子移到屋子中间，招呼大家落座，众人各提了条凳子上前坐下。美脸妇人摆好碗筷，给碗中斟了酒，叫大家喝酒吃肉。

裹衣人扫一眼众人，示意暂不忙着吃，向老头道："老哥，鄙人有一事好奇，嫂子生前是否有什么难言的苦衷，故去后连最亲的亲人都不曾相知？"

老头哀叹一声，道："儿媳年小，又是外乡人，没听见过当也不甚奇怪，况且过了这么多年，便就是生活在附近的人，其实不知的也还大有人在。老朽多言，不知几位去往四平街，是要寻根，亦是问祖？"

裹衣人等一怔，不明白他这话究竟是何意。老头见他们没有回答，呵呵一笑，忙提起筷子岔道："吃肉吃肉，这老獐子可香着哩。"

张画师肚腹早是饥饿，一时便忘了裹衣人的提醒，伸起筷子便往锅里夹了一大块肉，要往嘴中送去。哪知这时，裹衣人突地抓起筷子一指一夹，生生夹住了张画师的筷子，那要到嘴的香肉，愣是没能尝到个鲜。张画师愣了一下，只好又把肉放回了锅里。

裹衣人故意责道："主人家尚都未吃，咱等可不好失了礼数。"他见张画师已放下筷子，便也重新将筷摆正在桌上，向老头一抱拳，道，"我家兄弟忒也失礼，还请老哥莫要见怪。"

老头脸上一笑，道："客人远来，我家没什么可招待，这头老獐子是我儿昨日刚猎的新鲜货，来来来，大伙都莫要客气，都起筷尝一尝，趁个热和劲才叫好吃。"拿起筷子，夹了老大一块在张画师碗中，笑着说，"我一看这位客人就不厌吃肉，到了老朽家中，无须拘谨，能吃多少就吃多少，反正我儿本领大得紧，吃光明日不定又猎了两头回来。"

张画师看一眼碗中的肉，又扫了一扫众人，一脸犹疑。

老头哈哈一笑，招呼起来道："来来来，大伙儿一块儿吃，老獐子肉是老了点，滋味还是挺不错的。"夹起一块肉放在精目老者面前的碗中，跟着又夹了一块给裹衣人。

荷心看着老头这般客气，伸筷夹肉过来给她，突地手一伸，抓住了他的腕子。

老头手一抖，一块有滋有味的肉落在了桌面上，笑着说："姑娘好端端的抓住老朽的手做什么？"

荷心面色一正，道："你能欺瞒住他们，却骗不过我。看你往哪里逃。"

老头嘿嘿一笑，道："姑娘可不妨瞧一瞧手下的是什么？"

裹衣人、张画师、精目老者于这突然之举原就不曾准备，三人与荷心一样，齐目往她手间一瞧。但见一截半腐的断手，五指犹在一弹一弹的。

荷心呆了一呆，忙不迭地手一松，给扔在了桌子上。再一抬头，那老头已赫然不见，方还一直站在桌旁作陪的美脸妇人，此时更不知去向。荷心暗道："不好。"起身开门冲了出去。张画师等也跟着抢奔出屋。

屋外昏黑一片，荷心忽觉哪里似有不对，只听张画师吃惊道："这外面的树木、山谷怎么都没有了？"

荷心一下惊觉，道："不要慌，我们定是着了他人的妖法。"四人急忙回身，房舍不见了，却是多了一口大铁锅，在火头上烧得正盛，扑扑直响。

四人走将上去，锅口被一面大木盖压着，不晓里头煮的究竟是何物。

张画师粗莽手快，一把掀去掉锅盖，一团热气袭滚上来，直扑脸面。但见锅里竟是一大锅浓汤，汤面上漂浮着不少香料，张画师道："难不成还真是老獐子肉？"

精目老者拿起随身的兵器，拨了一拨汤面，刹地一变色，微颤道："是……他们。"

张画师奇怪道："他们是谁？"汤太浓，刚才另外三人都不曾瞧清，见汤面上的香料尚未回拢，便一齐探头去瞧。

三人几近同时变了脸色，裹衣人失声道："酒老鬼。"

张画师道："严胖子，孙寡妇。"

荷心则道："鬼头汤。"

原来汤底滚的竟是三颗人头，分以品字形排列，汤火正旺，三颗人头已然见熟。荷心连退三步，惊惧道："我们已着进人家的阵法里了。"

张画师气骂道："这是什么鸟阵，你可有办法破它？"

荷心道："术家有十三套邪阵，此阵名饿人鬼头汤，便就是当中之一，等一下将有许多饿鬼前来抢食，我们身困阵中，当受其害。要破此阵，唯有……"话语未完，突听得四下一阵阵哀号声大起。

张画师急道："唯有什么？"

荷心轻声道："等等，他们快要来了。"转目向裹衣人，道，"不知前辈的骨厄巴乩罗可有带在身边？"

裹衣人掀起长衣，腰眼上赫然束缚着五六支箭，但无长弓。他解下束箭的缚带，双手托交荷心。

荷心伸双手接过，目不离视道："这是我道祥物，三位前辈各取两支，可制来犯饿鬼。"

裹衣人道："我等一人二支，那你可怎么办？"

荷心一笑道："我有师父给我的这对金铃，防身自绰绰有余，但我们要从此阵法中脱困，确亦非是件易事。"

裹衣人道："难道就无一点可破此阵的办法？"

荷心道："世间万物，循循生克，此阵法虽过淫邪厉害，倒也不是全无破解之道，我们只需能够坚持到饿鬼将这锅鬼头汤食尽，阵法自可不解自匮。"

张画师道："如此一大锅浓汤，恐是我们未等到那一刻，大家就已给饿鬼们撕碎了。"

荷心踌躇着道："其实除了这个法子，还有一个法子可以一试，只不过……"欲言又止。

张画师不耐烦道："不过什么？这等时候了，还不快快讲来。"

荷心看了看众人，道："在饿鬼近到锅前，我们四人当中就要牺牲掉一人，用他的血侵入锅中，掩去原有的气味，便有可能破了此阵。"

张画师道："有这等好法子你为什么不早讲？此事无需争议，与其给饿鬼撕咬痛苦，实不妨让我干干脆脆地一死。"

精目老者即道："这事不妥，若不是兄长援救，我早已葬身那澜沧江下，这事该由我来最为恰当。"横过兵刃，便就往手上割去。

张画师眼明手快，一把抓住他的手，道："不用你充好人，我救你那是奉他人之命，算不得有什么恩情，我张某最讨厌的就是有人和我争抢，你再如此，休怪我翻脸不认人。"

但听见"咚"地一声，裹衣人用箭格去了精目老者手上的兵刃，道："你二人都不要再争议，我去后，好生护着荷心姑娘救出少主。"举起箭头，向喉间插去。

张画师、精目老者面色顿变，二人急各施身手，一人去护裹衣人的咽喉，一人疾去夺其手中羽箭。便就这时，突听得荷心一声喝道："三位前辈都不要相争，其实无需这般麻烦，只要人跳入锅中就可了。"

三人一顿，见荷心站立在大锅旁，不尽都慌色道："荷心姑娘，你要做什么？此事全在我三人之间，与你不相干，你快过来替我等抉择才是。"

荷心道："师父说，术道本源一辙，然道为何贵为正，术衍生至邪，两者最大区别在于道能舍己忘生，术则反其道行。我虽非正入道门，可也受师父教诲至深。三位前辈，张大哥他们就靠你们了。"微微一笑，不等三人反应，纵身一跃，跳进了滚烫的大锅中。

三人大惊，身直扑上前。张画师叫道："小姑娘，你太傻了，你这一去，就无人可对付他了。"

荷心身在锅中，却道："王正之道，邪必不胜正。"

三人抢上几近同时伸手要去拉荷心，却听身后哀号怪叫声渐近，显然饿鬼将迫。三人一怔，伸出的手不禁顿了一顿。荷心含神一笑，道："三位前辈便是此时把我拉了出去，怕我也已是个废人，到头还是难免一死。荷心修习不精，不能亲手救下张大哥，只能拜托三位前辈了。"

三人老目含泪，眼见荷心决心已绝，只得唉声一叹。荷心身在大锅滚汤中，面色仍旧十分从容，三人无不打心底里敬佩和疼怜。

忽听得几声呼哧，三人都觉身子给什么缚上。张画师怒吼一声，举箭就往身后刺去，一声凄厉的怪叫，一只饿鬼顿化成了一缕魂烟。同间，裹衣人、精目老者亦刺杀了数只饿鬼。

但见眼前鬼影如潮，目不暇数，三人焉是贪生怕死之辈，见得荷心如此壮举，心情难抑，都似疯了一般，横冲右杀，一时饿鬼凄惨不绝，不得近大锅前半步。

然而凭三人再过厮杀，饿鬼终不少反增，愈聚愈多，如此下去，总有力竭之刻，届时三人难免还是一死。死倒无可惧怕，只是救人便不曾谈起了。

张画师勇猛异常，愈杀愈狂，不觉间竟离得大锅甚是远了。待得生觉，急忙左手一递，右臂横挥一扫，顿消了几只饿鬼。回身一跃，与精目老者并肩一起，禁不住道："女娃儿不是说，这鸟汤得了人的血气，阵法可破吗？怎的这饿鬼竟杀生不绝，反愈加多了起来？"

精目老者道："此事确过奇怪，若不是此法值得一试，荷心姑娘亦不至以身殉难，但此间看来，荷心姑娘极要枉死无疑。"

张画师道："我想定是有人猜到女娃子有这本事，在鸟汤中加了另外的手脚，女娃子一时未有识破，着了人家的道儿，白白丢了性命。"

精目老者长叹一声道："事既如此，已无可挽回。荷心姑娘不是还说，倘若我们能坚持到浓汤食尽，就能解了此阵法。"

张画师、裹衣人会意，三人不再护住大锅，各挨其背，步步杀离锅旁，掩成三角之势与饿鬼周旋。

饿鬼见大锅有隙可钻，蜂起拥上抢食，三人见此，无不替荷心扼腕叹息。一时间，大锅已给饿鬼围了里三层外三层，水泄不通，落在后头挤抢不进的，只向三人扑来。

三人各施绝技，手中的骨厄巴乩罗直舞得虎虎生风，但奈饿鬼实数众多，这里刚杀下一片，那边又涌上一群。

张画师焦道："我们这般杀将下去也不是办法，得另想法子才是。"

精目老者道："哥哥所说极是，可此时荷心姑娘已不在，我们又能想出什么法子来，惟今只能撑一时是一时了。"言罢一声长叹。

张画师肃色道："女娃子死得真是不值。"话音方甫，突听围着大锅的群鬼一阵哀号怪叫，三人惊得一怔，见得一道耀目的白光在群鬼间冲空而起，转眼便掩开丈余，待得光影消却，周遭饿鬼尽数已匿不见。

张画师等正疑惑，齐目一瞧，不禁喜惊交加。只见荷心手拿一面九方八卦镜，对周身扑来的饿鬼一通照射，一旦给她手上的镜光沾上，饿鬼无不惨叫没影。

荷心跨出大锅，用镜光横扫屋中饿鬼，再一回身，光影照向大锅。只见片刻，大锅居抖动不止，锅中接连冒出三团黑烟，三声厉嚎惨叫，方才止歇。荷心微微一笑，走向张画师等面前，道："此间阵法已破，我们可以走了。"

张画师等仍是一脸惊愕，道："女娃子，我们还以为你已经……"

荷心道："不止前辈们会如此想，便连我自己也以为此次是非死不可。可是我不曾想，其实我并不算是一个常人，因而根本就破不了这邪阵。"

裹衣人道："幸得如此，我们三人正还愁无法破得此阵，这下可好了。"

荷心低头看着手上的九方八卦镜，轻声道："其实这多亏了师父他老人家，若不是有他赐我的这面铜镜，我便不致被烫死，也将逃不出锅中饿鬼的拘缚。"

裹衣人奇道："这面铜镜实过妙哉，我当日在暗地曾见你取出使之不动,还以为你修为尚浅,不想并非如此。"

荷心道:"说来惭愧,晚辈当日实是使之不动。当年师父交我这面镜子时,曾说当我'缘尽心清'方才显用。当日我心绪紊乱,一直无法理会师父话中的意境,不想今日抱了必死之心,无意间竟悟得其中奥妙。'缘尽心清''缘尽心清'……"抬起头来,目光闪烁,道:"三位前辈,我们快去救张大哥吧!"

三人互望一眼,一径轻松。张画师向前看了看,不觉道:"女娃子,这前方连道门都没有,我等该往何处去的好?"

荷心一笑,伸手一指道:"门道就在那大鼎下,就看前辈有无那个能耐将其搬移了。"

张画师不解一声:"哪里来的鼎?"举目一看,不觉大奇,方还是一口大锅,现今果成了一只大鼎,但见此鼎铜绿斑斑,正头镂着一只小鬼,乍眼之下此鼎比方那大锅可实多了,显见分量不轻。张画师走将上去,回头问荷心道,"你说门道就在这铜鼎之下?"

荷心微微笑道:"正是。"

张画师微一凝神,长吸一口气,搂起大鼎呼喝一声,但听着鼎足嗒嗒几响,缓缓浮起。

荷心始就面含笑容,见得鼎身一起,倏地一变色,手中铜镜一翻,直照向了鼎底。张画师只觉得鼎身微微抖动,正自疑惑,突见三个影子从鼎下急矢而出。他将大鼎搁置一边,放眼去看,见得一处角落里有三个混沌不清的人影,虽说不甚清晰,倒也可勉强分辨,当就脱声惊道:"严胖子,酒老鬼,孙寡妇。他们……怎么……"转看向荷心。

荷心道:"他们是守养尸门的尸魂,刁狡万分,待收拾了他们,我等方可无后顾之忧。"

三尸魂全身笼罩在镜光下,炽热难当,面何张画师等人呜呜乱叫,显得模样楚楚可怜。

张画师不免心起怜悯,他们生时可都是自己的好朋友好兄弟,禁不住替他们向荷心求情道:"女娃子,你可否网开一面,饶过他们?"

荷心一怔道:"前辈,他们可都是尸魂,留着只会徒增祸害,今日我非将他们收服了不可。"

张画师道:"可是……"看去裹、精二人,一时不知该如何述言。

裹衣人开口道："荷心姑娘，他们虽已不是人，但看着如此，我们实心不忍，你可有别的方法，让他们少受些煎熬，尽早能了结了。"

荷心沉寂了下，道："方法倒不是没有，只不过我怕一旦移动镜光，他们便就要逃了，再想抓住，可就非是一件易事。"

裹衣人道："这好办，姑娘若信得过我，自管施法，镜子可交由我掌持。"

荷心微作迟疑，道："晚辈怎敢信不过前辈，那好吧！"将九方八卦镜移交给他，撕开一片衣襟，咬开指头用血在上面疾画出一道灵符，跟着又扯来两片袖衣，正欲依序作画，却不料张画师见三尸魂实过悲怜，一时难以自制，身子一晃，拦在了裹衣人面前，道："女娃子既已有另外的法子制之，天王就不要再照了，他们可都是我们的好兄弟呀！"

裹衣人一惊道："你快让开。"转过镜光，仍是照射不到，心中大急，就听三尸魂呜呜的叫声顿止。

荷心突知异变，急叫一声："不好。"疾地抓起那刚画好的一块布符，丢了出去。

符落之所，不是三只尸魂，却是裹衣人背心。只闻得一声嘶嚎，裹衣人手掌一松，手中铜镜、箭矢应声掉在了地上。荷心看也未看，身子一起，急急向精目老者扑去。

精目老者微微一怔，正不知解，荷心已到了面前，右手五指箕张，向自己面门抓来。其实荷心虽不会半分武功，但她从小在深山成长，师父时常不在身边，一个人照顾自己，难免经常上树下涧，早练就了一身矫捷的身手。故此她这一抓，倒也不太含糊。

然而荷心所面对的却非常人，精目老者一怔之下，身形微错，便轻巧避了开，闪到了荷心右侧，寻思："女娃子是否中了邪气了？"当要开口问她一问，忽觉背后阴风习习，森森侵来，不免一惊，却见荷心手又已抓至，大喝一声，随手一拂，一掌向前推了过去。

荷心五指一缩，胸膛挺起，不避反迎将上前。

精目老者本无伤荷心之意，但这背后的阴风来得甚是古怪，一时情急，推出一掌，只想逼开荷心，回头瞧个究竟，见荷心举止反常，要想收手，已来不及。但闻"砰"地一声，一掌实实中的。

荷心樱口一张，一大口鲜血喷了出来，尽数洒在了精目老者身上，整个人直向后倒飞出一丈有余。

精目老者呆呆愣在当儿，举看着手掌，心中万分懊悔。

荷心身受重创，一时竟难以站起，她一手捂住胸口，一手指向精目老者身后，焦急道："前辈，快用你手上的箭刺他。"

精目老者回身一瞧，见得虚无的空气中，竟有数滴血在移来晃去，心中一下明白，悔怒更盛，两支箭直刺了上去。一声凄惨叫下，那数滴血摇了两摇，飘飘落地，不一会儿，地上竟现出一具青灰白骨来。

精目老者看了一眼，忙过去搀扶荷心，口中连声自责。荷心强颜笑意，道："这不关前辈的事，是我太大意了。"

裹衣人蒙了一下，当即明白清醒起来，连忙拾起铜镜和箭矢，走向张画师道："你没事吧？"

张画师见他上来连连后退，一直到了墙角。只见他声音一下男子，一下女子，一下阴阳怪气，一下又显得十分正经，嘴上说出的话更是毫无章脚，一时女音说："你不要过来。"一时又说，"嘿嘿！有本事就杀了我。"跟着便转道，"你快杀了我，女娃子讲的没错，他们都已不是人，我们兄弟早已是死了。"

裹衣人手掌紧握，踌躇半晌，不知所措。

这时精目老者搀扶着荷心过来，裹衣人歉声道："荷心姑娘，我向你赔罪，你瞧这下可如何是好？"

荷心未及应语，转而看向张画师道："荷心斗胆一言，前辈鲁莽躁急，跟着我们，早晚会害了大家，不是荷心见死不救，原本念在师父的教诲，我自不会舍你不顾，只是我已因你身受重伤，倘还施手于你，难免要废去不少时间，耽搁了救人大事，还着了他人的奸计。这样吧，我授你一段枉生咒，可助你早日升天轮回，此咒我只念一遍，你可听好了。"

裹衣人怔怔一惊，道："荷心姑娘，此事责不在张兄弟，全因在我，望你务必施手救他。"

荷心道："前辈休得再言，我意已决，咱们不可因张前辈一人而误了救人大事。张前辈，你可听好了。"

张画师道："女娃子所言极是，张某一生杀人无数，正愁死后下那阎罗大殿，此正好，女娃子既能助我登天轮回，倒是大大的恩赐了。女娃子，你……"话音未落，另一个声音便道，"我看你们有什么花样，嘿嘿，除非亲手杀了你们的朋友，不然休想下得养尸门。"女音跟着道，"贼妮子花样翻天，看我先来拧了你的脖子。"只见张画师一阵死挣，向荷心踏来。

裹衣人铜镜一举，道："休来。"然而铜镜静悄悄的，并无显灵。

张画师身形侧躲，伸手去挡双眼，等了半响，不见对方有实在货出来，当下又昂首姿姿起来，高举手中箭头欲一刺方休。

荷心手臂一伸，道："前辈，镜子给我。"裹衣人知晓自己无法催动神镜，便即奉出。荷心默念法咒，镜光一闪，一道亮光直矢而出。

张画师挥爪乱舞，急退了回去。

荷心收起铜镜，道："你等休得放肆。张前辈，荷心念上一句，你便跟随一句，末了，荷心便会亲手杀了你。"

张画师边与二尸魂相挣，边道："女娃子不需留情，张某死而无怨。"

荷心点了下头，口中喋喋道来。

张画师一时嘴上跟个两句，但随即便被二尸魂所夺断。荷心自顾自，只念不止，摸约过了半炷香，方才停歇。但见张画师头上已是汗如珠雨，嘴巴一张一合，却无声音发出，过了一阵，连嘴亦不动了。裹衣人、精目老者色甚关切，四目转也不转，定定瞅着他。便在这时，忽听见身后有人道："你们果还在这里。"

荷心等一惊，正要回头，却见张画师一声怪嚎，嘴巴一开，冒出一缕黑烟来。荷心眼睛一亮，大叫道："出来了。"铜镜照处，见得一个虚虚幻幻的人影子漂浮在空。

裹衣人当即明了，奋掷双箭，直插入人影正胸。惨叫声下，人影子即飘倒在地。三人心中一喜，却听得一声厉喝："哪里逃？"一道白光，直擦着张画师耳畔掠去，牢牢钉在身后的墙上。

荷心等均一愕，抬目瞧看，见得那是一支奇形怪样的铁锥，此时正与尸魂一道从墙壁滑落。便得这时，张画师身子一软，虚晕倒地，裹衣人、精目老者疾身上前搀扶。

值此一劫，张画师显是受脱不小，经得一番推拿，逐缓醒来。各人这才想起那人，齐目瞧去，那人正自走来，正是那殿后的赶尸人。只见他身携多处伤痕，面无血色，看来此番争斗必也不小。

他边走边道："老鬼就猜知你们定要遇上阻难，小鬼告知，便有半炷香就是阴时日，我等若还去不得养尸台，待得王尸成僵，地狱门开，姥姥也都无办法了。"

荷心道:"前辈,养尸门已开启,我们快快下去便是。"

裹衣人、精目老者二人相携着张画师,五人走到大鼎之处。地上一堆火熊熊烧着,这是煮汤大火,养尸狱中阴气浓重,本无炽热火种,经得密法方可反转,后经荷心镜光照耀恢复原形,不然张画师搬鼎之时,焉能不给烫熟。

荷心来到鼎旁,从里捞出三颗骷髅头颅,一一丢到火中,不一会儿,大火竟四向扩大开展,画成一个丈径圆形的洞门。洞门旦开,那三具青灰白骨随之隐化不见。

荷心道:"各位前辈,荷心先下一步,在下面等你们。"说罢纵身一跃,跳了下去。

裹衣人、张画师、精目老者、赶尸人纷随而至。

养尸台乃养尸地狱中最为集阴聚邪之所,当中的险阻艰难自不可量估。五人脚方落地,见得眼前景象,禁不住都呆了,均想:"此地怎这般地熟悉?"

但见到处走着行人,车马熙攘,这里不是四平古街,却又是哪里?荷心道:"区区障眼法,焉能欺人?"拿起九方八卦镜四下一通照射,但却人行依旧,街房如昔,收起镜子,自也生疑道,"莫非咱们真回了四平街?"

众人实甚奇怪,分明下的是养尸门,怎的会到了这儿?更者养尸门在地下,四平街在地面,怎能反其道而行?赶尸人道:"此处阴气盛重,颇有压顶之势,我看养尸台就在左近不远。"

张画师得了这刻的休整,体力已恢复六七成,他道:"咱们叫一个人下来问问,此处究是何地,不就清楚了。"他不及别人开口,随手拦下身边走着的一个男人,问道,"这位兄弟,此地可是四平街?"

那男人瞧了瞧他,突然惊吓一声:"鬼,有鬼啊!"撒腿一溜烟就跑没了影。街上的行人听说有鬼,不分情由,纷起四散逃了,好不热闹的一街夜市,转眼独剩张画师等五人。

张画师颇感不解,喃喃道:"鬼,我是鬼?"忽然想起来什么,吃惊道,"方才那人,不就是邻村去年刚病死的牛谷斜么?"

荷心向天望了望,一轮明月圆而不亮,四方星空皆无半粒星光,她不禁道:"难道我们又着了他人的门道,这里是地下城?"

赶尸人道:"传说地下城中的一景一物与人间一致,唯一不同之处,地下城居住的皆是人间的故人,倘若这里果是地下城,那他们见了我们惊慌奔逃也是在情理之中。"

张画师不解道:"这可做何说法,莫不是我们真成鬼了不成?"

荷心微微一笑,道:"虽说我们已取下护身真火,身上仍不可能有半点死气,地下城的人见到我们,必然要受到惊吓,此就好比我们在人间见到他们,相形而论,道理是一样的。"

张画师道:"依你理论,那我们在这岂不是成了不速之客?"

荷心道:"所以我们必要想出个法子来,不然麻烦很快就要上身了。"

赶尸人道:"这倒好办,我们只需给自己增上点尸气,便能蒙过他们。只是如此一来,却有一点不妥。"

张画师道:"哪还有那般多顾忌,有什么法子快速使出便是。"

赶尸人斜瞄他一眼,顺手在衣服里一抓,掌心便多了三条小虫,通体奶白,嘴头上有一块小红斑,乍一瞧,极似茅坑下的蛆蛆,略比之大些。交给众人看道:"这是我们苗疆的尸头蛊,除了老鬼和这姑娘,你们三个各取一条含在舌下,切勿吞服腹内,否则便不易取出来了。"

张画师瞧这三条虫子甚是活络,心想要将其含在舌下,未免颇显恶心,便问道:"为什么只我们三人要吃这鸟虫,你和女娃子倒不必?"

赶尸人道:"老鬼赶尸养鬼,早已惹上一身尸气,此地便是阎罗殿,也是不怕。至于这姑娘,老鬼一瞧便知她三不全,长着人身,却无人气,不阴不阳,倘不是经得高人指点,怕早已身堕邪道了。"

荷心道:"前辈明眼,晚辈的身世,实连晚辈自身都不甚清楚。师父一去,晚辈究竟是人是鬼,实已成不解之谜。"

赶尸人打个哈哈道:"人鬼并非重要,还得看你自己是如何想了。"

荷心恭聆道:"晚辈知道前辈的意思。"话音方落,突听得前方喊杀声翻天。

赶尸人道:"驱鬼的人来了,你们还不快拿了虫子。"

张画师一愕,觑一眼二人,目光再瞧,见得前面屋中、巷口蜂急涌出许多手持双勾的人,个个面相凶恶,如临大敌一般。

赶尸人道:"若是给他们抓住,轻则扒皮拆骨,重者分烹而食……"他话未完,张画师疾速抓过一条虫子,塞入嘴巴。

但觉入口有点发咸，含在舌下，微微蠕动。转眼那些人便到了面前，盯着张画师等人，竟似呆了。突见人群中挤出来一人，瞧见张画师和精目老者，哈哈一笑道："二位兄长，我们总算将你们盼了回来，大伙正愁要不要派人去接你们呢。"

精目老者等瞧了此人，不免心中一动，这不是房雄么？张画师走上前道："房兄弟，你怎也下来了？曾兄他们现在可如何？"

房雄一叹道："曾兄与我们一道都下来了，听说辛兄弟在澜沧江已遇了难，我等时时盼着你们快些回来，一齐去搭救张兄弟。"

张画师惊道："张兄弟如何了？怎么？他……"

房雄一摆手，示意小声，瞧了下左右，驱哄道："好了好了，这几个都是我家兄弟，你们可瞧仔细了，什么有阳鬼下来，你瞧他们身上可有生气？都快快散了散了。"

众人瞧了瞧张画师五人，确不见生气，又听房雄说是自己人，便都各自走了。

房雄见众人俱离，才道："张兄，这三位可是？"

张画师瞧了下荷心他们，正要开口，却听精目老者道："噢，这位荷心姑娘是张兄弟的老朋友了，至于这二位是与我同船落难的客人，我与他们一见如故，便邀其一同来此一叙。"

房雄道："原是这样。"转而向荷心道，"听说姑娘是南阳仙人的高足，这回有姑娘在旁相助，胜算可大大增强不少。"

张画师等心系张大胆，追问道："方你要我等一齐前往搭救张兄弟，不知究竟是为何？"

房雄道："我等自来到地下城，一直心挂着张兄弟，不料前几日，有人差来一封信笺，上面说张兄弟在其手中，要我等依他要求，为其打造一座回阳台，说倘不依照，便撕烂了张兄弟的阴身，要其不得因生轮回，从此在地下城消失。"

张画师惊愕道："你是说，张兄弟果真到了地下城？"

房雄道："应当是如此，收到信后，我等曾命人出去四下打探，后在南阳观的道人口中得知，前几日有二男一女强占了他们的道观，当中有一男子，模样与张兄弟一致，我想定是不假了。"

张画师气急道："他妈的，这二人作恶阳间还不够，到了地下城仍这般不思悔改。房老弟，我们赶快前去与曾兄他们相会，尽早商量出个万全策略来。"

房雄迎手道："兄长请。"

精目老者轻声请教荷心道："张兄弟早就失踪了么？"

荷心知其意，回道："俗话讲天上一日，地上一年，人间一日，地下城一月。张大哥虽说凌晨时刚失踪，但若以此推算，差不多在地下城也有二十多日了吧！"忽然似想起什么，靠上房雄打探道，"前辈刚才讲南阳观还有道人？不知我师父他……"

房雄道："如今南阳观只有两个小道儿，听他们讲，仙人早在十多年前便和一干弟子下狱轮回去了。若得仙人依在，那贼人焉敢如此放肆？"说着话，众人已到了曾府门外。

但听府门吱呀一声，一名仆从正要出来。房雄见即喝道："有三，快去禀告你家老爷，就说辛老弟回来啦！哦，还有，赶紧差人去辛府把辛二公子和沈夫人一道唤来。"

有三诺诺应去。

精目老者呆了一呆，上前道："房兄是说竹儿和珂雪也都下来了？"

房雄吃惊道："原来辛老弟还不知道？辛公子早在我等之前就已遭了毒手，沈夫人却是与我一同中的毒，唉……"一声叹息，朝府内走去。

张画师拍拍精目老者的肩，宽藉道："辛兄弟莫要伤悲，只怪我等还是来迟了。如今事已至此，我看阳间我们也无留恋之处，不如就此待在这儿，和众兄弟相守一起，岂不正好？"

精目老者道："话虽如此，然这不是便宜了那害人凶手，我得问一问竹儿，究是何人害死的他。"

六人穿过辛府大院，曾老头等人早已候于会客厅门口，见到众人，无不相迎下来，接五人在厅中落座。

曾老头拱拱手道："张兄弟，辛兄弟，你二人可要我们有得好等啊！"

张画师呵呵一笑，道："曾兄，我们何尝又不是日期夜盼想尽早见到众位。"环扫一眼厅子，不觉道，"怎么缺少了黑木道长、依风老弟、神算三人？"

曾老头道："黑木道长与张兄弟已不在地下城，显是下狱轮回去了，唉……"犹在言，声先叹，"至于瞎子，我等正是着了他的道儿，方得到了这里。几十年的兄弟，他是眼盲心不盲，而我等恰恰才真是瞎子。唉……"不免又一深叹，"不说了，上面的事已是过去，能和众兄弟再聚地下城，已是足矣。"

荷心心道："果真是他。"

张画师喟叹道："我等兄弟一起出生入死数十载，到头竟会落得如此境地。曾兄可知，神算因何原因这般对付我们？"

曾老头道："此事说来话长。来，咱们先喝茶。"辛府下人送上茶点，曾老头忙起身招呼。

孙寡妇道："要知此事之详细，还得先我来讲。"顿了一顿，才接道，"当日夜里，我突然接到天王的密令，说朝廷已查知出了张兄弟的身份，要我疾速去往历府商议对策，可当我一到那儿，便中了阴阳双尸的埋伏，于是……"

她的话未完，严胖子便插口道："孙妹子着了他们的道儿后，阳尸便化做她的模样，安插在我等当中。事不凑巧，一日我在醉死酒楼吃完酒回家，突然见到孙妹子着一身夜行衣出门，心中好奇，便跟随了上去，见她进了历宅，一时也没多想，便就回家了。哪知第二日孙妹子突然邀我夜晚去历宅商议一件大事，我不知有诈，当夜准时赴约，却不知这是她给我下的套儿。"

曾老头道："我想严兄弟那日跟随孙寡妇去往历宅，虽说未进门，却已被他人见到，第二日四平街便起了谣言，有人疑心严兄弟是否见到了什么，才会痛下杀手。他害死严兄弟后，知道此事必要引起我们的怀疑，便生一出小人棺之事，但他也知道此事可以瞒过别人，却无法欺过我们。我想他此举是想逼我们提前将紫檀木匣交于张兄弟，趁机询探里头的秘密。"

酒老鬼道："正是如此，当日在观阳绝顶神算问我紫檀木匣可是在我身上，问我可知凤凰山庄第一百零八间屋子的秘密，我便心存疑惑，问他何故要打听这些。他说张兄弟混沌无知，根本成不了大事，不如我等自行解了木匣的秘密，众兄弟平分了凤凰山庄下的护国宝藏，安安分分做一方富贾，岂不快哉。"

曾老头道："老鬼当是不答应了，于是瞎子就杀了你。当时我等并未想到凶手就是我们兄弟之一，心疑定有他人所为，于是便想出要引蛇出洞，故意将紫檀木匣交给了张兄弟，哪知……"

花老鸨道："哪知你们万没想到，事情竟被我和习妹子给糟蹋了。习妹子知道你等带着张兄弟去向凤凰落，便找我一道想法阻止你们将木匣交于他，习妹子这也是替张兄弟安危着想。我思来想去，觉得这事还得利用一下飘红，其实飘红刚到飘飘院，我就已叫人查了她的底细，知她便是当年历家幸余下来的那个小女婴，我便以神秘人的身份，告诉她历家之惨案，就在张屠户身上的一只木匣子里，而且教她如何施手。当天夜里，飘红便来找我，向我荐举点花大会，且说了不少的好处，我自顺水推舟，爽快应之。"

习娇娇道："我们自不会真让飘红拿到匣子，点花大会只不过是个迷阵而已，真正要取匣子的乃是我。我得到木匣，连夜前往凤凰落，我想应当谁也猜不到，我会将木匣藏往那儿。然而我刚藏好匣子，就遇上了起尸的酒老鬼和严胖子，我自也落入了他们手中。"

曾老头道："习妹子遭得阳尸摄元，却没有杀她，我想瞎子就是想把我们引向藏尸洞一网打尽，只是我不大明白，当日藏尸洞内凶险重重，瞎子大可以连我一同杀了，为什么只杀了王匠头一人，此中道理实过困疑我许久，自到了地下城，我方才知道当中的因由。"

张画师道："为什么？"

曾老头道："在我等吃下瞎子的毒酒后，他曾把我独自带到一间空屋中，要我交出永历皇帝的玉玺，说如此便可饶我一死。"

众人疑惑道："他要玉玺做什么？"

曾老头道："当年楚嫔妃北来之时，曾携腹子及南明玉玺到了凤凰落，这是大伙都知道的事情。他以为张兄弟的奶妈一直住在我处，玉玺定也在我处，其实我也不知玉玺在哪里，但他如此问，我便反问他要玉玺做什么？他说他是建文帝的嫡孙，当年朱棣篡夺了他祖上的江山，害得他们一直颠沛流离，大明的前程也至此毁在了他们手上。如今满清恶子不得汉人归心，强霸着这大好河山，乃正是他光复大明的大好时机，他绝不可再让朱棣的子孙重蹈覆辙，再次毁了大明。倘若我摒弃朱由榔的儿子，改投另志，他便封我一个北南王，否则大伙便统统都要死。"

张画师道："实甚可恶，要可驱逐鞑子，复我大明河山，拥立谁还不一样，什么朱建文朱永乐，统统不都还是朱洪武的子孙，有什么好分来分去的，还杀了这么多人。"

曾老头道:"画师讲的极是,当日我也这般说道,可瞎子却讲:'朱家天下,亦得能者居之,当年我祖朱建文亲奉太祖传位,到头亦不是给朱棣取而代之,何况如今朱慈烨还未坐上皇位,那你等拥戴我,又有何不可?'"

精目老者道:"曾兄是怎样回禀他的?"

曾老头道:"我说慈烨乃我等从小看着成长,先不论我等身受永历帝和楚嫔妃重托,便是二十几年的朝夕相处,我等亦早已将其看做是自己的孩儿无异,岂忍心弃之不顾?"

精目老者道:"曾兄这话说得有理,我等虽说一生志在复我汉人江山,可并不想卷入其中的是是非非,更不愿看见满夷未逐,我等却已自残肢手。唉!我等死而无怨,只是一生的志向无法得成,才叫惋惜得很。"

门外突然有个声音道:"爹爹,孩儿死得才叫惋惜得很,都是大哥和那女人害的孩儿,爹爹可要替孩儿做主啊!"

众人目光一转,见得院子里进来了四五个人,抢头的正是辛家二公子辛竹,后面是沈珂雪、苗战和丫婢怜儿。

辛竹快步奔进厅子,围着精目老者道:"爹爹,孩儿以为再也见不到你了。"

精目老者辛铁风慈爱地端看了儿子一番,道:"竹儿,爹爹让你受难了。"转目向沈珂雪,"阿雪,这究竟是怎么回事?"

沈珂雪行过大礼,道:"父亲,是珂雪才智有限,害得辛家遭此大难,珂雪有负父亲的严托,请父亲你降罚。"话音甫落,当即跪在了地上。苗战双手托一杆金藤鞭,上前道:"老爷,小姐要手下将此带来,请你执行家法。"

辛铁风呆了一呆,赶紧道:"阿雪,你快起来,有什么事以后再说。况且这事也怪不得你,要论责罚,尽是我连累了你们才是。"说罢叹了一叹。

沈珂雪道:"珂雪不敢,自踏进辛家那天起,珂雪便是生死在此,岂有言父亲连累之念,未替父亲看好辛家府宅,便就是珂雪的失职,请父亲速执家法惩戒。"

辛铁风面色一正道:"你这孩子怎这般拗劲,我要你起来你就起来。小怜,快搀起你家夫人。"

辛竹在一旁道："爹爹，她既自知罪孽深重，你不妨就成全了她，也免得叫外人议论我们辛府家法不严。"

沈珂雪推开怜儿的手，道："父亲，小叔说的是，你就……"话音未完，听得"啪"地一记耳光，辛铁风怒目道："竹儿，你不要以为你做的好事爹爹全不知道，今天爹爹不责罚阿雪，便是想为你在祖宗面前讨个情，你可知道？"

辛竹捂着发烫的脸，诺诺道："孩儿知道爹爹的苦心。"

辛铁风躬下身子，道："阿雪，你快起来。"

突听一个声音道："我们常说辛铁风治家严苛，今日得见，铁风也会有偏私的时候。"门椅处一转，有两人跨了进来，正是曾老夫人和管家福伯。

辛铁风一抱拳道："辛铁风见过老夫人。"

曾老夫人道："辛兄弟一别数月，不想回来之后大家竟会在此境地相见，实是始料不及。"

辛铁风道："事已至此，老夫人无需惋叹，能与众人再得见面，已不失为一大幸事，只是如此一来，却是有负于当年楚夫人之重托，想起倍感愧疚。"

曾老夫人道："这事怪不得你们，我想小姐在天有灵，亦不会怪罪。不过说起神算，为人向来谦和，慎与人争，我怎也想不到他居然是建文帝的子孙。假如这一切真正属实，我倒希望他志终能得现，如此对大明江山也不是一件坏事，毕竟江山还是朱家的江山，朝廷还是汉人的朝廷。"

老夫人话方毕，张画师便冷冷地道："谁坐江山我管不着，可是此人全不顾兄弟情谊，擅使卑劣的手段滥杀无辜，张某我第一个就不服他。"

曾老头咳嗽一声，道："画师所言甚是，不过老夫人绝不是那个意思，老夫人是想说与其看着大好河山落在满人手中，那瞎子若能夺得回来，也是好的，毕竟瞎子也是汉人，朱家的子孙。想当年太祖皇帝坐得江山，不也杀了许多昔日共征疆场的好兄弟，成大事者，有一些过失手段，也是可以理解的。"

张画师一呆道："曾兄这话，我怎听着这般生疏，实不明白神算害了我等这么多兄弟，曾兄为什么还要给其说好话？"

曾老头一叹，道："你我兄弟如今都已身在地下城，连张兄弟也下来了，试问当今世上，除了瞎子，还有谁能号动天下的反清志士，聚沙成石，共行大义？还有谁是太祖的嫡系子孙？倘不然，大好江山便由满人强霸着么？"

张画师道："曾兄这话讲得虽见道理，可他实不该连张兄弟亦都不放过，其实我等都是年过半百，已死不足惜，但张兄弟还这般年轻，且与他还是这世间唯一所知的血缘亲人，他怎忍地这般心狠。"

曾老头道："此举确为人不齿，但今木已成舟，我等便是与他再生恼恨，又有何意义？我看当下之务，还是休理过去的事，当想法如何向阴阳双尸讨人才是。"

张画师道："曾兄可查清了他们的匿身之所？"

曾老头道："当然，他们一直就藏身于南阳观中。"

张画师道："那好，我等这便前去，讨救回张兄弟再说。"

曾老头道："可是阴阳双尸诡计多端，我等这次前往务须拟一个万全之策方才叫好，不然打草惊蛇，将陷张兄弟于不利之境。"

张画师道："曾兄可想出了什么良策？"

曾老头叹道："倘有良策，我等亦勿需待二位兄弟回来商讨了。张兄弟、辛兄弟，你们二位可有什么想法，尽可讲来与众兄弟参典参典。"

张、辛二人互觑一眼，道："曾兄与众兄弟都束手无策，我二人一时又何来高明计谋。"

曾老头一叹道："看来此事尚需再寻计议，二位兄弟一路奔劳，要不今日不妨就此作罢，早些休息，待明日再行商议不迟。"

话音方落，一旁的赶尸人突道："老鬼倒有一法，你们要不要听？"

曾老头一怔，张画师道："你有什么好法子，还不快些道来！"

赶尸人道："不晓你们可有那位张兄弟的随用之物，比如说鞋衣裤袜，有则拿个一两样来，老鬼便可不费吹灰之力救得人出来。"

曾老头道："这倒是有，只是不知阁下有何妙法，能否与大伙一叙？"

赶尸人道："你们可曾听过通灵鬼仔？只需有了那位张兄弟的随用之物，通灵鬼仔便可轻易寻得到他，届时老鬼再使一些手段，救他自是不难。"

张画师喜道："你有这般好法子，为什么不早亮出来？曾兄，快快去取来张兄弟的衣物，速行施之。"

曾老头顿了一顿,道:"兄弟稍等。"转向赶尸人道,"阁下此时身上可是带有鬼仔?此法果真能救出我家兄弟?"

赶尸人道:"你不信我,那便算了。不然你便将东西取来,老鬼即召出小鬼,施行法术。"

曾老头微歉道:"老夫不是那意思。"目光一转,"夫人,你去把胆儿幼时穿过的衣服取个一两件来,交于这位法师施法。"

赶尸人嘿嘿一声,忖道:"我可不是什么法师。"

曾老夫人微一点头,和管家福伯匆匆出厅。过了片刻,二人复还回来,福伯双手恭奉一叠齐整的儿衣,老夫人捧过来,递向赶尸人道:"这便是我那胆儿的幼衣,望大法师能救他。"

赶尸人道:"好说。请老夫人将这衣物交给这位老爷,小鬼出来之际,还得麻烦这位老爷将这衣物披在小鬼身上,老鬼方能施法。"

曾老夫人微微一愕,走向曾老头,看着他。

曾老头呵呵一笑道:"咱们就听法师的,只要能救回胆儿,我等做什么都应当。"

赶尸人道:"老爷你可得站好了,最好往中间来走走。小鬼认生,出来后免得伤了各位阴体,不相干的都往后靠远远的。"说罢左手插进右袖筒,右手插进左袖筒,摸挖掏捏了半天,显是要找的东西不在。他肚腹一收,身子下弓,往里愈探愈深,突然竟从领口掏了出来。

众人一皱眉,却见他无事一般,双手一缩,又在衣服里大为翻腾。半晌,只见他一只手从布扣间钻了出来,压在胸前的部位,急着道:"谁帮老鬼把衣裳的布扣解了。"环顾一眼,盯着荷心,眨也不眨。

其实他的外衣褴褛,胸前大半的布扣,均早散落无踪。荷心愣了一愣,道:"前辈是要我帮忙?"

赶尸人道:"你想来还不快点,老鬼可不好动了。"

荷心暗道:"这人言语好不奇怪。"但一想此人向来行事怪僻,也就没往心里去。上得前去,将其胸前的布扣尽数解了。

然而赶尸人的双手是自衣管下伸进,便是解了布扣,仍是十分纠结,但见他脖子一低,半张脸都埋进了衣服里,探起来时,嘴上竟咬着一只鸡腿。看向荷心,嘴里咿咿呜呜似在说:"女娃子,帮老鬼拿着老鸡腿,可不能偷吃了。"

第十五章 王者之风

荷心暗自好笑，心说你不是要放鬼仔么，怎么搞出鸡腿来了？但瞧这只鸡腿干巴巴的，全无油光，极是放了好一些时日。

赶尸人嘴上的鸡腿一去，说话自也清灵起来，他目光不离鸡腿，双手自袖子底返出，提醒道："女娃子，老鸡腿油滑滑的，可拿好了，掉了老鬼可就没有了。"

荷心道："请前辈放心，荷心自当加倍小心。"

赶尸人道："你把鸡腿拿过来我闻闻。"

荷心照做，赶尸人撮着鼻子嗅了嗅，突然一时忍不住，一口咬了下去，但随即松了开，舔了下舌头，似有不耐烦道："拿走拿走，放在那姓张的小子衣服上。"

荷心拿过鸡腿，见上头赫然一排深深的牙印子，不觉苦笑一声，走向曾老头，将鸡腿平摊在其手中的衣服上，尔后退至一旁。

赶尸人最后瞟了眼老鸡腿，把眼一闭，右手在衣服里摸了一摸，掏来一只拳头大小的黑耳大毛罐，眼睛张开，喃声道："小鬼爱吃老鸡腿，老鬼只能干看着。"转目向曾老头，说道，"你得把手展直来，待小鬼吃饱老鸡腿，你便给其披上那张小子的衣服。"

曾老头道："法师说如何那便如何。"展直双臂，静观等候。

赶尸人往前大跨出两步，衣裳褴散，甚是可笑。他拔起黑耳大毛罐的塞口，将其对准曾老头，嘴里唠里叨絮，众人均是不觉所以。但见片刻，罐子突地颤了起来，一团黑影"嗖"地一声，掠飞出罐口，朝前扑去。

曾老头微地一怔，但见黑影迅捷矫灵，蹭过鸡腿，取到面门。他双手一撒，儿衣、鸡腿尽散于地，连退两步，欲行避开，怎料来者不善，脑袋一下就给揽入怀中，一时难以挣脱。

此间变故，众人皆是大惊失色。曾老头十指一回，直扣黑影的头。

黑影尖叫一声，一蹦而起，直溜上半米多高，掉下来时，后腿在曾老头后脑上一蹭，弹飞在地，围其绕上一圈，拾起鸡腿，三两跳蹿上赶尸人的肩头，享食起来。

此时众人方才看清，所谓小鬼，其实是一只黄毛猴精。众人目光一转，见那曾老头一张脸已不成模样，半张面皮尽失，右眼珠子更不知所向，显是给猴头掏了去。

张画师当即大怒，身影一倾，左手便向猴精抓去。

黄毛猴一龇牙，叼住鸡腿，顺赶尸人脖颈一绕，一溜儿便躲到了其腋下，探出半个脑袋，瞪眼怪叫。

张画师一抓落空，脚步一移，再向猴精一抓。

黄毛猴头一缩，身子一滑，抱住了赶尸人的大腿。

张画师直气得甚，飞起一脚，踢了过去。

赶尸人左手微扬，一条青头大蜈蚣从袖底下飞出，恰好落在张画师飞来的小腿肚上。张画师心头一紧，恐给噬了，脚猛一抖，将其震落在地。但如此一来，脚法难免生偏，鞋沿擦着赶尸人裤管直踏过去，劲道太大，险些不稳。

赶尸人斜开两步，质问道："老鬼与你无仇无怨，你干吗伤我小鬼？"

张画师站稳身子，道："你这猴头伤我兄弟，还说无仇无怨，我念你一路护送我们回来，可不与你计较，但你得把这猴头交给我，要我一拳砸扁了它。"说罢，又要欺身上去。

赶尸人翻翻眼皮，讥道："倘不是老鬼此间多有事情，非剁了你回去喂小鬼不可。"

张画师道："怕你没这能耐。"话音方下，横空伸来一只手臂，阻在了二人中间。

此人正是裹衣人，只听他道："你等不要再胡闹了。"目光一转，看向曾老头道，"你还不现了形象？"

曾老头微微一怔，忽而哈哈大笑道："紫衣人，你是如何识破的我？"

裹衣人道："想不到你已知道我不是南阳仙人。也罢，这便让你瞧瞧我的真面目。"伸过右手，揭下了面幕。

曾老头笑声一顿，喉头微微一颤，叹道："想不到百密一疏，竟会毁在你手上。"

厅中数人，除却荷心、赶尸人，余脸皆万分惊诧。

裹衣人道："你想不到我还没有死，你精心准备的这出戏，在我面前实早已不攻自破，试想活人怎会出现在地下城？事既如此，你还是尽早收手了，我自念在朱祖的份上，随你修行而去。"

曾老头道："清贼霸我江山，我安能悟道清身，你等皆是我大明子辈，不助我匡复汉室也罢，只需勿理闲事，他日大业成就，我必赐你等高官富贵，一方王侯，此等清闲美事，岂不爽快得很。"

裹衣人冷冷一笑，道："你当我等是何许人了。不错，驱逐鞑夷是我辈之责，但要的是正道，行的是法理，为天下苍生请命，不吝生死。然你却手段卑劣，滥杀无辜，便是让你夺回了江山，焉无人会屈于你。听我一句，此时收手尚不至晚，勿要再行执著，后悔莫及。"

曾老头轻笑一声道："志不同，话不投。有一事我且不明，当日你在地下密室是如何脱的身？我知那间密室只有一方出道，当日出来，我就命人日夜守护在出口外，并未见得你出来，你能告诉我是如何逃过我的眼睛的么？"

裹衣人道："你可还记得你住的这套宅子是谁安排给你的？其实这里的一切，我比你还过熟悉。就说那间密室，里头其实还存有一条暗道，我也正是从此处脱的身，还在外面找了具身材相等的死尸复回饰掩，未想，此举竟帮了我的大忙。"

曾老头道："不可能，那间密室里的每一方石壁，每一根柱子，我都细细查了数十遍，稍存异样绝难瞒我，难道你有……"话音一顿，突然变脸道，"难道是在……一定是……一定是……哈哈哈……"笑声凄冷。

裹衣人道："你终于想到了，不错，密道就在玉龙椅之下，倘你不是个术家高人，可能早就发现了此间秘密。你当然一眼就可看出，龙椅所处乃是一方王者位，你自然不敢稍加移动，免惊了龙气风水，而你如此小心，自不是为了明王朱慈烨，却是你自己，你说我讲的是不是？"

曾老头道："原来你早就对我起了戒备，一直留在我身边，为的便是监视我。"

裹衣人道："你错了，我留在你身边非但不是你想的那样，且还对你毫无生疑。虽说我早生疑我们十八人当中有人存有异心，却一直不敢断言此人究竟是谁，不过有三人我从未有过怀疑，一是黑木道长，二是张依风，第三便是你。你想倘若我早对你存有戒心，怎还敢冒险将明王托付于你，又怎会将紫檀木匣于你保管？想必那只木匣子，你定早已打开了。"

曾老头道："匣子内什么东西都没有，我等都被你糊弄了。"

裹衣人道："谁说我在骗你们，难道你不知道，凤凰山庄那第一百零八间屋子？你要找的东西就在那里面，而紫檀木匣则是开启此间屋子的唯一之物，你说它是否有用得很？"

曾老头独眼一亮，道："凤凰山庄只有一百零七间屋子，乃是众所皆知之事，你说山庄里还有一间屋子，那到底它在哪？"

裹衣人嘴角一笑，道："当日你冒险杀了酒老鬼，难道不就是为了这个？其实当今世上除了我，再无第二人知道此间秘密。的确，凤凰山庄不论你如何找寻，只有一百零七间屋子，但你若真想知道那最后一间屋子在哪，如今时候，我倒可不吝相告。"

曾老头僵硬道："在哪？"

裹衣人道："便是整座凤凰山庄。"

曾老头一怔，忽而哈哈大笑道："如此简单之事，我竟一直猜想不透。凤凰山庄，凤凰山庄，想必入门当应就在庄口之下。"

裹衣人道："上前第三块青石台阶，那里有一个暗口，你只需把紫檀木匣嵌入其中，机门自会顿开，里面不仅有起事备下的复国宝藏，还有你最想得到的建文帝带出宫的大明玉玺，加之你手上的南海尸牙及建文帝这具尸王僵身，将来天下正邪必将听你之号令，登上至尊宝座实有可望。"

曾老头掩不住欣喜，道："倘你能助我完成复业，你要什么，我都可赐给你。什么王侯拜相，封疆大吏，你等只需一念之差，他日便可一人之下万人之上，何等光鲜风采。"

张画师呸了一口，道："我张某人真是瞎了眼，不成想真正的幕后主凶，竟是我的好哥哥。"情绪激动，一拳颤击在几桌上，登时咯吱一声，四分五裂。

裹衣人看了他一眼，转过目光，道："我等绝不会助纣为虐，任你胡作非为，残杀无辜。"

曾老头道："既是如此，那你为什么还要将这一切告知我？"

裹衣人道："事到如今，我再隐着这些秘密已无多大意义，你我兄弟一场，劝你还是收手吧！"

曾老头僵笑，道："自古有哪个开国帝王不是踏着累累尸骨坐上的江山，我这样做，又有何不妥？只要能复我大明江山，死再多的人便也值得。紫衣人，你一生致力于反清复明，此时更应支持我才是。再有一步，我的大业即可完成，届时天下又是我们汉人的天下，你我皆可成就千古美名，流芳万世，载入史册，岂非你愿？"

裹衣人道："此事听来确过吸引人，可惜我这一生并无太大志向，只愿求个心安理得则可。我既是答应了楚夫人替她照顾好明王，便不会再行他投。况且你这人心机过深，难有帝王之相，我是绝不会助纣为虐的。"

曾老头哈哈一笑，正色道："我好言相邀，你皆如此不识实务，也罢，再过片刻，我祖便可开眼，届时我的僵尸大军将一路势如破竹，直捣黄龙。待我活擒了满清小儿，让我祖吃他的肉喝他的血，哈哈哈……实是大快人心。"

裹衣人道："如此歹狠心肠，甚至连满贼都不如，便就让你夺得了江山，天下人也不会朝你屈服，我劝你莫要一意孤行，迟则悔矣。"

曾老头道："你休来废言，我倒要劝你们该想想清楚，你等皆在我的掌握之中，若想活着出去，实如登天。你等若此时归顺，我便都既往不咎，咱们照旧还是好兄弟，一起征杀疆场何其痛快。"

裹衣人叹了一声，道："你既如此固执，我也无话可说，看在你与明王皆是同祖的份上，我求你不要伤害他。"

曾老头道："从小我便看着他成长，倘有心害他，他便是有再多的命也没了，虽说他祖上曾做出大逆不道之事，但我大人有大量，可饶他不死。不过……留着他毕竟对我有莫大的威胁，所以我打算去了他一双眼珠子，如此便不能与我相争了。"

裹衣人面色一变，道："不可，当世朱家的嫡亲已所剩无几，他亦是你的子辈亲人，你怎可忍心伤他？我答应你，一定劝他不与你争夺半寸江山，你饶了他，怎样？"

曾老头一怔，忽而大笑道："他拿什么与我争？况且你自身都难保，有什么资格和我谈条件，不过——我可念在咱们几十年的情分，让你亲眼看着你们的明王如何变成瞎子。"

裹衣人正目道："你果要如此做法？"

曾老头道："当然。"

裹衣人呆了一呆，蓦地一扬掌，劈了过去，嘴中斥道："你既如此，那就让我先闯一闯你这天罗地网。"

曾老头轻蔑一笑，道："不知天高地厚。"说罢笑容一顿，直迎扑上。

裹衣人心念一转，见他直面扑来，感觉甚有蹊跷，掌力一收，斜移了开去。

曾老头一扑落空，转过脸来。

裹衣人诧道："尸人。"话音方了，见得一条娇影矫灵一动，飞扑过去，抱住曾老头的头，嚎嚎怪叫奋力抓扯。片刻，娇影跳回地面，咧嘴龇牙。但见曾老头的脑袋已成骷髅，皮肉尽无，摇了两摇，颈骨咔嚓一折，摔下地来。

裹衣人道："障眼法。"

赶尸人上前抱起地上的娇影，此当正是那鬼仔猴精了。他道："我们苗人，不管生死身上都会带着五种不同气味，它们分别是神、灵、贵、清、浊，乃是蚩尤大神给我们苗族下的记号，凡是有此五种气味的人，才是真正的苗人。可当老鬼见到小姐，竟只嗅到丝丝飘芜的尸味，故此老鬼一早知道，眼前的一切皆只是个骗局。"

张画师跳道："你早知晓，为什么不讲？倘若我张兄弟有个三长两短，老子便与你没完。"

赶尸人翻眼道："他都不吭，偏为什么要老鬼先说，此大大地没道理。"说着看向裹衣人。

张画师气急道："我不和你多嘴。"转过目光，"天王，你说现下该如何是好，我们都……"

一语未结，听见荷心道："我看此时是如何设法应付了他们才是。"

众人一怔，见到房雄、沈珂雪、曾老夫人、管家福伯等张牙舞爪地向己迫来。

张画师惊道："尸变了。"

裹衣人道："不是尸变，他们本就都是僵尸所化。厅子太窄，我们先退到外面再说。"身形一掠，去向门口，却觉面门上一紧，空空的大门，竟似张了面蜘蛛铁网，已给挡得好不严实。

裹衣人一怔，正欲出言提醒，张画师已紧掠随至，与他一般，到得门前，老实碰了一额。只听他怒骂道："这他妈的是什么妖法鬼术，这般厉害。"伸手过去，试着一探，才知眼前实有一张透明的网，既韧且密。

这时，荷心、赶尸人、辛铁风亦赶至，见得二人止足不出，深知有异，便一起停了下来。

辛铁风道："天王，张兄，可是出了什么事？"

张画师道："我们都给困住了，女娃子，你且好生瞧瞧，这使的究是什么样妖法，可有法子破除？"

荷心上前小心用手一触，顿觉指尖被阻，但见空空的地方，目不视物，心道："难道这便是拂尘袈丝网？"探手入怀，取出九方八卦镜，照及门外，镜面一闪，即现出一张金灿斑斓的法网。

余人皆围将上来，亦同看到了镜中景象。张画师道："我道是什么，原就一张破网，我看捕鱼捉鸟还可，欲要困住我张某人，确也不易。且看我不把你扯出一个大窟窿不行。"言罢，汹汹气势便要冲撞上去。

荷心当即一喝，道："张前辈不可。"

张画师疑惑道："有何不可？"

荷心道："此网非同小可，相传天师张道陵临仙之时，曾留给门下徒人三样宝物，一是天师晚年所著之《道陵尸经》，二是一盏乾坤灯，其三便是追随天师登仙的一支拂尘。传说乾坤灯可倒五行阴阳，是道家至宝。还有这拂尘袈丝网便是那支拂尘所能，凭我的功力，根本无法破之。"

张画师道："那该如何是好，难不成我们只能给它困在这里？"

荷心道："此人有这等法器，相信与道家渊源颇深。听师父说，他之师祖便是张天师三位最得意门生之一张衡，其亦是天师之子，据说三人当中，张衡所得的便是《道陵尸经》，其余二人各叼得乾坤灯和拂尘，开观讲法授道。不过我师父于其余二件宝物亦不甚了解，数百年之下，二宝之所踪亦已成谜，不想今日竟在此遇其一，实至我之幸忧。"

张画师道："这什么拂尘，果就有那么厉害？"

荷心未及答，却听一个威严的声音飘荡道："无知之徒，天师法驾，还不速速伏地谢罪？"

众人微地一怔，听见身后扑通通数响，那些僵尸均跪地磕头不歇。忽见门外的空中金光射影，一个微眉颊润的长须老者从上悬坐而下，他双目微合，右手沾拂尘，左手托一灯坡，唇角微启，说道："人间疾恶，三界不安，你等私闯禁地，扰乱天道轮回，可知罪否？"

张画师跨上一步，怒道："你休来惺惺作态，你是张天师，我便是如来老祖，看谁高过谁。"

张道陵拂尘一甩，道："罪孽。"左手一送，坡中一道光影扑出，矢向张画师。

荷心暗叫不好，疾眼应速，举过九方八卦镜，推上一挡。但听着喀嚓嚓一声脆响，九方八卦镜的镜面顿裂出三四条大隙，却也因此救得画师一命。

张道陵微眼一张，道："你这披道妖女，本天师念生遁恶，上回不予理你，你却不加省思，潜心进道，留你将必成祸害。"左手迂回胸前，缓缓递出，坛中一亮，一道光影疾射。

荷心面目一正，不敢轻怠，九方八卦镜护住胸口，咒语不迭。眨眼之下，光奔影至，荷心只感周身一热，一股纯家道气劲扑而来，如滔滔江水，连绵不绝。

张道陵一击之下，当即收手。

荷心双手一颤，手中铜镜已成数十碎片，丁零零散落脚下。她目滞心痛，喃着道："师父的铜镜。"

张道陵道："妖女，本天师再给你一次机会，归还本天师的法书，本天师便答应助导你入正道，修习仙身。"

荷心道："《道陵尸经》乃道家至宝，荷心缘浅，虽得师父手抄半册，却无全书真迹，荷心不管你是真天师或是假天师，要荷心交书，断断不能。"

张道陵道："你既有手抄半册，那就把手抄册交出，予我当下毁去，免落叵测之人手上，无生事端。"

荷心道："此半册书是我师南阳仙人所赐，正情正理，荷心为什么要给你？"

张画师怒骂一声，道："女娃子无需跟他多舌，他分明就是个冒牌货，书绝不能交给他。"

张道陵道："道家法务，岂容你来多嘴。"拂尘轻挑，三缕尘丝如三条灵蛇般长出卷至。

张画师不躲不闪，大喝一声，挥掌劈去。尘丝柔软如棉，绕上张画师手臂，裹向身体。

辛铁风、裹衣人见势不妙，起身帮救，却见三缕尘丝似会分体异术，一下三化九，将这二人又给缚了住。

张道陵道："本天师的拂尘百变莫测，岂是你等这些凡身之躯可自抗量？"

张画师挣挣不脱，喉底猛地一嗬，一口黄痰吐在尘丝上，道："废话少说，要杀要剐随你便。"

张道陵道："世物皆有灵性，恶者渡恶，善者引善。你是恶者，本天师自会渡你，不言生杀之道。"

张画师道："呸，什么鬼七八道的东西，老子只知道善有善报，恶有恶报，你做了如此多的坏事，老天一定不会放过你。"

张道陵道："本天师乃降魔地仙，与天地同寿，除非天塌地陷，不再轮回，否然天必佑我，你等砂小蚁儿，焉知道与天齐之理？"

张画师道："那是老天瞎了眼，才会由你为非作歹，有本事你把我放开，下来与我大打一场。使这种妖法伎俩，我张某人可服不得你。"

张道陵道："恶者渡恶，本天师答应你，你出来便是。"话毕，尘丝蠕缩，还归原来。

张画师、裹衣人、辛铁风得以自由。裹衣人道："兄弟，你真要与斯相决？"

辛铁风道："他的妖法很是厉害，我看我们这里无一是其对手，我等切莫和他讲什么道义，要出去，兄弟随你一起。"

张画师道："二位兄弟，张某人一生鲁莽，这次就再由我一回，与其困死在这，实不如拼杀个爽快，往后明王就托于二位了。"拱一拱手，挺胸大步而去。

荷心见道："前辈不可。"

张画师头亦不回，数步已出了厅门，众人有心追出，岂想法网隐在，将众人挡隔在里。张画师回头瞧了一瞧众人，目光一转，道："我已出厅，你何不快下来？"

张道陵道："本天师乃降魔地仙，焉能与你这凡身之躯大打相斗，不过本天师既开口应你，当也不可毁却。这样吧，本天师座下有一人，你若能将他打倒，便就算你胜了本天师，你看如何？"

张画师道："随你置设，老子只有一个要求，倘我赢了你，你就得把明王和大家都放了，你答不答应？"

张道陵道："本天师渡恶引善，岂有放与不放的道理，但你非要如此要求，本天师便就允了你。"

张画师道："好，你自负张天师，自该懂得信道二字，我张某人权且信你一回。但在此之前，你得让我亲眼瞧见明王安在，否则你便是杀了我，我也会……也会大骂你千八百遍。"

张道陵道："世人贪婪，源源不足，也罢。"拂尘在灯垅顶上一点，垅间灯光亮闪，照向空中，即显出一幕景象：朱慈烨正被锁在一条大链子上，已成昏厥之状。

张画师惊道："你把明王怎样了？"

张道陵道："他没事，只是刚刚尸毒发作了而已。"

这边厅中，荷心等人也看到了空中画面，万分焦心，伏在虚不入眼的网墙上，疼泪难禁，低低喃道："张大哥，张大哥……"

张画师目光一凛，道："我已不及，快快唤出你的人来。"

张道陵拂尘一点，道："他不是在这？"

张画师放眼一瞧，见那里一片漆黑，哪里有人，不禁怒道："人呢？在哪？"话音方落，见得一道灵光闪下，前面顿时大亮，一只火盆熊熊烧起，旁边木立着一人。

此人眉浓目熏，面僵皮白，一见便知不是常人。张画师怔了一怔，脸色顿变。

荷心道："张前辈这下是输定了。"

裹衣人、辛铁风禁不住脱口失声："永历。"

赶尸人自言道："尸力不歇，源如流水，你打他一拳，伤的却是自己，岂有能赢的道理。"

荷心担心道："张前辈快些回来，这是僵尸，你不是他的对手。"

张画师回望一眼，突然怒叱一声，纵身扑去。

永历帝朱由榔身子一颤，快步踏来。

张画师身形一掠，右臂向前一推，一掌正中其胸口。

朱由榔微微一晃，直起一拳。

张画师身影一斜，巧然避过，右手翻转，袖中直溜下一柄精钢折扇，反手一点，直取太阳穴。

朱由榔木无变应，不遮不挡，双臂胡横一扫。

张画师一点中的，不禁大喜，他这一点的劲力实非小可，足已穿碑洞石。然他似乎忘了，人死僵硬，周身穴位均已自闭。当正这时，朱由榔的双臂已至，荡中他的胸口，一时气血翻涌，连退数步。

裹衣人和辛铁风一声惊喊："当心。"为时却晚。

张画师不想对方胡胡乱乱一下，便叫自己好生难受，双目赤红，劲起扑去。

辛铁风赶忙提醒："尸人反应迟缓，兄长不可硬来，惟能智取。"

受此旁言，张画师心念一转，突地一顿身影，在距丈许，不再近前。看到朱由榔杀将上来，便往左一掠，待他转至左方，又向右边避去。

如此周旋了半响，只听张道陵道："本天师知你在勘尸人的破绽，我不妨直言相告，我这尸人的弱点在其双眼，便是不知你有无那个能耐摘得。"

张画师疑道："你有如此好心？"

张道陵道："信不信在你。"

荷心道："前辈不要信他，僵尸非法器不能制服，他如此讲，定想要前辈近身涉斗，前辈可不能着了他的计谋。"

张道陵道："你若赢不下这尸人，那便是输了，伏魔降妖，本天师自要渡去朱慈烨身上的尸性，还他一身清宁。"

张画师听此一言，五指一幻，一招双龙取珠，径戳而出。

裹衣人、辛铁风一见如此，不免急声道："不可焦躁。"却不知张画师早有一搏的打算。他这一招双龙取珠，贵在矫灵莫变，寻常的习武高手预避亦都不易，何况尸应迟缓，两指便如两支锋尖钢锥，直插入尸人双目。

朱由榔怒起大噉，双掌一把掐住张画师这只手臂，往下一扭一拉一扯，喀嚓嚓一声响，半条手臂竟给生生折了下来，弃在脚下。

张画师一声惨号，迭迭后退，痛欲晕却。他浑身颤抖，面上苍白，断臂处汩血不休，忙撕下一节衣襟将其裹住。

张道陵悬空道："你输了。"

张画师咬牙道："我还没有输。"

张道陵道："你都已如此模样，还能撑得下去？"

张画师道："只待有一口气在，我张某人便不知认输。"

张道陵道："本天师承认，你确是一条汉子，你这一招剜去尸人双目，却不晓尸人于血腥极其敏感，如今你浑身是血，不如认输便罢。"

荷心等人切齿大怒："你说你是张天师，怎端的如此卑鄙，人尸相缠，胜负早有定论，且你还要施这般心计，实是有辱天师尊威，道门正气。"

张道陵道："渡化你等心恶之人，便是有扬道家威正，你等已入绝境，还迷途不返，巧言如簧。看来本天师深有错责，不该持存恶尽善回之念，只待送你等下狱受炼，才是正途。"灯埏一转，飘出四滴火光，悬于空中。

张道陵双目一阖，轻声道，"去吧！"

便如得令一般，四滴火光速朝厅中矢向。

荷心心道："想必他大事已成，欲要杀我们了。"眼见四滴火光渐离渐近，忽然凭空起了一阵大风，打着窝旋卷过四滴火光，转向飞驰。

张画师痛失一臂，行动受限，见得僵尸扑来，实难再行招架。突见头顶有四滴火光以流星之速飞过，通通撞向了朱由榔，小火急蔓，顿延周身。

朱由榔嗷嗷怪叫，带火冲向张画师。

张画师移身闪避，却觉衣胸一紧，已知被其抓住，火势顺从朱由榔身上直扑过来。他大吼一声，回身猛就一拳，这一拳倾他毕生之力，但听见"哧"地一声，衣服撕裂，朱由榔连退三步，晃上一晃，倒地烧燃不起。

张画师急地往地面一滚，淌出一条血痕，身火灭熄，才方吃力站将起来。

张道陵启目一观，微喝道："何方妖孽，敢干预本天师之事。"

却见四方空寂，无一身影。

张道陵道："本天师在此，还不速来现形。"灯垅一举，托过头顶，但见垅光耀闪，照射四方。

忽听西南天空有人发言："黄鼻小人，本神降临，焉敢造次。"话毕，见得那里霞光异现，一个手持双戈戟的威武牛角人飘然过来。

张道陵道："你是何人？"

牛角人道："本仙乃蚩尤大神，上古之帝，见了本神，你还不快些自行遁匿，逃一性命。"

张道陵哈哈笑道："我不管你是人是神，咱们井水不犯河水，否则，莫怪得本天师无礼了。"

牛角人一纵狂笑道："上古以来，除了炎黄二人，尚未有人胆敢和本神如此说话，我倒想一瞧，你究有何样本事，竟得狂妄之极。"

张道陵道："本天师降魔除恶，平一方天地，你既非要管上一管天地之事，那本天师亦只有斗胆得罪了。"

牛角人道："你休拿天地压唬本神，有什么真本事，抖落出来便是。"

张道陵道："怕你悔之不及。"拂尘左递，灯垅右随，两物顿交合在了一起。他缓步放开双手，口呓不休。但见拂垅二物悬于空中，不催自转，

第十五章 王者之风

边转边升，升得愈高，则转愈急，不一会儿，便已没过头顶，此时二物亦只能见得一轮光晕。

忽地金晕暴涨，一条条闪灿金丝从旋影中射出，便如无数条金灵小蛇，张牙舞爪地朝牛角人奔腾嗜去。

牛角人正然不动，眨眼无数金丝已至面前，缠住他的身体如风裹起，少刻，便被裹成了一只金丝大茧。

张道陵轻笑道："在本天师面前，看你还不现出原形！"谁知话语方毕，就听茧中的牛角人开口道："哼，无知庸辈，自夸其大。"

张道陵面色一变，道："你……"一语未出，突听得喀喀声响，牛角人周身的茧丝一裂，一道电光疾速射出，正中他的胸口，只感胸前一痛，便如利箭穿心，难以抵御，再也把持不住，直直跌落地下。

牛角人破茧出来，手中双戈戟一扬，戟头疾生出两道电光，双双击在一起下落的拂尘和乾坤灯上，但听得砰砰二响，二物顿成了无数碎片。

荷心一声惋叹，却也无奈。

张道陵一跌落地面，即幻出原形，他果是曾老头。

牛角人瞧他一眼，冷嗤一声。

曾老头咳出一大口鲜血，怒目道："你究竟是谁？"

牛角人懒得搭理，收起双戈戟，飘飘远去。但见赶尸人扑通一声跪倒地上，十分恭畏道："族孙恭送始祖大神。"

突听身后有怪音传来，原来拂尘与乾坤灯遭毁，法力顿消，笼住厅子的拂尘袈丝网自也匿逝无踪，但见厅中众多尸人瞬息露出狰狞面目。赶尸人一跳起身，施法抗拒。

荷心也不敢懈慢，并起作战。

裹衣人、辛铁风二人心挂明王朱慈烨，急忙掠出大厅，向曾老头奔去。

此时，张画师亦跌跌走了过来，看着曾老头伤势甚重，显已命不长久，不禁感慨万千，道："曾兄，你可还好？"

曾老头咳嗽一声道："我输了，现下你等可称心了。"

张画师道："曾兄，你我兄弟共事多久，我张某人一向敬佩于你，不想到头你我兄弟竟会落有如此场景，实是应了古人那句话：人生如棋，世事难料。"

曾老头叹道："我处心安排了大半辈子，想不到一下会败得如此不堪。张老弟，到这你仍能唤我一声兄长，那为兄就劝你一句，你为人爽直重情，江湖并不适你，人心险恶，往后可得多加心眼才是。"

张画师道："曾兄提点得是。曾兄，兄弟有一事颇疑，你果是当年建文帝之嫡人？"

曾老头道："这事不假，我的真名叫朱由柂。当年太平军起义，我深觉此是我大复祖业之良机，便化名曾天寿，协助太平军攻入北京，我本想待得时机成熟，取而代之，不想满人进关，坏了我的大业。随后我知太平军已无太大作为，便一路辗转到了凤凰落，跟随天王落草为寇。"

张画师道："原是如此，那不知瞎子又是何人，他肯为曾兄如此舍身，必和曾兄有一段因缘。"

曾老头道："瞎子的祖上乃是护我先祖建文帝出宫的翰林院编修程济。我祖被逼出宫后，一直隐身于寺庙之中，而程济等人则常以道观躲藏，后来机缘巧合，程济不知在哪儿得了道家二宝乾坤灯与拂尘。在凤凰落期间，我与瞎子相识，互晓了各自的身份，瞎子便把道家二宝转交于我，且还倾囊授我道法术术，于此便有了往后的事情。"

荷心与赶尸人将厅中的尸人诛灭殆尽，跑过来道："我问你，当年历家灭门之祸可是你害的？"

曾老头道："不错，是我命瞎子催阴阳双尸所做，当年阳尸还偷偷背着我放过了一个女婴。直至数年前，我才知那女婴正是今下飘飘院里的飘红，不过她并无可惧，我这才一直放心饶她不死。"

荷心颤声大喝道："历家只乃一方富贾，你为何要如此心狠，灭了人家满门？"

曾老头哼了一声，道："几十年来，原来历家早在我们凤凰落安插了奸细，楚夫人上山的当日，这个奸细便把一切传了出去。历家大公子为讨得满人欢喜，也便借此将我等除去，亲自到了京城，向京都统告密。幸好我等发现及时，方才免去一劫，然而奸细不除，我等始不得安心，不过此人藏隐得甚深，查了甚久，终不得影。为了我的大业，我宁可错杀一千，不枉漏一个，当楚夫人诞辰之日，山中兄弟俱在之时，我索性遣阴阳双尸将所有人都杀了，当时我们几个主要之人都在楚夫人屋中庆生，而且阴阳双尸杀人之后布置得十分妥当，故谁也没有怀疑到我身上。然不知何故，就在当日深夜，楚夫人屋中突起了一场大火，花妹子舍身进屋救人，连她的一张脸面亦给烧烂了。这场火燃得十分蹊跷，我暗查时久，一直猜不透纵火人究竟是谁。"

辛铁风突然道："我知道是谁纵的火。"他目光一正，微顿了下道，"一日间山上有数千好兄弟无辜惨死，我等都甚悲痛，当夜酉时刚过，我等刚商讨过众兄弟的身后之事，便提了酒去寻司马兄同饮。无意当中，我听见司马兄与门兄弟正在屋中计议如何惩治楚夫人，我心觉此事关系重大，便一直守在司马兄屋外，岂知过了许久，也不见司马兄与门兄弟出来，而这时楚夫人的寝屋却突然起了大火。开始我想此事另有他人所为，因为当日惨死的兄弟，哪一个不是与我等有莫逆之交，大伙定是将此事归咎在了楚夫人身上，然事后才知，纵火人正是门衍。当时他们二人实早已发现了我，故生一计，由司马兄在屋子佯装自语将我拖住，而门兄弟早已从后窗出去，纵了火又悄声返回。当时我见火起后二人匆忙出屋，也就未及多想，不过事后我虽得知正是他们二人所为，但见楚夫人母子并无大碍，也就未将此事宣扬出来，只是如此却害了花妹子。"说罢叹了一叹。

曾老头道："其实火起后我亦猜疑过山上的每一个兄弟，我知道白天死的千余人中，有二十二人是司马天南未上山时的结义弟兄，他如此做法，也难怪了。"咳了数声，看一眼荷心，接上早先的话头说，"山上连遭事情，已不是我等的可安之所，好在我们已在四平街布置甚久，只是这整条四平街皆是历家所有，历家又深知我等的底细，所以历家人就必须得死。"

荷心振声道："所以你们下山杀了历家满门，是也不是？"

曾老头道："说起来这事还得多亏有你，否则无法如此成功。"

荷心一脸疑惑道："多亏有我？"

曾老头道："起初我们凤凰落为盗回朱由榔的尸首，几近倾巢，得手之后，瞎子遭得吴军埋伏，身受重创，只得逃进山中，被你父亲打猎时所救。瞎子在你家养伤之时，知道了你们姐弟同是非常难得的阴辰人，他知你们二人对我将来的光复大业必有帮助，便杀了你父母，剜取了你的四肢肉六腑血，扒了你弟弟的皮，以备用时之需，不想……"言犹在口，荷心却已不可忍耐，举手猛就一拳，嘶吼道："畜生，你们都是畜生。"再欲挥打，却给张画师和辛铁风拦止下了。

张画师道:"女娃子先勿激动,且听他说完再打不迟。"

曾老头张口噗出一口鲜血,脸上僵笑了笑,接下道:"不想归山不久,你便有了用武之处。当年我嗾使酒老鬼要天王灭了历家满宅,可天王深怀妇人之仁,不愿牵连太多无辜,没有办法之下,我和瞎子会集阴阳双尸,四人乔装易面,寻机便要杀了他,可是最终还是给他重伤逃走了。不过此后他再也没有出现,我们还自以为他已伤重而亡,实想不到二十年来他就一直藏在我的眼皮子底下。"说至此处,双目不免看向裹衣人,甚有些怒气,但随即一瞬,又复和缓道,"没了天王这个碍手碍脚的人在前,我便无所顾忌多了,可是历家毕竟是一方头脸人物,稍不谨慎,便易招得官府的注意。筹思之下,瞎子终于想出一条妙策,他买通了历府中的一名丫鬟,要她每餐在历小姐的饭食中悄悄把你搁进,果不出半月,就传出历小姐怀了一个鬼婴,如此一来,我们行事可实方便不少。"

荷心道:"我既是鬼婴降世,历家应当人见杀之,怎又会被师父所收养?"

曾老头道:"此间因由我也不甚了解,我不知道南阳老儿为什么要收留你,不过瞎子买通的那个丫鬟曾报来讯息,说历小姐在下棺前曾写过一封信笺托人送往南阳观,我猜她极是生了恻隐之心,求南阳老儿施救于你。"

想到亲生父母惨死刀下,寄母又对自己如此,实难掩饰心中悲痛,眼眶一红,哽咽着道:"当日她一路扛着我到了张大哥家院,我却不及看清她的慈容祥貌,此时她已是一把尘灰,实难再见——"珠泪如雨,簌簌下来。

曾老头道:"事情我都已讲得很是清楚,你们要问的亦都问了,还不赶快动手杀我?"双目一闭,只待等死。

荷心轻声道:"我不杀你,我只再问你一句,张大哥现在哪里?"

曾老头哈哈一阵大笑,片刻才道:"你们以为我陪你们讲了这许多话,就真的只想告诉你们这些?你们错了,我只是在拖延你们的时间,如今算算,朱慈烨当应是已死于我祖口下了,哈哈哈……"大笑之余,只见又是一大口鲜血喷出。

辛铁风大叫一声:"不好。"急忙去扳他的嘴,却为时已晚,他已在笑时咬断了舌根,显已不活。

荷心疯一般地掐住曾老头双肩，急摇连晃道："你快说，张大哥在哪里？他在哪里？你快告诉我……"

曾老头的脑袋如拨浪鼓一般，哪里还能醒得过来，便就是醒来了，又岂能再行言语——

（全书完）